中国历代名僧诗选

上 卷

廖养正 ◎ 编著
释一诚 ◎ 审定

中国书籍出版社
China Book Press

图书在版编目（CIP）数据

中国历代名僧诗选/廖养正编著，释一诚审定. —北京：中国书籍出版社，2015.5
ISBN 978-7-5068-4896-1

Ⅰ.①中… Ⅱ.①廖…②释… Ⅲ.①诗集-中国研究 Ⅳ.①I22

中国版本图书馆 CIP 数据核字（2015）第 089412 号

中国历代名僧诗选

廖养正 编著 释一诚 审定

责任编辑	冯继红 赵安民
责任印制	孙马飞 马 芝
封面设计	北京汉石美迪发展有限公司
出版发行	中国书籍出版社
地　　址	北京市丰台区三路居路 97 号（邮编：100073）
电　　话	（010）52257143（总编室）（010）52257140（发行部）
电子邮箱	chinabp@vip.sina.com
经　　销	全国新华书店
印　　刷	三河顺兴印务有限公司
开　　本	690 毫米×960 毫米　1/16
印　　张	50.75
字　　数	700 千字
版　　次	2015 年 5 月第 1 版　2015 年 5 月第 1 次印刷
定　　价	89.00 元

版权所有　翻印必究

序

一诚

中国佛教文化源远流长，博大精深。古今大德尽多内外兼通，工诗能文。释氏中擅长诗歌者成千累万，故而流传下来的诗篇更可以数万计。然而，在历代的文化开发与整理研究中，对这部分文化遗产并未给予足够的重视。从古今大量的诗歌选注、诗歌评论与诗歌赏析的著作中可以看到，释氏之诗实如凤毛麟角。这给广大僧人学子和其他释诗爱好者认识与欣赏这些艺术作品，带来了莫大的遗憾。

今有养正居士耗费十多年功夫，编著出这部《中国历代名僧诗选》，终于填补了这项空白。可以说，这是中国佛教文化发展史上一大成果，一大功德。为此，我由衷地感到高兴。

养正居士乃我俗家弟子，自1985年助我编撰《云居山新志》以来，曾任香港佛教图书馆馆长何泽霖大居士的秘书，又应昌明大和尚之请，编著汉阳归元寺《五百罗汉谱》，现在也还担任着靖安《宝峰寺志》顾问。可以说，养正居士皈依佛教以后，始终关注和钻研佛教文化课题，努力发掘和整理佛教文化遗产，是取得了相当成绩的。

这部七十五万字的《中国历代名僧诗选》，甄选晋、南北朝、隋、唐、五代十国、宋、元、明、清及现当代名僧五百余家共八百余首诗歌。作者包括的层面甚广，诗作的形式和题材也很齐全，应该说是具有相当权威性的学术巨著。

僧诗选得很精，很有眼光。作者的介绍大都准确精炼，极费心力。说明评析部分最见编著者的功底，甚有文采。注释部分详尽细致，见解不凡，亦见编著者的学术修养。应该说这是一部很成功的作品。

出家人自应积德行善，以修行为主务。其实也不是不要文学艺术。只要不拘泥文字，不玩物丧志，尽可吟诗著文，绘画作书。古今前贤尊宿中学贯古今、多才多艺者实在数不胜数。即以诗歌而言，从晋之支遁、慧远，唐之贯休、齐己，宋之佛印、道潜，元之惟则、祖柏，明之真可、德清，清之戒显、元璟，乃至近现代虚云、敬安、弘一、曼殊，朝朝代代，人人个个，都留下了很多脍炙人口的优美诗篇。

当代僧人的文学水平不是很高，而是很低，亟需增进提高。我想，这部《中国历代名僧诗选》作为广大僧人提高文学修养的读物，相信是非常恰当，也是非常有益的。至于其他教外人士，乃至海外人士，本就不熟悉中国佛教文化中诗歌这一门类，更可循此径而窥佛教文化之一斑，借此领略山水，陶冶情操，尝试法味，受用禅境，这不是很好吗？

养正居士正值壮盛之年，学殖深厚，沉潜坚定，一定能写出更多的好作品，一定能为中国佛教文化事业作出更大的贡献。我对养正是寄予厚望，很有信心的。值此书竣稿之际，聊书数行，权称为序。

目 录

序 ………………………………………………………… 一　诚

咏利城山居 ……………………………………………… 支　遁　1
庐山东林杂诗 …………………………………………… 慧　远　3
庐山诸道人游石门诗 …………………………………… 慧　远　4
讽谏诗二首 ……………………………………………… 道　整　5
答苕华诗 ………………………………………………… 僧　度　6
江南思 …………………………………………………… 惠　休　8
怨诗行 …………………………………………………… 惠　休　9
陵峰采药触兴为诗 ……………………………………… 道　猷　10
谶诗 ……………………………………………………… 宝　志　11
估客乐二章 ……………………………………………… 宝　月　12
奉和武帝三教诗 ………………………………………… 智　藏　13
游故苑诗 ………………………………………………… 昙　瑗　16
咏孤石 …………………………………………………… 惠　标　17
游三学山 ………………………………………………… 智　炫　18
游故苑诗 ………………………………………………… 洪　偃　19
游钟山之开善、定林，息心宴坐，引笔赋诗 ………… 洪　偃　20
五苦诗 …………………………………………………… 亡　名　22
临终诗 …………………………………………………… 智　恺　24
临终诗二首 ……………………………………………… 灵　裕　25
听独杵捣衣 ……………………………………………… 慧　侃　26
初入山作 ………………………………………………… 法　禖　27
冬日普光寺卧疾值雪，简诸旧游 ……………………… 慧　净　28

诗题	作者	页码
别三辅诸僧	道　会	29
设缸面酒款萧翼，探得来字	辩　才	30
爱妾换马	法　宣	31
三不为篇三首之一	海　顺	32
三不为篇三首之二	海　顺	33
三不为篇三首之三	海　顺	35
劝诫诗二首	梵　志	36
道情诗	梵　志	37
自咏	弘　忍	37
偈	神　秀	38
在西国怀王舍城	义　净	39
道希法师求法西域，终于庵摩罗跋国，后因巡礼希公住房，伤其不幸，聊题一绝	义　净	41
得法偈	慧　能	41
送童子下山	地　藏	42
参同契	希　迁	44
壁上诗	丰　干	47
送清江上人	法　照	48
画松	景　云	49
谿叟	景　云	50
辞召诗	明　瓒	51
偈	明　瓒	52
题张僧繇《醉僧图》	怀　素	53
寄衡岳僧	怀　素	54
三言诗一首	寒　山	54
五言诗一首	寒　山	55
七言诗一首	寒　山	56
五言诗一首	拾　得	57
七言诗一首	拾　得	58
题僧院	灵　一	58

篇名	作者	页码
酬皇甫冉西陵见寄	灵一	59
将出宜丰寺留题山房	灵一	60
昭君怨	皎然	61
答苏州韦应物郎中	皎然	62
寻陆鸿渐不遇	皎然	63
临川道中	护国	64
归山作	护国	65
题醴陵玉仙观歌	护国	66
题竹	玄览	67
七夕	清江	68
送婆罗门	清江	69
湘川怀古	清江	70
东林寺酬韦丹刺史	灵澈	71
天姥岑望天台山	灵澈	72
简寂观	灵澈	72
月夜泛舟	法振	73
丹阳浦送客之海上	法振	74
赠卢逸人	善生	75
秋日同朱庆余怀少室旧隐	清塞	76
宿化城寺庄	冷然	77
赠圭峰禅师	无可	78
御沟水	无可	79
吊从兄岛	无可	79
竹枝词二首	圆观	80
答裴休诗	希运	81
观瀑布联句	希运	82
谢白乐天招	韬光	83
贺王起	广宣	84
寺中赏花应制	广宣	86
送李四校书	元孚	87

山居	常　达	88
祝尧诗	知　玄	89
答卢邺	良　乂	90
诗	义　存	90
偈	匡　仁	92
临终偈	匡　仁	92
古离别	贯　休	93
春送僧	贯　休	94
陈情献蜀皇帝	贯　休	95
垓下怀古	栖　一	96
龙潭	应　物	98
八月十八夜玩月	栖　白	99
寄南山景禅师	栖　白	100
宿严陵钓台	神　颖	100
辞南平钟王召	本　寂	101
送迁客	虚　中	102
寄华山司空图	虚　中	103
织妇	处　默	104
萤	处　默	105
送朴山人归新罗	尚　颜	106
自纪	尚　颜	107
与陈陶处士	尚　颜	108
写真	澹　交	109
简寂观	修　睦	110
三生石	修　睦	111
滕王阁	晦　机	112
谢武肃王	无　作	113
口占一颂	慧　棱	114
端午	文　秀	114
插秧歌	契　此	115

精舍遇雨	可 止	116
送僧	可 止	117
怀齐己	昙 域	117
牧童	隐 峦	118
琴	隐 峦	119
早梅	齐 己	120
夏日草堂作	齐 己	121
题东林十八贤真堂	齐 己	122
北邙行	文 偃	123
上归州刺史代通状二首	怀 浚	125
哭僧	清 尚	126
长安早秋	子 兰	127
秋日思旧山	子 兰	128
城上吟	子 兰	128
牧童	栖 蟾	129
送迁客	栖 蟾	129
赋洞庭	可 朋	130
登滕阁咏西山	可 朋	131
七日禁中陪宴	仁 贞	132
伤巢燕	伏 牛	133
辞郡守李公恩命	恒 超	134
怀庐山旧隐	若 虚	135
书妙圆塔院张道者屋壁	慈 觉	136
看牡丹	文 益	138
赠善暹道者偈	文 益	139
歌	玄 寂	140
长安言怀寄沈彬侍郎	卿 云	141
路	玄 宝	142
初冬旅舍早怀	怀 浦	143
柳	慕 幽	144

诗题	作者	页码
冬日淮上别文上人	慕 幽	145
寒食诗	云 表	146
题伍相庙	常 雅	147
题楚庙	归 仁	148
自遣	归 仁	149
谢友人见访留诗	怀 楚	149
舟夜一章	海 印	150
乞荆浩画	大 愚	151
伤悼前蜀废国	远 公	152
中秋玩月	明 光	153
鹭鸶	无 则	154
暮春送人	无 闷	155
江上秋志	尚 志	155
赋残雪	乾 康	156
投谒齐己	乾 康	157
对御书后一绝	亚 栖	158
闲居	延 寿	159
永明寺偈	延 寿	160
汤戏	福 全	160
别友人	惟 审	161
宝琴	释 彪	162
题慧山泉	若 水	163
题马迹山	文 鉴	164
临终偈	行 因	164
诗一首	史 宗	165
云门寺	仲 休	166
寄题洞庭山水月禅院二首之一	赞 宁	167
寄题洞庭山水月禅院二首之二	赞 宁	168
咏鹦鹉	定 诸	169
上州牧偈	道 诠	170

七言杂诗	遇贤	171
五言杂诗	遇贤	171
蒸豚	失名	172
赠英公大师	永牙	173
归山吟寄友	清豁	174
秋夜坐	遇臻	175
自题月轩	德聪	176
怀广南转运陈学士状元	希昼	177
过巴峡	希昼	178
金陵怀古	保暹	179
蟠溪	保暹	180
江上书怀寄希昼	文兆	181
幽圃	文兆	182
泛若耶溪	行肇	182
卧病吟	行肇	183
晚次江陵	简长	184
夜感	简长	185
与行肇师宿庐山栖贤寺	惟凤	186
姑射山诗题曾山人壁	惟凤	187
池上鹭分赋得明字	惠崇	188
中夜起	惠崇	189
塞上赠王太尉	宇昭	190
幽居即事	宇昭	191
闻蛩	怀古	192
烂柯山	怀古	193
留题云门寺	智仁	193
题逆旅壁	宝麈	194
白云庄	显忠	195
闲居	显忠	196
隐岳洞	显忠	197

戴云山吟	智 亮	197
游解城中条山联句	用 晦	198
送简长师陪黄史君归江右	尚 能	200
登京口古台夜望	子 熙	201
上慧日禅师	用 文	202
书光化军寺壁	秘 演	203
山中	秘 演	203
酬苏屯田西湖韵	遵 式	204
寄刘处士	遵 式	205
赠林逋处士	智 圆	206
寄栖白师	智 圆	207
仲殊喜作艳词，以诗箴之	僧 孚	208
狮子峰	重 显	210
千里不来	重 显	211
送小白上人归华顶	秀 登	212
辞侍郎蒋公宴客见招	惟 政	213
山中作	惟 政	214
示众偈	慈 明	214
舟中偈	慈 明	216
偈	郁禅师	217
颂	守 芝	218
上堂开示偈	守 芝	219
小溪	昙 颖	219
辞显禅师题壁二首	善 暹	220
辞众偈	省 回	221
送僧	士 可	222
贻显宗上人	继 儒	223
舟行寒江曲港	惠 琏	224
上堂开示	晓 舜	225
游天竺寺	惟 晤	226

上堂偈	倚　遇	227
题宪师壁	法　辉	228
书南山六和寺	契　嵩	228
古意	契　嵩	229
湖上晚归	契　嵩	230
咏杜鹃花	择　璘	231
书木牌诗	无　梦	232
上仁宗皇帝乞还山	怀　琏	233
宝积山小雨	文　莹	234
送王山人归千峰	思　雅	235
送王山人归隐	惠　涣	235
次韵参寥，怀秦少游学士	元　净	236
山居	灵　澄	237
登阁	清　晦	238
上堂偈二首之一	洪　英	239
上堂偈二首之二	洪　英	240
自题诗集	宗　美	241
咏月	樟　不	241
周侯祠	僧　印	242
悼赵清献	法　泉	243
石鼓峰	宗　本	244
十竹轩	清　顺	245
题西湖僧舍壁	清　顺	246
北山垂云庵	清　顺	247
退黄龙院作	祖　心	248
蝇子透窗偈	守　端	249
云鹤	克　文	249
吊黄龙和尚塔	克　文	250
得黄龙死心示寂讣	守　智	251
上堂偈语	守　智	252

送僧游嘉禾	法　秀	253
题大慈坞祖塔院	先　觉	254
山居	净　端	255
早梅	则　之	256
雪霁观梅	则　之	257
绝句	重　喜	258
辞御赐紫衣	元　佑	258
邺公庵歌	云　知	259
和东坡诗韵	慎长老	261
游云门	了　元	262
答可遵	了　元	263
和周茂叔绝句	了　元	264
题梵天寺	守　诠	265
夏云	奉　忠	265
山光寺	昙　秀	266
绝句	靓禅师	267
题巨商壁	靓禅师	268
答张无尽因续成诗	圆　玑	268
书壁	圆　玑	269
偶作	日　益	270
雁荡山	惟　一	271
秋晓	道　全	272
答觉范问住山二首	怀　志	273
题壁二首	知　和	274
石门歌	有　需	275
辞张无尽请住豫章观音寺	惟　清	276
葛洪丹灶	清　外	277
上法智大师	遇　昌	278
北固山	法　平	279
佛印元公自京师还，过金陵，作诗赠之	可　遵	280

题汤泉	可　遵	281
口占绝句	道　潜	282
经临平作	道　潜	283
东园	道　潜	284
访方子通	仲　殊	284
润州	仲　殊	285
京口怀古	仲　殊	286
上堂偈二首之一	从　悦	287
上堂偈二首之二	从　悦	288
送东坡居士	泉禅师	289
送空上人	蕴　常	290
别苏养直	蕴　常	290
白云庵	元　照	291
石佛寺	南　越	292
题松	维　琳	293
青城山观	楚　峦	294
田横墓	懒　云	295
绝句二首	景　淳	295
绝句	道　英	296
题胜业寺	文　政	297
浮槎山	用　孙	298
贻老僧	信禅师	299
过郑居士斋	道　举	300
四皓	智　孜	301
天开岩	有　朋	302
绝句	普　闻	303
别众一绝	普首座	303
送崇觉空禅师	怀　清	304
姚江	昙　莹	305
睡起	昙　莹	306

赠思净律师	克 勤	306
绝句	克 勤	308
示若乎禅人住云门庵	克 勤	308
落叶	正 勤	309
次韵答吕居仁	如 璧	310
偶成	如 璧	312
眠石	如 璧	312
天台山中偶题	祖 可	313
绝句	祖 可	314
秋屏阁	祖 可	315
庐山白莲社	怀 悟	316
答或问	思 净	317
山中秋夜怀王性之	善 权	318
洪井	善 权	319
奉题性之所藏李伯时画渊明采菊	善 权	321
秋夕	昭 符	322
过曹娥庙	觉 先	323
题李愬画像	惠 洪	324
夏日	惠 洪	326
崇胜寺后有竹千竿，独一根秀出，人呼为竹尊者，因赋诗	惠 洪	326
余自并州还故里，馆延福寺。寺前有小溪，风物类斜川，儿童时戏剧之地也。尝春深独行溪上，因作小诗	惠 洪	327
山居	法 成	328
遗众偈	齐禅师	329
上堂偈语	善 悟	330
韬光庵访渊公不值	如 琳	331
夜归	梵 崇	332
寓居西林	梵 崇	333
春晚	梵 崇	334

翠微山居	冲 邈	335
开悟偈	法 顺	336
上堂偈	法 顺	337
尧峰院东斋	怀 深	338
中秋赏月寄高峰璸老	怀 深	339
槿花	绍 隆	339
上堂偈	绍 隆	340
寒食野步	文 坦	341
寄云水禅师	文 兴	342
上堂偈	道 震	343
浯溪图	德 止	344
绝句春日	法 具	346
送僧	法 具	346
客中会友	法 具	347
游废圃	惠 严	348
正觉寺	惠 严	349
啸猿亭	仲 皎	350
山居	仲 皎	351
疏山轩	仲 皎	352
庵居	仲 皎	352
答郡守	如庵主	353
安上座所作墨梅	士 珪	354
新月	显 彬	355
次韵苏坚老秋日登拟岘台	正 宗	356
书云居寺壁	宗 振	357
寄无垢居士	宗 杲	358
游九华山题天台高处	宗 杲	359
太湖	慧 梵	360
普和寺	晞 颜	361
忆佛轩	晞 颜	362

题目	作者	页码
题奉化西峰院	正 觉	363
绝句	有 规	364
题东明寺	蜀 僧	365
绝句	志 南	366
九日入院作	可 观	367
西阁	志 文	368
上堂偈	道 颜	369
晓发山店	显 万	370
义帝陵	显 万	371
晚春	守 璋	373
栽松作	天 石	374
洞霄宫	宝 印	375
住天台山	惟 茂	377
送道友	道 谦	378
南昌道中	晓 莹	378
舟泊括苍溪口	惟 谨	379
手影戏	惠 明	380
初秋忆湖上诸山	永 颐	381
西峰日暮	永 颐	382
天竺秋日	永 颐	383
游洞霄宫	道 济	384
偶题	道 济	386
天台道中	惠 嵩	387
曹孝女庙	元 昉	388
盆荷	居 简	389
小泊湖州	居 简	390
淳祐辛酉立秋后一日游鼓山	道 冲	391
绝句	福州僧	392
赋吴门上元	本 正	393
表忠观	法 照	394

堤上	斯 植	395
湖上晚望	斯 植	396
雪中寄岩泉	斯 植	396
山行晚归	善 珍	397
春寒	善 珍	398
上权臣	僧 仪	399
上堂别众	云 峰	400
舟中口号	绍 嵩	401
泛湖	绍 嵩	402
无弦琴	止 翁	403
虎丘	元 肇	404
惜松	元 肇	405
题雪窦锦镜亭	元 肇	406
锦镜池	僧 鉴	407
绝句	祖 钦	408
题景苏堂竹	道 璨	408
放船	本 粹	410
李昭象读书台	希 坦	410
自题葡萄	子 温	411
题画葡萄卷后	子 温	412
重阳	德 丰	413
答钟山长老	德 丰	414
南山诗	净 权	414
绝句	存 诚	415
春日田园杂兴	了 慧	416
镊工	溥 光	417
绝句二首之一	溥 光	418
绝句二首之二	溥 光	419
题飞鸣宿食四雁图	行 端	420
拟寒山子诗	行 端	421

诗题	作者	页码
赠天纪	圆 至	421
寒食	圆 至	422
晓过西湖	圆 至	423
睡起	本 诚	424
江亭秋晚二首之一	本 诚	424
江亭秋晚二首之二	本 诚	425
九字梅花咏	明 本	426
次韵沈王题真际亭	明 本	427
天目山	明 本	428
思母	与 恭	429
冷泉亭	与 恭	430
回雁峰	与 恭	430
呈虞学士	一 初	431
和虞学士	一 初	432
三高祠：范蠡	善 住	433
阳山道中	善 住	434
题管夫人长明庵画	妙 湛	435
静安八景：绿云洞	寿 宁	436
径山五峰五首	祖 铭	437
咏梅花	梅花尼	438
金山寺	昙 噩	439
赋盖	祖 柏	440
口占	祖 柏	441
题自写菖蒲二首	祖 柏	442
馆娃宫	若 舟	442
赠张伯雨	无名僧	443
野鸡毛羽好	宗 衍	445
西湖竹枝词	文 信	445
黄鹤楼	禅 僧	446
游虎丘	瞻禅师	447

湖村庵即事	惟 则	448
绝句	惟 则	449
题安分轩	辩 才	449
万里	梵 琦	450
晓过西湖	梵 琦	451
漠北怀古	梵 琦	452
居庸关	梵 琦	453
泊安庆城,挽余廷心	法 智	454
次韵答郏仲谊	宁长老	455
竹深处诗	实禅师	456
竹枝词	惟 则	457
偈	惟 则	458
寄杨廉夫	照禅师	458
续兰亭会补任城吕系诗	自 悦	459
续兰亭会补彭城曹埋诗	福 报	460
续兰亭会补任城令吕本诗	如 皋	461
绝句	良 震	462
山房独坐	善 学	463
病中赠医僧悦可庭	无 愠	464
示寿知客	智 及	465
重九	原 瀞	466
母生日	明首座	467
天竺杂咏	弘 道	467
次韵秋怀	文 谦	468
画梅	怀 渭	469
战城南	宗 泐	470
夏夜与钱子贞集西斋赋诗叙别	宗 泐	471
听泉轩为藏无尽作	宗 泐	472
题阳关送别图	来 复	473
关山月	仁 淑	474

招复见心书记	良 琦	475
咏苔	正 淳	476
赵千里田家四季图	万 金	477
广轮疆里图	清 濬	478
题老马图	妙 声	479
次韵答刘克勤	法 住	480
谢车叔铭寄笔	德 祥	481
峨溪晚钓	德 祥	482
登姑苏城	克 新	482
金陵行	子 梗	483
弘上人所蓄秋山图	守 仁	486
讽喻诗	守 仁	487
怀友	守 仁	488
京口览古	道 衍	489
祥老人草书歌	道 衍	490
漫兴	清 潵	491
送僧往万杉	如 兰	492
三笑图	如 兰	494
对琴	明 显	495
题王冕梅花揭篷图	溥 洽	495
赞梦观法师遗像	溥 洽	497
辞众上堂偈	普 庄	498
颂古诗	普 慈	499
读谢翱传	大 可	500
送陈墨山还吴淞兼柬胡秋田	明 秀	501
旅怀	宗 伦	502
登石笋矼	智 舷	503
七笔勾	袾 宏	504
过东昌偈	袾 宏	508
渡曹溪一绝	真 可	508

雷音寺	真　可	509
游云居怀古	真　可	510
天池寺	洪　恩	511
醒世歌	德　清	513
龙泉关	德　清	514
示南华寺堂主偈	德　清	515
鼎湖山居	德　清	516
鞋山	德　清	517
七言偈	惟　安	518
栖贤谷	镇　澄	519
云居复古二首	洪　断	520
谨示二首	洪　断	521
云居山咏二首	常　慧	523
种松老人	通　润	524
龙潭对雨	如　愚	525
题云居寺壁	圆　悟	526
过云居真如寺二首	圆　信	527
初游云居作	观　衡	528
圆通颂二首	观　衡	529
游浴龙池	栖　壑	530
新创云顶山房	栖　壑	531
早梅	道　源	531
金陵怀古	读　彻	532
别吴中诸子	读　彻	534
送朗瘴入匡山	读　彻	535
石公山	实　讱	536
伤范东生	实　讱	537
江楼望月	实　讱	538
讯候颛愚大师	道　盛	539
游鼓山喝水岩	通　容	540

滇曲	担	当	541
昆明池	担	当	541
山茶花	担	当	542
探梅	德	晖	543
赵州关	起	高	544
住云居五十诞日偈	起	高	545
寨云峰	道	忞	546
黄岩小橘甚佳，喜题一绝	止	喦	547
戏酬友人惠日铸茶	止	喦	548
遣意	悟	持	548
怀州隐	通	门	549
溪边远眺	大	错	550
寄啸翁	济	白	551
五龙潭	音	住	552
钵盂峰	音	住	553
安乐殿	音	可	554
鸣弦泉	音	可	555
雷击千年银杏偈	音	可	556
山居	如	玺	557
偈语二首	如	玺	558
周逸休鸿胪见过	通	问	559
赠倪端甫	通	忍	560
题莲花	维	极	561
除夕	通	际	561
春佃	函	昰	562
晚步松岭	函	昰	564
忆过姑苏	函	昰	565
秋夜宿八峰山房	大	灯	566
山居	大	成	566
登黄鹤楼	戒	显	567

访云门祖刹	戒 显	568
杜茶村见过	大 健	569
题画	宏 仁	570
莲花庵	宏 仁	571
采菌	函 可	571
初释别同难诸子	函 可	572
重入千山二首	函 可	573
独往	弘 智	574
听黔调山坡羊二首	弘 智	575
自题山水画	弘 智	576
寿北里先生	涌 狂	576
断发	普 明	578
江行	通 琇	579
戟庵	今 释	580
人日龚芝麓、邓孝威垂访海幢寺	今 释	581
无题	今 释	582
首阳咏	南 潜	583
听雨	南 潜	584
宫人入道和唐人	南 潜	585
夏日晚晴	静 诺	586
咏秋兰	静 诺	587
石船	元 鹏	588
山中四咏	元 鹏	589
绝笔诗	佚 名	590
初入栖贤即事	今 觌	591
村院秋居	行 悦	592
登鼓子峰	衍 操	593
流香涧	衍 操	594
宫词二首	静 照	595
辞世偈	传 正	596

早春即事	再　生	596
寒夜书怀	再　生	597
书怀	无　垢	598
秋柳	无　垢	599
盘山	智　朴	600
登天目遇雨	听　月	601
怀本师云老和尚	如　乾	602
流香涧	超　全	603
鼎湖篇赠尹紫芝内翰	同　揆	604
梅花	德　容	608
七夕二首	德　容	609
自撰塔铭	庆　传	610
题曹将军水庙	显　鹏	612
九日吴山宴集值雨次韵	序　灯	613
晓起遣兴	石　岩	614
夜坐	静　维	615
秋宵对月	静　维	616
访蒋虎臣居士	道　贤	617
挽旃那	安　生	618
暮春苦雨即事	德　日	618
新燕	德　日	619
清明	介　石	620
赠冒巢民	性道人	621
清明感怀	性道人	622
赠范洛仙	性道人	623
香奁和姊氏韵	德　月	624
秋夜闻蛩	德　月	625
送钱圣桢赴佟方伯楚幕之招	元　志	625
摄山秋夕	今　种	627
鲁连台	今　种	628

自白下至檇李与诸子约游山阴	今 种	629
粤江秋夜	今 种	630
赋得长安今日少年行	元 玉	630
重寓松涛庵	髡 残	632
古意	髡 残	633
过水绘园留赠冒辟疆	晓 青	634
古店晓发留赠主人	晓 青	635
山行即事	晓 青	636
题画	上 鉴	636
幽居志兴	上 鉴	637
舟至八闸为友人作画	道 济	638
为友人写春江图	道 济	639
渔父图	性 休	640
偶成二首	僧 玉	641
天河	僧 玉	641
步樊长文孝廉游鼎湖作	一 机	643
孟夏关中咏	行 刚	644
饮雨花台赋落叶	妙 慧	645
秋夜	明 萱	646
落叶二首	明 萱	647
新秋晚眺	德 隐	648
祀寒山先墓	德 隐	649
九日前一夕泊韶州逢陆丽京	大 汕	650
五乳法云寺	超 渊	651
大林道上看花，次雪壑法师韵	超 渊	652
横塘夜泊	宗 渭	653
重过海印庵	宗 渭	654
次韵酬九来	宗 渭	655
竹湛	超 远	656
夏词	智 生	657

马鞍山过寒岩大师	超 际	657
般若招提晓坐	妙 惠	658
玄墓看梅	德 元	660
过旧游有感	德 元	661
胥江春暮	德 元	661
平山堂看荷	元 度	662
仙城寒食歌·绍武陵	成 鹫	663
东林折梅送周大尊归里	成 鹫	665
将入丹霞留别同学	成 鹫	666
渔村	荫 在	667
访隐	荫 在	668
扫先慈墓	超 群	668
金山	然 修	669
山居	明 愚	670
葛洪洞	寂 灯	671
咏新竹	际 智	672
虎丘访卖花老人	溥 畹	673
露筋祠	岑 霁	673
柏堂对月和周升逸	岑 霁	674
归后	智 潮	675
熊襞庵和尚塔前拔草吟三首	大 涵	676
名山纪游	昭 吉	677
江上送客	野 楫	678
月夜过雷塘道中	佛 旸	679
喜黄梨洲征君过鹿峰	元 璟	680
芦沟桥	元 璟	681
漂母祠	元 璟	682
惠山寺品第二泉	元 璟	682
两鹤	妙 复	685
木莲花二首	海 岳	686

访友不值	海　岳	687
随雪老人客都门，见者多问云舫境界，		
老人因命余赋此，书馆壁间以答	一　智	688
题簪花图	上　睿	689
落梅	律　然	690
口占与西涧金宪	律　然	691
独树堂散怀	元　祚	692
寄高澹游	元　祚	693
雨窗	妙　信	693
九日酬诸子	妙　信	694
望庐山	德　溥	695
黄山慈光寺	德　溥	696
梦故友程风衣	超　源	697
题画二首	超　源	698
宿万峰精舍	明　中	699
岁暮感事	陈　遇	700
忆旧隐	实　乘	701
初夏山中即景	实　乘	702
登香岩一览楼	明　印	703
秋日过王冈龄山斋次韵赋答	明　印	704
宿山寺步壁间韵	广　彻	705
问水庵次锡山华凝修韵	宗　智	706
偕夏靖九过夏元长炼室，同次殷雨苍韵	宗　智	707
对月怀陶景成茂才	宗　智	708
张毅夫弟西川硕学近闻落发五台，口占以坚其志	慈　海	709
夏日山居	慈　海	710
邹颖峰先生秋夜过谈	慈　海	711
明妃冢	湛　泛	712
菊花	湛　泛	713
舟中同秦西岩	湛　泛	714

篇名	作者	页码
山居二首	际醒	714
同王梦楼太守高旻寺看菊	达瑛	716
次安心见寄韵	达瑛	717
登海云楼怀蕺湾清凉主人	达瑛	718
和赵瓯北观察见赠	清恒	719
重登摄山寻练塘墓	清恒	720
清江晓发	清恒	721
次洪稚存太史见赠韵	与宏	721
书怀	与宏	722
天台万年藤杖歌	与宏	723
柳枝词	悟霈	725
新雁	悟霈	725
书感	悟霈	726
春草	野蚕	727
由下关复之广陵	野蚕	728
晚坐	野蚕	729
夜雨不寐	禅一	730
秋雨写怀	禅一	731
题查叔羽《罗浮梦梅图》为周梅坪作二首	达受	732
感怀二首	悟清	733
庵中写怀	宛仙	734
严滩过子陵钓台	慧霖	735
平山堂	慧霖	736
闽中秋玩月	慧霖	737
松芝图	了亮	738
写兰石有寄	了亮	739
感成	了禅	740
客中寄本山诸友	了禅	741
鄮山育王寺度岁作	祖观	742
金山杂诗	祖观	743

自笑	祖　观	743
寄怀蒋宾梅先生	大　须	744
暮雪	大　须	745
西藏大雪山	虚　云	746
夜泊洱海	虚　云	747
题仰光龙华寺	虚　云	748
暹罗龙莲寺养病	虚　云	749
题雪兰峨绝顶涌泉	虚　云	750
佛印桥谈心石并序	虚　云	751
泊空舲岩上杜公亭	敬　安	752
送海峰上人行脚	敬　安	753
过徐酡仙故宅	敬　安	754
偈二首	谛　闲	754
答冒鹤庭二首	灵　照	755
高鹤年居士像赞	印　光	757
往事影尘偈	倓　虚	758
福慧精舍开光典礼	倓　虚	759
民国二年于四明接待寺赠鹤年居士四首	圆　瑛	761
临终偈语二首	弘　一	762
今日与明朝	弘　一	763
母之羽	弘　一	764
本事诗	曼　殊	765
淀江道中口占	曼　殊	766
东来与慈亲相会，忽感刘三天梅去我万里，不知涕泗之横流也	曼　殊	766
偈	显　慈	767
赠虚云和尚	太　虚	768
次韵和铁禅画梅诗二首	太　虚	769
虚老和尚开光塔法语	悟　源	770
讲《楞严经》	海　灯	771

恭祝一诚大和尚晋院真如，重启千佛大戒，
　谨呈芜言，以庆佳辰 …………………………………… 本　智　772
赞虚云老和尚偈 ………………………………………………… 宣　化　774
偈语 ……………………………………………………………… 朗　耀　775

后记 ……………………………………………………………………… 776

咏利城山居

支 遁

五岳盘神基，四渎涌荡津①。
动求目方智，默守标静仁②。
苟不宴出处，托好有常因③。
寻元存终古，洞往想逸民④。
玉洁箕岩下，金声濑沂滨⑤。
卷华藏纷雾，振褐拂埃尘⑥。
迹从尺蠖曲，道与腾龙伸⑦。
峻无单豹伐，分非首阳真⑧。
长啸归林岭，潇洒任陶钧⑨。

【作者简介】

支遁（314－366），东晋江南吴中支山寺僧。字道林，号支硎，俗姓关，陈留（今河南省开封市）人，一说林虑（今河南省林县）人。生于佛徒之家，自幼聪颖，明彻事理。初隐浙江余杭山中，二十五岁入吴中立支山寺，精研《般若经》和《庄子》，后又至浙江沃州小岭立寺传道。曾创建贵溪兴山寺，主持会稽灵嘉寺。晋哀帝初年（公元362年）征至洛阳东安寺，讲道三年，力辞得归，乃敛迹剡山。支公诵习佛经，精通玄理，善举宗旨大意，不拘表面词句。所注《庄子·逍遥游》以佛证玄，相互渗透，见解精辟，为后人所叹服。又精于文辞，以诗知名，与当时名士殷浩、郗超、谢安、王羲之等均为至交。又爱好养马，善相马。草书亦有名。著作原有诗文集三十卷，今不传。

【说明】

利城系东汉时所设之郡，郡治即名利城，在今江苏省赣榆县西南，三国时废。支公出家后，最初便在利城境内山区隐居。本诗先从利城山区地理形势写起，接着阐述了隐士们之所以要隐居的原因，然后详细记叙了作者自己的隐遁生涯，表示了坚定地抛弃世俗杂念，归依自然的决心。支公虽为东晋时一流高僧，为般若学即色宗著名代表人物，但身处玄学盛行之魏晋时代，无法超脱时代的影响，故其诗写得玄虚古奥，甚至有些晦涩，当然也离尘拔俗，不带一点人间的烟火味。

【注释】

①五岳：泰、衡、华、恒、嵩为上古时天子封禅祭祀的五座大山，并称为东、南、西、北、中五岳。神基：神仙居止处，多指大山。《隋书·薛道衡传》有句"帝系灵长，神基崇峻。"四渎（dú）：淮、江、河、济为上古时天子封禅祭祀的四条大川，并称东、南、西、北四渎。渎，大河也。荡津：平坦的水洼。②动求句：行动时以正直的智谋和思虑为目的。默守句：静守时以仁慈相爱为处世的标准。③苟不句：谓倘若不能适应仕途进退的变化。托好句：谓仍有永久的办法来寄托自己的爱好和志向。④寻元：元通源，追寻根源。终古：久远的往昔、上古时代。洞往：回顾往昔。洞意为洞悉、透彻。逸民：亦作佚民，即隐居避世者。⑤玉洁：形容隐士的情怀像玉石一般洁白无瑕。箕（jī）岩：箕山的岩壑。箕山在今河南省登封县东南，亦名许由山，唐尧时高士许由隐居于箕山之下、颖水之阳。金声：形容前贤的名声像黄金一般光辉明亮。濑（lài）：指沙石上流过的急水。圻：崖岸。《汉书·张良传》有"良受书于邳圻。"⑥卷华句：美丽的花朵掩藏在浓密的雾里。褐（hè）：兽毛或粗麻制成的短衣，本系穷人所服，此指隐居避世者粗朴的衣物。⑦迹：行为、行止、行迹。尺蠖（huò）：一种昆虫的幼虫，俗称造桥虫，虫体细长，行动时能屈伸变形。道：一般指人生观、世界观、政治主张或思想体系。腾龙：在空中飞腾的龙。⑧峻：高大。单（shàn）豹：古之高士。《庄子》云"鲁有单豹者，岩居而水饮，不与民共利，行年七十而犹有婴儿之色。"伐：功劳。分：名分、才赋。首阳：山名，在今山西省永济县南，相传为上古时著名高士伯夷、叔齐两兄弟隐居采薇之处，此处亦以首阳山名代指夷、齐二人。真：真诚、真实。⑨林岭：树林与山岭，泛指隐居之处。潇洒：洒脱、毫无拘束的样子。陶钧：原为制作陶器时所用的转轮，此处引申为创建、造就及造物之功。

庐山东林杂诗

慧 远

崇岩吐清气，幽岫栖神迹①。
希声奏群籁，响出山溜滴②。
有客独冥游，径然忘所适③。
挥手抚云门，灵关安足辟④。
流心叩玄扃，感至理弗隔⑤。
孰是腾九霄，不奋冲天翮⑥。
妙同趣自均，一悟超三益⑦。

【作者简介】

慧远（334－416），东晋庐山东林寺僧。俗姓贾，雁门楼烦（今山西省宁武县）人。早年博通六经，尤善老庄。二十一岁时与弟慧持同受戒于名僧道安，受般若性空之学。后奉道安命南游传法。初在荆州，再至庐山，主讲《丧服经》。深爱庐山环境清幽，足堪避世，遂留居立东林寺，其弟慧持立西林寺。尝与庐山僧俗隐逸一百二十二人结成莲社，与雷次宗、宗炳等十七人并称莲社十八高贤，从此创立净土宗，成为后来佛教重要宗派，被奉为净土宗初祖。远公精研佛学，兼长大小二乘，主张以佛为主，儒玄为辅，其学说很有影响。且学识渊博，工诗善文，与同代名士谢灵运、陶潜、桓温等都有交往。著作有《法性论》《庐山纪略》等。

【说明】

庐山一称匡山，相传殷周时有匡姓兄弟结庐隐居于此而得名。山在江西北部，耸立鄱阳湖、长江之滨。占地二百余平方公里，传有九十九峰，以汉阳峰（1474米）为最高。多岩壑、峭壁、清泉、飞瀑之胜。主要名胜有佛手岩、黄龙潭、三叠泉、含鄱口、白鹿洞、花径等。山中多中外别墅，辟为疗养院、休养所，为驰名世界之休养、旅游胜地。东林寺在庐山西北麓，是我国佛教净土宗发源地。始建于东晋慧远，历经兴废，今已修葺一新，有神运宝殿、十八高贤堂、三笑堂等建筑。寺内尚有聪明泉、石龙泉、白莲池等古迹。远公居庐山东林寺近四十年，对庐山胜景和僧侣生活深有体会，发而为诗，亦颇清俊。本诗不仅生动地描绘了匡庐清幽美丽的自然风貌，记述了作者游览时陶然忘我的喜悦心情，同时也表达作者摆脱世俗牵缠、坚持修行学道的决心。

【注释】

①崇岩：高大挺拔的山岩。幽岫（xiù）：幽深的洞壑。岫者山穴也。神迹：神仙往返之踪迹。②希：同稀。籁（lài）：本为古代一种乐器，后特指孔穴中发出的声音，此处泛指一般的声响。溜滴：声音圆润而又光滑。③冥：此处意为幽深、高远。径：直。适：去向。④云门：云本无门，借喻峰峦极高之处。灵关句：如何才能突破那通往觉悟、到达真理的关隘呢？灵关指假想中获得觉悟的种种阻碍、关口。⑤流心：即心流，心意的流转移动。玄扃（jiōng）：奥秘的门户，佛家喻入道之门，扃即门户。⑥九霄：天空之极高处。相传天分九重，九霄即最高那层。翮（hé）：本为鸟羽茎状部分，引申为羽翼。⑦均：平衡、相称。三益：三种有益的朋友，指直友、谅友、多闻友。《论语·季氏》云"益者三友，损者三友。友直、友谅、友多闻，益矣。友便辟、友善柔、友便佞，损矣。"

庐山诸道人游石门诗

慧　远

超兴非有本，理感兴自生①。
忽闻石门游，奇唱发幽情②。
褰裳思云驾，望崖想曾城③。
驰步乘长岩，不觉质自轻④。
矫首登灵阙，眇若凌太清⑤。
端坐运虚轮，转彼玄中经⑥。
神仙同物化，未若两俱冥⑦。

【作者简介】

见前。

【说明】

此诗原题为《庐山诸道人诗》,意为诸道人所作之诗,今据《方舆纪要》,知为远公作品。诗前有序长六百余字,叙述石门形势、游山缘起、览胜观感甚详,奇情深理,足堪把读,今免录。石门在庐山西南,铁船峰与天池山相对并峙,形如双阙,故名石门或石门山,有瀑布,即称石门瀑布,极壮观。诸道人指与远公同趣共游者共三十余人,名不详。

【注释】

①超兴:特别的兴致。本:原因、理由。理感:心中想到、感觉到。②唱:同倡,倡导、建议。③褰(qiān):撩起、揭起。云驾:驾云者,指仙人。曾城:地名,在今江西省星子县城南滨湖二里,陶渊明《游斜川》序云:"临长流,望曾城。"④驰步:快步。乘:登。质:身体、体重。⑤矫(jiǎo):矫正,此处意为转动、转过来。灵阙(què):指神仙所居的宫殿。眇:同渺,渺茫、遥远。凌:升高而接近。太清:天空。古人认为天系清而轻的气所构成,故称为太清。汉·刘向《九叹远游》有句"譬如王侨之乘云兮,载赤霄而凌太清。"⑥运:旋转。轮:指法轮,佛法也。玄中经:意为极其高深玄妙的理论。⑦物化:原意为变幻、变化,如庄周之梦中化蝶,后引申为死亡。此处即取引申之义。冥:晦暗不清。两句意谓既然神仙也和我们一样有生有死,那就任其含糊不清,无须作过深的探究了。

讽谏诗二首

道 整

昔闻孟津河,千里作一曲①。
此水本自清,是谁搅令浊②。

北园有一树,布叶垂重阴③。
外虽饶棘刺,内实有赤心④。

【作者简介】

道整,南北朝前秦时北方僧。生卒年不详,大约公元 365 年前后在世。俗姓赵,名整,一名正,字文业,清水郡(治所在今甘肃省清水县西北)人,又作济阴(今山东省定陶县)人。少习儒业,十八岁即仕苻(fú)坚朝,任著作郎,迁黄门侍郎,历官武威太守。他性度敏达,刚直不阿,学兼内外,能诗善文。苻坚有过,每每以诗谏之,颇受信任。苻坚死,遂辞官,更名道整,出家事佛,隐遁商洛山中以终。

【说明】

苻坚末年宠惑鲜卑贵族慕容垂及其夫人段氏,尝与段氏同辇游后庭,道整作谏诗以讽之,云"不见雀来入燕堂,但见浮云蔽白日。"苻坚改容谢之,令段氏下辇。然宠惑固深,乃至荒堕朝政,道整又作此二首诗以献。他捧诗面读给苻坚听。读到"昔有孟津河"时,苻坚说:"是指我吧?"读到"北园有一树"时,苻坚点头说:"指你自己。"两首诗都是借用比喻,通过形象生动的比喻来达到讽谏的目的,以提高统治者的警惕,以维护前秦王朝的统治。正因为目的在于比喻说理,故而在文辞上但求通俗明了,朴实自然。这正是两诗值得借鉴的优点。

【注释】

①孟津河:简称孟津,古黄河津渡之名,在今河南省孟县东北。此处之孟津河亦可代指黄河。曲:曲折转弯处。②令:使得、致使。③布叶:树叶生长得极茂密,铺满在枝头,一层一层地有如布帘。重阴:浓阴。④饶:多。棘刺:荆棘,带刺草木的通称。赤心:忠心,真心诚意。

答苕华诗

僧　度

机运无停注,倏忽岁时过①。
巨石会当竭,芥子岂云多②。
良由去不息,故令川上嗟③。
不闻荣启期,皓首发清歌④。

布衣可暖身，谁论饰绫罗⑤。
今世虽云乐，当奈后生何⑥？
罪福良由己，宁云己恤他⑦！

【作者简介】

僧度，又称竺僧度，东晋末年山东僧。生卒年不详，大约公元390年前后在世。俗姓王，名晞，字玄宗，东莞（今山东省沂水县）人。他少即孤贫，奉寡母，以孝称。虽身世孤微，而天资秀发，性度温和，神情爽拔，卓尔异人，有誉于时。母逝后舍俗出家，专精佛法，严谨操持，不知所终。

【说明】

度公幼年时家道小康，与同郡杨德慎之女苕华订有婚约。杨乃衣冠望族，苕华与度公同龄，容貌端丽，兼擅文才。然未及成礼，度父先故，苕华父母又相继亡，度母复卒。度公睹世事无常，人生短促，忽然感悟，遂割断尘缘，出家依佛，一衣一钵，游学四方。苕华服丧毕，自唯三从之义，无独立之道，乃寄书度公并附一诗《赠竺度》，诗云"大道自无穷，天地长且久。巨石故叵消，芥子亦难数。人生一世间，飘若风过牖。荣华岂不茂？日夕就凋朽！川上有余吟，日斜思鼓缶。清音可娱耳，滋味可适口。罗纨可饰躯，华冠可耀首。安事自剪削，耽空以害有？不道妾区区，但令君恤后。"苕华的诗一方面肯定了人生变幻、苦难深重，另一方面也揭示了现实生活中尚有不少值得留恋的东西，甚至用传宗接代，不能断绝后嗣的话来责备和规劝度公。度公回复此诗时，用极其委婉的词语为自己离尘避世的选择作出解释，表示了自己看破红尘、皈依佛法的决心。诗写得很深沉动情，有相当的感染力。

【注释】

①机运：本意是指机会和运气，引申而言则又可指社会和自然发展的趋势。住：停止。倏（shū）忽：刹那间、转眼之间。倏，疾速貌。②竭：尽、灭。芥子：芥菜或一种名字叫芥的小草的种子，状极细小，比喻极为微小的事物。佛家有"芥子纳须弥"之言，以喻诸相皆非真，巨细可兼容。须弥，佛经中之大山也。③良由：确实、的确。由为衬字，无实义。川上嗟：站在河边上叹息，嗟即感慨地叹息。《论语·子罕》有句"子在川上曰：逝者如斯夫，不舍昼夜！"④荣启期：春秋时隐士，据说他常常鹿裘带索，鼓琴而高歌。皓首：白首，暮年。⑤布衣：棉织布缝之衣，为平民所服用，后世更以此代指平民并特指没有功名官职的读书人。绫罗：古代丝织物名，光如镜面有花卉状者为绫，合股丝织成者为罗。此处泛指各种

昂贵高级的纺织品。⑥生：来生、下辈子。⑦罪福：祸福。宁：岂、难道。恤：同情、体恤。

江　南　思

惠　休

幽客海阴路，留戍淮阳津①。
垂情向青草，知是故乡人②。

【作者简介】

惠休，南北朝刘宋时江南诗僧。生卒年及籍贯均不详，大约公元410年前后在世。俗姓汤，字茂远。早年皈依佛门，历住名山大刹，颇享盛名。宋武帝爱其才，敕令还俗并入仕，官至扬州刺史。休公能诗善文，学问贯博，人皆称之为诗僧之冠，而当时亦颇有批评。颜延之讥其俚俗，钟嵘斥其艳靡。诗文流传下来者极少。与尚书仆射徐湛之等名流过从甚厚。后不知所终。

【说明】

休公的诗大多浓艳缠绵，辞不胜情，难怪常常受到颜延之、钟嵘等大评论家的鄙薄。然而这首五言小绝却写得朴素自然、清新别致。作者以诗中主人公的角度来描写一位戍守淮阳的幽客，写幽客喜爱青草，由青草联想到春天，联想到南方明媚的春光，从而猜知这位幽客是南方人，是作者的故乡人。全诗虽然明白如话、毫无雕饰，但联想丰富，感情细腻。其新颖别致、委婉含蓄的表现手法与朴实平易、清新自然的风格很是可取。

【注释】

①幽客：指隐居者，也指遭贬遣、被人们遗忘的人。海阴：泛指现今两广以及越南等沿海地区。阴为山川湖海的北面。戍（shù）：驻守。淮阳：泛指今苏皖北部淮河以南地区，东晋时曾置淮阳郡，治所在今江苏省清江市西。阳为山川湖海的南面。②垂情：关切地、动情地。

怨 诗 行

惠 休

明月照高楼，含君千里光①。
巷中情思满，断绝孤妾肠②。
悲风荡帷帐，瑶翠坐自伤③。
妾心依天末，思与浮云长④。
啸歌视秋草，幽叶岂再扬⑤？
暮兰不待岁，离华能几芳⑥？
愿作张女引，流悲绕君堂⑦。
君堂严且秘，绝调徒飞扬⑧。

【作者简介】

见前。

【说明】

怨诗行亦作怨歌行，乐府楚调曲名。旧传春秋楚卞和献玉遭刑，作怨歌行。或以为汉班婕妤失宠，托词于纨扇而作。已无可考。怨诗行古辞今存"天德悠且长"一篇。三国魏曹植有拟作，首句为"明月照高楼"，其后南朝梁武帝、释惠休等拟作，即以此句为标题。参阅《乐府诗集》卷四一、四二。清初大诗人沈德潜评论休公此诗"只一起便是绝唱"，可与曹子建相匹。沈德潜且云："禅寂人作情语，转觉入微，微处亦可证禅也。"本诗显然是一首情诗，通观全诗，也确实写得情思绵密，情感忧伤，情怀凄迷，情调委婉，功力全在情字上了。这实在是休公诗文的本来面目，前人多所述评，此不赘。

【注释】

①明月照高楼：全用曹植《怨诗行》首句。含：沐浴也。君：指明月，一作指所怀情人，亦通。②巷：诗中主人公（孤妾）所居处。孤妾：古时女性自谦之词，或作贱妾、下妾等，义同。③帷帐：帐幕。瑶翠：玉器头饰，此处代指佩戴瑶翠的人。④天末：天边，指极遥远的地方，杜甫《天末怀李白》诗句"凉风起天

末,君子意如何?"浮云:本意为浮动于空中的云,常用以比喻变幻无定的事物,此处却用原义。⑤啸歌:或大声呼啸而歌,或轻声啸叹而歌,此处系指后者。幽叶:枯黄的树叶。⑥暮兰:冬季的兰草,亦指衰老、行将枯萎的兰草。待岁:此处意为过冬。离华:凋落的花,华同花。芳:芬芳、芳香。⑦张女引:即张女,古曲调名。潘岳《笙赋》有句"辍张女之哀弹,流广陵之名散。"张铣注曰"张女,弹曲名也,其声哀。"又《乐府诗集》卷七七江总《杂曲》之二有句"曲中唯闻张女曲,定有同姓可怜人。"堂:此处指所思情人的居所,与前孤妾居所"巷"相对相衬。⑧严:庄严雄伟。秘:指保卫森严,不容接近。绝调:指诗中主人公孤妾所咏唱的这首怨诗。徒:徒然。飞扬:随风飘扬。

陵峰采药触兴为诗

道　猷

连峰数千里,修林带平津①。
云过远山翳,风至梗荒榛②。
茅茨隐不见,鸡鸣知有人③。
闲步践其径,处处见遗薪④。
始知百代下,故有上皇民⑤。

【作者简介】

道猷,又作帛道猷,南北朝刘宋时浙江新昌沃州山僧。生卒年不详,刘宋苍梧王元徽年间(公元473－477)示灭,世寿七十一岁。俗姓冯,会稽山阴(今浙江省绍兴市)人。猷公少习儒业,以篇牍著称于时。后于本籍若邪山中出家,先依道生于庐山,道生寂后至临川。继住浙江新昌沃州山禅院,与名僧道壹同时且齐名。刘宋文帝、孝武帝均极尊崇。猷公素性率真淡泊,雅好林泉丘壑,曾经遍游两浙名山胜水,皆有题咏。诗多散佚,人称其诗"有濠上之风"。

【说明】

本诗正题之下原有一个副题"寄道壹,有相招之意"。道壹本名竺德,与猷公同时齐名之高僧也。这首五言古风详细地记叙了作者进山采药的所见所闻，用生动形象的语言，流畅清新的韵律，为我们描绘出一个僻静清幽、远离尘嚣的世外桃源。正因为如此，也便曲折地反映出东晋末年战祸频仍、民不聊生的社会现实，表现出广大人民当然也包括作者对和平生活的渴望。诗写得极有情致，极有意境，于朴实无华中更显示出其强烈的艺术感染力。全诗共五联十句，后世有人将其一、三两联组合成一首五言绝句，流传甚广，影响甚大。明·杨慎《升庵诗话》云："此四句古今绝唱也，有石刻在沃州岩。"陵峰即攀登山峰，陵，攀越也。触兴指触发了兴致，激起了诗兴。

【注释】
①修林：由高大的树木组成的树林。修：长、大。带：连结。平津：平原和渡口。②翳（yì）：遮蔽。梗：阻塞。榛（zhēn）：树丛。③茅茨：用茅草或芦苇铺盖的屋顶，此处代指茅屋。④践：本意为踏、踩，此处引申为走到、来到。⑤百代：历朝历代，世世代代。故：居然，反而。上皇：远古时的皇帝。

谶 诗

宝 志

乐哉三十余，悲哉五十里①。
但看八十三，子地妖灾起②。
佞臣作欺妄，贼臣灭君子③。
若不信吾言，龙时侯贼起④。
且至马中间，衔悲不见喜⑤。

【作者简介】
宝志（418-514），又作保志，通称宝公或志公，南北朝时梁京师僧。俗姓朱，金城（今甘肃兰州市）人。传说宋齐之交已显灵迹，被髪跣足，不修边幅，预言凶吉，多有应验。齐武帝怨其惑众，收付狱，旋释之。梁武帝尤深敬重，聘住京师，出入宫门，备受咨询礼拜。经历晋、宋、齐、梁诸朝，享年九十七岁。

【说明】

梁天监三年（公元504年）六月八日，陪武帝讲经于宫中重云殿，宝志忽起舞悲歌，咏此五言诗，预言未来之事。后来证明他所预言，尽皆灵验无讹。这当然也包括了宝志对当时形势的深刻分析与推测，但更可能是后人附会编造，未足凭信。但这区区十行，当作萧梁王朝一部简史来看，也未尝不可。凭心而论，就诗的本身来说，实在不敢恭维。然而，僧侣之中，喜谈禅说佛，卜凶问吉者，此类作品正多。今选此篇，聊备一格。谶（chèn）诗即预言凶吉的诗。

【注释】

①乐哉句：谓自南朝梁武帝天监三年（公元504年）宝志作此诗时起，至大同初年（公元535年）约三十年间将享太平。萧梁自公元502年立国至公元557年国灭，有国近五十五年。此处五十里举其整数。谓五十年里将有灾祸。②八十三：预言太清元年（公元547年）八月十三日将有祸患。子地：今江苏、浙江、安徽等古丹阳郡地，为商代分封宋国旧域。宋以子姓，故称子地。③佞臣：奸臣。贼臣亦略同。④龙时：犹言龙年，指梁太清二年（公元548年），岁在戊辰。此年侯景作乱，破梁都建康。侯贼：指侯景（公元？－552年），字万景，南朝梁怀朔镇（今内蒙古固阳县西南）人。初为北朝尔朱荣将，后归高欢。欢死，附梁封河南王。后举兵叛，破建康。梁武帝被困宫城饿死。景自立为汉帝，烧杀抢掠，大肆破坏。寻为梁将陈霸先等击败，逃亡时被部下所杀。⑤且至句：谓有一段极为动乱的时期，兵荒马乱之意。衔悲：犹言含悲。衔谐含音。衔本为马之衔口。

估客乐二章

宝 月

郎作十里行，侬作九里送①。
拔侬头上钗，与郎资路用②。

有信数寄书，无信心相忆③。
莫作瓶落井，一去无消息④。

【作者简介】

宝月，南北朝萧齐时江南诗僧。生卒年及姓氏籍贯均不详，大约公元455年前后在世。月公资质颖悟，能诗善文，且又精通音律，擅长演奏，倍受齐武帝萧赜（zé）的赏识保护。钟嵘于《诗品》中将其与汤惠休相提并论，认为月公与休公不仅诗名相当，诗风亦相仿。的确，月公之诗亦浅近通俗，以情感人，与惠休之诗颇有相通之处。

【说明】

南朝齐武帝萧赜布衣时，曾在今鄂豫两省的樊、邓诸地行商谋利。即位后，他便作了《估客乐》歌词，记叙自己这段商贾生涯，并令宝月为之配乐演奏。后来，月公自己亦作两曲四章《估客乐》上呈齐武帝，很受称赏。从此《估客乐》便成为乐府《西曲歌》中一种专门描述商贾生涯和商妇离情的文学作品形式。《估客乐》曲名至梁时改为《商旅行》，北周庾信、唐刘禹锡等所作《贾客词》及张籍《贾客乐》，皆出于此。这里选一曲二章。诗写得通俗浅显，明白如话，且用方言比喻，颇具民间歌谣的风味。

【注释】

①侬：吴中方言，意即我。两句中"十里"、"九里"，意为侬欲送郎送到底，不忍分离。②钗（chāi）：妇女常用之头饰，或金或银，由两股合成。资：资助、供给。路用：路费。③信：消息、音讯。书：书信。④瓶落井：瓶落井中必沉于底，比喻音讯断绝。此后唐代大诗人白居易所作《井底引银瓶》中有"井底引银瓶，银瓶欲上丝绳绝"之句，即借此意。瓶即指银瓶，古时汲水器具。

奉和武帝三教诗

智　藏

心源本无二，学理共归真①。
四执迷丛药，六味增苦辛②。
资缘良杂品，习性不同循③。
至觉随物化，一道开异津④。
大士流权济，训义乃星陈⑤。

周孔尚忠孝，立行肇君亲⑥。
老氏贵裁欲，存生由外身⑦。
出言千里善，芬为穷世珍⑧。
理空非即有，三明似未臻⑨。
近识封岐路，分镳疑异尘⑩。
安知悟云渐，究极本同伦⑪。
我皇体斯会，妙鉴出机神⑫。
眷言总归辔，回照引生民⑬。
顾唯惭宿植，邂逅逢嘉辰⑭。
愿陪入明解，岁岁有攸因⑮。

【作者简介】

智藏（458－522），亦名净藏，南北朝时南朝齐梁之际南京开善寺僧。俗姓顾，吴郡吴县（今江苏省苏州市）人。年十六，代宋明帝刘彧（yù）出家，先后师事僧远、僧佑、弘宗等著名高僧。梁武帝萧衍时，敕住兴皇寺，时备咨询，极享礼遇，皇太子萧统（昭明太子）尤加敬接，待以师礼。藏公精通经论戒律，善于讲解注疏，与僧旻（mín）、法云并称为梁代三大法师，亦成为当时僧俗各界的一代师表。藏公著述极丰富，主要有《成实论义疏》《法华经义疏》《涅槃经义疏》等，今皆不传。

【说明】

武帝指南朝梁武帝萧衍。三教指儒、道、佛三种宗教或学说。萧衍是南朝梁的建立者，也是中国历史上崇尚佛教最有名的一位皇帝。他曾经多次舍身入寺（以他自己的名义请人代他出家），平时提倡尊儒崇佛，又曾多次召集文人、僧侣辩论儒佛之义蕴，并亲笔写作了论说儒、道、佛三教的诗文。本诗即奉命酬和梁武帝《三教诗》之作。藏公是梁武帝的受戒师，与梁武帝的关系非同一般，对梁武帝崇尚佛教的行为起了很大的推动作用。藏公在诗中尽可能公允地评论儒、道、佛三教之异同，但对皇权不得不多作歌颂，故此诗在思想性方面可取之处不多。说理清晰明了，文辞精炼准确，论述事物之因果始末亦井井有序，上述各项当为此诗的艺术特点，可资借鉴。

【注释】

①心源：心理作用或思想觉悟的根源、起因。佛家将一切精神现象统称之为心，与意、识等概念相同。真：真理、真谛。②四执：亦作四大，佛家认为构成所有物质现象的基本要素为地、火、水、风等四种原素，即为四执或曰四大。迷丛药：因为四执（即四大）又名四迷，故称其为迷惑人性的药饵。六味：佛教中指人的眼、鼻、耳、舌、身、意等六种感觉器官所摄取的种种印象，其意义大致相当于六根、六识、六情。③资缘：资质与机缘。良：确实。循：沿袭、相雷同。④至觉：彻底的觉悟。物化：此处系指物我同化的境界。异津：另外的、特殊的道路、途径。⑤大士：指极有德行的人。权济：权宜、权衡，因时因势因利而制导。训义：有关道义的教诲。星陈：如同星星一般密密地而又明显地陈列。⑥周孔：周公和孔子。周公名姬旦，周武王之弟，为西周著名的政治家，因封于周，史称周公。他曾辅佐武王击灭商汤，武王死后，成王年幼，由他担任摄政，又平定叛乱、分封诸侯、营建东都、制作礼乐，很有作为和贡献。孔子（前551－前479），名丘，字仲尼，春秋末期鲁国曲阜（今山东省曲阜市）人，是著名的政治家、思想家、教育家。他曾周游列国、鼓吹仁政、整理文献、开展教育，做出很大的成绩，产生巨大的影响。上述二人历来被人们认为是古时的大贤大德，分别为儒家学派的间接和直接创立者。尚：推崇、崇尚。肇（zhào）：初、始、起源于。君亲：儒教之三纲分别为君臣、父子、夫妇。⑦老氏：即老聃，姓李名耳，字伯阳，亦称太史儋、老莱子，楚国苦县（今河南省鹿邑县）人。春秋末年著名的思想家，道家创始者，后代道教奉之为教主。裁欲：节制种种生理上的欲望。外身：指外界的环境条件。⑧芬：美名盛德。穷世：世世代代，为穷年累世之简称。⑨三明：佛教名词，指佛祖和阿罗汉所拥有的以智能力量破除愚昧的三种神通，即宿命明、天眼明、漏尽明。臻（zhēn）：达到。⑩封岐：封山与岐山。封山在今河北省邢台市以西，绵延数百里，直接太行山，为邢侯初封之地。岐山在今陕西省岐山县东北，西周兴起于此。分镳（biāo）：分道扬镳，各行其路。镳原意为马勒口。异尘：犹言异途。⑪渐：渐进。究：彻底地研究、探测。同伦：同类。⑫我皇：指梁武帝萧衍。体斯会：即体会斯，体察到这点。妙鉴：英明的审鉴和识别。机神：极言觉悟之深彻。⑬眷言：关心的言词。辔（pèi）：驾驭牲口的缰绳，代指各种事物的关键、要领。回照：反照。生民：人民、老百姓。⑭顾：只。宿植：过去的作为，一般系指前世种下的善根。邂逅（xiè hòu）：不期而遇。嘉辰：平常通指美好的时光，此处大言为国运昌明的时期。⑮明解：透彻的理解和觉悟。攸（yōu）：所。

游故苑诗

昙瑗

丹阳松叶少,白水黍苗多①。
浸淫下客泪,哀怨动民歌②。
春溪度短葛,秋浦没长莎③。
麋鹿自腾倚,车骑绝经过④。
萧条四野望,惆怅将如何⑤?

【作者简介】

昙瑗(约496－约577),南朝江南扬州江都光宅寺僧。生卒年不确,俗姓不详,大约卒于陈宣帝太建中年(公元577年前后),终年八十二岁。金陵(今江苏省南京市)人。瑗公博学多才,能诗善文,精通佛理,尤以持律严谨、治经透彻而享盛名于时。陈宣帝授其僧正之职并敕封其为"通诲国师"。平生著作极丰,主要有《十诵疏》、《僧家书仪》等佛学作品及诗文别集,今俱不传。仅有少量语录、诗文散见于《续高僧传》和《禅藻集》中。

【说明】

故苑指旧时的庭院园林。南京是我国著名古都,到瑗公写作这首诗的时候,业已有六个朝代(三国吴、东晋、南朝宋、齐、梁、陈)相继建都于此,故其城内城外多有寺观古迹和皇家园林,颇堪游赏。瑗公久驻南京,遂与其至交好友高僧洪偃相约遍游南京钟山诸寺及城内外诸园林,一则拜访高贤,求学问道,一则留连山水,览物寄情。本诗即为瑗公与洪偃同游六朝旧苑时有感而作,作后题写在树上的一首五言排律(或作五言古风)。诗中历叙了瑗公与洪偃在南京故苑中所见到的荒凉萧条的景象,由此联想到古今六朝的兴废盛衰,抒发了作者对今昔截然不同的景象的无限感慨和惆怅心情。这首诗语词精炼、意境优美、感情充沛、对仗工稳,堪称为五言精品。

【注释】

①丹阳:江苏省南京市之异名。东汉建安末年(公元220年),孙权移丹阳郡

治于此，后屡有废改。白水：泛指南京市附近的长江及其支流流域。南朝时南京城郊有白下城、白土冈、白石垒等地名，故有此称。黍（shǔ）苗：用《诗经·黍离》之典，西周亡后，周大夫过故宗庙宫室，尽为禾黍之地，彷徨不忍去，乃作此诗。后用为感慨亡国、触景生情之词。②浸淫：积渐而广、积渐而进、不断地。动：触动、引发。③葛：一种有坚韧纤维的豆科藤本植物。此句描述但见藤葛蔓延、爬山渡溪而生长。浦：水滨。莎：生长于湿地或沼泽中的一种多年生草本植物。两句极言故苑之荒芜。④麋（mí）鹿：亦称"四不像"，哺乳纲鹿科草食动物，系我国之特产，今除一些公园驯养繁殖者外，野生种已不可见。腾倚：时而奔腾跳跃，时而停留倚歇。绝：断绝、缺乏、没有。⑤四野：四面、四周。

咏 孤 石

惠 标

中原一孤石，地理不知年①。
根含彭泽浪，顶入香炉烟②。
崖成二鸟翼，峰作一芙莲③。
何时发东武，今来镇蠡川④。

【作者简介】

惠标（？—564），南朝陈时闽中高僧。生年、俗姓与籍贯均不详。陈宝应据闽，对标公极为敬重，凡事咨询，待为上宾。后陈宝应反叛，标公作五言绝句"送马犹临水，离旗稍引风。好看今夜月，当入紫微宫"，以壮其行。宝应兵败，标公亦因此牵连被害。标公博览群籍，富有才华，能诗善文，尤其擅长五言律绝，当时颇享盛名，惜其作品极少流传。

【说明】

孤石指大孤山。山在今江西省鄱阳湖出口入长江处，横扼大湖，孤峰独耸，因山形似鞋，故又名鞋山。标公写了不少吟咏山水的诗文，可见他曾长期云游漂泊，对闽、浙、赣诸省的自然风光相当熟稔、非常热爱。他的五言诗写得特别好，比如这首五律，既有雄伟磅礴的气势，又有凝炼隽永的韵味，用明快流利的节奏，形象生动的比喻，准确精炼的语言，错落有致的背景，形容出一座石峰的瑰丽英姿。全诗清新明朗、玲珑剔透，的确非大手笔而不可为。可见，标公的确极富才禀，而入闽依陈宝应，竟以一首小小的五言绝句牵连受诛，不亦枉哉！不亦惜哉！

【注释】

①中原：汉民族居住地域之中心。广义指黄河流域，狭义指今河南省一带。地理：指地理结构、地貌形成。②彭泽：今江西省极北一县，濒临长江。此处借指彭泽县南之鄱阳湖。香炉：香炉峰在庐山，共有四座，此处专指山南秀峰附近之南香炉峰。③岩成句：意谓山崖高峭陡削，犹如大鸟张开的翅膀。峰作句：意谓峰峦挺拔高耸，犹如亭亭独立的莲花。芙莲：芙蓉、莲花。④东武：一作武城，在今河北省清河县东北，此处代指北方、中原。蠡（lí）川：指鄱阳湖汇入长江处。蠡即彭蠡，系鄱阳湖之异名，川即长江。

游三学山

智 炫

秀岭接重烟，嵚岑上半天①。
绝岩低更举，危峰断复连②。
侧石倾斜涧，回流泻曲泉③。
野红知草冻，春来鸟自传④。
树锦无机织，猿鸣讵假弦⑤。
叶密风难度，枝疏影易穿⑥。
抱帙依闲沼，策杖戏荒田⑦。
游心清汉表，置想白云边⑧。
荣名非我愿，息意且萧然⑨。

【作者简介】

智炫，南北朝时川中名僧。生卒年不详，生活于公元500年左右至公元600年左右的整整一个世纪，经历了齐、梁、陈、隋各朝，享年一百零二岁。俗姓陈，蜀益州(今四川省成都市)人。少年出家，北赴长安求学数年，道与日进，擅名京洛。游于周齐间，适北周武帝欲废佛存道，炫公抗声力辩，帝不能屈，并废二教。无从立足，遂南下入隋住孝爱寺。隋文帝时大弘佛法，南北归向，炫公名盛天下。晚年还蜀，隐于三学山而终。炫公平生好学，精研内外典籍，于弘法传道之余，亦且著文赋诗，作品惜多失传。

【说明】

三学山在今四川省金堂县东北，距成都市不满百里，炫公晚年隐居于此，高寿而终。这首五言排律即为隐居时所作。全诗精炼生动、意趣盎然地描述了三学山的地理风貌和自然景观，充分表现出这位年届百龄的得道高僧清心寡欲、热爱自然的纯朴情怀。诗写得形象生动，意境优美，语言锤炼，在布局对仗上很下功夫，极有情趣和文采。

【注释】

①秀岭：美丽的山岭。烟：群山中的岚雾，指弥漫于山间的云雾。一指人间村落的炊烟，并藉以代指民居村落，亦通。嵌岑（qīn cén）：小而高的山。②绝岩句：意谓山岩虽不算高但很挺拔，危峰句：意谓峰峦虽不巨大但绵延不断。两句概括描绘三学山的地理形势。③侧石句：谓石岩倾斜，仿佛要倒入溪涧之中，极言山岩之峻险。回流：纡回的溪流。曲泉：曲折的溪泉。④野红：野花。草冻：指秋季将临，草木枯黄、凋落。传：啼鸣，指鸟啼以传递春之讯息。⑤树锦句：意谓满树繁花似锦但不是机器（织布机）编织出来的。讵（jù）：岂、哪里。假：借。⑥叶密联：两句写山中林木或密或疏，因地而异，错落有致，极为生动。⑦帙（zhì）：本意为包书的书套、书函，此处则代指书籍。策杖：又作杖策，意为拄着拐杖。⑧游心：注意、留心。清汉：天河、银河。表：端。置想：设想、联想，把思想（注意力）放于某处。置即安放。⑨萧然：清静散漫、无牵无挂。

游故苑诗

洪偃

龙田留故苑，汾水结余波①。
怅望伤游目，辛酸思绪多②。
凉飔惨高树，浓露变轻萝③。
泽葵犹带井，池竹尚侵荷④。

秋风徒自急，无复白云歌⑤。

【作者简介】

　　洪偃（504－564），南朝陈时江南扬州江都宣武寺僧。俗姓谢，会稽山阴（今浙江省绍兴市）人。出身于江南名门望族，自幼风神秀颖，人皆目为神童。弱龄出家，专志佛学，刻苦勤奋，学随年长。而且于经论之外，兼擅诗文，文采潇洒清秀，书法亦颇有造诣。时人皆称其貌、义、诗、书为"四绝"。梁文帝为太子时，即爱重其人品隽秀，劝令还俗，欲拜为学士，偃公执意不从。梁乱，避难于缙云山中，陈立始出。陈文帝天嘉初年（公元560年），奉敕主讲于宣武寺，宏言高论，精辟透彻，学徒云集，影响极大。陈武帝亦极敬重，时相咨询。卒葬本寺。著作有《成实论疏》等，又有文集二十余卷，今俱不传。

【说明】

　　偃公与昙瑗为志同道合的朋友，既一同游览山水，复互相唱和诗文，此诗即为偃公与昙瑗同游金陵旧园林时唱酬之作，详见前昙瑗《游故苑诗》之说明。

【注释】

　　①龙田：当为金陵城外地名，今址不详。汾水：即今山西黄河支流汾河。两句举长江之南龙田与黄河之北汾水相对，喻南北朝时山河破裂，南北对峙的政治局面。②怅望句：谓望见荒凉景象，很受刺激。③飔（sī）：凉风。萝：泛指各种能爬蔓的植物，如藤萝、松萝、女萝，并非确指某种植物。④泽葵：青苔的别名。带：围绕、连附于。尚：还。⑤白云歌：又作白云谣。相传穆天子与西王母宴饮于瑶池之上，西王母为天子谣（指唱歌），因首句为"白云在天，山陵自出"，故名白云谣、白云歌。后泛指神仙的歌曲。

游钟山之开善、定林，息心宴坐，引笔赋诗

洪　偃

　　杖策步前岭，褰裳出外扉①。
　　轻萝转蒙密，幽径复纤威②。
　　树高枝影细，山昼鸟声稀③。
　　石苔时滑屐，虫网乍粘衣④。

涧旁紫芝晔，岩上白云霏⑤。
松子排烟去，堂主寂不归⑥。
穷谷无还往，攀桂独依依⑦。

【作者简介】

见前。

【说明】

在很长的一段时间里，洪偃与昙瑗相约为伴，先后畅游南京城内外诸寺庙园林，缘情触兴，尽发为诗。开善寺和定林寺都是钟山名寺，自然也在浏览之列。此诗即为偃公游览二寺时所作。全诗形象生动、具体入微地描绘了二寺周围的自然景观和作者的心理感受，语言凝炼、韵律柔和、意境优美、文采飞扬。充分地表现出南京钟山地区山林泉涧的清幽秀丽，表现出作者热爱大自然的高雅情怀。隋唐以前，这样的五言诗真算得上是精品了。钟山亦名紫金山，因其地多紫红色岩石而得名，为江南名山。现存胜迹有天文台、明孝陵、中山陵、灵岩寺等，为南京市郊重要游览胜地。开善寺南朝梁天监十四年（公元515年）建，北宋改名太平兴国禅寺。定林寺建年不详。二寺今皆废。

【注释】

①搴（qiān）：撩起、揭起。扉：门扇。②蒙密：浓密，光线不明貌。纡威：曲折分歧貌。③山昼：白日之山间。④屣（xǐ）：鞋。虫网：指蜘蛛网。乍：忽然、骤然。⑤紫芝：紫色的灵芝，一种具有温补作用的药用植物。灵芝以紫为贵。晔（yè）：光。霏：云气，此处指云气弥漫。⑥松子：此处指松明。老松多有油脂，耐久燃，劈成细条，用以照明，故名松明。然多有松烟气味。堂主：庙主，此处指开善、定林二寺的主持者（住持）。⑦穷谷：偏僻的、路径已到尽头的山谷。还往：同往还，指往还者，来往的人。依依：依恋不舍貌。

五 苦 诗

亡 名

生苦

可患身为患，生将尤共生①。
心神恒独苦，宠辱横相惊②。
朝光非久照，夜烛几时明③？
终成一聚土，强觅千年名④。

老苦

少日欣日益，老至苦年侵⑤。
红颜既罢艳，白发宁久吟⑥？
阶庭唯仰杖，朝府不胜簪⑦。
甘肥与妖丽，徒有壮时心⑧。

病苦

拔剑平四海，横戈却万夫⑨。
一朝床枕上，回转仰人扶⑩。
壮色随肌减，呻吟与痛俱⑪。
绮罗虽满目，愁眉独向隅⑫。

死苦

可惜凌云气，忽随朝露终⑬。
长辞白日下，独入黄泉中⑭。
池台既已没，坟陇向应空⑮。
唯当松柏里，千年恒劲风⑯。

爱离

谁忍心中爱，分为别后思⑰。
几时相握手，呜噎不能辞⑱。
虽言万里隔，犹有望还期⑲。

如何九泉下，更无相见时[20]。

【作者简介】

亡名，南北朝时北周诗僧。生卒年不详，大约公元535年前后在世。俗姓宋，本名阙，南郡（今湖北省襄阳市）人。弱龄出家，南游至金陵，受知于梁元帝。梁亡后，隐于岷蜀，久后还乡。他性情清雅，爱好山水，富有才华，多有著述，当时即已颇负诗名。原有诗文十卷，今已不传。

【说明】

这是一部组诗，由五首五言律诗所组成，用以描绘人生中生、老、病、死、离五种生存现象的艰难和痛苦。不言而喻，全诗中充满了唯心宿命的思想观点和颓废厌世的消极情绪，不过，这也应该是僧侣真实的思想状态。诗却写得淋漓尽致、纤毫无遗，语言准确、形象生动、比喻贴切、文辞朴素，在艺术上不无可取之处。

【注释】

①患：前一患字为动词，意为忧虑、担心。后一患字为名词，意为灾难、痛苦。生：前一生字为名词，意为生命、生活。后一生字为动词，意为生存、生长。将：与、共。②恒：常常、经常。横：纷杂、充溢。③朝光：犹言朝阳。几时明：倒装句型，犹言明几时，明多久。④一聚土：犹言一抔土，指坟墓。千年名：犹言流芳千古、千古留名。⑤少日：少年之时，青春时代。侵：侵蚀、消磨。⑥红颜：泛指年轻人的红润脸色，喻年少青春。罢：没有了、失去了。白发：乐府楚调曲《白头吟》，"司马相如将聘茂陵人女为妾，卓文君作《白头吟》以自绝，相如乃止。"本谓年老色衰，此处仅取年老之意。宁：岂。⑦仰：依靠、依赖。朝府：俯仰。朝即向，府同俯。胜：承担。簪（zān）：古人用来插定发髻或连冠于发的一种长针，后来则专指妇人插髻的首饰。⑧甘肥：甜美而又多油脂的食物，此处泛指美味佳肴。妖丽：妖娆秀丽的妇人，泛指美女。⑨平：平定、扫平。戈：我国青铜时代的主要兵器，盛行于殷周，秦以后逐渐为新的兵器所替代。此处以之代指各种长武器。却：击退、打败。万夫：万人，极言人之众多。⑩床枕上：简缩句式，犹言躺在床上，靠在枕上，指病倒。回转：转身。⑪俱：同、共。⑫绮罗：有两解，一为美丽的衣饰，同绫罗，详见僧度《答苕华诗》注⑤。一为美丽的妇人，穿着绫罗绸缎的华美女人，皆通。向隅（yú）：面对屋子的一个角落。隅：角落也。⑬凌云：比喻志趣高迈或意气昂扬。终：结束。⑭黄泉：人死后埋葬于地穴、地下深处，亦指阴间。⑮池台：池塘与楼台，代指各种游乐欢宴之场所。坟陇：即坟墓。⑯松柏里：旧时墓地常植松

柏，故用松柏里来代称坟墓或墓地。劲风：猛烈的风。⑰爱：用作名词，指所爱的人。⑱鸣噎：同鸣咽，即低声地哭泣。辞：用作动词，即说、说话。⑲望还期：倒装句式，犹还期望，回来的希望。⑳九泉：意同黄泉，指地下，阴间。

临 终 诗

智 恺

千月本难满，三时理易倾①。
石火无恒焰，电光非久明②。
遗文空满笥，徒然昧后生③。
泉路方幽噎，寒陇向凄清④。
一随朝露尽，惟有夜松声。

【作者简介】

智恺（518－568），南朝梁陈之际江南扬州高僧。俗姓曹，籍贯不详，大约是江浙一带人氏。自幼出家，及长，四方问道，曾与法泰同往岭表（今广东省）云游，就学于大翻译家、高僧真谛，颇获教益。恺公学识渊博，擅长诗文，又曾主讲《摄论》《俱舍论》等，并作文疏八十三卷，今俱不传。

【说明】

南朝陈废帝光大二年（公元568年），僧宗、法准、惠忍及成名学士七十余人请恺公于智能寺主讲《俱舍论》。讲至《业品疏》第九卷，文犹未尽，于八月二十日示疾，自省不救，索纸题此诗，搁笔与诸名德握手语别，端坐俨思，奄然而卒。前人在评述恺公的诗时曾说他"素积道风，辞力殷瞻"，但其现存之诗仅见此篇。不过，这首五言古风虽只短短十行，却也颇具特色。既含哲理，亦富人情。从佛家四大皆空的观点来看，一切都是短暂而又空虚的。恺公便是这样认识的，但他在临终之际，却也不免流露出对人生的依恋。最后两行尤有韵味。

【注释】

①千月：犹言百年，百年当为一千二百月，此举整数。三时：古印度历法将一年分为三季，佛经称作三时，即热时、雨时、寒时，从正月十六日起依序各占四个

月。倾：尽。②石火：燧石敲击出的火花。电光：闪电的光芒。石火电光连续使用，强调生命之短暂，瞬息即逝也。③笥（sì）：盛食物或衣物的竹器，此处系指盛放书籍的箱子。昧：欺骗、蒙蔽。两句写作者虽留有很多文字作品，却只会给后来者带来坏处，乃自谦之词。④泉路：犹言泉下、泉壤，指通往黄泉之路。幽噎：幽幽地硬咽哭泣。寒陇：凄清寒冷的墓地。陇指坟墓。

临终诗二首

灵 裕

哀速终①

今日坐高堂，明朝卧长棘②。
一生聊已竟，来报将何息③。

悲永殡④

命断辞人路，骸送鬼门前⑤。
从今一别后，更会几何年⑥？

【作者简介】

灵裕（518－605），隋代北方相州演空寺僧。俗姓赵，曲阳（今属河北省）人，一说巨鹿（今属河北省）人。出家于赵郡应觉寺。裕公毕生唯学是务，博学多通，精研教典，严谨操持，当时极享盛名，僧俗各界皆称之为"裕菩萨"。南朝陈文帝、陈宣帝及隋文帝并皆敬崇，时加咨询。隋文帝曾敕封为国统之职，辞而不就。初居相州大慈寺，复转演空寺，示寂后终葬该寺。裕公门徒甚众，著作极富，主要作品有经疏八种，记论十种以及诗文杂集等。

【说明】

两首临终诗均为五绝，前者对即将要死去感到哀，后者对永远被埋葬感到悲。其实，裕公享年八十有八，在那个时代，应该算是很高寿的了。他对现实人生却如此依恋，对未知世界又如此畏惧迷惘，恐怕这未必是虔诚佛子应有的思想吧。而这却正是两首诗亲切感人的地方：充满感情，富有人情味。语言是平易朴素的，不假雕饰，直抒胸臆。

【注释】
①终：死亡。②高堂：高大的厅堂，指佛寺中的法堂或禅堂。长棘：繁盛茂密的荆棘丛，指坟墓中。③聊：姑且。竟：完、尽、结束。息：休止、歇息。④殡：出葬、埋葬。⑤辞：告别。人路：人生之路，代指生命。骸：尸骨、尸体。鬼门：指鬼门关，传说中阴曹地府的城门。⑥几何：多少。又解几作衬字，几何即何也。

听独杵捣衣

慧侃

非是无人助，意欲自鸣砧①。
向月怜孤影，承风送回音②。
疑捣双丝练，似奏一弦琴③。
令君闻独杵，知妾有专心④。

【作者简介】
慧侃（524-605），隋代河南蒋州归善寺僧。俗姓汤，晋陵曲阿（今江苏省丹阳县）人。能诗善文，且诗文有自己独特风格，当时即享诗名。然其诗文集早已失传，仅存几首诗散见于各种诗文杂著。其余事迹不详。

【说明】
汉魏以来，由于经常性的战争动乱，男壮远戍，妇人独守，因而缝衣寄情、捣衣抒怀便成为诗歌中一个重要题材。不仅民间歌谣中比比皆是，甚至文人作品中亦屡见不鲜。然而，像公侃这样离俗出家之人写出这种诗篇，却是很值得注意、值得玩味的。这首诗通过对现实生活中一个妇女劳动细节的描写，曲折地反映了当时的社会现实和人情世貌。诗写得清新、流畅、通俗、明朗，有比喻、有拟人、有情感、有意境，谐音字的使用更增添了民间歌谣的风味和神采。杵是捶洗衣物的木棒槌。

【注释】
①助：古时捣衣多为两人合作，面对面共持木槌舂打。鸣砧：借助砧来进行抒

发，抒发自己的思念之情。鸣：有所抒发或表示。砧：捣衣石。②承风：借助风、恁借风。回音：犹回声，指捣衣发出的声音传出去又引起回声。③双丝练：纹理纵横交错的洁白的熟绢。此处并以"丝"字谐音"思"字，双丝意为相互思念。一弦琴：亦名独弦琴，一根弦子的琴，为古琴的一种。此处并以"琴"字谐音"情"字。④独杵：独自一人捣衣。专心：专一、专诚之心。

初入山作

法 瑗

寒谷夜将晨，置赏复寻真①。
方坛垂密叶，澈水渡朱鳞②。
杏林虽伏兽，芝田讵俟人③？
丹成方转石，炉变欲销银④。
当知胜地远，于此绝嚣尘⑤。

【作者简介】

法瑗（yuān，美好，美女之意），又称桓法瑗，号清远，南朝梁陈之际高僧。俗姓桓。生卒年及籍贯出身不详，大约公元555年前后在世。瑗公性好恬静，闭门读书，不仅精通佛学典籍，亦且擅长道家炼丹合药之术。著作颇丰，诗文当时亦享大名，惜作品大多失传。

【说明】

诗题所称之山指今安徽省宣城县南的华阳山。南朝梁皇室南平王萧伟于此建"清远之馆"以安置瑗公，因瑗公字号为清远也。瑗公入住之时作此诗以纪之。全诗清新流利，一气呵成，形象生动地描述了华阳山清远之馆的自然环境和瑗公的日常生活情况，表现了作者远离尘嚣、皈依大自然的决心。

【注释】

①晨：作动词用，指天亮。置赏：设置游览处、观赏物。寻真：思索和推求事物的真谛。另解，在置赏时追求朴实自然、原始无华的雅趣，亦通。②坛：用于祭祀祈祷等宗教法事或分封拜赏等政治事务的土台或石台，多为临时修建且多为方

形。澈：透明、清彻。朱鳞：红色的鱼，通常指红鲤鱼。③杏林：相传三国吴时名医董奉为人治病不受报偿，只要求病人痊愈后在他屋外栽几棵杏树，天长日久，屋外杏树竟蔚然成林。后世遂常用"杏林春满"、"誉满杏林"等词语来赞颂医家的道德高尚、医术高明。伏兽：本指雕刻成蹲伏兽状的镇纸，系文房用品。此处代指一般野兽。芝田：传说中仙人种植灵芝仙草的地方。俟：等待。④丹：丹砂、辰砂，俗称朱砂。石：药石、药丸。银：水银。⑤胜地：风景优美的名胜之地，多为好山好水。嚣尘：嘈杂而又肮脏。嚣指喧闹，尘为尘土。佛道人士亦常用嚣尘来代称红尘俗世。

冬日普光寺卧疾值雪，简诸旧游

慧 净

卧疴苦留滞，辟户望遥天①。
寒云舒复卷，落雪断还连②。
凝华照书阁，飞素浣琴弦③。
回飘洛神赋，皎映齐纨篇④。
萦阶如鹤舞，拂树似花鲜⑤。
徒赏丰年瑞，沉忧终自怜⑥。

【作者简介】

慧净（578－645以后），唐初陕西长安纪国寺僧。俗姓房，常山真定（今河北省正定县）人。早年出家，至隋末即享高名。唐贞观初任京城纪国寺住持，唐高宗李治为太子时，又请主普光寺。他擅长讲经，妙语雄辩，门徒极众，影响至大。佛法之所以能够盛行于唐代，与他的活动很有关系。他神貌高雅庄严，持律严谨，兼之知识渊博、能诗善文，达官名士如房玄龄、杜如晦等均赞之为"东方菩萨"，并争相与之结交。平生多著作，主要有《杂心玄文》《金刚般若释文举义》《大庄严论》《法华经缵述》及《诗英华》等。

【说明】

普光寺系初唐时长安城一座著名寺庙，久废。卧疾指因病而躺卧于床榻。值雪即正逢下雪。简，用作动词，指写信或寄信给某人。旧游是旧日的交游者，即老朋友。本诗表面上是一首写景诗，实际上是一首抒情诗。通过对冬日雪景生动细腻的描写，赞叹瑞雪素雅高洁的姿态，表现作者恬淡明净的情怀，抒发作者病中忧郁寂寞的心境。全首共十二句，首尾叙及自己的病况和心情，遥相呼应，中十句全是对雪景的描述，铺排渲染，描摩拟画，文字上很费了一番推敲，很能表现作者的文字功力，因此非常生动传神。

【注释】

①疴（kē）：病。留滞：即滞留，意为病倒在床，行动不能自由。辟户：推开窗户。②舒：舒展。卷：卷曲。③凝华：凝结的雪花。华同花。飞素：飞舞的雪花，雪因白色而称素花。浣（huàn）：洗濯。④洛神赋：三国魏曹植所作的一篇长赋，系曹植于黄初四年（公元223年）入朝后返回封地的途中，路经洛水时有感而作。内容是写作者与洛神相遇，两相爱慕，但隔阻于人神之道，未能交接，不禁情怀怅惘。实际上是仿效宋玉作神女赋，有所寄托。因曹植深为其兄魏文帝曹丕所猜忌，心情始终抑郁，故托词洛神，抒写心意，婉转地向曹丕表白自己的心情，希望得到谅解和重用，希望施展自己的才华和抱负。洛神相传为宓羲氏之女宓妃，溺死于洛水而成为洛神。齐纨篇：指南朝梁简文帝萧纲的《谢赉纳袈裟启》和梁元帝萧绎的《谢赉锦启》，二文中分别有"鲁缟齐纨，藉新香而受彩"、"鲜洁齐纨，声高赵縠"之句。齐指今山东省北部地区。纨与縠皆是细绢，细致洁白的薄绸。⑤萦阶：在台阶前回绕盘旋。拂树句：意谓雪花飘拂在树上，好像满树开放着鲜花。⑥丰年瑞：指雪花。谚云"瑞雪兆丰年"，故云。沉忧：深沉的忧郁。此处指因患病而深感痛苦。

别三辅诸僧

道 会

去住俱为客，分悲损性情①。
共作无期别，谁能访死生②？

【作者简介】

道会（约579－约649），唐初川中眉州圣种寺僧，曾住益州严远寺。生卒年未确，卒时年已逾七十。俗姓史，犍为武阳（今四川省犍为县川中）人。唐贞观中在京城被诬陷入狱，囚系多年，冤白出狱，不久卒。存诗仅此一首，收入《全唐诗》第十二函第一册。

【说明】

　　三辅系古地名，唐时泛指陕西中部地区，特指京都长安，即今陕西省西安市。作者无辜受人诬谤，系狱多年，出狱之后仿佛逃命一般，匆匆地离别京城，其时心情可知。他与同门诸友分别时年已古稀，分别或成永诀，情绪自也低落。这首诗表面上看似洒脱，轻描淡写，实际上作者的心境却是无限哀痛，无限凄凉。寥寥几行诗，很有感人的力量。

【注释】

　　①去住句：佛教认为世上万事皆为空幻，人生如匆匆过客。分：同忿，气愤。②无期别：没有期限，没有尽头的分别，即永别。谁能句：意谓我死你生或你死我生之后，生死异途，哪里还能再见面？

设缸面酒款萧翼，探得来字

辩　才

初酝一缸开，新知万里来①。
披云同落寞，步月共徘徊②。
夜久孤琴思，风长旅雁哀③。
非君有秘术，谁照不燃灰④？

【作者简介】

　　辩才，唐初浙东越州永欣寺僧。俗姓袁，生卒年及籍贯履历均不详，大约公元610年前后在世。他是名僧智永（书圣王羲之的后裔）的传法弟子。

【说明】

　　缸面酒本意为浮在酒缸面上的那层酒。此处指初熟的黄酒，这种黄酒向为浙江省绍兴市之特产。款即款待、招待。萧翼本名萧世翼，是南朝梁元帝的曾孙。他多才多艺，富有计谋，唐太宗时曾任监察御史。探指探韵，即抽阄得韵，按韵赋诗。这是一首在款待朋友时拈题分韵的即兴之作。朋友虽是新结识的，但言语间很是投机，故作者引为知己，倾诉衷肠。诗写得很是绵密深沉。由此可见，作者是多么寂寞，多么信任朋友。然而，这位姓萧的朋友别有用心，有为而来，却是作者无论如何也想不到的。何延之《兰亭记》有云"太宗购右军书，独未得《兰亭》真迹。初此记在右军七代孙智永所，永传才师。才凿梁上贮之，保惜甚至。太宗尝敕召才，面问数回，因以亡失对。帝知不可夺，以翼多权谋，令充使诡取。翼改服称山东书生，携二王杂帖数通赴越州，径造才院。才一见款密，留宿，设缸面酒。江东缸面犹河北称瓮头，盖初熟酒也。各探韵赋诗。经旬朔，谈论翰墨，出所携帖示之。才云'此未佳。'固言藏有《兰亭》于梁上，出视之。翼故疑为向拓，驳辩，留置几案。一日伺其不在，径取之。乘驿归，上太宗报命。授翼员外郎。仍赐才物三千段，谷三千担。才惊忧，岁余卒。"

【注释】
①酝：本意为酿制，此处指酒。新知：新近结识的朋友。②落寞：冷落，寂寞。步月：在月光下徘徊散步。③孤琴：独弦琴。旅雁：天空飞行的大雁。雁是候鸟，定期往还南北，犹如旅行，故称。④非：除非。不燃灰：即死灰，熄灭了不再燃烧的灰。比喻出家人摒弃了一切世俗欲念，心里已像灰烬一般冰冷。

爱妾换马

法　宣

朱鬣饰金镖，红妆束素腰①。
似云来躞蹀，如雪去飘摇②。
桃花含浅汗，柳叶带余娇③。
骋光将独立，双绝难俱标④。

【作者简介】
法宣，唐初江南常州弘业寺僧。生卒年及姓氏籍贯不详，大约公元610年前后在世。隋末即已知名，奉诏居于东都。能诗善文，作品今多失传，《全唐诗》中载其五言律二首。

【说明】
这是一首含蓄委婉的讽喻诗，以美女和骏马不能并得来规谏那些达官贵人不可过于贪图奢华的物质享受。文辞很华美，也很精炼，韵律和对仗都颇讲究。对美女、骏马进行交叉式的描写,互相映衬,极尽渲染,使人留下深刻的印象。全诗最后落实在结句之上:双绝难俱标!显得颇为警策,颇为有力。这首诗在思想上、艺术上都有一定的特色。

【注释】
①朱鬣（liè）：朱为红色。鬣是马颈上的长毛,也称刚毛。金镖：黄金制作的装饰物,常佩挂在马鞍前面。红妆：红艳的装束,指女子的盛妆。素腰：白色丝绸做的腰带,也代指女子纤柔的腰肢。②躞蹀（xiè dié）：亦作蹑蹀、蹀躞,小步行走貌。飘摇：飘荡,飞扬。③桃花：桃花开放时其颜色绯红艳丽有如人的脸色,称作"桃脸",此处指美女的脸容。柳叶：早春初生的柳叶柔软细长有如人的眼睛,称作"柳眼",此处指美女的双眼。④骋光：像光一样地飞速奔驰,极言骏马奔驰速度之快。双绝：两样最好的、最优秀的。此处指骏马和美女。俱：全,都。标：原意为标示,标价,此处转为获得。

三不为篇三首之一

海 顺

我欲偃文修武,身死名存①。
斫石信道,祈井流泉②。
君肝在内,我身处边③。
荆轲拔剑,毛遂捧盘④。
不为则已,为则不然⑤。
将恐两虎共斗,势不俱全⑥。
永□今好,长绝来怨⑦。
是以返迹荒径,息影柴门⑧。

【作者简介】
海顺（589-618）,隋唐之际山西蒲州仁寿寺僧。俗姓任,河东蒲阪（今山西省永济县）人。他多才多艺,擅长诗文,道行以严谨纯洁著名,早夭。作品有组诗《三不为篇》及诗文集数卷,多已失传。

【说明】

《三不为篇》是三首一组的四言古风,此篇为其第一首。这组诗三首形式完全一致,内容却各有侧重。首先用了大量的笔墨叙述作者自己以前的理想和愿望,然后笔锋一转,精辟地分析出即使能实现这个理想、达到这个愿望,其代价也是巨大得可怕,带来的也将是不幸和灾难,因此最后的结论是抛弃种种幻想和欲望:出家隐居。全诗结构严谨、层次分明,文句排比有序、警策有力。这既是作者消极遁世思想的反映,也是作者鄙薄功名利禄的高尚情操的表现。大量典故的准确运用,也是这组诗一个很突出的优点。

【注释】

①偃文修武:成语偃武修文之倒置,意为放弃文学,修炼武功,放弃儒生事业,以武功为国效力。偃:停、止息,引申为放弃。②斫(zhuó):劈、用刀斧砍。祈:对上天或神明告求。二句意谓愿不畏艰苦,开道凿井,指充任军队的先锋。③肝:比喻人的内心。二句意谓我虽身处边疆战地,始终把君王牢记在心,对君王忠心耿耿。④荆轲(?-前227),又称荆卿、庆卿。战国时卫人,为燕太子丹门客。受命至秦行刺秦王,诈献樊于期首级与燕督亢地图。既见,荆轲以匕首刺秦王,不中,被杀。毛遂:战国时赵平原君的食客,默默无闻者。秦攻赵,平原君求救于楚,毛遂自请同往,任捧盘侍者。平原君与楚王商谈联合,久不能决。毛遂按剑迫楚王,说以利害,终使赵楚结成联盟。平原君赞曰:"毛先生以三寸之舌,强于百万之师。"遂待为上客。成语毛遂自荐出此。⑤已:算了。不然:不是这样。⑥势:势必。全:保全。⑦永:其后缺一字,未敢遽断,从之。⑧返迹:回身,回过头来。息影:停止活动,喻退职隐居。柴门:一解粗陋木柴所作之门,喻贫寒之家。又解即闭门、杜门。二解均通。

三不为篇三首之二

海 顺

我欲刺股锥刃,悬头屋梁①。
书临雪彩,牒映萤光②。
一朝鹏举,万里鸾翔③。
纵任才辩,游说君王④。
高车反邑,衣锦还乡⑤。

将恐鸟残以羽，兰折于芳⑥。
笼餐讵贵？钩饵难尝⑦。
是以高巢林薮，深穴池塘⑧。

【作者简介】

见前。

【说明】

见前。

【注释】

①刺股句：《战国策·秦策》说战国时苏秦长夜读书，有时实在疲倦至极，昏昏欲睡，便用锥子刺自己的大腿，直到清醒过来，又继续读书。这句和以下三句都是出自历代典故，形容古人刻苦自学的情况。悬头句：《太平御览》载汉代孙敬好学上进，日夜勤思苦读，当疲倦欲睡之时，便用细绳系住自己的头发并悬在屋梁上，以此坚持读书，最后终于成为当世大儒，学问和事业皆取得极大的进步和成功。②书临句：《初学记》称晋代孙康因为家贫，夜晚没有油点灯，便映着雪光读书，终于取得渊博的学问。牒映句：《晋书·车胤传》记述晋代车胤家贫至极，夜晚无油灯读书，便用纱袋盛几十只萤火虫来代灯照明，终于学成，获取功名。牒：一般是指各种谱记作品，如谱牒、家牒等，这里代指所有的书籍。③鹏举：《庄子·逍遥游》里说大鹏展翅能飞万里途程，这里的意思是指像大鹏一样飞得极高极远。举：展翅，张开翅膀。鸾翔：像鸾凤那样翩翩地飞翔。鸾：传说中凤凰一类的高贵的鸟。④纵任：放纵，放任，这里含有发挥的意思。才辩：辩论的才能。游说（shuì）句：指像战国时期那些搞合纵或连横的策士们一样周游各国，向统治者陈说形势，提出政治、军事、外交等各方面的主张，以求取采纳信任并获得高官厚禄。⑤高车：高大华美的马车。反邑：回到故乡。反同返。邑即原籍，故乡。衣锦句：意为穿着锦绣的衣服回到故乡，即富贵之后回故乡夸示炫耀。秦末项羽曾说："富贵不归故乡，有如衣锦夜行，谁知之者！"典即出于此。⑥将恐句：意谓鸟因为羽毛太漂亮而被残害。兰折句：意谓兰花因为太芳香而被攀折。⑦笼餐句：意谓关在笼子里即使能得到最好的食物又有什么可珍惜的呢？钩饵句：谓食饵挂在鱼钩上，鱼儿是不能去尝食的。⑧是以句：隐迹于高高的鸟巢中，密密树林里。薮：本义是湖地沼泽，此处指草野树林。这句和下面一句都是说要隐居于无人的地方。穴：山洞。

三不为篇三首之三

海　顺

我欲炫才鬻德，入市趋朝①。
四众瞻仰，三槐附交②。
标形引势，身达名超③。
箱盈绮服，厨富甘肴④。
讽扬弦管，咏美歌谣⑤。
将恐尘栖弱草，露宿危条⑥。
无过日旦，靡越风朝⑦。
是以还伤乐浅，非惟苦遥⑧。

【作者简介】

见前。

【说明】

见前。

【注释】

①炫（xuàn）：自我矜夸。鬻（yù）：出卖。趋：向，归附。朝：朝廷。此处可引申为官府。②四众：即四部众。佛教指比丘、比丘尼、优婆塞、优婆夷。此处引申为大众、众生。三槐：相传周代宫廷外种有三棵槐树，朝见天子时，三公面向三槐而立。后世即以三槐比喻三公一类的高级官位。③标：显出、突出。引：延长、扩大。达：显贵。超：越过。此处指遥遥领先。④盈：充满。绮服：华丽的服饰。甘肴：美味佳肴，美味的食物。⑤弦管：泛指各种乐器。歌谣：泛指各种歌曲。⑥栖：此处意为落在、依附在。危条：枯萎而将凋落的树枝，亦可解作高枝。⑦日旦：天明、早晨。靡：不能。越：度过。⑧乐浅：欢乐不多、有限。非惟：不是、并非。二句意谓深深地感觉到欢乐是有限的，而苦难就在眼前。

劝诫诗二首

梵 志

恶人远相离,善者近相知①。
纵使天无雨,阴云自润衣②。

结交须择善,非识莫与心③。
若知管鲍志,还共不分金④。

【作者简介】
　　梵志(约590－660),唐初著名诗僧。俗姓王,人称王梵志,黎阳(今河南省浚县)人,生平事迹不详。他的诗多劝世入佛语,大多平易浅近,唐五代以至宋时均广为流布。原有集,已佚。《全唐诗外编》中载今人孙望所辑梵志诗一百一十一首,以五言绝句为最多。

【说明】
　　梵志存诗百余首均无题,此题系编者所加。梵志的诗不太讲究艺术上的推敲和锤炼,大都语言平易,内容浅显,道理通俗,使人读了一目了然。他的诗对其后丰干、寒山、拾得乃至元白诸家皆有影响。

【注释】
　　①相知:相好相亲。②润:沾湿、湿润。③识:指充分的了解。与:给予、交付。④管鲍:管仲与鲍叔之合称。管仲(?－前645),春秋时齐国人,名夷吾,字仲。初事公子纠,后相齐桓公,主张通货积财,富国强兵,九合诸侯,一匡天下,使桓公成为春秋五霸之首。鲍叔,又称鲍叔牙,春秋时齐国人。与管仲交,知管仲贤,力荐管仲任齐桓公之相,使管仲得以辅桓公成霸业。管仲尝曰"生我者父母,知我者鲍子也。"后人因称知交友情为管鲍。分金:管仲家贫,鲍叔分财以助其学。

道 情 诗

梵 志

我昔未生时，冥冥无所知①。
天公强生我，生我复何为②？
无衣使我寒，无食使我饥③。
还你天公我，还我未生时④。

【作者简介】
见前。

【说明】
这是王梵志最为著名的一首诗，唐诗僧皎然在其诗论著作《诗式》中加以引用。此诗文意虽浅，但行文起伏跌宕，措辞惊世骇俗，如"天公强生我"已非常人之所能道，而"还你天公我"则实匪夷所思，令人惊叹。详见前《劝诫诗二首》之说明。

【注释】
①冥冥：胡涂、愚昧。②天公：犹言老天爷。何为：为什么。③二句均省主语，极言生存之艰难。④还你天公我：句式特怪异，倒装，意为把我还给你天公。

自 咏

弘 忍

垂垂白发下青山，七岁归来改旧颜①。
人却少年松却老，是非从此落人间②。

【作者简介】

弘忍（602－675），唐初高僧，禅宗五祖。俗姓周，浔阳（今江西省九江市）人，一说蕲州黄梅（今属湖北省）人。七岁时依道信禅师学佛于庐山，又从至蕲州（治所为今湖北省蕲春县）双峰山东山寺，为道信嫡传法嗣。忍公对禅宗教制进行了很多改善，如传教时改以《金刚般若经》代替《楞伽经》，传法时遗命取消衣钵实物的传承。聚众讲习，门徒众多，但对占当时禅宗主流的渐修渐悟法门很不满意，对门下众多入室弟子皆不认可，最后舍其上座弟子神秀而将法衣传给舂米行者慧能。禅宗从此分为南北两派，即南禅宗顿悟派和北禅宗渐悟派。

【说明】

原诗题后附有副题曰"时复生再来"，意谓此诗乃忍公圆寂后得以轮回再生，再生后作此诗。此副题或系后人伪托，否则断不可信。或系忍公另有所指，依诗文内容判断，亦可解释。忍公虽系宗门巨匠，开山祖师，自然文字非同寻常，但其诗歌实属罕见。此篇系从《全唐诗外编》中摘出，亦可窥见高僧大德学养有素。此诗行文流畅，毫无挂碍，行云流水，一气呵成。

【注释】

①垂垂：下垂貌。形容白发多而披垂。七岁：七年。②人间：人世间，尘世上。

偈

神　秀

身是菩提树，心如明镜台①。
时时勤拂拭，勿使惹尘埃②。

【作者简介】

神秀（约606－706），唐初湖北蕲州东山寺僧，禅宗北宗创始人。俗姓李，汴州尉氏（今河南省尉氏县）人。少习经史，博学多闻，后矢志出家。到蕲州双峰山东山寺拜弘忍为师，服杂役六年，得弘忍器重，命为上座兼"教授师"。弘忍死后，在荆州当阳山玉泉寺传法，学人很多。九十多岁被武则天召至洛阳，又召至长安内道场。武则天亲加礼拜，唐中宗、唐睿宗并加优礼。卒后，唐中宗赐号"大通禅师"。因在北方传"渐悟"禅学，其法系便被称作"北宗"。此宗数传后即告衰竭，著名传人有普寂、义福等。

【说明】
　　偈（jì）是梵文音译"偈陀"的简称，意译为"颂"，就是佛经中的唱词，本是佛教经文的一种体裁，但隋唐以后许多僧人所作的偈却脱离了经文内容，成为优美的抒情诗或深刻的哲理诗。偈通常均为四句，每句或四字、五字、六字、七字。可看作四言、五言、六言、七言绝句。如同文人作诗一样，现存偈亦以五言、七言者为多。据说弘忍在挑选法嗣拟传授衣钵作禅宗第六祖时，先令门人各作一偈，以鉴别门人佛学修养之优劣。神秀首先在寺中南廊壁上题了此偈，弘忍阅后，认为神秀对佛法领悟不深，而是"只到门前，尚未得入"因而另选慧能传授衣钵。

【注释】
　　①菩提树：梵文意译，亦作"觉树""道树"。音译则为"毕钵罗树"，印度产常绿乔木，树子可作念珠。据传南朝梁僧智药自天竺移植中国，多产于广东。南方佛教国家信徒常焚香散花，绕树作礼。相传释迦牟尼在毕钵罗树下结跏趺坐，经过静思，排除蛊惑，终于大彻大悟，即证得菩提（觉悟），成为"佛陀"后世遂称毕钵罗树为菩提树，用"菩提"表示对佛教真谛的彻悟或功德圆满，修道成佛。明镜：禅宗寺庙的禅堂中多悬挂大镜子，作为佛徒坐禅修行的辅助物。《资政记》中有："坐禅之处，多悬明镜，以助心行。"②拂拭：拂扫拭擦。尘埃：佛教认为各种尘埃都是污染人的性情的东西。《净心戒规》云"云何名尘，沾污净心，触身成垢，故名尘。"且有四尘、五尘、六尘之说。

在西国怀王舍城

义　净

游，愁。
赤县远，丹思抽①。
鹫岭寒风驶，龙河激水流②。
既喜朝闻日复日，不觉颓年秋更秋③。

已毕耆山本愿城难遇,终望持经振锡住神州④。

【作者简介】

义净(653－713),唐代著名高僧、旅行家、中国佛教四大译经家之一(另外三位是鸠摩罗什、真谛、玄奘),字文明。俗姓张,齐州(治所即今山东省历城县)人,一作范阳(今河北省涿州市)人。唐高宗咸亨二年(公元671年)取道南海往印度求法,历时二十多年,游历三十余国,武周证圣初年(公元695年)携梵本经、律、论共约四百部,回国至洛阳,武则天亲迎之。他精通三藏,擅长梵文,回国初期与人合译《华严经》,后在洛阳和长安主持翻译《金光明最胜王经》《大孔雀咒王经》《法华经》等经、律、论共六十一部,二百三十九卷。在从印度回归途中,写成《南海寄归内法传》四卷和《大唐西域求法高僧》二卷。

【说明】

西国指位于我国西南部的古印度,是佛教的发源地。王舍城是古印度摩揭陀国的都城,其址在今印度比哈尔邦底赖雅附近,此城唐初即圮,相传是释迦牟尼传教的中心地之一,原有十八座大寺庙和释迦牟尼讲经说法时曾住、成道后久居的竹林精舍,故被历代佛教信徒尊为圣地。这首诗作于印度取经时,描述了作者在异域求经访道的艰苦生涯,表达了他渴望早日取经回国的愿望。全诗共五联十行,每联两句,字数分别为一、三、五、七、九字,形成宝塔式,形式颇为新颖。文字精炼,韵律柔和,对仗工稳,感情充沛,是一首有一定特色的抒情诗。

【注释】

①赤县:中国的别名。丹思:出自内心的怀念。丹,意为赤诚。此处又谐音单,故丹思又有孤独地思念之意。抽:萌发。②鹫岭:又称鹫头、鹫峰、灵鹫山,梵文耆者崛山的意译,为古印度佛教圣山,因山顶形状似鹫头且山中多鹫,故名。在古印度摩揭陀国王舍城东北部,相传释迦牟尼曾在此居住和说法多年,所以许多佛教传说皆与之有关。另外,中国的五台山曾拟称灵鹫山,取义亦如此。龙河:古印度尼连禅河之别名,据说河中有盲龙出没,故名。释迦牟尼成道之前,曾在该河边树林中独修六年,未能解脱,后至菩提树下静思,方得最后觉悟。③朝闻:到圣地去朝拜并增长见识。朝指朝圣,朝拜。闻即见识,见闻。颓年:残年,衰老之年。④耆(qí)山:梵语耆者崛山的略称,详见本诗注②。城:指王舍城,详见本诗说明。振锡:指僧人游方。锡指僧人所

持锡杖,杖头安有锡环,振动则发声,故以振锡、飞锡、持锡等表示僧人游方。神州:指中国。

道希法师求法西域,终于庵摩罗跋国,后因巡礼希公住房,伤其不幸,聊题一绝

义 净

百苦忘劳独进影,四恩在念契流通[①]。
如何未尽传灯志,溘然于此遇途穷[②]。

【作者简介】
见前。

【说明】
道希法师系与义净一道往西域求法的一位高僧。庵摩罗跋国为古印度邦国名,为宗教圣地。巡礼为佛教礼节,指到各地各处礼拜。远在异国,同道雕丧,净公除了到已逝者旧居顶礼瞻拜外,难免缅怀伤感。这首感怀诗赞颂了道希法师不辞辛劳、远途求法的精神,惋惜其壮志未酬、中道夭伤的遭遇,更为佛教的传承遭此损失而万分感慨。道希法师的志向和经历,本就是净公本人的写照,所以,诗写得很深沉,很有感情。

【注释】
①影:同隐,指示寂。四恩:指天地、君王、双亲、师门之恩惠。契:契契,忧苦貌。②传灯:佛家谓佛的教旨如同明灯,可以照破迷暗,因称传法为传灯。溘(kè)然:疾促、忽然。途穷:穷途末路,指死亡。

得 法 偈

慧 能

菩提本无树,明镜亦非台[①]。
本来无一物,何处惹尘埃[②]?

【作者简介】

慧能（638－713），亦作惠能，唐代广东南海法性寺僧，禅宗第六祖，禅宗"南宗"创始人。俗姓卢，原籍范阳（今河北省涿州市），生于南海新兴（今属广东省）。少孤贫，及长，闻经悟道。投蕲州东山寺参见弘忍，初服杂役，后被弘忍选为法嗣，密授法衣。为防人争夺法衣，回岭南隐居十数年。此后于韶州宝林寺、大梵寺、广州制旨寺等处弘扬禅宗"顿悟法门"，鼓吹"见性成佛"，影响极大，传承极广。因他主要在南方传法，故其法系称为禅宗"南宗"，该宗不久便成为禅宗正系，后来更成为中国佛教宗派之主流。他的说教由门下弟子汇成《六祖法宝坛经》，是中国佛徒作品中惟一被称为"经"的著作。武则天和唐中宗曾召他进京，均辞。圆寂后，唐宪宗追谥为"大鉴禅师"。王维、柳宗元、刘禹锡等皆为他撰写碑铭。

【说明】

唐龙朔初年（公元661年），慧能慕名投禅宗五祖弘忍门下为行者，在碓房春米。数月后，弘忍命弟子各作偈，考核他们的佛学修养，以便从中遴选法嗣。十大弟子之首的神秀先作一偈（详见本书神秀《偈》），慧能则针对神秀之偈复作此偈。弘忍对神秀的偈不甚满意，对慧能则倍加赞赏，秘密地把衣钵传授给他。慧能的这首偈语，否定菩提树和明镜台等物质性的本体的存在，宣称万事万物均在人的本性中，人心就是万有的本体，人性中本来就有"佛性"。由此推理，不必累世修行便可以顿悟成佛，即"放下屠刀，立地成佛"。这种观点，比之神秀那套逐渐修行的"慙悟"学说，自然更有吸引力和号召力，因此也就显得更为透彻，难怪弘忍要选定慧能为自己的法嗣。参见前神秀《偈》。

【注释】

①菩提树、明镜见本书神秀《偈》注①。②尘埃：见本书神秀《偈》注②。

送童子下山

地　藏

空门寂寞汝思家，礼别云房下九华①。
爱向竹栏骑竹马，懒于金地聚金沙②。

添瓶涧底休招月，烹茗瓯中罢弄花③。
好去不须频下泪，老僧相伴有烟霞④。

【作者简介】

地藏（696－794）唐代池州九华山化城寺僧。本为新罗国（今朝鲜）王子，俗姓金，名乔觉。传其为普渡众生的"地藏菩萨"之化身，故称地藏，亦称金地藏。少年时出家，六十岁渡海来华，定居于安徽九华山化城寺。他年近百岁圆寂于化城寺，其肉体真身尚保存至今，逾千余年而不坏。他是唐代一位著名高僧，关于他的种种奇行异迹也广泛流传。

【说明】

金地藏在九华山化修时，终日与一小童役为伴。当这个烹茶汲水的小童不耐深山寂寞，要回归家中去时，作者写了这首七言律诗赠送他。诗写得亲切柔和，娓娓情深，叙述的也是日常近事，充分地表现出作者仁慈的心地和豁达的情操。

【注释】

①空门：佛教名词。佛教认为"诸法皆空"，以"悟空"为进入涅槃之门，故称佛教为"空门"。云房：古时称隐士或僧道的住所。九华：九华山在安徽省青阳县西南，因有九峰形似莲花，故名。有东岩、四香阁、化城寺等名胜古迹。与峨眉、五台、普陀等山合称为中国佛教四大名山。②竹马：儿童玩具，当马骑的竹竿。懒于句：佛教以金为贵，故有金刚、金幢、《金刚经》、《金光明经》等词。佛家认为寺庙是藏金之地，因此出家修行便是为来世获得福报打好基础，是收聚金沙。金地：佛教典故。佛祖在拘萨罗国有许多信徒，其首都舍卫城一名叫给孤独的老人，用黄金铺地为代价，买下王太子的一座园林——祇园，贡献给佛祖，供其修行传道。后常用金地、布金之地代指寺庙。③瓶：汲水的陶罐。烹茗：煮茶。瓯：盆盂一类的瓦器、陶器。弄花：一种茶艺，于泡茶时于杯中冲出种种花纹、花样。④烟霞：山水景致。因为山水景致中烟霞所占比重最大，故一般山水美景便称作烟霞。烟指雾霭云烟，霞即阳光晚霞。

参 同 契

希 迁

竺土大仙心，东西密相付①。
人根有利钝，道无南北祖②。
灵源明皎洁，枝派暗流注③。
执事元是迷，契理亦非悟④。
门门一切境，回互不回互⑤。
回而更相涉，不尔依位住⑥。
色本殊质象，声元异乐苦⑦。
暗合上中言，明明清浊句⑧。
四大性自复，如子得其母⑨。
火热风动摇，水湿地坚固⑩。
眼色耳音声，鼻香舌咸醋⑪。
依然一一法，依根叶分布⑫。
本末须归宗，尊卑用其语⑬。
当明中有暗，勿以暗相遇⑭。
当暗中有明，勿以明相睹⑮。
明暗各相对，比如前后步⑯。
万物自有功，当言用及处⑰。
事存函盖合，理应剑锋拄⑱。
承言须会宗，勿自立规矩⑲。
触目不会道，运足焉知路⑳？
进步非近远，迷隔山河固㉑。
谨白参玄人，光阴莫虚度㉒！

【作者简介】

希迁（700－790），唐代禅宗高僧，禅宗六祖慧能所度，青原行思大弟子。

俗姓陈，端州高要（今广东省高要县）人。自幼持素，年十二，直造曹溪。师六祖慧能得度，未具戒。六祖圆寂，禀遗命谒行思（六祖弟子），得印可。唐玄宗天宝初（约公元743年），到南岳衡山。于古南台寺旁以石为台，结庵其上，时称石头和尚。迁公穷究禅理，广结佛缘，入门弟子二十一人，各为一方宗主。迁公本人称湖南石头希迁，与江西马祖道一，并列为禅宗南宗两大领袖。示寂后，唐德宗赐谥为"无际禅师"，宰相裴度为之书"无际禅师见相塔碑"。其肉身存于南岳，民国初年军阀混战，乱兵纵火烧寺，为住于附近的日本牙医移出，运至日本，现供奉于横滨日本曹洞宗总部。迁公圆寂至今已一千二百余年，其肉身至今仍栩栩如生。现衡山南台寺旁石头和尚墓乃衣冠冢，亦系衡山全山现存惟一唐墓。

【说明】

诗题《参同契》亦作《草庵歌》，又作《草庵歌参同契》。实际上希迁禅师写作此诗时即题为《参同契》。后两种诗题，为后人增变而成，目的为区别古代经学著作《参同契》。《参同契》又名《周易参同契》，旧题汉魏伯阳作，二卷。以《周易》、黄老、炉火三家相参同，借《周易》爻象附会道家炼丹修养之说，为丹经之祖。注解有四十余家，五代后蜀彭晓有《周易参同契通真义》，宋朱熹有《参同契考异》。参同指两种或多种事物（如思想体系、学术渊源、艺术派别等）相合为一。契指契合，融洽地配合。希迁禅师于唐玄宗天宝初入南岳，结庵于大石上，冥思苦读，精进修行。天宝九年（公元750年），因读《肇论》发省，遂作此《参同契》一诗，五言二十二韵二百二十字。其旨在于调和禅宗南北两派的争议，促进禅宗的弘扬发展。言虽简而哲理深，语虽平而寓意丰，成为禅宗重要文献。其影响之远大深广，远远超过一首偈诗本身的意义。

【注释】

①竺土：指天竺。国名，印度的古称。唐玄奘《大唐西域记》："详夫天竺之称，异议纠纷，旧云身毒，或贤豆，今从正音，宜云印度。"大仙：指佛祖释迦牟尼，佛教之创立者。东西句：谓佛祖创教后，在印度（位于中国之西南）广泛传播。东汉时，东传至中国，于河南洛阳立白马寺，译经弘教。尤其是南北朝时，菩提达摩来东土，成为禅宗东土初祖。佛教心法本系师徒密授，承继师尊心法者且受持衣钵。故此句中有密相付之语。如禅宗五祖传法给六祖慧能时，即将衣钵袈裟隐秘交付，不使他人得知。②人根：人的根性，人性本质。此处转指人的智力禀赋。利钝：聪敏和愚笨。道指佛教教理教义。南北祖：指佛教禅宗于五祖弘忍禅师时分

化的二祖。弘忍年老将逝，依律传授接班人。时有神秀者年最长，尤精勤渊博，众弟子皆认其必承衣钵。谁知弘忍不赏识神秀那套渐悟法门，将衣钵传给时任粗役的卢行者即慧能。慧能继承衣钵，自是合法继承人；而神秀名望极高，连武则天亦尊之为师，有众多追随者，也自认为弘忍的继承人。于是禅宗五祖之后，有了两位六祖：北方神秀，南方慧能。也就形成了中国禅宗南北两宗。两宗互相攻讦，各不相让，对中国禅宗的弘扬发展极为不利。希迁是慧能再传弟子，且系慧能亲自剃度，当然是禅宗正统代表。但他看到两派相争之弊，很是担忧，有心调和。这里说无南北祖意谓不分北方神秀还是南方慧能，都是中国禅宗初祖菩提达摩的门人，都是佛教禅宗初祖迦叶尊者的门人，不能勉强分什么南北。这显然是一种大智大慧的认识，是一种顾全大局的做法。③灵源：指佛教禅宗从释迦牟尼到迦叶到达摩一脉相承的源流。明皎洁：意谓明明白白，像月光那么皎洁清晰。枝派：指佛教自佛祖创立以来形成的诸多派别。暗流注：谓各自分衍派生。以暗字强调各不相干，各有各存在发展的权利。④执事：执著、固执于某件事，这里指顽固地把中国禅宗分为北宗、南宗并互相攻击。元同原。迷：迷惑，错误。契理：仅仅认识了道理。悟：指真正的觉悟。⑤门门：各种各样的。境指境界。回互：回环交错。两句谓各种各样的境界认识。要看看它们之间是否互相交错纠结。⑥回：回互，交错。相涉：相关。不尔：指不相回互，没有关联。依位住：各就自己的位置而居。⑦色：佛教用语。凡诸事物如五根（眼耳鼻舌身）、五境（色声香味触）等足以引起变碍者，皆称色。殊：不同于。质象：本体禀性与形象外貌。声：本意为声音或音乐，此处泛指各种名称、名号所代表的事物的外部形式。⑧暗合：谓从内心中承认、认可。上中：上述文字中。亦可分层次，作上等的、中等的解。明明：明辨，明察貌。清浊句：犹好话、坏话，对话、错话。⑨四大：佛教以地、水、火、风为四大。详见智藏《奉和武帝三教诗》注②。复：反复，周而复始。如子句：接上句，谓四大周而复始地运行，生化回环，犹如童子在其母怀中一般妥当舒适。⑩火热句：火燃烧起来，热气的流动，便产生了风。水湿句：水流入地下使泥土粘结的更紧密。两句中火、风、水、地即所谓四大。这里继续用形象的比喻来阐述四大相辅相成、相生相灭的道理。⑪眼色句：谓眼观颜色，耳听声音。鼻香句：谓鼻闻香味，舌尝咸酸。⑫依然：谓上述眼耳鼻舌等各有各的功能法则。依根句：谓上述眼耳鼻舌像树根树枝一样，各有自己的位置，皆有合理的分布。⑬本末句：谓事物的主次本末须归纳好，理清楚。尊卑句：谓事情的大小或人物身份的上下也要按照称呼名号来安排。语有称呼、名称之意。⑭当明中联：谓明明白白的事情中，也有特殊、例外、隐衷，不要去纠缠那些细节。⑮当暗中联：谓在少数例外的事件上，也许有正确光明的一面，切不可将其看做事物的主流、大势。⑯明暗联：谓明暗、前后、主次本末都是相对的，不会一成不变。⑰功：指作用功能。当言句：谓应该强调其有用之处或用得上的地方。⑱事存联：谓事情存在着，但有时似乎被盖子盖住，看不清楚。道理却应当像剑锋一般，高高举起，光明夺目。⑲承言联：谓领会语言时要领会其中的主题宗旨，不要妄自揣度，另搞一套。⑳触目联：谓睁开眼睛竟看不见路，抬起脚步要往哪里走。触此处作睁解。会指看见、认得。㉑进步句：谓只要是往前进，就不要分谁走得近走得远。迷隔句：谓一旦执迷不悟的话，那前进的阻力就像山河一般巨大坚固，难以克服。㉒白：告诉，告知。参玄人：指参学禅宗教理者。

壁　上　诗

丰　干

余自来天台，凡经几万回①。
一身如云水，悠悠任去来②。
逍遥绝无闹，忘机隆佛道③。
世途歧路心，众生多烦恼④。
兀兀沉浪海，漂漂轮三界⑤。
可惜一灵物，无始被境埋⑥。
电光瞥然起，生死纷尘埃⑦。
寒山特相访，拾得常往来⑧。
论心话明月，太虚廓无碍⑨。
法界即无边，一法普遍该⑩。

【作者简介】

丰干，唐代前期浙江天台国清寺僧。生卒年及姓氏籍贯均不详，大约公元736年前后在世。本为粗役，性却好学，日则舂米供厨，夜则闭门吟读。能医，曾在京城为闾丘太守治病。能识人，于山中小道拾一弃儿，取名拾得，后成为著名诗僧。对诗僧寒山亦颇赏识。关于他的神迹颇为流传。

【说明】

闾丘太守在京城时患急病,曾蒙丰干救治。后来他到浙江任地方官,便到天台山国清寺拜访丰干。打听丰干的住房时,知客僧指着后院,说是其处荒僻,经常有猛虎盘踞,时时听见虎啸,只有丰干敢往。闾丘太守来到后院,推开丰干房门,但见地下尽是老虎的足印,主人丰干却早已避之而去,不肯见客。房中壁上题有二诗,今选其一。此诗通俗明朗,具有明显的散文倾向,一方面阐述了佛学道理,一方面记述了作者的佛隐生活。寒山、拾得的诗风均受丰干的影响。

【注释】

①天台:天台山在浙江省东郡,是甬江、曹娥江和灵江的分水岭。主峰华顶山在天台县城东北,多悬崖、峭壁、飞瀑、林泉之胜,石梁瀑布最为著名。隋代敕建的国清寺是佛教天台宗的发源地。陈隋之际高僧智𫖮(智者大师、天台大师)于此创立天台宗。唐代高僧丰干、寒山、拾得均曾居此。凡:总共。②云水:自由的行云流水。③闹:嘈杂、喧扰。隆:崇尊,发扬。佛道:佛家的学说或原理。④歧路心:心意歧异混乱,无定无向。众生:佛教名词,系梵文意译。指所有有情感、有意识的生物,包括六道即天、人、阿修罗、地狱、饿鬼、畜生六种。⑤兀兀:同矻矻,用心劳苦貌。三界:佛教名词,系梵文意译。指尘俗世界中有情众生存在的三种境界即欲界、色界、无色界。⑥灵物:有灵性的生物,此处指人。无始:不要。无通毋,始通使。⑦瞥(piē)然:突然地,很快地。纷:多而杂乱。⑧寒山:唐诗僧,详见本书寒山《三言诗一首》作者简介。拾得:唐诗僧,详见本书拾得《五言诗一首》作者简介。⑨太虚:太上虚空,指天空。廓:广大,空洞。⑩法界:佛教名词,系梵文之意译,与真如、法性、实相等词大致同义。界是种类,诸法一一差别,名为法界,指现象界的全体或指宇宙万物的本体。该:包括一切,尽备。该通赅。

送清江上人

法 照

越人僧礼古,清虑洗尘劳①。
一国诗名远,多生律行高②。

见山援葛藟，避世着方袍③。
早晚云门去，侬应逐尔曹④。

【作者简介】

法照（？－782），唐代湖南衡州云峰寺僧。生年及姓氏籍贯均不详。大历二年（公元767年）任衡州云峰寺住持，大历四年（公元769年）于衡州湖东寺开创五会法门，倡导净土宗念佛名号。后又至山西五台山建竹林寺。他是净土莲宗第四祖，唐代奉为国师。著有《净土五会念佛法事仪赞》，《全唐诗》存其诗三首。

【说明】

清江是唐大历、贞元间著名诗僧，详见本书清江《七夕》作者简介。上人是对僧人的尊称。清江即将云游远去，法照写这首诗为之送行。诗中高度地评价了清江在佛学、情操、诗文、律行各方面的造诣和修养，表达了作者对清江的景慕之情和愿意追随的愿望。诗写得很精炼，很有感情。

【注释】

①越人：古时越国境内的人。清江上人家乡会稽（今浙江省绍兴市）夏代与春秋时均为越国都城。古：不随时俗，保持古风。清虑：心地清净安宁，无忧无虑。②一国：全国。远：远播，四方流传。多生：指一个人经历多次反复的轮回流转而达到新生的过程。律行：指对佛教戒律的学习和实践。③葛藟（lěi）：葛藤，一种木质藤本植物。方袍：一种僧服，以九条乃至二十条布片缝制，穿在外面的衫袍，因袖宽成方形，故名。这种袍服唐时兴起，江浙较为流行。④云门：寺名，寺在浙江诸暨若邪山，是清江上人的本寺。侬：我。逐：追逐、追侬。尔曹：你们，多用于长辈称呼晚辈。

画　松

景　云

画松一似真松树，且待寻思记得无①？
曾在天台山上见，石桥南畔第三株②。

【作者简介】

景云，天宝年间（公元742－755年）江南诗僧。生卒年及姓氏籍贯均不详，大约公元742年前后在世。他工书法，尤长草书，《全唐诗》存诗三首。

【说明】

明明是纸上画的一棵松树，诗人却说是一棵真正的松树，而且自己在天台山上见到过，说得确凿无疑，煞有介事，由此而赞美这棵松树画得极好，可以乱真。这种写法非常新颖、别致。

【注释】

①无：犹么，疑问词。②天台山：见本书丰干《壁上诗》注①。

谿　叟

景　云

谿翁居处静，䩆鸟入门飞①。
早起钓鱼去，夜深乘月归②。
露香菰米熟，烟暖荇丝肥③。
潇洒尘埃外，扁舟一草衣④。

【作者简介】

见前。

【说明】

谿通溪，山间河沟也。所谓谿叟，本谓住在谿边的老人，此处当指老渔夫。简洁白描的手法，写出了一个居住山溪边以垂钓为生的老渔夫知足常乐的平凡生活。也正是这样恬淡自适的老渔夫，才可能合得上云公这位老和尚的心意，否则，云公何故为他专门地写这首诗呢？这种诗情画意，这字里行间的消息，我们当仔细体会。

【注释】

①谿翁：即谿叟，老渔夫。②乘月归：在月光下回归。③菰（gū）：植物名。俗称茭白，生于河边、陂泽，可作蔬菜。其实如米，称雕胡米。菰米可以做饭。古

以为六谷之一。荇（xìng）即荇菜，水生植物名。亦名接余。嫩时可供食用，多长于湖塘中。④尘埃：犹言尘世、闹市。扁舟：小船。草衣：结草为衣，这里指粗朴简陋的衣服，兼指老渔夫为平凡的草民。

辞召诗

明瓒

三十年来独掩关，使符那得到青山①？
休将琐末人间事，换我一生林下闲②。

【作者简介】

明瓒，外号懒残。唐代湖南南岳衡岳寺执役僧。生卒年及俗姓籍贯均不详。唐玄宗天宝年间（公元742－755年）前后在世。他自幼出家，只在厨房菜园执行杂役，很少入经堂念经，又每日收拾僧众的残菜剩饭，遂得懒残之名。京兆李泌读书寺中，识其为异人，夜中求见，懒残将牛粪煨烧的芋头分一半给李泌，只说："领取十年太平宰相"，全不多语。李泌后果登相位，主持大政，成为一代名臣，以功封邺侯。关于懒残的神功异迹和奇闻轶事，流传甚广。能诗，但不多作，大多散亡，偶见于唐宋人笔记杂著中。

【说明】

唐德宗于贞元初（公元786年左右），派特使来南岳征召懒残。特使到时，他依然流着鼻涕在吃煨芋，面目衣服全都被污脏。特使劝他揩净鼻涕，以便交谈。他眼睛一瞪，生气地说："我岂有功夫为俗人揩涕！"特使劝他赴京享受荣华富贵，催他上路，他便写下这首绝句，交特使回京复命。这首诗看似游戏文字，嘻笑怒骂，没有分寸，其实说得也很有道理，一个既老且丑，连名字都没有的邋遢老僧，俗世的功名利禄于他何干？诗写得直截了当，痛快淋漓，没有半点粉饰和做作。这才是一个大彻大悟的高僧的作风和态度。

【注释】

①掩关：闭门。唐·钱起《岁初归旧山酬皇甫冉待御》诗有句"求仲应难见，残阳且掩关。"宋·范成大《次韵马少伊木犀》诗有句"归来掩关卧，冰炭交愁肠。"又作闭关，则主要指出家人或习武者闭门深思，以求觉悟。此处两种意思皆

有。使符：使者与信符，指特使及其所持皇帝的征聘信函。②琐末：琐碎而又微小。人间事：俗事，这里指宫廷事、官府事。

偈

明　瓒

世事悠悠，不如山丘①。
青松蔽日，碧涧长流②。
山云当幕，夜月为钩③。
卧藤萝下，块石枕头④。
不朝天子，岂羡王侯⑤？
生死无虑，而复何忧⑥！

【作者简介】

见前。

【说明】

偈，僧人所作之诗，详见神秀《偈》之说明。在唐德宗李适和宰相李泌派来特使召请被顶回去后，懒残意犹未尽，又作了这首偈子，表达了自己不图名利，乐意林泉，愿意终其一生隐姓埋名，终其一生修行学佛的决心。翻开一部中国诗史，四言诗在晋隋以后已不多见，但在僧人的即兴诗歌即偈子中却也不少。懒残这首偈子就是这样一首四言诗。此诗一仍懒残风格，明朗通俗，直截了当，把山林隐修生涯形容得无比美好（懒残的确是这样认识的），把尘俗间的功名利禄看得一文不值。依旧是那句话：这才是一个大彻大悟的高僧的作风和态度。

【注释】

①悠悠：遥远，无穷无尽。《诗·鸨羽》云："悠悠苍天，曷其有极？"山丘：山林丘壑，指隐修之处。②碧涧：清澈的山溪水。③幕：帐幕。钩：帐钩。④块石：石块。⑤天子：皇帝。古以君权为神授，谓君主秉承天意来治理人民，故称天子。⑥而复：而又。复即又意。

题张僧繇《醉僧图》

怀　素

人人送酒不曾沽，终日松间挂一壶①。
草圣欲成狂便发，真堪画入醉僧图②。

【作者简介】
怀素（725－785），唐代僧人、书法家。字藏真，俗姓钱，长沙（今湖南省长沙市）人。精勤学书，以善"狂草"而著名，师事张旭，继承和发展了张旭的笔法书技。他与张旭一样性嗜酒，酒后亦运笔狂若旋风，字体雄劲飞逸，人称"颠张狂素"。亦能诗，《全唐诗》存其诗二首。

【说明】
《全唐诗》误将唐初律宗高僧怀素混为此诗人怀素。实则前者为北方（家乡在今河南省）人，是高僧玄奘的弟子，是律宗东塔宗始祖。后者是南方（家乡在今湖南省）人，是书法家张旭的弟子，是著名的草书大家。两者相距百余年，特予甄别。张僧繇为南朝梁时著名画家，吴（今江苏省苏州市）人，擅长人物画与宗教图，所画佛像及僧人肖像极为有名。《醉僧图》为其作品之一，今已失传。这首诗名为题古人画图，实际上是诗人自己醉酒狂书的浪漫性格的真实写照。事实上，诗人在末句已经明白说出：完全可以把自己画入《醉僧图》中去，或者说《醉僧图》所画的便是自己的形象。诗写得生动活泼，充满情趣。

【注释】
①沽：买。终日句：意谓一天到晚携着酒壶（酒都是朋友们赠送的）在山林中优游徜徉。这是记述作者留连山水，陶然自醉的隐居生活。②草圣：草书有最高造诣者的美称。怀素及其师法的大书法家张旭均有此称号。

寄衡岳僧

怀 素

祝融高座对寒峰，云水昭丘几万重①。
五月衲衣犹近火，起来白鹤冷青松②。

【作者简介】
见前。

【说明】
衡岳即衡山，因为是五岳之一的南岳，故称衡岳。又名岣嵝山，在今湖南省南部。山中多林泉岩瀑之胜，为古代著名的宗教圣地和文化教育中心。南岳怀让和石头希迁均为出身南岳的大德。素公写此诗，寄达者亦修行于南岳衡山的一名僧人，其事迹无从得知，但从诗句中可以约略猜度出：那是一位年事已高、淡泊世事的高僧。和素公前面那首诗不同的是，此诗写得很平静、柔和，显出一种淡雅从容的风味，也许是受了那位南岳高僧的影响吧。

【注释】
①祝融：祝融峰为南岳七十二峰之主峰，高达一千二百九十米。相传祝融为燧人氏后裔，带领本部族在南岳以狩猎为生。黄帝南巡时，封其为火官，后人奉为火神。山以此得名。现仍有祝融殿古迹。昭：同照。②衲衣：僧人所服百衲衣。二句谓山高天寒，人、鹤、松皆有寒意。

三言诗一首

寒山

寒山深，称我心①。
纯白石，勿黄金②。

泉声响，抚伯琴③。
有子期，辩此音④。

【作者简介】

寒山，亦名寒山子，唐代浙江天台寒岩僧。生卒年及姓氏籍贯均不详，大约大历年（公元766－779年）前后在世。长居天台寒岩，并时时往来天台国清寺帮闲打杂，后栖止苏州寒山寺。工诗，诗全无题，多为佛门规诫说教和抒发幽居情趣之作。本诗题及后面两诗题均为编者所加。其诗语言朴素浅近，通俗如话，被誉为我国文学史上重要的白话诗，在国内外均有影响。后人集其诗约三百余首，编为《寒山子诗集》三卷。

【说明】

寒山子诗三百余篇，编入《全唐诗》，收入《四库全书》，内中强半为五言，七言亦复不少，如上述三言诗，仅寥寥数首，今选其一，以窥寒公诗之全貌。或传寒公作诗，随意题写在树木岩石上，村墅屋壁上，随写随题，全不经意。可见寒公潇洒豁达，不以文字为樊牢，出入自由，境界非凡。而诗偈散诸各处，启人困惑，导人向善，则寒公用心良苦也。

【注释】

①此二句意谓山深则人迹罕至，清净自在，有利修行。②勿黄金：指寒岩石体偏白，不是黄金之色，对寒公自己而言，却比黄金还要宝贵。③伯琴：将泉水流动的响声比作俞伯牙弹琴的声音。俞伯牙为古代最善抚琴者，详见下注。④子期：即钟子期，古时善听琴者。《列子·汤问》载伯牙善鼓琴，钟子期善听。伯牙鼓琴，志在登高山。钟子期曰"善哉！峨峨兮若泰山！"志在流水。曰"善哉！洋洋兮若江河！"伯牙所念，钟子期必得知。这四句诗意谓泉声如琴声，而寒公能辩琴声即泉声中之意，乃为知音也。

五言诗一首

寒　山

杳杳寒山道，落落冷涧滨①。
啾啾常有鸟，寂寂更无人②。

淅淅风吹面，纷纷雪积身③。
朝朝不见日，岁岁不知春④。

【作者简介】

见前。

【说明】

唐初诗律还不特别严格，所以可以说这是一首五古，也可以说是一首五律，不管怎么说，这都是一首很有特色的五言诗。明明是写景诗，写山道，写溪涧，写啼鸟，写行人，写风，写雪，具体入微，淋漓尽致，而作者的深邃情感也寄托在此了。八行四十个字，写尽寒岩山中之景，而景之后、景之中却是寒公本人，一个爱好山林、领略风雪、不知日落月出、不知春去秋来的修道人。语言简洁、音韵柔和，每行首字的重叠更加浓了诗味，加深了诗境，增添了全诗的雅趣。

【注释】

①杳（yǎo）杳：远得不见踪影。落落：清彻貌。②啾啾：象声词，形容许多小鸟一齐叫的声音。③淅淅（xī）：象声词，形容轻微的风声、落叶声等。④朝朝：天天。此句意谓山林幽深邃密，阳光照射不到，平时见不到阳光。

七言诗一首

寒 山

众星罗列夜明深，岩点孤灯月未沉①。
圆满光华不磨莹，挂在青天是我心②。

【作者简介】

见前。

【说明】

寒公之诗为点化愚蒙，导引初机，往往写得直白如话，妇孺可解。今选此七言绝句，又是一格。这首诗意趣十分含蓄，境界亦幽远深沉，以景寄情，情景交融。短短四行二十八字，犹如一幅写意山水，令人深思，令人回味无穷。正因此，一代高僧那孤独而崇高的形象已矗立在我们面前。

【注释】

①罗列：排列。古辞《鸡鸣高树巅》："鸳鸯七十二，罗列自成行。"孤灯：指月亮。形容妙极。②光华：光彩明丽。《卿云歌》："日月光华，旦复旦兮。"莹：光亮透明状。

五言诗一首

拾 得

寒山住寒山，拾得自拾得①。
凡愚岂见知，丰干却相识②。
见时不可见，觅时何处觅③。
借问有何缘，却道无为力④。

【作者简介】

拾得，唐代浙江天台国清寺僧。生卒年及姓氏籍贯均不详，大约大历（公元766－779）年间在世。原为弃儿，被天台山国清寺丰干禅师拾归，收养为僧，遂名"拾得"。他也是诗僧，与寒山为挚友，诗风相似，多为佛门规诫说教和抒发幽居情趣之作，世以寒山、拾得相提并论。原有诗三百余篇，多已散佚，存诗五十余首，附于《寒山子诗集》中，《全唐诗》亦已收载。

【说明】

寒山拾得，相提并论。二公既为佛学同道，亦为文学同仁，皆多诗偈，随意涂写。诗风颇类王梵志：通俗明了，浅显易懂。这首诗便具体地体现拾得诗风，于明白如话的叙述中，道出寒山拾得之来由、之行迹、之道力，却也痛快淋漓、潇洒自如。

【注释】

①寒山：前寒山为人名，后寒山为地名，即寒岩。拾得：前拾得为人名，后拾得意为拾到的、捡来的。②凡愚：平凡愚蒙之辈，泛指普通人、俗人。丰干：拾得

之前辈高僧,详见丰干《壁上诗》作者简介。③见、觅:传说二公多有神迹,不与常人相接,人若追寻,往往入石壁隐去。④无为力:犹言无力、无办法。

七言诗一首

拾 得

云山叠叠几千重?幽谷路深人绝踪①。
碧涧清流多胜境,时来鸟语合人心②。

【作者简介】
见前。

【说明】
诗风朴实自然,不事雕琢,寓深意于浅近的文辞之中,是拾得、寒山乃至丰干的诗歌特征。拾得这首诗另辟蹊径,用纯白描的手法,于写景中寄寓作者的情趣和志向,清新自然,颇堪玩味。

【注释】
①叠叠:山峦连绵重叠貌。②胜境:优美的环境,多指林泉山水的美好,引人入胜。合:符合,适合,令人满意。

题 僧 院

灵 一

虎溪闲月引相过,带雪松枝挂薜萝①。
无限青山行欲尽,白云深处老僧多。

【作者简介】
灵一(727－762),唐代浙江诸暨云门寺僧。人称一公,俗姓吴,广陵

（今江苏省扬州市）人。童年出家，初居会稽麻源山谷，后至诸暨若耶溪云门寺，再居余杭宜丰寺。三十六岁因病卒于岑山，诗人独孤及为撰塔铭。他工诗善文，是中唐时著名诗僧，与朱放、张继、皇甫冉、灵澈等经常诗歌唱和。作品存诗四十余首，编为一卷，收入《全唐诗》。

【说明】

诗题僧院指江西庐山东林寺。东林寺详见本书慧远《庐山东林杂诗》说明。诗中描述了在东林寺中所见的冬日景象：虎溪、明月、松树、薜萝、青山、白云，风景优美，犹如画卷。作者本人的志趣与情感也都在里面了，让读者自己慢慢去体会、去领略。

【注释】

①虎溪：山涧名，在庐山东林寺前院墙外。相传东晋高僧慧远居东林寺时，送客则以溪为限，若过溪，寺后猛虎啸吼，因名此溪为虎溪。一次慧远送别陶渊明、陆修静，因言谈融洽投机，不知不觉中越过了虎溪，寺后老虎大声吼叫起来，三人不觉抚掌大笑。此事后来成为佛教和文坛佳话，虎溪亦因此更为著名。历代画家作有许多《虎溪三笑》一类图画，诗人品咏作品则更多，道教亦将虎溪列为天下第四十七"福地"。实则远公与陆修静非同代人，未可相交共语，传说而已。薜萝：薜为薜荔，萝即女萝，均为藤蔓植物。

酬皇甫冉西陵见寄

灵 一

西陵潮信高，岛屿没中流①。
越客依风水，相思南渡头②。
寒光生极浦，落日映沧洲③。
何事扬帆去，空惊海上鸥④。

【作者简介】

见前。

【说明】

皇甫冉，字茂政，润州丹阳（今江苏省镇江市）人。十岁能属文，张九龄深器之，呼为小友。天宝十五年（公元756年）举状元，授无锡尉，后迁右补阙，奉使江表，卒于家，有诗集三卷，《全唐诗》改编为二卷。皇甫冉及其弟皇甫曾与灵一为方外知交，其诗《西陵寄灵一上人》云："西陵遇风处，自古是通津。终日空江上，云山若待人。汀洲寒事早，鱼鸟兴情新。回望山阴路，心中有所亲。"表达出对灵一很深厚的感情。一公获寄诗后，遂作此诗以答。全诗写江浙水乡风貌：潮信、岛屿、中流、风水、渡头、极浦、沧州、扬帆、海鸥，句句不离水，淋漓尽致，细致入微，很有特色。

【注释】

①潮信：潮水涨落有定时，故称潮信。没：沉没于。②越客：指江浙一带的人，江浙旧为越国境地。此处系指作者自己，因作者隐居于越地。③极浦：遥远的水边。沧洲：指滨水的地方。④鸥：水鸟。

将出宜丰寺留题山房

灵 一

池上莲荷不自开，山中流水偶然来。
若言聚散定由我，未是回时那得回？

【作者简介】

见前。

【说明】

一公存世之作，以酬赠诗居多，大都因人因事，有感而发，时而用典，另寄款曲。这首诗又是一路，别开生面。说它因人而发，却未确指姓甚名谁，诗题寺房墙壁，谁都可看，也可不看。说它因事而发，因为离寺远行，临别留言，而出家人已无家之概念，野鹤闲云，萍踪浪迹，去与来，离与留，难分孰是。一首短短的七言绝句，固兼顾了上述种种意义，而它包含的最大信息乃是：万事随缘。诸事诸物，皆由天定，流水落花，天公安排，离合聚散，非我可定。可以说，诗写得再平易再通俗不过。而其意之深，其理之大，却又是显而易见的。真是一首难得的好诗。

昭 君 怨

皎 然

自倚婵娟望主恩，谁知美恶忽相翻①。
黄金不买汉宫貌，青冢空埋胡地魂②。

【作者简介】

皎然，唐代江南湖州抒山僧。生卒年不详，大约公元765年前后在世。字清昼，俗姓谢，自称为谢灵运十世孙，湖州长城（今浙江省长兴县）人。出家后与灵澈、陆羽同居抒山妙喜寺。他是唐朝著名诗僧和诗歌理论家，其五言诗尤为颜真卿、韦应物所推重。诗多描绘山水胜境和宣扬佛学禅理之作，风格清隽超远，摆脱佛规约束。作品有《抒山集》、《诗式》、《诗评》、《诗议》、《内典类聚》、《儒释交游录》、《号呶子》等。贞元中敕写其文集入于秘阁。

【说明】

昭君，姓王名嫱字昭君，亦称明君或明妃，西汉时美女。南郡秭归（今湖北省秭归县）人。汉元帝时被选入宫，竟宁元年（公元前33年）匈奴求汉和亲，她自请远嫁。入匈奴后，封为宁胡阏氏。单于死，复嫁后单于。她对汉朝与匈奴之间的和好关系，起了一定的作用。她的故事成为后来诗词、戏曲、小说、说唱等的流行题材，但在后代文艺作品中，许多描述皆不符史实。《昭君怨》系乐府《琴曲》歌名，题王昭君作，亦是伪托。

【注释】

①婵娟：女子美好貌。相传王昭君入宫时年方十七岁，佳容绝代，美如天仙，故说她自恃貌美，相信会得到汉元帝的宠幸。倚即恃，靠。主指君主汉元帝。相翻：互相颠倒。据说汉元帝因后宫人众，无法一一过目，便命画工将所有宫人画出肖像，以便按图指名召幸。宫人多贿赂画工，将容貌在图上加以美化，从而得到皇帝召见。王昭君因自己貌美，不肯贿赂，画工故意将其貌丑化，以致一直得不到汉元帝赏识。②黄金句：谓王昭君容貌在汉宫中确实算美丽的，不必（或没有）用

黄金去贿赂画师（指毛延寿）加工美化。青冢：王昭君的墓，因其上终年草色青青，故名。冢今尚存，在内蒙古呼和浩特市南大黑河岸边。胡地：古时中原汉族地区人们对北方和西北各少数民族地区的泛称。

答苏州韦应物郎中

皎 然

诗教殆沦缺，庸音互相倾①。
忽观风骚韵，会我夙昔情②。
荡漾学海资，郁为诗人英③。
格将寒松高，气与秋江清④。
何必邺中作，可为千载程⑤。
受辞分虎竹，万里临江城⑥。
到日扫烦政，况今休黩兵⑦。
应怜禅家子，林下寂无营⑧。
迹隳世上华，心得道中精⑨。
脱略文字累，免为外物撄⑩。
书衣流埃积，砚石驳藓生⑪。
恨未识君子，空传手中琼⑫。
安可诱我性，始愿愆素诚⑬。
为无鸑鷟音，继公云和笙⑭。
吟之向禅薮，反愧幽松声⑮。

【作者简介】

见前。

【说明】

韦应物（737-约790），唐朝诗人，长安（今陕西省西安市）人。仕玄宗、代宗、德宗三朝，历官比部员外郎、滁州、江州、苏州刺吏，罢居苏州永定寺，病卒。平生道路曲折，经历坎坷，诗负盛名。今存《韦苏州集》十卷。韦应物与皎然为同时代著名诗人，自然互相倾慕。韦乍到苏州，立刻寄诗给皎然（其诗从略）。从此与皎公结为方外至友。苏州、湖州相距咫尺，诗词唱和，连篇累牍。这是皎公奉答韦应物的一首五言古风，洋洋洒洒的十五句三十行一百五十字，从当时诗风颓废诗坛衰败说起，赞扬韦应物的诗是可流传千古的精品，同时检讨自己业已荒废文学创作，应向韦氏学习，很真挚，很诚恳。皎然不仅是大诗人，而且是很有水平的诗歌理论家、批评家，他的议论和评价是有权威意义的。无论是概括晚唐诗坛还是评价韦氏作品，不失公允，诗也写得雍容大度，确为大家手笔。

【注释】
①诗教：诗歌的教育意义、教育作用。从《诗经》起，以至秦汉魏晋南北朝的诗歌，皆非细事，都与道德教化相关，故有诗教之说。殆（dài）：近于、几乎。沦缺：沦落，颓败。庸音：泛指各种非庄严、非高雅的诗歌作品。倾：倾轧，排挤。②风骚：本意为诗经和楚辞的合称，其代表作为《国风》和《离骚》，故名。后用来代指诗文，特别是俊逸、秀美的诗文。此处指韦应物的诗。会，恰巧，适逢。夙昔：往日，往时。③学海：意谓学说渊博如海之广阔。郁：郁结，指凝结成。英：精英、精华。④将：和、同。⑤邺（yè）中作：指韦应物诗作名篇《邺中吟》。千载程：意谓流传千古。⑥虎竹：谓兵符。虎者虎符，竹者竹符，皆为调兵信物。韦应物任苏州刺吏，系一州军政首长，故言。江城：指苏州。苏州在大运河畔。⑦烦政：琐屑的政务。休：免去。黩（dú）兵：通常作黩武，即滥用兵力，好战。⑧禅家子：本意为禅宗弟子，此统指佛门子弟。营：经营、谋划。⑨隳（huī）：毁坏。华：浮华。⑩脱略：此处意为摆脱、省略。文字累：佛家特别是禅宗提倡不立文字（包括诗文）。以文字为修行中之累赘，强调的是"悟"。撄（yīng）：触犯、扰乱。⑪书衣：书套。流埃：灰尘。驳（bó）：混杂。⑫琼：美玉，指韦应物的诗。⑬愆（qiān）：丧失。素诚：犹言素志，一贯的意愿和志向。⑭鸑鷟（yuè zhuó）：凤凰一类的祥鸟。云和：山名，以产琴瑟著称，因以为琴瑟琵琶等乐器的通称。⑮禅薮：犹言禅林，佛教寺院。薮本意为草泽。幽松声：指松涛发出的高雅之声。

寻陆鸿渐不遇

皎 然

移家虽带郭，野径入桑麻①。
近种篱边菊，秋来未着花②。

扣门无犬吠,欲去问西家③。
报道山中去,归时每日斜④。

【作者简介】
见前。

【说明】
陆鸿渐即陆羽(733-804),唐朝文士、茶叶专家。字鸿渐,复州竟陵(今湖北省天门市)人,家世不可考。拒绝官府征召,隐居浙江苕溪,与女道士李季兰、沙门皎然交好。以著书为事,有《茶经》传世,后人奉为茶神。皎然这首诗,写他前往陆羽居处拜访,通过对陆氏隐地环境的详细描绘,虽然我们和作者一样,未能见到陆羽,但这位淡泊名利、著书自娱的高隐名士的风范已经清晰在目了。诗写得层次分明,具体入微,很精炼,很流利。

【注释】
①郭:外城。②篱边菊:典出陶渊明诗"采菊东篱下"。着花:开花。③扣门:敲门。扣:叩。西家:西邻。④报道:回答道,报,回报,回答。日斜:日将落山,暮时也。

临川道中

护 国

出谷入谷路回转,秋风已至归期晚。
举头何处望来踪,万仞千山鸟飞远①。

【作者简介】
护国,唐代著名诗僧,生卒年及姓氏籍贯均不详,可能是江南人,大约唐大历年间(公元766-779)前后在世。他雅好林泉,性喜云游,足迹遍及江南各省,兼又能文工诗,诗风淡雅清隽,当时即享盛名。诗多散佚,《全唐诗》存其诗十二首,五言、七言各半。

【说明】

唐代以"临川"命名的地方有今海南省崖县、江西省临川县、四川省兴文县等。按作者现存诗中多写江南湖南、安徽等地风光的情况来推测,诗题中之"临川"似指江西省临川县。这首绝句含蓄委婉地描写了一个云游僧人旅途上的艰辛。诗写得沉郁辽阔,行文潇洒超脱,很有韵味。

【注释】

①万仞:仞为古代长度单位,一仞大约相当于今七尺,万仞乃极言山高,非确数。

归 山 作

护 国

喧静各有路,偶随心所安①。
纵然在朝市,终不忘林峦②。
四皓将拂衣,二疏能挂冠③。
窗前隐逸传,每日三时看④。
靳尚那可论,屈原亦可叹⑤。
至今黄泉下,名及青云端⑥。
松牖见初月,花间礼古坛⑦。
何处论心怀?世上空漫漫⑧。

【作者简介】

见前。

【说明】

前面提到护国雅好林泉,性喜云游,然而,倦鸟归林,游子还乡,终究还得回到自己驻锡的故山。这首五言古风便是讲述作者远游归山时的感想:外面纵然也不错,但毕竟还是自己的山林更好,想到古昔的高贤,能挂冠归隐,何等痛快。关心政事,留恋朝廷,屈原的下场又是如何?于是作者得出了结论:世上一切,全是空的!

【注释】

①喧静：喧闹与宁静，是相互对立的两种环境。②朝市：朝廷与市肆，此处泛指红尘俗世。林峦：树林与峰峦，泛指山林。③四皓：即商山四皓。汉初商山四位隐士，名东园公、绮里季、夏黄公、甪里先生，四人须眉皆白，故称四皓。高祖召，不应。后高祖欲废太子，吕后用张良计，迎四皓，使辅太子。一日四皓侍太子见高祖。高祖曰："羽翼成矣。"遂辍废太子之议。拂衣：指辞谢封赏，归隐田园。二疏：汉代疏广与侄疏受。疏广官拜太傅，疏受职任少傅，因年老同时辞官，公卿大夫在东都门外盛会欢送，传为美谈。挂冠：摘下官帽，指辞官。④隐逸传：前代著名隐士的传记，未详确指。三时：本意指春、夏、秋三个务农季节，或佛教所分一年为热、雨、寒三时，此处却指每日的早、中、晚三段时间。这种说法，系作者自撰。⑤靳尚：战国时楚国大臣，楚怀王时任上官大夫，妒忌左徒屈原之能，向怀王进谗，使屈原被疏远。又贪图秦使张仪贿赂，买通怀王宠妃郑袖，使秦反间获利，楚齐联合之事夭折。屈原（前340－前278）战国时楚国大臣，文学家、思想家。名平，字原。因贵妃郑袖、令尹子兰、大夫靳尚等诋毁排挤，被贬黜流放。楚败于秦，郢都失陷后，自沉汨罗江。著有《离骚》、《九歌》、《九章》、《天问》等。⑥黄泉：阴间。名及句：指屈原名声之好，名望之高，达到云霄。⑦松牖（yǒu）：松木做的窗户。⑧心怀：犹言心中的感想。

题醴陵玉仙观歌

护国

王乔一去空仙观，白云至今凝不散①。
台垣松殿几千秋，往往笙歌下天半②。
瀑布西行过石桥，黄精采根还采苗③。
路逢一人擎药碗，松花夜雨风吹满④。
自言家住在东坡，白犬相随邀我过⑤。
南山石上有棋局，曾使樵夫烂斧柯⑥。

【作者简介】

见前。

【说明】

醴陵即今湖南省醴陵县，位湘省最东处，与江西萍乡交界。玉仙观为中唐时期湘东著名道教宫观，据说与仙人王子乔有关（参见后注），早废。护公云游至湘东，参访途中，恰遇观中道长在山中采药，相邀同至玉仙观。佛道皆为出家人，拜访挂单均为常事。玉仙观今非昔比，虽然神话传说、仙人古迹比比皆是，却已冷落荒凉，无复旧日繁华景象，令人无限感慨和缅怀。

【注释】

①王乔：即传说中之古仙人王子乔。《古诗十九首》十六有"仙人王子乔，难可与等期。"其注引《列仙传》曰："王子乔者，太子晋也，道人浮丘公接以上嵩高山。"凝：凝结。②台垣（yuán）：台阶和矮墙（指围墙）。松殿：指松柏环绕的道观宫殿。笙歌：泛指各种乐器伴奏的歌声。天半：半空中。③黄精：草名。又名黄芝、菟竹、鹿竹、救穷草、野生姜。多年生草本。叶似竹而短，根如嫩姜，入药。道家以为其得坤土之精粹，故名黄精。④擎（qíng）：举，向上托。⑤过：过从、过访。⑥南山：泛指一般的山，详见后。烂斧柯：传说晋代有樵夫王质上南山砍柴，见山石边有两童子在下棋。童子给王质一物，形似枣核，食之不饥。王质便放下斧子，坐下观棋。不久，童子笑道："你的斧柄全烂掉了！"王质下山回家，发现已历数代，见不到同时代人了。

题　竹

玄　览

大海从鱼跃，长空任鸟飞①。
欲知吾道廓，不与物情违②。

【作者简介】

玄览，唐代中期湖北荆州陟山古寺僧。生卒年及俗姓籍贯均不详，大约公元766年前后在世。长期主持陟山古寺，道风高卓，人不可测。能诗，不多作，流传至今者唯此一首，载《全唐诗外篇》（此书中前二句与后二句倒置）和《万首唐人绝句》及各种诗话中。

【说明】

览公任陟山古寺住持,有张璪画古松于斋壁,符载写赞,卫象题诗,有一时三绝之称。览公以白垩涂去。僧那为其甥,翻瓦探雀,挖墙熏鼠,顽劣异常,览公未尝责之。弟子义诠,恪守规戒,布衣一食,览公亦无称赏。人们都觉得奇怪,于是览公题此诗于竹上。全部的疑问都解答了:一切不与物理人情相违,任其自然。

【注释】

①从:同纵。任从,听从。②廓:广大开阔之意。物情:事物之常理,人世之常情。

七 夕

清 江

七夕景迢迢,相逢只一宵①。
月为开帐烛,云作渡河桥②。
映水金冠动,当风玉佩摇③。
唯愁更漏促,离别在明朝④。

【作者简介】

清江,唐代浙江诸暨若耶云门寺僧。生卒年及姓氏均不详。大约公元775年前后在世。会稽(今浙江省绍兴市)人。擅长诗文篇章,在大历至贞元的数十年间一直享有盛誉,与名僧清昼齐名,时称"会稽二清"。有诗二十余首,编为一卷,收入《全唐诗》。

【说明】

七夕指夏历七月初七的晚上。传说这是牛郎织女在天河(银河)相会的时刻。清江的这首五言律诗权且把这个美丽的传说看成事实,进行了生动细腻的描述。在诗人的笔下牛郎织女一年一度的相聚是那么珍贵郑重,他们之间相亲相爱的情感是那么缠绵缱绻,确实令人羡慕赞叹。全诗语言清新自然,韵律柔和抒情,对仗工稳,想象丰富,很有感人的力量。

【注释】

①七夕句：这句是从诗人本身的角度、从地面观看银河上牛女相会，自然觉得遥远。②帐：帐幕。渡河桥：传说七夕时天下喜鹊皆飞上银河为牛郎织女搭桥，诗中则说以云为桥。河指银河，又称天河。③金冠：黄金制作的凤冠，一般为贵族妇女所戴，或者参加盛大礼仪（如婚礼）时使用。玉佩：玉制的佩饰。④更漏：古代用滴漏计时，夜间凭漏刻传更，故名更漏。

送婆罗门

清 江

雪岭金河独向东，吴山楚泽意无穷①。
如今白首乡心尽，万里归程在梦中②。

【作者简介】

见前。

【说明】

婆罗门系梵语，意译为净行、净裔。印度早期奴隶制时代四个种姓中最高级，自称梵天后裔，世袭祭司贵族。此处以之称印度僧人。既然有法显、道希、义净、玄奘这样的华夏高僧前往西域、印度取经，自然也有竺法兰、佛图澄、鸠摩罗什、真谛等西域、印度高僧前来汉地传法。唐代佛教盛行，东西方宗教文化交流频繁。故此，在中国各地，深目卷发之"胡僧"并不鲜见，他们往往与华僧结为知交，互相学习，共同修持。估计清江与婆罗门僧，也是这种情况。

【注释】

①雪岭：中印交界处多高山，终年积雪，如世界最高峰珠穆朗玛峰。金河：指雅鲁藏布江，河向东流，内多金沙。楚泽：犹言楚水。②梦中：意谓返乡无望，唯梦中可得也。

湘川怀古

清 江

潇湘连汨罗,复对九嶷河①。
浪势屈原冢,竹声渔父歌②。
地荒征骑少,天暖浴禽多③。
脉脉东流水,古今同奈何④!

【作者简介】
见前。

【说明】
湘川即湘水,又名湘江,湖南省最大的河流,湖南省亦因之简称为湘,清江上人这首五言律诗写得很是沉痛悲壮。这也难怪,怀古诗本就是缅怀昔人,借古喻今的忧时题材,何况缅怀的是屈原这样一位中国历史上最有才华而又最含冤屈的悲剧人物。

【注释】
①潇湘:犹言清深的湘水。又解潇水与湘水,潇水为湖南省主要河流之一,汇入湘水。故常以潇湘代指湘江乃至湖南全省地域。汨(mì)罗:汨罗江在湖南省东北部,为湘水支流。其上游称汨水,流经湘阴县分为二支,南流者仍称汨水,另一支流经古罗城者称罗水,至屈潭二支复合,故称汨罗。战国时楚国大夫屈原,忧愤国事,怀石自沉于此。九嶷河:指湘江,因其发源于湘桂九嶷山地区而名。②屈原冢:在今湖南省湘阴县北汨罗江边之屈潭畔。渔父歌:屈原《渔父》云"渔父莞尔而笑,鼓枻(yì)而去。"据传屈原自沉之前,于汨罗江畔遇此渔父,对语良久。屈原自叹曰"众人皆醉,惟我独醒。"终于怀石沉江。渔父对其消极逃避的态度是不表赞同的。③征骑:战马。浴禽:天暖时,禽鸟在江水边蘸水洗浴羽毛。④脉脉:相视貌,含情不语貌。《古诗十九首》之十有句"盈盈一水间,脉脉不得语。"这里也有默默、默默无言的意思。

东林寺酬韦丹刺史

灵 澈

年老心闲无外事,麻衣草座亦容身①。
相逢尽道休官好,林下何曾见一人②?

【作者简介】

灵澈(746－816),字澄源,唐代浙江会稽云门寺僧。俗姓汤,越州会稽(今浙江省绍兴市)人。少时曾从严维学诗。出家后先在会稽云门山云门寺讲律,再至吴兴抒山妙喜寺与诗僧皎然切磋。贞元(公元785－804年)中,由皎然推荐先后结识包佶、李纾等,于是名震京师。因受忌遭谤贬至福建汀州,遇赦后客居安徽宣州,卒葬于宣州。他是唐代著名诗僧,与皎然齐名。原有诗集,题名《律宗引原》十卷、《酬唱集》十卷,今仅存十六首,编为一卷。收入《全唐诗》。

【说明】

唐·范一?《云溪友议》载:灵澈居洪州大悲寺和庐山东林寺时,韦丹时任江南西道观察使兼洪州刺史,两人结为忘形之交,时有诗歌唱和。一次,韦丹寄诗东林寺给灵澈,诗中颇含退官归隐之意。灵澈阅后,深有感触,便作此诗为答。诗中一方面如实地介绍了作者自己清净修行,与世无争的隐居生涯,另一方面也讥讽了那些趋赴清高却又恋栈官位的官僚们虚伪的行为,其实也就嘲笑了韦丹这位方外之友。诗写得浅显通俗,但却很有内蕴。韦丹,唐代名臣,出身杜陵(在今陕西省长安县东北)望族。字文明,早孤。从外祖父颜真卿学。举明经。历任容州刺史、江南西道观察史。所任教耕织、兴学校,治行当时称最。

【注释】

①外事:身外之事,世事。麻衣:麻织的衣,指粗布衣。草座:用蒲草编织的圆垫,俗称蒲团,供僧人跪拜和打坐时使用。②休官:辞官,退职。林下句:林下为幽静偏僻处所,指退隐之地。胡仔《苕溪渔隐丛话》引(欧阳修)《集古录》云:"相逢尽道休官好,林下何曾见一人!俗相传以为俚谚。庆历中,许元为发运

使，因修江岸，得斯石（灵澈此诗之刻石）于池阳江水中，始知为灵澈诗也。"可见此诗深入浅出，通俗如谚语，流传甚广。

天姥岑望天台山

灵 澈

天台众峰外，华顶当寒空①。
有时半不见，崔嵬在云中②。

【作者简介】
见前。

【说明】
天姥岑即天姥山，在今浙江省新昌县东南，唐李白有《梦游天姥吟留别》诗。天台山在今浙江省天台县北，为浙中著名佛教圣地和旅游观光胜地。详见丰干《壁上诗》注①。澈公由会稽云游至新昌，其程未远，登天姥山，南望天台连绵群峰，自多感想。澈公所住云门寺与天台国清寺，皆天下名刹，何故不登其山而入其寺，不得而知。这首远望诗，给予人飘渺朦胧之感，寥寥数语便把天台山那庄严而崇高、幽深而神秘的形象树立起来了。

【注释】
①华顶：美称天台山之主峰，国清寺在焉。②崔嵬：高耸貌。《诗·谷风》有"习习谷风，维山崔嵬。"之句。

简 寂 观

灵 澈

古松古柏岩壁间，猿攀鹤巢古枝折。
五月有霜六月寒，时见山翁来取雪。

【作者简介】

见前。

【说明】

简寂观在庐山东南麓金鸡峰下,原名太虚观。南北朝刘宋大明五年(公元461年)道教宗师陆修静(406-477)创建。其道藏阁拥有当时最完备的道家藏书,后被焚毁。迄唐以前,太虚观为匡庐道教最重要的宫观。唐宋后逐渐衰败,今废。因陆修范去世后谥"简寂先生",观亦随之改名。晋末南北朝以来,庐山佛道两教相互竞争,各不相让。虽然始终是佛教占大优势,寺庙林立,香火鼎盛,但道教宫观也建立不少,比如太虚观(简寂观)就是陆修范为抗衡慧远大师的东林寺而创立的。然而作为一代名僧的灵澈,却摒弃成见,游访简寂观,并作七绝一诗。这种气量是可嘉的。平淡质朴的描写中,表达了作者对老道长的赞赏钦慕之情。

月夜泛舟

法 振

西塞长云尽,南湖片月斜①。
漾舟人不见,卧入武陵花②。

【作者简介】

法振,一作法震、法贞,中唐江南诗僧。生卒年及姓氏籍贯均不详,大约唐德宗建中年间(公元780-783年)前后在世。性好山水,乐意林泉,喜交文友,应对唱酬。长于五言诗,大历、贞元三十年间颇享诗名。《全唐诗》存其诗十六首。

【说明】

法振诗虽传世不多,但一般都写得很好,堪称大家手笔。这首五言绝句便是代表作。用的是客观的纯白描手法,描绘出江南水乡月夜迷人的景色。极其精炼,极有意境。

【注释】

①西塞（sè）：西塞山在今浙江省湖州市西，又名道山矶。唐·张志和《渔歌子》词句"西塞山前白鹭飞，桃花流水鳜鱼肥。"即此地。南湖：一称鸳鸯湖，旧以东、西两湖相连若鸳鸯交颈，或云湖中多鸳鸯，故名。在浙江省嘉兴市城东南。湖心岛上有五代时所建烟雨楼，为浏览胜地。又有南湖革命纪念馆、革命纪念船，纪念中国共产党第一次全国代表大会后期在此召开。②漾舟：摇船。武陵花：即桃花。武陵系东晋陶渊明《桃花源记》中所述之地，相传在今湖南省桃源县境内。其地"桃花林夹岸，数百步中无杂树，芳华鲜美，落英缤纷"。历来被认为是避世隐居的最佳处所。

丹阳浦送客之海上

法　振

不到终南向几秋，移居更欲近沧洲①。
风吹雨色连村暗，潮拥菱花出岸浮②。
漠漠望中春自艳，寥寥泊处夜堪愁③。
如君岂得空高枕，只益天书遣远求④。

【作者简介】

见前。

【说明】

丹阳即今江苏省丹阳县。浦，水边、江边。之，去也。海上，指东边近海处。送别诗在振公现存诗作中超过半数。离合聚散，本人生常事，悲之喜之，亦视乎其人。如其振公此诗，写得这样温和、平静，字里行间流露的全是对自己隐居之地的依恋、欣慰，而对客子所去处却不无担忧。这位客子究系何人，不得而知。还是不要去吧，留下来，大家一起隐遁，不亦乐乎？含蓄、深沉、从容、豁达，毕竟是大彻大悟者的笔墨。

【注释】

①终南：秦岭主峰之一，在陕西省西安市南，又称南山。昔贤多有隐居于此

者。此处泛指各名山。本句意谓我已多年没有出去拜访名山大刹了。沧洲：滨水的地方，古称隐士所居。这里泛指水乡。②菱花：水生草本植物菱的花朵。③漠漠：犹言默默，无声地。寥寥：空虚、空阔。④高枕：谓安卧，有成语"高枕无忧"。益：进一步，增加。天书：本意为帝王的诏敕或道教神仙元始天尊所著之书，引申为极其难懂或极为珍贵的书。书，这里指书信。

赠卢逸人

善 生

高眠岩野间，至艺敌应难①。
诗苦无多首，药灵唯一丸②。
引泉鱼落釜，攀果露沾冠③。
已得嵇康趣，逢迎事每阑④。

【作者简介】

善生，唐代中期诗僧。生卒年、姓氏籍贯及生平事迹均不详。大约公元785年前后在世。其诗清俊超拔，不同凡俗，时享盛名，惜多不传。《全唐诗》仅存其诗四首。

【说明】

卢逸人生平事迹待考。逸人亦作逸民、佚民，旧时用以称遁世隐居者。作者写这首诗给姓卢的隐士，生动形象、细致全面地介绍了自己隐居生活中的种种情况，是为了与卢逸人进行信息交流吧？出家的隐士与不出家的隐士，隐居生活中仍有很多共同之处。诗写得从容洒脱，很有情趣。

【注释】

①岩野：山岩中，旷野里，泛指隐居地。至艺：最高的技艺或修养。敌：对敌，指达到能与之对敌和相当的地步。②诗苦：写诗很难。丸：小圆球形的物体。中药制剂的重要形式为颗粒丸状，故称药丸。③釜：古时的炊器。其形敛口，圆底，多有两耳，置灶上，其上覆甑用以蒸煮食物，一般为铁制，也有铜制或陶制，这里泛指一般的锅。冠：帽子。④嵇康（224-263）：三国时魏国名士、文学家。字叔夜，谯郡（今安徽省宿县西南）人。与阮籍齐名，为"竹林七贤"之

一。工诗文，善书画，尤擅鼓琴。他特别讨厌儒家的繁琐礼教，主张一切任其自然，且好老庄导气养性之术。所谓嵇康趣是指回避世事，修心养性的情趣。逢迎：迎接、接待。阑：残、尽。

秋日同朱庆余怀少室旧隐

清 塞

曾居少室黄河畔，秋梦长悬未得回[①]。
扶病十年离水石，思归一夜隔风雷[②]。
荒斋几度僧眠起，晚菊频经尘路来[③]。
灯下此心谁共说？傍松幽径已多苔[④]。

【作者简介】

清塞，中唐时期诗僧。生卒年不详，大约公元795年前后在世。俗姓周，东洛（今河南省洛阳市）人。少年时出家，研佛之余，肆力于诗文篇章，作诗与贾岛、无可齐名，且彼此时有唱和。中年之后，应诗人姚合之劝还俗，改名周贺。不详所终。

【说明】

朱庆余为唐代诗人，名可久，字庆余，以字行，越州会稽（今浙江省绍兴市）人。他于宝历年间（公元825-826）举进士，受知于张籍。清塞与朱庆余为诗友，他们也曾一同隐居。这首七言律诗便是他们在一起时为怀念河南省登封县少室山旧日隐居地而作。少室山下有著名的禅宗祖庭——少林寺，清塞当年便在该寺隐修。离寺十年来，世事多有变化。自己还俗入仕，但也并不得意。兼之年老体病，更难支持。所以特别怀念早年的佛隐生涯，对在少室山居住时的情景依然历历在目，感慨良多。千愁万绪，全都凝结在诗行之中。这首诗写得含蓄凝炼，沉郁苍凉，饱含着诗人的情感。

【注释】

①黄河畔：少室山在登封县西北，位于河南境内的黄河南岸。悬：悬念，记挂。②扶病：带病勉强地行动或做事。水石：泉水岩石，代指各种山林中的景物。

③斋：这里指僧人居住的小室。尘路：这里指庭院边的小路，也暗指仕途。④幽径：幽静偏僻的小路。

宿化城寺庄

冷　然

佛寺孤庄千嶂间，我来诗境强相关①。
岩边树动猿下涧，云里锡鸣僧出山②。
松月影寒生碧落，白泉声乱喷潺湲③。
明朝更蹑云霄去，誓共烟霞到老闲④。

【作者简介】

冷然，唐代中期诗僧。唐宪宗元和（公元806－820年）年间颇享诗名。作品多已散佚，少量诗歌收入《全唐诗》。生卒年、俗姓籍贯及其他事迹均不详。

【说明】

化城寺在今安徽省青阳县西南的九华山中心，是九华山的开山寺，位列九华山四大丛林之首。化城源出佛教故事，谓佛祖引导徒众往佛地宝境时，于中途遇险，佛祖指地而幻化出一座城郭，作为徒众休憩避难之所。化城寺地处山谷平地，四周芙蓉峰、神光岭、白云山、东岩等诸峰环抱如城，遂借用佛经故事而命名。化城寺始建于唐肃宗二年（公元757年），为新罗国（朝鲜半岛古代国家）王子金乔觉（金地藏）道场。唐建中二年（公元781年），唐德宗赐额"化城寺"。此后明宣宗、神宗和清圣祖、高宗均先后御书匾额。今寺除经楼为明宣德年间（公元1426－1435年）建筑外，余皆清代重建。化城寺庄即今以化城寺为中心的九华街区，由原来寺属庄园扩展成现在的镇落。这首诗通过作者——一位云游途经此地的僧人的目光所触，描绘出九华山化城寺一带清幽美丽的景致。也表达了作者坚持隐居的决心。诗写得清新明丽，很有韵味。

【注释】

①嶂：山峰。我来句：谓自己并无诗才，见此美景也勉强写诗。②锡鸣：锡杖

振响,详见本书《在西国怀王舍城》注④。③碧落:指天空。潺湲(chán yuán):水徐流貌。④蹑:脚踏。烟霞:见本书《送童子下山》注④。

赠圭峰禅师

无 可

绝壑禅床底,泉分落石层①。
雾交高顶草,云隐下方灯②。
朝满倾心客,溪连学道僧③。
半旬持一食,此事有谁能④?

【作者简介】

无可,唐京兆青龙寺僧。尝居天仙寺。生卒年不详,大约公元810年前后在世。俗姓贾,范阳(今河北省涿州市)人。他是著名诗人贾岛的堂弟,诗名稍逊于贾岛。其诗以五言律诗见长,多为咏别寄赠之作,诗风恬淡清幽,灵秀雅洁。《全唐诗》存其诗二卷,几乎全为五言。

【说明】

圭峰禅师即华严宗五祖宗密。宗密(780-841),俗姓何,果州西充(今属四川省)人。出家后先后参拜道圆、澄观等高僧,继承发扬华严宗教义,着重从事著作,作品有《华严经行愿品别行疏钞》《注华严法界观门》《华严原人论》等二百余卷。因他常住陕西户(hù)县圭峰草堂寺,世称"圭峰大师"。唐文宗尝召入内殿咨询佛法。卒后,唐宣宗追谥他为"定慧禅师",葬于草堂寺东小圭峰。这首诗高度地赞扬了圭峰大师操行的高洁与名望的盛大。表现了作者对同代高僧的钦敬与向往。

【注释】

①禅床:坐禅的床榻。②高顶:山顶。下方:佛教名词,指下界、人世。此处泛指山下各处。③朝:朝廷中。倾心:一心向往,竭尽诚心。学道僧:指前来向圭峰大师学习的僧众。④半旬:五天。圭峰大师道行高岸,可五天一食而不损肌肤。同时也表现他专心修行以致废寝忘食。

御 沟 水

无 可

凿禁疏云数道开，垂风岸柳拂青苔①。
银波玉沫空池去，曾历千岩万壑来②。

【作者简介】

见前。

【说明】

御沟为流入皇宫的河道，也称杨沟、羊沟。古时凡都城皇宫外皆绕以沟渠，作为皇宫与市肆隔离带，兼作护卫宫室之用，如防御火灾等。此处即指唐都城长安的皇宫御沟。本诗表面是纯粹的咏物诗，全诗四句皆描写皇宫御沟之源头、沿沟、沟水之景状；寓其感慨情绪于尾句，言此壮观伟丽的御沟水来之不易，经历千岩万壑，从深山导引而来。是指个人的雄图大业也须经历磨炼、历经风霜，成就不易，或指李唐王朝的社稷天下，经历了浴血开创，世代传承，倍应珍惜，或二者兼而有之。总而言之，作者善于想象，从御沟之水，联想到事业、前途、江山、时代，寓意良深。

【注释】

①禁：指宫殿。宫殿门户皆设禁，故称。②银波玉沫：美称御沟之水之珍贵。

吊从兄岛

无 可

尽日叹沉沦，孤高碣石人①。
诗名从盖代，谪宦竟终身②。
蜀集重编否？巴仪薄葬新③。

青门临旧卷，欲见永无因④。

【作者简介】

见前。

【说明】

岛即贾岛（779－843），唐代著名诗人，系可公堂兄，亦曾为僧，法名无本。后入仕，官长江主簿、普州司仓参军。诗以五律见长，词句锤炼，刻意求工，作品结为《长江集》。无可与堂兄一同出家，后堂兄虽返俗入仕，但兄弟间音讯不断，诗歌唱和，情甚深契。此诗为可公悼念堂兄之作，诗中惋惜堂兄身世贫寒、仕途坎坷、怀才不遇、困顿终生的不幸遭遇，赞叹其兄的盖世诗名，且哀怨兄弟的生死永诀。全诗感情深挚，颇为感人。

【注释】

①沉沦：埋没，指贾岛之怀才而不遇。碣石人：指人品高卓，独立不群，犹如岸然耸立之巨石。碣石为古山名，在今河北省昌黎县西北。秦始皇、汉武帝皆东巡至此，刻石观海。汉末曹操北征经此，作《碣石篇》，其山遂更知名。②盖代：压倒当代。谪宦：贬谪的官职，指贾岛总是担任受贬谪、排斥的小官，仕途很不如意。③蜀集：指《长江集》，贾岛诗集之名。贾岛任长江主簿，其地在今四川省遂宁县西北，为古蜀之境，故以蜀集代指其诗集。巴：巴亦指蜀地，古有巴国，在今四川省东部和重庆市，秦惠王灭之，置巴郡。仪：葬礼。④青门：汉代长安城东南门，名霸城门，门色为青，俗呼为青门，泛指京城城门。此处指可公禅修之地。旧卷：指贾岛诗文手迹。因：理由。

竹枝词二首

圆　观

三生石上旧精魂，赏月吟风不要论①。
惭愧情人远相访，此生虽异性长存②。

身前身后事茫茫，欲话因缘恐断肠③。
吴越溪山寻已遍，丰回烟棹上瞿塘④。

【作者简介】

圆观,唐代中期河南洛阳惠林寺僧。生卒年、俗姓籍贯均已无考,大约公元810年前后在世。据载他梵学之外,音律贯通,能文工诗,颇享时名。他与谏议大夫李源为忘年之交,传说此乃三生之交情,故他与李源的交情成为佳话美谈,于唐宋乃至后代很有影响。诗风恬淡质朴,平易自然,有民歌风味。晚年居杭州,卒葬于天竺寺。其诗他处未见,此二首载于《全唐诗外编》。

【说明】

竹枝词通常称竹枝,系乐府曲名。唐刘禹锡于贞元中(公元785－804年)在沅湘所创新词,其形式为七言绝句,唐人所作多写旅人离思愁绪,或儿女柔情。后人所作多歌咏风土人情。圆观这两首诗,只是借用乐府曲竹枝这一形式,记叙自己与李源的友情。为了友情而苦苦追寻,因为追寻而更显友情,此情三生相续,此情无穷无已。诗写得很缠绵、深挚、意境也幽远,迷茫,令人回肠荡气,很有感人的力量。

【注释】

①三生石:见本书修睦《三生石》说明。精魂:犹言灵魂。②情人:多情之人,有交情之人。此生句:意谓业已转生(从彼生而到达此生),人名人形都不同了,但相交相亲之情性依旧。③身前身后:即前生今生。因缘:佛教语,指产生结果的直接原因及促成这种结果的条件。诗文中泛指原因、缘故。④瞿塘:峡名。在重庆市奉节县东,又名广溪峡,夔峡,为长江三峡之首。两崖峻峭对峙,中贯一江,滟滪堆正当其口,于江心突兀而出。地当全蜀江路之门户,历史上为军事政守必争之地。此处上瞿塘意指入川。

答裴休诗

希 运

心如大海无边际,口吐红莲养病身①。
虽有一双无事手,不曾只揖等闲人②。

【作者简介】

希运(?－855),唐代江西宜丰黄檗寺僧。生年与俗姓不详,闽中(今福建省中部地区）人。幼于本邑黄檗山出家，受戒后行脚四方。游京师时，受高僧指点，往参百丈怀海，承嗣为南岳下三世。先后主持江西宜丰黄檗寺、钟陵龙兴寺、安徽宣城开元寺、泾县宝胜寺等大刹，并在江西万载创光化院、延寿院、崇信寺等。始终以宜丰黄檗寺为根本，终葬黄檗寺，其墓塔至今犹存。示寂后，唐玄宗赐谥"断际禅师"。所作开示、法语、偈颂由其皈依弟子裴休集为《黄檗传心法要》上下卷，并由裴休作序刊行。

【说明】

裴休为唐代名臣，字公美，解（今山西省临猗县）人。进士出身，大中时（公元847－859年）以兵部侍郎入相。著新漕法、新茶税法，人以为便。秉政五年，罢为宣武军节度使，封河东县子。历昭义、河东、凤翔、荆南四节度使。裴休能文善书，为人蕴藉，行止雍闲，唐宣宗称其为"真儒"。裴休向崇佛法，皈依希运禅师，执礼甚恭，迎希运居己驻所，日夕问道，且集希运法语为《黄檗传心法要》上下卷并作序刊行。一日，裴休呈一诗给希运禅师，表示要终生奉希运为师，深刻领会佛法精义。其诗曰："自从大士传心印，额有圆珠七尺身。挂锡十年栖蜀水，浮杯今日度漳滨。千徒龙象随高步，万里香花结胜因。愿欲事师为弟子，不知将法付何人？"运公乃有此诗之答。这首绝句毫无顾忌地袒露了自己的心胸，表示自己身负弘法重任，不会迎合附会世俗权贵。诗写得很有气魄，很有深度。由诗中可以看出，运公自视甚高，自律甚严，居大法筵而当仁不让，真具宗师大德之威仪。

【注释】

①心如句：谓自己心胸广阔，涵容万物。口吐句：谓自己以讲经弘法来养护自己，同时也诱导他人。②揖：行揖手礼，向人作揖行礼。等闲人：普通人，一般人。佛子把佛门之外一切世俗人（自然包括权贵显宦）都视作为等闲人。

观瀑布联句

希 运

千岩万壑不辞劳，远看方知出处高①。——希运
溪涧岂能留得住，终归大海作波涛②。——李忱

【作者简介】

见前。

【说明】

诗题所称瀑布,地在何处,众说不一。甚至与李忱联诗者是否希运,亦有分歧。固以认定希运者为多。宋人蔡居厚《诗史》称李忱到黄檗山,与希运禅师观瀑布联句。宋僧志磐《佛祖统纪》称李忱到庐山,与香严禅师共咏瀑布。宋陈岩肖《庚溪诗话》称李忱为僧游方,与希运禅师同行,因观瀑布,希运言已得一联,李忱续之。亦有说希运禅师与李忱同游奉新百丈山,观山中瀑布,因而联句。今百丈山仍存此诗摩崖石刻。按希运禅师初识李忱,当为其尚未定居江西宜丰黄檗山时。希运行脚到盐官,李忱在寺中为沙弥,曾有过切磋。后李忱是否再到黄檗山回访,或与希运结伴云游,乃至同赴奉新百丈,均待进一步考证,此处暂不断定。这是一首很有气魄的诗。瀑布本身就是一种极有气势的大自然景观,而作此瀑布诗者,一为临济宗开派宗师临济义玄之师、人称运祖的希运禅师,一为李唐王朝正统嫡裔、后又登基的宣宗李忱,自然非比寻常。人称此诗句式语气,显现祖师气派、王者风度,不是虚言。李忱(810-859),唐朝皇帝。原名怡,唐宪宗第十三子。公元846-859年在位。微时,受武宗之忌,遁迹为僧。登基后,一反武宗所为,大兴佛教。原武宗所废寺宇,重新修复。武宗所裁冗员,一一增设。然国力已衰,内部矛盾日益尖锐,大动乱正在酝酿中。故不胜劳瘁,四十九岁即病殁。

【注释】

①出处:瀑布由山岩高处泻落,出处自然极高。②作波涛:谓掀起波涛。此处当有一个渐进过程:瀑布注成溪流,溪流汇成江河,江河入海,掀起波涛。

谢白乐天招

韬 光

山僧野性好林泉,每向岩阿倚石眠①。
不解栽松陪玉勒,唯能引水种金莲②。
白云乍可来青嶂,明月难教下碧天③。

城市不能飞锡去，恐妨莺啭翠楼前④。

【作者简介】

韬光，唐代浙江杭州灵隐僧。生卒年及姓氏字号均不详，蜀地（今四川省）人。唐穆宗长庆年间（公元821－824年）住浙江杭州北高峰南、灵隐寺西北之巢枸坞。著名诗人白居易任杭州刺史时，闻其盛名，重其高德，因而题其庵居为"法安"，今灵隐寺韬光庵即其遗迹。能诗，惜多不传，《全唐诗》中仅存此一首。

【说明】

白居易是中国历史上著名的大诗人，乐天为其字。谢意为谢绝。招指招请，邀请。韬光是一位有道高僧，白居易任杭州刺史时，仰慕其名，特盛宴邀请他谈论诗文。韬光借口自己是山野之人，不入市廛，写了这首诗表示辞谢。诗中生动形象地描述了作者自己的山林隐居生活，这种生活充满着清幽情趣，于中也就含蓄地批评了当时文人（自然也包括白居易在内）追逐功名利禄，恋栈城市奢华享受的不良风气。

【注释】

①野性：乐居山野的性情。林泉：字面为树林与泉水，实际上泛指所有山林环境。岩阿：山岩，阿为小山。②不解：不懂。玉勒：玉质马衔，代指官吏的车骑。本句意谓不谙俗事，不会逢迎。金莲：金色莲花，比喻佛教妙法。③乍可：宁可。碧天：天空。④飞锡：僧人游方。相传唐宪宗元和（公元806－820年）中，高僧隐峰云游至五台山，掷锡杖飞空而去。锡杖为僧人随身之物，故称僧人游方或一般行走均为"飞锡"。啭：黄莺啼鸣。

贺王起

广　宣

从辞凤阁掌丝纶，便向青云领贡宾①。
再辟文场无枉路，两开金榜绝冤人②。
眼看龙化门前水，手放莺飞谷口春③。

明日定归台席去，鹡鸰原上共陶钧④。

【作者简介】

广宣，唐代京都安国寺僧。生卒年不详，大约公元821年前后在世。俗姓廖，蜀中（今四川省成都市）人。元和、长庆两朝为内供奉，出入宫廷。与名士贵胄多有交往，尤与元稹、刘禹锡、王起等人交厚。他擅长诗文，但多为应制或应酬之作，佳品不多。因唐宪宗李纯将安国寺红楼院赐予他，故其诗集名《红楼集》，又有《与令狐楚唱和集》等，今多半散亡，《全唐诗》存其十七首，合为一卷。

【说明】

王起是唐代著名大臣，太原（今山西省太原市）人，系太原郡公王播的胞弟。王起性格孝顺友爱，刻苦读书，积极进取，于元和初年入仕，历任中书舍人、户部尚书、山南西道节度使、同中书门下平章事等要职。他为官刚直，为人清正，曾数度谏阻唐穆宗游猎，先后四次主持贡举考试，卓有成绩，卒谥文懿。在王起第二次主考放榜之后，广宣写下这首贺诗赠他。诗中热情地赞扬了王起爱惜人才，办事公正的道德风格，并预祝王起与其兄王播在未来的事业中取得更大的成就。诗写得热情洋溢，明快豪放，表现出作者与王起深厚的友谊。王起有和诗，从略。

【注释】

①凤阁：唐代中书省在武则天执政时改称凤阁，未久旋复旧名。王起在主考前任中书舍人之职，故有此称。丝纶：原指帝王的诏书，语出《礼记》云"王言如丝，其出如纶。"此处借指奉皇帝钦命出任贡举主考官。青云：高贵显要的地位。贡宾：考进士。②文场：科举考试的试场。金榜：科举考试后公布名次取否的榜文（布告），用金笔书写。冤人：冤屈、埋没的人。③眼看句：亲眼看见学生成才考中进士。黄河上有龙门峡，水流甚急，旧传鲤鱼若能跃过龙门则可化而为龙，习惯上以此比喻学子苦读诗书后通过了科举考试便可进入仕途。手放句：意谓亲手录取成绩好的学生使之得遂心愿。④台席：台辅的位置，指当宰相。鹡鸰原：地名，在唐都城长安的郊外。鹡鸰亦作脊令，一种鸟的名称。《诗·棠棣》有"脊令在原，兄弟急难"之句，后遂用脊令比喻兄弟。此处则借指王播、王起两兄弟。陶钧：见本书《咏利城山居》注⑨。

寺中赏花应制

广 宣

东风万里送香来，上界千花向日开①。
却笑霞楼紫芝侣，桃源深洞访仙才②。

【作者简介】
见前。

【说明】
唐宋人诗文有以应制为标题的，皆为应皇帝之命而作，内容多半是歌功颂德，蹈袭陈言。如唐·上官昭容有《驾幸三会寺应制诗》、宋·欧阳修有《应制赏花钓鱼诗》、宋·苏轼有《应制举上两制书》等。后世把这类诗文称为应制体。宣公这首诗便是在都城西安安国寺陪伴唐宪宗李纯赏花时奉皇帝之命而作。如上所述，应制诗多半四平八稳，满篇吉祥颂歌，佳作确乎不多。而广宣这首应制倒也清新流利，雍容雅致，深得诗人之旨。诗不仅歌颂了万里春光、百花争妍的美景，也歌颂了唐宪宗爱护人才、英明治国的功绩。诗人对自己的评价也是很高的：诗末已明显地流露出来。

【注释】
①香：花香。上界：上天，也就是大自然。日：有两义，一为太阳，一为君王。②霞楼：指京都安国寺之红楼，系唐宪宗特赐予宣公居住修持的一座精美的小楼。紫芝侣：犹言仙侣，神仙伴侣，亦神仙也。紫芝为一种木耳类的食用菌，据说食之可益寿延年。《乐府诗集》之《采芝操》（即《四皓歌》）便是讲秦末商山四皓隐居采食紫芝之事。唐·刘禹锡诗《秋日书怀寄白宾客诗》有云"商山紫芝客，应不向秋悲。"典出于此。桃源：晋代诗人陶渊明在其名著《桃花源记》中所虚构的与世隔绝的人间乐土，言穿过某个山洞，别有一番天地。其地人人丰衣足食，怡然自乐，不知外面世间有祸乱忧患。后世因称这种理想境界为世外桃源。访仙才：有二解，一解为言安国寺红楼甚好，何须另觅桃源仙境；一解为言圣明天子唐宪宗到红楼来访高僧广宣。通常皆认可前解。

送李四校书

元 孚

朱丝写别鹤泠泠,诗满红笺月满庭①。
莫学楚狂隳姓字,知音还有子期听②。

【作者简介】
元孚,唐代安徽宣城开元寺僧,一说楚中僧。生卒年、姓氏籍贯及事迹均不详。大约公元825年前后在世,与诗人许浑同时,诗也齐名。兼能书,尤工楷体,有名于时。

【说明】
李四校书不详何人,四为排行,唐人喜以排行相称,名字反隐而不知。校书是一种小官职,全称为校书郎,于秘书省或弘文馆管理图书。从诗中内容来看,李四是一个怀才不遇、落拓不羁的人。元孚写这首诗劝慰他不要自暴自弃,应该努力振作,而自己便是他的知音。诗写得很有感情,典也用得很贴切。

【注释】
①朱丝:染成朱红色的琴弦或瑟弦。写别:宣泄离别之情。写同泻,这里还有弹奏的意思。泠泠:形容清凉,声音清越。笺:供题诗或写信使用的精美的纸张。庭:庭院,院子。②楚狂:春秋时楚国人陆通,字接舆,见政局混乱,便独自养性,躬耕以为食,佯狂不仕,人皆称之为"楚狂"。他曾经嘲笑孔子追逐功名利禄。隳(huī):毁坏,损伤。姓字:姓名字号。此处指名声,名誉。知音:知己朋友。子期:即钟子期,春秋时楚国隐士,樵夫。详见寒山《三言诗一首》注④。

山 居

常 达

身闲依祖寺，志僻性多慵①。
少室遗真旨，层楼起暮钟②。
啜茶思好水，对月数诸峰③。
有问山中趣，庭前是古松。

【作者简介】

常达（801-874），唐代江苏吴郡破山寺僧。字文举，俗姓顾，海隅（今江苏省常熟县）人。发迹于河阳大福山，唐宣宗大中年间（公元846-859年）定居吴郡破山寺。能诗，原有集，已散佚，今仅存八首。

【说明】

常达存诗八首，实为组诗，题为《山居八咏》，这是其中第一首。这首诗写得清新质朴、亲切自然，把一个隐居于深山中的老僧人的性格情趣写活了。

【注释】

①祖寺：指少林寺。少林寺在今河南省登封县北少室山北麓五乳峰下，是佛教禅宗和少林派武术的发源地。该寺创建于北魏孝文帝太和十九年（公元495年），今尚有千佛殿、塔林、初祖庵等古迹。相传禅宗初祖菩提达摩在此面壁九年，静思修道，故此称为祖寺或禅宗祖庭。僻：孤僻。慵：懒惰，散漫。②少室：指少室山，详见本书《秋日同朱庆余怀少室旧隐》说明。真旨：原意为真实而有价值的意见，含有真义、真诠、真谛等意义。这里是指禅宗初祖菩提达摩流传下来的学说。起：响起。暮钟：寺院中早晚以击鼓撞钟来报时。③啜：喝。

祝 尧 诗

知 玄

生天本自生天业，未必求仙便得仙^①。
鹤背倾危龙背滑，君王且住一千年^②。

【作者简介】

知玄（811-883），唐代四川彭州丹景山僧。字后觉，俗姓陈，眉州洪雅（今四川省洪雅县）人。幼即聪颖，有神童之称。少年出家，十三岁时在四川讲道，倾动一时，人称陈菩萨。数游京师。唐宣宗时，赐紫袈裟，封其为三教首座，极为宠信。年老乞归。僖宗幸蜀时奉诏侍对，赐号"悟达禅师"。他博研经典，坚守禁戒，道行高岸，诗人李商隐曾师事之。五岁即能作诗，平生诗歌作品汇成二十余卷，但绝大部分已经散亡，今仅存三首。佛学著作有《如来藏经会释疏》《大无量寿经疏义》《般若心经疏义》《金刚经疏义》等。

【说明】

尧史称唐尧，是传说中陶唐氏部落长，炎黄联盟首领，上古五帝之一。据说他是中国历史上最神圣最英明的君王之一。这首绝句便是祝颂唐尧成仙得道，千年不朽的颂歌。事实上，作者是借祝颂唐尧来歌颂唐宣宗李忱，以此来感谢唐宣宗对自己的知遇之恩。诗写得雄健挺拔，很有气势。

【注释】

①生天：简称生，佛教名词，系梵文的意译，指事物的产生和形成。业：佛教名词，系梵文的意译，音译为羯磨。本意为"造作"。泛指人的一切身心活动。佛教且认为业一旦发生便不会消除，必将产生善恶等报应。业是佛教中善恶因果学说的依据。②鹤背句：意思是说跨鹤乘龙（指得道成仙）是极其艰难的，一般人做不到的。君王：明指尧，暗指唐宣宗李忱。

答 卢 邺

良 乂

风泉只向梦中闻，身外无余可寄君①。
当户一轮唯晓月，挂檐数片是秋云②。

【作者简介】

良乂，晚唐诗僧。生卒年、姓氏籍贯及生平事迹均不详，大约公元850年前后在世。诗写得很好，诗风清新淡雅，饶有韵味。惜多不传，现存仅此一首。

【说明】

卢邺不详何人，估计是一位洁身自好，隐居不仕的高人。卢邺也是诗人，写了诗寄给良乂，良乂便作此诗作为回答。这是作者留存至今的唯一作品，是一篇佳作。诗写得清新流畅，淡泊雅致，轻描淡写中蕴含深沉的思想和情感，足见良乂是一位白描高手，以自然素朴的风格见长。

【注释】

①风泉：清风与泉水，或微风中泉水的鸣响。此处代指种种美妙的自然景物。身外句：典出《世说新语·德行》。记述东晋王恭虽历任大官，但为人清廉严峻，除了一身必不可少的东西外，没有多余之物。此处形容良乂的节俭和贫穷。②当：对着，向着。

诗

义 存

光阴迅速暂须臾，浮世何能得久居①？
出岭年登三十二，入闽早是四旬余②。

他非不用频频举,已过还须旋旋除③。
报与满朝朱紫道,阎王不怕佩金鱼④。

【作者简介】

义存(822-908),号雪峰,唐末五代时福州广福院高僧。俗姓曾,泉州南安(今属福建省)人。世家奉佛,生性茹素。年十二,从父游莆田玉涧寺,见庆玄律师,自愿拜师,遂留侍。十七岁落发,依芙蓉常照大师,甚受器重,嘱赴幽州宝刹寺受戒。历游匡庐、曹洞诸大名山,遍参德山、良价诸大宗师。唐懿宗咸通六年(公元865年)七月,存公已年过四旬,乃返闽至福州,登象骨山,深爱其地清幽,乃诛茅结庵,聚徒传法。其山峭拔万仞,先冬而雪,盛夏而寒,存公遂改其名曰雪峰山,并以之为号。雪峰法席,极一时之盛,从徒常不下千余众。存公为禅宗青原下五世,其著名弟子有云门文偃、玄沙师备、翠岩令参、鹅湖智孚等四十余人。

【说明】

此诗为义存住入雪峰山后不久时作,可以看做是存公前半生之总结与后半生之誓愿。存公享世寿八十又七,登雪峰山时四十三四岁,正值其半。其后半生即长驻雪峰,大弘禅宗佛法,成为一代宗师。门徒亦各开宗立派,享誉遐迩。存公之所以有这么巨大的成就,与其前半生艰苦求学,后半生辛勤弘法是分不开的。而这都要对自己信仰的无限忠诚,对困难挫折的顽强斗争。可以说,存公是佛教发展史上著名的大无畏勇士。本诗最后一联也可以看出一点意思,对当朝权贵的不满和鄙视是毫不掩饰的。当然,指出他人的过失是为了鞭策自己的进步,这样才真正显示出存公思想的崇高,显示出这首诗的价值。

【注释】

①须夷:一般写作须臾,意为片刻、一会儿。浮世:人间,人世。旧时认为世事虚浮无定,故称。②岭:指存公剃度本寺之地飞猿岭。旬:十。③他非:别人的错误,与后面己过相对。己过:自己的过失。旋旋:迅即,随时。④报:告诉。朱紫:古代高级官员的服色。如唐代,三品以上官服用紫,五品以上官服用朱。因以朱紫代指高级官员。金鱼:高级官员的佩饰。唐制,三品以上官员服紫,佩金符,其符刻成鲤鱼形,谓之金鱼。此句意谓哪怕你穿紫服、佩金鱼,高官厚爵,死神照样惠顾。

偈

匡　仁

吾有一宝琴，寄之在旷野。
不是不解弹，未遇知音者。

【作者简介】

匡仁，唐代中期江西金溪疏山寺僧。字圆照，号白云，吉州新淦（今江西省新干县）人。生卒年及俗姓不详。大约公元857年前后在世。初投抚州元证禅师出家。受具后，出外参学。于东都听经，得人指点，赴江西宜丰洞山，师事良价禅师，承嗣其法。良价圆寂后，继游大沩、福州、婺州、夹山，遍参高德。终住金溪疏山，建白云禅院，即今之疏山古寺。生前自造墓塔，预定圆寂日期。及逝，葬本山。传徒甚众，各自开山立寺，弘扬曹洞宗风。

【说明】

《疏山志》云：仁公初住巴山，有张姓居士前来问道。仁公示此偈以对。如此看来，张居士未必是真心向佛，抑或根基太浅，否则匡仁禅师断不致有此偈应对。这一方面可以推知张居士的道力深浅，更重要的是让我们看到了这位曹洞二世高僧内心的沉重和孤寂。仁公膝下，徒子徒孙何在少数。俗话说，千军易得，一将难求。仁公正是因为找不到慧根深厚的继承人而苦恼吧。住金溪疏山之后，情形大为改观，门下龙象辈出，个个虎跃龙腾。仁公的积郁和感叹自然也一扫而空了。诗写得明白、朴素，内蕴良多。

临　终　偈

匡　仁

我路碧空外，白云无处闲①。
世有无根树，黄叶风送还②。

【作者简介】

见前。

【说明】

匡仁禅师早已自造墓塔，预定归期。时候将到，仁公示微疾。侍僧探问："和尚百年后向什么处去？"仁公答曰："背抵芒丛，四脚指天。"当子孙们聚集请安之时，仁公吟出此偈。偈吟终，仁公逝矣。这是一首极其潇洒超脱的临终告别诗。诗句的语言是很浅显的，诗中的道理也不深奥，但内中总有什么东西在触动着我们的心弦。什么东西呢？一首简单的五言绝句，居然总结了一代高僧的终生。终生无闲，忙于弘法传教，忙于启迪后进。大限到了，人出于泥土，复归于泥土。所幸的是仁公了无遗憾，心境坦然。这不是一般人所能到达的境界。

【注释】

①碧空：犹言天空。白云：二解。一指白云在天空中飘荡，永无安闲。二指仁公自己（仁公号为白云）终生精进持修，弘法度众。皆通。②世有句：正话反说。树必有根，树必须植根于深厚的泥土之中。黄叶句：落叶归根意。树叶枯黄了，还会落到树根之旁，化为泥土。

古　离　别

贯　休

离恨如旨酒，古今饮皆醉①。
只恐长江水，尽是儿女泪。
伊余非此辈，送人空把臂②。
他日再相逢，清风动天地③。

【作者简介】

贯休（832－912），晚唐浙江婺州和安寺僧。字德隐，又字德远，俗姓姜，婺州兰溪（今浙江省兰溪市）人。七岁时在家乡出家，一生苦节厉行，云游各地。居杭州灵隐寺时，为吴越王钱镠所尊崇。至荆南，触怒节度使留后成汭被放逐至黔。后入西蜀益州，得前蜀主王建礼遇，赐号"禅月大师"，又称"得得来和尚"。终葬于成都东禅院。他是唐末著名诗人和画家。诗尚奇崛，风格潇洒错落，多寄赠应酬之作。其画笔力遒劲，擅画水墨罗汉和菩萨像。又工草书，时人比之"草圣"怀素。作品传世者有《西岳集》（又称《禅月集》）。又传世《十六罗汉图》系其真品手迹。

【说明】

乐府《杂曲歌辞》中有篇名为《古别离》，以南朝梁江淹之作为最早，内容写男女别离之情，其后历代诗人多有此题作品。这首五言古风为《古离别》，颠倒一字，其义实同。本诗将世俗的离愁别恨之扰人比喻成美酒之醉人，又将儿女别离伤感之泪比喻成滔滔不绝的长江之水，联想奇妙，意味隽永。清人延召寿《老生常谈》评本诗前四句说："此种妙思，非太白不能。"事实上，本诗前四句被当作一首五言绝句，流传甚广。后四句则告诫佛门中人（自然也包括作者自己），应该断然弃绝俗世情思，不要也陷入离情别绪中去。

【注释】

①旨酒：美酒。旨，美好。②伊余：犹我。伊为助词，无实义。空：犹只。把臂：握人手臂以示亲密。③清风：清凉或清净的微风，比喻心地清澄静谧，了无挂碍。

春　送　僧

贯　休

蜀魄关关花雨深，送师冲雨到江浔①。
不能更折江头柳，自有青青松柏心②。

【作者简介】

见前。

【说明】

休公终生为诗，以诗著名，其送赠诗写得很好，其中尤以送同道僧友之诗最佳。这首春天为僧友送行的诗堪为代表。此僧为谁,不得而知,应必为休公志同道合的至友。一首简单的七绝,把潇潇春雨中赠别友人之景、之情描摹得甚为生动。景为主体,情寓其中。诗写得很生动流畅,委婉含蓄,很有感染力。最后一句且看做是休公与友人的互相期望、互相勉励吧!

【注释】

①蜀魄:传说战国时蜀王杜宇称帝,号望帝,死后魂魄化为子规(杜鹃鸟)。后人因以蜀魄、望帝等作为杜鹃鸟的别称。唐杜荀鹤《闻子规诗》有句"楚天空阔月成轮,蜀魄声声似告人。"关关:拟声词,拟鸟啼声。《诗·关雎》有"关关雎鸠,在河之洲"句,拟斑鸠,此处则拟杜鹃鸟之啼声也。冲雨:冒雨。浔:水边之地,江浔即江边。②松柏心:指坚定不移修持佛道的志愿。松树与柏树,枝叶繁茂,经冬不凋。古今诗文中常以松柏作志操坚贞的象征。

陈情献蜀皇帝

贯 休

河北河南处处灾,唯闻全蜀少尘埃①。
一瓶一钵垂垂老,万水万山得得来②。
秦苑幽栖多胜景,汉廷陈贡愧非才③。
自惭林薮龙钟者,亦得亲登郭隗台④。

【作者简介】

见前。

【说明】

陈情为陈诉衷情。蜀皇帝指五代十国前蜀的建立者王建(847-918),许州舞阳(今河南省舞阳县西北)人,或作陈州项城(今河南省沈丘县)人。少无赖,以屠牛盗驴贩盐为业,乡人称为"贼王八"。后从军,升至裨将。黄巢起义后,随唐僖宗奔蜀,为"随驾五都"之一。入蜀后,又被专权的宦官田令孜收为养子。逐步据有四川、东川、汉中,成割据之势。唐亡称帝,史称前蜀。公元903-918年在位,在位时优礼唐末名士大族,汲引人才。晚年宠信内宦,渐荒政务。休公由鄂入蜀,甚得王建礼遇,言听计从,奉为国师,尊崇无比。这是休公入蜀后献给蜀主王建的第一首诗,简练生动地叙述了自己之所以不远千里万里到四川来的理由,希望能在川中找到自己的归宿。诗写得很深沉,很有感情,为休公代表作之一。

【注释】
①河北河南:这里代指大河(黄河)南北,大江(长江)南北,即全国各地。灾:这里指以战祸为主的各种灾难。尘埃:战尘、战事。②瓶钵:云游僧人日常用品。垂垂:渐渐。得得:象声字,马蹄声。③秦苑、汉廷:代指前蜀王国的苑囿和宫廷。陈贡:奉献、贡献。非才:自谦没有才能。④林薮:泛指僧道隐士隐居的山林。龙钟:老态,作者自称已年老。郭隗台:郭隗为战国燕人。燕昭王欲得贤士,以报齐仇。郭隗曰:"王必欲致士,先从隗始。况贤于隗者,岂远千里哉?"于是昭王为隗改筑宫而师事之。乐毅自魏往,邹衍自齐往,剧辛自赵往,士争趋燕,燕国大强。后以郭隗宫、郭隗台为招贤、聚贤之所。

垓下怀古

栖 一

缅想咸阳事可嗟,楚歌哀怨思无涯①。
八千子弟归何处?万里鸿沟属汉家②。
弓断阵前争日月,血流垓下定龙蛇③。
拔山力尽乌江水,今古悠悠空浪花④。

【作者简介】
栖一(832-?),晚唐诗僧。卒年与姓氏字号均不详,武昌(今湖北省武汉市)人。与贯休同时,诗名亦略同。长于七律,诗风道拔雄劲,悲壮沉郁。作品多已散亡,《全唐诗》存其诗二首,皆怀古之作。除这首《垓下怀古》外,另一首为《武昌怀古》。

【说明】
垓下,古地名,在今安徽省灵璧县东南沱河北岸,系楚汉之争最后决战之处。史载公元前202年,汉王刘邦联合各路诸侯,统军三十万,兵分三路追击西楚霸王项羽,把项羽围困在垓下。刘邦并用张良计,命汉军夜时皆于四面唱起楚歌，楚兵闻之，军心涣散。项羽在楚歌声中亦不能寐，披衣饮酒帐中，缅怀往日称雄于世，至今穷途没落，顿生英雄末路的凄怆之情，遂对着爱妾虞姬和心爱的战马而慷慨悲歌，潸然泪下。天明后孤身突围至乌江，自刎而死。这首怀古诗综述了项羽这位叱咤风云的一代英豪由于刚愎自用、暴戾骄矜，政治上霸道不仁而丧失民心，终于帝业无成，自杀身死的史实。本诗格调深沉悲壮，充满感慨，充满激情，令人回肠荡气，一唱三叹。

【注释】

①咸阳：古地名，在今陕西省咸阳市东北二十里。秦始皇统一中国后，迁天下富豪十二万户于此，大造宫殿，定为都城。公元前206年，刘邦先于各路诸侯攻入咸阳，推翻秦王朝，随即回军灞上，约束军队，与民约法三章，深得民心。同年，项羽入关，自立为西楚霸王，封刘邦为汉王，率军在关中烧杀掳掠，于咸阳"烧秦宫室，火三月不灭"，因而尽失民心。楚歌：为古楚国（以今湖北省为中心的广大地区）的歌曲，详见本诗说明。②八千子弟：公元前209年，陈胜、吴广起义后，项羽与其叔项梁杀会稽郡守，集吴中子弟，得精兵八千，在吴地举兵响应。次年，即率八千子弟兵渡江西击秦军，所向披靡。后项羽败于垓下，逃至乌江畔，乌江亭长驾舟欲渡项羽。项羽拒绝说："天之亡我，我何渡为？且籍与江东子弟八千人渡江而西，今无一人还，纵江东父兄怜而王我，我何面目见之哉！"鸿沟：古运河名，故道在今河南省中部。汜水之战后，刘邦遣使往说项羽中分天下，双方相约以鸿沟为界，东为楚地，西为汉地。后世以鸿沟比喻难以逾越的界限。汉家：指刘邦所建立的西汉王朝。③弓断阵前：弓断意思是不能或不敢再射箭。《史记·项羽本纪》载：汉有善骑射者楼烦。楚挑战三合，楼烦则射杀之。项王大怒，乃自披甲持戟挑战。楼烦欲射，项王瞋目叱之。楼烦目不敢视，手不敢发，遂走还入壁，不敢复出。弓断阵前即指此事。弓断亦作弓指，亦通。刘项对峙东西广武城时，相会于两城之间的广武涧畔。刘邦历数项羽的罪过。项羽发怒，伏弩射伤刘之胸部。刘邦怕动摇军心，不敢让人知道自己身受重伤，却故意摸着脚大叫道"虏中吾指。"弓指即指此事。日月：意为天下。龙蛇：比喻杰出的人物。又解作龙和蛇，指成功者与失败者。拔山：项羽《垓下歌》有"力拔山兮气盖世"之句。④乌江：在今安徽省和县东北。江畔的乌江镇内有唐代所建项王庙，庙后有明代所建项羽衣冠冢。悠悠：遥远，长久。

龙　潭

应　物

石激悬流雪满湾，五龙潜处野云闲①。
暂收雷电九峰下，且饮溪潭一水间②。
浪引浮槎依北岸，波分晓日浸东山③。
回瞻四面如看画，须信游目不欲还④。

【作者简介】

应物，唐代安徽九华山化城寺僧。生卒年及姓氏籍贯均不详，大约公元863年前后在世。因长期居于九华山，作有《九华山记》一书。诗亦负盛名，与诗人罗邺等时相唱和。作品惜多不传，《全唐诗》存其诗二首。

【说明】

龙潭是九华山中一处名胜，系飞瀑汇落而成的一个巨潭。应物此诗淋漓尽致地描绘了龙潭及其周围绮丽清新的自然风貌。全诗语言精炼，想象丰富，刻画准确，节奏明快，颇见文字功力。字里行间流露出作者对大自然的热爱，对生活的热爱。

【注释】

①石激句：意谓瀑布飞流而下，冲击在潭中的岩石上，溅起大片的水花，像是雪花一般，弥漫着整个溪湾。五龙：传说有五条神龙潜伏于潭中，它们不时地飞腾而出，行云布雨，因而此潭便称为龙潭。野云：漂流无定的云彩。②雷电：传说龙能呼风唤雨、击雷闪电，极有威力。九峰：九华山面积一百余平方公里，有山峰九十余座，其中尤以天台、莲华、天柱等九座山峰最为雄伟，故此以"九峰"代指整个九华山。且饮句：指五龙潜于潭中静息不动。③槎（chá）：同楂，指竹木编扎的筏子。波分句：意谓朝阳升起之时，东面的山峰倒映在潭波中。④瞻：观看。信：听凭，听任。游目：此处指游览观赏的目光乃至兴趣。

八月十八夜玩月

栖 白

寻常三五夜，不是不婵娟①。
及至中秋满，还胜别夜圆②。
清光凝有露，皓魄爽无烟③。
自古人皆望，年来又一年。

【作者简介】

栖白，唐代越中著名诗僧。生卒年及姓氏籍贯均不详，大约公元853年前后在世。唐宣宗时，尝居京都荐福寺，并为内廷供奉。与当时名士姚合、贾岛、刘得仁、李洞、曹松等辈时相诗歌唱和。他的五言律诗写得很好，当时即受人推崇，颇享盛名。《全唐诗》存其诗十六首。

【说明】

玩月指在月下赏玩，即赏月。栖白这首赏月诗写得很是凝炼，文字通俗平易，韵调优曼柔和，把八月十八之夜的月景细腻而生动地描绘出来，犹如一幅神采飘逸的写意画。同时，诗中也抒发了作者对日月常存，人生易逝这种自然规律的深沉感叹。

【注释】

①寻常：平常。三五：一十五，指农历每月十五日，通常称为"望日"，此日当太阳西下时，月亮正从东面升起，呈现出日月东西相望的情景。婵娟：本意指女子容貌姿态的美好，此处借指月光柔曼秀美。有时即以"婵娟"代指月亮，苏轼《水调歌头》中有"但愿人长久，千里共婵娟"之句。②中秋：本为农历八月十五日，此处扩展其意指八月十八日。③皓魄：皎洁的月亮。魄通霸，是月始生或将灭时的微光，此处代指月亮或月光。

寄南山景禅师

栖 白

一度林前见远公,静闻真语世情空①。
至今寂寞禅心在,任起桃花柳絮风②。

【作者简介】
见前。

【说明】
南山指终南山。属秦岭山脉,在今陕西省西安市南,自古为高僧名道大贤耆德隐修之所。景禅师未详何人,从下面诗句约略可知为禅净兼修的僧人。其道德修为很是高尚精进,堪为师表。栖白写这首诗寄给他,表达了作者对景禅师尊崇钦佩之情。诗很精炼,很诚挚,很有深度。

【注释】
①远公:东晋高僧、净土宗祖师慧远。此处以之代指景禅师。真语:真实精切的道理,指佛教精深的蕴义宗旨。世情:世态人情,指佛门之外的凡情世事,凡尘俗事。②禅心:谓寂定之心。南朝江淹《吴中礼石佛》诗有"禅心暮不杂,寂行好无私"句。唐·李颀《题璿公山池》诗有"片石孤峰窥色相,清池皓月照禅心"句。任起句:意谓任你桃花柳絮随风飘落。桃花、柳絮皆轻软之物,随风东西飘荡,比喻没有定见,无法自持之物。

宿严陵钓台

神 颖

寒谷荒台七里洲,贤人永逐水东流①。
独猿叫断青天月,千古冥冥潭树秋②。

【作者简介】

神颖，唐代中晚期诗僧。生卒年、俗姓籍贯均已失考，大约唐懿宗咸通年间（公元860-873年）前后在世。工诗能文，时享盛名。原有集，已佚，《全唐诗》存其诗二首。

【说明】

严陵钓台为纪念严光所立，在今浙江省桐庐县南。严光字子陵，人称严陵，会稽余姚（今浙江省余姚县）人，东汉初著名隐士。少年时曾与光武帝刘秀同游学。刘秀称帝，他变姓更名隐遁。刘秀多次派人觅访，把他征召到京，授以谏议大夫之职。未久即借故辞官，退隐于浙江富春山，以耕读渔樵自娱。后人遂称他隐居之地各处为严陵山、严陵濑、严陵钓台。神颖云游至浙，寻访严陵古迹，于钓鱼台留连盘桓，感慨良多，遂作此诗以纪之。此时离东汉光武帝时已八百余年，钓台及其附近已荒凉败落，无复昔日景象，所以诗写得颇为怆凉、沉郁，感情十分凝重。

【注释】

①七里洲：严陵钓台在浙江浙江水畔，从富春县城以下水凡十六濑，其第二濑即严陵濑，地名为七里洲，钓台即在此。濑（lài）指湍急之水，吴越俗称也。贤人：指隐士严光（即严子陵）。②独猿：孤单的猿。潭：指钓台下急流汇成的水潭。

辞南平钟王召

本寂

摧残枯木倚寒林，几度逢春不变心①。
樵客见之犹不采，郢人何事苦搜寻②？

【作者简介】

本寂（840-901），晚唐江西宜丰曹山荷玉寺僧。字耽章，俗姓黄，泉州莆田（今属福建省）人。十九岁出家于福州灵石之云名山，后至江西宜丰洞山普利院，嗣法良价禅师，复主曹山荷玉寺，与良价共创禅宗南派曹洞宗，成为一代宗师。终于江西宜春仰山栖隐寺。他学问精博，门徒众多。能诗，并曾校对注释前辈诗僧寒山的诗，编成《注对寒山子诗》。

【说明】

辞某人召即谢绝某人的延请或召聘。南平钟王即南平郡王钟传。钟传为唐末江西高安人，原以商贩为业，乘王仙芝、黄巢大起义之际，招兵买马，纠集地方势力，自封"高安镇抚使"，后又攻占洪州，其势益大，朝廷被迫任命他为镇南节度使，封其为南平郡王。本寂是开创宗派的一代高僧，虽然生活在钟传的统治范围之内，但对钟传延请召见的命令不感兴趣，拒绝了南平郡王所赐的"荣幸"。这首诗充分地表现出作者淡泊名利，洁身自爱的高尚情操。诗写得曲折婉转，颇有情致。

【注释】

①摧残：残朽的。②樵客：樵夫，砍柴人。郢（yǐng）人：知己的人，这里恭称南平郡王钟传。典出《庄子·徐无鬼》，据说战国时楚国郢都有一位名叫"石"的巧匠，善用斧子。有一个人鼻头上涂满白土（垩），坦然地让石用斧子来砍削。石运斧成风，削尽此人鼻尖上的白土而不伤其鼻。石固然技艺精湛，而这位郢都的人（郢人）也堪称为巧匠的知己。

送　迁　客

虚　中

倏忽堕鹓行，天南去路长①。
片言曾不谄，获罪亦何伤②！
象恋藏牙浦，人贪卖子乡③。
此心终合雪，去已莫思量④。

【作者简介】

虚中，唐末江西峡江玉笥山僧，生卒年及俗姓均不详，大约公元870年前后在世。袁州宜春（今属江西省）人。少时出家，居玉笥山约二十年。后游潇湘，住湘西粟城寺。工诗，与齐己、尚颜、栖蟾等为诗友。甚受司空图推重。原有诗《碧云集》一卷，后散佚。《全唐诗》存其诗十四首，均为五言律诗。

【说明】

迁客指流迁或被贬谪到外地的官员。这是一首为朋友送行的诗。这位朋友究竟因犯何罪而遭流贬,不得而知,但诗中明白地介绍了这位朋友为人正直无私,纵被不公正地处罪也不是可耻的事,早晚会得到昭雪。临别之际,朋友的心情自然沉郁黯淡。作者便通过自己的诗句语重心长地勉励朋友要重新振作,忘怀旧事,充满希望,勉励朋友珍惜前程。一方面,这首诗写得是非鲜明,态度坚决,语言明朗有力。另一方面,这首诗却也深沉委婉,亲切温暖,充满了知己朋友的深情厚意。

【注释】

①倏(shū):突然,很快地。鹓:传说中鸾凤一类的神鸟,它们飞行时整齐有序,因而用"鹓行"比喻朝官们秩序井然的行列,而"堕鹓行"则比喻为失去朝廷官员要职。天南:南方的天边,南方极远处。②片言忤:意谓没有说过一句谄媚讨好的话,指为人正直,作风正派。忤:此处有耻辱、不光彩的意思。③藏牙浦:据说象在年老濒死时,便悄悄地离开象群,独自向深山老林中某个隐秘的山洞中走去。那里是这头象历代祖先死亡的地方。它便静静地躺在洞中,直到死去。人们认为象爱惜自己的长牙,不愿被猎人于其死后拔去,故躲往山洞将牙藏起来。这种象藏牙待死的地方便叫做藏牙浦。因为象牙是珍贵的工艺品原料,猎人们往往千方百计去谋求。或设计捕杀活象,或追踪老象寻找藏牙浦,但毕竟很难达到目的。象因为有一对长牙而遭猎人捕杀或追踪。比喻有了珍贵之物而招致杀身之祸,藏牙浦也便成了藏险招祸之处的代名词。卖子乡:佛教认为世俗生活本质是"苦",而人生最凄苦的事莫过于出卖骨肉子女,因以卖子乡比喻痛苦的人生。以上两句均指责世人对危险而又痛苦的人生不知醒悟,沉迷太深。④雪:洗雪、昭雪。去已:去吧。已为衬词,无实义。思量:本意为考虑。此处有回想、懊悔之意。

寄华山司空图

虚 中

门径放莎垂,往来投刺稀①。
有时开御札,特地挂朝衣②。
岳信僧传去,天香鹤带归③。

他时二南化，无复更衰微④。

【作者简介】
见前。

【说明】
此题诗共二首，今选其一。华山，此处指司空图隐居之地中条山，因毗邻华山，且属同一山系，故以代之。司空图（837－908），唐末诗人、评论家。字表圣，河中（今山西省永济县）人。咸通进士，官至中书舍人、知制诰。五十岁归隐中条山王官谷，屡征不起，隐遁以终。其《诗品》以四言韵语，形容诗的各种境界，以诗评诗，影响巨大。虚中与司空图为方外至交，时有诗歌唱和。虚中对司空图道德文章十分钦佩，而司空图对虚中的诗也非常赞赏，曾于其《言怀》诗中说："十年华岳峰前住，只得虚中一首诗。"虚中此诗描绘出司空图在华山的退隐生活，鼓励他等待时机，以便重入仕途，做个好官。

【注释】
①放：放任、任由。莎：莎草，兼指各种藤蔓之类植物。刺：名片。两句言司空图所隐之处门庭冷落，藤蔓纠缠，甚是偏僻荒凉。②御札：皇帝的书信，指司空图所保存的皇帝御赐手迹。挂：穿戴。朝衣：入朝所穿之官服。③天香：原意为祭神之香，引申为天庭传来的香气。④二南：《诗经》的《周南》《召南》。二南化指时代清明、经济繁荣。衰微：没落衰败。

织　妇

处　默

蓬鬓蓬门积恨多，夜阑灯下不停梭①。
成缣犹自陪线纳，未值青楼一曲歌②。

【作者简介】
处默，唐末五代时吴越国名僧。生卒年与姓氏籍贯均不详，大约公元874年前后在世。与著名诗僧贯休一同出家，估计亦为浙西人。他性喜云游，居无定所，曾久居庐山东林寺，与修睦、栖隐等名僧交游。工诗，《全唐诗》称其有诗一卷，今仅存八首。

【说明】

处默诗写得不算很多，但质量较高。如《送僧游西域》有句"野性虽为客，禅心即是家"，便脍炙人口，备受时人赞赏。同时，他的作品也常常对人生现实作出忠实的反应。如这首《织妇》诗，便从织布妇女通宵达旦地织布这一侧面，深刻地反映了劳动人民的悲苦生活，揭露了豪门大户的奢侈荒淫，是对黑暗的封建制度的猛烈抨击。

【注释】

①蓬鬓：像蓬草一般散乱的头发。蓬门：用蓬草编成的门，代指穷人居住的简陋的房屋。阑（lán）：残，尽，晚。②缣：双丝织成的细绢。唐制布帛四丈为一缣或一匹。陪：同赔，意为附加或贴上。线纳：指缝缝补补的女红。青楼：泛指豪华精致的楼房，后又专指妓院，于此二义皆通。

萤

处　默

熠熠与娟娟，池塘竹树边①。
乱飞如拽火，成聚却无烟②。
微雨洒不灭，轻风吹欲燃 。
昔时书案上，频把作囊悬③。

【作者简介】

见前。

【说明】

默公是白描高手，状物摹形，每每生动传神，极具韵味。这首咏萤之作，把萤的姿态、光芒、散飞、聚群特别是萤在轻风微雨中的种种情状描绘得何等形象贴切，栩栩传神。最后却用一个著名的典故"囊萤夜读"来作结尾，更增加本诗的韵味和情趣。诗也写得像萤一般轻盈、妙曼、光明、柔和。的确是不可多得的上乘佳作。

【注释】

①熠熠：鲜明貌。阮籍《清思赋》有句"色熠熠以流烂兮，纷杂错以葳蕤。"娟娟：明媚美好的样子。杜甫《寄韩谏议》诗句有"美人娟娟隔秋水，濯足洞庭望八荒。"②拽（zhuài）：拉，拖带。③书案：书桌。囊悬：即囊萤，形容夜以继日，刻苦读书。典出南北朝刘宋时檀道鸾《续晋阳秋》，中载"车胤字武子，学而不倦。家贫不常得油，夏日用练囊盛数十萤火，以夜继日焉"。参见海顺《三不为篇之二》注②。南唐李中诗有句云"三十年前共苦心，囊萤曾寄此烟岑"。

送朴山人归新罗

尚　颜

浩渺行无极，扬帆但信风①。
云山过海半，乡树入舟中②。
波定遥天出，沙平远岸穷③。
离心寄何处？目击曙霞东④。

【作者简介】

尚颜，唐末湖北荆门僧。生卒年不详，与齐己、栖蟾、虚中等同时且互相酬唱，也是著名的诗僧。字茂圣，俗姓薛，汾州（治所在今山西省汾阳县）人。出身于书香官宦之家，能诗善文，诗以五言为主，原有诗集五卷，已散亡，《全唐诗》存其诗三十四首。

【说明】

朴（piáo）山人：朝鲜国旅华隐士，生平事迹不详。山人为隐士的别称。新罗为朝鲜的古称，本为朝鲜半岛一个古国，公元7世纪中统一半岛大部，达到鼎盛。后习惯以新罗代称全朝鲜。新罗与唐朝关系极为密切。这首赠别诗是作者写给一位朝鲜隐士的。当朴山人即将起程返回故乡时，作者生动地为之描绘了海上历程的风光，同时也表达了作者对这位旅人的深厚情谊。本诗语言精炼，意境优美，很有感情。

【注释】

①浩渺：广阔无边貌。无极：没有尽头。信：听凭，任由。②海半：犹言半

海，海中间。乡树：家乡的林木。③穷：完、尽。④离心：离别时的心情，兼指别后怀念之情。曙霞：曙光和朝霞。曙霞东：指太阳升起的东方。新罗在唐朝领土的东北方向。

自　纪

尚　颜

诸机忘尽未忘诗，似向诗中有所依①。
远境等闲支枕觅，空山容易杖藜归②。
清猿一一居林叫，白鸟双双避钓飞③。
欲画净名居士像，焚香愿见陆探微④。

【作者简介】

见前。

【说明】

自纪者，记叙自己的事情也。诸如生活状况，心情感受，自然环境，友朋往来等等，均在记叙之列。这首诗则详尽地记叙了颜公隐居山林，沉潜诗书的日常生活，一代诗僧高雅而孤寂的形象跃然纸上。诗写得既清新流利，又委婉含蓄，自有其感人的力量。

【注释】

①机：计谋、计划。或解作技能、技巧，亦通。②远境：远方的风物美景。等闲：寻常，随便。容易：轻易，不在乎。杖藜：拄着藜杖（用藜的老茎制成的手杖）。③居林：躲在林中。避钓：避开鱼钩。④净名居士：犹言佛门弟子，颜公自称也。净名本系毗摩罗诘佛的别称，又称无垢。陆探微：南北朝刘宋时画家，任宋明帝宫廷画师，创制版画，善绘人物，尤擅肖像，惜其作品全都亡佚。

与陈陶处士

尚 颜

钟陵城外住,喻以玉沉泥[①]。
道直贫嫌杀,神清语亦低[②]。
雪深加酒债,春尽减诗题[③]。
记得曾邀宿,山茶独自携[④]。

【作者简介】
见前。

【说明】
处士指未仕或不仕的读书人。陈陶(约812-888),唐朝诗人。字嵩伯,祖籍岭南。一说鄱阳(今江西省波阳县)人,一说剑浦(今福建省南平市)人。宣宗时,游学长安,后隐居南昌西山,终身不仕,诗名甚著。其诗多旅途题咏、隐居学仙之词。原有集,已佚,后人辑有《陈嵩伯诗集》一卷。陈陶与尚颜是方外知交,且年长于尚颜,为当时著名隐士,深得尚颜的钦崇。颜公在这首赠诗中,对陈陶道德风貌、隐居生涯作了生动细腻的描述,反映出这一对僧俗至交之间深厚的情谊。

【注释】
①钟陵:县名。唐宝应元年(公元762年)以南昌县改置,治所即今江西省南昌市。城外:此处具体指南昌城西南之西山,为陈陶处士隐居之地。喻以:比喻为,可喻为。道直:指性格正直。②贫嫌杀:贫困到了极点。③雪深句:意谓大雪封门,困于家中独自喝酒,所欠酒债更多。春尽句:意谓春光逝去,诗兴随着减退。④邀宿:邀请做客并留宿。

写 真

澹 交

图形期自现,自现却伤神①。
已是梦中梦,更逢身外身②。
水花凝幻质,墨彩染空尘③。
堪笑予兼尔,俱为未了人④。

【作者简介】

澹交,唐末江苏苏州昭隐寺僧。生卒年及姓氏籍贯均不详,唐僖宗乾符年间(公元874－879年)在世。能诗,诗风平淡清雅,寓意良深。《全唐诗》中存诗三首,《全唐诗外编》中存诗一首。均为五言律诗。

【说明】

写真即画像。作者请人给自己画了一幅肖像,目的当然是为了给自己看看,予以保存,作个纪念。看了自己的画像之后,作者却发出了一番人生如梦、万事皆空的感慨。从文字上来说,诗写得朴素、平易、自然、清新,然而诗的情调却十分沉重、抑郁,把一个老僧孤独寂寞的心境和心理状态反映出来了。

【注释】

①图形:画像。图即画,形为形象、相貌。期:希望。自现:看见自己。②已是句:意谓人生本来就是梦,梦中之人还请人画出图像,留下形影,那更是梦中之梦了。更逢句:意谓自身才是身,图像中的自己则是身外之身。③水花句:意谓水中的花是水上的花的映影,是虚幻的东西。图像中的人自然也是如此。④予:我,指作者自己。尔:你,指肖像。未了人:未死的人。了为了结,即死亡。

简 寂 观

修 睦

正同高士坐烟霞，思着闲忙又是嗟①。
碧岫观中人似鹤，红尘路上事如麻②。
石肥滞雨添苍藓，松老涵风落翠花③。
莫道此间无我份，遗民长在慧持家④。

【作者简介】
　　修睦（？－918），唐末江西庐山僧。生年及姓氏籍贯均不详。唐昭宗光化年间（公元898－901年）任洪州僧正，后死于维杨朱瑾兵乱。他长于诗，与贯休、处默、栖隐等著名诗僧为同辈诗友，时相唱和。原有《东林集》一卷，系隐居庐山东林寺的作品，已佚。现存诗二十首，以五言为多，已收入《全唐诗》。

【说明】
　　简寂观为道教著名宫观。详见灵澈《简寂观》之说明。澈公的《简寂观》是一首七绝，明白如话，尽去雕饰。睦公这首《简寂观》是一首七律，却又含蓄精炼，苍劲雄健，二公相距百年，正是各领风骚。

【注释】
　　①高士：志行高尚的人，多指隐士。烟霞：见本书地藏《送童子下山》注④。嗟：感叹。②碧岫观：指坐落于青山绿水之中的简寂观。碧岫即青葱碧绿的山峦。人似鹤：一般认为鹤是长寿的仙禽，故以人形似鹤来形容年老康健。红尘：本意为繁华之地，一般代指世俗人生。③肥：大。苍藓：墨绿色的苔藓。涵：包容。涵同含。④遗民：本意为改朝换代后不仕新朝的人，这里指东晋时与慧远共结白莲社的东林十八高贤之一的隐士刘遗民。慧持（337－412），东晋高僧，慧远之弟。他参加东林白莲社，住持西林寺。一本慧持作远公，远公即慧远，似更贴切。

三 生 石

修 睦

圣迹谁会得？每到亦徘徊①。
一尚不可得，三从何处来②？
清宵寒露滴，白昼野云隈③。
应是表灵异，凡情安可猜④！

【作者简介】

见前。

【说明】

传说唐代李源与僧圆观友好，圆观和李约定，待他自己死后十二年在杭州天竺寺相见。十二年后李到寺前，有一牧童唱道："三生石上旧精魂，赏月吟风不要论。惭愧情人远相访，此身虽异性长存。"牧童就是圆观的托身。事载唐袁郊《甘泽谣五·圆观》。参见圆观《竹枝词二首》及其说明。本系佛教轮回宿命的故事，后来又有人附会，把杭州天竺寺后面的山石指为三生石，说是李源和圆观相会的地方。诗文中常把三生石作为因缘前定的典故。如贯休《酬和张相公见寄》诗："感通未合三生石，骚雅欢擎九转金。"睦公这首五言律诗亦从个人体验出发，感叹天公造化之巧异，人生际会之倏忽，寓意是很深沉的。

【注释】

①圣迹：圣贤高人的遗迹，此处指三生石。会：体会。徘徊：往返回旋貌。战国宋玉《风赋》："徘徊于桂椒之间，翱翔于激水之上。"②一尚联：意为一生之缘尚且难得，三生之缘何其之难。③隈（wēi）：隅，角落。此处用作动词，指云向一隅聚集。④表：显示。灵异：指天公造化之灵巧和神异。凡情：普通人的心情或知识。

滕 王 阁

晦 机

槛外长江去不回，槛前杨柳后人栽①。
当时惟有西山在，曾见滕王歌舞来②。

【作者简介】

晦机，又作晦几，唐代江西洪州黄龙寺僧。生卒年不详，大约公元880年前后在世。俗姓张，清河（今属河北省）人。怀州玄泉山彦禅师法嗣。唐昭宗乾宁年间（公元894－897年）至洪州黄龙山（在今江西省修水县白桥乡），诣双峰庵。庵主马和尚崇礼敬接，以庵交付。遂于此庵开堂弘法，禅侣云集，宗风大振。示寂后，赐谥"超慧大师"。寺名亦由双峰庵改为永安寺，后复改崇恩禅院，至北宋初期，其曾孙第四代住持慧南禅师于此创立禅宗黄龙宗。其禅风以严厉痛快著称。此山此寺遂为禅宗一大祖庭道场。黄龙派奉晦机禅师为师祖。

【说明】

滕王阁始建于唐高宗永徽四年（公元653年），屹立于江西省南昌市西赣江之滨，因唐太宗之弟、唐高宗之叔、洪州都督、滕王李元婴而得名。该阁自滕王创建以来，历经兴废，先后修葺或重建达二十八次之多，最后毁于公元1926年北洋军阀邓如琢的兵火。唐高宗龙朔三年（公元663年），诗人王勃南行经过滕王阁，写下脍炙人口的《滕王阁序》及诗。从此滕王阁更享盛名，成为江南"三大名楼"之首（另二楼即湖南岳阳楼和湖北黄鹤楼）。公元1989年，滕王阁又得以重建。超慧这首七绝言近意远，意味深长，充满了作者对世事沧桑的深沉感慨。元代文豪虞集对此诗极为赞赏，以致屡经滕王阁而不肯题诗。

【注释】

①槛：窗户下或长廊旁的栏杆。长江：大江河，此处指赣江。②西山：一名献原山、散原山，在今江西省南昌市西南远郊的新建县境内。道家以为第十二洞天。历代高士陈陶、许逊、施肩吾等人曾隐居于此。有著名道教宫观万寿宫等古迹。滕

王：李元婴，唐高祖李渊第二十二子，唐太宗李世民异母弟，封滕王。他性格骄纵暴虐，荒淫无度，因此每受贬谪。武则天执政时颇受宠信。任洪州都督时建滕王阁，时在阁上张宴设乐，流连终日。

谢武肃王

无 作

云鹤性孤单，争堪名利关①！
衔恩虽入国，辞命却归山②。

【作者简介】
　　无作，唐末浙江宁波四明山僧。生年不详，卒于后梁开平（公元907－911年）年间，享年五十六岁。字不用，号逍遥子，俗姓司马，姑苏（今江苏省苏州市）人。他涉猎孔老，精通玄学，学识广博，能诗善文，亦善草、隶书。著作有《道安六时礼佛文注》等，诗仅存此一首。

【说明】
　　武肃王即五代十国时吴越国的建立者钱镠。钱镠原为唐末将领，在镇压黄巢起义的过程中扩张了势力，尽有两浙十三州，后梁开平元年（公元907年）封为吴越王。在位二十五年中，在江、浙两省兴修水利，对发展农业起了一定的推动作用。无作是吴越国境内一位有道高僧，钱镠久慕其名，数次召见，欲授以官，但他淡泊名利，不慕富贵，固辞而不就。这首诗便是辞谢钱镠召命之作。诗写得节奏明快，语言干脆，表现了作者坚持自己志向的决心。

【注释】
　　①云鹤：在云中飞翔的仙鹤，比喻闲适逍遥的人，这里指作者自己。争：怎。堪：忍受。名利关：古时贤人把名声和利禄比喻成两座关口，一般人都被其诱惑，不能通过。②衔恩：怀恩，受恩惠。国：指吴越国。

口占一颂

慧 棱

万象之中独露身，惟人自肯乃相亲①。
昔时谬向途中觅，今日看来火里冰②。

【作者简介】
　　慧棱（854-932），五代十国后唐福州长庆院僧。俗姓孙，杭州盐官（今浙江省海宁县盐官镇）人。幼出家于苏州通玄寺，往参灵云求问佛法，遵嘱转往雪峰。二十年间，坐破七个蒲团，终至开悟。唐天祐三年（公元906年）应泉州刺史王延彬聘请，住持昭庆寺。至十国时，闽王王审知诏居福州长庆院，赐号"超觉大师"。其时道名大盛，度众千五百余人。后遂卒于福州。

【说明】
　　此诗为棱公向雪峰求学二十年开悟后所作，主要检讨自己以往学佛只知外求，忽略内省，昔非今是，终于醒觉。自我解剖，不留余地，总结经验，汲取教训，终于成为一代高僧，万僧师表。

【注释】
　　①万象：指自然界的一切事物、景象。自肯：自己认可。指自省自思，达到自我觉悟。②谬：错。火里冰：谓火中取冰，谈何容易，心外求法，终是虚妄。

端　午

文　秀

节分端午自谁言？万古传名为屈原①。
堪笑楚江空浩浩，不能洗得直臣冤②。

【作者简介】
　　文秀,唐末京都长安诗僧。生卒年及姓氏字号均不详,大约公元885年前后在世,江南(今长江中下游地区)人。他富有才华,擅长诗文,但长期居于京城,周旋宫廷,以诗文应制。其友诗人郑谷以"内殿评诗切,身回心未回",讥讽他身虽方外,却留恋红尘。

【说明】
　　端午即农历五月初五日,为民间"一年三节"之一。相传此日为我国第一位伟大诗人屈原投江自尽日,后人伤其冤死,特以粽投江祭祀并划船捞救,遂相沿而成端午节日食粽和龙舟竞渡的风俗。作者这首绝句更提出了一个令人深思的问题:尽管后人百般歌颂、祭祀,像屈原沉江这样的悲剧毕竟发生了,如此冤屈怎么能简单地洗刷干净呢?这首诗言近意远,言简意深,很有力量。

【注释】
　　①屈原,我国最早的浪漫主义诗人、战国时代楚国政治家。详见护国《归山作》注之⑤。②楚江:楚国境内的江河,此处指汨罗江。直臣:正直之臣。

插 秧 歌

契 此

手捏青苗种福田,低头便见水中天①。
六根清净方成稻,后退原来是向前②。

【作者简介】
　　契此(?—916),唐末五代浙江奉化岳林寺僧。幼孤,八岁时由奉化长汀农人张重天收养,故名长汀子。长成后,入大桥岳林寺出家。他容貌猥琐,头大腹鼓,出语无定,寝卧随处。常常杖荷布袋,四境化缘。人称布袋和尚,以为弥勒菩萨应化。浙江各地,尤其杭州寺庙多塑其相,置于首殿,虔诚供奉。关于契此和尚的神奇故事,流布甚广。

【说明】
　　布袋和尚出身农家,插秧自是本行。关于他插秧之事,亦有故事。据说有赵、钱、孙、李四家同时请他帮忙插秧,他全都答应。至晚,各家来请吃饭,他亦分身赴席。各家的田均已插好。众人始识他身具神通,法力无边。有人问插秧感想,他随口吟出一诗,即此题插秧歌。此歌看似浅白平易,却富含哲理,饱蕴禅机,生动活泼,饶有情趣。

【注释】

①青苗:指稻秧。福田:谓积德行善可得福报,如播种田地可得收获。②六根:指眼、耳、鼻、舌、身、意。此句以六根清净方可学佛修道,比喻插秧时洗净秧根有利秧苗成长。后退句:此句大实话,富含哲理,乃暗喻方便修行之法。

精舍遇雨

可 止

空门寂寂淡吾身,溪雨微微洗客尘①。
卧向白云情未尽,任他黄鸟醉芳春②。

【作者简介】

可止(860－934),唐末五代之际洛京长寿寺僧。俗姓马,范阳高丘(今河北省涿州市)人。唐昭宗乾宁年间(公元894－897年)进诗称旨,御赐紫袈裟。后唐明宗时任长寿寺住持,赐号"文智大师"。当时即有诗名,诗歌结为《三山集》,今佚,《全唐诗》中存其诗九首。

【说明】

精舍原为旧时书斋、学舍,是聚集生徒进行讲学的地方。后来凡僧、道居住或讲道说法之所亦称精舍。《晋书·孝武帝纪》:"帝初奉佛法,立精舍于殿内,引上诸沙门以居之。"此处系指后者,即可止上人居止修静之所。可止擅长律诗,绝句不多见。这首七绝表面是写春雨中清新明丽的自然景象,实际上却主要是抒发作者淡泊世事,与世无争,潜心隐修的情怀和志趣。自然,绵绵春雨之中,坐在自己的书斋里,领略无限春光,花香鸟语,这实在也是人生一大快事。

【注释】

①空门,见地藏《送童子下山》注④。淡:恬淡寡欲,淡泊,此处用作动词。②黄鸟:指黄莺,又名黄鹂,一种鸣声婉转的小鸟。芳春:花草芬芳的春季。

送 僧

可 止

四海无拘系，行心兴自浓①。
百年三事衲，万里一枝筇②。
夜减当晴影，春消过雪踪③。
白云深处去，知宿在何峰！

【作者简介】
见前。

【说明】
止公的五言诗是很著名的，所选这首可以视为其代表之作。行文潇洒自然，词语精炼准确。有韵味，有意境，有魄力，有深度。寥寥四十个字，止公所送之僧的豁达超脱形象跃然纸上。其实，又何尝不能将之视为止公本人的自我写照呢？

【注释】
①拘系：拘束，系牵。兴：兴致。百年：犹言终生，毕生。②三事衲：三件僧人所穿的法衣。事：件。僧侣法衣有三种，一为僧伽梨即大衣；一为郁多罗僧即上衣；一为安陀会即下衣，合称三衣。筇（qióng）：竹或木制拐杖。③当晴影：日光下的身影。过雪踪：雪地上的足迹。

怀 齐 己

景 域

鬓髯秋景两苍苍，静对茅斋一炷香①。
病后身心俱淡泊，老来朋友半雕伤②。

峨眉山色侵云直，巫峡滩声入夜长③。
犹喜深交有支遁，时时音信到松房④。

【作者简介】

昙域，唐末蜀僧。生卒年及姓氏籍贯均不详，唐昭宗大顺年间（公元890－891年）前后在世。他是著名诗僧贯休的弟子，除和贯休有大量唱和诗作外，并曾将贯休的诗《西岳集》改编为《禅月集》。原有诗集多卷，已散佚，《全唐诗》中仅存其诗三首。

【说明】

齐己是唐末著名诗僧，详见本书齐己《早梅》作者简介。写此诗时，作者身在西蜀，而齐己却在江陵，中隔险恶的长江三峡。作者通过细腻深沉的笔触，记述自己荒斋独处的孤寂生涯，感叹知己朋友的先后逝去，表现出对齐己的深切思念。全诗感情浓郁，亲切感人。

【注释】

①鬓髯（rán）：本指两腮的胡须，这里笼统地指头发胡子。苍苍：灰白色，形容须发斑白。茅斋：简陋的书房。一炷香：一枝香。②淡泊：恬淡寡欲。雕伤：意指朋友逝世，犹如树木凋枯。③峨眉山：在四川省峨眉山市西南，因有山峰相对如蛾眉，故名。佛教称为光明山，为我国佛教四大名山之一。道教称为"虚灵洞天"、"灵陵太妙天"。峰峦挺秀，山势雄伟，有峨眉宝光、舍身崖、洗象池、龙门洞等胜迹和万年寺、九老洞、华严顶、金顶等寺庙。巫峡：因巫山得名，一称太峡，长江三峡之一。包括金盔银甲峡和铁棺峡，绵延长达四十公里。峡谷曲折幽深，峡中浪急水深。峡边有著名的"巫山十二峰"，其中以神女峰风光最为奇秀。④支遁：东晋名僧，详见本书支遁《咏利城山居》作者简介。此处喻指齐己。松房：僧人所居房前多植松柏以喻坚贞，故僧房常称为松房。

牧 童

隐峦

牧童见人俱不识，尽着芒鞋戴箬笠①。
朝阳未出众山晴，露滴蓑衣犹半湿②。

二月三月时，平原草初绿③。
三个五个骑羸牛，前村后村来放牧④。
笛声才一举，众稚齐歌舞⑤。
看看白日向西斜，各自骑牛又归去。

【作者简介】

隐峦，唐末江西匡庐诗僧。生卒年、俗姓籍贯与经历事迹均不详，大约唐昭宗大顺年间（公元890－891年）前后在世。曾久居庐山，熟稔庐山及其四周风物人情。喜作诗，诗风质朴明朗，平易通俗，有明显的民歌倾向。作品甚丰，惜大多失传，《全唐诗》收录其诗五首。

【说明】

古往今来，写牧童生活的诗并不少见，但像隐峦此诗通俗明畅，生动活泼的还是不多。诗中记叙描摹牧童的穿戴、骑牛、吹笛、歌舞等状，惟妙惟肖，很有情致。另外，峦公诗喜用数字：一里二里、三回四回、二月三月、三个五个等等，更增添了歌谣的风味。

【注释】

①俱不识：此处意谓牧童们穿戴一样，旁人难以区分识别。芒鞋：草鞋。苏轼《次韵答宝觉》诗有句"芒鞋竹杖行市廛，遮莫千山与万山。"箬（ruò）笠：用箬竹叶或篾编结成的宽边帽。唐张志和《渔父歌》有句"青箬笠，绿蓑衣，斜风细雨不须归。"②蓑（suō）衣：以草或棕叶、棕丝编成的御雨之衣。③二月三月：指农历时令，当春分之际，草木欣荣。④羸（léi）：瘦弱、疲病。⑤举：指吹。稚：儿童。

琴

隐　峦

七条丝上寄深意，涧水松风生十指①。
自乃知音犹尚稀，欲教更入何人耳②。

【作者简介】

见前。

【说明】　这首诗与峦公其他诗很有不同。一反其直白浅显的风格，追求意境，用意深沉，却又反映出作者生活的另一层面。诗写琴声甚为优美，却没有知音来赏识，这不是诗人孤寂心灵的写照么？峦公不仅写山翁、写牧童，描绘恬淡自然的农家乐趣。其实也写内心、写灵魂，写鹤立鸡群、孤独无俦的内心世界。从这个角度来看，结合峦公其他诗，这首诗的意义就不一般了。

【注释】

①丝：琴弦。涧水句：意指琴技甚高，能弹奏出涧水声、松风声。②知音：用俞伯牙、钟子期之典。即伯牙善琴，子期善听，子期为伯牙知音。详见寒山《三言诗一首》注④。

早　梅

齐　己

万木冻欲折，孤根暖独回①。
前村深雪里，昨夜一枝开。
风递幽香去，禽窥素艳来②。
明年如应律，先发映春台③。

【作者简介】

齐己（约863－约933），唐末五代湖南宁乡同庆寺僧。字得生，俗姓胡，潭州宁乡（今湖南省宁乡县）人。幼为孤儿，七岁入家乡沩山同庆寺为司牧。天性颖悟，众僧齐喜，旋于该寺出家。又居庐山东林寺颇久，自称庐岳沙门。入蜀途中，荆南国君高从诲极力挽留，委以僧正之职，遂居江陵龙兴寺。他是唐末最负盛名的诗僧，诗文并长。诗多宣扬禅理和纪游酬赠之作，风格清逸简淡，极受时人推重。文多阐述佛家理论，亦有诗歌评论，为人喜爱。作品主要有《白莲集》，收入《四库全书》，又有《玄机分别要览》《风骚旨格》等。

【说明】

千余年来，这首诗一直受到人们的称赞，尤其是三、四两句，相沿传为佳句。后人多有仿作，往往等而之下。陆莹《问花楼诗话》云："梅花诗，谈者盛称林处士（指宋代林逋），不知唐人先有佳作。齐己诗，表圣（即唐末司空图）所谓'空山鼓琴，沉思独往'者也。"陶岳《五代史补》载：本诗第四句原为"昨夜数枝开"，大诗人郑谷对齐己曰："数枝非早也，未若一枝。"齐己遂拜郑谷为"一字师"。己公此诗，描摹早梅开花之状，生动细腻，更透露出诗人对清新明丽春光与恬淡自然生活的由衷热爱。

【注释】

①孤根：指梅树。回：回复生机，指萌芽含蕾。②递：传送。幽香：清幽淡雅的香味。窥：偷看。素艳：从素朴淡雅中显出的鲜艳美丽。③应律：与岁时节令相符。律本指乐律，古乐十二调称十二律。《吕氏春秋》始将音律对应十二个月。映春台：此处泛指南面向阳的小山坡。

夏日草堂作

齐　己

沙泉带草堂，纸帐卷空床①。
静是真消息，吟非俗肺肠②。
园林坐清影，梅杏嚼红香③。
谁住原西寺，钟声送夕阳④。

【作者简介】

见前。

【说明】

此诗系齐己自赋草堂之作，所记亦齐己本人草堂生涯。文如行云流水，一气呵成，而且清新流利，潇洒雍容，历来为僧俗各界所推重，宋代诗僧德洪觉范即取此诗八句，衍为八诗，加以发挥。五代孙光宪于齐己《白莲集》序中赞誉己公之诗云"趣尚孤洁，词韵清润，平淡意远，骨气浑成"，确非无端溢美也。

【注释】

①带：环绕。纸帐：纸作的帐子。用藤皮茧缠于木上，以索缠紧，勒作皱纹，不用糊，以线拆缝。以稀布为顶，取其透气。帐上常画梅花、蝴蝶等为饰。②消息：此处犹言意义、情境。肺肠：此处犹言胸怀、情趣。③嚼（jué）：用牙齿磨碎食物。此处指咬食梅杏。④原西寺：泛指自己草堂西边的寺庙。

题东林十八贤真堂

齐　己

白藕花前旧影堂，刘雷风骨画龙章①。
共轻天子诸侯贵，同爱吾师一法长②。
陶令醉多招不得，谢公心乱入无方③。
何人到此思高躅，岚点苔痕满粉墙④。

【作者简介】

见前。

【说明】

东林寺在今江西省庐山西北麓，详见慧远《庐山东林杂诗》之说明。寺内有十八高贤堂，即此诗题所称之十八贤真堂，祀慧远、慧持、刘遗民、宗炳等十八位白莲社僧俗高贤。原毁，今已修复。己公到东林寺礼十八高贤堂时，堂亦颇颓败，遂引发其无限感慨。睹物思人，更缅怀前辈贤哲的德操事迹。诗写得很深沉，很有余味。

【注释】

①白藕花：十八高贤堂在东林寺内白莲池畔，池内植白莲数十，其花纯白。旧影堂即指十八高贤堂。刘雷：刘遗民、雷次宗，均当时隐居庐山并与慧远结社共修净土法门的高贤。龙章：比喻文采炳焕，如龙章（龙形图纹）之服。②共轻句：慧远尝著《沙门不敬王者论》一文。吾师：指慧远。一法：即净土宗念佛法门。③陶令：陶潜尝任彭泽令，故称。传说远公有意邀请陶渊明加入白莲社，与各位高

隐共同修行。而陶至东林寺则每每醉酒，无法畅言。实则陶渊明对念佛修行无兴趣，事遂作罢。谢公：谢灵运，东晋大诗人，有心加入莲社，远公以其恋栈世俗名利，谓之"心乱"，不允。④高躅：高尚的行迹。岚（lán）：山风或雾气，此处指后者。粉墙：经过涂饰、妆饰的墙壁。

北邙行

文偃

前山后山高峨峨，丧车辚辚日日过[1]。
哀歌幽怨满岩谷，闻者潜悲薤露歌[2]。
哀歌一声千载别，孝子顺孙徒泣血[3]。
世间何物得坚牢？大海须弥竟磨灭[4]。
人生还如露易晞，从来有会终别离[5]。
苦海哀伤不暂辍，况复百年惊梦驰[6]。
去人悠悠不复至，今人不会古人意。
栽松起石驻墓门，欲为死者长年计。
魂魄悠扬形化土，五趣茫茫并轮度[7]。
今人还葬古人坟，今坟古坟无定主。
洛阳城里千万人，终为北邙山下尘。
沉迷不计归时路，为君孤坐长悲辛。
昔人送人哭长道，今为孤坟卧芳草。
妖狐穿穴藏子孙，耕夫拨骨寻珠宝[8]。
老木萧萧生野风，东西坏冢连晴空[9]。
寒食已过谁享祀？冢畔余花寂寞红[10]。
日日相催苦流矢，贫富贤愚尽如此[11]。
安得同游常乐乡，纵经劫火无生死[12]。

【作者简介】

文偃（864－949），五代十国时南汉韶州云门山僧。字匡真，俗姓张，姑苏嘉兴（今浙江省嘉兴市）人。幼依空王寺志澄律师出家。资质敏颖，好学善思，以精究律部为己任。后参雪峰义存，极为投机，义存以禅宗密法传授。其后历谒洞岩、天童、归宗、曹山、疏山、干峰、灌溪、南华诸方。机锋健捷，名声益盛。抵灵树，知圣禅师奉为首座，嗣后接任灵树住持，终成禅宗青原下六世，云门宗创始人。著作极丰，多为前代经典疏注，宗门奉为圭臬。偶尔作诗，亦有可观。

【说明】

北邙行犹言北邙之歌。北邙，山名，亦作北芒，即邙山，在今河南省洛阳市东北。汉魏以来，王侯公卿贵族的葬地多在于此，后因此泛称墓地。云门大师有洛阳之行，见城内车水马龙，人头攒簇，而城外（邙山）坟冢垒垒，墓草芊芊，不由得感慨万千，遂作这首七言古风。以规谏人们不要贪图富贵，迷恋功名。诗多用比喻，写得形象生动，发人深省。

【注释】

①峨峨：高峻，高耸。辚辚：象声词，形容很多马车行驰。②薤（xiè）露：古挽歌名。晋崔豹《古今注·音乐》"薤露、蒿里，并丧歌也。出田横门人。横自杀，门人伤之。为之悲歌，言人命如薤上之露，易晞，灭也，亦谓人死魂魄归乎蒿里，故有二章。至孝武时，李延年乃分为二曲，薤露送王公贵人，蒿里送士大夫庶人，使挽柩者歌之，世呼为挽歌。"薤为草本植物，又名荞头，其鳞茎名薤白，可食，并入药。③泣血：极其悲痛而无声的哭泣。谓哭泣者已哭干了眼泪，继续哭而从眼中流出了鲜血。④须弥：佛教传说中之高山名。⑤晞（xī）：乾。《诗经·蒹葭》云"蒹葭萋萋，白露未晞。"⑥辍（chuò）：停，中止。况复：何况。⑦五趣：佛教语，即五道或五恶趣。《俱舍论》八云："谓前所说地狱、傍生、鬼及人、天，是名五趣。"傍生，指畜生。井轮度：谓往复轮回如水井上之辘轳旋转。⑧妖狐：狐狸。因其多奸善诈，故俗传中常指为妖。子孙：此处指小狐狸。寻珠宝：指盗墓。⑨萧萧：树木摇动貌。屈原《九歌·山鬼》有句"风飒飒兮木萧萧，思公子兮徒离忧。"⑩享祀：祭祀。⑪流矢：流者飞也，矢者箭也。本意为无端飞来的乱箭。这里仅指飞箭。⑫常乐乡：指出家隐修处。劫火：佛家语，指世界毁灭时的大火。一般也把乱世的灾火称劫火。

上归州刺史代通状二首

怀浚

家在闽山西复西，其中岁岁有莺啼①。
如今不在莺啼处，莺在旧时啼处啼。

家在闽山东复东，其中岁岁有花红。
如今不在花红处，花在旧时红处红。

【作者简介】

怀浚，唐末鄂西秭归僧。闽山（今福建省福州市）人。生卒年及俗姓字号均不详，大约公元895年前后在世。他谙于星相术数之学，爱作草书，对儒、道、佛三家经典均有相当研究。平生喜好为诗，诗多粗浅俚俗，有自己的风格，然作品多已失传。

【说明】

归州系唐武德二年（公元619年）所置州，治所秭归县（即今湖北省秭归县）。怀浚作此二诗时州守姓于，于刺史生平事迹不详。通状为古代一种陈述报告的文件，通指通报，状即陈述，相当于现代的情况报告书或自述、自白书之类。传说怀浚颇能预言未来之事，乡人皆奉之为神明。刺史于公则认为他是妖言惑众，把他逮捕审讯。作者便写下这两首通俗明了的七言绝句作为自白，陈述自己的身世和感慨。刺史阅诗后，便将他释放。这两首诗质朴自然，明白如话，有浓郁的民间歌谣色彩。而文字句式的排比、反复、重叠、回环，更增加本诗的韵味，更强烈地表现出作者对故乡深沉的怀念。

【注释】

①闽山：本名乌石山，唐天宝二年（公元749年）改称闽山。在今福建省福州市旧城内之西南隅。与九仙山、越王台合称为"福州三山"。北宋熙宁间（公元1068－1077年）又改名道山。此处以山代指福州市。

哭　僧

清　尚

道力自超然，身亡如坐禅①。
水流元在海，月落不离天②。
溪白葬时雪，风香焚处烟③。
世人频下泪，不见我师玄④。

【作者简介】
　　清尚，晚唐诗僧。生卒年及姓氏籍贯均不详，大约公元895年前后在世。长于诗文，与齐己同时且诗名大致相当。作品散佚殆尽，今仅存诗一首。

【说明】
　　这是作者留存至今的唯一诗篇，是一首写得相当好的祭诗。被祭的那位僧人不知是谁，但于作者清尚来说一定非师即友，关系断非一般。从诗中可以看出，作者对那位僧人怀有极为深厚的理解和崇高的敬意。诗写得从容大度，哀而不伤，透露出一种极其超脱的韵味和灵秀之气。

【注释】
　　①道力：道行，修道而获得的功夫，或称造诣。超然：高超，胜过别人。身亡句：意谓死的时候仍然保持着平日打坐时的姿态，容颜栩栩如生。②元：同原。③溪白句：意谓葬在溪流边，正值下雪，大雪把溪水两岸铺成一片雪白，仿佛在为逝者戴孝举哀。风香句：意谓当尸体焚化之时，风中飘散着一种异香，形容死者道行极高，虽死而示奇迹。④玄：玄妙，微妙。

长安早秋

子 兰

风舞槐花落御沟,终南山色入城秋①。
门门走马征兵急,公子笙歌醉玉楼②。

【作者简介】

子兰,唐末京都长安僧。生卒年及姓氏籍贯均不详,大约公元896年前后在世。他曾于唐昭宗时担任宫廷文章供奉,颇受信任。能诗善文,诗尤有名。其诗多为抒发感怀,直指时政之作。诗风高阔雄健,沉郁悲壮。今存诗一卷,收入《全唐诗》。

【说明】

子兰有经世之才,但始终无法施展。遁入空门以后,虽久任内廷供奉,颇得昭宗宠信,也不过是清客玩物而已,他的心情是十分苦闷的。这首七绝一方面揭露了唐代末年黎民百姓遭受兵役赋税的严苛压榨,王孙公子和达官贵人们却追逐着花天酒地、奢华享乐的社会现实,另一方面也隐晦地抒发出作者自己厌倦京城生活的郁闷情绪。

【注释】

①御沟:亦称禁沟,即首都皇城外的护城河。终南山:亦称南山,即狭义的秦岭,是秦岭主峰之一,在陕西省西安市南远郊。山中有南山湫、金华洞、玉泉洞、日月岩等名胜古迹,为西安市郊重要游览胜地。古时历来为著名隐士的隐居之地,又是道教圣地,相传道教全真道北五祖中的吕洞宾、刘海蟾均曾在此隐修。②门门:家家户户。笙歌:用笙伴奏着歌舞。笙是一种表现力极为丰富的簧管乐器。玉楼:华丽的高楼,多指酒楼或妓院。

秋日思旧山

子 兰

咸言上国繁华,岂谓帝城羁旅①。
十点五点残萤,千声万声秋雨。
白云江上故乡,月下风前吟处。
欲去不去迟迟,未展平生所伫②。

【作者简介】

见前。

【说明】

旧山指旧日隐居修行之处,因隐修处多在山林,故称旧山。这是兰公所存唯一六言律诗。描写细腻,节奏明朗,情感真挚,寓意深沉,是这首诗的特点。

【注释】

①咸:都。上国:大国,强国,此处指大唐帝国,其实时至九世纪末兰公之时,李唐王朝已衰败至极,即将覆亡,上国实属恭维之词也。帝城:首都,都城,此处指长安(今陕西省西安市)。羁旅:寄居作客。②伫(zhù):通贮,积储。指平生所蓄之雄图大志。

城 上 吟

子 兰

古冢密于草,新坟侵官道。
城外无闲地,城中人又老。

【作者简介】

见前。

【说明】

这是兰公站在京都城头上远望城外,有所感触而作的一首五绝。语言明白如话,全无雕凿粉饰,道理却是很深很透很触动人们心灵的:新坟继旧冢,人生实无常!

牧 童

栖 蟾

牛得自由骑,春风细雨飞。
青山青草里,一笛一蓑衣。
日出唱歌去,月明抚掌归。
何人得似尔,无是亦无非。

【作者简介】

栖蟾,唐代末年著名诗僧。生卒年及姓氏籍贯均不详,大约唐昭宗乾宁年间(公元894-898年)前后在世。曾经较长时间隐居于庐山。他与著名诗僧贯休、齐己、虚中、尚颜等均为诗友,但诗风与他们截然不同。大多是通俗明了,质朴自然,诗风甚是恬淡。《全唐诗》中存其诗十二首。

【说明】

这首诗清新明快,生动活泼,热情地歌颂了牧童优游自在的田园生活。诗写得通俗、平易、明白如话,韵律谐和,充满了民歌色彩。

送 迁 客

栖 蟾

谏频甘得罪,一骑入南深①。
若顺吾皇意,即无臣子心②。

织花蛮市布，捣月象州砧③。
蒙雪知何日，凭楼望北吟④。

【作者简介】
见前。

【说明】
迁客指被贬谪的官员，此处所指，不得而知。从诗文判断，当系蟾公相知好友，友情不比一般。送别之际，蟾公对这位被流放到蛮荒远域的朋友，感情是非常复杂的。既对朋友忠诚正直的人品道德赞赏钦佩，也对朋友的蒙屈遭贬惋惜哀伤。诗写得很动情，意蕴深厚。

【注释】
①谏：直言规劝。多用以以下对上，此处专用以以臣对君。频：多。甘：甘心情愿。南深：南方极偏远之处。②若顺二句：意谓如果一味顺着皇帝的意思说话行事，决不是正直忠臣的真情本意。③蛮：古称两广为南蛮，系离中原京都极遥远未蒙开化之地。蛮市指桂粤地域的市集。捣月：意谓月下捣洗衣物。象州：隋开皇十一年（公元591年）始置，后代屡有废置，治所均在今广西象州县附近。砧：洗衣石。④蒙雪：得到昭雪平反。望北：望京都长安。因谪地在南方，故须北望。

赋　洞　庭

可　朋

周极八百里，凝眸望则劳①。
水涵天影阔，山拔地形高②。
贾客停非久，渔翁转几遭③。
飒然风起处，又是鼓波涛④。

【作者简介】
可朋，唐末诗僧。生卒年及姓氏均不详，丹棱（今属四川省）人，大约唐昭宗乾宁年间（公元894—898年）前后在世。他性嗜酒，不拘佛家法度，自号醉髡。少与卢延让为风雅之交。欧阳炯以之比孟郊、贾岛，以其贫而好酒，时周济之。长于诗，原有《玉垒集》十卷，收平生诗作千余首，集已散亡。仅四首诗存于《全唐诗》中。

【说明】

洞庭湖位于湖南省北部，传说湖中岛上有"神仙洞府"，故名。是我国第二大淡水湖。汇纳湘、资、沅、澧四水，北入长江。面积随季节而变化，夏、秋水涨时，烟波浩渺，巨浪滔天，气势颇为壮伟。宋范仲淹《岳阳楼记》称其"衔远山，吞长江，浩浩汤汤，横无际涯"。宋一致明？《岳阳风土记》称其"涛声喧如万鼓，昼夜不息"。这首诗便是写洞庭烟波无垠，水天一色，涛掀浪涌的雄伟壮阔气象。诗写得极为精炼，极有气势。

【注释】

①周极句：古时洞庭湖面积极是广大，有"八百里洞庭"之称。近世纪以来因泥沙沉积围湖造田堵塞，面积日益缩小而分割成无数湖泊，较大者有东、南、西、北四洞庭湖和大通湖。劳（liáo）：广阔无边貌。劳通辽。《诗·小雅》云"山川悠远，维其劳矣"。又音（láo），劳累，意谓湖面宽广以致极目望去，连眼睛也觉得很吃力，亦通。②涵：沉浸。③贾客：行商，生意人。④飒（sà）：象风声。

登滕阁咏西山

可　朋

洪都太白方，积翠倚穹苍①。
万古遮新月，半江空夕阳②。

【作者简介】

见前。

【说明】

滕王阁为今江西省南昌市著名古迹，名列江南三大名楼（滕王阁、岳阳楼、黄鹤楼）之首。始建于唐永徽四年（公元653年），因诗人王勃《滕王阁诗并序》而名播中外。历经二十八次兴废，1926年毁于北洋军阀邓如琢战火，

1989年重建。高阁面山临水，规模宏伟，雕栏画栋，华美壮观，为南昌市第一名胜游览之处。西山位于南昌市西南郊，古称献原山，又作散原山，多林泉岩壑之胜景，为道教净明派发源地。自古为名道高士隐修之所，如东晋许逊、唐代陈陶、施肩吾等均隐于西山。据说可朋至洪都（今江西省南昌市）登滕王阁，见多有前辈题咏，遍阅后大言"尽都不佳"。守者异之，索其诗。朋公不假思索，挥笔题此绝句，众皆叹服。此诗一仍朋公风格，言简而意赅，笔力雄健，气势逼人，确为大手笔。

【注释】
①洪都：江西旧南昌府的别称。王勃《滕王阁序》句"南昌故郡，洪都新府"。太白：星名，即金星，一名启明星。因太白星居东方，象征日之出，故太白方即代指东方。洪都位居国土东部，是以有此称。穹苍：指天。穹言其形，苍言其色。②遮新月：意谓月落西山。空夕阳：夕阳即将西下。

七日禁中陪宴

仁　贞

入朝贵国惭下客，七日承恩作上宾①。
更见风声无妓态，风流变动一园春②。

【作者简介】　仁贞，唐末渤海（今山东省滨县）僧。生卒年及姓氏籍贯均不详，大约公元900年前后在世。曾东渡日本弘扬佛教禅宗的教义，极受日本天皇及朝野僧俗的欢迎和敬重，对中日文化思想交流起了一定的作用。

【说明】
禁中即皇宫中。陪宴指天皇恩赐臣属陪同他一同用餐，是一种很高的很荣幸的待遇。其时日本的天皇为醍醐天皇，年号为昌泰。这是仁贞旅居日本时作的一首七言绝句。作诗的时候是初春，地点是日本天皇的皇宫。诗写得精炼典雅，雍容大度，很能表现出作者仁贞作为一个泱泱大国——大唐王朝的宗教使者的庄重风度。

【注释】

①贵国：指日本，作者对日本的尊称。下客：下等的卑微的客人，作者自谦的称呼。承恩：蒙受、承受恩典，指陪宴。上宾：高贵的客人。②妓态：妖冶艳丽、忸怩做作的姿态。风流：风光，风韵。

伤 巢 燕

伏 牛

伤嗟垒巢燕，　　虽巧无深见①。
修营一个窠，　　往复几千转②。
双飞碧水头，　　对语虹梁畔③。
身缘觅食疲，　　口为衔泥烂④。
驱驰九夏初，　　方产巢中卵⑤。
停腾怕饥渴，　　抚养知寒暖⑥。
怜惜过于人，　　衔虫喂皆遍。
父为理毛衣，　　母来将食馈⑦。
一旦羽翼成，　　分飞不相管。
世有少智人，　　恳力忧家眷⑧。
男女未成长，　　颜色已衰变⑨。
燕子燕子听吾语，随时且过休辛苦。
纵使窠中千个儿，秋风才动终须去。
世人世人不要贪，此言是药思量取。
饶你平生男女多，谁能伴尔归泉路？

【作者简介】

伏牛，五代十国时前蜀高僧，法讳字号已佚，时称伏牛上人。生卒年、俗姓籍贯均不详，大约公元905前后在世。终生在蜀地弘法传教，道誉甚高，颇得前蜀诸王礼遇。能诗，多散亡，此诗选自《全唐诗外编》。

【说明】

伏牛上人只留下一组古风，名曰三伤颂，分别为伤叹燕、鸟、蜂，此选其一。此诗采用歌谣的形式,用通俗平易的语言,阐述作者所信仰的人生真理。描写细腻,词语质朴,层次分明,比喻准确,艺术上有一定的优点。

【注释】

①深见:犹远见。②转:回、次。③虹梁:一作曲梁,一作曲桥,皆通。④衔泥:燕为作巢须口衔泥浆。⑤九夏:夏季共九十天。九夏初犹言夏初。⑥停腾:停止飞翔觅食。⑦饘(zhān):厚粥,指雌燕将食物嚼烂成粥糊状以喂雏燕。⑧恳力:尽力,一心一意地。⑨男女:犹言儿女,下同。衰变:因衰弱变得苍老或无力,即衰老。

辞郡守李公恩命

恒 超

虚着褐衣老,浮杯道不成①。
誓传经论死,不染利名生②。
厌树遮山色,怜窗向月明③。
他时随范蠡,一棹五湖轻④。

【作者简介】

恒超(877-949),唐末五代之际棣州开元寺僧。俗姓冯,范阳(今河北省涿州市)人。出家于五台山。后梁龙德年间(公元921-923年)居棣州开元寺,开坛讲说经论达二十余年,传法嗣百余人。相国冯道重其名,奏请御赐紫袈裟。后汉乾祐二年(公元949年)卒于开元寺,赐号"德正大师"。他治学参以子史,证以教宗,学问博大精深,操持严谨节制,为五代时著名高僧。偶尔为诗,却不乏佳篇美句,当时被人传诵。

【说明】

郡守李公不详所指。恩命指给人予恩惠的命令。郡守下令征聘重用,本为莫大荣幸,而作者却慨然拒绝,仅以诗句作答。诗中反复说自己轻淡名利,甘心隐遁。表现出一代高僧的清风亮节和高尚情怀。诗也写得刚劲有力,清新自然。

【注释】

①褐衣：粗服。详见本书支遁《咏利城山居》注⑥。浮杯：即浮槎，传说中来往于海上和天河之间的木筏。道：道行，修养。②经论：指佛教的经典著作和学术理论。染：沾染。③怜：爱，喜欢。④范蠡（lí）：春秋末越国大夫。字少伯，楚国宛（今河南省南阳市）人。他出身微贱，以功历仕越为大夫并擢上将军。越败于吴，他亲为人质，与越王勾践卧薪尝胆，蓄志复仇。归国后即与勾践、大夫文种等励精图治，休养生息，埋头备战，终于攻灭吴国。传说他功成之后便隐名埋姓，携着西施，遨游于江湖之中，或说他变更名姓，行商牟利，享尽人生荣华富贵，以补偿早年困于吴国时所忍受的艰辛。他是后世公认的著名谋臣和高士。一棹：一只小船。五湖：中国五个大湖的总称。有多种说法，一般习惯称洞庭湖、鄱阳湖、太湖、巢湖、洪泽湖为五湖。

怀庐山旧隐

若 虚

九叠嵯峨倚着天，悔随寒瀑下岩烟①。
深秋猿鸟来心上，夜静松杉到眼前②。
书架想遭苔藓裹，石窗应被薜萝缠③。
一枝筇竹游江北，不见炉峰二十年④。

【作者简介】

若虚，五代时江西江州庐山僧。生卒年及姓氏籍贯均不详，大约公元909年前后在世，享寿大约七十岁。在庐山石室隐居时，南唐中主李璟曾多次征聘，辞而不就。后长期在北方云游。能诗，多不传。

【说明】

庐山为中国名山，中外闻名的休养和游览胜地。详见本书《庐山东林杂诗》说明。作者曾在庐山隐居多时，对庐山怀有极为深厚的感情，其后长期漫游北方，也还会时时地怀念在庐山的旧隐之地。诗中生动细腻地描绘出作者早年在庐山的隐居生活，叹悔不应该贸然离开象庐山这样美丽清幽的地方。诗写得清新流利，委婉情深，很有感染力。

【注释】

①九叠：无数山峰重重叠叠。九极言其多，并非确数。嵯峨（cuó é）：山峰高峻貌。悔随句：意谓后悔跟随着山中瀑布泉水的奔流而离开了庐山。岩烟：山岩与烟雾，指被烟雾缠绕着的庐山。②深秋句：回忆隐居庐山时，每当深秋，猿鸟的啼鸣在心中引起共鸣和感慨。夜静句：回忆隐居庐山时，一到夜晚，眼前只有松杉树木，显得何等安谧宁静。③书架句：旧居书房的书架四周料想被苔藓包裹着，无人过问。石窗句：旧居卧室的小石窗也被薜荔女萝等藤草缠盖，几乎荒废。④筇（qióng）竹：筇竹可用以制手杖，故手杖可称为"筇节"或"筇竹"。炉峰：香炉峰，是庐山名峰。因水汽郁结峰顶，云雾弥漫如香烟缭绕，故名。共有四座，此处当指最著名的南香炉峰。

书妙圆塔院张道者屋壁

慈 觉

成都有一张道者，五十年来住村野①。
只将淡薄作家风，未省承迎相苟且②。
南地禅宗尽遍参，西蜀丛林游已罢③。
深知大藏是解粘，不把三乘定真假④。
张道者，傍沙溪，居兰若，草作衣裳茅作舍⑤。
活计生涯一物无，免被外人来借借⑥。
寅斋午睡乐哈哈，檀越供须都不谢⑦。
沿身不直五分铜，一句玄玄岂论价⑧。
张道者，貌古情清不可画⑨。
鹤性云情本自然，生死无心全不怕⑩。
纵逢劫火未为灾，暗里龙蛇应叹讶⑪。
张道者，不说禅，不答话，盖为人心难诱化⑫。
尽奔名利谩驰驱，个个何曾有般若⑬。
分明与说速休心，供家却道也烂也⑭。
张道者，不聚徒，甚脱洒，不结远公白莲社⑮。
心似秋潭月一轮，何用声名播天下⑯。

【作者简介】

慈觉，五代十国时高僧。生卒年与籍贯不详，大约公元910年前后在世。字法天，俗姓刘，原为北方僧人。前蜀末（公元925年左右）游学南方。后蜀初（公元935年左右）始归本寺，居蜀十载。谥称"大觉禅师"。工诗能文，长于古风歌行，有《禅宗至道集》，不传。

【说明】

此诗题之后，附有一段序文云："蜀大东门外，有妙圆塔院，僧名行勤，俗姓张氏。人以其精于修行，因谓之道者。早岁南行，中年驻锡。庞眉皓发，貌古形羸。住草屋数间，唯绳床一张，及木棺一所。不从斋请，昼则升床而坐，夜则入棺而卧。衣服未尝更换，问之拱默不对。人皆仰其高节，遗之衣服，则转施贫人。与米面盐酪则受，以大瓶贮之，常满，每斋则取一抄合而食。三纪偃息自若，不迕流俗，其清尚如此。时齿八十，临终自拾薪草，积于院后，告诸门徒曰：'吾即日行化，希以木棺置于薪草之上，以火热之，老僧幸矣。'至期，依其教谕，于煨烬中得舍利数十粒，葬于塔中。"僧人示灭后或焚化或肉身入塔以葬，其塔环以围墙，辅以祭室守屋，自成塔院。从这段祭文得知，妙圆塔院所葬之僧行勤即张道者，精于修行，当时享有盛名。觉公云游入蜀，于成都大东门外礼瞻行勤塔院，缅怀前辈大德，有感而作此七言古风。这首诗等于是张道者行勤的一篇传记，把张道者毕生参学修行，应人待物的种种行为全面而又生动地介绍给我们。全诗抑扬顿挫，一韵到底，直如行云流水，一气呵成。纯系真事描写，亦系真情流露，无须雕饰，已成天籁。

【注释】

①成都：今四川省省会成都市。村野：村郊野外。②淡薄：犹淡泊，恬静寡欲，甘守清贫。家风：本意为家族的传统风尚，此处指寺庙的持家行事之风格。承迎：奉承迎合。苟且：得过且过，马虎草率。③南地：南方。西蜀：指四川全省，其位置在中国西部，故称。丛林：寺庙，一般指大寺庙。④大藏：大藏经，汉文佛教经典之总称。解粘：解脱粘连，意谓摆脱困惑。三乘：佛教称解释教义深浅的等级为乘，三乘指小乘、大乘、上乘。⑤兰若：庙宇。⑥活计生涯：犹言生活用品。借借：借也。⑦寅斋：早斋，寅为寅时，当凌晨三时至五时。哈（hāi）：笑。檀越：施主。⑧沿身：浑身、全身。直：值。玄玄：老子言道玄之又玄，故称道家之义理为玄玄，此处借指佛家高深的佛理。⑨情清：犹言神清，指神情清朗。⑩鹤性云情：鹤性散漫自在，云情卷舒自如，皆自由自在之意。⑪龙蛇：喻非常之人。

《左传》襄公二一年载"深山大泽,实生龙蛇"。⑫诱化:诱导教化。⑬驰驱:驱驰,奔跑追逐。般若:梵语,犹言智能,或曰脱离妄想,归于清静。⑭休心:放下心事,指追名逐利之心。供家:指前文檀越,施主。烂:熟透。此句意谓劝施主们快快放下追名逐利之心,他们却说知道,全知道了。心里却怪你老生常谈。⑮远公:东晋高僧慧远,详见慧远《庐山东林杂诗》作者简介。白莲社:以慧远大师为首的专修净土宗法门的佛教社团。⑯心似句:秋高气爽,潭水澄谧,皎月一轮,清光万里。以比喻张道者觉悟与心境已达到纯净澄明之境界。

看 牡 丹

文 益

拥毳对芳丛,由来趣不同①。
发从今日白,花是去年红。
艳色随朝露,馨香逐晚风②。
何须待零落,然后始知空③。

【作者简介】

文益(885-958),唐末五代时南唐金陵清凉院僧。系禅宗法眼宗开宗祖师,罗汉桂琛禅师法嗣。俗姓鲁,余杭(今属浙江省)人。七岁时出家于新定智通院,二十岁受戒于越州开元寺。曾先后参拜全伟、希觉、长庆、宣法等高僧。于漳州地藏院,入罗汉桂琛禅师门,得其心传。先主临川崇寿院,大开法筵,参众不下千人。南唐开国主李昇重其道,迎住金陵报恩寺,赐号"净慧禅师"。晚年定居金陵清凉院,弘扬禅宗教义,四方风从。日本、朝鲜名僧,不远千里来求法者,也不乏其人。益公调机顺物,因材施教,造就僧材,无可计数。时称"清凉文益"。他学识渊博,文笔可观,所作偈颂,受人赞赏。南唐中兴元年(公元958年)夏,示恙,国主李昇亲至方丈问疾。越月而逝。公卿百官素服送奉于江宁丹阳起全身塔。南唐后主李煜赐谥"大法眼禅师",故其法系遂称为"法眼宗"。后主李昇作碑颂,韩熙载撰塔铭。益公机锋敏捷,好为文笔,特慕支(道林)、汤(惠休)之体,时作偈颂诗赞。著作有《宗门十规论》等。

【说明】

这是清凉文益在南唐后主李煜宫廷内园看牡丹花开之后作的一首偈子。意在规谏后主顺应历史潮流，看破世俗名利。作者站在佛家"四大皆空"的角度，从鲜花由灿烂盛开而想到枯萎凋落，得出了"色即是空，空即是色"的结论。本诗语言生动精炼，清新流畅，对仗工整，韵律和谐，艺术上有一定的特色。

【注释】

①氋（chì）：本意为鸟兽的细毛，引申为贵重的丝绒或皮毛衣服。芳丛：花丛，此处指牡丹花丛。由来：从来。②艳色句：意谓牡丹花鲜艳的色彩随着朝露而一同凋落。馨香句：意谓牡丹花温馨的香味跟着晚风而一起飘散。③零落：凋谢，脱落。

赠善暹道者偈

文 益

木平山里人，貌古言复少①。
相看陌路同，论心秋月皎②。
坏衲线非蚕，助歌声有鸟③。
城阙今日来，一沤曾已晓④。

【作者简介】

见前。

【说明】

善暹禅师为唐代江西袁州木平山僧，系蟠龙可文禅师法嗣，为青原下六世。论辈分，善暹禅师为文益的师祖，实际上，他年龄也长于文益。善暹禅风严峻，严谨戒行。南唐国主李昪慕其道誉，迎请金陵供养，待以师礼。寂灭后，赐谥"真寂禅师"。文益禅师这首诗，比较全面地概括了善暹禅师的生平事迹。从其出身经历，至其容貌行止，乃至其生活细节，莫不缕缕道来。一个淳朴古雅的得道高僧的形象，很清晰鲜明地显现在我们的面前。诗写得很平静,很客观,似乎并没有带什么感情。其实诗里所寄托的,正是作为晚辈后学对前辈高僧的真诚由衷的崇敬和挚爱。意在言外,其意无穷。

【注释】

①木平山:山名。在袁州(今江西省宜春市)境内。系善暹禅师隐修之处。貌古:相貌古朴忠厚,平易近人。②相看句:谓看起来善暹禅师很普通,像一个陌路常人,不引人注目。论心句:谓其实善暹禅师心地非常开朗明澈,像秋夜天空的明月。③坏衲句:谓善暹禅师衣服破了,用粗线缝补,不穿丝绸华贵衣服。助歌句:谓善暹禅师和鸟儿一起歌唱,鸟儿伴同他歌唱。④城阙:本意为城门口对称式石柱建筑,此处代指城门,代指城市,这里指袁州府城。一沤句:善暹禅师初参澧州洛浦山元安禅师,求问善道"一沤未发之前,如何辨其水脉?"意谓连水的浮沫都没有见到,怎知此水的来源去处。元安答道"移舟谙水脉,举棹别波澜。"意谓把船开动就知水脉了,摇动桨,离开河流的波涛吧!善暹禅师不解。再参蟠龙可文禅师。再提此问。可文禅师答道"移舟不别水,举棹即迷源。"意谓船再移动也离不开水,桨一摇动反而迷失了水的来源方向。善暹禅师由此开悟,并成为可文禅师法嗣。这是禅宗僧人入门学道的机锋对语,测试各人的悟性根底的一种方法。所以"一沤"便成了善暹禅师入道开悟的契机和话头。

歌

玄 寂

酒秃酒秃, 何荣何辱①?
但见衣冠成古丘,不见江河变陵谷②。

【作者简介】

玄寂,一作元寂,五代十国时南唐金陵僧。生卒年不详,大约公元915年前后在世。俗姓高,故唐渤海郡王、淮南节度使高骈族子,幽州(今河北省涿州市)人。少习儒业,极博群书。唐亡,弃家为僧,渡江南下。他锦心慧口,善辩能言,然不拘细行,狂放不羁。尤嗜酒过度,无日不醉,故自号酒秃。终醉死于金陵城外石子冈。能诗,但其诗随口而出,决不留稿,故《全唐诗》仅录到一首。

【说明】

　　寂公不仅隐于佛，且隐于酒。时当五代十国之际，大地烽烟弥漫，国无宁日，民难夜安。目睹此情此景，寂公唯有闭目不视，于醍醐中自寻乐趣。南唐后主李煜颇看重他，曾召请他在宫廷中讲解《华严》梵行一品，讲完经后，御赐大量钱帛。寂公当天就把这些赏物送往酒家，以抵往日酒债，以付后日酒资。于是日夜剧饮，醉后便率数十小儿，高声大歌于大道上。所唱的便是这首歌。这首诗粗看似觉荒谬狂悖，实则有大寓意存焉。一则为世间人生无常作诠解，一则为自己酗酒放荡作辩护。嬉笑怒骂，皆成文章，不亦妙哉！

【注释】

　　①酒秃：寂公自号。佛教出家人须净发为秃，然绝不自称为秃，忌讳也。寂公以之自称，诚豁达之极矣。②衣冠：指有身份地位的人物。刘歆《西京杂记》："故新丰多无赖，无衣冠子弟故也。"即此意。古丘：此处指坟墓。陵谷：山峰与山谷。

长安言怀寄沈彬侍郎

卿　云

故园梨岭下，归路接天涯①。
生作长安草，胜为边地花②。
雁南飞不到，书北寄来赊③。
堪羡神仙客，青云早致家④。

【作者简介】

　　卿云，南唐时江南诗僧。生卒年及姓氏籍贯均不详，大约公元917年前后在世，疑为黎阳（今安徽省黄山市屯溪区）人。诗负盛名，然作品大多散佚不传。《全唐诗》存其诗四首，皆五言律诗。

【说明】

　　沈彬为五代时高士，字子文，江西高安县人。他读书能诗，曾隐居于云阳山中，后仕吴为尚书郎。入南唐复隐居，南唐中主李璟屡聘不出。卿云与沈彬是知己朋友，都是南方人，都是诗人，常有诗词唱和。当时卿云身居旧都长安，非常怀念南方的故乡，便写下这首五言律诗寄给沈彬，向朋友诉说自己的感慨和情怀。诗中写到自己的家乡极其遥远，尽管某些人把古都长安看成是天堂，宁可做长安的一棵草，也不愿做边远地方的一朵花，而作者卿云却还是渴望自己能像神仙一般，展翅飞回自己的故乡。诗虽然写得质朴平易，但感情却十分深沉，游子思乡的情绪已跃然纸上。

【注释】

①梨岭：不详所指。疑为黎阳县（今安徽省黄山市屯溪区）境内的山岭。天涯：犹言天边，极其遥远的地方。②边地：边远荒僻的地方。③赊：稀少。④堪羡：极其羡慕，值得羡慕。青云句：谓身长翅膀，飞上云霄，飞到故乡。

路

玄 宝

南北东西去，茫茫万古尘①。
关河无尽处，风雪有行人②。
险极山通蜀，平多地入秦③。
营营名利者，来往不辞频④！

【作者简介】

玄宝，五代十国时南方僧人。生卒年、姓氏籍贯及生平事迹均不详。大约公元918年前后在世。存诗亦仅此一首，收入《全唐诗》。

【说明】

"路"是一个非常古老的题目。古往今来，无数的哲人和诗人，围绕着这个题目，写出了许许多多作品，各抒己见，颇有趣味。玄宝这首议论诗，简练地描述了人们在漫长艰险、风雪渺茫的道路上奔波来往。为了什么？营营名利！作为与世无争，寄希望于来世的出家人来说，作者当然认为这种奔波和追逐是可笑而可悲的。为此，作者发出了深沉的感叹。诗写得通俗明朗，警策有力。

【注释】

①南北句：意谓道路四通八达，向南北东西各个方向延伸。茫茫句：意谓道路

上尘土飞扬,留下千万年来旅人奔波行走的痕迹。②关河:关隘与河流。泛指路途上种种阻碍。③险极句:意谓四川四面环山,难于攀越,而人们还是修建了栈道,冒险深入。秦:指今陕西省及其周围地区。古代这一带属秦国境域,故称。④营营:本意为来往不绝。此处转义为一心一意地谋求,追逐。频:频繁,多。

初冬旅舍早怀

怀 浦

枕上角声微,离情未息机①。
梦回三楚寺,寒入五更衣②。
月满栖禽动,霜晴冻叶飞③。
自惭行役早,深与道相违④。

【作者简介】

怀浦,五代十国时南方僧人。生卒年、姓氏籍贯及生平事迹均不详,大约公元920年前后在世。五言诗写得很好,但多已失传,现存仅二首,收入《全唐诗》中。

【说明】

从诗文的内容来看,作者是一位长期在外云游漂泊的僧人。时值初冬,北方严寒,而他却依然滞留于旅途之中,这使他不由的深情地怀念长江流域他自己的本寺,从而更厌倦目前艰辛的旅程。至于他为什么会久久地羁于旅途,我们便不得而知了。诗写得精炼生动,颇具神韵,颇有功力。

【注释】

①角声:画角之声。画角为古代军旅中一种常用的乐器,相当于现在的军号,故今"号"亦称"号角"。息机:停息机巧的心思。机是机心,这里指心理活动、愿望等。②三楚:古地名。战国时楚国之地一般分为东楚、西楚、南楚,合称三楚,相当于今淮河流域及长江中下游地区。③月满:农历每月十五日月圆时。④行役:因服军役、劳役或公务而在外奔波跋涉。此处泛指旅行。道:此处是本意、本愿、初衷的意思。

柳

慕 幽

今古恁君一赠行，几回折尽复重生①。
五株斜傍渊明宅，千树低垂太尉营②。
临水带烟藏翡翠，倚风兼雨宿流莺③。
隋皇堤畔依依在，曾惹当时歌吹声④。

【作者简介】

慕幽，五代十国时南方诗僧。生卒年、姓氏籍贯及生平事迹均不详。大约公元920年前后在世。能诗善文，尤长七律，诗风温雅清俊，擅长用典，当时有名。作品今多不传。《全唐诗》录其诗六首，五律、七律各半。

【说明】

古人每届远行，送行者往往都折柳相赠，因为杨柳是一种坚韧绵长、适应性极强的植物。故以此来表示彼此间绵长的情谊，并借以祝颂旅人在远方能事事如意，时时平安。作者这首七言律诗亦便由此而发挥，既追怀了折柳赠行的古老传统，也穿插着有关杨柳的著名典故，抒发了作者对时过境迁、人事代谢的深沉感慨。诗写得清新流畅，绵密柔和，很有情感，很有文采。当然，善于用典也是本诗一个重要的特点。

【注释】

①今古：古往今来，过去和现在。君：指柳树。②五株句：东晋大诗人陶渊明于其宅旁植柳五株，自称为"五柳先生"，并作《五柳先生传》以记之。千树句：西汉名将周亚夫屯军于咸阳市西南渭河北岸之"细柳"以防匈奴，其地柳树成林，故得此名。因周亚夫治军有方，所部军纪严明，后世遂称军营为"细柳营"或"柳营"。此处称"太尉营"是因为"细柳营"系周亚夫所立，而周亚夫及其父周勃均曾担任"太尉"之职。太尉是全国最高军事长官。③翡翠：翡翠鸟喜栖息于溪边的柳林丛中，以昆虫鱼虾为食。流莺：在柳树林中飞来飞去无定所的黄莺。④隋皇堤：简称隋堤。隋炀帝开通济渠时，命人沿河筑堤并遍植柳树，此堤便称为隋堤。其后又开运河，几千里间亦沿堤植柳，这些堤也都称为隋堤。曾惹句：隋炀帝

好大喜功，荒淫无道，开凿大运河之后更是变本加厉，经常携带大批文武官员、妃嫔歌姬出巡，所到之处，船队相接，歌声震天动地。歌吹：歌声和乐声。吹：平仄两用，此处仄声。

冬日淮上别文上人

慕 幽

家国各万里，同吟六七年①。
可堪随北雁，迢递向南天②。
水共行人远，山将落日连③。
春淮有双鲤，莫忘尺书传④。

【作者简介】

见前。

【说明】

淮上指今皖西北、豫东南淮河中上游地区。文上人亦出家僧人，可能是长江以南乃至岭南地区人氏，具体指谁，已无可考。从诗文中可知其与幽公同居淮上多年，且亦擅诗，曾长期与幽公诗文唱和。时值文上人行将返乡之际，幽公作此五律以赠。既追述二人共住同吟的深厚情谊，且留下互通音讯、书信往来的嘱咐。诗写得深沉、从容，很有感情。

【注释】

①家国：家乡。②迢递：远貌。嵇康《琴赋》："指苍梧之迢递，临回江之威夷。"③将：和、共。④双鲤：指书信。《古乐府》之一有"客从远方来，遗我双鲤鱼，呼儿烹鲤鱼，中有尺素书"。唐·刘禹锡《途中送崔司业使君扶持赴唐州》有"相思望淮水，双鲤不应稀"。尺书：书信。《汉书·韩信传》有"奉咫尺之书，以使燕。"

寒 食 诗

云 表

寒食时看郭外春，野人无处不伤神①。
平原累累添新冢，半是去年来哭人②！

【作者简介】
　　云表，五代十国时南方诗僧。生卒年、姓氏籍贯及生平事迹均不详，大约公元920年前后在世。诗风清淡，寓意深沉，当时享名。所作诗多散佚，少量作品散见于各种诗话集中。本诗为《全唐诗》中所收其唯一一首。

【说明】
　　寒食为一旧历节令名称，指"清明"前一天或两天。相传起源于二千六百多年前晋文公悼念介予推之事，因介于推为避官而抱树焚死，便定于此日禁火寒食。此时正当清明前夕，春光如画，郊外自有很多人踏青扫墓。云表的这首七绝便描绘了这幅城郊墓地的情景。作者从佛家的生死轮回和消极避世思想出发，指出今年躺在新坟中的便有很多是去年扫墓的人，言外之意是今年来祭扫墓的人也必定有不少明年将被埋入坟墓。这种消极颓废的思想并不可取，然而也客观地道出了人生代谢的自然规律，而诗本身也写得流畅，准确生动，具有一定的艺术感染力。

【注释】
　　①郭外春：城外的春光美景。郭指外城。野人：本意指四郊以外地区的乡下人，种田人。这里则作为作者自己的谦称。伤神：心神忧伤。②累累：众多、重叠、联贯成串貌。冢（zhǒng）：坟墓。

题伍相庙

常 雅

苍苍古庙映林峦,漠漠烟霞覆古坛①。
精魄不知何处在,威风犹入浙江寒②。

【作者简介】

常雅,五代十国时期福建僧。生卒年、姓氏籍贯及生平事迹均不详,大约公元920年前后在世。《全唐诗》中存其诗一首。

【说明】

伍相庙在今浙江省杭州市西湖东南的吴山上,为祭祀春秋末年吴国大夫伍子胥而建。伍子胥名员字子胥,本为楚国贵族。其父伍奢因极言直谏而被楚平王所杀,他便逃至吴国。他帮助阖闾刺杀吴王僚,夺取王位,整军经武,使吴国国势日盛,后率军攻破楚国,为父报仇。吴王夫差时伍子胥任大夫,参赞国事,权位相当于宰相。因反对与越王勾践议和及北上争霸而得罪夫差,渐被疏远。后夫差听信谗言赐剑令其自杀。伍子胥死前曾说:"抉吾眼悬吴东门之上,以观越寇之入灭吴也!"吴王夫差听后大怒,特将伍子胥盛入鸱夷革(皮袋),投入钱塘江中。传说伍死后成为江神,钱塘江潮即其怒气化成。他是中国先秦史上著名的悲剧人物,有关他的种种故事在后代久久流传。人们为了纪念他的正直远见和不幸遭遇,遂立庙而祀之。作者这首凭吊怀古诗简略地描绘了伍庙内外景象,然后着重点明伍子胥死不瞑目,怨气化为钱塘怒潮,字里行间流露出对伍子胥不幸遭遇的深切同情和不平。诗写得含蓄深沉,凝炼有力,很能发人深省。

【注释】

①林峦:树林和山峦,指伍庙外吴山景物。烟霞:烟雾霞光,亦兼指庙中祭祀的香烟。坛:安置神像的场所。②精魄:即魂魄,旧时谓人的精神灵气。浙江:钱塘江的旧称。

题 楚 庙

归 仁

羞容难更返江东,谁问从来百战功①?
天地有心归道德,山河无力为英雄②。
芦花尚认霜戈白,海日犹思火阵红③。
也是男儿成败事,不须惆怅对西风④。

【作者简介】
　　归仁,五代十国时期京洛灵泉寺僧。生卒年及姓氏字号不详。大约公元920年前后在世,江南(今长江中下游地区)人。能诗,诗风刚健挺拔,格调高亢,颇有气势。《全唐诗》中存其诗六首,五律、七律各半。

【说明】
　　楚庙即项王庙。因项羽自立为"西楚霸王",后人为其立祠即名"西楚霸王庙",简称"楚庙"。庙在今安徽省和县东北乌江畔之乌江镇上,唐代中期所建。本诗系作者瞻仰楚庙后有感而作。自古成败论英雄。但在作者的眼中,项羽这位"力拔山兮气盖世"的历史人物,尽管最终败在刘邦手下,仍不失英雄本色。本诗对项羽的经历,特别是他自杀乌江边的悲壮结局,表示了由衷的同情。诗写得沉郁悲壮,很有力度。

【注释】
　　①江东:长江在芜湖、南京间作西南、东北流向,习惯上便把自此以下的长江南岸地区称作江东。这里更具体地指项羽随他叔父项梁一同起兵的今江苏省苏州市一带地区。从来:指项羽自吴中起兵以来。百战功:史载项羽身历七十余战,所向无敌,天下称雄。②道德:有道德的人,指刘邦。汉高祖刘邦在与项羽争夺天下的过程中及建立西汉王朝的初期,采取了不少笼络人心的措施,受到人们称道。英雄:此处指仅仅以武力称雄天下的项羽。③霜戈:雪白锋利的戈。戈为古代主要兵器。火阵:此处指纵火。④也是句:意谓胜败乃兵家常事,男子汉大丈夫无须过于计较。杜牧《题乌江亭》有句"胜败兵家事不期,包羞忍耻是男儿",亦是此意。惆怅:因失望或失意而哀伤。西风:秋风。

自　遣

归　仁

日日为诗苦，谁论春与秋①。
一联如得意，万事总忘忧②。
雨堕花临砌，风吹竹近楼③。
不吟头也白，任白此生头。

【作者简介】

见前。

【说明】

自遣意谓排遣自己的思绪和忧虑。唐代大诗人杜甫有诗《自京赴奉先县咏怀五百字》："沉饮聊自遣，放歌破愁绝"。归仁这首诗排遣什么愁闷呢？诗中已有明言：为诗苦。古来诗人皆辛苦，古来悲愤出诗人。仁公亦复如此。春夏秋冬，日日为作诗而辛苦，终于须发斑白了。头发白了，也任随它去，无悔无怨呵！这就是诗人。孜孜矻矻，不倦追求艺术境界的诗人便是如此。

【注释】

①论：在乎，在意。②联：每两句诗称一联。③砌：台阶。

谢友人见访留诗

怀　楚

轩车谁肯到？泉石自相亲①。
暮雨雕残寺，秋风怅望人②。
庭新一片叶，衣故十年尘③。
赖有瑶华赠，清吟愈病身④。

【作者简介】

怀楚，五代十国时期四川安州白北竺乾院僧。生卒年、姓氏籍贯及生平事迹均不详。大约公元 920 年前后在世，能诗，诗风温雅，颇讲究意境与情调的渲染和营造。作品多已失传，《全唐诗》中存其诗二首，五律七律各一。

【说明】

终年孤独寂寞地埋名隐居于深山古寺的老僧人，一旦有知己朋友远道来访并题诗留念，该是何等欣慰的事呵！一首五律仅仅八句，作者便用了六句来记述自己清冷落寞的佛隐生活，于是，更强烈地表现出作者对朋友光临的欣喜和感动，表达了作者对冷漠世界中友谊的热爱和珍惜。

【注释】

①轩车：简称轩，古时一种前顶较高且有帷幕的车子，古制仅供大夫以上的高官乘坐。此处泛指作者友人乘坐来访的马车，也暗示出这位友人是个有相当身份的人。泉石：指山水、园林佳胜之处。②雕残：此处意为荒凉、破败。③故：旧。④瑶华：本意为洁白如玉的花，也比喻洁白的东西。此处系美称友人留题的纯洁美好的诗篇。愈：病好，使病好。

舟夜一章

海 印

水色连天色，风声益浪声①。
旅人归思苦，渔叟梦魂惊②。
举棹云先到，移舟月逐行③。
旋吟诗句罢，犹见远山横④。

【作者简介】

海印，五代十国时期四川慈光寺女僧。生卒年及姓氏籍贯均不详。大约公元 920 年前后在世。史称其才思清峻，能诗善文，当时有名。其诗颇讲究辞语、意境的措置和渲染，韵味浓郁。今仅存诗一首。

【说明】

这是作者留存至今唯一的诗,一首记述作者云游生活的五言诗。作者尽量地隐藏自己的情绪,不作渲染更不加议论,但凭借诗中所记的旅人之苦,渔叟之惊等等,读者已经完全可以窥测出作者本人那种凄清无奈的心境。诗中全是对舟行月夜的景物的描写,既细腻准确,又形象生动,既是抒情诗,也是山水画。月夜乘舟,所见所闻所感,月夜中的水、天、风、浪、云、棹、月、山,尽皆入诗,有声有色,文字上很能见出锻炼功夫。

【注释】

①益:增长,加多。②渔叟:老渔夫。③棹:摇船的工具如桨、橹等。④逐:追赶,追随。旋:随后,不久。横:东西方向排列。

乞荆浩画

大　愚

六幅故牢健,知君恣笔纵①。
不求千涧水,止要两株松。
树下留盘石,天边纵远峰②。
近岩幽湿处,惟藉墨烟浓③。

【作者简介】

大愚,唐末五代时河南邺郡青莲寺僧。生卒年、俗姓籍贯与生平履历均不详,大约公元920年前后在世。愚公曾长期居住豫南邺郡(治所即今河南省安阳市),与同代文学家、艺术家均有交往,诗写得很好,当时颇享大名,惜未流传下来,《全唐诗》中仅存此一首五言律诗。

【说明】

荆浩,五代十国时后梁画家。字浩然,沁水(今属山西省)人。曾隐居太行山洪谷,号洪谷子。擅画山水,兼唐代吴道子与项容之长为一体。亦工佛像,曾在开封双林禅院画壁画。有《山水画诀》一卷。大愚与荆浩为方外知友,请荆浩为他作一幅画,是再普通不过的事。而不普通的是,这项请求以一首五言律诗的形式提出来。更不普通的是，这首诗写得层次分明，生动活泼，充满了山水画的意境和情趣。说这首诗诗里有画，决不为过。诗题是请荆浩作画，诗文简直是在教荆浩作画。真正的好朋友，可以这样做罢。

【注释】

①六幅：犹言六法或六要，古代评论绘画的六个方法，指气韵生动、骨法用笔、应物象形、随类赋彩、经营位置、传移模写等六个方面。这里泛指各种画技。牢健：指画风雄健苍劲。恣笔纵：笔力恣意纵横，开阖如意。②纵：耸，腾跃。③幽湿：幽暗而湿润。墨烟浓：指浓墨重彩的绘法。

伤悼前蜀废国

远 公

乐极悲来数有涯，歌声才歇便兴嗟①。
牵羊废主寻倾国，指鹿奸臣尽丧家②。
丹禁夜凉空锁月，后庭春老谩开花③。
两朝帝业都成梦，陵树苍苍噪暮鸦④。

【作者简介】

远公，五代十国时期前蜀诗僧。生卒年、姓氏籍贯及生平事迹均不详。大约公元925年前后在世。《全唐诗外编》存其诗一首。

【说明】

废国指已亡之国前蜀。前蜀为五代时十国之一。公元903年唐封王建为蜀王，公元907年王建称帝，建都成都，国号为蜀，史称前蜀。前蜀领有今四川省全部、重庆市、甘肃省东南部、陕西省南部、湖北省西部广大地区。公元925年被后唐所灭，共历二主二十三年。前蜀是诗人的故国，国亡之后诗人写下这首律诗，一则是对故国的深沉怀念，同时也无情地鞭挞了前蜀统治者荒淫无道、废弛朝政的行径。诗写得沉郁苍凉，雄健悲壮，语言凝炼生动，形象鲜明准确，很有文采，很有感染力。

【注释】

①数：旧指气数，即命运。涯：边际，极限，尽头。嗟：感叹。②牵羊：前蜀后主王衍颇有才华，但他荒淫无道，终至误国。后唐来攻，他被迫牵羊携酒出降，前蜀遂亡。废主：亡国之君。倾国：国家灭亡。指鹿：指鹿为马。《史记·秦始皇本纪》载赵高献鹿于秦王二世，称言是马，左右也大多附和。后世即以此比喻有意颠倒黑白，混淆是非。此处借指前蜀后主王衍周围的奸佞误国行为。③丹禁：王宫。宫廷多涂饰成丹色即朱红色，故称。后庭：王宫后面的庭院。漫：空泛，空空地。④两朝：前蜀共历王建、王衍父子两代。陵树：墓地的松柏树。此墓地指两位前蜀主的陵墓。噪：喧哗。

中秋玩月

明　光

团团离海角，渐渐入云衢①。
此夜一轮满，清光何处无！

【作者简介】

明光，五代十国时南唐金陵金轮寺诗僧。生卒年、俗姓籍贯均失考，大约公元926年前后在世。诗负盛名，惜皆散佚，所见唯此一首，见载于《全唐诗》（署名失名僧）、《全五代诗》（署名失名僧），《漫叟诗话》、《岁时广记》、《江南野史》等均有著录。

【说明】

据传明光先一年已写成此诗上联二句，久思不得下联。次年中秋，再得下联二句。遂不胜其喜，径登寺楼鸣钟示庆。此时，正值南唐先主李昇欲登基，忽夜半寺僧撞钟，满城皆惊。天亮查问，欲斩撞钟者。明光到案后，禀知玩月得诗，并诵此诗，先主闻而甚喜，释之而去。这首诗明明是描绘中秋之夜，月上中天的美景，李昇附会成为庆贺自己受禅登位而作，引为祥兆，纯属巧合。不过，诗写得也的确很有声势，大气磅礴，不失为大手笔。

【注释】

①衢（qú）：四通八达的道路，云衢则为云中之路。

鹭鸶

无 则

白苹红蓼碧江涯,日暖双双立睡时①。
愿揭金笼放归去,却随沙鸟斗轻丝②。

【作者简介】

无则,五代十国时南唐金陵清凉院僧。系法眼宗祖师文益禅师嫡嗣。生卒年、俗姓籍贯均不详,大约公元929年前后在世。擅长诗文,诗风雅致清丽。因久居江南,所作诗多描述南国风光事物,有名于时。《全唐诗》载其七言绝句四首,其余诗文皆已散佚。

【说明】

鹭鸶即鹭,因其顶、胸、肩、背皆生长毛,如丝,故名,水鸟名,亦名白鹭、白鸟等。羽毛洁白,脚高颈长而喙强,栖息水边,食鱼为生。无则这首七言绝句,描述了水鸟鹭鸶生活的一个断面,随即产生邈远之联想:将这笼养的鹭鸶放归自然,让它们飞往江畔,与沙鸥嬉斗,该多好啊!这不啻是一曲自由的颂歌,从而也真实地反映出则公思想的一个方面。

【注释】

①白苹:一种水中浮草,俗称马尿草。红蓼(liǎo):即蓼,草本植物名,品类甚多,有水蓼、马蓼、辣蓼等。叶味辛香,花淡红色居多。古人用为调味品。②揭:打开。沙鸥:一种水鸟,栖息沙洲,经常飞翔于江海之上。唐杜甫《旅夜书怀》诗:"飘飘何所似,天地一沙鸥。"

暮春送人

无 闷

折柳亭边手重携,江烟淡淡草萋萋①。
杜鹃不解离人意,更向落花枝上啼②。

【作者简介】

无闷,五代十国时南方诗僧。生卒年、俗姓籍贯及生平履历均不详,大约公元930年前后在世。能诗,有名于时。《全唐诗》载其诗二首,皆为七言绝句。

【说明】

暮春送人,已属愁境,折柳亭边,倍益伤神,何况淡淡的烟雾,萋萋的野草,愁境又添一分,而子规太不解人意,直向离别之人啼唤。这首诗便是一幅画,既有声,又有色。把离别的人、送别的人心境都写出来了。

【注释】

①萋萋:草茂盛貌。南朝谢灵运《悲哉行》有"萋萋春草生,王孙游有情。"
②杜鹃:杜鹃鸟,亦名子规,其啼叫之声犹人之呼唤"不如归去!"

江上秋志

尚 志

到来江上久,谁念旅游心①?
故国无秋信,邻家有暮砧②。
坐遥翻不睡,愁极却成吟③。
即恐髭连鬓,还为白所侵④。

【作者简介】

尚志,五代十国时僧。生卒年、俗姓籍贯及生平履历均不详,大约公元930年前后在世。能诗,诗风恬淡深邃,很有造诣。惜作品大多散佚,《全唐诗》中仅收到上述此诗。

【说明】

江上泛指今安徽省沿长江地区。长江于黄浦江入海之前,流经皖苏,皖省在上,苏省在下,故有此称。志犹记。这首五言律诗把一个远离故乡(故寺)的游子(游僧)怀念故乡、辗转不寐的情状描绘得淋漓尽致。诗的情感很是抑郁深沉,诗的格调却又柔和委婉,很有感人的力量。

【注释】

①旅游:指云游在外。②暮砧:夜暮时捣衣的砧声。③遥:久。翻:反而。④髭:胡须。白所侵:意为变得斑白。

赋 残 雪

乾 康

六出奇花已住开,郡城相次见楼台①。
时人莫把和泥看,一片飞从天上来②。

【作者简介】

乾康,生卒年与姓氏均不详,大约公元930年前后在世,北宋初年广西僧。零陵(今属湖南省)人。长于诗文,诗以绝句见长,颇受唐末诗僧齐己的推崇。入宋时年已五十岁以上,不知所终。

【说明】

北宋乾德年间(公元963-967年),王伸任永州知府,乾康捧诗求见。王伸见他既老又丑,心存鄙视,暗想这般容貌的人还会写诗吗?当时正值积雪消融,景物清新,便命乾康即兴作一首咏雪的诗。乾康略加思索,立刻口吟出这首七绝,使王伸大为惊叹,连忙待为上宾,热诚接待。这首七绝貌似平凡通俗,其实含义很深。表面上,诗里谈的是残雪之景,说雪已停下,开始消融,周围的楼台亭阁也越来越显得清晰明丽了。实际上，却是嘲讽那些高高在上者有目无珠，把天上飞降下来的瑞雪看成是卑微的泥土。当然，这种嘲讽很隐晦含蓄，很婉转曲折，因为这正好是影射着知州王伸对待作者自己的情况。

【注释】

①六出：雪花的别称，因为雪花有六角。相次：依次，陆续地。②和泥看：看成是泥土，和泥土一般地看待。

投谒齐己

乾　康

隔岸红尘忙似火，当轩青嶂冷如冰①。
烹茶童子休相问，报导门前是衲僧②。

【作者简介】

见前。

【说明】

著名诗僧齐己居湘西道林寺时，乾康前往拜访。齐己派童子挡驾，说是："家师非诗人不与来往，不知您是不是诗人，请写一首诗，作为介绍名片，如何？"乾康便立刻口吟这首绝句，叫童子入内回复。齐己一听此诗，大喜，立即出门迎接，颇有识荆恨晚之慨。及分别时，齐己亦有诗相赠（齐己诗从略）。乾康此诗首联就很有分量，一下击中目标：字面上是说寺庙外、江对岸的红尘浊世，人们都忙忙碌碌，追名逐利，火得很；而寺庙边，山林中，却是远离尘嚣，无比清冷幽静。这种冷热对比，实喻世态炎凉，对齐己待人行事也是不以为然的。试想齐己何等样人，怎会看不出这层意思？而己公确是大德高僧、才人学者，胸襟确实非凡，他不仅不为见怪，反而赞赏乾康的敏捷诗才，引为同调。乾康由于得到前辈诗僧齐己的欣赏和延誉，名声愈著。纵观本诗和前面《赋残雪》，可以看出乾康诗歌的重要特征，其诗风之凌厉雄健，直有锋芒毕露之势，虽乏温柔敦厚韵味，却也淋漓痛快。

【注释】

①青嶂：青绿色的山峦。②衲僧：佛家弟子自称，一般简称为衲或僧，年轻者自称贫衲、贫僧，年长者自称老衲、老僧。

对御书后一绝

亚 栖

通神笔法得玄门，亲入长安谒至尊①。
莫怪出来多意气，草书曾悦圣明君②。

【作者简介】

亚栖，五代十国时僧。生卒年、俗姓籍贯及生平履历均不详，大约公元931年前后在世。能诗，当时颇享名。作品大多失传，《全唐诗》录其七绝二首。

【说明】

御书系皇帝亲笔书写的文字，如书信、命令等。此题之御书系何朝何帝所写，无从考查。作者藏有一幅皇帝所赐御书，捧读御书，读后作诗。简洁地记叙了获此殊荣的经历，也极力歌颂御书之精美、珍贵。从诗的末句来看，作者本人就是一位草书大家。推测而已，无考也。

【注释】

①通神：谓书法神采精妙达到顶点。玄门：指高深的境界。长安：此处泛指京城，未必是陕西长安。至尊：指皇帝。②意气：意志与气概。圣明君：英明的皇帝。

闲 居

延 寿

闲居谁似我？退迹理难过①。
要势危身早，浮荣败德多②。
雨催虫出穴，寒逼鸟移窠③。
野径无人剪，疏窗入薜萝④。

【作者简介】

延寿（904－975），宋初浙江钱塘永明寺僧。字冲立，一作仲玄，号抱一子，俗姓王，钱塘（今浙江省杭州市）人。早年曾为吏，颇有治绩，因事出家。吴越忠懿王钱俶延主永明寺，赐号"智觉禅师"，入宋依然。他勤奋好学，儒佛兼通，诗文写得很好，主要著作有《宗镜录》等。

【说明】

一般作诗者先铺陈景致，借景生情，从而抒发作者自己对人生的感慨或阐述作者某一观点。本诗却反其道而行，开宗明义，先把自己对人生的看法直截了当地摆出来，用精辟的语言提出论点，然后，作者的目光才回到眼前的具体事物上。五律的后四句系作者佛隐生活的写实，可以理解为是给本诗的前四句作下补注，或者说用作者自己的实际行动来证实作者自己的观点。这种写法并不多见。至于文词精炼、形象生动、比喻贴切、意境悠远等等，倒还是次要的特点。

【注释】

①退迹：隐藏行迹，即退隐。②要势：很大的权势。浮荣：空虚的名誉。③雨催句：这句及后面一句意思都是说一旦卷入了某种"要势"和"浮荣"的漩涡之中，便再也不能身由自主，将处于被动窘迫的情势中。④剪（jiǎn）：同剪，修剪，整理。薜萝：泛指各种藤蔓，详见本书灵一《题僧院》注①。

永明寺偈

延 寿

渴饮半掬水,饥餐一口松①。
胸中无一事,长日对华峰②。

【作者简介】
见前。

【说明】
永明寺为寿公主持之本寺,在钱塘(今浙江省杭州市)城郊,早废。后周国显德初年(公元955年左右),国宗钱俶请寿公主持其寺,成为寿公训徒传法道场。本诗极为简洁地记叙了作者住寺时的隐修生活和思想状态。笔墨无多,情境皆现,言简意赅,恰到好处,是一首成功的绝句小品。

【注释】
①掬(jū):双手捧取。白居易《和梦游》诗:"秀色似堪餐,浓华如可掬。"也用作量词。所谓半掬,自是单手舀起。松:这里指松子。②华峰:此处泛指远处青翠秀丽的山峰。

汤 戏

福 全

生成盏里水丹青,巧画工夫学不成①。
却笑当时陆鸿渐,煎茶赢得好名声②。

【作者简介】
福全,五代十国时南方僧。生卒年及俗姓均不详,大约公元935年前后在世。浙江金乡（今浙江省平阳县金乡镇）人。能诗，尤以茶艺著名于时。

【说明】

诗题旁另有副题"注汤幻茶"，即汤戏也。所谓汤戏，即在注茶时于茶杯中冲幻出种种物象，多为幻出山水、花草、人物等图像，而福全则能幻出一句诗，连注四杯，即得七言绝句一首，诗可随口而出，幻戏也唾手而得，亦一天才绝技也。当时僧俗各界人士，几乎天天有人登门求观，福全便注汤戏幻出这首七绝，以应观赏者。

【注释】

①丹青：原指绘画用的颜料，丹砂和青䤨，泛指各种绘画颜色，进而代指绘画艺术。②陆鸿渐：即陆羽，唐代学者、茶叶专家。详见皎然《寻陆鸿渐不遇》说明。好名声：陆羽著《茶经》，因精熟茶叶、茶具及茶艺，被后人奉为茶神。

别　友　人

惟　审

一身无定处，万里独销魂①。
芳草迷归路，春衣滴泪痕②。
几时休旅食，向夜宿江村③。
欲识异乡苦，空山啼暮猿。

【作者简介】

惟审，五代十国时江南诗僧。生卒年、俗姓籍贯与生平事迹均不详，大约公元935年前后在世。工诗善文，当时颇享盛名，诗风深沉清隽，善拓意境。《全唐诗》存其诗三首。

【说明】

这也是一首赠别诗。审公本人是一个到处云游的僧人，而所送的人似也是长期漂泊的游子。离家万里，归日无期，那种旅途与异乡之苦，是一言难尽的。诗是写实的，毫无做作与夸张，它感人的力量正在这里。

【注释】

①销魂：魂渐离散，形容极度的悲伤、愁苦或极度的欢乐。此处自指前者。宋李清照《醉花阴》词："莫道不消魂，帘卷西风，人比黄花瘦。"②芳草：香草，亦用以比喻有美德的人。③旅食：寄食，客居。唐·韩愈《祭十二郎文》："故舍汝而旅食京师，以求斗斛之禄。"向：靠近，接近。

宝　琴

释　彪

吾有一宝琴，价重双南金①。
刻作龙凤象，弹为山水音②。
星从徽里发，风来弦上吟③。
钟期不可遇，谁辨曲中心④？

【作者简介】

释彪，五代十国时僧。生卒年、俗姓籍贯及生平履历均已失考，大约公元935年前后在世。工诗善文，亦通音律，著作颇丰，惜皆散佚，存诗仅此一首，已收入《全唐诗》。

【说明】

好琴易得，知音难觅。宝琴不易得，知音更难求。彪公作此诗，看似意在琴上，着意地描写宝琴：琴形、琴音、琴徽、琴弦，无非是告诉我们，这是一支真正的宝琴。而彪公的真意、诗的真意落在最后一联：没有知音！没有知音，再宝贵的琴亦是形同虚设，有珍贵的宝琴，能弹甚至善弹，却没有赏识的人，是何等的悲哀呵！当然，彪公所悲叹的决不是宝琴，而是自己。这样委婉曲折地写出本意，才有情趣，方显功力。

【注释】

①南金：南方出产的金。古时所谓金多指铜，南则指长江中下游的荆州、扬州地区。②象：形状。山水音：指俞伯牙弹琴意在高山、意在流水。详见寒山《三言诗一首》注④。③徽：固定琴弦的装置。④钟期：钟子期，古代善于听琴的人，为俞伯牙的知音。

题慧山泉

若 水

石脉绽寒光，松根喷晓凉①。
注瓶云母滑，漱齿茯苓香②。
野客偷煎茗，山僧借净床③。
安禅何所问，孤月在中央④。

【作者简介】

若水，五代十国时南方僧。生卒年、俗姓籍贯及生平事迹均已失考，大约公元938年前后在世。能诗，诗风明朗，诗境幽远。作品多已散亡，仅存五言律诗一首，已收入《全唐诗》。

【说明】

慧山泉，亦名惠山泉，在今江苏省无锡市郊慧山石坞下。有上中下三池。水清味醇，用以酿酒，称慧泉酒。唐代陆羽、元代赵子昂皆评之为天下第二泉。近代华彦钧（瞎子阿炳）所作二胡名曲《二泉映月》即描绘此泉风景。又，慧山，相传西域名僧慧照尝居此，故名。这首五言律诗，精炼简要地描绘了慧山泉的水质、功用，作者并表示愿意在泉边安禅隐修。诗写得节奏明快，旋律悠扬，诗味十足。

【注释】

①石脉：指泉水旁石壁的纹理脉络。松根：指泉池边松树，因年久粗大，不少凸露出地面。②云母：矿石名。古人以为此石为云之根，故名。可析为片，薄者透光，可为镜屏。可入药，为上品。此句极写慧山泉水之润滑透亮。茯苓：菌类植物。寄生于山林松根，状如块球，入药。旧以与黄精并称，为神仙或隐士常用药物性食品，此句极言泉水的清香，且有补益药效。③茗：茶。净：清洗。④安禅：佛教语。安静地打坐，犹言入定。隋江总《明庆寺》诗："金河知证果，石室乃安禅。"孤月句：意谓面对着慧山泉池中的明月而打坐安禅，修心养性。

题马迹山

文 鉴

瀛洲西望沃洲山,山在平湖缥缈间[①]。
常说使君千里马,至今龙迹尚堪攀[②]。

【作者简介】

文鉴,五代十国时南方诗僧。生卒年、俗姓籍贯及生平履历均已失考,大约公元939年前后在世。有诗名,然作品皆已散佚,《全唐诗》仅存其诗一首。

【说明】

马迹山在今江苏省武进县东太湖中。岩壁间隐约似有马迹,传为秦始皇东巡时,其马所践踏而留。明初,俞通海以舟师破张士诚于此。系苏南著名名胜古迹。这首诗既描绘了马迹山之现状,亦缅怀了马迹山之历史。行文锤炼,铿锵有力。

【注释】

①瀛(yíng)洲:传说中神仙所居之山。《史记·秦始皇本纪》:"齐人徐市等上书,言海中有三神山,名曰蓬莱、方丈、瀛洲,仙人居之。"此处借以指马迹山。沃洲山:在今浙江省新昌县东,东晋高僧支遁曾居于此。有放鹤峰、养马坡,为支遁遗迹。②千里马:义有两指,一指高僧支遁善相马养马;一指秦始皇骑马东巡。龙迹:龙活动中留下的痕迹,此喻指秦始皇,秦始皇有"祖龙"之称。

临 终 偈

行 因

前朝诏住栖贤寺,雪夜逃居岩石间[①]。
想见煮茶延客处,直缘生死不相关[②]。

【作者简介】

行因,五代十国时期南唐江西庐山佛手岩僧。生卒年、俗姓均不详,大约公元955年前后在世,逝时年约七十,雁门(今山西省代县)人。襄阳鹿门山处真禅师法嗣,为青原下七世。游江西庐山,乃栖佛手岩,人遂称为佛手岩和尚。南唐国主三召而不起。南唐后主李煜坚请主栖贤寺,请其开堂。未逾月,潜归旧窟,遂终于此。因公谙熟经典,兼通儒释,能言善辩,无滞无倦。平生不度弟子。及示寂,国王命画工写真,备香薪茶毗,塔于岩北。其事迹散见于《宋高僧传》、《五灯会元》、《景德传灯录》、《指月录》、《冷斋夜话》、《江西通志》、《庐山志》。

【说明】

有一天,行因在庐山佛手岩煮茶,招待来访的同道好友,言谈间,吟出这首诗偈,手扶门扉,站立而化。简简单单的四句诗,把自己的平生经历和眼前状况全都道出,好不痛快。尾句更妙:朋友喝茶吧,生者自生,死者自死,各不相关。真是妙解天机,觉悟透彻的高僧啊!

【注释】

①前朝:指南唐,行因作此诗时,南唐已为北宋所灭。栖贤寺:庐山著名大刹,在山之东南,始建于南朝刘宋时,唐宋明清均有兴废,清初入藏江苏布政使金世扬所捐、名家许从龙所绘《五百罗汉图》八箱二百轴,遂更知名。后画散损多半,余者存今庐山博物馆,寺亦久废。岩石间:指庐山佛手岩,位于牯岭西北,因岩形如平伸手掌,故名。岩下洞穴传为吕洞宾修炼处,故名仙人洞。其周围有蟾蜍石、御碑亭、游仙石、观妙亭等古迹,至今仍为庐山首选游览景点。②缘:因为。

诗 一 首

史 宗

有欲苦不足,无欲亦无忧。
未若清虚者,带索披玄裘①。
浮游一世间,泛若不系舟②。
方当毕尘累,栖志且山丘③。

【作者简介】

史宗,五代十国时南唐江苏广陵僧。生卒年、俗姓籍贯均已失考。大约公元940年前后在世。喜着麻衣,世称"麻衣道人"。身被疥疾,居无定所,日居城外白土埭,引吭高歌,人皆不测。得布施转手赠予贫人。不知所终。

【说明】

檀祗为江都令,闻史宗其名,知为异人,乃召之晤语。宗公应对机捷,一无疑滞,博古通今,兼及道儒。檀令甚为赏识,索诗。宗公遂赋此诗以贻。这首诗简洁精炼地概括了宗公自己的生活状况,指出欲海横流中的人们是没有出路的。语言甚为警策,很有感染力。

【注释】

①清虚:清净虚无。这是道家代表庄周的主导思想。清虚者乃指作者自己。索:衣带。玄裘:淡黑色的衣袍。以上皆为宗公所系所穿之物。②浮游:漫游。《庄子·在宥》有"浮游不知所求,猖狂不知所往",用此意。泛:漂泊。不系舟:舟而无锚索牵系。喻漂泊不定。李白《寄崔侍御》诗有"宛溪霜夜听猿愁,去国长如不系舟",即此意。③毕:结束。尘累:红尘俗世间的牵累。栖志:把志趣栖放。山丘:指山林隐修之处。

云 门 寺

仲 休

鹤唳峰前路,行行世虑消①。
萝交藏石窦,雪破露山椒②。
树老形多怪,人闲色似骄。
谁同访诸谢,烟草满溪桥③。

【作者简介】

仲休,一作仲林,北宋初年浙江会稽云门寺僧。生卒年、俗姓籍贯均不详,大约公元948年前后在世。道行高洁,时有高名,曾获宋太宗御赐紫袈裟。又工诗能文,作品结集为《天衣十峰咏》,学者钱易作序。

【说明】

最著名的云门寺有两座，一座在今广东省乳源县北，山上云门寺为五代十国时南汉文偃禅师所居，文偃于此创立禅宗云门宗。另一座在今浙江省绍兴市南，地名东山，山上有云门寺，唐代智永居此三十年。本诗系指浙江绍兴云门寺，亦即作者仲休所住之寺，因此山此寺位于江浙山水秀丽之地，故自隋唐五代以来，多有名僧大德栖隐于此。本诗以写景为主，颇为详尽地介绍了云门寺引人入胜的风光胜迹。诗写得很精炼，很生动，很有深度，值得咀嚼和回味。

【注释】

①唳（lì）：鹤之鸣叫声。鲍照《舞鹤赋》："唳清响于丹墀，舞容飞于金阁。"世虑：关于尘俗事务的考虑。②萝交句：谓藤萝交错，把岩峰的石洞遮掩。窦（dòu）指洞穴。雪破句：冰雪融化了，因而显露出山峰的岩体。破指雪的融解，山椒即山陵、山顶。谢庄《月赋》："菊散芳于山椒，雁流哀于江濑。"③诸谢：东晋豪族谢氏聚居会稽地区，此地有众多谢氏名人的活动遗迹，如东晋权臣谢安曾隐居、游憩于此，南朝诗人谢灵运曾多次游东山（云门山），并有相关诗篇传世。烟草：烟雾和杂草。

寄题洞庭山水月禅院二首之一

赞　宁

参差峰岫昼云昏，入望攀萝浊浪奔①。
震泽涌山来北岸，华阳连洞到东门②。
日生树挂红霞脚，风起波摇白石根③。
闻有上方僧住处，橘花林下采兰荪④。

【作者简介】

赞宁（919-1001），北宋初年浙江杭州龙兴寺僧。俗姓高，德清（今属浙江省）人。幼出家于杭州灵隐寺，精研南山律，时人谓之"律虎"。吴越忠懿王钱俶署为两浙僧统，赐号"明义大师"。他颇读儒书，博闻强记，辞辩纵横，人莫能屈。学文于光文大师，受诗于前进士龚霖。与吴越国王族钱俶、钱亿、钱仪、钱俨、名士崔仁冀、慎知礼、杨恽等应对唱和。著作除《高僧传》外，尚有《物类相感志》《笋谱》《内典集》和诗文杂记《外学集》等多种。

【说明】

水月禅院在太湖洞庭山缥缈峰下，南朝梁大同四年（公元538年）建，是一座著名的古寺院，有无碍泉等古迹。赞宁慕名来游，被禅院周围的山光水色所吸引，所激动，遂作二诗题留于此。这是第一首。是一首写得很生动，很有意境的七言律诗。用精炼的语言，形象的比喻描绘了水月禅院所处的地理位置及其附近的自然风光，向我们展示出一幅形神毕具、色彩鲜明的画卷。

【注释】

①参差（cēn cī）：高低不齐，不一致。峰岫：山峰，峰峦。②震泽：又名具区，系太湖的古名。华阳：道教十大洞天之一的金坛华阳之天，即今江苏省句容县茅山。③日生句：意谓早晨日出时树尖上挂满了（照着）朝霞的光芒。白石：太湖石作白色，多窍孔而玲珑剔透，可作园林摆设。④上方：犹言天界。此处却指洞庭山缥缈峰之顶。橘花林：太湖地区历来盛产柑橘等水果。兰荪：菖蒲的别名。是一种多年生天南星科水生香草，太湖滨极多。

寄题洞庭山水月禅院二首之二

赞 宁

积翠湖心迤逦长，洞台萧寺两交光①。
雁行黑点波涛白，枫叶红连橘柚黄②。
人我绝时偎树石，是非来处接帆樯③。
如何遂得追游性？摆却营营不急忙④！

【作者简介】

见前。

【说明】

这是题水月禅院七律的第二首。如果说第一首主要是描绘洞庭山缥缈峰的名胜风光，这首诗却把目光的焦点转向了太湖及湖滨。描述三万顷太湖中的波涛阵阵，帆樯点点，湖畔的洞台萧亭、红枫黄橘，各臻佳妙之境。既然有如此美妙的山光水色待我们去享受、领略，那么抛开一切尘务俗事，尽情游赏吧！

这是作者的结论。

【注释】

①迤逦（yǐ lǐ）：曲折连绵。谢朓《治宅》诗有"迢递南川阳，迤逦西山足。"萧寺：佛寺。相传梁武帝萧衍造佛寺，命书法家萧子云飞白大书曰"萧寺"。后世遂称佛寺为萧寺。②雁行句：雪白的浪花中点缀黑色的雁影，黑白分明，煞是显目。枫叶句：时值仲秋，枫叶红遍，与金黄的橘柚连成一片，特别好看。③人我：实指他人。帆樯：均船上设置，以之代指船只。④遂：如愿。追游性：游玩观赏的意愿。营营：往来盘旋貌。此处指忙于俗事，追逐名利。

咏 鹦 鹉

定 诸

罩向金笼好羽仪，分明喉舌似君稀①。
不须一向随人语，须信人心有是非②。

【作者简介】

定诸，北宋初期福建晋江僧。生卒年、俗姓籍贯均失考，大约公元950年前后在世，多与当时诗家名士之辈为方外友。长于诗文，有名于时，诗文结集为《去华集》，不传。

【说明】

鹦鹉为一种常见的家养鸟，其羽毛色彩美丽，头圆，嘴大而短，上嘴呈钩状，舌柔软，经训练能效人发音。《礼记·曲礼》上说"鹦鹉能言，不离飞鸟"。这首七言绝句就是针对"鹦鹉学舌"这种现象，发表自己的议论与感慨。这一点应该是很明确的：作者所写的不是鸟类，而是人类自身！

【注释】

①金笼：极珍贵的材料（不一定非黄金不可）制作的鸟笼，兼用绸缎制成的笼罩。羽仪：羽翼。此处赞美鹦鹉羽毛五彩缤纷，极是华丽。分明句：谓此鹦鹉有一副好喉舌，能学人说很多话。②一向：一味地，不断地。须信：须知道。两句乃告诫鹦鹉不要盲目地随人学舌，其实人说的话有是有非，真真假假，很靠不住的，一味学舌，岂不学走了样么？

上州牧偈

道 诠

比拟忘言合太虚,免教和气有亲疏①。
谁知道德全无用,今日为僧贵识书②。

【作者简介】

道诠(？—985),五代至北宋初时江西庐山归宗寺僧。俗姓刘,安福(今属江西省)人。为延寿慧轮禅师法嗣,青原下八世。诠公先住庐山开先寺,开堂传法,造材颇众。北宋乾德初(公元963年左右),于庐山牛首峰下结庵独居,苦研经藏。宋太祖开宝五年(公元972年),洪州知府林仁肇请居上高九峰隆际院。后应南康知府张南金等请,复返匡庐,坐归宗大道场。示寂后,塔葬牛首庵。

【说明】

诠公开法庐山归宗寺之前,无论是在庐山开先、牛首,还是在上高九峰,其地域均隶五代南唐国境。公元975年,南唐国灭,江西全境归宋。按赵宋朝廷规定,僧徒例试经业,禅宗弟子兼习禅观。诠公时在上高,他认为这种考试没有意义,对佛教的和平发展反而有害。于是作此诗偈,寄达知府。知府认为象道诠禅师这样博学的高僧门下,自然没有下品,特奏报朝廷,准其全寺免试。诠公此偈,言简意赅。短短四句,既谈到佛教特别是禅宗重在心神领悟,不重文字形式,也指出例试乃人为地分出等级,对各教派团结不利。后两句是明显的嘲讽口吻,很有力量。

【注释】

①比拟句:谓出家人不落言诠,贵在心领神会,贵在开悟。忘言指不看重文字语言。太虚指天空,如孟浩然《彭蠡湖中望庐山》诗:"太虚生月晕,舟中知天风。"这里引申为天地宇宙万事万物的生化规律,深入地说指天地人生的奥秘真谛。免教句:指例试将人为地制造出等级亲疏,有伤和气。②道德:这里乃指僧徒的悟性修养。识书:读书。

七言杂诗

遇 贤

扬子江头浪最深,行人到此尽沉吟①。
他时若向无波处,还似有波时用心!

【作者简介】

遇贤(922-1009),宋初江苏长洲东禅寺僧。俗姓林,姑苏长洲(今江苏省苏州市)人。性嗜酒,酒量极大,时人皆称之"林酒仙"。他多才多艺,每预言,多有应验。喜赋诗,诗风通俗明快,清婉自然。

【说明】

从现存各种有关历史资料来看,遇贤是一位特立独行,很有个性特征的有道高僧,也可以说是一位隐于佛隐于酒的有识之士。从本诗来看,尽管这七言四句写得平淡无奇,但其内容却非常深远广大,含蕴着非常深刻的哲理,给人们以居安思危的善良规箴。这样的诗当然不可能是出于糊涂酒鬼之手了。诗歌在行文用韵方面的民歌倾向也很明显。

【注释】

①扬子江:即长江,我国第一大河流。沉吟:沉思吟味,有默默地探索研究之意。

五言杂诗

遇 贤

金罍又闻泛,玉山还报颓①。
莫教更漏促,趁取月明回②。

【作者简介】

见前。

【说明】

遇贤酒瘾不小,酒量很大,酒德如何?却无从得知。但从人们皆呼之为"酒仙"的情况来看,其品味断不会低。这里选出遇贤专门写饮酒的一首五言绝句。五言绝句几乎是格律诗中最简短的形式了,但其中居然包含了很丰富的内容。一首好诗便是一幅好画,遇贤此诗正是如此。有情有景,动静得宜,尽管写的不过是饮酒甚至酗酒这等无足称道之事,笔调却何等雍容典雅,豁达大度。所以,诗不一定要多、要长,只要精炼、言之有物,便是好诗了。

【注释】

①斝(jiǎ):古代铜制酒器,似爵而较大,曾盛行于商代。此处借指一般酒器。泛:翻,指注酒时酒沫翻起,此处仅指注酒。玉山:指头颅。形容醉酒而抬不起头来,往往就称之为"玉山倾倒"。②更漏:古代报时装置。趁取:趁着。

蒸 豚

失 名

嘴长毛短浅含膘,久向山中食药苗①。
蒸处已将蕉叶裹,熟时更用杏浆浇②。
红鲜雅称金盘贮,软熟真堪玉箸挑③。
若把膻根来比并,膻根只合唤藤条④。

【作者简介】

失名僧又作村寺僧,五代十国后期蜀中僧。生卒年、俗姓籍贯及生平履历均已失考,大约公元955年前后在世。

【说明】

王中令攻灭蜀国,于追剿蜀军残部时脱离了自己的队伍,又饥又渴,进入一山村小寺中。寺中唯有一僧,业已喝醉,于床榻端坐而不起迎。王公愤甚,欲挥剑斩之。此僧应对自然,毫无畏惧,王公觉得奇怪,就释放了此僧。随后向此僧求食。此僧但只有肉无蔬，王公更奇。此僧端出一盆蒸猪头给王公食用，其味甚美。王公很高兴，便问此僧，除了能喝酒吃肉之外，你还有什么本事。此僧自言能诗。于是王公令此僧赋蒸豚诗，此僧不假思索，挥笔立就，遂成诗如上。王公大喜，赠之予紫袈裟，并赐号为"蜀中诗僧"。据此可知，此僧"酒肉穿肠过，佛祖心中留"，对答如流，出口成章，其胸怀、其胆识、其道力、其才华皆不一般。虽隐藏于山村小寺中，断非凡品。

【注释】

①膘：肥肉。药苗：此处指山中青草，自然也含各种药草。②浆：杏汁，代指各种调味品。③玉筯：玉筷。另外除玉器所制筷子外，往往象牙筷亦称玉筯，取其白如玉之颜色也。④羴（shān）根：羊肉，尤指羊之头脚部分。

赠英公大师

永牙

吾宗何事独称雄？今昔名高继古风①。
王右军书得智永，李阳冰篆付英公②。
墨研天电煤疑绝，砚琢端溪石欲空③。
珍重真踪千载后，谁来三日看无穷④！

【作者简介】

永牙，宋初陕西圭峰草堂寺僧。生卒年、俗姓籍贯及生平履历均不详，大约公元956年前后在世。以华严宗五祖宗密大师道场草堂寺为根本，弘法传教，卓有功绩，宋太宗御赐紫袈裟。

【说明】

英公大师法讳梦英，字宣义，宋初名僧，衡州（治所在今湖南省衡阳市）人。为华严宗大德，戒行精严，道誉卓著，且又擅长书法，于篆书各体悉皆精通。晚年应宋太宗之召，至都城汴梁，太宗面询佛法，应对称旨，得赐紫袈裟，后复游终南山。永牙此首赠诗，作为华严宗同门，首先赞赏梦英大师在阐扬教义方面的功绩，继而用更多的笔墨，描述梦英在书法艺术上的高深造诣，甚至连梦英大师的文房用品墨砚也历叙无遗。诗很精炼，典故的使用也很准确贴切。

【注释】

①吾宗：指华严宗，中国佛教宗派之一。依《华严经》立宗，故名。因创始人法藏曾受武则天所赐"贤首大师"称号，故又称"贤首宗"。称雄：指梦英对华严宗发展有大贡献，是鼓励溢美之词。名高：著名高僧大德。这里今昔名高系指梦英大师、宗密大师。古风：指法藏创立的教派宗风。②王右军书：指晋代王羲之的行草《兰亭集序》。释智永为羲之七代孙，此书法真迹传给智永后，又由智永传给其徒辩才，详见辩才《设缸面酒款萧翼，探得来字》之说明。李阳冰：唐朝书法家、文字学家，字少温，赵郡（今河北省赵县）人，为李白从叔。宝应元年（公元762年）任当涂令，李白依其至终。李白死后，为之编诗集并作序。擅长篆书，独创一格，后学者多所宗法。这是说梦英大师篆书亦是继承李阳冰风格。③墨研句：意谓用最好的煤烟制成佳墨。砚琢句：意谓用端溪的石材琢成名砚。端溪在今广东省高要县，其地产石制砚极佳，称端砚。④真踪：真迹，指英公的篆书作品。谁来句：谓英公书法作品既佳且多，三日也看不完。

归山吟寄友

清 豁

聚如浮沫散如云，聚不相将散不分①。
入郭当时君是我，归山今日我非君②。

【作者简介】

清豁（？－976），生年不详，宋初福建漳州保福院僧。俗姓张，泉州（今属福建省）人。他博学能文，精通佛典，以高行受知于武宁军节度使陈洪进，以名上宋太祖，赐号曰"性空禅师"。

【说明】

开宝年间（公元968－975年），清豁在漳、泉二州颇负盛名，当权及名流们争相罗致。清豁遂来往于大吏和名士之间。未久，甚觉不惬，以为远远不如自己原来在山林中优游清净，便又毅然地返回深山，继续隐居修性。从本诗的内容来看，这首诗是写给一位曾经与作者一同隐居的朋友。那人也已入郭奔走，迄今未归山。作者在寄赠给他的七绝诗中，对他不无微词，也算是对朋友的规劝和开导吧。诗写得浅显平易，亲切柔和，比喻亦颇贴切。

【注释】

①浮沫：又作浮沤，即水面上的泡沫。相将：相与，相共，在一起。②郭：外城，古代在城的外围加筑的一道城墙。此处代指城中。

秋 夜 坐

遇 臻

秋庭肃肃风飕飕，寒星列空蟾魄高①。
搘颐静坐神不劳，鸟巢无端吹布毛②。

【作者简介】

遇臻（？－996），北宋浙江婺州齐云山僧。俗姓杨，越州（今浙江省绍兴市）人。嗣法于天台山德韶国师。道行与诗文均有名于当时。生年及其他事迹不详。

【说明】

这是一首很简短的七言绝句，更是一幅很精致清秀的静物写生画。暮秋时节，庭院是那么荒凉萧杀，飒飒秋风吹过，闻其声而不见其形。星月高远寒冽，老僧人支颐默坐，只有鸟巢中落下来的羽毛在夜风中轻飘。词藻是美的，韵律是美的，意境是美的。然而，老僧人的心田恐怕也像秋天一般萧索、孤寂、凛冽、飘摇吧。这才是作者写诗立意之所在。

【注释】

①肃肃：肃瑟萧条貌。飕（sōu）：象风声。蟾魄：即月亮。传说月中有蟾蜍，故常以蟾为月的代称。魄通霸，本指月始生或将灭时的微光，故亦常以魄或霸代称月亮。②搘颐（zhī yí）：支着下巴。搘为支或拄，颐即下巴。鸟巢句：源出一个著名的佛教故事。鸟巢（？－824）系唐朝浙江名僧，原名道林，杭州人。九岁出家，二十一岁于荆州果愿寺受戒。入京都拜高僧道钦门下。南归故乡，于秦望山大

松树上结巢而居,时人皆称之为"鸟巢禅师"。诗人白居易守杭州,时相过从,备极尊崇。卒后赐谥为"圆修禅师"。布毛亦系唐朝杭州僧,原名会通。唐德宗时曾任六宫使,后乞为僧,受业于鸟巢禅师。一日欲他往另求佛法,来辞鸟巢。鸟巢禅师说此处亦有佛法,何必去,说罢从身上拈起布毛吹之。会通遂悟,故人们便称他为"布毛侍者"。

自题月轩

德 聪

轩前辘轳转冰盘,轩里诗成彻骨寒①。
多少人来看明月,谁知倒被月明看②。

【作者简介】

德聪(944-1017),宋初浙江松江佘山僧。俗姓仰,姑苏张潭(今江苏省苏州市)人。初受戒于梵天寺,后遍参名师,深得教益。然治学能融会贯通,不受教条约束,尤不喜死背经典。太平兴国三年(公元978年)结庐于佘山东峰,终老于斯。传说时有名大青、小青二虎为之侍卫。能诗,诗风清俊雅致,颇有名。

【说明】

德聪题在佘山本寺月轩中的这首绝句很有味道。大约是秋季某月一个望日之夜,作者在月轩中对月吟诗。夜已深,诗亦成。作者突然心血来潮:除我之外,还有多少人在观赏月亮啊!其实,被看的不是月亮而是人。构思之新颖,想象之丰富,的确出人意表。由此可以看出作者睿智的思想,豁达的胸怀,以及热爱生活、热爱艺术的激情。

【注释】

①轩:有窗槛的长廊或小室,是一种附属建筑物。辘轳:汲取井水的起重装置,由支架、手柄、转轴、绳索等部件组成,是现代起重绞车的雏形。冰盘:也叫冰轮、玉盘,均指月亮。取意于月光的幽冷,月形的浑圆。轩里句:意谓彻夜苦苦吟诗,待诗吟成时,夜已极深,诗人也感到极其寒冷了。②月明:即明月。

怀广南转运陈学士状元

希 昼

极望随南斗,迢迢思欲迷①。
春生桂岭外,人在海门西②。
残日依山尽,长天向水低③。
遥知仙馆梦,夜夜怯猿啼④。

【作者简介】

希昼,北宋初年四川剑南诗僧。生卒年、俗姓籍贯均不详,大约公元975年前后在世。博览群书,工诗能文,与保暹、文兆、行肇、简长、惟凤、惠崇、宇昭、怀古共九人结社吟诗,诗结集为《九僧诗》。并与同代名士陈尧叟、李堪、朱昂等皆有交往唱和。宋本《九僧诗》中存其诗十八首,全为五言律诗,皆清新流利,婉然可诵。

【说明】

广南为路名,即唐之岭南道,宋分置为广南东路、广南西路,包括今广东、广西两省区。转运即转运使,为官名,唐始置,掌粮食、财赋转运事务。多以大臣兼领。宋时置诸道转运使,掌一路或数路军需粮饷,后并兼军事、刑名、巡视地方之职,为州府以上行政长官,权任甚重。因有兵权,故亦称漕帅。陈学士指陈尧叟(961-1017),北宋大臣、医学家,字唐夫,阆中(今属四川省)人。端拱元年(公元988年)状元,历任广南西路转运使、广南东西两路安抚使、工部尚书、户部尚书,官至同平章事(宰相)、枢密使。在任鼓励农桑、推广医术,著有医书《集验方》、文集《请盟集》三集。为北宋一代名臣。与希昼为方外至交。昼公有多首诗寄赠之。

【注释】

①南斗:星名。南斗六星,即斗宿。迢迢:路途漫长而遥远。迷:分辨不清。②桂岭:广西简称桂,广西多山,桂岭泛指广西的山岭。海门:指今广西合浦地区,系陈尧叟治辖之地,昼公时在剑南(今四川成都地区),位于广西之西北。③

尽：指日落。长天句：谓天空因云雾弥漫而显得低垂，似乎要压到水面（海面）上了。两句均写广南西路情况。④仙馆：美称陈尧叟在广南西路任上所居住的官邸或驿馆。怯：怕。

过 巴 峡

希 昼

远望知无极，穷秋日向残①。
孤泉泻空白，众木倚云寒②。
静想猿啼苦，危闻客过难③。
寸心宁可寄，前去雪漫漫④。

【作者简介】

见前。

【说明】

巴峡，地名，指重庆市巴县以东江面的石洞峡、铜锣峡、明月峡，水程九十里。即《华阳国志·巴志》所称的巴郡三峡。杜甫《闻官军收河南河北》诗："即从巴峡穿巫峡，便下襄阳向洛阳。"即指此。昼公系剑南人，并在剑南出家，凡出川，必经巴峡，遂有此诗。这首诗在描绘巴峡风光的同时，充分展现了巴峡的险峻，感叹出川过峡的艰辛。诗写得遒劲而又苍凉，韵味深沉，震撼人心。

【注释】

①无极：无穷，无边际。穷秋：深秋，秋末。残：尽，指日之将落。②孤泉句：泉瀑从高空落下，形成一条白练。众木句：树木因生长峡岩高处，挨近云层，显出寒意。③危闻：惊闻。④寸心：犹言心。寄：寄托，安放。

金陵怀古

保 暹

石城秋月满，烟水冷萧萧①。
战气悲千古，歌声散六朝②。
萤飞宫草暗，霜白井桐凋③。
竟日秦淮上，思贤莫可招④。

【作者简介】

保暹，北宋初年江南诗僧。生卒年、俗姓及生平事迹均已失考，金华（今属浙江省）人，大约公元975年前后在世。为北宋九诗僧之一。除与希昼等八僧唱和外，与同代名士徐任、蒋白、徐希、张康等亦交往唱酬。有《处囊诀》，宋本《九僧诗》中存其诗二十五首，绝大部分为五言律诗，其诗节奏明快，诗味隽永。

【说明】

金陵为古地名。战国楚威王置金陵邑，秦称秣陵，三国吴称建业，晋改建康，五代梁置金陵府，南唐为江宁府，宋改建康府，明洪武元年（公元1368年）改称南京。其地为今江苏省南京市与江宁县。谢朓《鼓吹曲》："江南佳丽地，金陵帝王州。"李白《金陵歌送别范宣》："金陵昔时何壮哉！席卷英豪天下来。"皆指此。金陵为六朝古都，城内外古迹甚多。暹公游金陵，访名胜，作此怀古诗，确是触目生情，感慨万千。诗写得雄健挺拔，满怀激情。

【注释】

①石城：即石头城，又称石首城，位于今江苏省南京市西北，因其地有石头山，东晋时累石依山建城，故名。向为金陵外围屏障，唐初即废。后则以之代指金陵。萧萧：象声词，本指风声，此处谓风过水上，水波动荡摇撼而作萧萧声。②战气：战争或战火遗留下的景象。歌声：歌舞之声。六朝：三国吴、东晋、南朝宋、齐、梁、陈相继建都于金陵，故金陵得名为六朝古都。③宫草：指故都旧宫苑的草。井桐：旧宫苑水井旁的梧桐树。④秦淮：水名。有二源。东源出句容县华山，南流；南源出溧水县东庐山，北流。二源会合于方山，西经金陵城中，北入长江。

相传秦始皇于方山掘流，西入江，亦曰淮，因称秦淮。历代为著名的游览之地。杜牧《泊秦淮》诗："烟笼寒水月笼沙，夜泊秦淮近酒家。"即指此水。南宋以来已大部淤塞。思贤句：意谓古都业已衰败荒落，凋蔽不堪，再也没有名人雅士来此聚集了。此处所谓"贤"指社会名流贤达。

磻　溪

保　暹

不肯随波自直钓，一朝以道佐成周①。
后来亦有人于此，只把渔竿空白头②。

【作者简介】

见前。

【说明】

磻（pán）溪：水名，在今陕西省宝鸡市东南，源出南山，北流入于渭，一名璜河。传说为周初太公望未遇文王时垂钓之处。《水经注·渭水》："渭水之右，磻溪水注之。水出南山兹谷，乘高激流，注于溪中。溪中有泉，谓之兹泉。泉水潭积，自成渊者，即《吕氏春秋》所谓太公钓兹泉也。今人谓之丸谷。石壁深高，幽篁邃密，林障秀阴，人迹罕交。东南隅有一石室，盖太公所居也。水次平石钓处，即太公垂钓之所也。"这也是一首览物怀古诗，歌颂一位众所周知的历史名人——姜子牙。不过，诗中并未浪费笔墨叙述姜太公的丰功伟绩，而是将其钓鱼之举突出强调出来，并将之与后世的垂钓者相比较。其实谁都知道，醉翁之意不在酒，钓翁之意不在鱼。古往今来，人们钓的是名、是利、是官、是权。姜太公是成功的垂钓者。历朝历代数不胜数其他的垂钓者呢？

【注释】

①随波：随波逐流，随从大众。直钓：相传姜太公在磻溪垂钓，用的是直钩且未上饵，愿者上钩，意不在鱼也。道：指治国之道。成周：本意为西周的东都洛邑（洛阳），此处代指西周王朝。②把：握着，持着。

江上书怀寄希昼

文　兆

扁舟宿江上，脉脉兴何穷①？
吴楚十年客，蒹葭一夜风②。
东林秋信断，南越石房空③。
向此都忘寐，君应与我同④。

【作者简介】

文兆，北宋初年岭南著名诗僧。生卒年、俗姓籍贯与生平事迹均不详，大约公元975年前后在世。南越（今广东、广西地区）人。为北宋九诗僧之一。除与希昼等八僧唱和外，多与同代文人学士交往唱酬。五言诗写得很好，诗风淡雅细腻，文字生动，格调清新。宋本《九僧诗》中存其诗十三首，全为五言。

【说明】

江上，指兆公长江旅途之中。书怀即抒发自己的情怀并书写下来。希昼，宋初著名诗僧，详见前希昼《怀广南转运陈学士状元》之作者简介。这首五言律诗既记叙了兆公云游旅途的孤寂艰辛，更怀念岭南旧居的美好风光，特别是表达出对时居庐山东林寺的希昼的深切怀念。诗写得很真挚，感情深沉，颇为感人。

【注释】

①扁舟：小船。脉脉：本意为含情不语貌。南朝梁简文帝《对烛赋》："回照金屏里，脉脉两相看。"这里有静静、悄悄之意。②吴楚：吴楚地域，泛指今长江中下游地区，约略包括今江苏、浙江、安徽、江西、湖北、湖南诸省。蒹葭：蒹，荻草；葭，芦苇；为常见的水草。比喻微贱平常。《诗·蒹葭》："蒹葭苍苍，白露为霜。所谓伊人，在水一方。"《韩诗外传》二："吾出于蒹葭之中，入夫子之门。"③东林：指江西庐山东林寺，详见前慧远《庐山东林杂诗》之说明。南越：也作南粤，今广东、广西一带地区。秦始皇三十三年置桂林、南海、象郡。秦朝末年，赵佗自立为南越武王。汉元鼎六年置南海、苍梧、郁林、合浦、交趾、九真、日

南、珠崖、儋耳郡。今则以广东为粤，浙江为越。石房：指兆公隐修之所。④向此：对此，为此。

幽圃

文 兆

远与村桥接，深春积雨时。
兰芳人未采，花发蝶先知①。
草密封闲径，林疏露短篱。
别来锄久废，身老恨归迟②。

【作者简介】
见前。

【说明】
幽圃指岭南某处兆公旧山之庭园。兆公云游吴楚，首尾十年，故园行渐荒废，每思之，颇感凄怆。这首诗很细腻详尽地描绘了兆公旧居庭园的位置、路径、篱墙、花木等情况，表达了作者对故乡的深切怀念。为什么久久不去料理自己的园子，为什么行年垂老还不归去呢？只有文兆自己知道。

【注释】
①兰芳：芳香的兰花。多年生草本植物，春季开花，俗称草兰或春兰。一茎一花，花味清香。一茎数花者为蕙，俗名蕙兰。又一种开于秋季，亦一茎数花，以产于福建，故称建兰。②锄：指锄草松土等料理庭园之事。

泛若耶溪

行 肇

霁雨牵野情，孤舟遂兹赏①。
积水连远空，落日垂万象②。

岸回云独随,山转泉更响③。
望望极寒源,犹言放轻桨④。

【作者简介】

行肇,北宋初年江南著名诗僧。生卒年、俗姓及生平履历均已失考。天台(今属浙江省)人,大约公元975年前后在世。为北宋九诗僧之一,与希昼等八位诗僧及其他同代文人学士时相唱和。其诗格调豪迈,笔力劲,很有气魄。宋本《九僧诗》中存其诗十六首,除一首五古外,余皆五言律诗。

【说明】

若耶溪又名五云溪,在今浙江省绍兴市东南之若耶山下。相传西施曾浣纱于此,故又名浣纱溪。李白《采莲曲》:"若耶溪旁采莲女,笑隔荷花共人语。"宋祁《送僧游越》诗:"越绝天长晓雾低,若耶云树蔽春晖。"皆指此。又相传为春秋时欧冶子铸剑之所。道书称为福地。泛若耶溪即在若耶溪上泛舟、行船。这首诗是肇公的代表作品。全诗语言精炼,想象丰富,节奏明快,韵律铿锵,用浓墨重彩描绘出若耶溪一带无比美丽的水色山光。诗境甚佳,诗味甚足。

【注释】

①霁(jì):原意为雨止。凡雨雪止,云雾散,皆可谓之霁。霁雨犹言雨霁。野情:犹言野趣,在田野郊外游玩的情趣和兴致。遂:遂心,如愿。兹赏:这种赏玩的乐趣。兹为代词,意为此,这。②垂:下挂,落下。万象:指自然界的一切事物、景象。温庭筠《七夕》有"金风入树千门夜,银汉横空万象秋。"即此意。③回:指回环曲折。转:指弯曲交叠。④望望:犹言望,重复一字以强调。极:穷尽,终了。寒源:指溪水的源头,发源地。放:放任。

卧 病 吟

行 肇

杉窗秋气深,入夜四檐雨①。
枕冷梦忽醒,独对孤灯语。

流萤隐回廊，惊鸿度寒渚②。
空令一寸心，悠悠生万缕③。

【作者简介】
见前。

【说明】
肇公传世的十六首诗，这首五言诗风格迥异，别具特色。如果说行肇诗大多为胡笳号角，这首诗则无异于洞箫琵琶，前者雄浑嘹亮，高亢豪迈，后者则温柔幽怨，委婉深沉。因为人生是复杂的，不但有高朋宴乐，游赏放歌，也有孤身羁旅，独居卧病。不同的环境造成了不同的心境，所以做出的诗，也就有不同的风格面貌。同样，写病中之情亦淋漓尽致，曲尽凄迷之状，令人哀婉伤叹。这才是写作高手，才是有造诣的诗人。肇公便是如此，此诗可以为证。

【注释】
①杉窗：窗外有杉树，被杉树阻挡着的窗户。四檐：屋顶的四面边缘。②流萤：飞行无定的萤。回廊：盘旋曲折的长廊。惊鸿：惊飞的鸿雁。形容体态轻盈，指鸿，尤指美女。渚：水边小洲。③寸心：犹言心。心位于胸中方寸之地，故称寸心。万缕：万缕思绪。缕为丝、线。此处喻情思如丝线，绵长无尽也。

晚次江陵

简　长

楚路接江陵，倦行愁问程①。
异乡无旧识，多难足离情②。
落日悬秋树，寒芜上废城③。
前山不可望，断续暮猿声。

【作者简介】
简长，北宋初年江南诗僧。生卒年、俗姓与生平履历均已失考，沃洲（今浙江省新昌县东沃洲山）人。大约公元975年前后在世。为北宋九诗僧之一，与希昼等八位诗僧及名士学者卢叔微、方仲荀等唱酬。宋本《九僧诗》录其诗十七诗，几乎全为五言诗。其诗简洁明快，风格雄健高亢，很有功力。

【说明】

次指旅途中的停留，也代指途中停留止宿的处所。江陵，县名，在今湖北省。系春秋时楚国郢都。秦分为江阳县，汉置江陵县，唐以后升为府，入清复改为荆州府治。简长乘舟云游，溯长江而上，旅途中暂宿江陵古城而作此诗。全诗写景抒情，情景交融，充分表达了一位异乡旅人孤苦凄凉的心情。诗写得很真挚，很深沉。

【注释】

①楚路：古楚地区的道路，此处指水路，即长江航道。问程：问路，包括问路名和路途远近等。②足：充满。③寒芜：指荒芜的野草。废城：指江陵。江陵自始置郢都至简长写诗时已是1400余年的古城，业已沦落衰败，故称废城。

夜　　感

简　长

无眠动归心，寒灯坐将灭。
长恐浮云生，夺我西窗月。

【作者简介】

见前。

【说明】

僧人云游，四海为家，然各个仍有其本乡本山本寺。倦鸟归林，游子还乡，浪迹萍踪的游方僧人何尝不想回到自己的旧山。出外云游是为了增见识，阅世情，参学高德，瞻礼名山，到底还得回到自己的本寺去清修。这首诗就是写长公在异土他乡怀念故寺的心情。夜长难眠，心绪万千，这些都不必去写，那太累赘，而是写静夜枯坐，灯火将灭；而是写浮云生起，遮去西窗明月。这里隐藏着一个信息：那月亮是不能遮去的，因为那是故乡的月亮，看见那月亮，仿佛就看见了家乡。百年之后的大诗人苏东坡于其《水调歌头》长词中写道："但愿人长久，千里共婵娟。"也是这种意思。

与行肇师宿庐山栖贤寺

惟凤

冰瀑寒侵室，围炉静话长①。
诗心全大雅，祖意会诸方②。
磬断危杉月，灯残古塔霜③。
无眠向遥夕，又约去衡阳④。

【作者简介】

惟凤，北宋初年四川诗僧。生卒年及俗姓均不详，大约公元975年前后在世。号持正，青城（今四川省都江堰市）人。为北宋九诗僧之一，与希昼等八位诗僧及陈尧、徐涉等名士诗文唱和。宋本《九僧诗》存其诗十三首，其中五言律诗十二首，五言古风一首。诗风雄浑苍劲，情调委婉，意境深沉。

【说明】

行肇，北宋初年著名诗僧，九诗僧之一，详见行肇《泛若耶溪》作者简介。栖贤寺为古代庐山著名大刹，在庐山东南栖贤谷内，唐宋时颇为鼎盛。详见行因《临终偈》注①。惟凤与行肇为志同道合的诗友，共同挂单于栖贤寺。时在深冬，围炉夜话，语甚投契，通宵达旦，却也是极为快乐惬意之事。于是，又相约开春后一同去游览南岳衡山。诗写得很简练，用字遣词颇见锤炼功夫，意境亦幽远，令人回味无穷。

【注释】

①冰瀑：犹言冰、冰凌。②《大雅》：《诗经》的组成部分，为周王畿内乐调。《大雅》多西周初年作品，雅意为正，与王政有关，反映王朝的重大措施或事件，历来以之为正声。此句意谓二人论诗，全合《大雅》宗旨。祖意：谓佛祖释迦牟尼的意旨。诸方犹言诸天，佛家语，佛家谓三界（欲界、色界、无色界）共有三十二天。③危：高大的。④遥夕：犹言整夜。衡阳：古县名，

在今湖南省南部，此处系指衡阳的南岳衡山，为中国五岳之一，亦宗教圣地，山中极多佛寺道观。

姑射山诗题曾山人壁

惟 凤

东西望朔漠，姑射独崔嵬①。
一片两片云，终南太华来②。
根绕黄河曲，影落清渭隈③。
深涧饮渴虹，邃河生秋雷④。
古径穷难尽，晴岚拨不开⑤。
海鸥飞上迟，边风劲触回⑥。
傲隐非他古，依灵有奇才⑦。
曾生心若何，猿声终夜哀⑧。

【作者简介】

见前。

【说明】

姑射山在山西省临汾县西北，即古之九孔山，九孔相通，又名石孔山。曾山人，隐居于姑射山中的一位读书人。山人指隐居于山中者。惟凤游姑射山，宿曾山人家，于壁上题此五言古风。本诗用曲折细腻的笔触，描绘了曾山人隐地的山川形胜，也赞颂了曾山人的高尚人品和卓越才华。全诗一气呵成，却又由远及近，由景及人，层次分明，开阖自如。

【注释】

①朔漠：北方沙漠地带。朔指北方。杜甫《咏怀古迹》有"一去紫台连朔漠，独留青冢向黄昏。"崔嵬：山峰高耸貌。屈原《九章·涉江》有"带长铗之陆离兮，冠切云之崔嵬"。②终南：山名，在今陕西省西安市南。太华：山名，即西岳华山，在今陕西省渭南县东南。崔颢《经华阴》诗有"岧峣太华俯咸京，天外三峰削不成"。因远望其形似华（花），故称华山，其西有少华山。③根绕句：谓姑

射山在黄河北岸,山麓距河不远。清渭:清澄的渭水,此从《释文》载"泾,浊水也;渭,清水也"。事实正好相反,泾清而渭浊,泾渭分明。隈:角落。④深涧句:谓渴了饮用涧中映着虹影的溪水。饮渴虹语倒装,实为渴饮虹,虹指有虹影的水。邃:深。秋雷,谓河水汹涌奔腾,其声犹如雷鸣。⑤古径:犹言老路,旧路。穷:搜求,衍义为研究、探讨。岚:山中雾气。⑥海鸥:此处指水鸥、沙鸥。边风:指北方边野的风。劲触回:指北风吹到姑射山被猛烈地挡住碰回。⑦傲隐:出于高傲、清高而隐居。非他古:他并非最早,谓此前姑射山亦有人隐居。灵:地灵,灵秀之地。奇才:特别罕有的人才。⑧曾生:指诗题中的曾山人,其事迹无考。

池上鹭分赋得明字

惠 崇

雨绝方塘溢,迟徊不复惊①。
曝翎沙日暖,引步岛风清②。
照水千寻回,栖烟一点明③。
主人池上风,见尔忆蓬瀛④。

【作者简介】

惠崇,北宋初年江南诗画名僧。生卒年及姓氏字号均不详,大约公元975年左右在世,淮南(今江苏省扬州市)人,一作建阳(今属福建省)人。能诗善文,曾与希昼等八位诗僧唱和,作品结为《九僧诗》。画亦有名,尤善水墨小品,人称"惠崇小景",葛立方、苏轼对他画的小景极为推崇。又取己诗作百句图,刊石于长安。与当时名士寇准、潘阆、杨云师、吴黔等诗词唱和,交往密切。宋本《九僧诗》中存其诗十一首,全为五言。诗风辽阔高亢,苍劲雄健,很有气势。

【说明】

分赋即分题,系旧时作诗的一种方法:数人相约,以抽阄的方法分别抽得诗题以赋诗,有时诗题上且附韵,即既分题又分韵。有一次,丞相寇准把惠崇请到自家的园林里,两人谈诗论文,观花赏景,兴致极高,便按如上方法作起诗来。寇准抽阄得柳题青韵，惠崇则抽得鹭题明韵。这样做诗，既定题又定韵，毕竟不是易事。惠崇搜尽枯肠，从中午直到傍晚，终于作出这首五律。寇准没有作出，于是认输。这首诗写尽了白鹭娴雅高洁、照水临风的姿态，又从把鹭比作凤而联想到仙山宝岛蓬莱、瀛洲。形象生动，联想丰富。

【注释】

①绝：尽，停止。迟徊：迟疑徘徊状。②曝翎：晒羽毛。引步：迈开大步。③千寻：古代八尺为一寻。千寻极言池水之深。栖烟句：意谓烟波中一白鹭站在那儿倍觉醒目。④凤：指凤凰，古代传说中百鸟之王，雄为凤，雌为凰。此处借指鹭。蓬瀛：指蓬莱、瀛洲，和方丈合在一起，并称为古代传说中的"三神山"。

中 夜 起

惠 崇

初月不到晓，夜色何冥冥①。
独立秋江上，风波卷寒星②。

【作者简介】

见前。

【说明】

崇公善绘小景，而这首诗便是一幅小景，一幅精致、玲珑、清新、隽永的小景。截取生活的一个断面，秋中夜起，独立江干，所能看到的是孤月、寒星，夜色苍茫，诗人忧郁，是一幅多么动人的景致。诗与画是相通的。前人评王维"诗中有画，画中有诗"。王维工诗善画，崇公亦工诗善画。移王维之评于崇公，亦无不可。

【注释】

①初月：新月，农历每月上旬之月。冥冥：晦暗，昏昧。《诗·无将大车》有"无将大车，维尘冥冥。"又作高远，深远。扬雄《法言·问明》又有"鸿飞冥冥，弋人何篡焉。"②秋江：秋天的江畔。寒星：谓深秋寒风凛冽，天空的星星闪烁，亦似畏寒战栗一般。

塞上赠王太尉

宇 昭

嫖姚立大勋，万里绝妖氛①。
马放降来地，雕闲战后云②。
月侵孤垒没，烧彻远芜分③。
不惯为边客，宵笳懒欲闻④。

【作者简介】

宇昭，北宋初期江南诗僧。生卒年、俗姓籍贯及生平事迹均已失考，大约公元975年前后在世，大约为今江苏省南部地区人。北宋九诗僧之一，与希昼等八位诗僧结社唱和，并与朱严、曹商、骆偓、魏野等名人学士交往唱酬。宋本《九僧诗》中存其诗十三首，全为五言律诗。其诗风格明快清新，慷慨雄劲，饱含高昂的激情。

【说明】

塞上为边界之上，指军事要地。王太尉，不详何人。太尉为秦所置官位，金印，紫绶，掌一国军事大权。汉因之，其尊等同丞相。西汉后期改为大司马，职权依然。东汉初复称太尉。后代虽多有沿置，但一般为加官，无实权。明始废。自古以来，边疆战火频仍，边民生活动乱，成为历代统治阶级极大忧患。北宋自"杯酒释兵权"后，国势积弱，边衅时起，边患贯彻始终，北宋末年徽、钦二宗亦被金人俘去。故此，有志男儿多投笔从戎，扬威边疆。这首诗便是歌颂王太尉粉碎侵略、保卫边疆的丰功伟绩。以"马放降来地，雕闲战后云"来形容战后边疆的和平景象，成为一时传诵的千古名句。诗写得很有气魄，很有力度。

【注释】

①嫖（piāo）姚：轻捷强健的样子。杜甫《后出塞》之二有："借问大将谁，恐是霍嫖姚。"指西汉大将霍去病强悍劲捷，又霍去病曾任嫖姚校尉。大勋：伟大的功劳。妖氛：本意为妖气，此处指外敌入侵所制造出来的战争气氛。②降来地：

因敌国投降而收复回来的国土。雕：猛禽名，亦作鵰。似鹰而大，黑褐色。《史记·李将军传》有"是必射雕者也。"战后云：战争结束后和平而晴朗的天空。③垒：战垒，指军营墙壁或防守工事。烧：野火。芜：乱草。④边客：指北方边远之地的旅客。笳（jiā）：古管乐器名。汉时流行于西域一带少数民族间，初卷芦叶吹之，与乐器相和，后以竹为之。魏晋以后，以笳笛为庆典或仪仗之乐。蔡琰《悲愤诗》中有句云"胡笳动兮边马鸣，孤雁归兮声嘤嘤。"宵笳指夜间吹笳。

幽居即事

宇 昭

扫苔人迹外，渐老喜深藏①。
路僻闲行远，春晴昼睡长②。
余花留暮蝶，幽草恋残阳③。
尽日空林下，孤禅念石霜④。

【作者简介】

见前。

【说明】

幽居即隐居，即幽静地居住于某处。即事，记事也。这是昭公记叙自己隐居生活的一首诗，与其他高昂激烈的诗可作对比。通过作者细致的观察和描绘，昭公隐居之所幽静美丽的景象浮现在我们面前。这种幽居生活是寂寞的，但也有难得的安宁，自由自在，乐在其中。

【注释】

①人迹外：指人迹不到的地方，极言其地之偏僻。深藏：本意为深密地躲藏起来，此处指不与外界交接，闭门谢客，独自隐修。②闲行：犹言散步。③余花句：遗留下来的还没有凋谢的花儿留住了傍晚的（也是最后的）一批蝴蝶。幽草：安静的、不显眼的草。残阳：即将落山的夕阳。④孤禅：独自坐禅。石霜（807－888），唐代高僧，法名庆诸，俗姓陈，庐陵新淦（今江西省新干县）人。住潭州石霜山，因以为号。他以石霜山为基地，大力弘扬禅宗佛法。唐僖宗派专使赐紫袈裟，坚辞不受。光启末坐化，敕谥普会大师。

闻 蛩

怀 古

幽虫侵暮急，断续苦相亲①。
夜魄沉荒垒，寒声出壤邻②。
霜清空思切，秋永几愁新③。
徒感流年鬓，茎茎暗结银④。

【作者简介】

怀古，北宋初年四川诗僧，生卒年及生平履历不详，大约公元975年前后在世，峨眉（今四川省峨眉山市）人。北宋九诗僧之一，与希昼等八位诗僧结社唱和，又与当时名士田锡等交游。宋本《九僧诗》中存其诗九首，全为五言律诗。其诗清新流利，委婉深沉，颇享盛名。

【说明】

蛩（qióng）系虫名，有多种，此处专指蟋蟀。白居易《禁中闻蛩》诗"西窗独暗坐，满耳新蛩声"。即指此。这首夜坐闻蛩诗摹写寒蛩之鸣，长夜之寂，曲尽其妙；意思是蛩声催去了岁月，催白了鬓发。诗写得很细腻，很深沉，很有感染力。

【注释】

①幽虫：此处指躲藏在幽秘之处的蛩，即蟋蟀。侵暮急：暮夜中鸣叫得很是急迫，不停地鸣叫。相亲：指蛩鸣之声不停地传入耳来，似乎蛩与人很是亲近。②夜魄：月光。魄通霸，指月初上或将没时的微光，泛指月光。荒垒：荒凉的围墙边。寒声：指蟋蟀幽怨凄凉的鸣叫声。壤邻：即邻居，因土地相接，故名。③霜清：言霜很重，显得清冷。切：贴近，密合。永：长。④流年：光阴，年华。因易逝如流水，故称。杜甫《雨》诗句有"悠悠边月破，郁郁流年度。"结银：凝结成银色。金黄银白，鬓发成银色指斑白也。

烂 柯 山

怀 古

仙家轻岁月，浮世重光阴①。
白发有先后，青山无古今②。
局终柯已烂，尘散海尤深③。
若觅长生路，烟霞无处寻④。

【作者简介】

见前。

【说明】

此题诗共二首，今选其之一。烂柯山为山名，又名石室山，在今浙江省衢州市南，为传说晋人王质观棋处，详见护国《题醴陵玉仙观歌》注⑥。又今河南新安、山西沁县、广东高要都有烂柯山，皆相传樵子遇仙处。怀古这首诗并没有用很多笔墨来描写烂柯山，而是从烂柯山的故事传说生发出诸多感慨：人生易逝，成仙无门。

【注释】

①仙家：仙人。浮世：人间，人世。此处仅指世俗之人。②白发句：指人早晚会死。青山句：指山河永不变更。③局：棋局。柯：斧柄。尘：尘土、尘雾。④长生路：达到长生不老的途径。烟霞：此处系指仙人居处，如仙山、仙岛等。

留题云门寺

智 仁

秦峰千古寺，岂易得跻攀①？
一梦几回到，片心长此闲②。

溪光涵石壁，秋色露松关③。
静室孤禅后，寒钟夜满山。

【作者简介】

智仁，一作智淳，北宋初期诗僧。生卒年、俗姓籍贯与生平事迹均已失考，大约公元975年前后在世。工诗能文，尤长五言律诗，原有集名《吟窗杂录》，已佚，仅少量诗散见于各种选本或笔记杂著中。诗风清俊秀逸，朗然可诵。

【说明】

此云门寺在今浙江省绍兴市南若耶山上。详见仲休《云门寺》之说明。智仁游览云门寺，题写此诗，留作纪念。诗一开头，就写这座千年古刹，不易登攀，从而引出自己历来为之向往、崇拜的一番感慨。诗的后二联精炼地描绘了云门古寺具有典型意义的自然风光和禅修气氛。诗的确写得很清雅妙曼，很有灵气，很有文采，很有意境。

【注释】

①秦峰：指秦望山，在今浙江省绍兴市东南。《史记》云："秦始皇登之以望南海，自平地以取山顶，七里，悬磴孤危，径路险绝。"此处以之代指若耶山，因若耶山与秦望山相连，属同一山系，故有此称。跻（jī）攀：登攀。韩愈《听颖师弹琴》诗："跻攀分寸不可上，失势一落千丈强。"②片心：一心。③松关：此处指松木所制的门户。

题逆旅壁

宝 麐

满院秋光浓欲滴，老僧倚杖青松侧①。
只怪高声问不应，嗔余踏破苍苔色②。

【作者简介】

宝麐（？-1077），北宋光州（今河南省潢川县）、黄州（今湖北省黄冈县）一带的狂僧。生年及姓氏籍贯均不详，死于熙宁十年，享年约一百三十岁左右。据说他行为怪诞，不拘规戒，行踪飘忽，人莫能测。偶尔作诗，直抒胸臆，颇有特色，惜多不传。关于他的神奇传说甚多，但未必尽皆可信。

【说明】

逆旅即客舍，现在一般称旅社或旅馆。宝麈性格好动，喜遨游，所至之处，又喜题诗于壁。这首七言绝句便是他在一家客舍墙壁上题写的即兴之作。我倚杖看松，高声地问你（指逆旅主人）前面还有何去处，有何景致，你居然不回答我，那就莫怪我自己去勘寻，把你庭院和屋旁的青苔给踏坏了。全诗抓住生活中的一件细微小事来进行铺陈描写，写得轻松活泼，生动形象，充分表现出一股清新而又亲切的生活情趣。

【注释】

①满院句：意谓秋天的风光表现得很充分，很浓郁，浓得要滴出来一般。极言秋意之浓，秋景之美。②嗔（chēn）：生气，责怪。苍苔：青色的苔藓。

白　云　庄

显　忠

门外仙庄近翠岑，杖藜时得去幽寻①。
牛羊数点烟云远，鸡犬一声桑柘深②。
高下闲田如布局，东西流水若鸣琴③。
更听野老谭农事，忘却人间万种心④。

【作者简介】

显忠，北宋初期浙江杭州龙兴寺僧。为诗僧赞宁的法嗣。生卒年、俗姓籍贯及生平事迹均不详，大约公元979年前后在世。能诗善文，律绝皆长。诗风清新明快，格调沉郁悲壮。原有集，不传。作品散见于《宋高僧诗选》《宋诗纪事》及各种杂著与地方志书中。

【说明】

白云庄系杭州西湖西南面的一所山庄，具体位置不详，早废。北宋时，白云庄为西子湖畔有名的游览之处，依山傍水，风景清幽秀美。显忠亦是乘暇到白云庄一游，颇多观感，于是写下这首七言律诗。诗描写了山庄及其周边的美丽环境，立意在诗之尾联，也便是忠公此行的最大收获：寄情农家乐，忘怀尘间事。可以说，寓意是很深的。

【注释】
①仙庄：指白云庄，极言山庄之美丽。翠岑：青翠的山岭。幽寻：意谓静静地、悄悄地寻找。②桑柘：农家日常喜栽植的树木，以其桑叶、柘叶养蚕。③高下句：谓田畴有高有低，尤其是其形状各异，有如围棋布局。鸣琴：犹弹琴。④野老：山野中的老人、老农。谭：同谈。心：这是有计谋、机巧之意。

闲　居

显　忠

竹里编茅倚石根，竹茎疏处见前村①。
闲眠尽日无人到，自有清风为扫门②。

【作者简介】
见前。

【说明】
正因为心中了然，自不会忙碌营求，自然就有闲暇。正因为有闲，才会思索吟咏，才有这样美妙的诗篇。闲居而能作出好诗，又何所谓闲，闲也值得。这首诗写尽忠公隐居之处的环境风貌，落笔却总是闲。闲到尽日睡眠，无须应对来客，闲到清风扫地，无须自己动手。话说得够透彻了。质白简淡，意思全在里面了。

【注释】
①编茅：用茅草编扎屋顶，即屋顶用茅草覆盖，故亦以编茅代指茅屋或一般简陋的房屋。石根：指山岩脚下。②闲眠句：谓整日无人来往，可以安睡。尽日即整日、全天也。自有句：谓清风阵阵拂来，扫除地上灰尘、门前落叶。此联两句为千古传诵的名句，极言僧家隐修生活的清静自在，闲适安乐，形象特别生动。

隐 岳 洞

显 忠

融结自何时，曾为几陵谷①。
不见昔贤踪，空遗此岩腹②。
一径断烟榛，千岑老云木③。
寻常人更稀，虎豹暗栖宿④。

【作者简介】

见前。

【说明】

隐岳洞在今浙江省绍兴东北石城山中，为一小山洞，相传唐时有一名姓岳的高士隐居于此，故名，今废。唐乾宁三年（公元896年）钱镠讨伐董昌攻打石城山，即此。忠公游历至此，见到的已是荒凉败落景象，绝不是人类可以居住的地方。再缅怀昔贤遗迹高风，难免感慨万千，发而为诗。

【注释】

①融结：这里是指隐岳洞的岩洞之形成。陵谷：本意指地面高低形势的变动，后亦用以喻世事的变化。②昔贤：指曾在此隐岳洞中隐修的高贤。空遗句：指隐岳洞还遗留在山岩之腹地。③一径：一条路。烟榛：烟雾笼罩的灌丛。榛为丛木，指灌木或小乔木。千岑句：谓千百座山峰上的树木皆已苍老。云木谓山峰极高处和云在一起的树木。④栖宿：居住。

戴云山吟

智 亮

戴云山顶白云齐，登顶方知世界低。
异草奇花人不识，一池分作九条溪。

【作者简介】

智亮（？－约1012），北宋初福建泉州戴云山僧。生卒年及姓氏籍贯均不详。初出家于福州开元寺，后长居泉州戴云山中麓之戴云寺。常赤膊化缘，招摇过市，人皆称"袒膊和尚"。能诗，作品多已失传。

【说明】

戴云山又名佛岭，在福建省德化县西北，高耸挺拔，山顶常年为云雾所笼罩，为戴云山脉之主峰。山顶有池名龙潭，深不可测，池水下泄分流为尤溪、大樟溪、古瀼溪、木兰溪、西溪、蓝溪、新溪、感化溪、龙溪等九条溪流。花木葱茏，风景秀美。这首诗描写出戴云山种种自然风光。诗写得清新流畅，既含哲理，又富意境。

游解城中条山联句

用晦

万仞云根泉，清冷濯我足①。——晦
森森洒爪甲，凛凛寒肌肉②。——衢
来初自试探，坐久频舒缩③。——野
触开浪花白，踏破苔痕绿④。——衢
肺腑亦澄澈，形影相照烛⑤。——晦
忽罢避游鱼，未归妨渴鹿⑥。——野
惧浊远泥沙，就阴怜草木⑦。——衢
浸润易调畅，狎玩难拘束⑧。——识
欲伐我未能，先起人何速⑨。——野
此会高且闲，愿继渔父躅⑩。——晦

【作者简介】

用晦，北宋初期江南诗僧。生卒年、俗姓籍贯及生平履历均已失考，大约公元984年前后在世。估计为江南吴地（今江苏省南部）人。擅长诗文，尤善五言。与同代名士魏野、李识、王衢等友善，时相唱和，作品惜多失传。

【说明】

此诗题之后，附有一段引言，其文曰"解城之南，出五里，抵中条山。山有绝壁介立，俨若峡束，缘岸溯流，似有人迹。琅琊王衢、赵郡李识、处士魏野、江东僧用晦，披榛索径，深入数百步，止于泉石之畔。道路未远，尘事且隔，云鸟风物，鸣动左右，而山语野笑，乐生尽日。因相与濯足，命为联句诗一章，凡二十句，用晦书于岩壁。时淳化五年秋八月三十日"。解城为古州县名，治所在今山西省运城县西南解州镇。中条山即在此南面。赋诗时人各一句或几句，合而成篇叫联句。最早有汉武帝与诸臣合作的《柏梁诗》。刘勰《文心雕龙·明诗》称"回文所兴，则道原为始；联句共韵，则柏梁余制"。即此之谓也。这篇《游解城中条山联句》之作系用晦、王衢、魏野、李识四人合作而成，各人所联之句不尽相等，而以晦公作首联和末联并由晦公亲书于岩壁，则可知晦公为主力也。王衢与李识的生平事迹均已失考，魏野为北宋蜀人，字仲先，嗜吟咏，不求闻达，居陕州（治所在今河南省三门峡市）之东郊，自筑草堂，弹琴赋诗其中，号草堂居士。著《草堂集》。大中祥符初（公元1008年前后）辽使至，言本国得其集上部，愿求下部，宋真宗诏令予之。与李渎一同被荐举，但魏野力辞，诏令州县常加照顾。卒赠秘书省著作郎。淳化五年为公元994年。作联句诗时，须参加合作者人品志趣相类，学识水平相当，上承下继，配合默契，往往一气呵成，天衣无缝，全似一人之作。否则，各搞一套，各自为政，东拉西扯，勉强拼凑起来，自然会不伦不类，贻笑大方。晦公与王、魏、李三位名士既是同道好友，且皆有深湛文学造诣，通力合作，此诗自然成功。全诗围绕着一同在山溪中濯足这一生活情节进行描绘和发挥，关于溪泉的来源，水性的清冷，水质的澄莹，水中的游鱼，水边的草木，濯足后的感觉与联想，莫不曲尽其详，历历叙述，层次分明，有条不紊，这自然是一首珠联璧合的上乘佳作。措辞精炼，语言准确，形象生动，想象丰富，都是明显的长处。

【注释】

①万仞：极言其高。仞为古时长度单位，其规定各朝各代不尽相同，有一仞为七尺、八尺、五尺六寸、四尺等多种，而各朝各代尺与寸之间的比率亦各有别。云根泉：从万仞高的山顶云雾的根部涌出来的泉水，极言泉源之远。濯（zhuó）：洗去污垢。②森森：寒噤貌。爪甲：指甲和趾甲的通称。凛凛：寒冷貌。③试探：指试着探测泉水的冷暖。舒缩：指自如地伸展和收缩。④触开句：用脚踢水，散出一

片雪白的水花。踏破句：用脚踩地，苔藓被踏破，现出一片碧绿。⑤肺腑：比喻内心。王实甫《西厢记》四本折："别恨离愁，满肺腑难淘写。"澄澈：清澄透明状。形影句：身形身影都被烛光照耀一般，谓光明正大、表里如一。⑥罢：停止，指不再踢水。未归句：谓停留很久，还不归去，因此渴鹿不敢到溪边来饮水。⑦浊：浑浊。就：靠近。怜：喜欢。⑧浸润：本意为沾润、沾湿，此处指双足在泉水中浸泡。调畅：指血脉流转得通畅。狎玩：此处谓随意、任意地玩乐。⑨伐：本意指功劳，引申为夸耀自己。⑩高：高雅。闲：舒适。愿继句：愿意追踪渔父的足迹，指像渔父一般长久地留连在溪水边。躅：指足迹。

送简长师陪黄史君归江右

尚　能

相送随旌旆，离情亦万端①。
霜洲枫落尽，水馆月生寒②。
接话尝茶遍，联诗坐漏残③。
归期在岩壑，郡邸想留难④。

【作者简介】

尚能，北宋初期诗僧。生卒年、俗姓籍贯及生平履历均已失考。大约公元985年前后在世。工诗能文，时有盛名，诗长五言，惜大多失传，此诗载《宋高僧诗选》。

【说明】

简长，北宋九诗僧之一，见简长《晚次江陵》之作者简介。黄史君名黄庠，字长善，分宁（今江西省修水县）人。他博学强记，超敏过人。初至京师，举国子监、开封府、礼部皆第一，名动京师，所作程文，广为传诵，外邦亦知重惜。任京都史官，未久，以病辞归，卒于故里。又，他是北宋名诗人黄庭坚的堂伯父。江右即今江西省。尚能此诗，既送简长，也送黄庠，因简长陪同黄庠回江西。诗中回顾同简长一起品茗联诗之乐，也推测这次旅途奔波之苦，希望能尽快与简长相见。

【注释】

①旌旆（jīng pèi）：旗帜的通称。旌为用旄牛尾和彩色鸟羽作竿饰的旗，旆为旗末如燕尾的垂旒。万端：各种各样，指很多。②霜洲句：江畔沙洲上枫树因霜而落叶。水馆句：江畔旅舍的水里，月光也显出寒意。③接话：交谈，与后联诗相对。联诗：数人合作做诗，每人一联数联，缀合成篇。漏残：指天将黎明。④岩壑：代指山林隐修之处。郡邸：郡城指郡守官邸，此处却指黄史君的府上。

登京口古台夜望

子 熙

适意江天外，孤吟上古台①。
海门帆正泊，京口雁初来②。
露冷蟾轮转，河秋斗柄回③。
故山千里隔，归思几悠哉④！

【作者简介】

子熙，北宋初期著名诗僧。生卒年、俗姓籍贯及生平履历均已失考，大约公元986年前后在世。原有集，已佚。此诗载《宋高僧诗选》。

【说明】

京口为古城名。三国吴时称为京城，孙权将首府从苏州迁到这里。二年后迁到南京，遂改为京口镇。东晋、南朝时称京口城。为古代长江下游的军事重镇。地在今江苏省镇江市。古台未详所指。子熙月夜登京口古台，远望江天一色，帆泊待发，北雁初来，不由自主地怀念起千里之外的故山，遂有此诗。诗也写得很凝炼，很有感情。

【注释】

①适意：顺心。《世说新语·识鉴》："张季鹰（翰）辟齐王东曹掾，在洛见秋风起，因思吴中菇菜羹、鲈鱼脍，曰：人生贵得适意耳，何能羁宦数千里以要名爵！遂命驾便归。"②海门：长江东流入海，远望江岸渐窄，极目处夹江如门，因是称之海门。③蟾轮：月亮。唐吴融《和韩致光侍郎无题三首十四韵》之二："戏

应过蚌浦,飞合入蟾轮。"斗柄:即斗杓。北斗七星,四星像斗,三星像杓,杓即柄。这里以之代北斗七星。④悠哉:遥远、漫长,无穷尽之意。

上慧日禅师

用 文

京寺居来久,终年独掩扉①。
吟余花落砚,定起月生衣②。
树隐宫禽迥,钟邻禁漏微③。
朝贤尽知己,休梦锦城归④。

【作者简介】

用文,北宋初期著名诗僧。生卒年、俗姓籍贯及生平履历均已失考,大约公元988年前后在世。工诗能文,有名于世,原有集,已佚。此诗加载《宋高僧诗选》。

【说明】

宋代名慧日或字号慧日的禅师有多位,此处不详所指。据诗文推断,当为用文的前辈师尊,应当是川中高僧而长居京城者。这首诗详细地记述了慧日禅师在京城隐修和交往情况,担心他再也不能回四川的故山。诗写得很细腻,很深沉,很有意境。

【注释】

①扉(fēi):门扇。②吟余:吟罢。定起:入定结束。月生衣:月光照在衣服上。③宫禽:皇家林苑所饲养的珍禽。迥(jiǒng):远。曹植《杂诗》之一有"之子在万里,江湖迥且深,方舟安可极,离思故难任"。禁漏:皇宫中的计时漏滴。④朝贤:朝廷中的名臣贤士。锦城:成都的别称。陆游《怀成都十韵》有句云"放翁五十犹豪纵,锦城一觉繁华梦"。

书光化军寺壁

秘 演

万家云树水边州,千里秋风一锡游①。
晚渡无人过疏雨,乱峰寒翠入西楼。

【作者简介】

秘演,北宋初山东僧。生卒年及姓氏籍贯均不详,大约公元990年前后在世。能诗,长于白描,与同代文豪石曼卿最友善。原有集,今不传。欧阳修为其诗集作序时说:"曼卿隐于酒,秘演隐于浮屠,皆奇男子。"石曼卿认为秘演之作"雅健有诗人之意"。

【说明】

"军"为宋代地方行政区划名,有两种,一种与府、州同级,一种与县同级。光化军属县级,在今湖北省随州市境内。秘演云游至此,有感于这里清幽美丽然而又荒凉冷落的自然景观,便作了这首七绝,题写在他所寄宿的寺庙的墙壁上。这首诗韵律十分柔和,词语相当凝炼,尤其是在气氛的渲染和意境的制造方面很下了一番功夫。从而,在写景的基础上,也便隐晦地流露出一个漂泊流浪、四海为家的云游者惆怅迷惘的情绪。

【注释】

①水边州:光化军在一?水之滨。锡:僧人所用的锡杖。僧人云游时一般均持锡杖托食钵而行,因而"卓锡"、"托钵"便成了僧人云游的代名词。此处一锡固然指一支锡杖,亦代指一个僧人。

山 中

秘 演

结茅临水石,淡寂益闲吟①。
久雨寒蝉少,空山落叶深。

危楼乘月上，远寺听钟寻②。
昨得江僧信，期来此息心③。

【作者简介】

见前。

【说明】

究竟是什么山，我们不得而知，但却是一座极幽静极美丽的山，演公即隐居于此。这首诗便写尽了演公于此山中静修的种种情况。诗善造境，乃演公特长。如此优美的境界，难怪另一位僧友也要来此居住了。

【注释】

①结茅：指盖造简陋的房屋。因其屋顶用茅草所盖，故称。韦应物《淮上遇洛阳李主簿》诗有"结茅临古渡，卧见长淮流"。水石：犹言山和水，有泉水又有岩石。淡寂：恬静而又孤寂。益：增加。闲吟：随便吟诗。②危楼句：乘着月光爬上高高的楼顶。危楼，高楼也。远寺句：循着钟声去寻找远处的寺庙。③江僧：指乘船在江河上漂泊的僧人，不详所指何人。期：希望。息心：排除杂念。袁宏《后汉纪·孝明皇帝纪》云"沙门者，汉言息心，盖息心去欲，而归于无为也"。

酬苏屯田西湖韵

遵 式

雨余残景照渔家，渔子鸣榔彻郡衙①。
今夜相呼好垂钓，平湖新雨涨蒹葭②。

【作者简介】

遵式（964－1032），北宋初浙江武林天竺慈云寺僧。字知白，俗姓叶，天台（今属浙江省）人。他毕生精研净土宗，颇具心得，著有多种忏仪行世。居下天竺时，因写作并宣讲《净土忏法》而获盛名，时人皆称其"慈云忏主"。卒后百年追赐号"忏主禅慧大法师"。作品尚有《天竺灵苑集》等。

【说明】

苏屯田情况不详，可以推知他曾经担任过管理屯田事务的官职，而且能诗，与遵式相互酬唱。苏屯田写的西湖诗究竟如何，不得而知，而遵式酬答苏屯田的这首绝句却的确是一首不可多得的好诗。这首诗截取日常生活中的一个断面——垂钓，着重描写了杭州西湖新雨之后傍晚时分的优美景致和渔家生活的情形。诗写得精炼、清新、生动、活泼，有韵味，有意境，由于充分借助形象来说话，故而也就充满了生活气息。西湖在浙江省杭州市区西部，为我国著名的游览胜地。汉时称明圣湖，唐后始称西湖，古时原与杭州湾相通，后因泥沙淤积而成内湖，面积约 5.2 平方公里。环湖有北高峰、南高峰、玉皇山等，湖中以孤山、白堤、苏堤分隔成里西湖、外西湖、后西湖、小南湖及岳湖。湖光山色，风景绮丽。旧以"三潭印月"、"苏堤春晓"、"平湖秋月"、"双峰插云"、"柳浪闻莺"、"花港观鱼"、"曲院风荷"、"断桥残雪"、"南屏晚钟"、"雷峰夕照"合为"西湖十景"。20 世纪 50 年代后全面疏浚，环湖名胜修葺一新。

【注释】

①残景：指夕阳。渔子：渔人，渔夫。榔：捕鱼时用以敲船惊鱼的长木条。彻：响彻。②蒹葭：初生尚未抽穗的芦苇。

寄刘处士

遵 式

度月阻相寻，应为苦雨吟①。
井浑茶味失，地润屐痕深②。
鸟背长湖色，门闲古树阴③。
想君慵更甚，华发昼方簪④。

【作者简介】

见前。

【说明】

刘处士不详所指。处士系未仕或不仕的读书人，一般来说，多为隐士。因逢雨季，式公不能去探访刘处士，刘处士也不能来拜访式公。式公很是苦恼，便写了这首诗托人带给刘处士,简洁地说明自己未能前去的原因,叙述了自己目前的生活状况,同时也揣测刘处士目前在干些什么。诗写得很凝炼,很生动,人物形象非常鲜明。

【注释】

①度:过,通渡,度月犹言度日。②井浑:因多雨致使井水浑浊。润:湿也。屐(jī):木屐,底有二齿,以行泥地。《汉书·爰盎传》云"屐步行七十里。"引申为鞋的泛称,如草屐、锦屐。③鸟背句:二解,一言鸟的背部显出湖水的颜色。一言鸟飞翔并映影在湖色之中,均通。长湖:大湖。此处指西湖。门闲句:谓树阴浓密,门庭冷落。④慵(yōng):懒惰,懒散。白居易《咏慵》诗云"有琴慵不弹,亦与无弦同。"华发:老人的花白头发。唐·元稹《遣病》诗之五有句"华发不再青,劳生竟何补?"亦可引申为老人之称。簪(zān):本为插入发髻或冠的针,此处作动词,意为插,戴。唐·李峤《扈从还洛呈侍从群官》诗句"并辑蛟龙书,同簪凤皇笔。"即作动词用法。

赠林逋处士

智 圆

深居猿鸟共忘机,荀孟才华鹤氅衣①。
满砌落花春病起,一湖明月夜渔归②。
风摇野水青蒲短,雨过闲园紫蕨肥③。
尘土满床书万卷,玄眹何日到松扉④?

【作者简介】

智圆(976－1023),北宋浙江钱塘孤山玛璃院僧。俗姓徐,一说姓陈,钱塘(今浙江省杭州市)人。字无外,别号中庸子。他与著名处士林逋为近邻好友,经常诗词酬答。他能诗善文,七言律诗写得尤其好。著作极多,主要有《闲居编》等。

【说明】

古时称有才德而隐居不仕的人为处士。林逋(967－1028)便是北宋初一位著名的处士、诗人。字君复,钱塘(今浙江省杭州市)人。隐居于西湖孤山，种梅养鹤，终身不仕，也不婚娶，人们称其为"梅妻鹤子"，卒谥"和靖先生"。其诗风格淡远，格调清新，内容大都反映他的隐逸生活和闲适心情，很多名句为后世传诵。作品有《林和靖诗集》传世。智圆与林逋既是同乡又是近邻且是挚友，写这首诗赠给林逋，对林逋的人品和才华深表赞慕，对林逋的隐居生活，写得细腻生动，娓娓动听，充分表现出作者对朋友的深情厚意，对人才埋没的愤慨和惋惜。

【注释】

①深居句：意谓隐居在山中与猿鸟为伴，忘却了社会形势和利害关系。荀孟：荀子和孟子。荀子（约公元前313－前238），战国时思想家、教育家。名况，时人尊号"卿"，赵国人。著作有《荀子》。孟子（约公元前372－公元前289），战国时思想家、政治家、教育家。名轲，字子舆，邹（今山东省邹城市东南）人。著作有《孟子》。以上两人都是我国古代最著名的大思想家和大学者，他们的学说对后代有极为巨大的影响。这里把林逋处士比作荀子和孟子。鹤氅衣：鸟的羽毛制成的裘，隐士或道徒多爱穿此服。②砌：台阶。③蒲：一种水生植物，野生。嫩蒲可食，成蒲可以制席。蕨：普遍生长于我国南方的一种多年生草本植物。幼时可食，称蕨菜，根茎含淀粉，称蕨粉。也可入药。④玄𫄸：玄为赤黑色，𫄸为浅红色，古时常用这两种颜色来染制祭服。这里便由此而引申为征聘隐士所用的币帛等仪物。松扉：松木做的房门。

寄栖白师

智　圆

深隐空林下，清幽绝外缘①。
雨窗对岳信，苔井滤秋泉②。
门静来沙鸟，庭闲噪晚蝉③。
凭栏独相忆，残日下遥天④。

【作者简介】

见前。

【说明】

栖白禅师究系何人，不得而知。唐代有栖白禅师，亦为著名诗僧，但早智圆一百四五十年，断不是智圆写诗寄赠的这位。我们姑且分别称为唐栖白、宋栖白。此诗用大量笔墨描写宋栖白禅师的隐修处所和隐修生活，诗写得很细腻，很生动，很有感情。

【注释】

①外缘：佛教语。谓眼、耳、舌等感觉，缘起于色、声、味等外物。后泛指外来的物欲。白居易《朝归书寄元八》诗："自此聊以适，外缘不能干。"②信：消息。岳信犹言山中的信息。苔井：长满青苔的水井。③沙鸟：犹言沙鸥，一种栖息于沙洲的水鸟。噪：叫唤，鸣叫。④遥天：远方的天际。

仲殊喜作艳词，以诗箴之

僧　孚

大道久凌迟，正风还堕隳①。
无人整颓纲，目乱空伤悲②。
卓有出世士，蔚为人天师③。
文章通造化，动与王公知④。
囊括十洲香，名翼四海驰⑤。
肆意放山水，洒脱无羁縻⑥。
云轻三事衲，瓶锡天下之⑦。
诗曲相间作，百纸顷刻为⑧。
藻思洪泉泻，翰墨清且奇⑨。
惜哉大手笔，胡为弄柔词⑩？
愿师持此才，奋起革浇漓⑪。
骛彼东山嵩，图祖进丰碑⑫。
再续辅教编，高步凌丹墀⑬。
他日僧史上，万世为蓍龟⑭。
迦叶闻琴舞，终被习气随⑮。

伊余浮薄人，赠言增忸怩⑯。
倘能循我言，佛日重光离⑰。

【作者简介】

僧孚，北宋江苏苏州慧聚寺僧。生卒年及姓氏籍贯均不详，字草堂，大约公元1010年前后在世，与仲殊同时。精于佛典，严于操持，且擅长文辞，诗颇有名，惜不多作，亦极少流传下来。

【说明】

仲殊为北宋著名诗僧，详见本书仲殊《访方子通》作者简介。艳词指以描写男女情爱为主的诗句。箴（zhēn）：劝告，规戒。僧孚的这首规箴诗写得很委婉，很诚恳，不是冷冰冰的说教，因为被规劝者乃卓有盛名的诗人，且是自己的朋友。本诗首先指出当前世风日下，文风自然也随着颓败。接着充分地肯定了仲殊很有才华，诗文造诣极高，也享有非同小可的名声。然后才指出仲殊的诗词过于柔媚浓艳，走了弯路。最后作者提出自己对仲殊的规劝和希望。结构严谨，层次分明。真正指责的话只有一句，这就很足够了。当然，僧孚是站在维护宗教乃至整个国体的道德正统的立场来提问题的，这是僧孚本人世界观的局限，又当别论。

【注释】

①大道：一般是指古代政治上的最高理想。凌迟：亦作陵迟，俗称剐刑，封建时代最残酷的一种死刑。此处借指严重的破坏、粉碎和毁灭。正风：指合符儒家正统的道德风气。堕隳（duò huī）：坠落，毁坏。②颓纲：颓败的纲纪制度。乱：混乱而且败坏。③卓：此处作"多"解。出世士：脱离尘世羁束的人，此处指出家人。蔚：荟萃，聚集。人天：人间和天上，指整个世界。④造化：本意指创造化育的力量，也指天地、自然界的发展规律。杜甫《望岳》诗："造化钟神秀，阴阳割昏晓。"王公：封建贵族以及显要官吏。⑤囊括：犹言包括，包罗。十洲：古代传说中仙人居住的十个岛（洲），即祖洲、瀛洲、玄洲、炎洲、长洲、元洲、流洲、生洲、凤麟洲、聚窟洲。名翼：比喻名声传播如鸟长了翅膀。四海：古以中国四周有海环绕，故四海犹言天下，指全国各地。驰：传播，流布。⑥肆意：不受拘束，尽情随意。放：恣纵，放任。洒脱：潇洒大方，超脱而不受拘束。羁縻（mí）：束缚。⑦云：云水僧，云游僧。三事衲：又称三事衣，即穿遍各种僧衣。僧衣称衲，一般由五条布片，或七条布片，或九条布片拼缀而成。瓶锡：水瓶和锡杖，此处代指僧人。之：到。⑧相间：间杂。百纸：百篇。为：完成。⑨藻思：充满文采的思

绪或情思。陆机《文赋》："或藻思绮合，清丽千眠，炳若缛绣，凄若繁弦。"翰墨：笔墨，此处指文辞。⑩大手笔：本指有关朝廷大事的文字，引申为有名的文章家或其作品。胡：为什么。柔词：柔媚软弱，儿女情长的文辞。⑪革：革除。浇漓：风气衰微浅薄。⑫鹜：追求，仿效。东山嵩：与僧孚、仲殊同时代的高僧契嵩。详见本书契嵩《书南山六和寺》作者简介。图祖：谋求佛祖（释迦牟尼）的法则。丰碑：高大雄伟的碑石。⑬辅教编：书名，系契嵩所作宣扬佛教作用的长篇论著，曾呈送给宋仁宗，颇受赞赏。丹墀（chí）：墀为台阶。古时宫殿前的石阶以红色涂饰，故名。张衡《西京赋》有句"右平左城，青琐丹墀。"⑭蓍（shī）龟：蓍草和龟甲。古代用以占卜的物品。此处引申为模范、榜样、典型。⑮迦叶：释迦牟尼十大弟子中的首座弟子。他严于戒律，德高望重，深受释迦信任。释迦涅槃（去世）之后，他任首座，召集众弟子结集《三藏》。⑯伊余：我。浮薄：浅薄无知。忸怩：羞惭貌。⑰倘：如果。循：听从，听取。佛日：指佛日山，在杭州。有禅宗著名古刹，高僧契嵩长期居此并撰述多种佛教经典文献，时称佛日禅师。光离：光明。

狮 子 峰

重 显

踞地盘空势未休，爪牙安肯混常流①？
天教生在千峰上，不得云擎也出头②！

【作者简介】

重显（980-1052），北宋浙江明州雪窦寺僧。字隐之，俗姓李，遂州（今四川省遂宁县）人。儒佛兼通，道行高洁，极负时望。皇佑中宋仁宗赐号"明觉大师"。他擅长诗词，尤善七绝，诗词结为《瀑泉集》，今不传，诗文散见各选集杂著中。

【说明】

题中狮子峰指庐山的狮子峰。有二，其一在五老峰南，其二在香炉峰侧，均取其形象如狮而名。此处系指前者。重显游庐山，至栖贤寺，当时栖贤寺住持为名僧褆禅师。褆禅师性格狷傲严肃，对客人重显甚为怠慢，重显非常愤慨，作此诗进行讽刺。这首诗通篇都是比喻，以狮子峰只因所处地位优越，故能凌驾千峰而不须云擎，讽刺禔禅师因位居名山大刹而简慢客人实在无理。本诗词语精炼、生动、刚劲、很有力量。其实重显的诗一般都是清婉柔和的，如五言"雪霁莲峰顶，孤禅起石床"；七言"如今老大归难得，只写情怀远送君"等等，无不温厚平和，从容大度，为人们所传诵。而这首有的放矢的讽刺诗便显得阳刚过盛，又成一格了。

【注释】

①踞：蹲或坐。盘：通蟠，纡回曲折貌。休：停止，罢休。爪牙：本意系指手爪、羽翼，从而引申为辅助者，附谋者。此处进一步指有手段、有本事的人。安：怎么。②擎：向上托举。

千里不来

重 显

不见古君子，因循又隔秋①。
浮生多自掷，好事更谁留②。
碧巘高沉月，寒云静锁楼③。
宗雷何处是？白鸟下汀洲④。

【作者简介】

见前。

【说明】

这首诗的题目有些费解：是怀念一个远在千里之外，不能来与自己相会的朋友吗？抑或根本就没有这样一位朋友，只是一种象征性的寄托罢了。总而言之，字里行间透露的是一种对光阴虚度、前途渺茫的迷惑和忧虑。诗写得很柔和委婉、含蓄深沉，很能引起人的遐思，令人回味无穷。

【注释】

①古君子：指像古代贤哲那样正直善良的人。因循：守旧法而不加变更，此处引申为拖拉敷衍，苟且度日。②浮生：虚度光阴。老庄以人生在世，虚浮无定，后

来相沿称人生为浮生。李白《春夜宴从弟桃李园序》云"夫天地者万物之逆旅，光阴者百代之过客也，而浮生若梦，为欢几何？古人秉烛夜游，良有以也。"说的便是这层意思。掷：意谓抛弃。③巘（yǎn）：指山峰，山顶。楼：此处指寺庙内楼阁式建筑，如经楼、钟楼、鼓楼等。④宗雷：指东晋时在庐山东林寺与慧远大师结莲社、同修净土业的著名隐士宗炳、雷次宗。宗炳字少文，河南南阳人，工诗善文，亦好琴能画，屡征不仕，隐遁以终。雷次宗字仲伦，江西南昌人，笃志好学，尤明三礼毛诗，隐退不受征辟，聚徒讲学，不入公门，隐遁终生。白鸟：指鸥、鹭一类的水鸟，其羽毛为白色。汀洲：水中小洲。许浑《咸阳城东楼》诗有"一上高城万里愁，蒹葭杨柳似汀洲。"

送小白上人归华顶

秀　登

瀑溅安禅石，秋云锁碧层①。
一峰如卓笔，几日策孤藤②。
树偃前朝盖，星辉下界灯③。
超然归此处，心已契南能④。

【作者简介】

秀登，北宋仁宗天圣年间（公元1023－1031年）著名诗僧。生卒年、俗姓籍贯及生平履历均已失考，大约公元1010年前后在世。诗写得很有深度，惜多失传。此诗载《宋高僧诗选》，清厉鹗又收入《宋诗纪事》卷九十一。

【说明】

小白上人未详所指，从诗句中约略可以看出是一位很有修养的佛门高僧。华顶指华山，为五岳之一，世称西岳。在今陕西省华阴县南。因其西有少华山，故又名太华山。有莲花（西峰）、落雁（南峰）、朝阳（东峰）、玉女（中峰）、五云（北峰）等峰。一说以山顶有池，池生千叶莲花（华）而名。这是一首送别诗，却丝毫也不见有离情别绪的流露，写的却是华山之顶小白上人隐修处的风光胜景，而且写得很精炼，很有意境。送友人回归如此美妙去处，的确无须伤感，何况小白上人佛学精深，道力高卓，已经充分领悟了南禅宗祖师慧能的宗旨妙义!

【注释】

①瀑溅句:谓在瀑布飞溅的水边石头上安禅打坐。碧层:青绿色的山岩。层为山岩重叠貌。②卓笔:竖立的笔,卓为直立高明之意。策:本意为马鞭或以鞭击马,转义为挥动。孤藤:代指藤杖。③树偃句:谓树很古老,当是前朝之物,其盖(指树阴)垂覆下来。偃,意为卧倒、倒伏。辉:此处为照耀的意思,作动词。下界:人间,对天上而言。白居易《曲江醉后赠诸亲故》诗:"中天或有长生药,下界应无不死人。"此句意谓星光照耀着,如同人间的灯火一般。④契:契合,投机,亦可作体会,理解。南能:指慧能,一者能公为南方广东人,一者能公在南方传教弘法,开创禅宗南派(顿悟派),故称南能,犹言南慧能,与北神秀相对。详见慧能《得法偈》之作者简介。

辞侍郎蒋公宴客见招

惟 政

昨日曾将今日期,出门倚杖又思维①。
为僧只合居岩谷,国士宴中堪不宜②。

【作者简介】

惟政(986-1049),一作惟正,北宋浙江杭州净土院僧。俗姓黄,秀州华亭(今上海市松江区)人。学问渊博精深,性格潇洒风趣,冬则以荻花拥脚,夏则坐木盆浮水,出入常跨一牛,人皆称"政黄牛"。与侍郎蒋堂友情甚厚,时相唱和。擅长诗词,七绝尤为清新。有《锦溪集》,已佚。其诗散见于《宋高僧诗选》、《林间录》、《西湖高僧事略》等著作中。

【说明】

蒋侍郎名堂字希鲁,江苏宜兴人。进士出身,历任大理寺丞、枢密院直学士、益州知州,以礼部侍郎致仕。他为官清廉,正直刚强,奖掖后进,诲人不倦,勤于治学,能诗善文,著有诗集《吴门集》。惟政与蒋堂系方外至交,过从密切。本诗系惟政为辞谢蒋堂的宴请而作,诗写得很通俗,很自然,很委婉,很风趣。一方面由此可以看出惟政与蒋堂之间融洽友好的关系,更主要的是由此而反映出一个有道的出家人不趋时尚,不慕虚荣的高洁情怀。

【注释】

①思维:思考。②合:应该。国士:本意指全国性的著名的杰出人物。此处泛指参加蒋堂之宴的那些名人文士。

山 中 作

惟 政

桥上山万重,桥下水千里。
唯有白鹭鸶,见我常来此。

【作者简介】

见前。

【说明】

政公为有道高僧,以佛学修持为主务。兼又性格豁达豪放,不愿拘泥形式,故写诗只作为禅暇余技,绝不穷搜博引,精工雕琢。其诗想到就落笔,说明了一件事,表达了一种情绪,也就行了,用不着修饰。这首诗便是如此。本诗写政公隐修的山中,山涧上架着一道小桥,桥的上面四周是千重万重山,桥下的溪水将流往千里万里的远方,只有水鸟,没有闲人,惟有政公常来常往。多么清幽美丽的世界,多么和平宁静的天地。语言明白如话,平淡无奇,描绘的景象中却隐藏着一种情趣,一种人与自然的契合,人与其他生命的交融。所以,我们切莫小看了这首简单的五言绝句。

示 众 偈

慈 明

昨日作婴孩,今朝年已老①。
未明三八九,难踏古皇道②。

手铄黄河乾，脚踢须弥倒③。
浮生梦幻身，人命夕难保④。
天堂并地狱，皆由心所造⑤。
南山北岭松，北岭南山草⑥。
一雨润无边，根苗壮枯槁⑦。
五湖参学人，但问虚空讨⑧。
死脱夏天衫，生披冬月袄⑨。
分明无事人，特地生烦恼⑩。

【作者简介】

慈明（986-1039），北宋初期湖南潭州石霜僧。俗姓李，全州（今广西僮族自治区全州县）人，居瑞州（今江西省高安市）。为汾阳善昭禅师法嗣，临济宗一代宗师。少业儒，年二十二，投湘山隐静寺出家。闻善昭道望，往谒，服役七年，得法而去。先后参唐明嵩禅师、洞山晓聪禅师、神鼎桂禅师、定林本延禅师，皆一时高德。历主南原、道吾、石霜诸刹。示寂后，塔全身于石霜。有嫡嗣十七名，其中慧南、方会尤为俊杰，分别开创黄龙、杨歧二宗，光大临济宗门。明公与内翰杨大年、驸马李遵勖为方外至交，时相切磋。事迹载《五灯会元》、《佛祖统纪》、《江西通志》甚详。

【说明】

这是明公在湖南潭州石霜上堂开法时所吟诗偈。时当解夏，为启示学人，明公用这首既通俗明了、又形象生动的长偈给大家开解。目的何在？要大家勘明生死，抛去烦恼，拓开思路，热心向道。得道高僧毕生悟解的真谛，于后学释子施惠多矣！

【注释】

①婴孩：喻在未出家学道之前，人人都处于愚蒙状态。②三八九：指各种数字，指知理识数。古皇道：喻康庄大道，直达佛教正解，直至修成正果的道路。③铄：熔消，烧干。须弥：佛教中圣山。此联正是石霜慈明禅师的平日风格。明公呵佛骂祖、醍醐灌顶的教诲方式，是有相当特色的。这对其徒慧南创立黄龙宗，发扬痛快凌厉的禅风，有一定的奠基和推进作用。④浮生：典出《庄子·刻意》："其生若浮，其死若休。"老庄以人生在世，虚浮无定。后来相沿称人生为浮生。⑤天堂联：此二句谓人心有所思，才会有天堂地狱这些东西存在。⑥南山联：谓松便是

松，草便是草，管它是在南山还是在北岭，管它是在北岭还是在南山。⑦润：淋湿，滋润。枯槁：指草木因缺水或衰老而干枯。⑧五湖：泛指全国各地。问：向。虚空：虚幻之处。讨：指求索。⑨死脱联：此二句系反话，人死了即使是夏天亦为之披袄，即使是冬天亦为之脱衣，方为正理。明公开示时常会正话反说。⑩特地：故意地。

舟 中 偈

慈 明

长江行不尽，帝里到何时①？
既得凉风便，休将橹棹施②。

【作者简介】
见前。

【说明】
宋仁宗宝元元年（公元1038年），明公的方外至交驸马都尉李遵勖派人来请明公，希望能见一面。此前，另一位共同的至友杨大年已往生。李都尉亦觉余日不多，实欲与明公诀别也。李都尉的信写得甚是哀伤、挚诚。于是，明公立刻与侍者乘船东下。在舟中，明公作此诗偈。至京师，明公与李都尉聚会月余，李果殁。明公一直守护在侧，李都尉甚觉欣慰。李殁，明公伤恸至甚，拜墓之时几不自支。宋仁宗亦颇感激明公，特赐官船送明公回山。次年，明公亦寂灭。

【注释】
①帝里：皇帝所住的京城，指北宋首都汴梁（今河南省开封市）。②橹棹：划船的工具，大者为橹，小者为棹。今通称桨。

偈

郁禅师

我有明珠一颗,久被尘劳关锁①。
今朝尘尽光生,照破山河万朵②。

【作者简介】
　　郁禅师,北宋初年临济宗高僧。生卒年、俗姓籍贯及生平履历均无考。大约公元1017年前后在世。久居衡州茶陵(今湖南省茶陵县)。他是杨歧宗二祖白云守端禅师的剃度本师,部分事迹附见于《守端传》中。

【说明】
　　郁公自少出家,遍参知识,年久而无省解。有一次,他在过桥时,不小心摔了一跤。这一跤摔得非同小可,他于大惊猛醒冷汗淋漓之际,突然开悟,遂诵出这首短偈。这是一首千古传诵的名偈,从记叙和形容禅宗出家人开悟(顿悟)情况的角度来看,也的确堪称经典。人人心中都有一盏明灯,为什么还会黑夜暗行呢?在这首短小精悍而又形象生动的诗偈里,一切都解释得再明白不过了:佛性自在人心,人心自有明灯。人们之所以愚蒙不明,是因为人心中的佛性明灯被尘封、被遮掩住了。一旦将尘埃扫除,让佛性大放光芒,结果将会如何?诗偈用一句极为夸张极有气魄的句子作了结论——照破山河万朵!那就不光是照亮了自己,也照亮了万万千千的有情众生。

【注释】
　　①明珠:喻人们心中自在本有的佛性,它如同灯盏,能放出光明。尘劳:尘有二解,指尘世俗事或尘埃污秽。劳有二解,指劳碌钻营或劳役苦辛。关锁:指人的心,心中的佛性被关住了,锁住了,蒙住了,遮住了。②照破:作照亮解。万朵:一作万里山河解,一作万朵云彩解,综观上文,当以前解更为相宜。

颂

守 芝

北斗挂须弥，杖头挑日月①。
林泉好商量，夏末秋风切②。

【作者简介】

守芝，北宋时江西洪州翠岩寺僧。生卒年、俗姓籍贯均已失考。大约公元1017年前后在世。汾阳善昭禅师法嗣，与楚圆慈明禅师同门。先住江西高安大愚山寺，后住西山翠岩寺，逝葬于翠岩之侧。芝公擅长说法，上堂时每有偈语颂词，妙语连珠，引人入胜。事迹见载于《五灯会元》、《江西通志》中。

【说明】

这是一首禅味十足的即兴颂诗。它把学禅人执着表象，羁恋词句的通病击得粉碎。它教导学僧务必放任胸怀，天马行空，不受成规成矩的拘束。全颂五言四句，五绝形式。四句话似乎各不相干，高明也正在这毫不相干处。否则，就没有心领神会，就没有顿悟。这种偈颂，本身便是极为敏捷凌厉的机锋。能否认识，认识到什么程度，全在于各人的禀赋和悟性。自然，这首诗也就不能按照读常见的诗那样去读了。

【注释】

①北斗：在北天排列成斗形的七颗亮星。七星的名称分别是：天枢、天璇、天玑、天权、玉衡、开阳、瑶光。即今大熊星座七颗较亮的星。又北斗亦为斗宿之称，为二十八宿之一，玄武七宿的首宿。即今人马座中的六颗星，作斗形，称北斗，又叫南斗。须弥：佛教传说中之山名。音译又作苏迷卢、须弥楼等，意译为妙高、妙光。此句谓像须弥山那么大的物体可以挂到北斗星上去。杖：手杖。此句谓用手杖可以将日月挑起来。②林泉：山林，僧道和名士隐居之所。此句谓住进了林泉，隐居起来了，事情就好办了。夏末：谓夏季已到末尾，秋季来到，风吹得很凛冽。这句似与前段无关，实际却又道出了夏去秋来，循序演变的自然规律。

上堂开示偈

守 芝

翠岩路嶮巇，举步涉千溪^①。
更有洪源水，滔滔在岭西^②。

【作者简介】
见前。

【说明】
芝公每上堂演法，必先唱出一首偈颂。这偈颂往往是整个开示的一大纲领，提纲挈领，启示和引领整个说法讲解。芝公多处开法，开示多多，自然所作偈颂不在少数。这里选的这首开示偈，看似与佛法禅理无关。而芝公为什么说完这首偈诗，便敲击禅床下座呢？也就是说，芝公这次上堂，仅颂一首偈诗，便下堂了。可以这样理解：当时来西山翠岩寺参学的僧人很多，有不少的确在勤苦修习，但难免也有人撞钟敲鱼，混饭挨时。所以芝公这首诗，整个地便是一个比喻。用翠岩寺道路险峻，比作学佛之路曲折漫长。用洪源水滔滔不绝，来象征佛法深长的渊源。用这首简短而又精炼的偈子，勉励僧众共同努力，如前辈大德希迁禅师所说的那样：光阴莫虚度！

【注释】
①嶮巇：峻险。千溪：极言翠岩寺周围溪流之多。②洪源水：这里指洪崖洞边的香城源水。岭西：翠岩寺与洪崖洞近在咫尺，仅隔一道小山岭。

小　溪

昙　颖

小溪庄上掩柴扉，鸡犬无声月色微^①。
一只小舟临断岸，趁潮来此趁潮归^②。

【作者简介】

昙颖（989－1060），北宋江苏镇江金山龙游寺僧。俗姓丘，钱塘（今浙江省杭州市）人。出家本邑之龙兴寺。终生精研佛典，博览群书，孜孜于学，能诗善文，词章多出世语，不离出家人本色。他风姿清朗，神韵飘逸，颇具硕儒名士风度，与当时名流贤达欧阳修、刁约等时相过从。逝葬龙游寺。此诗载《宋高僧诗选》。

【说明】

这是一首玲珑剔透的七言绝句，一首清新流畅的风景诗，一幅赏心悦目的风景画。诗中除小溪、田庄、柴门、鸡犬、月色、小舟、断岸、夜潮等诸景诸物外，不着人迹，而作者本人超凡脱俗的恬淡情怀和热爱生活的喜悦心情却跃然纸上。纯白描的手法，借形象来说话，这样的诗才真正有情趣，有韵味，有境界，有功力，确非大手笔不可为。据说颖公作诗多禅言佛语，有警世说教的意向，惜无由得见。此诗当为一格。

【注释】

①柴扉：柴门，木板做的粗糙的房门。微：微茫，微弱。②临：到达。趁：乘便。

辞显禅师题壁二首

善暹

不是无心继祖灯，道惭未厕岭南能①。
三更月下离岩窦，眷眷无言恋碧层②。

二十余年四海间，寻师择友未尝闲③。
今朝得到无心地，却被无心趁出山④。

【作者简介】

善暹，北宋湖南鼎州僧。生卒年及俗姓均不详，大约公元1020年前后在世。临江军（治所即今江西省樟树市）人。礼鼎州（今湖南省常德市）德山慧远禅师为师，属南禅青原系云门宗。他平生精研佛法，刻苦操行，长期云游各地,寻师问道,学识与日俱增。晚年声望尤著,曾开法于江西庐山开先寺。此诗载《补续高僧传》。

【说明】

善暹自幼即励志求学,遍游各名山大刹,寻师问道。中年时,他到明州雪窦山资圣寺,参拜有"云门中兴"之号的云门宗高僧明觉重显禅师,甚得重显的器重。重显甚至称他为"海上横行暹道者",分其坐席。其后重显更欲将首座之位让给善暹。善暹知悉后便不辞而别,行前书此二偈于壁,以明心志。重显与善暹均为一代高僧,行事有异常人。一留一让,一拒一辞,均皆充分表现出他们各自的修养。这两首诗写得亲切柔和,委婉深情,表现出作者对主人的尊重和依恋。

【注释】

①无心:不想,没有心思。继祖灯:继承佛祖传下来的佛法和衣钵,即接班。佛教谓佛法能照破世界的"冥暗",有如明灯一般,故往往把佛法称作"灯",传法称作"传灯",继法称作"继灯"。道惭:学道修行上存在缺陷。这是作者的自谦。厕:置身其间,达到。岭南能:指佛教禅宗东土六祖慧能。详见本书慧能《得法偈》之作者简介。②岩窦(dòu):山岩和洞穴。窦是孔穴。此处指雪窦山,兼指重显禅师,重显别号"雪窦"。眷眷:依恋向往貌。无言:无法言说。佛教认为世上的一切事物,不管是物质的还是精神的,都不能用语言文字来明确表达。碧层:青翠碧绿的绵延重叠的山峦。③四海:指全国各地。④无心地:佛教谓真心远离妄念即为"无心",并认为"无心地"便是佛教的极乐境界,从而有"有心皆苦,无心即乐"的说法。无心:无意,并非故意。趁:犹赶。

辞 众 偈

省 回

九十二光阴,分明对众说。
远洞散寒云,幽窗度残月。

【作者简介】

省回(992-1083),北宋湖南衡阳南岳双峰寺僧。姓氏籍贯及其他事迹均不详。此诗载清人厉鹗《宋诗纪事》卷九十一。

【说明】

　　元丰六年（公元1083年）九月十七日，省回端坐蒲团上，召集门下弟子，作了这首偈子。据说诵偈毕，他便微笑而逝，神色如故，齿发无损，时人皆称奇迹。这首临终辞众偈写得极其精辟简练，以两句诗十个字总结了作者漫长的一生：在偏远幽寂的山林古寺中度过了九十二年光阴。作者的心情不能说仅仅是超脱，恐怕多少还有点凄凉，有点惆怅。全诗明白如话，流畅清新。

送　僧

士　可

　　一钵即生涯，随缘度岁华①。
　　是山皆有寺，何处不为家②？
　　笠重吴天雪，鞋香楚地花③。
　　他年访禅室，宁惮路歧赊④。

【作者简介】

　　士可，北宋福建诗僧。生卒年、俗姓籍贯及生平履历均已失考。大约宋仁宗天圣年间（公元1023－1031年）前后在世。其诗语言极为简洁精炼，明朗流畅。原有集，不传。此诗见于《西清诗话》。诗话评论其"此非食肉者能到也"。正是可公诗歌风格。

【说明】

　　诗题所送之僧，不详所指。从诗文中可知为一位云游四方，阅历丰富的苦行僧。可公与之交好，并写此送别诗。云游苦行僧也还有他的本山本寺，所以可公在此订下约言：他年不管路途多远，也要去拜访这位朋友。

【注释】

　　①岁华：犹言岁月，年华。②是山句：谓这位苦行僧有山必到，到山中寺内瞻礼，参学问道。谚云：天下名山僧占多。当为此句诠释。③笠重句：雪落在竹笠上，增加了笠的重量。到了吴地。鞋香句：走过草地花丛，连鞋子也沾染了香味。

到了楚地。④禅室：指这位苦行僧修行的本寺。宁惮：哪怕。歧：同崎，崎岖曲折。赊：遥远漫长。李白《扶风豪士歌》："我亦东奔向吴国，浮云四塞道路赊。"

贻显宗上人

继 儒

僧闲师更闲，危坐雪堂寒^①。
白日门常掩，红尘事不干^②。
吟终灯烬落，讲罢印香残^③。
仍欲添佳致，栽松近药阑^④。

【作者简介】

继儒，北宋初期诗僧。生卒年、俗姓籍贯及生平事迹均已失考。大约公元1029年前后在世。所作诗当时被人广泛传诵，且与九僧诗一同刻石流布。诗风清俊淡雅，饶有情趣，惜多不传。

【说明】

贻意为赠送之意，也可作留解，于此二义皆通。显宗上人未详所指，上人为佛教中对具备德智善行的僧人的尊称，由此可知显宗乃一位大德高僧。这首诗细致入微地描写了显宗上人的隐居生活，从打坐到吟诗到讲经到栽松，有的是佛弟子必作之务，有的却是平添情致，写得甚是潇洒。

【注释】

①僧：指显宗上人寺中其他僧人。看来显宗持无为而治，并不苛求众僧多有劳作。危坐：高坐。②红尘：红尘俗世。干：相干，相关连。③烬：本指物体燃烧后剩下的部分，此指灯灰。讲：开讲，讲说经文。印香：即香烛。④佳致：美好的情趣。药阑：二解，一指种植中草药的园地；一指花园，药为芍药；阑通栏。

舟行寒江曲港

惠 琏

扬帆出浦又入浦,转盼顺风还逆风①。
芦叶萧萧两岸合,蓼花细细一川红②。
鸥兼野鹜冲行棹,浪挟汀沙打卧篷③。
行李向来吾自决,漫将晴雨问渔翁④。

【作者简介】
惠琏,北宋时南方诗僧。生卒年、俗姓籍贯及生平事迹均不详,大约公元1030年前后在世。能诗,诗风清新自然,不事雕饰。作品大部散佚,此诗存《宋高僧诗选》中。

【说明】
寒江曲港未详所指,从诗文中可以推测大致为南方江浙一带的一条小河或小港,与大面积的水滨湖泊相连。这是一首写乘船旅行的诗,写得很是细腻生动,潇洒超脱。虽然旅途未必尽皆顺利,但作者并不在乎。他只是随便地问问老渔夫关于明天天气如何,其实他早就决定了:继续航行,扬帆前去。诗里面有一种难得的昂扬激情,乐观精神。

【注释】
①浦:水滨。盼:本意为眼睛黑白分明貌。《诗·硕人》:"巧笑倩兮,美目盼兮。"此处仅为眼的意思。②芦叶:芦苇之叶。③兼:和。野鹜:野鸭。行棹:此谓船桨。卧篷:小船中部分加篷,成篷船,篷内为室,可供长途航行者居住。④行李:本指出行时携带的衣装。此处转义为行程、行动方向。漫:即随意地。

上堂开示

晓 舜

云居不会禅，洗脚上床眠。
冬瓜直笼统，瓠子曲弯弯^①。

【作者简介】

晓舜，北宋初期江西建昌云居山僧。洞山晓聪禅师法嗣。生年与俗姓均不详，卒于宋英宗治平中（公元1065年前后），享年在六十岁以上，人称老夫舜。瑞州（治所为今江西省高安市）人。少时粗猛，不务正业。后悟，于本邑削发出家。参晓聪禅师，命游方参学，益自知浅薄。复还洞山，侍晓聪日久，得悟。约于宋仁宗嘉佑年间（公元1056–1063年）任云居山真如禅寺住持。于此大弘洞宗教义，极受僧俗爱戴，影响甚大。

【说明】

上堂开示指住持、首座等寺中高僧上法堂讲演经法，对听众各僧所作的启发性训示。一般皆为富于禅理含有机锋的话语，亦常常夹以韵语偈句。老夫舜这首诗偈用极其生动形象的比喻，说明凡事都要任其自然，不得矫揉造作，方可达到禅定修行的至高境界。倘得如此，则不会禅乃是会禅；否则，会禅实是不会禅。短短四句，却已充分反映出晓舜禅师平易质朴的思想风格。

【注释】

①笼统：浑然粗笨貌。宋·郑清之《冬瓜》诗："剪剪黄花秋后春，霜皮露叶护长生。生来笼统君休笑，腹内能容数百人。"亦为此意。瓠（hú）子：藤本蔬类植物，也名葫芦、扁蒲。

游天竺寺

惟晤

天寒雨细日将暮，泥滑难禁策马还①。
砂穴吐泉鸣决决，竹丛归鸟语关关②。
聊希谢客须穿屐，莫羡支公独买山③。
方外论交情未浅，愿陪投老白云间④。

【作者简介】

惟晤，字冲晦，北宋浙江杭州诗僧。生卒年、俗姓籍贯及生平事迹未详。大约公元1034年前后在世。能诗善文，与同代名士高僧唱和，与高僧佛日、契嵩尤相交契。诗尚精炼，喜用典故。其诗作附载于契嵩作品《镡津集》中。

【说明】

天竺寺在浙江省杭州市西湖之西南山中，毗邻灵隐寺。有三寺：上天竺创自五代晋天福年间（公元937－947年）。中天竺创自宋太平兴国元年（公元976年）。下天竺创自隋开皇中（公元581－600年）。三寺以下天竺寺最古，规模亦最大。李白《送崔十二游天竺寺》诗："还闻天竺寺，梦想怀东越。"指的便是下天竺寺。晤公此诗亦似指此。此诗节奏明快，朗然可诵。

【注释】

①策马：赶马，鞭马。策意为鞭策。②砂穴：下天竺寺旁沙地上有一穴，出泉水。决决：水流貌。唐韦应物《县斋》诗："决决水泉动，忻忻众鸟鸣。"关关：鸟鸣声。《诗·关雎》："关关雎鸠，在河之洲。"③谢客：南朝宋谢灵运小名客儿，时人称之为谢客。屐：木鞋。此处指谢公屐，一种底有钉的木鞋。谢灵运性爱山水，每登山时，常着有齿木屐，上山去其前齿，下山去其后齿。支公：指东晋吴中高僧支遁，详见支遁《咏利城山居》之作者简介。买山：相传支遁曾出钱购买新昌沃洲山一大片山林供自己隐居并养马（支公擅养马、相马）。④方外：世俗之外，指出家而脱离于尘俗。从这句诗的意思可以看出，游天竺寺一行人中有僧有俗，人数不少。投老：至老，临老。此句意谓愿陪伴大家优游于青山白云间，直至终老。

上 堂 偈

倚 遇

春山青，春水绿，一觉南柯梦初足[①]。
携筇纵步出松门，是处桃英香馥郁[②]。

【作者简介】
倚遇（1005－1081），北宋时江西洪州义宁法昌禅院僧。北禅智贤禅师法嗣，青原下十世，云门宗五世。俗姓林，漳州（今属福建省）人。自幼出家，依漳州崇福得度。出外游学，先依浮山远和尚，继参北禅智贤，留最久，得印可。晚住新建西山双岭崇胜院三年。复应义宁法昌禅院之请，任住持，开法传经，造材度僧。时与黄龙慧南、灵源唯清诸大德切磋。逝葬法昌寺侧。遇公上堂开示，每作偈颂诗语，珠玑锦绣，蔚为可观。

【说明】
从字面来看，这似乎是一首写景诗、抒情诗，写新春之景，抒春游之情。即便作写景抒情诗观，这亦不失为一首好诗。水绿山青，睡梦初醒，携杖出门，桃花缤纷。这本来就是人间大好美景。孰知遇公之意全不在此。上堂开示吟偈，乃为一堂经法纲领。遇公要告诫后生学子，切莫辜负大好春光，切莫沉浸于南柯美梦，走出自己狭小的圈子，外面的世界多么精彩。诗用的是暗喻，有如寓言，隽永含蓄。诗风潇洒灵逸，一尘不染，禅味固重，诗味更足。

【注释】
①南柯梦：喻不切实际的空虚梦幻。详见护国《题醴陵玉仙观歌》注之⑥。
②松门：松木所制的粗糙房门或院门。是处：到处，处处。桃英：桃花。馥（fù）郁：香气浓烈蒙密貌。宋·寇准《惜花》诗："深谢暖风传馥郁，长忧夜雨暗摧残。"即为此意。

题宪师壁

法 辉

远浸溪光碧,寒生松桧阴①。
渔舟惊暮雨,高吹入秋林②。

【作者简介】

法辉,北宋福建晋江广福院僧。生卒年、俗姓籍贯均不详。禅余以诗自娱,尤长五言,诗风潇洒飘逸,酷肖唐人风味。与同代名士吕缙叔、陈原道、石声叔等辈结社唱和,享名于时。原有集,不传。其作品散见于各家杂著或地方志书中。

【说明】

宪师未详何人,应系与辉公同时之出家僧人。法辉往访宪师,题诗于其壁。所写的不是宪师,亦非辉公,而是宪师隐居之处的水光山色。语言极为简练,却制造出一个非常悠远迷茫的意境,令人读后有深长的回味。

【注释】

①远:远山。浸:淹没。此句谓远方的山峦倒映在溪水中,使溪水也泛出青翠的光艳。松桧(guì):松为常绿乔木,桧为常绿灌木,合用泛指山中的松柏等常绿树木。②高吹:此处指风。吹:在这里读仄声。

书南山六和寺

契 嵩

青葱玉树接溪岑,台阁凌虚地布金①。
行到白云重叠处,水声松韵淡人心②。

【作者简介】

契嵩（1007－1072），北宋浙江杭州佛日山僧。字仲灵，俗姓李，藤洲镡津（今广西藤县）人。庆历间（公元1041－1048年）居杭州灵隐寺，皇祐中（公元1049－1053年）入京师。先后作《辅教编》、《原教孝论》呈送给宋仁宗，并与辟佛者抗辩，甚得仁宗赏识，赐号"明教禅师"。后退归灵隐以终老。他性格严厉，不苟言笑，为文雄健，说理流畅，且又博通经典，擅长诗词，与文豪苏轼亦有交往。诗文结为《镡津集》，收入《四库全书》。

【说明】

南山泛指浙江省杭州市西湖以南诸山，今杭州市尚有南山路。一般包括夕照山、大慈山、玉皇山、五云山、南屏山等山峰。六和寺原在此地区的月轮山上，面对钱塘江，为一著名古刹。北宋开宝三年（公元970年）又在该寺旁建塔镇钱塘潮，取名六和塔。今寺废塔存。本诗用简洁精炼的语言描写了六和寺一带优美的山光水色，抒发了作者即游览者喜悦陶醉的心情。诗写得清新流利，淡雅清俊，把读者引入了一个极其美丽的境界。

【注释】

①玉树：槐树的别名。溪岑：小溪和小山。凌虚：高入云空。布金：佛教故事。传说释迦牟尼佛在世时，舍卫国有位"给孤独长者"，是个大富翁，又是大善人。他欲请释迦牟尼来舍卫国传道，选中太子祇陀的花园以便供佛和弟子们居住。但太子不肯出卖花园，说："你若能在我的园地上布满黄金，我便把花园卖给你。"给孤独长者立即照办，太子很感动，便以极便宜的价钱把花园卖给孤独长者。这便是有名的"祇树给孤独园"。以后多把佛教圣地或高僧所居之寺称为"布金之地"。此处兼指阳光普照，遍地金碧辉煌。②松韵：松树的气韵，或作松涛的和谐音响。淡：动词，淡化，使人心情淡泊而清净。

古　意

契嵩

风吹一点云，散漫为春雨①。
洒予松柏林，青葱枝可取②。
持此岁寒操，手中空楚楚③。

幽谷无人来，日暮意谁与④？

【作者简介】
见前。

【说明】
古意即仿照古人的意思作诗，仿古诗也。《古诗十九首》及魏晋时代先贤们的诗歌，大多朴实自然，清新流丽，这种风格延续至唐代。唐以后尤其宋代，诗风大变，诗人刻意营求，尽心雕饰，在用词遣句方面下足功夫，实是与古人作诗背道而驰的。嵩公这首诗，便力反人为雕凿之举，这首诗也的确有古人如陶渊明、谢灵运、王维辈的风味，读来很有点意思。

【注释】
①散漫：任意，随便，无拘无束。朱熹《朱子语类》十一："人做功课，若不专一，东看西看，到此心已散漫了，如何看得道理出？"②予：我。③岁寒操：寒冬时节的品操。岁寒固指一岁之寒即冬季，亦可比喻红尘浊世，操为品行操守。手中句：意谓两手空空，无所求取。楚楚：本为凄苦、可怜的意思。此处作为空的助词，强调空的意义。④幽谷：僻静的山谷。与：给予，意谓与谁去交流这种心意或心情。

湖上晚归

契 嵩

人间薄游罢，归兴寻旧隐①。
春崖行未穷，夕阳看欲尽②。
岚光山际淡，天影水边近③。
自怜幽趣真，清吟更长引④。

【作者简介】
见前。

【说明】

诗题中之湖指杭州西湖,为中国著名的名胜风景区。在今浙江省杭州市西。详见遵式《酬苏屯田西湖韵》之说明。嵩公久居杭州西湖西畔之佛日山,虽然性格内向沉静,不喜外务,偶尔亦当有游湖之举,遂作此诗纪之。而这首纪游诗写得颇清新流利,也很有意境。人言嵩公性格严厉,不苟言笑。其实,如此性格之人内心更多思索,对人生、事物有更多更深刻的看法。一旦泄而为诗,更有其深沉委婉、含蓄明丽的一面。所选这首和前面一首,两首五律便很能说明问题。

【注释】

①薄游:稍稍游览。薄:轻微、少许意。旧隐:过去的隐修处。②穷:尽、完。尽:指日落。③岚光:山中的云雾蒸气和落日的余晖。怜:爱。④幽趣:沉静安适之趣。引:谓引吭高歌、高啸。

咏杜鹃花

择 璘

蚕老麦黄三月天,青山处处有啼鹃①。
断崖几树深如血,照水晴花暖欲然②。
三叹鹤林成梦寐,前生阆苑觅神仙③。
小山拄颐愁无奈,又怕声声聒夜眠④。

【作者简介】

择璘,北宋时江南剡中宝积寺僧。生卒年、俗姓籍贯及生平事迹不详。大约公元1037年前后在世。长于诗,诗风沉雄雅健,很有情致,惜多失传。所存作品散见于《宋高僧诗选》、《剡录》等著作中。

【说明】

杜鹃既是一种鸟,亦是一种花。其鸟又名子规、子隽、催归。其花又名映山红,春季开放,多为红色。择公此诗既写杜鹃花,亦写杜鹃鸟,是一曲春天的赞歌。历来描写杜鹃的诗文甚多,兹举两联诗句为例。白居易《琵琶行》:

"其间旦暮闻何物?杜鹃啼血猿哀鸣。"此写杜鹃鸟也。择璘《咏杜鹃花》:"断崖几树深如血,照水晴花暖欲然。"此写杜鹃花也。李白《宣城见杜鹃花》:"蜀国曾闻子规鸟,宣城还见杜鹃花。"此写杜鹃鸟又写杜鹃花也。并皆为千古名句,一并介绍。

【注释】
①啼鹃:叫唤的杜鹃鸟。②断崖、照水二句:极言杜鹃花之鲜红艳丽,红似火燃。然同燃。③三叹:再三惋叹。鹤林:佛家语。佛祖入灭之处。佛祖于婆罗双树间入灭时,其树一时花开,林色变白,如鹤之群栖。梦寐:此处意为梦想、幻想。阆苑:阆风之苑,仙人所居之处。李商隐《碧城》诗:"阆苑有书多附鹤,女墙无处不栖鸾。"④拄颐:以手托着下巴。聒(guā):喧扰,声音嘈杂。王安石《和惠思岁二日二绝》诗有"为嫌归舍儿童聒,故就僧房借榻眠。"

书木牌诗

无 梦

身为车兮心为轼,车动轼随无计息①。
交梨火枣是谁无,自是不除荆与棘②。

【作者简介】
无梦,北宋湖北鄂州僧。生卒年、俗姓籍贯及生平履历均不详。大约公元1038年前后在世。性诙谐,好歌诗,行化城乡,随遇而安。洵有道高僧。不知所终。

【说明】
梦公通常在城乡各处化缘时,手中持一木牌,上书七绝二首,此其一也。实以木牌之诗,以诱导教化众生,其用心良苦也。其诗形象生动,比喻贴切,节奏明朗,颇便于讴歌传诵。

【注释】
①轼:车箱前扶手之横木。计息:犹言计较。②交梨火枣:道教称神仙所食的两种果品。陶弘景《真诰》有"玉醴金浆,交梨火枣,此则腾飞之药,不比于金

丹也。"此句谓人人都有善根福植，都有修成正果的机会。自是句：谓人们大多自以为是，不除去荆棘，自然其路难行。自然交梨火枣亦于事无补。

上仁宗皇帝乞还山

怀 琏

千簇云山万壑流，闲身归老此峰头①。
殷勤愿祝如天寿，一炷清香满石楼②。

【作者简介】

怀琏（1009－1090），北宋浙江明州育王山僧。俗姓陈，龙溪（今福建省漳州市）人。他精通禅理，享名极高。皇祐中（公元1049－1053年），宋仁宗召对称旨，诏住东京之净园禅院并赐号为"大觉禅师"，与宋仁宗结为佛友，诗词唱和亦多。他性格沉稳含蓄，才华横溢，学外工诗，诗作除应制者外，平时作品皆极有文采，颇受苏轼、欧阳修等文豪的推崇。六十岁起退归四明本寺以终老。

【说明】

仁宗名赵祯（1010－1063），是北宋王朝第四代皇帝，公元1022－1063年在位。曾支持富弼、范仲淹等人进行改革，为宋代较有作为的统治者之一。他好佛且喜文，与怀琏相交甚久，对怀琏亦颇器重，留之京城，时备咨询，诗词唱和，相处甚得。嘉祐末年（公元1063年），怀琏年逾五旬，上此诗请求回到故山本寺去。宋仁宗应允并通知当地郡守建阁安置。怀琏此诗的确情文并茂：他首先回忆了故乡（指四明育王山）山水优美，坚定执著要归去，接着又说回到育王山后仍要为宋仁宗焚香祈祷，永远不忘皇帝的知遇之恩，说的都是真心话。

【注释】

①簇：丛。壑：深沟，山谷。归老：年老归乡，回到故乡养老。②殷勤：情意恳切深厚。炷（zhù）：原意为灯中之火炷、灯心。《旧唐书·皇甫无逸传》有"夜宿人家，遇灯炷尽，无逸抽佩刀断衣带以为炷。"一炷谓一支。

宝积寺小雨

文 莹

老木垂绀发,野花翻曲尘①。
明霞送孤鹜,僻路少双鳞②。
天近易得雨,洞深无早春③。
山祇认来客,曾是洞中真④。

【作者简介】

文莹,北宋中叶浙江钱塘僧。生卒年及俗姓不详,大约公元1040年前后在世。字道温,钱塘(今浙江省杭州市)人。工诗善文,亦喜藏书,留心当世之务。与大诗人苏舜钦极友善,苏欲携之拜谒欧阳修,傲然不往。终老于荆州金銮寺。著作极富,主要有《湘山野录》、《玉壶野史》、《玉壶诗话》、《渚宫集》等。此诗载《宋诗纪事》卷九十一。

【说明】

宝积寺不详所指,疑在江苏省盱眙县。盱眙县西三里许有宝积山,山麓有古迹。文莹这首五言律诗极尽铺陈渲染之能事,把从宝积寺看到的山中小雨的景致描述得极为细腻生动,清新优美。诗篇固然充满了情思和文采,却也透露出山中老僧一种孤寂落寞的情绪。

【注释】

①老木:老树。绀发:喻指天青色的枝叶。绀是一种深青带红的颜色。曲尘:酒曲所生的细菌色微黄而如尘,因此称淡黄色为曲尘。②明霞:晚霞。鹜(wù):本意为家鸭,古时亦泛指野鸭。这句诗借用初唐诗人王勃《滕王阁序》中成句"落霞与孤鹜齐飞。"鳞:本为鱼类等动物皮肤表层的一种薄片状保护物,因此也可作为鱼的代称。此处更从鱼进一步而以双鳞代指书信。典出古乐府《饮马长城窟行》:"客从远方来,遗我双鲤鱼。呼儿烹鲤鱼,中有尺素书。长跪读素书,书中竟何如?上言加餐饭,下言长相忆。"③天近:天低。因阴云密布,使天空显得低垂。④山祇:山神,泛指山中各种精灵。祇本意为地神。洞中真:在山洞中修炼的真人(和尚或道士)。

送王山人归千峰

思 雅

旧居千万岭，归去独携琴①。
物外情难遏，云中路再寻②。
花繁溪圃合，柳暗野桥深③。
想到垂纶处，和苔扫竹阴④。

【作者简介】

思雅，北宋时北方诗僧。生卒年、俗姓籍贯及生平事迹均不详。大约公元1040年前后在世。能诗，有名于时。诗学陶谢（陶渊明、谢灵运），风格俊逸温婉，清新流丽。惜多不传。

【说明】

王山人未详所指。山人指隐居于山中的隐士。千峰，小山名，在今山东省济南市东南。这首送别诗用大量笔墨描绘了王山人所归隐的千峰。山重云复，花明柳暗，的确是个值得隐遁终生的桃源仙境。诗的情绪是昂扬的，充满了羡叹和赞美，似乎在作者的想象中已领略到隐居千峰的个中乐趣了。

【注释】　①旧居：指王山人在千峰山中的隐居之地。②物外，指世外，超脱于世事之外。遏（è）：断绝。③溪圃：溪畔的园地。此句谓花团锦簇，无数鲜花把整个园地盖满。④垂纶：垂钓。纶为钓鱼用的丝线。和苔句：谓在竹林中扫除落叶，连苔藓也被扫动。

送王山人归隐

惠 涣

山人唯委命，岂恋世尘间①。
干禄不得志，移家住远山②。

醉眠溪石静，吟倚草堂闲。
到想无余事，林僧日往还③。

【作者简介】

惠涣，北宋时北方诗僧，与思雅大致同时，亦有交往。生卒年、俗姓籍贯及生平事迹均不详。大约公元1040年前后在世。诗风清隽散朗，很有韵味。

【说明】

王山人既是思雅的方外之交，也是惠涣的朋友。当王山人怀才不遇，欲回归千峰旧隐时，惠涣和思雅一起送行，一同赠诗。这首诗告诉王山人，你之所以不能得志，皆命运所定。回到草堂旧隐，诗友唱和，不是很好么？都是替别人设想。诗也写得很飘逸轻灵，的确是林泉风味。

【注释】

①委命：听任命运的支配。②干禄：营求功名利禄，即求官。干意为求取。禄指官员的俸禄。远山指千峰，参见思雅《送王山人归千峰》之说明。③到想：反复地想，想来想去。到同倒，颠倒反复之意。

次韵参寥，怀秦少游学士

元　净

岩栖木食已幡然，交旧何人慰眼前①？
素与昼公心印合，每思秦子意珠圆②。
当年步月来幽谷，拄杖穿云冒夕烟③。
台阁山林本无异，故因文字未离禅④。

【作者简介】

元净（1011－1091），北宋浙江杭州天竺山僧。字无象，俗姓徐，于潜（今浙江省临安县）人。曾担任上、下二天竺寺的住持，门徒逾万人。因精通佛典经论，道行高洁，御赐紫袈裟及"辨才大师"称号。与赵抃、苏轼、秦观等名士文豪交往唱和，颇负诗名。后退居西湖龙井圣寿院，高寿无疾而终。

【说明】

参寥是道潜的字号,是与元净同时的著名诗僧,且与元净同乡,详见本书道潜《口占绝句》作者简介。秦少游即秦观(1049－1100),北宋著名词人。又字太虚,号淮海居士,高邮(今属江苏省)人。他是"苏门四学士"之一,甚得苏轼赏识。工诗词,词属婉约派,作品传世者有《淮海集》。他与道潜、元净均为方外至交,经常与他们诗词唱和。元净的这首七言律诗乃和道潜诗(步其原韵)兼以怀念秦观而作。苏轼对元净的诗向来非常推崇,在元净这首诗后题词曰:"辨才作此诗年八十一矣,平生不学作诗,如风吹水,自成纹理,而参寥与吾辈诗,乃如巧人织绣耳。"不执着于作诗的规则和成法,作诗不有意雕琢,如风吹水,自成纹理,平易自然,感情真挚,正是这首诗的特点。

【注释】

①岩栖:栖息于深山岩谷之中。木食:吃树上的野果。皤然:白发貌。这句意谓作者自己出家修道已至垂暮之年。本诗即系作者逝世那年所作,作者时年八十一岁了。交旧:旧日的交往者,老朋友。②昼公:疑为希昼。希昼是宋初有名的"九诗僧"之一,比元净等人年长,此处以此代指道潜。心印合:心心相印,彼此心中所思所想互相符合。秦子:即秦观。"子"作对有学问的人的尊称。意珠圆:谓意趣相投,彼此的情趣爱好融洽一致。意珠本系佛教徒用的如意珠,常用来比喻智能。③步月:谓在月光下漫步,行走。④台阁:原意本为尚书,后泛称一般的大官或大官府。此处指出仕做官,在官府中任职。山林:此处指在山林之中出家隐居者。文字:指诗文。道潜与秦观都是著名诗人,故有此说。禅:梵文音译"禅那"之略,佛教名词,意为"静虑"、"思维修"、"弃恶"、"功德丛林"等,即心注一境,正审思虑。

山 居

灵 澄

因僧问我西来意,我话山居不记年①。
草履只栽三个耳,麻衣曾补两番肩②。
东庵每见西庵雪,下涧常流上涧泉。
半夜白云消散后,一轮明月到床前。

【作者简介】

灵澄，北宋中期南方诗僧。生卒年、俗姓籍贯及生平履历均不可考。大约公元1041年前后在世。能诗，诗风清新平易，朴实无华。作品大多不传。

【说明】

这是一首介绍自己住山隐居情况的诗。有人问澄公，你为什么住在深山老林里，山林里有什么好处。澄公乃作此七律以答。可以是表白自己，也可以是诱导别人。总而言之，澄公的山居生活是清贫简朴的，却也是恬淡安乐的。只要灵澄自己觉得满意，那就行了。并不能要求每个人都去住山，诗中亦有此意。

【注释】

①西来意：佛教语。谓达摩祖师自天竺西来的本意。此处代指澄公本人住山隐居的本意。话：回答。②草履句：一双草鞋有四耳，少一只耳也罢，将就穿吧。

登　阁

清晦

小阁称幽隐，登临眺晚晴①。
暮云埋落日，寒树夹孤城②。
鸟道穿山色，人烟隔水声③。
自怜疏散意，多不计浮名④。

【作者简介】

清晦，北宋时僧。生卒年、俗姓籍贯及生平履历均不可考。大约公元1042年前后在世。能诗善文，颇享时名。诗风简淡飘逸，清隽灵秀，对意境的追求亦下功夫。此诗载《宋高僧诗选》。

【说明】

阁在何处，阁以何名，今皆不详。黄昏之际而登临高阁，于暮色中极目远眺，山水一色，飘渺迷朦，又是一番风味，能生出多少感慨。所想到的、所要说的，晦公都为我们写下来了。而且，写下的还有晦公高雅的情趣和淡泊的心境。

【注释】

①眺：远望。晚晴：晴朗的夜色。②寒树：指秋冬季节落叶之树。③鸟道：谓险绝的山路，只通飞鸟。庾信《秦州天水郡麦积岩佛龛铭》："鸟道乍穷，羊肠或断。"人烟：住户的炊烟，泛指人家。④疏散：本意为分离，散开。此处转义为狂放散漫之意。浮名：犹虚名。李白《留别西河刘少府》诗："东山春酒绿，归隐谢浮名。"

上堂偈二首之一

洪 英

宝峰高士罕曾到，岩前雪压枯松倒①。
岭前岭后野猿啼，一条古路清风扫②。

【作者简介】

洪英（1012－1070），北宋时期江西靖安泐潭宝峰寺僧。黄龙宗始祖慧南禅师法嗣。俗姓陈，邵武（今属福建省）人。幼颖悟，喜读书。成年弃儒出家。历游曹山、云居、西山、石门，遍参大德。依宜丰黄檗山慧南禅师，得印可。后开法靖安石门山泐潭宝峰寺，法席鼎盛。英公儒佛兼通，锦心绣口，上堂每作偈颂，殊为可观。英公从慧南禅师前，居建昌云居山，眷其胜地，有终老之意。后受慧南命，扬黄龙宗风，乃多处开法主寺。终葬宝峰。示寂前，叙《行脚始末》。

【说明】

英公为赵宋时泐潭宝峰的一代宗师。其开堂说法，往往即以宝峰为主题，融情绘景，妙语连珠。一则是景取眼前，信手拈来，倍觉方便，以利学人看住话头。二则宝峰马祖道场，源远流长，本也值得大书特书。这首诗偈便是如此。宝峰古寺在人迹罕到之地，不见人影，但闻猿鸣，大雪压松，清风扫路。这等幽静天然处所，岂不是最佳学道修行的境地吗？诗写得很清新，很流畅，诗味甚浓。

【注释】

①宝峰：江西靖安县石门山泐潭寺后山峰连绵。南天八祖马祖道一示寂后，塔葬寺后山麓，名此山为宝珠峰，简称宝峰。其后寺名亦由泐潭改为宝峰，源于此。高士：高人达士，泛指有名气有地位的人物。②古路：指通往宝峰禅寺的路径。

上堂偈二首之二

洪 英

石门巉崄铁关牢，举目重重万仞高①。
无角铁牛冲得破，毗卢海内作波涛②。

【作者简介】

见前。

【说明】

这是一首诗味十足的诗，又是一首禅味十足的诗。于此，亦可见知英公学养精湛，儒道兼通的深厚功底。写景抒情是为了后面的说理谈禅，禅言佛语也照应着前面的融情绘景。前面有石门铁关，后面有无角铁牛，前面有万仞高山，后面有大海波涛。呼应得多么好，衬托得多么好，对比得多么好！当然，绝不单纯地盲目地写景、抒情、谈禅、说理，而是为了莘莘学僧们个个都如铁牛，冲破石门铁关，纵身大海，掀起波涛。高僧大德们对后辈的期望是何等殷切，何等重大！

【注释】

①石门：山名。在今江西省靖安县东北五十里处，地名大樟都。其地山岩对峙，有若门户，故名。泐潭古寺即宝峰禅寺即在山麓。巉崄：险峻貌。多以形容山岩、山峰。铁关：喻指石门如极其坚固的关隘。亦喻指学佛修道的重重难关。二义皆通。万仞高：指石门山群峰连绵高耸。②无角铁牛：本指面壁九年终破壁的禅宗东土初祖菩提达摩禅师。达摩开悟破壁，神力如铁牛，人而无牛角，故称无角铁牛。此处喻指参学诸僧子，亦英公之期望也。毗卢：佛名。毗卢舍那的略称，也译作毗卢遮那，即密宗所奉之大日如来。又作法身佛的通称。毗卢舍那意译为日。世间之日，能除一切冥暗，生长一切万物，成就一切事业。故此处以毗卢海代指天地日月，代指无限宇宙。作波涛：掀起波涛，意谓做出惊天动地的事业。

自题诗集

宗 美

新集刍荛六百篇，冥搜疑到不还天^①。
多惭未得骚人旨，虚役身心五十年^②。

【作者简介】
宗美，北宋中期福建晋江延福寺僧。生卒年、俗姓籍贯及生平事迹均不详，大约公元1043年前后在世。诗有盛名，作品结集为《晋江集》，今不传。

【说明】
所谓诗集乃指作者的《晋江集》，内选收作者数十年间诗作六百余篇。诗集编成付印之前，作者写下这首题诗，简洁地记叙了自己呕心沥血的艰辛，也算是一个纪念。

【注释】
①刍荛（chú ráo）：割草叫刍，打柴叫荛。指割草打柴的人。引申为草野之人。亦常以刍荛之言作为向人陈述意见的谦词，以刍荛之辞作为自己诗文的谦称。冥搜：搜访及于很幽远的地方。不还天：不得回来的地方，极言其远。天指地方。
②骚人：指诗人。自屈原代表作《离骚》出来之后，作诗者多仿效之，故称诗人为骚人。旨：意见，主张，犹言宗旨。役：劳役，使之辛劳也。虚役句：谓徒然地使身体和心灵都受到劳役，长达五十年。

咏　月

樟　不

月轮端似古人心，皎洁高深处处临^①。
纵在波涛圆不定，照尘尘亦不能侵^②。

【作者简介】

樟不（niè）：北宋中叶江南僧。生卒年不详，大约公元1045年前后在世，宋神宗元丰年间（公元1078－1085年）去世。俗姓李，名实，字介福，淝水（今安徽省合肥市附近）人。幼习儒，从其祖李彻宦游各地。后出家，宋仁宗庆历年间（公元1041－1048年）至南丰（今属江西省）山中结庵修道。传说坐化时端坐于一棵樟不上，故人们称其为"樟不禅师"。（树木砍伐后所留根株称不，即今所称树桩、树蔸。）

【说明】

佛教认为众生固有的对佛教"真理"的觉悟，如同月亮从初起日逐渐增加，至十五日圆满光明那样，也是由浅至深，由少加多，直至最终大彻大悟的。《心地观经》云："凡夫所观菩提心相，犹如清净圆满月轮，于胸臆上明朗而住。月即是心，心即是月，尘翳无染，妄想不生。"樟不的这首七绝便是一首佛理诗，反映的正是佛教的这一观念。

【注释】

①月轮：月圆如同车轮，为满月之状，故名。端似：真似。②纵在句：意谓虽然月亮映在水中，因水面波动而月之圆形被摇动破坏。

周 侯 祠

僧 印

将军手持三尺剑，奋身直入蛟龙穴①。
至今鱼鳖不敢游，溪流上下皆腥血②。
千年庙食未足酬，问之父老何其忧③？
害人白额犹未尽，纷纷不独南山头④！

【作者简介】

僧印（？－1077），北宋浙江温州瑞安寿圣寺僧。字月江。生年、姓氏籍贯及其他事迹均不详。此诗载清人厉鹗《宋诗纪事》卷九十二。

【说明】

周侯系周处的尊称。周处（240－299），西晋名将，义兴阳羡（今江苏省宜兴县）人。少时横行乡里，时人把他和南山虎、长桥蛟合称为"三害"。后翻然改过，传说他奋身杀虎斩蛟，立功赎罪。入仕后曾任太守、内史、御史中丞，为官刚正，因功封"建威将军"。他去世后，乡人立祠祭祀。本诗系作者瞻仰周侯祠这一著名古迹时有感而作。诗的前半部分用极其形象，极其夸张的手法表彰了周处的巨大功绩，后半部分却笔锋陡转，指出害人之虎依然极多，却再也没有像周处这样的英雄来为民除害了（利用与乡人父老对话的形式来表现）。诗写得很雄健刚劲，形象生动，也写得很深沉含蓄，充满激情。全诗充满了对黑暗现实的不满，对人民疾苦的关注，洋溢着对前代英雄豪杰的缅怀和赞慕之情。

【注释】

①将军：指周处，周处曾官封建威将军。蛟龙：传说中龙的一种，据说能掀起洪水，酿成灾害。一说为无角母龙。腥血：指蛟龙被杀时流出的血。②鳖：又称"甲鱼"，爬行纲水生动物。③庙食：旧称死后受人奉祀，在庙中享受祭飨。酬：报答。何其：为何。④白额：指虎。老虎额头有白纹。纷纷：众多貌。南山头：指周处杀死猛虎的地方。《晋书·周处传》有句"南山白额，长桥下蛟，并子为三（害）矣。"

悼赵清献

法 泉

仕也邦为宪，归欤世作程①。
人间金粟去，天上玉楼成②。
慧剑无纤缺，冰壶彻底清③。
春风縠水路，孤月照云明④。

【作者简介】

法泉，北宋江苏建康蒋山僧。生卒年及生平履历均已无考，大约公元1048年前后在世。俗姓时，湖广随州（今湖北省随州市）人。因戒行严谨，道誉高著，宋神宗元丰年间（公元1078－1085年）御赐紫袈裟。能诗，皆佚，此诗载厉鹗《宋诗纪事》卷九十一。

【说明】

赵清献指北宋名臣赵抃（biàn），清献为其谥号。赵抃（1008－1084），字阅道，号知非子，衢州西安（今浙江省衢州市）人。景祐进士，任殿中侍御史时，弹劾不避权贵，人称"铁面御史"。后历知睦州、虔州、成都。神宗初升参知政事（丞相）。反对王安石变法，改知杭州、青州、成都、越州等。有《赵清献集》。法泉这首悼诗从佛家因果轮回的角度，总结赵抃的一生，认为赵氏事业有成，不愧此生，一定能得无上正果，生极乐世界。

【注释】

①仕：入仕，做官。邦：国家，江山社稷。宪：本意为法令规章，引申为宗旨、原则。归欤：归去吧，归隐吧。世作程：把人世生活看做一段旅程。意为无须过于羁恋。②金粟：佛名，即维摩诘大士。南朝梁王简栖《头陀寺碑》文有"金粟来仪，文殊庋止。"李白《答湖州迦叶司马问白是何人》诗句"湖州司马何须问，金粟如来是后身。"此处借称赵，因赵抃为护法居士。玉楼：相传为仙人住处。尊称人之逝世为玉楼赴召，意为去做神仙了。③慧剑：佛教喻智能如利剑，能斩断一切烦恼。纤缺：丝毫的缺损。纤：意为细小、细微。冰壶：盛冰的玉壶，比喻洁白。此处喻指赵抃人品的高洁。④縠（hú）：绉纱。今谓之轻纱，其薄如雾。此处用作动词，使之绉起。此句意为春风吹起，使水面产生皱纹。孤月句：一轮孤洁的月亮，照破云层，使云之下面，有了一些光明。云的下面是什么，作者隐而不言，应该是坟茔，赵抃之墓地。含蓄愈见悲伤，愈见深沉。

石　鼓　峰

宗　本

造化功成难可测，不论劫数莫穷年①。
如今横在孤峰上，解听希声遍大千②。

【作者简介】

宗本（1020－1099），北宋河南东京慧林寺僧。字圆照，俗姓管，常州无锡（今江苏省无锡市）人。年十九入苏州承天寺出家，十年后受戒。后游学四方，遍参高宿。谒天衣义怀禅师，日久开悟，承嗣其法。以机锋敏捷，悟性透彻，精通经义而名播环宇。先后开法姑苏瑞光寺、杭州净慈寺、京师慧林寺等著名大刹。宋神宗召对称旨，备极宠信，天下丛林以宗师领袖目之。宗本体貌魁硕，天资纯诚，秉性自然，不缘修饰。研经持修极是精进严谨，是以道行高岸，威仪凛然，宋神宗于朝中赞其为"真福慧僧也！"

【说明】

大约宋仁宗至和年间（公元1054－1055年），宗本禅师初游江西建昌云居山。由北山路上经石鼓峰，同道相率赋诗。师素不事笔砚。道友乃强其为诗，辞之不获，乃即兴口占此偈。此诗高度赞扬石鼓峰夺造化之天工，历沧桑之穷年，实为天然美景。诗之末句"解听希声遍大千"，气势尤为雄劲挺拔，道友皆为搁笔惊叹。石鼓本自无声，因其为鼓，自该有声。此句即赞石鼓之声将传遍宇内，震响大千。后本公深蒙宋仁宗、神宗两代君王赏识，名播天下，或以为此云居山石鼓峰绝句为其先兆也。石鼓峰乃云居山上天然巨石，其形似鼓，当北山道上。上镌"阿弥陀佛"四字，云为佛印了元禅师所书。其石其字至今尚存。

【注释】

①造化：指自然的创造化育。见《庄子·大宗师》："今一以天地为大炉，以造化为大冶。"劫数：谓劫的次数。佛经言天地的形成到毁灭为一劫。如清曹雪芹《红楼梦》一："又不知过了几世几劫。"穷：寻根究源，此处谓查寻石鼓之年代。②希声：少有、罕见的声音。此处指佛教的音义。大千：即大千世界，指广大无边的世界。

十　竹　轩

清　顺

城中寸土如寸金，幽轩种竹只十个①。
春风慎勿长儿孙，穿我阶前绿苔破②。

【作者简介】

清顺，北宋中叶浙江杭州西湖北山垂云庵僧。字怡然。生卒年及姓氏籍贯均不详，与苏轼同时，大约公元1050年前后在世。他是宋代著名的诗僧，诗风古朴凝炼，颇重形象的塑造和意境的追求，诗文负一时重名。王安石极爱其诗，苏轼晚年也与之唱和。原有集，不传。诗作大致散见于《诗人玉屑》、《宋高僧诗选》、《瀛奎律髓》、《宋诗纪事》等著作中。

【说明】

十竹轩是杭州西湖北山清顺本寺中的一个小室，是作者平日吟诗养性的地方，因轩前种有十棵竹而得名。诗中写到：作者一方面要在轩前植竹以求雅趣，另外呢，却又担心雨后的春笋刺穿绸缎一般平滑光鲜的绿苔，破坏阶前的整洁。诗写得生动活泼，鲜明风趣，充满了生活气息。

【注释】

①城中：北山在西湖边，濒临杭州城，故言。②儿孙：喻竹之后代即笋，此处指春笋。

题西湖僧舍壁

清 顺

竹暗不通日，泉声落如雨①。
春风自有期，桃李乱深坞②。

【作者简介】

见前。

【说明】

西湖，著名风景名胜地。详见遵式《酬苏屯田西湖韵》之说明。顺公亦系久隐西湖之畔的名僧。这首诗不写西湖，写的是西湖北山某僧寺，写后并题僧舍之壁。苏东坡被贬为杭州太守时，游览西湖。见寺壁这首题诗，大为赞赏。问是谁所作，人告以西湖僧清顺。东坡当天就求访，相见甚喜。经大诗人苏东坡推荐赞赏，清顺名声更著。而这首短小的五言绝句的确写得好。笔下无人，全系写景，又是纯自然的客观的叙述，描写的是自然风景：日、泉、风、雨、桃、李等等。不着痕迹，有如天籁，令人想起王维写于辋川的那些五言绝句如"明月松间照"、"深山不见人"等等。难怪东坡会如此推许！

【注释】

①竹暗：竹子长得特别茂密，阳光穿射不进来。于是位于竹林之中的僧舍显得格外幽暗宁静。泉声句：谓僧舍旁的溪泉形成了瀑布，飞溅如雨。②期：约定。坞：本意为土堡、小城。转义为四面高中间低的谷地，如山坳就叫山坞。唐·羊士谔《山阁闻笛》诗："临风玉管吹参差，山坞春深日又迟。"便是此意。另外，四面如屏的花木深处，或四面挡风的建筑物也叫坞，如花坞、竹坞等。此处自然是用后者之意。

北山垂云庵

清　顺

久从林下游，颇识林下趣①。
纵然绿阴繁，不碍清风度②。
闲于石上眠，落叶不知数。
一鸟忽飞来，啼破幽绝处③。

【作者简介】

见前。

【说明】

北山垂云庵系顺公隐修之所，原在杭州西湖西北方向，早废。这首诗着重描写了顺公在垂云庵修持学佛、游览吟诗的日常生活。对自然环境的细腻描写，很有独到之处。文辞极是简洁，布局从容大度。末一句尤为神来之笔：把垂云庵最大的特点——幽静点出来了。

【注释】

①林下：树林之下，幽静之地。有二解，一解乃形容闲雅、超脱。《世说新语·贤媛》："王夫人神情散朗，故有林下风气。"二解指退隐之所。灵澈《酬韦丹刺史》诗："相逢尽道休官好，林下何曾见一人？"此处系用二解。趣：指好处。②纵然句：尽管枝叶繁茂，绿阴重重。不碍句：不妨碍清风穿过树林，徐徐而来。度，指穿越。③幽绝：极其幽静。

退黄龙院作

祖　心

不住唐朝寺，闲为宋地僧①。
生涯三事衲，故旧一支藤②。
乞食随缘过，逢山任意登③。
相逢莫相笑，不是岭南能④。

【作者简介】

祖心（1025－1100），北宋江西隆兴黄龙寺僧。号晦堂，俗姓邬，一作郭，南雄始兴（今属广东省）人。少习儒，为诸生。出家后，参黄龙派祖师慧南，尽得要领，遂继其法席。其后游历京都，遍求名师，南还。先住庐山，复归黄龙寺，任住持，悉心传播黄龙教派，弘扬禅法。诗人黄庭坚尝师事之。他秉性颖悟，学识渊博，擅长诗文，其诗尤受《彦周诗话》作者许彦周的推崇。死后赐号为"宝觉禅师"。

【说明】

黄龙院即黄龙寺，南禅临济宗黄龙派祖庭，在江西隆兴府修水县西部湘鄂赣三省交界的黄龙山麓。祖心南还后，长居黄龙寺，并作此诗以言志。诗中用最大篇幅表示了自己今后一定要摒弃交游，悉心向佛，寄情山水，随缘度日，谦虚地承认自己不是慧能那样的高僧，不能开一大宗派，立一代风范，还不如我行我素的好。诗写得平易朴实，读来更亲切有味。

【注释】

①唐朝寺：黄龙寺始建于唐末，称永安寺，入宋未久改名黄龙寺。宋地僧：祖心作此诗时，黄龙寺所在属隆兴府分宁县（今江西省修水县），是北宋境地。②三事衲：三件衲衣，僧衣。详见本书僧孚《仲殊喜作艳词，以诗箴之》注⑦。藤：藤条制成的拐杖。③缘：缘分，机缘。佛教把事物生灭的各种辅助条件均称为"缘"。④岭南能：禅宗六祖慧能是广东人，嗣法后长期隐居广东，并在广东曹溪宝林寺开创禅宗南宗教派。广东别名岭南。故称慧能为"南能"或"岭南能"。详见本书慧能《得法偈》作者简介。

蝇子透窗偈

守 端

为爱寻光纸上钻,不能透处几多难①。
忽然撞着来时路,始觉平生被眼瞒。

【作者简介】
守端(1025-1072),北宋江西袁州杨岐山普明禅院僧。字白云,号新圆通,俗姓葛,衡阳(今属湖南省)人。幼习儒业,稔悉翰墨,成年后始从茶陵郁禅师披剃,得法于南禅临济宗杨岐派祖师方会。游庐山时,经圆通寺主居讷禅师推荐,往任江州承天寺住持。后复回庐山圆通寺,隐此甚久,故得"新圆能"之别号。还曾居浙江余杭法华山龙门寺、安徽舒州白云山海会寺等处。他在佛学上颇有造诣,在佛教界名望极高,善于讲经,门徒如云。

【说明】
蝇子即苍蝇,透指穿过。这首偈子通过苍蝇在窗纸上乱碰乱撞,始终无法通过,忽然间又找到了出路的故事,形象生动地阐述了禅宗南宗的"顿悟"学说。这是一首寓言诗,写得充满哲理且又别有风味。

【注释】
①纸:窗纸。旧时因无玻璃,窗户用薄而半透明的纸糊贴。

云 鹤

克 文

旦过晚应宿,山堂任去留①。
孤云能自在,只鹤更优游②。
榔栗开青眼,袈裟伴白头③。

未明西祖意,萍迹漫悠悠④。

【作者简介】
克文(1025－1102),北宋江西靖安宝峰寺僧。字云庵,俗姓郑,阌乡(今河南省灵宝县)人。本习儒业,年二十五始出家,参黄龙慧南,继为法嗣,颇受慧南信任赞赏。其后历主南宁报宁寺、庐山归宗寺等名刹。元丰间(公元1078－1085年)宋神宗赐号"真净禅师"。他博学多才,儒佛兼通,既精禅理,亦擅诗文,甚得诗人黄庭坚等辈的推崇。著作有《云庵语录》及诗文《禅藻集》。

【说明】
这是一首寓言诗,诗的题目本身就是一个比喻。作者把自己比作孤云野鹤,愿去追求优游自在的生活,充分地表现了作者淡薄名利,超尘脱俗的高尚情怀和崇尚自由、彻底隐遁的坚定决心。诗写得通俗明了,亲切柔和,富于真情实感。

【注释】
①旦:本意指早晨,天亮。此处指白天。山堂:山上宽阔平坦的地方。转义为山上寺庙的正中大堂。②自在:安闲舒适貌。只鹤:单独的一只鹤。优游:悠闲自得的样子。③榔栗:槟榔和板栗。均为树上结的果实,富有营养,为隐居僧人常食之物。青眼:喜悦时眼睛向前正视,黑眼珠在中间,与"白眼"相对。青指黑色。《晋书·阮籍传》载"籍又能为青白眼"。后常因此用"青眼"表示对人的尊重和喜爱。袈裟:梵文音译,意为"不正色"、"坏色"。僧人所穿法衣规定不许用青、黄、绿、白、黑"五正色"和绯、红、紫、绿、碧"五间色"制作,只许用铜青、皂泥、木兰三种"不正色"(亦即"坏色")制作,故此便用袈裟(即"不正色"、"坏色")称佛教徒的法衣。④西祖:指佛祖释迦牟尼。因其家乡古印度北部在我国的西面,故中国的佛教徒常称其为"西祖"。萍迹:亦作萍踪。浮萍生长水中,漂泊无定,无根无系,因此称无定的行踪为萍迹或萍踪。

吊黄龙和尚塔

克 文

示灭师何速,空遗塔此中①。
僧闲四海锡,谁复九年风②。

鸟外千峰绕，人间一径通③。
寥寥朝与暮，唯有白云同④。

【作者简介】

见前。

【说明】

黄龙和尚指开创临济宗黄龙派的祖师慧南禅师，即作者的授法师。慧南（1002－1069），俗姓章，信州玉山（今属江西省）人。十一岁出家，年十九受具足戒，先依宝峰怀澄，继从云峰文悦，后嗣法于石霜楚圆。先后住持永修同安、宜丰黄檗、庐山归宗诸大刹。终至修水黄龙山崇恩禅院，开创黄龙派。著名弟子有黄龙祖心、东林常总、宝峰克文、云居元佑、雪峰道圆、泐潭洪英等数十人。南公圆寂后，葬于黄龙山，塔号"宝觉禅师"。克文重返黄龙山，在瞻礼了恩师的塔葬之后，又作这首追悼诗。诗写得很深挚、沉痛，寄寓了很深的情感。

【注释】

①示灭：佛家语，佛菩萨及高僧之死称示灭。唐·李华《华都圣善寺无畏三藏碑》："山王高妙，海月圆深，因于示灭，空悲鹤林。"②僧闲句：意谓没有谁能像黄龙和尚一般四海云游，不辞艰辛地参师问道。九年风：慧南禅师为黄龙山崇恩寺第四代住持，主寺九年，开创黄龙派。其禅风以严厉痛快著称，自成一格，在日本很受欢迎。③鸟外：倒装句式，即鸟绕千山外。④寥寥：空虚，空阔。

得黄龙死心示寂讣

守　智

法门不幸法幢摧，五蕴山中化作灰①。
昨夜泥牛通一线，黄龙从此入轮回②。

【作者简介】

守智（1025－1115），北宋时期湖南潭州云盖禅寺僧。黄龙慧南禅师法嗣。俗姓陈，剑州（治所在今四川省剑阁县）人。受戒后游学四方，先后参法昌倚遇、翠岩应真诸大德。依黄龙慧南于宜丰黄檗山，得印可。后入湖南，开法道吾，旋徙云盖，大张法筵。其事载《五灯会元》甚详。

【说明】

黄龙死心（1043－1114），法名悟新，为黄龙宗初祖慧南法孙，二祖晦堂祖心法嗣。俗姓黄，韶州（今广东省韶关市）人。晚年号死心叟、韶阳老人。他承继祖师基业，弘扬黄龙宗风。受黄庭坚等人敦请，多次主持义宁黄龙崇恩禅院，对禅宗黄龙宗的发扬光大，功绩卓著。论辈分，智公乃死心和尚的嫡亲师叔。死心曾多次入湘觐省智公。宋徽宗政和元年（公元1111年），死心和尚再入湖南探望智公。入寺时天色已晚，智公业已登床，乃下床趿鞋，边行边叫："把烛来，看其面目何似？"死心和尚也叫道："我要照见是真师叔，是假师叔。"叔侄相见甚欢。谁知未及三年，死心和尚于七十二岁示寂于黄龙山。时智公年已九十，得此噩耗，伤爱侄之先逝，倍极哀痛，乃有此诗之作。未期年，智公亦圆寂。这首诗写得很沉重，极为伤悲。所哀悼的不仅是心爱的后辈先我而去，更重要的是黄龙宗门庭失去了擎天支柱，难有后继。全诗质直浅易，不假修饰，流露的也全都是内心衷情。

【注释】

①法门：佛教指修行者入道的门径。也泛指佛门、佛教界。法幢：佛教教门中的大旗。幢为古代作仪仗用的以羽毛为饰的一种旗帜。五蕴：佛教语。也称"五阴"、"五众"。即色（形相）、受（情欲）、想（意念）、行（行为）、识（心灵）。识为认识的主观要素，色、受、想、行为认识的客观要素。这里以此代指死心和尚的全部思想意识和心身肉体。②泥牛：泥土塑制成的牛。有泥牛入海成语，意谓一去不返，杳无消息。此处以泥牛通消息，以表示是最后的消息，可怕的消息，是噩耗。这样反成语之意而用，愈显其心境悲怆。一线：一线消息。黄龙：指黄龙山崇恩寺，亦指黄龙宗。轮回：佛家认为世界众生莫不展转生死于大道之中，如车轮旋转，称为轮回，惟成佛之人始能免受轮回之苦。此处预示黄龙山、黄龙宗亦将历经重重曲折苦难。

上堂偈语

守 智

紧峭离水靴，踏破湖湘月①。
手把铁蒺藜，打碎龙虎穴②。

翻身倒上树,始见无生灭③。
却笑老瞿昙,弹指超弥勒④。

【作者简介】
见前。

【说明】
这是智公某次于云盖寺上堂时所吟诗偈。此偈完全用嘻笑怒骂、正话反说、怪话连篇、指东打西的做法,来启示后学。这也完全不脱黄龙慧南的套路,不离黄龙宗的风格。读来很能发人深省,很有滋味。

【注释】
①紧峭:此处为束紧的意思。离水靴:指高统靴,可于深水中行走。踏破句:谓月映湖中,脚一踏入湖水,湖中之月即告破碎。湖湘本意为洞庭湖与湘江一带地区。这里仅指一般的湖。因智公便在湖南湘江流域住寺开法,顺便举之。②蒺藜:草名。生于沙地,布地蔓生,果实表面突起如针状。以铁仿其形而制成者称铁蒺藜,却是一种远距离掷击的武器或暗器。龙虎穴:龙潭虎穴缩语,喻最危险的地方。③翻身联:承上,谓踏破湖湘月,打碎龙虎穴之后,方能翻身上树,才能见到无生也无灭的真实世界,才能洞见佛学真义。④瞿昙:梵语音译,也作乔达摩。佛教创始人释迦牟尼姓瞿昙。此处以其姓称其人,即佛祖也。弹指:一弹指的省语。极言时间的短暂。弥勒:佛名。姓弥勒,字阿逸多,意译为无胜。

送僧游嘉禾

法 秀

楚天西首路,隽李记曾游①。
店宿灯悬梦,堤行草唤愁②。
玉澄湖水晓,画展囿亭秋③。
小艇枯杨趾,重来为系留④。

【作者简介】

法秀（1027－1090），北宋京城法云寺僧。字圆通，俗姓辛，秦州陇城（今甘肃省天水市）人。受法于无为义怀禅师，尽得心传。冀国大长公主闻其名，再三邀聘，请住法云寺。他性格严厉，道风峻洁，时人皆称其为"秀铁面"。李公麟画马，黄庭坚作艳词，皆受其当面指责。诗不多作，然皆精品。

【说明】

嘉禾系旧时浙江嘉兴府的别称，府治即今浙江省嘉兴市。这是一首赠别送行诗，但作者突破常规，新颖构思，写成了另一路数。不是对即将远行者的叮咛或嘱托，安慰或勉励，却通篇都是作者自己的回忆：回忆那个自己昔日曾游，友人将要去游的地方。充满感情的细腻的笔墨，为我们描绘出江南明媚秀丽的湖光山色。当然，通过追忆的方法，用美丽的诗句将那个友人要去的地方预先作一番介绍，用这种方法来赠别送行亦未尝不可，意思便落在最后一联：嘉禾在等待着你去，那儿有枯杨根为你的游船系缆呢！诗的确写得清新别致。

【注释】

①楚天：指古楚国的地域，包括今湖北、湖南、江西、江苏、浙江等省的全部或一部。隽李：又名醉李、就李，古时地名，即嘉禾，治所为今浙江省嘉兴市。②店宿：宿于店中。堤行：行在堤上。③囿（yòu）亭：不详所指，当为唐宋时浙江嘉兴一著名亭阁。④枯杨趾：枯杨树根。

题大慈坞祖塔院

先 觉

谷口两三家，平田一望赊①。
春深多遇雨，夜静独鸣蛙。
云暗未通月，林香始辨花②。
谁惊孤枕晓，涛白卷江沙③。

【作者简介】

先觉，北宋中期江南诗僧。生卒年、俗姓籍贯均不详。大约公元1057年前后在世。为人朴野，布衣草鞋。然性爱吟咏，夜半得句，亦必索灯记之。其诗浑然天成，毫无凿痕，雍容闲逸，很有唐人风味。亦与同代名士学者交游，极受苏轼、米芾等辈尊崇，有诗文唱和。其作品大多不传，散见各家笔记杂著中。

【说明】

大慈坞祖塔院未详何在。大慈坞当系地名，为一环境幽僻的山坳。塔院指已故僧人所葬之塔及其他相关房屋。墓塔与房屋往往形成单独的院落，而居住房屋中的一般是负责守护和祭扫墓塔的后代僧人。这首诗所描写的塔院，当为先觉前辈祖师之墓。诗写得甚为飘逸，风行水上，自成纹理。

【注释】

①赊：长，久，遥远。梁武帝《娈童》诗："羽帐晨香满，珠帘夕漏赊。"又作稀疏解，亦通。杜甫《陪郑广文游何将军山林》诗："词赋工无益，山林迹未赊。"②云暗：云层厚重，显得暗黑。通月：透过月光。③谁：实指作者自己。孤枕：指前辈祖师在墓塔中安息长眠。

山　居

净　端

吴山古寺近溪边，高阁虚堂景象全①。
林下寂寥炉火尽，未眠犹听夜行船②。

【作者简介】

净端（1030－1103），北宋浙江湖州吴山僧。字明表，俗姓丘，归安（今浙江省湖州市）人。少年时出家，肄业于吴山之"解空讲院"。后参龙华寺齐岳禅师，顿然得悟，翻身作狻猊状，人们遂称他为"端狮子"。他秉性敏悟，能诗善文，宰相章惇甚为爱重。作品有《吴山集》，不传。

【说明】

净端毕生居于湖州吴山古寺中，作有大量关于吴山佛隐生活和自然风光的诗歌，结集便名为《吴山集》。这首七绝一方面描写古寺依山近水，美景皆备，另一方面又写出作者寂寞寒冷,彻夜难眠。两相对照,更使人体味到僧侣生涯的孤独清苦。诗写得朴实无华,亲切感人。

【注释】

①吴山:古地名。在今江苏省苏州市西南尧峰的东面,旧属湖州辖境。吴越时广陵王子文奉命建"吴山解空讲院"于此,故名。虚堂:指地势极高,建筑极为宽广雄伟的佛殿。虚为高的意思。②林下:幽僻之境,引申为退隐或退隐处。此处指吴山古寺。寂寥:无声无形状。此处转义又为寂静、清冷。

早　梅

则　之

数萼初含雪,孤清画本难①。
有香终是别,虽瘦亦胜寒②。
横笛和愁听,斜枝倚病看③。
朔风如解意,容易莫吹残④。

【作者简介】

则之,北宋中叶浙东诗僧。生卒年不详,大约公元1050年前后在世。字彝老,俗姓杨,外冈(今上海市嘉定县)人。出家后,殚精求学,律己甚严,曾向著名高僧怀琏学佛经,向诗僧清顺学诗词,均极有收获。诗写得很好。著作有《禅外集》等,不传。

【说明】

这首咏梅诗写尽了早梅的姿态和精神,刻画出梅花与众不同的香馥和坚强性格,这自然是意有所指,意在言外了。同时,此诗情景交融,作者把自己摆进了诗中,以对衬的手法来显示梅的清香和刚烈,使人觉得亲切有味。则之的诗大都类此,文辞久经推敲,意境刻意追求,大有文人诗风。

【注释】

①萼:花萼,花的外轮,由若干瓣萼片组成。此处系指梅花的萼片。梅花冒雪而开,故而花瓣上还带着雪,犹如花瓣中包含了雪,雪从花瓣中开出来一般。孤

清:孤傲、孤独而又清高。②有香句:梅花的清香毕竟与众不同。虽瘦句:梅花(梅树)虽然瘦劲却很能忍受风寒。③横笛:晋人桓伊作笛曲《梅花引》,主调出现三次,充分表现出梅花傲雪凌霜的姿态,清代人则据以改编成琴箫合谱《梅花三弄》。倚病:带病。④朔风:本意指北方的寒气,此处指凛冽寒冷的北风。容易:轻易,随随便便。

雪霁观梅

则 之

荒园晚景敛寒烟,数片清新破雪边①。
幽艳有谁能画得,冷香无主赖诗传②。
看来最畏前村笛,折去休逢野渡船③。
向晚十分终更好,静兼江月淡娟娟④。

【作者简介】

见前。

【说明】

雪霁指落雪已停,天气开朗。又是一首写梅花的诗。措辞十分精炼,用典也很贴切,对仗工稳,韵律柔和。描写雪中梅花的幽艳和冷香,颇为传神。

【注释】

①荒园句:意谓寒冷的烟雾笼罩着荒园的晚景。敛为收聚、收藏之意。清新:指新从花蕾中绽放出来的梅花。②幽艳:文静秀美。王安石《次韵答平甫》诗有"长树老阴欺夏日,晚花幽艳敌春阳。"冷香:指花的清香。唐·薛能《牡丹》之四有句"浓艳冷香初盖后,好风干雨正开时。"亦指清香的花。唐·王建《野菊》有"晚艳出荒篱,冷香着秋衣。"指菊花。宋·道潜《与元规话别》诗句"冷香秀色谁为主,趁取花时更一来。"指梅花。赖:借助。③笛:暗用典,指晋人桓伊所笛曲《梅花引》。④娟娟:明媚美好的样子。

绝　句

重　喜

地炉无火一囊空，雪似杨花落岁穷①。
乞得苎麻缝破衲，不知身在寂寥中②。

【作者简介】
重喜，北宋中期浙江诗僧。生卒年及俗姓均失考，会稽（今浙江省绍兴市）人。大约公元1060年前后在世。少以捕鱼为业，日诵观世音菩萨之名，及长乃出家。本不识字，经自学得以读书，能诗，喜作偈颂。作品散见于周紫芝、陆游的诗话著作中。

【说明】
重喜善作偈颂，就形式而言，一般就是七言绝句或五言绝句，正如本诗，故其题目也就直接称为绝句。本诗通过几个平凡的细节，记叙作者隐修生活状况。这种生活自然是十分贫苦的，寂寞的，但作者并不这样认为。作者能随遇而安，知足常乐。这种心理状态，对修行的人实在太重要了。

【注释】
①地炉：在地上挖个窟窿，架柴烧火。囊：指钱袋，囊空如洗也。雪似句：冬景。到年底了，大雪像杨花柳絮般不断飘落。岁穷指一岁之终点，即岁末，年底。②苎麻：此处指苎麻拧成的麻线，麻绳。寂寥：寂静而又空虚。

辞御赐紫衣

元　佑

为僧六十鬓先华，无补空门号出家①。
愿乞封回礼部牒，免辜卢老旧袈裟②。

【作者简介】

元佑（1030－1095），北宋中期江西建昌云居山僧。俗姓王，上饶（今属江西省）人。为临济宗高僧，黄龙慧南禅师法嗣。年幼出家，年二十四受戒，宋哲宗元佑年间（公元1086－1093年）应王安石之弟王安上之请就任云居山真如寺住持，接替佛印了元禅师职务。时寺中聚众半千，合力弘教，僧俗同钦，名闻朝野。宋哲宗御赐紫袈裟，大加褒奖，力辞。勤于思维，长于说法，《五灯会元》多载其上堂开示，语极精炼，形象生动。赞宁为立传，入《宋高僧传》。

【说明】

佑公因弘法传教，卓有成效，宋哲宗御赐紫袈裟以示表彰。佑公恪守出家人不慕时名的本分，很坚决地谢绝了这份荣幸褒赏。这首诗写得很朴实，平易自然，说的当然也是真心话。这很有助于我们对这位高僧的认识和了解。

【注释】

①华：指头发花白。华同花。空门：佛教谓色相世界，皆是虚妄，能破除偏执，由空而得涅槃，以空为入道之门，故称空门。后泛指佛家为空门。②礼部牒：御赐紫袈裟须经过礼部备案，形成公文。此处即指礼部通知接受御赐的公文。卢老：指禅宗六祖慧能。慧能俗姓卢，继承五祖弘忍衣钵前，人皆称其为卢行者。

邺公庵歌

云 知

呼猿涧西藏石笋，丹桂苍松达鹫岭①。
几年陈迹绝纤埃，一旦佳名出清景②。
山家时喜来五马，相携款曲空岩下③。
遂许诛茅结小庵，异日功成伴潇洒④。
庵成可以资静观，目前直见江湖宽⑤。
邺公政简每频到，试茶笑傲浮云端⑥。
物外似忘轩冕贵，此中深得林泉意⑦。
野人陪着病维摩，游息自同方丈地⑧。

芳猷从此流千载，且得而今光胜概⑨。

【作者简介】
云知，北宋中期浙江杭州西湖普福院僧。生卒年、俗姓籍贯均不详。大约公元1060年前后在世。受知于时任杭州太守的祖无择，结庵以居，优游自娱。能诗，惜多不传。

【说明】
邺公指祖无择，祖受封为邺国公。宋神宗熙宁元年（公元1068年），祖无择出守杭州与云知结交。知公于西湖普福院内结草为庵，因祖无择受封邺国公，遂取名为邺公庵，且作此邺公庵歌以记。诗歌中详尽地描述了邺公庵周边的优美环境，创建邺公庵的缘起经过，以及在此庵与邺国公祖无择的交往情况。诗写得大气磅礴，气势恢宏，既有诗情画意，也有思想深度。

【注释】
①呼猿涧：为西湖普福院旁的一条山溪，因溪畔常有猿出没，有时应人呼唤，故名。石笋：普福院旁名胜。有石矗立如笋状，故称。丹桂：为桂树的一种，叶为桂，皮赤。晋·嵇含《南方草木状》："桂有三种，叶如柏叶，皮赤者为丹桂。"其他两种为菌桂、牡桂。鹫岭：即鹫山，又称鹫峰、灵山，全称灵鹫山，在中印度。梵语耆阇崛山。又王舍城南尸陀林中多死人，诸鹫常来食之，还集山头，时人名为鹫头山。详见义净《在西国怀王舍城》之注②。②陈迹：陈旧之古迹、遗迹。此处指邺公庵周围的名胜古迹。纤埃：一点点尘埃，纤意为纤小、细微。绝纤埃谓没有人来往，所以没有车马人群带起的灰尘。一旦句：意谓建此邺公庵给普福院带来了新的名声，增添了新的景致。③山家：居住在山林中的人家，此处乃指住在山林中邺公庵的作者自己。五马：太守的代称。说法有二：一典出《诗经》。《诗经》有云"良马五之"。指太守出行可御五马。二认为古代一乘车有四马，太守出行可增一马，即为五马。后代通常便以五马作为太守的代称。款曲：衷情，亦作殷勤应酬。④诛茅：剪割编扎茅草以盖屋顶，指盖制小茅屋。杜甫《楠树为风雨所拔叹》诗："诛茅卜居总为此，五月仿佛闻寒蝉。"异日：他日，日后。功成：指邺公庵建成。⑤资：供给，资助。静：犹言宁静的景观，静态的美景。目前句：意谓放目眼前，天地更显得宽广。⑥政简：能简单快捷地处理政务、公事。试茶：品尝各种茶叶。此句谓一边喝着新茶，一边狂放笑谈。豪迈之气直达云端。⑦物外句：谓祖太守与我方外人结交，似乎忘记了他自己尊贵的身份。轩冕：卿大夫的轩车和冕服，亦代指官位爵禄。此中句：谓在这里深深体会到山水林泉的美妙。⑧野人：山

野之人,指邺公庵附近的山区居民,如农民、樵子、渔夫等。维摩:维摩诘之简称。维摩诘为佛祖释迦牟尼同时人,也作毗摩罗诘,系音译。意译作无垢或净名。曾向佛弟子多人讲说大乘教义。此处代指作者自己。游息:交游休憩。方丈:佛寺或道观主持者的住室。亦可作佛寺道观主持者的代称。⑨芳猷:完美的法则和制度。流:流传,传播。而今:如今。光:增光,使之光耀。胜概:指美丽的景色,佳境。杜甫《奉留赠集贤院崔于二学士》诗句"故山多药物,胜概忆桃源。"即为此意。

和东坡诗韵

慎长老

东轩长老未相逢,已见黄州一信通①。
何必扬眉资目击,须知千里事同风②。

【作者简介】

慎长老,北宋中期江西庐山圆通寺僧。生卒年、俗姓籍贯及生平履历均不详。大约公元1060年前后在世。与同代名士苏轼、苏辙、黄庭坚等均有交情。向以道品戒行著称,未见其他诗文著作。此诗见载《宋诗纪事》卷九十一。

【说明】

因为反对王安石变法,苏氏兄弟连遭贬谪,苏轼任黄州(今湖北省黄冈县)团练副使,苏辙任筠州(今江西省高安市)盐酒税监时,苏辙女婿曹焕前往筠州探望岳父,先经苏轼处。苏轼写一诗命曹带给苏辙,诗中皆戏言,兄弟间常情也。曹焕由鄂入赣,拜访岳父的朋友——庐山圆通寺慎长老,并将东坡写给苏辙的诗拿出来给慎长老观读。慎长老阅此诗后,也立即作此绝句。待送曹焕出庙门后,又回到自己的方丈,趺坐圆寂。这首诗虽简单几句,却豁达超脱,充满了一位修行有素的高僧淡泊尘俗的高超情怀。诗也写得简捷明快,有如禅师们上堂开示时的即兴偈颂。此时而有此诗,似为诀别。

【注释】

①东轩长老:苏辙的外号、别称。因苏辙在筠州作有一篇《东轩记》,苏轼阅后,遂戏称其为东轩长老。东轩长老与东坡居士一样,均属佛教气味十分浓厚的称

号。黄州：指苏轼。因此时苏轼正贬官为黄州团练副使。②扬眉：扬起眉毛，谓扬眉睁眼，认真注视。目击：亲眼看见。同风：本意谓风格相同，指文章辞赋的艺术特色相同。此句意谓未见到东轩长老，也只见东坡居士一封信（指东坡致其弟的绝句诗），但不必亲眼见到他们兄弟二人，因为不管人们相隔多远，哪怕千里万里，情况总还是没有太大区别的。

游 云 门

了 元

一阵若邪溪上雨，雨过荷花香满路①。
拖筇纵步入松门，寺在白云堆里住②。
老僧却笑寻茶具，旋汲寒泉煮玉乳③。
睡魔惊散毛骨清，坐看秦峰秋月午④。
月明山鸟乱相呼，松杉竹影半窗户⑤。
令人彻晓忆匡庐，作诗先寄江南去⑥。

【作者简介】

了元（1032－1098），北宋江西建昌云居山僧。又名了缘，字觉老，俗姓林，饶州浮梁（今江西省景德镇市）人。少年出家，勤奋研讨，儒佛兼通，博学多识，兼之能诗善文，尤长七言，负一时盛名。与苏轼、黄庭坚诸大文豪过从密切，亦受宋神宗敬重赏识，赐号曰"佛印禅师"。先后住持建昌云居寺、江州开先寺、润州金山寺、杭州圣水寺等名刹。无疾而终。

【说明】

云门指若邪山之云门寺，在今浙江省绍兴市南。寺为东晋义熙二年（公元406年）所建。作者慕名游览了这座著名的古寺，然后写下这首七言古风，借以抒发自己的情怀。全诗分为三个层次：前四句用清新流畅的笔调描绘了云门寺周围的优美环境。中四句用形象生动的语言记述了云门寺主的热情招待。末四句用细腻深情的诗行抒发了作者对故乡的深沉怀念和无限热爱。

【注释】

①若邪溪：在今浙江省绍兴市南若耶山下，北流入镜湖，传为西施浣纱处。邪同耶。②筇（qióng）：杖。筇竹可制杖，故称。住：此处指庙之建筑位置。③旋：立即。汲：取水。玉乳：本意为萝卜和一种梨，皆清火助消化之物，此处借用作为茶叶的美称。④毛骨：毛发和骨骼，此处转指精神。秦峰：即秦望山。在今浙江省杭州市西南，传说秦始皇东游至此，登山远望，欲渡会稽（绍兴市古名），故称。吴越初国主钱镠曾于此筑夹城并建上青宫。午：半，中，指半夜。⑤呼：叫唤，鸣叫。⑥匡庐：庐山。详见本书慧远《庐山东林杂诗》说明。

答　可　遵

了　元

打睡禅和万万千，梦中趋利走如烟①。
劝君抖擞修禅定，老境如蚕已再眠②。

【作者简介】

见前。

【说明】

可遵为北宋时期福建诗僧，与佛印了元、德洪觉范既为佛门同道，又为诗文好友。了元从京都汴梁南还，路过金陵，可遵有诗相赠（可遵诗见后面所选），了元便作此诗以答。可遵在赠诗中赞美了元得宋神宗眷顾宠信，能作出更多的好诗来了。了元却对皇家的恩宠一笑置之，把自己说成是一个普普通通的僧人。诗中有对自己的调谐，也有对可遵的勉励，是很有深意的。

【注释】

①打睡：指瞌睡，总想睡觉。禅和：即禅和子，谓参禅之人，和尚。元·张可久《寨儿令·鉴湖即事》曲有"白发禅和，墨本东坡，相伴住山阿。"②抖擞：振作，奋发。清·龚自珍《补己亥杂诗》中名句"我劝天公重抖擞，不拘一格降人才。"老境句：谓我们都已成了再眠之蚕，再努一把力，方能做茧化蛹成蛾。

和周茂叔绝句

了 元

大道体宽无不在，何拘动植与蜚潜①。
行观坐看了无碍，色见声求心自厌②。

【作者简介】
见前。

【说明】
周茂叔即周敦颐。周敦颐（1017－1073），北宋著名学者，哲学家，宋明理学（即道学）的创始人。字茂叔，号濂溪，道州营道（今湖南省道县）人。历任大理寺丞、知州、转运判官。晚年知南康军（治所为今江西省星子县），居庐山莲花峰下，傍濂溪，建居室为"濂溪书堂"，后人遂称其为濂溪先生。著有《周子全书》。周敦颐为有宋一代著名的大儒，与佛印了元禅师有交往，且常互相切磋探讨儒佛教义与人生至理。作为文人，许多观点和言论往往用诗的形式来表达，自不足怪。这首诗是奉和周敦颐七绝原作的。周氏原诗自然是谈他的诚为五常之本，而元公这首诗却谈的是空为学道之门。虽然各说各的，谁也说服不了谁，谁也改变不了谁。其实他们又何在于说服、改变别人呢？只要能畅快地表述自己的观点，这就够了。

【注释】
①大道句：谓天地大道理无边无际，无所不在。动植：动物与植物。蜚潜：天空飞的，水里游的。蜚同飞。以上统指大千世界的有情众生。②色见句：谓须对色声等外界干扰产生厌恶，方能成道。

题梵天寺

守 诠

落日寒蝉鸣,独归林下寺。
松扉夜未掩,片月随行履①。
唯闻犬吠声,又入青萝去②。

【作者简介】

守诠,一作惠诠,北宋中期浙江杭州西湖梵天寺僧。生卒年、俗姓籍贯及生平事迹无考。大约公元1062年前后在世。与同代文豪苏轼、黄庭坚均有交往,且有诗歌唱和。其作品大多不传,此诗收入《宋诗纪事》卷九十一。其诗风格幽深清远,十足林下风流。

【说明】

宋人周紫芝在其著作《竹坡诗话》中提到,他曾经读到苏轼《和梵天寺僧守诠》诗,深觉写得清绝过人,不愧大作家风范。许多年后游杭州西湖,乃得读诠公此诗,于是感到诠公之诗的韵味意境,纯属天籁,淡雅清隽,全然晋唐古人风味。感到东坡居士诗虽好,终究比不上诠公此诗也。而从宋元乃至后代各家杂记著作也可以看出,周氏这种看法和评价,是具有一定代表性的。

【注释】

①松扉:松木制成的门扇。行履:脚步。行指步,履指鞋。②青萝:青翠的藤萝。

夏 云

奉 忠

如峰如火复如绵,飞过微阴落槛前①。
大地生灵干欲死,不成霖雨漫遮天②。

【作者简介】

奉忠,北宋蜀中眉山僧。生卒年、俗姓籍贯及生平履历均已失考。大约公元1065年前后在世。与同代名臣学士如章惇(dūn)、苏轼均有交往。能诗,多不传。此诗载惠洪《冷斋夜话》。

【说明】

宋代诗僧惠洪在其著作《冷斋夜话》中记载:章惇贬谪海康(今广东省海康县)时,经过贵州南山寺。其时奉忠自四川眉山县(为苏东坡的故乡)来,欲渡海去看望已贬谪儋州的苏轼,因病而留在南山寺中休养。章惇邀请奉忠饮酒,奉忠欣然而从,章又令摆出蒸蛇,奉忠食之不疑。然后两人步出寺外观赏野景。章惇提起有诗"夏云多奇峰",实在是善于比喻。奉忠乃告之还有善于比喻的夏云诗,遂诵此诗。此诗固然以喻物生动而著称,而其中忧国忧民的慈悲心怀,更令人感动。仅就这点而言,这也是一首难得的好诗。

【注释】

①如峰句:形容夏日天空的云有如山峰,有如火焰(彩云),有如一团团的棉花。连续不断的比喻,将夏云姿态展现无遗。阴:此处系指房屋阴影(屋阴)、树木之阴(树阴)。②生灵:犹言生民、人民。霖雨:连绵大雨。曹植《赠丁仪》诗:"朝云不归山,霖雨成川泽。"漫:这里有徒然、枉然的意思。

山 光 寺

昙 秀

扁舟乘兴到山光,古寺临流胜气藏①。
惭愧南风知我意,吹将草木作天香②。

【作者简介】

昙秀,北宋时江南扬州僧。生卒年、俗姓籍贯及生平履历均无考。大约公元1065年前后在世。能诗善文,与苏轼、晁补之等名士交往,诗歌唱和,惜其作品多已失传。

【说明】

山光寺在今江苏省扬州东北湾头镇，为唐代所建之著名古刹。苏东坡居扬州时，有一次与晁补之、昙秀同舟，一起去山光寺为朋友送行。自然是饮酒歌笑，自然是叮咛道别。客去后，东坡醉卧舟中，秀公却在作诗，即此诗也。此诗节奏明快，格调高昂，富于想象，充满激情。

【注释】

①山光：山光寺，见前说明。临流：傍着河流，位于河畔。胜气：犹言胜概，美丽的景色和境界。②惭愧：这里为难得、幸喜、侥幸的意思。元稹《杏花》诗："惭愧杏园行在景，同州园里也先开。"吹将草木：倒装句式，即将草木吹。天香：指祭神的香。

绝　句

靓禅师

春天一夜雨滂沱，添得溪流意气多^①。
刚把山僧推倒却，不知到海后如何^②。

【作者简介】

靓禅师，北宋中期江西筠州三峰净觉寺僧。宜丰（今属江西省）人。生卒年与俗姓均不详。大约公元1065年前后在世。初住宝云寺，后主持三峰净觉寺，著名诗僧德洪觉范即于此从其出家，并受其器重教诲。复主汝州香山寺，无寂而化。清《江西通志》、《瑞州府志》均有传。

【说明】

据宋代著名诗僧德洪觉范于其著作《冷斋夜话》中介绍：靓禅师为有道高宿，主持筠州（治所即今江西省高安市）三峰寺时，有一天，赴某施主家供养。返寺时，正值溪水猛涨。靓禅师为溪流所陷，被侍童扶掖上岸。其时，老禅师坐溪岸沙石间，垂头如雨中之鹤，白发上亦雨水淋漓，状极狼狈。忽然，老禅师指着溪流，朗朗而诵出此诗，自笑不已。这首诗看似简简单单的游戏之作，其实大有深意存焉。固然是针对目前现状，自身处境而发，似乎写实作品。其潜台词应是：小溪狂肆，与大海相比实在微乎其微。小人得志，又岂能奈圣贤高德、正人君子何？细细玩味，这首诗是很有意思的。

【注释】

①滂沱（pāng tuó）：大雨貌。有时也可指流泪或流血之多。意气：此处指神气、傲气。②不知句：谓小溪流入大海后还能那么狂暴神气吗。

题巨商壁

靓禅师

去年巢穴画梁边，春暖双双绕槛前①。
莫讶主人帘不卷，恐衔泥土污花砖②。

【作者简介】

见前。

【说明】

靓公初住宝云寺，为修复寺堂，求一巨商施舍资助，未得应承，乃作此诗题于其壁。此巨商得诗，甚喜，遂竭力助之。靓公的这首绝句，写得很有情趣，自然是好诗。无怪附庸风雅的商人也动心，大做其功德。巨商看到的仅是春燕双双、帘不卷、花砖等等，雅则雅矣。靓公诗外之意，说是怕春燕衔泥作巢污其花砖，不能领略燕语喃喃的大好乐趣，讥讽之意，已溢言表。想到这位俗商，有目无珠，只要见人给他题诗，他便高兴，以为自己也成了诗文同道，端的好笑。

【注释】

①画梁：指上面用颜料水彩或彩漆绘画了花卉图案或人物故事的屋梁。②花砖：指上面刻画有花纹图像的砖。

答张无尽因续成诗

圆玑

野僧迎客下烟岚，试问如何是翠岩①？（张）
门近洪崖千尺井，石桥分水绕松杉②。（玑）

【作者简介】

圆玑（1036－1118），北宋江西洪州翠岩寺僧。自号无学老，俗姓林，闽县（今福建省福州市）人。宋哲宗元佑年间（公元1086－1093年）曾任洪州翠岩寺住持，宋徽宗崇宁初年（公元1102年）转住金陵保宁寺。能诗，与张商英等人时有唱和，诗多不传。

【说明】

张无尽即张商英（1043－1121），北宋大臣。字天觉，号无尽，蜀州新津（今四川省新津县）人。历任知县、监察御史、推官、司谏、吏部侍郎、刑部侍郎、尚书右丞、亳州知州、鄂州知州、尚书右仆射等职。他是宋徽宗朝翰林学士，也是著名的护法居士。能诗文。本诗前两句即系张商英作，向圆玑提出了一个问题：你的翠岩寺到底怎么样？圆玑也用诗来作答：好极了，有洪崖井，有小石桥，松杉葱茂。这一问一答便合成了一首语言精炼、节奏明朗、格调清新、意趣盎然的七言绝句。

【注释】

①烟岚（lán）：山林中的炊烟和雾气。如何是：怎么样。翠岩：即翠岩寺，原在洪州西郊梅岭南麓，久废。近年重建，香火颇为鼎盛，为南昌市湾里地区重要名胜旅游景点。②洪崖：山峰名，在今江西省南昌市西郊。传说上古仙人洪崖先生修道于此，故名。洪崖东侧有井即称洪崖井，又名洪井、洪崖洞，是洪崖先生炼丹的井洞。石桥：指洪崖桥，又名洪井桥，横跨洪井旁两侧悬崖峭壁，下瞰深涧，峭拔雄险，早废。

书　　壁

圆　玑

无学庵中老，平生百不能①。
忖思多幸处，至老得为僧②。

【作者简介】

见前。

【说明】

　　这是玑公题写在筠州三峰寺墙壁上的一首诗,当时曾在僧俗同道中广泛传诵。是因为这首诗短小精悍,朗朗上口?或是因为它另有深意,有独到之处。应该说两者皆为这首诗成功的原因。这首诗写一个老僧平生无所竞争,平平淡淡,以能平静地得到善老以至善终为幸。在出家人来说,这是葆有一颗平常心。在俗家人来说,这是知足常乐。这是一种看似平易,其实很难达到的高尚境界。

【注释】

　　①无学庵:三峰寺中一处小斋室,为玑公坐禅修静之处。玑公并因之自号为无学老。无学实指不去探究世俗的学问功夫,不去钻营谋求世俗名利与富贵奢华。实际上玑公对佛教教义经典乃至诗文偈颂等,倒是很肯下功夫的,是有学的。②忖(cǔn)思:揣度,思量。

偶　作

日　益

金谷春光长满眼,红药花梢香烂漫①。
昨夜西风一阵寒,遍地残芳落何限②。
王孙醉倒不知归,犹向阑边索金盏③。

【作者简介】

　　日益,北宋南方诗僧,保宁勇禅师法嗣。生卒年、俗姓籍贯及生平履历均不详。大约公元1066年前后在世。工诗能文,享名于时,作品惜多不传。此诗选自《宋诗纪事》卷九十一。

【说明】

　　诗人写作,于命题这一关是特别重视的,所谓名不正则言不顺也。诗题大多与所描写的事物有直接关系,如写人、写事、写山、写水、赠某某、和某某等等。而一些题为"无题"、"偶作"、"有感"、"题壁"、"绝句"等之类题目,光从题目上看不出什么意思,则大多寓有深意,不便明言,是很值得注意的。比如益公这首偶作的七言古风,就寄托了深沉的感慨。对那些醉生梦死的豪门贵族奢侈铺张的生活，益公是很痛恨的。诗写得很雍容沉着，甚有力度。

【注释】

①金谷：地名，也称金谷涧。在今河南省洛阳市西北。有水流经此，谓之金谷水。晋太康中石崇筑园于此，即世传之金谷园。南朝梁何逊《车中见新林分别甚盛》诗："金谷宾游盛，青门冠盖多。"即指此。后世常以金谷园代指豪门贵族的奢华园林，此处亦系此意。长：总是。红药：红芍药花。芍药，植物名。花大而美，名色繁多，供观赏，根入药。开红花者称红芍药或简称红药。烂漫：本意为焕发，分布。引申为生机盎然，欣欣向荣貌。此处即取引申义。②残芳：残花，落花。③王孙：本意为王者之孙或后代，一般可用以泛指权贵后代、豪门子弟。阑：指帘帷、屏风之类的门户遮挡之物。索：索取。金盏：黄金酒杯。

雁 荡 山

惟 一

四海名山曾过目，就中此景难图录①。
山前向见白头翁，自道一生看不足。

【作者简介】

惟一，北宋时浙江嘉禾天宁寺僧。为法眼宗祖师文益之徒孙。生卒年、俗姓籍贯及生平履历均已失考。大约公元1066年前后在世。性好遨游，足迹遍于江南。又能作诗，诗多描述山水。宋神宗元丰年间（公元1078－1085年）奉敕主持天宁寺。

【说明】

雁荡山有二，均在今浙江省境内。南雁荡山在今平阳县西南。北雁荡山在今乐清县东，其山有一百零二峰、十谷、八洞、三十岩，为浙江省乃至全国著名风景胜地。顶有大湖，湖水常年不涸，春归之雁多有留宿其间者，故名雁荡。有二潭称龙湫，飞瀑直泻，下悬岩数百米，颇为壮观。一般诗文或游记作品所描述记叙者，多半即指北雁荡山，此诗也不例外。惟一这首诗写得有些奇特，根本一字不提北雁荡山风景如何如何，仅用难图录（难以画下来写下来）三字概括一切。作为五湖四海皆已游遍的作者来说，这三个字的分量已经是够重的了。然而作者犹嫌不足，又拉出一位一辈子居住在此山区的白发老人询问，白发老人却说这湖光山色，他一生都看不足。这样反复地证明，再次的强调，北雁荡山究竟有多么美丽，我们应该想象得到了。

【注释】

①过目：亲眼看见。此景：指北雁荡山的美景。图录：绘画并记录。

秋　　晓

道　全

飘飘枫叶草萋萋，云压天边雁阵低①。
何处水村人起早，橹声摇月过桥西②。

【作者简介】

道全（1036－1084），北宋中期江西宜丰黄檗山僧。俗姓王，洛阳（今河南省洛阳市）人。住持祖师道场，一力弘法传教，宋时黄檗宗大盛，与其有关。诗风颇为清隽，诗篇流传甚广，作品惜多不传。卒葬本山，苏辙为撰塔铭。

【说明】

全公此诗，流传至广，各家评论，备加赞誉。一首简单的绝句，把秋日之晨的乡村景致描绘得何等生动。特别是在立意布局上，先低后高，先远后近，先物后人，先目睹，后耳聆，历历在目，有条不紊。比喻甚为贴切，炼字极见功夫，在意境的渲染和刻画上的确是不同凡响。

【注释】

①萋萋：一般指草木（特别是指草）欣荣茂盛貌。谢灵运《悲哉行》："萋萋春草生，王孙游有情。"雁阵：大雁飞行时排成的行列，常如军队的阵式，故称雁阵。王勃《滕王阁诗序》："渔舟唱晚，响穷彭蠡之滨；雁阵惊寒，声断衡阳之浦。"②橹：划船的工具，常用木制。摇月：指披着月光而摇船，在月光下摇船，这是典型的江南风景。

答觉范问住山二首

怀 志

山中住，独掩柴门无别趣。
三个柴头品字煨，不用援毫文采露①。

万机俱罢付痴憨，纵迹常容野鹿参②。
不脱麻衣拳作枕，几生梦在绿萝庵③。

【作者简介】

怀志（1040－1103），北宋湖南南岳石头庵僧。俗姓吴，婺州金华（今浙江省金华市）人。出家后，西游楚湘，爱其山水灵秀，遂结庵定居于衡阳南岳石头峰二十余年。余事不详。

【说明】

觉范系北宋著名诗僧德洪（惠洪）的字号，详见本书《题李塑画像》作者简介。作为后学晚辈，德洪很敬重和关心怀志，写信来询问怀志在石头庵隐居的生活情况，怀志便作此二诗以回答。诗用生动风趣的语言详细地介绍了作者自己的日常生活，生活细节的描写更增添了诗的情趣。于是，一个优游自在，离尘脱俗，适情任性，与世无争的荒山野僧的形象便活脱脱地呈现在我们读者的面前了。

【注释】

①三个句：三块木柴品字形架起来烧，用以烤熟食物。煨，烧烤或烹煮食物。此句话用作者所住地衡岳出现的典故。《续高僧传》载：唐衡岳寺明瓒禅师，号懒残，曾架柴烧火，煨芋待客。援毫：提笔。文采：文章的文理风采。此处比喻柴火燃烧的光芒。②万机：种种机心，种种计谋。纵迹：放纵行迹，不事检点。参：佛教词语，本意是禅宗僧人参见住持以求开示的一种仪式。此处转指为观看，学习。③绿萝庵：指作者本寺石头庵，庵为绿色的藤萝缠爬缭绕，故名。

题壁二首

知 和

竹笕两三升野水,窗前五七片闲云①。
老僧活计只如此,留与人间作见闻②。

黄皮裹骨一常僧,坏衲蒙头百虑澄③。
年老懒能频对客,攀萝又上小崚嶒④。

【作者简介】

知和(？—1125),北宋末年浙江明州雪窦山栖云庵僧。号二灵,俗姓张,昆山(今属江苏省)人。生年不详,享年当在八十岁以上。他性格恬淡清和,随缘度日,与世无争。同时也很有诗才,七绝写得尤为清新雅致,当时即享诗名。初在明州雪窦山,为庵主所妒,遂徙居杖锡山,无疾而终。

【说明】

知和素负佛学与诗文的才名,居栖云庵时,慕名前来求见问学者甚多,已受庵主所妒。一次,明州郡守问及,庵主违心地谗谤说:他不过是个普通的和尚而已。于此知和得知庵主必不容于己,便在寺壁上题下这两首七言绝句,飘然他徙。两首诗都写得活泼生动,幽默风趣,作为临别的自述也好,作为人生的总结也好,总之,已把作者本人那种心无杂念,襟怀磊落的形象刻画出来了。

【注释】

①竹笕(jiǎn):连接起来引水用的竹管。闲云:没有定向,悠闲飘荡的云。②活计:指手段,本领。见闻:本意为目见耳闻之事,此处转指为凭证,证据。③常僧:平平常常的和尚。衲:僧衣。百虑:种种思谋和忧虑。澄:原意为使液体中的杂质沉淀。此处指清除,扫去。④懒能:慵懒而又无能,不能。频:常常。崚嶒(léng céng):高峻突兀貌。此处代指峻险的山峰。

石 门 歌

有 需

吾结草庵蔡溪侧，四顾峰峦皆峭壁①。
石门千仞锁天津，来者欲登那措足②！
住此庵中是何缘？不诗不颂亦不禅③。
饥来苦菜和根煮，叠石为床困即眠④。
日照诸峰阴幂幂，负暄孤坐情何适⑤？
驯伏珍禽趁不飞，猿猱扪我衣中虱⑥。
闲拄瘦筇六七尺，山行野步扶危力⑦。
披云入草不辞劳，逢人打破修行窟⑧。
或停松，或坐石，静听溪泉漱鸣玉⑨。
源深洞邃来不休，声声奏尽无生曲⑩。
杂羽流商谁辨的？五音六律徒敲击⑪。
有时乘兴上高峰，大笑狂歌天地窄⑫！

【作者简介】

有需，北宋福建福州鼓山涌泉寺僧。生卒年不详，大约公元1070年前后在世。俗姓陈，莆田（今属福建省）人。出家后，得法于高僧乾公。知州陈觉民慕其名，延主福州鼓山涌泉寺。晚年退居本邑石门，与著名高士陈易（秋藤居士）一同结庵隐居。他性格潇洒豪放，不拘成礼，雅爱山水，厌恶逢迎。能诗，诗如其人，风格狂放俊爽，很有气魄。

【说明】

石门指石门山。石门山在福建省莆田县西，南临蔡溪，属戴云山系统。其处峰峦连绵，岩壁峭拔，林木葱茂，溪涧回环，风景极是清幽美丽，历来为高人逸士们隐居避世的处所。有需晚年亦隐居于此，并作这首七言古风以记述自己的佛隐生涯。这首诗写得气势磅礴，格调雄浑，形象生动鲜明，语言简洁明快，在记录隐居生活艰辛孤寂的同时，也满怀热情地讴歌了石门山一带自然风光的美丽诱人，从而抒发了作者热爱自然，热爱生活，不慕世俗名利的高尚情怀。

【注释】

①蔡溪：水名，在今福建省莆田县西，系"戴云九溪"之一木兰溪的支流。②石门：山名，详见本诗说明。天津：银河的别名，意谓银河是天上的河津。锁天津极言石门山之高峻，以致直插入天上银河中。措足：放脚，举步。措是安放的意思。③诗：吟诗。颂：作偈。禅：坐禅。④饥来句：苦菜和根而煮食，极言生活之艰苦。谚语：咬得菜根，百事可为。⑤阴幂（mì）：遮盖得阴沉沉地。幂为覆盖笼罩意。负暄：冬日在太阳下取暖。适即舒适。⑥趁：就，便，遂。猿猱：猿猴。扪：本意为执持或抚摸。此处指摸索，捕捉。⑦瘦筇：细瘦的竹杖。⑧修行窟：佛教徒依据佛教教义来进行修习行持的地方，一般为土室或洞穴。⑨漱鸣玉：洗涤发出声响的岩石。漱为洗漱。玉在这里是指泉水中清洁美丽的石头。⑩源：源头。邃（suì）：幽深，深远。无生：亦称"无生法"，佛教名词。与"涅槃"、"实相"、"法性"等词含义大致相同。佛教教义认为世上一切现象之生灭变化都是世间众生虚妄分别的产物，本质应在于"无生"，"无生"即"无灭"，故寂静如"涅槃"，为诸法"实相"、"真如"。⑪杂羽流商：羽和商等各种音调混杂在一起，运转变化。羽和商均为中国五声音阶中的音级名称，羽音明亮轻柔，商音低沉悲凉。的：鲜明，明确。五音六律：泛指各种音律。五音亦称"五声"，指中国五声音阶中宫、商、角、征、羽等五个音级。六律与"六吕"连用，合为"十二律"，是中国古代音律规则："三分损益法"将一个八度分为十二个不完全相等的半音的一种律制。各律从低到高依次为黄钟、大吕、太簇、夹钟、姑洗、仲吕、蕤宾、林钟、夷则、南吕、无射、应钟。奇数各律称为"律"，合为"六律"，偶数各律称为"吕"，合为"六吕"。⑫大笑句：意谓高兴至极时大笑狂歌，觉得天地多么狭小，简直容我下不了。活脱脱一个狂放诗人的形象。李白便常有这种襟怀和这类诗句。

辞张无尽请住豫章观音寺

惟 清

无地无锥彻骨贫，利生深愧乏余珍①。
廛中大施门难启，乞与青山养病身②。

【作者简介】

惟清（？－1117），北宋时期江西洪州黄龙山灵源寺僧。俗姓张，武宁（今属江西省）人。初入黄龙山崇恩寺，任黄龙宗二世祖心禅师侍者，人称清侍者。得印可，住持灵源寺，自号灵源叟。张商英曾力聘惟清主持豫章观音寺，力辞不就。佛印了元再主云居山时，惟清往参，任首座。开堂演法，接纳学子，道誉四驰。晚归黄龙山，卒葬本寺。与同代权臣名士张商英、黄庭坚均为至交。

【说明】

张无尽即张商英，北宋大臣，详见圆玑《答张无尽因续成诗》之说明。观音寺为唐宋时豫章城即今南昌一所佛寺，早废。关于张商英请灵源主持观音寺一事，宋人笔记《罗湖野录》中曾提到。黄庭坚对灵源力辞住持之位坚决支持，认为灵源担任观音寺住持对其清修不利，对其身体健康更为有害。黄庭坚有专函给多所大寺（包括黄龙寺）主持者，请大家帮助灵源推掉这次聘请。灵源这首诗也说得很明白，坚决：他是要在黄龙山中终老的。

【注释】

①锥：钻孔用的工具，似钻而较小。此处取成语"身无立锥之地"，极言其贫。利生：佛家修行积德以利众生，故称利生。余珍：此处指其他的技能、本领。

②廛（chán）：民居或街市地段。廛中指集市之中，犹言大庭广众之中。此句意谓自己没有能力在繁华都市中开启弘法施教之门。与：给予。

葛洪丹灶

清　外

羽客昔眷此，炼液夺化功①。
至今寒云色，挂树复凝空②。

【作者简介】

清外，北宋时南方诗僧。生卒年、俗姓籍贯及生平履历均不详。大约公元1070年前后在世。诗很精炼，时享盛名，可惜作品大多不传。此诗收入《宋高僧诗选》。

【说明】

葛洪（约283-363），为晋代江苏句容人，字稚川，号抱朴子，道家代表人物之一。家贫好学，始以儒术知名，后好神仙导引之法。其从祖葛玄为著名炼丹士，传说从左慈得《九丹金液仙经》，已修炼成仙。葛洪从葛玄弟子郑隐求学，亦事炼丹之术。著有《抱朴子》一书，为道家重要经典。书中论及神仙事迹，主要是介绍炼丹（实为无机化学）奥秘。又著《金匮药方》一百卷，《肘后备急方》四卷。关于葛洪炼丹的古迹，几乎遍布全国各地，尤以南方江浙赣鄂为多。此题所谓丹灶，具体地址待考。

【注释】

①羽客：即道士，因道士修炼的目的是脱去凡胎，羽化成仙，故名。眷：本意留恋，眷顾。此处仅指居住，停留过。炼液：把金属矿物烧炼成液态。化功：指造化之功即大自然的创造之力。②至今句：谓炼丹熬药产生浓重的烟气，染黑了天上的云，至今不散。挂树句：谓炼丹灶中的烟雾还挂在树上，还凝结空中。

上法智大师

遇 昌

雨霁遥空木落时，危亭南望倍依依①。
白莲旧社人离久，丹阙经年信去稀②。
入观夜堂江月满，挥松秋殿昼灯微③。
林中自有吾庐在，请益终期海上归④。

【作者简介】

遇昌，北宋时南方诗僧。生卒年、俗姓籍贯及生平履历均已无考。大约公元1071年前后在世。诗颇有名，但作品大多不传。诗风幽雅恬淡，饶有韵味。其诗选入《宋高僧诗选》。

【说明】

法智大师不详所指，从诗中内容来看，当系作者的师长或同道前辈。写此诗时,昌公正云游在外。身虽在外,心中却还挂念着自己隐居的旧庐,特别是挂念着要向法智大师去请益求教,拳拳之心如此。

【注释】

①霁:雨晴天开。木:树叶。危亭:高亭。②白莲旧社:原指东晋高僧慧远倡立之净土宗社团——白莲社,这里引申为作者自己与法智大师等多人聚集在一起念经学佛的团体。丹阙:本意为赤色的宫门,指宫禁内廷。这里引申指法智大师所居止的庙宇。经年:多年。③入观句:谓夜里佛堂中洒满月光。挥松句:谓松树围着殿堂,白天灯光也显得暗淡。挥为摇动,摇舞,指松树枝叶摇摆不定。④请益:向人讨教。此句谓待我从外面归来,还要去向你请教。

北 固 山

法 平

不负南徐约,来看北固云①。
金焦两山小,吴楚一江分②。
雨意生苍壁,潮声起夕曛③。
半生流落恨,此日重殷勤④。

【作者简介】

法平,北宋时著名诗僧。生卒年、俗姓籍贯及生平履历均已失考。大约公元1072年前后在世。诗学王维、孟浩然,清俊潇洒,确有唐人笔意,当时颇享诗名。惜其作品大多不传,少量收入《宋高僧诗选》、《宋诗纪事》等著作中。

【说明】

北固山在今江苏省镇江市北,为一半岛式山岭,三面突入长江,为旧京口城之屏障。南朝梁武帝亲登此山,谓其可为京口壮观,故称为北顾,俗称北固。南宋建炎四年(公元1130年),韩世忠、梁红玉曾在此伏击金兀术。由此看来,北固山亦一名胜古迹。法平登临此山,极目远眺,遂有诸多联想和感慨,并不奇怪。诗写得很飘逸挺拔,颇有超然出世之感,洵名笔之作。

【注释】

①南徐：古州名。晋室南渡后，侨置徐州于京口（今江苏省镇江市），称南徐州。隋初废。此处以代镇江。可见法平乃赴镇江之约会而来登临北固山的。②金焦：金山、焦山，均镇江市郊山名。金山在镇江市西北，旧在长江中，后沙涨成陆，与南岸相连。古名氐父山、伏牛山、浮王山等。唐时裴头陀于江边获金，改名金山。山上之金山寺，为中国著名古刹，兼有白蛇娘子与法海水漫金山之传说。焦山在镇江市东北，屹立长江中，与金山相对峙，并称金焦，向为江防要塞。古名樵山，相传汉末处士焦先隐于此，因名焦山。南宋时岳飞与韩世忠皆曾于此驻扎重兵，以抗击金兵。山上有定慧寺，亦著名大刹。吴楚句：谓长江流至北固山附近，多有曲折转弯处，主河道作西北——东南流向。其东面为古吴地区，即今江苏、浙江及安徽部分。其西边为古楚地区，即今湖北、江西、湖南等省。③雨意句：谓山岩峭壁上的苍苔湿润，显出雨意，空气潮湿也。潮声句：谓将临日落之时，涌起了潮水声。曛（xūn）：指日落时的微光。④殷勤：此处意谓感到亲切，可亲。

佛印元公自京师还，过金陵，作诗赠之

可　遵

上国归来路几千，浑身犹带御炉烟①。
凤凰山下敲篷咏，惊起山翁白昼眠②。

【作者简介】

可遵，北宋时福建福州僧。生卒年、俗姓籍贯及生平履历均无考。大约公元1072年前后在世。曾长期居住江浙地区，与著名诗僧佛印了元颇有交往。能诗，诗风简淡清朗，语言亦精炼。作品惜多失传。

【说明】

佛印为宋神宗赐给著名诗僧了元的称号，详见了元《游云门》之作者简介。某次，了元应宋神宗召请赴京，离京返回自己所住持的杭州圣水寺时，路过金陵，可遵遂作此诗以赠。了元亦有诗复之，见本书了元《答可遵》。可遵在这首赠诗中赞颂了佛印了元道德高尚，才华过人，因此得到皇帝的宠信，从此以后，一定能写出更多的好诗了。

【注释】

①上国：犹言京城，这里指北宋的都城开封。御炉句：谓了元亲近宋神宗，身上还存留着皇宫御炉中散发的香气。这是一句比喻，比喻了元沐浴浩荡皇恩，荣幸无比。②凤凰山：在今浙江省杭州市南郊，岩壑曲折，左瞰钱塘江，形如凤凰展翅欲飞，故名。佛印了元所住之圣水寺即在此处。敲篷：敲击船篷。谓坐在船上，敲击船篷以作节拍，吟咏诗歌。山翁：山中老人。

题 汤 泉

可 遵

禅庭谁作石龙头？龙口汤泉沸不休①。
直待众生尘垢尽，我方清冷混常流②。

【作者简介】

见前。

【说明】

汤泉，今一般称温泉，指水温较当地一年平均气温为高，且冬夏温度保持不变的泉水。多由靠近火山或泉中矿物质所放出热量而形成。我国南北各地皆有温泉分布。著名者江西庐山温泉，当年陶渊明居此曾沐浴。又如陕西西安骊山温泉，唐玄宗时杨贵妃洗浴之华清池也。此诗中所题汤泉，未详所指，但它地近佛寺，且当为佛寺所有，则可无疑问。这首诗的写法也较新颖：前联以作者的目光来记叙描写温泉，后联则以温泉的口吻来介绍自己的功能。叙述地位的忽然转换，别有一番情趣。诗中且另有深意，说它是一首寓言诗，寓深刻之意于平淡叙述之中，亦无不可。

【注释】

①禅庭：指佛寺。石龙头：用石头雕凿出龙头的形状，安放在温泉出水处，于是从龙口中流出温泉水。沸：这里既有水热而沸腾的意思，也有水多而奔泻的意思。②常流：普通的溪流。

口占绝句

道 潜

寄语东山窈窕娘,好将幽梦恼襄王①。
禅心已作沾泥絮,不逐春风上下狂②。

【作者简介】
　　道潜(1043-?),北宋浙江杭州智果院僧。卒年不详,享寿当在六十岁以上。本名昙潜,字参寥,俗姓何,于潜(今浙江省临安县)人。出家后,遍览内外经典,历游名山大川,交游既广,学问亦进。他与苏轼为莫逆之交,与同代诗人秦观、黄庭坚等人过从密切。苏轼守杭州时,为其改名道潜,筑"智果精舍"以居之。他性格偏激,恃才傲物,曾因语涉讥刺和与苏轼等人异于寻常的关系而除出僧籍,流徙兖州。后宋徽宗下诏为其复籍,赐号"妙总禅师"。他极富才华,擅长诗文,是当时享名最高的诗僧。作诗立意学陶渊明,七绝尤佳。著作有《参寥子集》等。

【说明】
　　苏轼任徐州太守时,道潜由杭州前往探访。苏轼设盛宴为之接风。酒席桌上,一个年少貌美的艺妓向道潜求诗,且不断地挑逗撩拨。道潜笑着即兴吟出这首绝句,满座皆惊叹赞赏,道潜也因之名闻海内。这首诗通俗平易,清新明快,借用人们熟知的典故和形象生动的比喻,说明僧与妓有不同的身份,应当各行其是,从而也表现出作者光明磊落的高尚情怀。

【注释】
　　①东山:各地称东山者甚多,不详何指,此处当为艺妓的籍贯或居处。窈窕(yǎo tiǎo):美好貌。幽梦:隐秘的梦幻。恼:撩拨,使人烦恼。襄王:战国时楚国的国君。宋玉《高唐赋·序》中载楚襄王游高唐,倦而昼寝,梦见一美貌妇人自称为"巫山神女",前来陪伴他。②禅心:从佛修行之心。絮:柳絮。逐:追逐,追随。狂:疯狂地飘舞飞扬。

经临平作

道 潜

风蒲猎猎弄轻柔，欲立蜻蜓不自由①。
五月临平山下路，藕花无数满汀洲②。

【作者简介】
见前。

【说明】
此诗题又作"临平道上作"。临平，即临平山，在今浙江省杭州市东北。唐置临平监于山下。潜公是杭州人，又在杭州出家为僧。对杭州及其附近各地风光胜迹，潜公自是耳熟能详，而且有过多次观赏领略的经历。潜公笔下，抒写这方面的观感的诗文自然特别多，而且写得特别好。这首路经临平有感而作的七言绝句，一经写出，立刻传到杭州知府苏东坡处。东坡大为赞赏，立刻命人刻石树碑纪念。时有仕宦家室名曹夫人者，善作山水画，亦绘出《临平藕花图》。一时引得无数人观赏摹画，传为美谈。其实，类似这种白描写意，意境清新明丽的七言绝句，潜公作品中比比皆是。潜公不愧是七绝高手，绘景传神的大方家。

【注释】
①风蒲：风中的蒲草。蒲为草木之名，有香蒲、菖蒲或蒲柳。猎猎：象风声。鲍照《浔阳还都道中》诗："鳞鳞夕云起，猎猎晚风遒。"也指风吹动旌旗（或其他竖立之物）所发出的声音。李白《永王东巡歌》之三："雷鼓嘈嘈喧武昌，云旗猎猎过浔阳。"弄：显示，显得。欲立句：谓在猎猎风中，蜻蜓想停立在蒲草上很不容易，很不稳定。②临平山：见说明。藕花：荷花。

东　园

道　潜

曲渚回塘孰与期，杖藜终日自忘机①。
隔林仿佛闻机杼，知有人家在水西②。

【作者简介】
见前。

【说明】
东园当系杭州西子湖畔一处园林，具体所在不详。这首七绝写潜公杖藜游览东园的观感。诗写得似乎极淡雅自然，朴实平易，却制造出一个令人思索、引人入胜的朦胧美妙的意境。苏轼贬谪黄州，当个有职无权的团练副使。其时潜公亦往黄州，与东坡交游。东坡得到一封外埠朋友的来信，信中道听说他与一位写诗的和尚来往，问是不是写"隔林仿佛闻机杼"的人，并说那诗倒真是写得好。东坡把朋友来信给潜公观看，并赞叹这七个字（隔林仿佛闻机杼）当可作为潜公的诗号。可见，潜公的七言绝句在当时是很受推崇，很得好评的。

【注释】
①曲渚：形状不规则的小洲，或隐秘的小洲，两义皆通。回塘：坡岸回环曲折的池塘。孰：怎么。期：约定。杖藜：拄着藜杖。忘机：忘却计较或巧诈之心。指自甘恬淡，与世无争。李白《下终南山过斛斯山人宿置酒》诗："我醉君复乐，陶然共忘机。"②机杼（zhù）：织布机。机以转轴，杼以持纬。水西：溪水的西面。

访方子通

仲　殊

多年不见玉川翁，今日相逢小榭东①。
依旧清凉无长物，只余松桧养秋风②。

【作者简介】

仲殊，北宋江苏苏州承天寺僧。生年不详，卒于宋徽宗崇宁年间（公元1102－1106年）。字师利，俗姓张，名挥，安州（今浙江省德清县）人。本为士人，曾中进士并入仕途。因其妻以药毒之，遂灰心弃家为僧。出家后时时食蜜解毒，以致嗜蜜成瘾，时人皆称之为"蜜殊"。他能诗善文，尤长于词。诗风浓艳华丽，词风和婉清逸。与苏东坡等名士均有交往。终葬于杭州吴山宝月寺。其诗集名《宝月集》，今不传，有今人赵万里辑本。

【说明】

方子通即方唯深，字子通，号玉川翁，福建莆田人，系学者方龟年之子。他是仲殊的知己朋友，很有才华但仕途坎坷。王安石极爱其诗的精炼警绝，不时为之延誉。仲殊探望了这位多年不见的老朋友之后，把自己的感慨和赞叹写成这首七言绝句：原来老友方子通依然是两袖清风，身无长物，多么廉洁清高啊！这首诗写得通俗明了，清新流利，在仲殊词藻华美的诗风中显得很突出，今特选入。

【注释】

①玉川翁：方唯深字子通，号玉川翁。榭：建在高土台上的敞屋。②清凉：形容清廉或贫寒。无长物：没有多余的东西。《世说新语·德行》中载东晋王恭虽然历任大官却清廉节俭，除了一身必不可少的东西外，没有多余之物。后来便用"身无长物"、"别无长物"、"一无长物"、"家无长物"来形容人的节俭或贫穷。松桧：松树和桧树均系冬夏长青、岁寒不凋的乔木，历来被用作为忠贞高洁的品德的象征。

润　洲

仲　殊

北固楼前一笛风，断云飞出建康宫①。
江南二月多芳草，春在蒙蒙细雨中。

【作者简介】

见前。

【说明】

润州为古地名，系春秋吴地。隋开皇十五年（公元 595 年）以蒋州之延陵、永年，常州之曲阿共三县，置润州，取州东润浦为名。唐因之，宋改为镇江军，政和三年（公元 1113 年）升为府。旧治即今江苏省镇江市。这首诗可称作为殊公的代表作品。当时便已广泛流传，其下联且有多处刻石纪念。本诗属于纯粹的写景白描套路，而于景物描写的背后，蕴含着一种悠远凄迷的感时伤怀之情。一切都表现得迷蒙缠绵，在意境的渲染上很见功力。

【注释】

①北固楼：为古润州即今镇江市北北固山上的一座楼台建筑，作观赏长江景物使用，早废。关于北固山，详见法平《北固山》之说明。一笛风：意谓乘风吹笛，风中吹笛。建康宫：泛指建康城的皇家宫殿。建康为古县名，即汉秣陵县。三国吴改为建业。晋初仍称秣陵，太康三年（公元 280 年）分秣陵水北之地为建业，且改业为邺。晋愍帝司马邺即位，以避讳改为建康，东晋与南朝宋、齐、梁、陈均建都于此。其地为今江苏省南京市。

京口怀古

仲 殊

一昨丹阳王气销，尽将豪侈谢尘嚣①。
衣冠不复宗唐代，父老犹能道晋朝②。
万岁楼边谁唱月，千秋桥上自吹箫③。
青山不与兴亡事，只共垂杨伴海潮④。

【作者简介】

见前。

【说明】

京口为古城名。地在今江苏省镇江市。详见子熙《登京口古台夜望》之说明。仲殊为苏州承天寺僧，在苏南地区（包括今江苏省之苏州、无锡、常州、镇江、南京等地）有过相当长时间的逗留，对此地区的风物人情和名胜古迹多有了解。其所作诗篇，亦有大量是反映这一地区的情况。这首七律，便是殊公登临镇江郊外京口古城时有感而作。曾几何时，京口城作为三国东吴的首都，历来又是江防重镇，其雄伟壮观之貌，宋人是记忆犹新的。这首诗忠实地纪录了京口盛衰兴废的数百年历史。面对眼前这片荒凉衰败景象，殊公不由自主地抚今追昔，生出沧桑之感。诗写得十分凝重，沉郁而又悲壮，有很强烈的感染力。

【注释】

①一昨：前些日子。王羲之《淳化阁帖》："多日不知君问，得一昨书，知君安善为慰。"意即此。丹阳：旧县名。秦为云阳，属会稽郡，后改曲阿。汉属扬州。唐天宝间以京口为丹阳郡，改曲阿为丹阳县。王气：旧指象征帝王运数的祥瑞之气。唐·许浑《金陵怀古》诗："玉树歌残王气终，景阳兵合戍楼空。"即指此。豪侈：豪华奢侈。谢：告辞、离开之意。尘嚣：世间的纷扰、喧嚣。陶渊明《桃花源记》诗："借问游方士，焉测尘嚣外。"即用此意。②衣冠：泛指各种服饰。宗：学，仿效。父老：一般为年长者的敬称。③万岁楼：京口旧城一座楼台古迹，早废。千秋桥：京口旧城一座古建桥梁，亦废。④不与：与之无关，不参与，不干预。海潮：此处指京口城北长江之潮涨潮落。

上堂偈二首之一

从 悦

耳目一何清，端居幽谷里^①。
秋风入古松，秋月生寒水。

【作者简介】

从悦（1044－1091），北宋时期江西义宁龙安山兜率寺僧。俗姓熊，赣州（今属江西省）人。黄龙宗二世真净克文禅师法嗣。先后参谒法昌倚遇、云盖守智诸大德。依守智指示，往投克文禅师，遂承其法。与楚圆慈明禅师侍者清素大师交久，亦承其法。于是学问大进，道誉日著。先住长沙麓山寺，继主义宁龙安山兜率禅院。传徒有疏山了常、兜率慧照、张商英居士等。示寂后塔于龙安山之乳峰。宋哲宗赐谥"真寂禅师"。事迹俱载《五灯会元》、《江西通志》。

【说明】

悦公于龙安山兜率禅寺上堂说法。有学僧问道:"如何是兜率境?"悦公即吟此偈作答。以偈答问,佛家常事。重要的是此答偈须针对所问,言之有物。如明灯大烛,直指人心。如玉液琼浆,醍醐灌顶。这样方使学道者有得受用。悦公这首诗偈,清平雅淡,本身便是一个瑶台仙境。你说什么是兜率境?这就是。那么,你还不全心学道,自策自励,又更待何时?这是一首意境极美的诗,自然,也是出于一个境界极高的名僧。

【注释】

①幽谷:僻静的山谷。此处指义宁州龙安山,兜率古寺之所在地。

上堂偈二首之二

从 悦

常居物外度清时,牛上横将竹笛吹①。
一曲自幽山自绿,此情不与白云知②。

【作者简介】

见前。

【说明】

悦公于上堂开示时常教导僧众,要直须努力,别著精神,耕取自己田园,莫犯他人苗稼。于是,便有了这首田园诗偈。耕取自己田园者,作出田园诗,应该是顺理成章的事了。这个田园,当有另解,断非大地之阡陌,乃是心田之畛畦。这首七言诗偈,给我们描绘出生机盎然的春意春景,描绘出牧童骑牛吹笛的生动形象,描绘出山青水绿,白云浮空。这些清新明丽的景致,自当陶冶人的心灵。学佛向道之人,有此境遇,自然应该是直须努力,别著精神了。

【注释】

①物外:指世外,超脱于世事之外。清时:太平盛世。横将:横持着,横拿着,指吹笛的姿势。②幽:指笛声悠扬妙曼。幽通悠。此情句:谓这种乐趣且不告诉白云知道,不让白云得知。白云高浮天上,山水人牛尽在其下,焉得不知。形象而又生动。

送东坡居士

泉禅师

脚下曹溪去路通,登登无复问幡风①。
好将钟阜临歧句,说似当年踏碓翁②。

【作者简介】

泉禅师,号佛慧,北宋时江苏金陵蒋山僧。生卒年、俗姓籍贯均不详。大约公元1075年前后在世。泉公博览群籍,知识渊贯。人皆称之为"泉万卷",可想而知其读书之多。亦能诗,诗风简淡,不尚修饰。作品多已失传。

【说明】

东坡居士指苏轼(1037-1101),北宋著名的文学家、书画家。字子瞻,号东坡居士,眉州眉山(今属四川省)人。进士及第,历任推官、通判、团练副使、礼部郎中、中书舍人、翰林学士、知州等职,卒于常州。参加诗文革新运动,为"唐宋八大家"之一。诗词雄健豪迈,独具风格。长于行楷,为"宋四家"之一。善绘竹,喜作枯木怪石,有《竹石图》传世。诗文结集为《东坡七集》、《东坡易传》、《东坡乐府》等。泉公与苏东坡为方外之交,宋哲宗绍圣元年(公元1094年),东坡贬谪岭南,舟过金陵,阻风不前。泉公迎到江边,相见语道。东坡有诗以纪其事,泉公说此偈以送行。

【注释】

①曹溪:水名。在今广东省曲江县东南双峰山下。唐仪凤中(公元676-679年),邑人曹叔良舍宅建宝林寺,故名曹溪,因禅宗六祖慧能在曹溪宝林寺演法而更著名,为禅宗祖庭、大道场。登登:像脚步声。幡风:佛教典故。慧能初入光孝寺,见众僧议寺外旗杆上的旗幡,是时幡在风中飘摇。或曰风动,或曰幡动。慧能却说风与幡皆未尝动,是诸位贤者的心在动。寺主闻之,知为得法大知识,优礼崇之。幡即旗也。②钟阜:即钟山,代指金陵。临歧:到歧路之处,指分道惜别。踏碓翁:指慧能。慧能参五祖弘忍于湖北黄梅东山,派入后院任舂米杂役,直至弘忍传法(衣钵)于他。碓(duì):舂米谷的工具。

送空上人

蕴 常

过了梨花春亦归,小窗新绿正相宜①。
白头更作西州梦,细雨青灯话别离②。

【作者简介】

蕴常,字不轻,北宋南方诗僧。生卒年、俗姓籍贯及生平履历均已无考。大约公元1076年前后在世。工诗善文,诗风清雅蕴藉,柔婉深沉,当时颇享盛名。作品大多不传,少量收入《宋高僧诗选》。

【说明】

空上人未详所指,应为蕴常同道好友。时值春意阑珊季节,空上人即将远行,常公于是作此七绝,为朋友送行。诗写得极为细腻温馨,淡淡的离情别绪为朋友间的深情厚意所掩盖,读来让人倍觉亲切,倍觉温暖。

【注释】

①小窗句:谓花谢了,树叶长得更茂盛,碧绿一片,亦颇可观。②西州:本意为我国西北地区如甘肃中部,此处泛指位于江南西部的广大地域,未有确指。由此可大致推断,常公的故乡当在今江浙两省西面的某地。

别苏养直

蕴 常

老去难为别,愁边更着秋①。
碧芦围野水,落日满行舟②。
雁断西风急,天寒古寺幽③。
两乡无百里,能寄短书不④?

【作者简介】

见前。

【说明】

苏养直即苏庠，北宋著名隐士、诗人。字养直，号后湖，澧州（治所在今湖南省澧县东南）人。工诗，甚受苏东坡器重。隐居江西庐山，与诗人徐俯（黄庭坚之甥）同召不起，卒年八十余。作品结为《后湖集》。苏庠为常公方外好友，隐修同道，时有诗歌唱和，相处甚洽。今苏庠行将离去，常公作此诗送行。诗写的大都为时令风景，却准确贴切地衬托出作者的情绪和心境。诗写得很有感情。

【注释】

①愁边句：谓正为离愁而苦，更加上暮秋凄凉风景。②落日句：谓朋友黄昏时乘船远去，船上满载着夕阳的余晖。③雁断句：因西风一阵阵紧吹，把雁唳之声也切断了。幽：这里指凄凉，僻静。④两乡：犹言两地，指苏庠与蕴常两人之住地。不：同否。

白 云 庵

元 照

道人倦逢迎，结庵就岩穴①。
静爱山头云，空蒙如积雪②。
随风亦卷舒，触石更明灭③。
却忆古人诗，只可自怡悦④。

【作者简介】

元照（1048—1116），北宋浙江钱塘灵芝寺僧。字湛然，自号安忍子，俗姓唐，余杭（今属浙江省）人。出家后，博究佛教各宗派，以律为本。住钱塘灵芝寺凡三十年，不问尘事，潜心著述。他是宋代律宗著名高僧，所撰《资持》、《济缘》、《行宗》、《应法》、《住法》、《报恩》诸记，风行于世。又作《十六观小弥陀义疏》并删定律仪。亦长于诗文，诗文合为《芝园集》若干卷，不传。逝世后赐谥"大智律师"。

【说明】

白云庵是宋代杭州灵芝寺下属的一个小"子孙庙",系元照律师修行著书之处。元照这首诗用精炼的文辞,清新雅洁的笔调,生动细腻地描述了一个老僧人在深山小庙中的隐遁生活:与云山岩穴为伴,与风霜雨雪为伍,不仅甘于岑寂,而且能自得其乐。从元照自己的生平经历来看,这很像是作者本人的生活写照,展现出来的也正是作者本人那澄净清明的胸襟和与世无忤的性格。

【注释】

①道人:和尚的旧称。逢迎:迎接,接待,有时也作迎合,趋奉解。结庵:做一座庵(小茅屋或小寺庙)。就:随,靠着。②空蒙:细雨迷茫貌。③卷舒:卷曲与舒展,多用于形容云彩。触石句:意谓山头的云碰上岩石后又分开散去,有如电光石火般时明时灭。④怡悦:安适,喜悦。

石 佛 寺

南 越

松竹行才尽,香城绝世尘①。
倚岩开半殿,凿石见全身②。
钟鼓中天晓,烟花上界春③。
出门重稽首,愿值下生晨④。

【作者简介】

南越,北宋诗僧。生卒年、俗姓籍贯及生平履历均已失考。大约公元1078年前后在世。诗学晋唐,所作五言,颇具唐人风味。作品多不传。

【说明】

国内有石佛之寺颇多,此处未详所指。从诗文中反映的情况来看,当在江南地区。作者在参拜了这所佛寺后,用精炼简洁的笔墨记录了寺庙周边的风光美景,表达了自己对这座佛寺崇敬和依恋之情。诗写得很质朴,很流畅。

【注释】

①香城:指石佛寺,以其在繁花锦簇之中,故称。②倚岩句:谓石佛寺借用山

洞的自然条件，以山洞为佛殿，于洞口加接建筑，故称半殿。全身：指全身的石佛雕像。③中天：天空之中。晓：意谓传播，告知。烟花：泛指春天美景。上界：天界，天上。④稽首：旧时所行的跪拜礼。愿值句：谓下辈子愿来石佛寺值晨守护门户。值晨指清晨于门外值日守卫，犹如打更、守更一般。

题 松

维 琳

大夫去作栋梁材，无复清阴护绿苔①。
只恐夜深明月下，误他千里鹤飞来②。

【作者简介】

维琳（？－1119），北宋浙江杭州径山万寿寺僧。生年不详，号无畏，俗姓沈，武康（今浙江省德清县）人。宋神宗熙宁年间（公元1068－1077年），苏轼任杭州太守，慕其名声，请他担任径山万寿寺住持。他性格博大峻洁，文辞清新雅丽，好学能诗，负有盛名。相传宋徽宗宣和初年（公元1119年）崇尚道教，诏命僧徒尽皆着道冠。维琳不从，某日聚众说偈后，安然而逝。

【说明】

维琳住在铜山院时，院中有一棵古松，粗可合抱，参天而立，成为这座山中小庙的一大景观。然而，这棵巨松却被县太爷看中了，准备伐去修治官署。维琳听到这个消息，便叫弟子削去一块树皮，亲笔题上此诗。不久，县尉带人来砍树，读了这首诗，就此作罢，古松遂得以保全。一个小庙里的和尚是无法抗拒一县的"父母官"的，所以这首诗写得极其委婉、诚恳，用"护苔"、"留鹤"来打动那些也喜欢趋文赴雅的官老爷的心。诗很流畅，从容，很有韵味。

【注释】

①大夫：指松树。据说秦始皇东至泰山，亲封泰山上一棵古松为"大夫"，后遂以"大夫"或"大夫松"来代指松树。②鹤飞来：传说鹤性高洁，专择参天古松而栖。兼借用汉人丁令威乘鹤归来之典。

青城山观

楚峦

静见门庭紫气生,前山岚霭入楼青①。
玉坛醮罢鬼神喜,金鼎药成鸡犬灵②。
岩下水光分五色,壶中人寿过千龄③。
何当一日抛凡骨,骑取苍龙上杳冥④。

【作者简介】

楚峦,北宋时诗僧。生卒年、俗姓籍贯及生平履历均已无考。大约公元1079年前后在世。诗入《宋高僧诗选》。其诗骨力雄劲,雅健可喜,时有盛名,惜多不传。

【说明】 青城山在今四川省都江堰市之西南,又名赤城山,为道教中第五洞天。山上有清泉,谓之潮泉。岷山连岫千里,青城山为第一峰。山中有天师洞,传为汉张道陵修炼处。今经修葺,成为道教全国重点道观。诗题中所谓观,疑即指此,待考。楚峦以一释子而写出如此生动形象、准确鲜明的有关道观的诗,良不易也。

【注释】

①紫气:祥瑞的光气。多附会为帝王、圣贤或宝物出现的先兆。暗用紫气东来之典。汉·刘向《列仙传》:"老子西游,关令尹喜望见有紫气浮关,而老子果乘青牛而过也。"岚霭:丰盛而弥漫的雾气。②玉坛:对道士祭祀所用祭坛的美称。醮(jiào):道士设坛祭祀祈祷。金鼎:对道士炼丹所用容器药鼎之美称。药:指化学合成的丹药。鸡犬灵:谓炼出的丹药非常有效,连鸡犬食之亦可长生不老、不死。暗用"鸡犬升天"之典。谓晋许逊于江西南昌西山修炼成仙,其家所饲鸡犬亦一同升天。又有汉淮南王学道成仙,举家升天,家中畜产亦得成仙,于是犬吠于天上,鸡鸣于云中。灵即指得道成仙。③五色:青黄赤白黑五色,旧时把这五种颜色作为主要的颜色,也代指各种颜色。壶中:壶中天之缩语,指道家所称的仙境。千龄:千年,千岁。④何当:犹言何时,何日。凡骨:凡人的躯体、气质,与所谓仙风道骨相对称。苍龙:有多解,一般指东方七宿之合称。又解为青色大马。再解

指苍劲的松柏。这几种与诗文意义均不符。不妨作青色之龙解更简捷。杳冥：极其高远目力见不到的地方。

田　横　墓

懒　云

荒冢临歧尚隐然，春风吹绿草芊芊①。
牧儿乱唱黄昏后，犹似悲歌薤露篇②。

【作者简介】

懒云，北宋僧。懒云为其字号，其法讳、生卒年、俗姓籍贯及生平履历均已无考。大约公元1079年前后在世。

【说明】

田横之墓原在今山东境内，有多处，今皆废圮。田横为战国时齐国田氏后代。秦末，其从兄田儋自立为齐王，不久战死。儋弟荣及荣子广相继为齐王，田横任相国。韩信破齐，横自立为齐王，率从属五百人逃往海岛。刘邦称帝，遣使招降。横与客二人往赴洛阳，未二十里，羞为汉臣，自杀。其部属五百壮士亦皆自杀。后人悲其壮烈，于多处为其立墓祭悼。这是懒云在云游途中，经过一座田横墓时，感怀伤时，触景生情所作的一首绝句。诗写得很深沉，很有韵味。

【注释】

①临歧：临近分岔路口。隐然：隐约可辨。芊芊（qiān）：草木茂盛貌。②薤（xiè）露篇：古挽歌名。详见文偃《北邙行》之注②。又见晋崔豹《古今注·音乐》："薤露、蒿里，并丧歌也。出田横门人。横自杀，门人伤之，为之悲歌。言人命如薤上之露，易晞，灭也，亦谓人死魂魄归乎蒿里，故有二章。"

绝句二首

景　淳

夜色中旬后，虚堂坐几更①。
临溪猿不叫，当槛月初生②。

后夜客来稀，幽斋独掩扉③。
月中无事立，草际一萤飞④。

【作者简介】

景淳，北宋广西桂林僧。生卒年及姓氏籍贯均不详，大约公元1080年前后在世。曾寄寓于豫章乾明寺，终日闭门读书，二十年如一日。喜欢写诗，诗风恬淡自然，于意境、修辞各方面都有相当造诣。

【说明】

景淳的诗以五言为佳。他是个白描高手，往往只须寥寥数笔便塑造出一个极其优美的意境，完成一个十分鲜明的形象。夜已过半，独立中庭，皓月当头，一萤轻飞等，在这具体事物的描写之外，其实蕴含着更多的意思：作者的心绪、情怀、思念、希望等等。意在言外，颇堪咀嚼和深味。

【注释】

①中旬：每月十一日至二十日为中旬。此处仅指月中，当为农历每月十五日，此后月渐缺渐小，以至成钩。虚堂：空堂。②当槛：对着门槛。③幽斋：寂静的斋房。④草际：草之中。

绝　句

道　英

南北东西住岭巇，古岩寒桂冷依依①。
无人到我经行地，明月清风拟付谁②？

【作者简介】

道英，北宋福建高僧。觉罩子琦禅师法嗣。俗姓胡，泉州（今属福建省）人。曾住持江西鄱阳荐福寺。生卒年不详，大约公元1080年前后在世。《五灯会元》、《饶州府志》与《补续高僧传》皆有传。

【说明】

题目直接用绝句二字，标示的只是诗的形式，而非诗的主旨内容。这类诗多抒发感慨，寄寓情绪，非某些具体名称可包涵者也。英公此诗，也没有具体描写什么事物或人物。只是简略地谈到自己修行处所，简略之极，主要是抒发自己一腔孤寂、散淡、无法排遣的忧思。说得乐观些，诗写得很超脱，说得客观些，诗写得有点凄清。

【注释】

①险巇（xī）：险峻，险峻的山岭。古岩句：谓其环境清冷孤寂，山岩古老，桂树凄寒，处处泛出一种寒意。②经行：佛教徒因养身散除郁闷，旋回往返于一定之地叫经行。法显《佛国记》载"佛在世时有剪发爪作塔及过去三佛并释迦文佛生处，经行处及作诸佛形像处，尽有塔。"

题胜业寺

文 政

山鸟无凡音，山云无俗状^①。
引得白头僧，时时倚藜杖^②。

【作者简介】

文政（1045－1113），北宋时湖南衡阳南岳僧。俗姓令狐，东鲁须城（治所在今山东省东平县西北）人。出家于本邑大谷山，后至衡阳南岳。历主大刹，道名高隆。终于南岳胜业寺，刘歧为撰塔铭。能诗，不多作，亦少流传。诗风简淡，直抒胸臆。此诗原载《南岳总胜集》，后收入《宋诗纪事》卷九十一。

【说明】

胜业寺为南岳衡山第一大丛林。始建于初唐，又名弥勒台、般若台、洞霄宫等。至清康熙五十三年（公元1714年）改今名，即今之祝圣寺。寺在南岳镇东街，寺周古木苍翠，寺宇建筑雄伟。寺中有石雕五百罗汉、悦亭、禹柏庵、开云堂等古迹。现南岳佛教协会设于此。北宋中期，胜业寺已是禅宗大道场。政公主持寺务，刻苦经营，香火亦空前鼎盛。政公于寺务及禅修余暇，写下此诗，并题于寺壁，记叙自己在胜业寺的生活状况。其时政公已年逾花甲，退居后堂，生活是颇为优游自在的。这一点，诗中有所反映。

【注释】

①山鸟句：谓鸟鸣声美妙动听，不像普通的鸟雀叽叽喳喳。山云句：谓天上的云变幻形态，状极高雅，没有丝毫俗气。②时时句：谓作者自己，时时倚杖听山中鸟鸣，看天上云飞。

浮 槎 山

用 孙

山为浮来海莫沉，萧梁曾此布黄金①。
梵僧亲指耆阇窟，帝女归传达摩心②。
地控好峰排万仞，涧余流水落千寻③。
灵踪断处人何在，日夕云霞望转深④。

【作者简介】

用孙，北宋时江南诗僧。生卒年、俗姓籍贯及生平履历均已失考。大约公元1082年前后在世。能诗，有诗选入《禅藻集》，此诗选自《宋诗纪事》卷九十一。

【说明】

浮槎山在庐州（治所即今安徽省合肥市）。传说系从海上飘浮而来，故有此名。有梵僧过此，说这是印度王舍城东北释迦牟尼当年说法度众处耆阇崛山的一座山峰，怎么浮到中土来了？南朝梁武帝之女于此山中建道林寺，削发为尼，出家修道。宋人欧阳修曾著文记叙此事。用孙此诗详尽地记叙了浮槎山的来历故实，身临其境，触景生情，既缅怀前辈先贤的遗迹、轶事，更感叹眼前的世事沧桑。诗写得苍凉沉郁，深沉有力。槎（chá）为竹木之筏。

【注释】

①萧梁：指历史上南北朝时南朝梁王朝。为萧衍所建立，系萧氏世袭王朝，故称萧梁。公元502–557年有国，历七帝五十六年，为陈霸先所灭。布黄金：用王舍城祇园精舍地布黄金之典。②耆阇（dǔ）窟：即耆阇崛山。梵文音译，意译为鹫头山。详见义净《在西国怀王舍城》注②。帝女：指梁武帝之女，出家为尼者。达摩心：指菩提达摩弘扬佛教禅宗的决心。菩提达摩（？–约535），南天竺人，

南朝梁大通元年（公元527年）抵南海，入魏，上嵩山少林寺。面壁九年，决心弘扬禅宗。以楞伽四卷授弟子慧可，示寂前且将袈裟亦付慧可。禅宗称菩提达摩为东土始祖，慧可为二祖。菩提达摩抵广东南海后，曾至梁王朝京都金陵传法。又菩提达摩通常可简称达摩。③地控句：谓浮槎山山峰秀美而且高峻，高达万仞。涧余句：谓山涧溪水湍急而且陡直，泻落千寻。寻为古代长度单位，一般以八尺为一寻。④灵踪：本意指仙人的过往踪迹，这里泛指前代高贤名流们留下的遗迹。转：更。

贻老僧

信禅师

俗腊知多少，庞眉拥毳袍①。
看经嫌字小，问事爱声高。
曝日终无厌，登阶渐觉劳②。
自言曾少壮，游岳两三遭③。

【作者简介】

信禅师，北宋时江南姑苏定慧寺僧。生卒年、俗姓籍贯及生平履历均已失考。大约公元1085年前后在世。信公博览群经，度众无数，为当时一代高德。偶作诗，亦有情致。

【说明】

宋人笔记《罗湖野录》中专门谈到信禅师，说他是一位明眼宗匠，名盛于时。其作诗，不过是游戏而已，却也写得很有意思。从上面这首诗来看，确乎如此。似乎信公随手拈来，如与人面语，丝毫不用修饰雕凿，自然就丝毫也不费力。而其层次排比，词语对仗，自自然然就做到了。这首诗可看作是信公晚年生活的具体写照。贻者给也，赠也。

【注释】

①俗腊：俗世的年龄，指出生以来的总年龄。出家僧人的年龄称腊，腊有多种。出生年数为俗腊亦称世寿；出家年数为僧腊；受戒年数为戒腊；继法年数为法腊；以此类推。此句意为不知道自己到底多少岁了，很老很老了。庞眉：既多又长

而且杂乱的眉毛,指老年人的寿眉。毳(cuì)袍:极为粗糙的鸟毛或兽毛织成的衣袍。②曝日:亦称负暄,指晒太阳。③游岳:指游览著名山岳。此处之岳未有具体所指,但必系极有名的山岳,否则不会提起。

过郑居士斋

道 举

竹里蓬茅掩棘扉,主人诗瘦带宽围[1]。
种成苜蓿先生饭,制就芙蓉隐者衣[2]。
柳絮春江鱼婢至,荻花秋渚雁奴归[3]。
小溪短艇能容我,先向溪隈筑钓矶[4]?

【作者简介】

道举,北宋时江南诗僧。生卒年、俗姓籍贯及生平履历均已失考。大约公元1086年前后在世。能诗,尤长七律,作品惜多不传。此诗载《吴郡志》。

【说明】

郑居士未详何人。从本诗正文来看,当为一位隐居山林、善于作诗的高士。郑居士斋亦未知何处。从诗句反映的情况分析,当在江浙一带水乡。这种不图荣利,不预外事的隐居读书人,正是作者所喜欢、愿结识的人。所以作者很诚恳地向郑居士提出了一个请求:在你隐居的斋室外面,让我在溪流边筑个钓鱼台,让我常常在此垂钓吧!诗写得温柔敦厚,不失雅人深致,形象的描绘,典故的使用,都具有相当的特色。

【注释】

①蓬茅:茅屋。棘扉:荆棘杂木编成的门户。诗瘦:因苦吟作诗而劳瘁,而消瘦。此句谓郑居士作诗很苦很累,以至消瘦得腰围减少,腰带显得宽松。这是一种夸张的写法。②苜蓿:植物名。又称木粟、连枝草等。原产西域,汉武时从大宛传入。为马牛的饲料及绿肥作物,也可入药。其嫩茎叶可作蔬菜。此句谓郑居士以苜蓿为菜以就饭。芙蓉:荷花。此处指荷叶。此句谓郑居士以荷叶制成衣服来穿。二句均比喻夸张说法,形容郑居士生活简朴,不事奢华。③鱼婢:即妾鱼,又称婢妾鱼,一种细长的鲫类鱼。有时泛指一般小鱼、幼鱼。此句谓春天柳絮飞扬时,小鱼

儿都游来了。雁奴：相传雁宿时千百成群，周围有警戒之雁，谓之雁奴。此处即指大雁。此句谓秋季江边小洲的芦苇丛中，雁儿从北方回归这里。④艇：轻便小船。溪隈：溪水弯曲处。钓矶：钓鱼台。矶本意为水边突出的大石。

四　皓

智　孜

忠义合时难，云林共掩关①。
因秦生白发，为汉出青山②。
不顾金章贵，常披鹤氅还③。
如今圣明代，高躅更难攀④！

【作者简介】

智孜，南宋初年福建长汀僧。生卒年及籍贯均不详，大约公元1090年前后在世。号禅鉴，俗姓萧。能诗善文，诗风俊爽飘逸，颇受诗人洪刍（黄庭坚之甥）的赞赏。作品大多不传。

【说明】

四皓系指西汉初年居住于陕西商洛山中的四位高年隐士，通称为"商山四皓"。一为东园公，姓唐，佚其名，字宣明，因居于东园，故称为"东园公"。一为甪里先生，姓周，名术，字符道，因居于甪里，故称为"甪里先生"。一为夏黄公，姓崔，名广，字少通，因居于夏，故称为"夏黄公"。一为绮里季，姓吴，名实，字季，因居于绮里，故称为"绮里季"。他们德才兼备，在当时享有极高的名望。曾应汉高祖后吕雉的邀请，设计阻止了汉高祖刘邦废黜太子的计划，但对吕后和汉惠帝的礼聘重赏却拒绝接受。智孜这首诗简洁地介绍了这四位高士的事迹，抒发了作者对古代先贤高风亮节的赞慕，同时也委婉地斥责了同代人们趋名赴利的不良风气。诗写得节奏明朗，语言流畅，富有激情和韵味。

【注释】

①忠义：忠义者，指四皓。合时：适应或迎合时势潮流。云林：山林。掩关：又称闭关，意为闭门不出，一心修行，现已成为佛道界、武术界专用术语。②秦：

朝代名，我国历史上第一个统一全国的专制主义中央集权的封建王朝，由秦王嬴政创建于公元前221年，共历二世十五年。汉：朝代名，我国历史上最强大的封建王朝，由刘邦灭秦后于公元前206年建立，包括西汉和东汉，共历二十四帝四百零六年。③金章：钱财地位。金为金钱，章指章服，即古代官员所穿的绣有等级标志的礼服。鹤氅：道士或隐士所用之服，详见本书《赠林逋处士》注①。④圣明代：政治英明国家富强的时代，这里完全是反话正说，另有所指。高躅：高尚的行为，指类似"商山四皓"不慕名利的行为。高即高尚，清高。躅本意为足迹，引申而为举止行为。攀：本意为攀越，攀附，引申为攀比，企及。

天 开 岩

有 朋

栖霞山后峰，天开一岩秀①。
中有坐禅人，形容竹柏瘦②。
饥餐岩上松，渴饮岩下溜③。
爱步岩室前，白云起孤岫④。

【作者简介】

有朋，北宋福建诗僧，号囷（qūn）山禅师。生卒年不详，大约公元1090年前后在世。俗姓陈，唐末福建观察使陈岩后裔，建宁（今属福建省）人。出家后曾遍游江南各地，长期驻锡于杭州、金陵附近名山。诗有大名，诗风秀劲挺拔，笔调简洁凝炼。原有诗集，名《螺江集》，不传。

【说明】

天开岩为杭州市葛岭西栖霞岭上一座山岩。群峰之中，两岩高耸，相互对峙，中空大道，天境豁然开朗，故有此名。又名剑门关，栖霞岭亦因此有剑门岭之别名。山岩附近有栖霞洞，山岭下有岳飞墓等著名古迹。朋公曾在此有过很长时间的居留修行，所写这首五言律诗，实为朋公生活写照。诗写得生动形象，很有意境和韵味。

【注释】

①栖霞山：即栖霞岭，参见本诗说明。天开：即天开岩，见本诗说明。秀：指

山岩的秀伟挺拔。②坐禅人：打坐参禅者。形容句：谓形状容貌像竹子和柏枝一样清瘦刚劲。③松：指松子。溜：本意为小股水流，此指顺着岩壁流淌的小股泉水。④岩室：山洞。孤岫：孤峰。

绝　句

普　闻

水阔天长雁影孤，眠沙鸥鹭倚黄芦①。
半收小雨西风冷，藜杖相将入画图②。

【作者简介】

普闻，北宋时南方诗僧。生卒年、俗姓籍贯及生平履历均已失考。大约公元1090年前后在世。能诗，时有名。又对诗歌理论多所探索，著《诗论》，已佚。

【说明】

写的是一派萧瑟的深秋景象：雁影孤单、芦苇枯黄、西风凄冷等等。诗人往往是伤春的，伤春却是爱春，为春天大唱赞歌。诗人往往是悲秋的，悲秋却真的伤感、惋叹，为秋天只能唱哀歌或挽歌了。闻公的诗，写的就是这些，可这首诗并非悲秋之作。因为闻公正要拄着藜杖，把自己融入这一片景致中去。闻公称这片景致为画图，可见他是怜之爱之，在为之唱赞歌了。

【注释】

①水阔句：谓水面宽广，天地空阔，雁儿在天宇中飞行显得特别渺小而孤单。并非一只孤雁，即使是一群雁，一队雁，在无边无际的深秋的天空飞行，也会显得孤单。黄芦：枯黄的芦苇。②半收句：小小的雨，将停未停，风是湿的，何能不冷。将：共。画图：指所描述的上述风景。

别众一绝

普首座

船子当年返故乡，没踪迹处妙难量①。
真风偏寄知音者，铁笛横吹作散场②。

【作者简介】

普首座，自号性空庵主，北宋时蜀中高僧。生卒年、俗姓籍贯均不详，大约公元1091年前后在世。曾参拜黄龙派大师死心悟新禅师，后长住华亭（今上海松江区西）。他爱好吹奏铁笛，放旷自乐，时人莫测其高深。又爱随口吟唱偈句，不讲修饰，但求开导时人。晚年为追仿船子和尚行事，乃于青龙江上置一大木盆，自乘之。张帆吹笛，泛流而去，不知所终。

【说明】

这是一首告别诗，说穿了便是一首诀别诗。当普首座乘上大木盆，扬帆吹笛而去时，留给我们的也就是这么一首七言绝句了。普公一生狂放不羁，放任自乐，当时就有圣凡莫测之誉。最后，留给人们的也仍然是一种神秘的悬念。青龙江直通吴淞江，吴淞江直通东海。普公是否浮盆入海？入海后又去了哪里？是否找到了海上三神山：方丈、蓬莱、瀛洲？谁也不知道。这首诗只对我们说，他乃是去追踪前辈知音，大家就此散场吧！

【注释】

①船子：船子和尚，法讳德诚，为唐代高僧。据说他行事甚怪诞，人莫能测。后自言返乡，乘木盆离道友，泛流而没。难量：指难以测量、度量。②散场：谓收场结尾。也指命终永别。

送崇觉空禅师

怀　清

十年聚首龙峰寺，一悟真空万境闲①。
此去随缘且高隐，莫将名字落人间②。

【作者简介】

怀清，号草堂，北宋江西隆兴泐潭宝峰寺僧。生卒年、俗姓籍贯及生平履历均已失考。大约公元1092年前后在世。能诗，诗风清隽潇洒。作品大多亡佚，少量散见《罗湖野录》等杂著中。

【说明】

崇觉空禅师未详何人,但从诗文中得知,其当为与清公同修长达十年的同道好友。一旦离去,清公作此诗以赠。诗中勉励空禅师随缘高隐,莫图世名,其实这何尝不是清公的自勉呢?"莫将名字落人间",已成为历代寺庙丛林传诵的箴言,历代释子遵崇的座右铭。

【注释】

①龙峰寺:待考。真空:佛教指超出一切色相意识的真实世界。众生由迷真空而受幻色,菩萨因修般若慧观,照了幻色,即是真空。境:境界,亦指地方,处所。闲:安闲,闲散,没有负担和牵挂。②莫将句:指不要去追求世俗的名声。

姚 江

昙 莹

沙尾鳞鳞水退潮,柳行出没见渔樵①。
客船自载钟声去,落日残僧立寺桥②。

【作者简介】

昙莹,南宋初年浙江嘉禾僧。生卒年及姓氏籍贯均不详,大约公元1093年前后在世。号萝月。善言易,时称"易僧"。他学问精博,擅长诗文,诗风清新淡雅。著作有《珞琭子》、《三命消息赋注》等。

【说明】

姚江在浙江省余姚县,为浙东甬江的一大支流。这首七绝记述的便是作者在姚江之畔看到的景象。本诗最大的特点是精炼,字词句都经过了细致的推敲和锤炼,音韵旋律也十分和缓协调。沙尾、江潮、渔樵出没、船载钟声、落日、残僧。意境显然是美的,但于此美丽之中也使人觉得有点惆怅和凄凉。而这,正是作者所要表达的情绪。

【注释】

①沙尾:江河中沙洲尖端突出的部分。鳞鳞:指沙滩被江水冲刷成鱼鳞状的纹理。渔樵:渔人和樵夫。②残僧:风烛残年的老僧人。作孤单寂寞的僧人解亦通。

睡　起

昙　莹

蕙帐烟凝昼掩关，落花时节雨阑珊①。
客来惊起还乡梦，绕屋春风绿树寒②。

【作者简介】
见前。

【说明】
睡起之所以能成为诗题，是因为睡起之后有所睹，有所闻，有所思。所见闻的乃春意阑珊，流水落花。所思者则是故乡旧隐，亲朋好友。有因方有果，因果自相承。凄迷的景色自然也衬托出作者凄凉的心境。诗写得萧散淡雅，饶有情致。

【注释】
①蕙帐：用香草熏染过的帐帷。蕙乃香草名，有佩兰、蕙兰等多种，均有香味。古人习惯烧蕙草以熏除灾邪，故蕙又名熏草。蕙草以产于今湖南省零陵县者最著名，故蕙草又有零陵香之别名。掩关：此处指关闭门户。阑珊：衰落，将尽。白居易《咏怀》诗："白发满头归得也，诗情酒兴渐阑珊。"即取此意。②客来句：谓昼睡（午睡）时正做着返乡之梦，因客人来访，惊醒了睡眠，也惊走了美梦。

赠思净律师

克　勤

百万斋才了正因，大缘倏举只逡巡①。
凿将玛瑙一方石，镌作龙华百尺身②。
天竺江山增秀丽，西湖风月逾清新③。

色声不动操能事，可是僧中英特人④。

【作者简者】　克勤（1063-1135），南宋初东京天宁寺僧。字无著，俗姓骆，彭州崇宁（今四川省郫县）人。出家于本邑成都昭觉寺，后遍游大江南北，曾任建昌云居山真如寺住持。他精研佛典，严谨操行，弘扬禅宗法系，颇负盛名。宋高宗建炎（公元1127-1130年）初，赐号"圆悟"，卒谥"真觉禅师"。克勤毕生从事弘法传教事务，于诗文未耗精力，禅暇之余，偶尔为之，亦有可观者。

【说明】
思净与克勤同时，是南宋初律宗高僧。详见本书思净《答或问》作者简介。本诗正文前原有序，历述思净的平生作为，因文字较长且多为佛家术语，故予略去。这首诗着重记叙了思净律师在杭州西湖多宝山凿刻大型如来佛像及其他众佛造像的事迹，热烈地歌颂了思净刻苦勤奋，热心佛教事业的献身精神。诗写得很精炼，流利，充满激情。

【注释】
①百万斋：思净曾于杭州西湖边赁屋设斋，计划接待天下三百万僧人。斋即施舍饮食于僧。了：了结，完成。正因：系佛教因明用语。指具有"遍是宗法性"、"同品定有性"、"异品遍无性"这"三相"的因，即正确可靠的理由和根据。缘：佛教用语。指事物生成或坏灭的种种辅助条件。倏（shū）：忽然，疾速。举：举行，办理。逡（qūn）巡：亦作"逡循"、"逡遁"。欲进不进，欲退不退，迟疑不决的样子。②玛瑙：玛瑙山。在杭州西湖西北，系多宝山支脉，是一座石灰石山岩，山中多佛教雕刻造像。思净即于此凿刻佛像。镌（juān）：凿，刻。龙华：龙华树。古印度乔木名称，梵名"奔那伽"。释迦牟尼尝静坐龙华树下，默思人生真谛，终于修行成佛。这里即以释迦牟尼所坐其下的龙华树代指释迦牟尼本身。百尺身：指高大雄伟的石刻佛像（佛祖像）。③天竺：天竺山。在浙江省杭州市西湖的西面，有上、中、下三座天竺寺，为佛教名山。西湖：见本书《酬苏屯田西湖韵》说明。逾：更加。④色声：说话的声音和脸色。能事：原意为所能做到的事，犹言本事。此处指大事，了不起的事。英特：优秀的，特出的。

绝　句

克　勤

赐得云居养病身，半千衲子倍相亲①。
攀萝直到青天上，投老依栖安乐神②。

【作者简介】
见前。

【说明】
南宋刚刚建立的时候，勤公住在镇江金山寺。其时勤公已名播天下：北宋徽宗曾御赐紫袈裟，名臣张商英、郭天信亦奉以师礼。南宋高宗久闻其名，遂趁巡视扬州之便，召勤公入对，称旨。高宗立赐"圆悟禅师"称号，敕住江西建昌云居山。这时，现任云居山住持善悟禅师，以及惠洪禅师等驰函敦请勤公。勤公于建炎元年（公元1127年）底上云居山。始入云居方丈，即盛赞云居为锻炼佛祖宗师大洪炉，作七绝诗偈数首以谢宋高宗赐号并诏住云居之恩。此为其一。勤公亦与著名诗僧惠洪一样，有终老云居之愿，诗中写得十分明白。在金兵南侵，南宋始立的动乱之际，云居山得勤公主持，佛法大盛，天下钦从。

【注释】
①病身：勤公上云居山时，年已六十又四，故称。半千：五百。衲子：僧众。时当乱局，缁俗奔波避难，能容留五百僧众，即大幸事。②攀萝句：谓云居山高峻，与青天相接。安乐神：传为云居山的保护神，极灵验。

示若乎禅人住云门庵

克　勤

赞弼住山功已立，荷担长久志弥坚①。
云门庵创压欧阜，天上高天更有天②。

追复古来清净刹，他时会见美声传③。
宾主相投胶漆合，相与弘持临济禅④。

【作者简介】
见前。

【说明】
若乎不详何人，当系勤公晚辈弟子。禅人系学禅之人，长辈称晚辈时用之。云门庵又名小云门寺，以名次于广东曲江云门宗祖庭云门寺，故称。在云居山北，距真如寺常住约二十五公里。时废时兴，灯火断续。勤公之后宗杲禅师稍作修复，又称妙喜庵（杲号妙喜）。宗杲并与士珪禅师于此共编《颂古编》、《禅林宝训》。此庵现已修复，称云门禅寺，为永修县重点文物保护单位。当勤公的晚辈弟子若乎师要去云门庵隐居修行时，勤公特作此诗，加以勉励。一方面鼓励若乎要持之以恒地进取，同时不忘记叮咛若乎与云门庵同道和睦相处，共同进步。厚望所寄，语重心长。

【注释】
①赞弼：赞助与辅弼。指若乎支持与辅佐勤公主持云居山大刹。荷担：挑担，指挑着行李担子出门去，这里指移住云门庵。弥：更。②云门庵：见说明。欧阜：云居山又名欧山，为纪念战国末期楚将欧发曾隐于此。③追复：不仅追从，而且兴复。希望若乎去云门庵能弘大发展这个古寺。④宾主：指若乎与原云门庵中的诸道友。先入者为主，后入者为宾。胶漆：像胶与漆一般紧密结合，喻团结。弘持：弘扬、坚持。

落　叶

正　勤

萧索下疏林，翩翩动客心①。
带烟浮远水，和露逐飞禽②。
近砌雕将尽，前村叠更深③。
年年见衰谢，看即二毛侵④。

【作者简介】

正勤,北宋南方诗僧。生卒年、俗姓籍贯及生平履历均已失考。大约公元1094年前后在世。工诗善文,尤长五言,当时颇为享名。作品大多不传,少量收入《宋高僧诗选》,此诗选自《宋诗纪事》卷九十二。

【说明】

这是一首专门描写落叶的诗。从树叶刚刚落下,到随水漂浮,逐禽飞舞,撒满台阶,层叠外村,一层层推进,一层层深入,将暮秋季节落叶的千姿万态及不同归宿描绘殆尽。构思布局极见匠心,语言文字相当锤炼。当然,作者不是为了落叶而写落叶,到头来,他写的还是自己,自己的深思和感慨:垂垂老矣,自己也要像秋叶一般凋落了。纯粹的一首写景咏物之诗,寓意是很深沉的。

【注释】

①萧索:稀少,萧条。翩翩:本意是指鸟飞翔时轻盈快捷状,引申指其他对象飘动时轻盈生动的样子。②烟:指山林中的雾气。逐:追随。③砌:台阶。深:这里是厚的意思。④衰谢:指树叶的衰败与凋谢。二毛:人老头发斑白。头发中有白有黑两种颜色,故称二毛,并以此代称老年人。

次韵答吕居仁

如璧

向来相许济时功,大似频伽饷远空①。
我已定交木上座,君犹求旧管城公②。
文章不疗百年老,世事能排双颊红③。
好贷夜窗三十刻,胡床趺坐究幡风④。

【作者简介】

如璧(1065-1129),宋代湖北谷城香严寺僧。俗姓饶,名节,字德操,抚州临川(今江西省临川市)人。本事儒业,为曾布幕僚,与布辩论新法意不合求去。复听名僧智海说法有悟,遂祝发,自号倚松道人。璧公尝久住杭州灵隐寺,晚年住持襄阳天宁寺,在襄汉间颇具声望。璧公博学多才,出家前已享诗名,善作古文铭赞,诗风萧散轻逸,颇受同代名家陈师道、吴曾、吕本中等辈推崇,陆游谓其诗为"近代僧中之冠"。诗入"江西派",受黄山谷、陈后山影响,与祖可、善权合称江西诗派中"三诗僧"。作品结为《倚松道人集》,收诗二卷三百七十四首。

【说明】

此诗虽系劝人摈弃世事、专意学道,写法却颇新颖,亦谐亦庄,诙谐生动,其用典故轶事、禅言佛语,皆自然贴切,毫无枯燥牵强之感,故最为吕居仁所赏识,谓其"高妙殆不可及"云云。吕居仁(1084——1145),名本中,号紫微,人称东莱先生,寿州(今安徽省凤台县)人。绍兴进士,官中书舍人兼直学士院,因忤秦桧罢官。推崇山谷、后山诗风,作《江西诗社宗派图》,很有影响,又有《东莱先生诗集》、《童蒙训》、《紫微诗话》等。

【注释】

①济时:救世匡时。频伽:频伽瓶,形如佛经中所言一头两身之频伽鸟。此两句谓老友向以济世功业期望我,这就像用频伽瓶盛着虚空赠送人一般虚妄。《楞严经》:"有人取频伽瓶塞其两孔,满中擎空,用饷他国。"②木上座:手杖。详见惠洪《崇胜寺后有竹千竿,独一根秀出,人呼为竹尊者,因赋诗》之注③。又苏轼《送竹几与谢秀才》诗:"留我同行木上座,赠君无语竹夫人。"管城公:亦称管城子,指毛笔。韩愈《毛颖传》:"遂猎,围毛氏之族,拔其毫,载颖而归。秦始皇使(蒙)恬赐之汤沐,而封诸管城,号曰管城子。"《毛颖传》以笔拟人,后人遂以管城、管城子、管城公为笔的别称。③文章句:谓纵然写得出无数的好文章,也医治不了人生之中无法避免的衰老。世事句:谓碌碌匆忙的世间俗事,却会把人们面颊上的青春红润消除殆尽。两句用生动的语句来阐述哲理,正是江西诗派以俗为雅、由俗入雅的作风。④贷:借。三十刻:古代分一昼夜为一百刻,三十刻约合七八个小时,此处泛指大半夜甚至整夜。胡床:指座椅。趺坐:出家人打坐时双脚交盘的姿势。究幡风:探讨幡(旗)、风飘动的问题。典出《景德传灯录》:禅宗六祖慧能至广州法性寺(今光孝寺)听印宗法师宣讲《涅槃经》。寺外风吹幡动,诸僧互相辩难。或曰幡乃无情之物,因风而动;或曰幡并未动,实乃风动;或曰幡、风皆无情识,如何能动;或曰因缘和合,幡、风皆动。六祖抗声曰:既非风动,亦非幡动,贤者心自动耳!印宗法师闻言大惊,询知乃禅宗法嗣,即转拜慧能为师。

偶　成

如　璧

松下柴门昼不开，只有蝴蝶双飞来①。
蜜蜂两脾大如茧，应是山前花又开②。

【作者简介】
见前。

【说明】
一位足不出户、闭门读书的老僧，凭借远处飞来的蝴蝶和蜜蜂而得知春的讯息。蝴蝶翩翩飞舞，蜜蜂脾大如茧，足以说明阳光绚丽、百花齐放的盎然春意。这首绝句构思新颖、形象生动、比喻贴切、语言流畅，堪称上乘精品。张邦基《墨庄漫录》著录此诗，称其佳句可喜，不愧前人。后二句语颇奇特，直是道前人所未道也。璧公长七言，七绝尤妙。

【注释】
①柴门：木制之门，指门户简陋。②脾：本指牛胃，这里借指蜂胃，蜜蜂吮吸花粉以制蜜，蜜蜡贮于蜂胃，经再消化酿造，方始有蜜。

眠　石

如　璧

静中与世不相关，草木无情亦自闲①。
挽石枕头眠落叶，更无魂梦到人间②。

【作者简介】
见前。

【说明】

　　静则能思、能悟，寂静乃佛徒追求的境界。无情则无嗔、无欲，摆脱世情乃佛徒既定的目标。把自己的身心融入大自然，枕石而眠，不就进入了寂静无情的天地么？于是，就连魂魄、梦思都不会到人间（尘世间），不会与人间有何关系了！平易自然、质朴清新的语言，如相对口语，内涵却无比深邃。这便是千年不朽的佳作，难怪连江西诗派的掌门宗师山谷老人也要击节赞叹了！

【注释】

　　①草木无情：佛家语。佛教称一切有情识意念者为有情众生，而草木土石则为无情之物。②人间：人世间，此指红尘俗世。

天台山中偶题

祖　可

伛步入萝径，绵延趣弥深①。
僧居不知处，仿佛清磬音②。
石梁邀屡度，始见青松林③。
谷口未斜日，数峰生夕阴④。
凄风薄乔木，万窍作龙吟⑤。
摩挲绿苔石，书此慰幽寻⑥。

【作者简介】

　　祖可，北宋末年江西庐山僧。字正平，生卒年不详，大约公元1095年前后在世。俗姓苏，名序，诗人苏庠之弟，京口（今江苏省镇江市）人。因身被痟疾（皮肤病），人称"癞可"或"病可"。诗入江西派，与善权、如璧合称"三诗僧"，受同代名家陈后山、李商老、葛立方等推崇，时誉甚高。唯因读书无多，游踪未广，故思路题材均有局限，以描写匡庐景物为主。诗风明爽雄劲，高雅精粹，讲究意境与韵味。诗集名《瀑泉集》、《东溪集》，均佚。作品散见于魏庆之《诗人玉屑》等书中仅十余首。

【说明】

　　天台山在今浙江省天台县城北，为仙霞岭支脉，是我国佛教天台宗的发祥地。因其山势雄伟，风景优美，向称神仙所居。山中多有佛寺，其中最著名者为隋代创建的国清寺，即名僧丰干、寒山、拾得原居处。乃天台宗祖庭，智顗大师道场。现存寺中主要建筑物系清初重建。天台山其他名胜古迹尚有：唐高僧一行遗迹、高僧寒山、拾得遗迹、智者大师塔院、高明寺、石梁飞瀑、赤城烟霞、华顶秀色、琼台夜月、桃源春晓等，为浙江省著名的游览胜地。这首诗语言精炼，韵律柔和，形象生动，意境幽远，细腻生动地描绘了天台山给作者的印象：绵延、幽深、葱茂、恬静。

【注释】

　　①伛步：弯腰曲背地步行。萝径：藤萝纠缠覆盖的小路。弥：更。②僧居：指寺庙。③石梁：天台山中一座数十丈长的天然石桥，为著名胜迹。④斜日：日斜，日之将落。⑤薄：迫近、靠近。窍：孔穴，此处指石洞或山洞。⑥摩挲：抚摩、抚弄。幽寻：隐秘的探索寻找。

绝　　句

祖　可

坐见茅斋一叶秋，小山丛桂鸟声幽①。
不知叠嶂夜来雨，清晓石楠花乱流②。

【作者简介】

　　见前。

【说明】

　　山僧不解数甲子，一叶落知天下秋。其实如可公这般隐居深山，不知外间时序流转、人事代谢，却也有自己的乐趣。且看：鸟语山幽，雨急花流，好一幅精致的山水画。诗写得生动活泼、清新流丽，很有意境和情趣。宋人每言可公诗太清，谓清瘦、清峻而又冷清、凄清也，然观此诗，亦不尽然。此诗《诗人玉屑》著录。

【注释】

①一叶秋：见一叶飘落，知秋季到来。《淮南子·说山》："见一落叶而知岁之将暮。"②叠嶂：重重叠叠的山岭。石楠：即石南，植物名。高至七、八尺。正二月间开花，花甚细碎，聚集成球，淡白绿色，秋结实。旧时江南地区常植于墓地。叶入药。

秋 屏 阁

祖 可

袖手章江净渺然，倚风残叶舞翩翩①。
霜鸥睡渚白胜雪，雾雨含沙轻若烟②。
杨柳一番南陌上，梅花三弄远云边③。
匣鸣双剑忽生兴，我欲因从东去船④。

【作者简介】

见前。

【说明】

人云可公诗过于萧散冷隽，太清，又云可公诗无非庐山景物，太窄，余不以为然。兹选可公《天台山中偶题》与《秋屏阁》二诗，尽皆轻灵柔曼，娴雅从容，何来凄冷之感？而天台、南昌，亦与匡庐无关也。可公长七言，古律绝皆得诗中三昧，不仅无蔬笋气，且往往精妙。徐师川以七言赞可公七言有云"即今老旧无新语，尚有庐山祖可师"。秋屏阁古楼阁也，故址在南昌德胜门外，俯瞰赣江，与西山遥遥相对，其建年不详，宋时为登眺之所，南宋后废。清康熙中即其旧址建北兰寺，寺内重建秋屏阁。可公北宋南宋间人，自得登临秋屏阁，饱览赣水之水光、西山之山色也。

【注释】

①章江：即章水，此处代指赣江。按赣江由章水、贡水两大支流及众多小支流汇合而成，故章贡二字合而成赣。古代相沿以章水为赣江正源，故常以章水代指赣江，未见以贡水代指赣江者。净：指赣江之水澄净清澈。残叶：秋末冬初秋屏阁下树叶凋零飘舞。②霜鸥：鸥鸟羽翼上披有冬霜，再次交代时令。渚：小洲。《尔雅

·释水》:"水中可居者曰洲,小洲曰渚。"③杨柳:杨柳枝,曲调名,多抒写民情世事、男欢女恋;又有竹枝词,简称竹枝,与杨柳意同,实七言绝句也。梅花:曲名,全称"梅花三弄",送行赠别或忆怀故人之曲。④匣鸣:传云好的剑遇有不平之事或处于险恶之境,会在剑匣中发出铮鸣之声,借以警示主人。从:跟从,此处指乘船远行。

庐山白莲社

怀 悟

晋室陵迟帝纪侵,群英晦迹匡山阴①。
楼烦大士麈尘尾,十七高贤争扣几②。
才高孰为文中龙,返使伊人思谢公③。
烟飞露滴玉池空,雪莲蘸影摇秋风④。

【作者简介】

怀悟,字瑞竹,北宋江南诗僧。生卒年不详,大约公元1107年前后在世。俗姓崔,御溪人。擅长诗文,诗风清健刚劲,很有气魄,其古风作品为人传诵。作品惜多不传,散见于地方志及其他杂著中。

【说明】

庐山白莲社为一个佛教净土宗社团,系东晋末年庐山东林寺住持高僧慧远大师所倡建。其时集结了隐居在庐山和其周边地区僧俗两界隐士高人一百二十三人,结社学佛,专修净业。其中以慧远为首十八人,称十八高贤。此为中国佛教特别是净土宗的重要事件及佳话美谈,影响极为深远。怀悟去慧远大师七八百年,追忆昔日高贤大德的道德风范,嘉言懿行,遂有无限感慨,作此七言古风,以抒情怀。诗写得气势磅礴,雄健有力,颇能激动人心。

【注释】

①晋室:此指东晋王朝。司马炎代魏称帝,国号为晋,都于洛阳,仅传四帝共五十年,为前赵所灭。晋室南渡,司马睿即位于建康,保有江南之地。传十一帝共一百零四年,复为刘裕所灭。陵迟:衰落。帝纪侵:指皇室的纲纪制度受到侵犯和损害。群英:指庐山白莲社结社诸公,如慧远、慧永、慧持、雷次宗、宗炳、刘遗

民等辈。晦迹：隐藏踪迹即隐居。晦之本意为昏暗、暗昧，此处引申为隐藏，藏匿。阴：山之北面。白莲社社址在庐山东林寺内，位于庐山之西北山麓，故称庐山阴。②楼烦大士：指慧远大师。慧远籍贯为山西楼烦县，即今山西省神池、五寨两县部分地区，此以慧远之籍贯相称。麾：挥动。尘尾：古时以驼鹿之尾为拂尘，因此称拂尘为尘尾，简称尘。十七高贤：指除慧远大师以外的另外十七位高僧和隐士；他们合慧远大师共称白莲社十八高贤，现庐山东林寺内尚有十八高贤堂建筑。扣几：敲击桌几。意谓十七高贤争相响应慧远大师建立白莲社的倡议，激动地敲打桌子。③孰：谁。文中龙：以龙喻人，意为文坛上最有才华的人。返：同还。伊人：他们，指高贤们。谢公：指谢灵运，当时极负盛名的大诗人。事实上谢灵运并未参加白莲社。传说因其世缘太重，慧远不允其加入。实则白莲社缔结之时，谢灵运尚在年少，还未到过庐山。④玉池：指东林寺中的白莲池。池上所植之莲开白花，称白莲，慧远诸人结社即以之为名。雪莲：犹言白莲。蘸影：谓白莲摇动时蘸着池水。这里说是白莲的影子蘸水，系形象比喻的说法。摇秋风指在秋风中摇摆。

答或问

思　净

平生只解念弥陀，不解参禅可奈何①。
但得五湖风月在，太平何用动干戈②？

【作者简介】

思净（1068－1135），南宋末年浙江钱塘北关妙行寺僧。俗姓喻，钱塘（今浙江省杭州市）人。少年时出家，专研律宗，勤苦操行，广作佛事，名传遐迩。因为他开口则念"阿弥陀佛"，且又擅画阿弥陀佛造像，故时人皆称之为"喻弥陀"。他曾在杭州城北关租屋设灶，立誓斋僧三百万，又曾在西湖之滨的多宝山中镌刻大型石雕佛像。关于他广行善事的故事，杭州地区至今还在流传。

【说明】

或作有解，本题意为答有的人问。从诗中内容来考察，这个"人"当为禅僧。思净是专持戒律的律宗和尚，他平生所坚持的便是口念弥陀，戒除诸恶，广行善事，广结善缘，一切都落实于身体力行的实践中，与禅宗僧人坐禅求悟有很大的不同。诗中,思净首先承认自己不会参禅。然而,各有各修成正果的途径,并不矛盾,何必互相争执?绝句的后两句用比喻的手法,说明求同存异、殊途同归的道理。诗写得通俗生动,形象明朗,表现了作者豁达的境界和磊落的胸怀。

【注释】

①解:懂得。弥陀:全称阿弥陀佛,佛教中主佛之一。据说是"西方极乐世界"的教主,能接引念佛者往生"西方净土",故亦称"接引佛",尤为净土宗所崇拜。参禅:佛教禅宗的修持方法,即参究禅宗修行之道以求"明心见性"。②五湖:指全国各地。见本书恒超《辞郡守李公恩命》注④。风月:清风明月,泛指各种美好的景色。干戈:干和戈是古代作战时常用的两种武器,故亦常用作兵器的通称。此处引申为战争或争论。

山中秋夜怀王性之

善 权

风雨一叶秋,北窗夜初永①。
候虫鸣空阶,蝙蝠挂藻井②。
龛灯照痴坐,苔壁印孤影③。
试观鼻端白,粗了虚幻境④。
万事皆浮休,百年正俄顷⑤。
学诗寒山子,造语少机警⑥。
故人王文度,襟韵独秀整⑦。
间蒙吐佳句,惠好灼衰冷⑧。
何当爇华芝,飞步越林岭⑨?
携手剁荆薪,欢言馈汤饼⑩。
长啸凌紫烟,同升妙峰顶⑪。

【作者简介】

善权,宋代江西筠州僧。字巽中,生卒年不详,大约公元1098年前后在世。俗姓高,靖安(今属江西省)人。因体貌清癯,人称"瘦权",诗名与匡庐祖可齐，称"瘦权病可"，合如璧称"三诗僧"。他性格落拓不羁，饮酒无度，而又极富才华。诗入江西派，受同代名家黄山谷、陈后山、徐俯等赞赏，惠洪谓"巽中下笔，豪特之气凌跨前辈，有坡、谷之渊源"。诗风清俊淡雅，确近山谷之格。著《真隐集》三卷，已佚，《宋高僧诗选》、《声画集》收其诗不足十首。

【说明】

王性之名著，又名文度，性之其字也，为权公方外至交，与可公亦善，是一个诗人兼学者。权公这首五言古风以过半篇幅描述山中秋夜的凄凉景象和自己枯坐苦吟的孤寂，也高度评价了王性之的风韵和才华。当此寂寞秋夜，作者更想念自己的朋友，希望朋友能来和自己共度长夜，一同欢聚饮宴，一同登高长啸。诗写得精炼生动，富有热情。

【注释】

①一叶秋：见祖可《绝句》诗注①。永：漫长。②候虫：随季节而生灭并发出鸣声的昆虫，如夏之蝉、秋之蟋蟀等。藻井：我国传统建筑中顶棚上的一种装饰处，一般为方形、多边形或圆形凹面，上有各种花纹、雕刻和彩画。③龛（kān）：供奉佛像或神像的石室或木柜。痴坐：默默无声地坐，形如痴呆状。④观鼻：僧人打坐时要求做到眼观鼻、鼻观心，六根清净，心无杂念。或言此句暗用"郢匠运斤成风"之典，比喻权公与王性之的深厚交情，亦通。关于郢匠之典，详见本寂《辞南平钟王召》之注②。了：明白。⑤浮休：空虚不实已到尽头。百年：指人的一生。俄顷：一刹那，一会儿。⑥寒山子：唐代高僧，详见本书寒山《三言诗一首》之作者简介。少：稍稍，略微。⑦故人：老朋友。王文度：即王性之。襟韵：襟怀与风韵（风度）。秀整：优秀、完美无缺。⑧间蒙：不时地、不断地。惠好：赠送美物或美意。灼：烧，此处喻指温暖。衰冷：颓衰而又凄冷的心境。⑨翳：遮蔽，此处引申为披戴。华芝：光彩美丽的灵芝仙草。⑩刹（duò）：割取。荆薪：荆棘一类的柴木。馈：食。汤饼：汤煮的面食。⑪凌紫烟：超越天空，升上天空。紫烟意同紫虚，即天空或高空。升：登上，攀上。

洪　井

善　权

水发香城源，度涧随曲折①。
奔流两岸腹，汹涌双石阙②。

恐翻银汉浪，冷下太古雪③。
跳波落丹冰，势尽声自歇④。
散漫归平川，与世濯烦热⑤。
飞梁瞰虚碧，洞视竦毛发⑥。
连峰翳层阴，老木森羽节⑦。
洪崖古仙子，炼秀捣残月⑧。
丹成已蝉蜕，药臼见遗烈⑨。
我亦辞道山，浮杯爱清绝⑩。
攀松一舒啸，灵风披林樾⑪。
尚想骑雪精，重来饮芳洁⑫。

【作者简介】

见前。

【说明】

这是权公最著名的一首览胜怀古诗，既绘声绘色地描写了洪井古迹的形势风貌，歌颂了仙人洪崖勤苦修炼的高行美名，同时表达出自己要追踪古贤、精进持修的意愿。诗写得潇洒飘逸、凝炼挺拔，颇有感染力。洪井又名洪井洞、洪崖洞，系传说中上古仙人洪崖修道炼丹之处，在今南昌市湾里区翠岩路北侧山谷中。井侧有洪崖瀑布，状若玉帘。洪井之水清冽芳甜，被欧阳修品定为"天下第八泉"。洪井两侧岩壁尚存题刻颇多。现该地区已全面修复，与翠岩古寺连成一片，成为南昌市郊的重要旅游景点。又"洪崖丹井"旧称"豫章十景"之一。参见圆玑《答张无尽因续成诗》注②。

【注释】

①香城源：溪水名，发源于香城山。曲折流注于洪崖弯陂，其旁古有香城寺，已废。②石阙：石之门阙。阙本系宫廷门外对称建筑物，此处借喻洪井上源香城溪两岸的山石岩壁。③银汉：银河、天河。太古：远古时代。④丹冰：形容溪流飞溅的水珠如丹丸冰粒。《宋诗纪事》中此处作丹青，丹青画也。⑤平川：平缓的溪流、河流。濯（zhuó）：洗去。烦热：闷热。⑥飞梁：此处指架于两山之间的桥梁。虚碧：虚空碧落，天空、空间。一本"虚碧"作"灵磨"，灵磨指洪崖仙子磨药合丹的工具，亦通。洞视：透视。古代方士自称能见到常人见不到的东西，如隔墙见人、远距离辨物等。此处又有细看、凝望之意。竦：挺立。竦毛发，毛发竦立，极

喻惊恐之状也。⑦翳（yì）：遮蔽、覆盖。森：森然，犹言多也。羽节：枝桠树节。大树枝叶伸展如鹏鸟张开羽翼。节亦同结，树结。⑧洪崖：又名伶伦，一作冷伦（此恐传抄之误），传说中的上古仙人。据称至尧帝时已三千岁，尝任黄帝的乐官，为黄帝制定乐律，还曾取竹制黄钟之管，琢石为磬，后人推戴他为乐祖、乐师之祖。史传他在南昌西山修炼得道，乘鸾飞升，遂留下洪井、灵磨、鸾冈、鸾陂等古迹。西山古称洪崖，江西又称洪郡、洪州，南昌别名洪城、洪都，均与之有关。炼秀：秀指秀眉，眉特长而披至两颊，长寿征也。炼秀指道家炼丹合药，以求长生。⑨蝉蜕：蝉脱去旧壳，喻超脱尘世，得道成仙。臼：捣药工具。遗烈：遗芳、美名。⑩道山：图书聚藏之所或文人荟萃之地，此处指后者。浮杯：《高僧传》载刘宋时有僧乘木杯渡河，后因称僧人出行为杯渡、浮杯。⑪樾：树荫。⑫雪精：指白骡，传为洪崖平素出行时的坐骑。元·张羽诗有"洪崖借乘雪精骡"，明·胡俨诗有"不知千载后，还骑雪精无？"均指此。

奉题性之所藏李伯时画渊明采菊

善 权

南山崔嵬在眼，古木参差拂云①。
不负手中篱菊，白衣送酒相醺②。

【作者简介】

见前。

【说明】

权公题李公麟画渊明诗共二首，一为采菊，一为泛舟，今选其一。宋人好作六言绝句，且多用以题画。江西诗派中"三诗僧"（祖可、善权、如璧）均有此类作品，颇多佳作。权公此诗采用极为平易淡雅、朴实自然的笔法，描绘出渊明先生萧散飘逸的风貌气韵，平平淡淡，却很传神。性之即王文度，字性之，详见权公前诗《山中秋夜怀王性之》说明。李伯时即李公麟（1049－1106），北宋著名画家，字伯时，号龙眠居士，庐州舒城（今安徽省舒城县）人。进士出身，官至朝议郎。初画马，后专攻人物，多画佛道尊宿与前贤名达。其所画《渊明归去来图》今已失传，殊可憾也。采菊典出陶渊明《饮酒》

诗句有"采菊东篱下，悠然见南山。"

【注释】

①崔嵬：山高峻雄伟貌。参差：长短高低不齐。两句以南山、古木比喻渊明先生的崇高形象，明为写景，实则写人，且借用渊明本人诗语，自然贴切。②篱菊：篱边之菊。白衣：白衣使者。相醺：醺为醉酒，相醺意为使之得醉，使之尽醉也。典出檀道鸾《续晋阳秋》，陶渊明好酒而不能常得。时当重阳高秋（农历九月初九日），渊明先生于宅外篱栅边采得盛开之菊大束，双手握持，坐于篱侧。未几，江州刺史王弘命白衣人送酒至，渊明即于篱旁就饮，尽醉而归。两句写有美酒相伴，方不负东篱好菊，而渊明先生之亮节高风，亦不负美酒，亦不负好菊，此诗之言外意也。

秋 夕

昭 符

又是听猿吟，如何恨更深①。
每因多病日，减却少年心②。
冻鹤连岩雪，愁人半夜砧③。
故园阻兵革，消息遣谁寻④？

【作者简介】

昭符，北宋末年诗僧。生卒年、俗姓籍贯及生平履历均已失考。大约公元1098年前后在世。能诗，长于五言，当时有名。诗风沉郁委婉，含蓄深情。诗入《宋高僧诗选》。

【说明】

在诗人的心目中，秋天总是伴随着愁闷而来。因为秋天有叶枯花落，北雁南飞，气温渐寒，砧声不断，这自然就引起诗人的关注和感慨。这首诗描写深秋之夜的情景和情绪，笔力凝炼简洁，把一个旅居异乡的老僧人的无奈心境析露无遗，令读者为之感动，为之惋叹。

【注释】

①又是联：谓听到猿的啼叫，引起更大的悲思。吟指叫唤，啼叫。②少年心：指年轻时的雄心壮志。③冻鹤句：谓在雪岩之下，仙鹤也冻得很难受。愁人句：谓怀有愁思的人更怕听到砧声。砧为古时妇女捣洗衣物的石礅。④故园：故乡，故居。兵革：兵本意指刀、矛、弓、箭等武器；革指甲胄盔甲等护身物。引申为战事，战争。遣：派遣，指使。

过曹娥庙

觉　先

纵步青萝嶂，吟边景更宽①。
沙纹潮落现，山色雨余看②。
汀草含清韵，江猿啼暮寒③。
娥祠重致敬，忍读汉碑残④。

【作者简介】

觉先（1069－1146），南宋初年浙东剡中诗僧。字澄照，俗姓陈，慈溪（今属浙江省）人。能诗。其余事迹不详。

【说明】

曹娥为东汉女子，浙江上虞人。其父溺死江中，未得尸，她沿江号泣十余日，投江死。官府作诔辞刻石以表彰她的孝道，并立祠建庙祭祀她。历代都奉她为孝女典型。今上虞县城郊曹娥故乡仍称曹娥村，曹娥殉父的那条江称曹娥江。觉先路过曹娥庙，领略了祠庙周围的山光水色，向曹娥致敬礼赞后方离去。诗中用大量的笔墨进行风景的描述，其实都是衬笔，意在表现曹娥的优秀品质，所以诗中全然一字不提曹娥的事迹。听凭读者去捉摸、体味。诗写得很深沉，很真挚，很有感情。

【注释】

①青萝嶂：青萝山。在今浙江省浦江县东。此处泛指曹娥江上游诸山。嶂：高峻的、屏障一般的山峰。吟边：吟诗作诗之时。宽：广阔丰富。②沙纹：江边沙滩上被波浪冲刷而成的纹理。雨余：即雨后。③汀草：江岸边的草。汀指水中或水边

的平地。清韵：清淡澄澈的韵味。④汉碑：东汉的碑石，此处指极为著名的曹娥纪念碑，简称曹娥碑。碑上刻有邯郸淳所作的诔词，东汉文学家蔡邕读后，在碑侧题有"黄绢幼妇外孙齑臼"八字，实隐"绝妙好辞"四字评语。三国时，曹操与杨修经过此地，曾比赛猜测这八字隐语。现存的曹娥碑已非原石，乃系晋代书法大师王羲之重书。

题李愬画像

惠　洪

淮阴北面师广武，其气岂只吞项羽①！
君得李佑不肯诛，便知元济在掌股②。
羊公德行化悍夫，卧鼓不战良骄吴③。
公方沉鸷诸将底，又笑元济无头颅④。
雪中行师等儿戏，夜取蔡州藏袖底⑤。
远人信宿犹未知，大类西平击朱泚⑥。
锦袍玉带仍父风，拄颐长剑大梁公⑦。
君看鞬橐见丞相，此意与天相始终⑧。

【作者简介】

　　惠洪（1071－1128），北宋末南宋初江西筠州清凉寺僧。亦称慧洪、德洪，字觉范，号寂音尊者。俗姓喻，筠州新昌（今江西省宜丰县）人。少孤，尝为县衙小吏，黄庭坚喜其聪颖，教其读书并令出家。及长，学问渊博，工诗能文，所制小词情思婉约，极受时人推重。亦能医，禅余悬壶，与人视疾。久住洪州泐潭寺（今江西省靖安县宝峰寺），马祖道场也。张商英慕其名，请主峡州天宁寺，遂依张商英、郭天信诸名臣。政和初年（公元1111年），张、郭以"元祐党案"被贬，洪公亦牵连决配朱崖（今海南省琼山市），久乃北归，终老于潭州小南台寺。著作甚丰，主要有《冷斋夜话》、《天厨禁脔》、《石门文字禅》、《筠溪集》、《僧宝传》、《临济正宗》等。《石门文字禅》共三十卷，其中诗集十六卷，收诗一千一百四十二首。

【说明】

此诗气势恢宏，语词铺张，大有山谷诗风。洪公虽未列名《江西诗社宗派图》内，人皆视其为江西诗社中人，良久以也。全诗简洁精炼，沉着雄辩，突出地表现出李愬足智多谋、忠君爱国的大将风度。李愬（773－821），唐代著名将领，洮州临潭（今属甘肃省）人。唐宪宗元和十一年（公元816年）任唐、随、邓州节度使，与叛将吴元济（时任申、光、蔡三州节度使）相邻。他表面松弛军备，以麻痹叛敌，暗中整顿军伍，善待降人。次年冬，乘雪夜突袭蔡州，生擒吴元济，成为中国古代战史上奇袭之范例。他亦因此进授山南东道节度使，封凉国公，时人为立祠塑像、题诗绘图。洪公把李愬与西汉开国元勋韩信相提并论，甚至认为李愬的功绩超过了韩信，不无道理。

【注释】

①淮阴：指韩信，韩为淮阴人，后又封淮阴侯。广武：指李左车，汉初名将兼谋士，曾受封广武君。李左车初仕于赵，韩信率兵攻赵。李左车为赵献计拒韩，未见纳。韩用背水阵破赵，擒赵王、斩陈余、生俘李左车。韩亲为李释缚，奉为师，执弟子礼甚恭。受李指点。迅速攻破燕齐。凭韩信这种威势和气量，项羽岂是对手。②李佑：叛首吴元济的勇将，李愬设计擒之，厚待，佑感恩献计，助李愬破蔡州。元济：淮西节度使吴少阳之子。父死，自领其军，据申、光、蔡三州而叛。李愬破蔡州，生擒之，押送长安受诛。掌股：掌握之中。③羊公：指羊祜。晋大将羊祜守荆州十年，行仁政，惠士民，图攻灭东吴。此处再提李愬感化李佑事。羊祜偃旗息鼓，隐蔽灭吴意图，李愬效之，麻痹吴元济戒心。④鸷：勇猛兼且深沉。无头颅：吴元济被囚至京师，斩于独柳，其夜，即失其首。⑤雪中联：两句写雪夜突袭蔡州之况。袖底喻军事计划之隐秘也。⑥远人：指蔡州吴元济等人。信宿：此次奇袭雪中行军连续两日夜。西平：李愬父李晟，以击破朱泚功封西平郡王。朱泚：唐卢龙节度使，率兵叛唐，建元称帝，自号汉元天皇，据有长安，唐德宗逃奔。李晟回师夜袭，破之。⑦锦袍玉带：李晟、李愬父子待将士甚厚，皆尝解锦袍玉带赠部将，激励忠义。拄颐长剑：佩剑耸起，碰及面颊，喻大将威仪风度。大梁公：大凉公，李愬以功封凉国公，食邑三千户。⑧鞬（jiàn）橐：古代盛弓箭之具。丞相：指裴度，实为平叛破蔡最高统帅。李愬破蔡后，按兵等待裴度。度至，戎装礼谒，足见李愬知礼识度，顾全大局。天：皇帝、皇朝也。指李愬忠于朝廷之志始终不渝。

夏　日

惠　洪

山县萧条半放衙，莲塘无主自开花①。
三岔路口炊烟起，白瓦青旗一两家②。

【作者简介】

见前。

【说明】

洪公短篇小诗一反其古风巨制那种排奡（ào）张扬风格，往往清淡萧疏，质朴自然，别有一种情趣。本诗描述山乡僻县之荒凉景象，野路荒村之凄清风况，语言极为简练。纯系白描手法，似乎完全客观，而作诗者洪公本人之孤寂情怀，凄凉心境亦跃然纸上矣。

【注释】

①山县：指山区僻远之处的小县份。放衙：衙门中放例假，免除衙中吏员早晚排班参见。②青旗：指酒旗，酒店悬于店外以昭示顾客的一种标志，往往白底黑字或黑底白字，字即"酒"一字而已。青，黑也。

崇胜寺后有竹千竿，独一根秀出，
人呼为竹尊者，因赋诗

惠　洪

高节长身老不枯，平生风骨自清癯①。
爱君修竹为尊者，却笑寒松作大夫②。
未见同参木上座，空余听法石于菟③。

戏将秋色分斋钵，抹月批风得饱无④?

【作者简介】
见前。

【说明】
黄庭坚对此诗极为赞赏，亲为手书，极力赞誉，洪公之名遂亦得显，见吴曾《能改斋漫录》。据实而论，此诗风格亦颇肖山谷，风骨清峻，措辞锤炼，风格挺拔而无纤微烟火气息。诗中间杂禅言佛语，亦自贴切自然，决无生硬之感，诚洪公七律作品中之精品也。崇胜寺系古寺，在宜春（今属江西省）。秀出，谓特别秀劲挺拔，超出于其他者也。尊者，佛家词语，指释子中德行高尚而为人们所尊崇者。

【注释】
①清癯：清瘦挺拔，常以喻人，此处指题中称"竹尊者"之老竹。两句诗虽以"尊者"写老竹，自然贴切，亦系诗人洪公之自况。又黄庭坚诗《题竹尊者轩》有句云："平生脊骨硬如铁。"其意亦同。②大夫：典出《史记·秦始皇本纪》："乃遂上泰山，立石，封，祠祀。下，风雨暴至，休于树下，因封其树为五大夫。"两句谓老竹宁为山寺中之尊者，不作秦始皇所封之大夫，诚高节隆德也。③参：释子称拜师为参，参见也，求其教诲也。上座：或作首座，寺中职位崇高之和尚。木上座则戏称手杖也。于菟（wū tù）：虎。听法石于菟系用生公说法故事。据《高僧传》载：竺道生尝于苏州虎丘寺讲《涅槃经》，人不信，遂聚石为徒，讲至精处，顽石尽皆点头。此句谓竹旁有虎状岩石，如听尊者说法。④抹月批风：指用风花雪月作菜肴，借以戏称文人贫穷无物待客。细切谓之抹，薄切谓之批。又见苏轼《和何长官六言次韵》有："贫家何以娱客，但知抹月批风。"

余自并州还故里，馆延福寺。寺前有小溪，风物类斜川，儿童时戏剧之地也。尝春深独行溪上，因作小诗

惠　洪

小溪倚春涨，攘我钓月湾①。
新晴为不平，约束晚见还②。

银梭时拨剌，破碎波中山③。
整钩背落日，一叶嫩红间④。

【作者简介】

见前。

【说明】

此诗描绘小溪黄昏景象，词语精炼劲拔，形象灵活生动，仿佛一幅精美的山水图卷。因其为洪公之故乡，儿时游戏之地，引发洪公诸多缅怀，而记忆是美好的，故诗亦轻盈美妙。洪公对此诗甚为得意，特收载于《冷斋夜话》之中，且引黄山谷之语"观君诗，说烟波缥缈处，如陆忠州论国政，字字坦夷，前身非篙师沙户类耶？"等句，作为评价。写出如此有声有色、兼景兼情的妙篇，而获前人"有宋一代诗僧之冠"的评语，是很有理由的。并（bīng）州即太原府，今山西省太原市。小溪指筠溪，源于八叠山，流入赣江支流锦江。斜川乃地名，其地有溪流亦名斜川，在今江西省都昌县，陶渊明曾写《游斜川》诗并序。

【注释】

①倚：凭借、依靠。攘：侵夺。钓月：月下垂钓。两句以拟人手法戏谓此小溪凭借春雨后涨水的汹涌气势，竟把我月下垂钓的水湾给侵占了。倚、攘很有力。②约束：管制。两句谓晴朗的天气为我不平，限令溪水今晚把垂钓的水湾还给我。③银梭：鱼也。鱼形似梭，其体白，故称银梭。李后主《游后湖赏莲花》诗有句云"水鸟惊鱼银梭没"，亦此喻也。拨剌：同泼剌，鱼跃之声。波中山：波中呈现的山之倒影。④整钩：整理鱼钩、准备垂钓。两句呼应前部，谓黄昏时，携渔具，乘一叶扁舟，伴着初春翠绿嫩红的花草，去溪湾垂钓也。

山　居

法　成

雪压乔林同一色，清光上下含虚碧①。
采樵人立渡头寒，极目圆蟾为谁白②？

【作者简介】

法成（1071－1128），北宋末南宋初江南镇江焦山僧。字普证，俗姓潘，秀州嘉兴（今浙江省嘉兴市）人。能诗，当时享诗名，作品大多不传。

【说明】

万里长江，滚滚东流。当江水流到江苏省镇江市时，江面已经十分宽阔。江流中，兀立着一座林木葱茏的小岛。这是一座小山，名为焦山。焦山与金山相对峙，与北固山相呼应，历来是江防军事重地，也是佛教名山。成公就隐居在焦山寺中。他不时地会攀上高高的焦山峰顶，或伫立在山麓的水边。大雪压乔林，清光含虚碧，是严寒冬天的月夜，我们也感到了寒意。望着滔滔江水不舍昼夜地奔向大海，他在想些什么呢？除了思索像长江与东海这样亘古不变、浩瀚无比的人生课题外，他还关心着什么呢？成公毕竟还是生活在天地之间。他关心那些为生活奔波、受生活煎熬的贫苦众生。博大宽广的胸怀与善良仁慈的精神，充溢着这首短短的七言绝句。

【注释】

①乔林：乔木之林。木之高而上曲者曰乔。今通称枝干高大长达二三丈以上者为乔木。此句谓大雪盖满了满山的乔林，形成清一色的洁白。清光：指月光的清明澄澈。虚碧：虚空与碧落。指天空。②渡头：指长江边人马过江的码头。圆蟾：圆圆的月亮。传说月中桂花树下栖有神蟾蜍，故以蟾、玉蟾、圆蟾、蟾宫等以称月亮。

遗 众 偈

齐禅师

昨夜三更过急滩，滩头云雾黑漫漫①。
一条挂杖为知己，击碎千关与万关②。

【作者简介】

齐禅师，北宋末期江西吉安青原山僧。俗姓陈，福州（今属福建省）人。生卒年不详，大约公元1103年前后在世，享年当在六十岁以上。年二十八，始从云盖守智禅师出家。受具后，遍参诸方。至襄州石门，参元易禅师，蒙印可，纳为法嗣。为青原下十三世。晚住青原山净居寺，弘扬曹洞宗法，为时一纪（十二年）。逝葬青原山。《五灯会元》、《指月录》、《江西通志》均有传。

【说明】

齐禅师行将示寂，说偈遗众。这首诗偈在写法上有很大的特点。七言四句分为两联。首联就开门见山地讲到自己正面临着生死关头。死亡对任何人都是非同寻常的考验，齐禅师又何尝能够例外？诗中对此，略而不谈。我们却用不着猜疑迷惑，还有下联呢！尾联极其形象地总结了自己的一生：用一条拄杖，击碎千万个难关。试想，有此丰硕的成就，有此豪迈的精神，死亡对他来说，又算得了什么？全诗皆由比喻组成，生动的比喻更增加了这首诗偈的说服力、感染力。齐公在我们心目中的形象自然也就更为雄伟、更为崇高。

【注释】

①急滩：喻生死关头。滩头句：比喻死亡是很严重很可怕的事。②知己：这里不光作知心朋友解，且可认识为得力助手，左膀右臂。千关、万关：指平生所遇到的种种难关。

上堂偈语

善 悟

山巍巍而砥掌平，水昏昏而常自清①。
华非艳而结空果，风不摇而片叶零②。
人无法而得咨问，佛无心而更可成③。
野蔬淡饭延时日，任运随缘道自灵④。

【作者简介】

善悟（1074－1132），北宋末南宋初江西建昌云居山僧。俗姓李，洋州兴道（今陕西省洋县）人。年十一，于本邑披剃出家。闭门苦读，研习经典，二十受戒。参冲禅师，许为法器，令南下。朝舒州（治所即今安徽省潜山县）龙门，得佛眼清远禅师器重，纳为法嗣。宋徽宗末年（公元1124年）前后上云居山，任真如寺住持。大行禅法，名声大振，天下缁衲追从，寺中集僧常逾千人。南宋高宗建炎初年（公元1127年），邀当代宗师圆悟克勤自代。悟公自赴浙江天台，留驻国清寺。后五年示灭于天台。事迹详载《五灯会元》。

【说明】

佛教称讲经说法而上法堂为上堂。上堂讲经说法者为本寺住持、长老、首座等尊长大德或从他山邀请来的同等地位的名宿。这是悟公自己在其所主持的云居山真如寺中上堂说法。在讲解了一段经文之后，悟公唱出这首偈语，也就是即兴吟诗了。这是一首充满了哲理思维的七言诗，很形象地概括了世上万物的生灭因果。同时敦促同道们要上进求学，要甘于贫苦，以期学道有成。

【注释】

①巍巍：高大貌，多用以形容山峰。砥（dǐ）：磨石。砥掌平谓像磨刀石和手掌一般平整。水昏昏句：谓水再浑浊到头来也会澄清。②华：同花。风不摇句：谓即使不去摇，时候到了，树叶也还是要凋零的。③法：指佛法学问。得：这里是需，要的意思。咨问：咨询求教。佛无心句：谓不能执着地学佛求道，佛性本是自在的。④任运句：谓任从时运机缘，不要执着强求，自然可以学得佛法，成就功德。

韬光庵访渊公不值

如　琳

紫蕨伸拳笋破梢，杨花飞尽绿阴交①。
道人开户不知处，黄栗留鸣鹊在巢②。

【作者简介】

如琳，北宋末南宋初浙江杭州西湖僧。生卒年、俗姓籍贯均不详。大约公元1105年前后在世。原为士人饶节之仆，与主人同聆白崖长老智海大师说法。先有悟，欲出家，禀告饶节，节亦自悟，遂一同披剃。饶节法讳如璧，仆法讳如琳。璧、琳二公一同遍参诸山，求教诸老。至浙，乐意西湖灵隐山水，作长住计。琳公疾剧，如璧亲侍。卒葬灵隐。琳公示寂后，璧公西游荆襄，参见如璧《次韵答吕居仁》作者简介。如琳随侍如璧多年，亦学文作诗，初有所成。其诗附如璧《倚松道人集》中。

【说明】

韬光庵为西湖灵隐寺不远处一个小庵堂,唐代著名高僧韬光禅师隐居之所。详见韬光《谢白乐天招》作者简介。曾有多位名宿大德在此隐居过,当时非常著名。渊公不详何人,自为当时隐居于韬光庵中的一位高僧。琳公往访而不遇,遂有此诗之作。诗中主要的笔墨都用于描绘韬光庵周遭极其秀美绮丽的风光景致。有意来访朋友,即使见不到朋友的面,得以观赏这一片绮美风景,其实也不虚此行了。诗写得非常细腻,生动形象,很有韵味。不值即不遇也。

【注释】

①蕨(jué):野菜名,嫩叶可食,茎多淀粉。伸拳:长出来,伸展开来。这里是一种极为夸张形象的比喻方法。笋破梢:笋子在生长过程中,突破笋衣,直往上长,便成了竹。杨花句:谓杨花开完了,飞尽了,杨树叶就特别茂密葱绿,形成了树阴。②道人:指渊公。古时佛子也称道人。如璧别号即倚松道人。黄栗:一种结果称栗子的乔本果树。留鸣:留住鸟儿在其树枝上鸣啼。喻指栗树也长得很茂盛。鹊在巢:承前指喜鹊结巢于黄栗,黄栗树长得很好,留住喜鹊在巢中啼鸣。这种倒装的句式很是新颖,也极生动。

夜 归

梵 崇

暮策返溪寺,松风遵路长①。
水幽声断续,山暝色苍茫②。
钟隐空岩响,露滋群草香③。
归来人已久,华月半虚廊④。

【作者简介】

梵崇,字宝之,北宋末南宋初南方著名诗僧。生卒年、俗姓籍贯及生平履历均已无考。大约公元1105年前后在世。曾长住江西庐山西林寺,但主要寄居江浙地区。其诗清新委婉,情辞兼佳,当时很负重名。《宋高僧诗选》、《声画集》、《合璧事类前集》皆收录其诗。

【说明】

一个老年僧人,走了很长的路,夜暮之中回到自己的山寺,回到自己熟悉的环境。山色水声,钟响草香,处处透露出自己非常熟稔的气息。这应该是一种什么样的心情?温馨。只有温馨二字,差可稍喻其意。看来,人还是必得依存于自己身边所熟悉的环境,它给人一种认同感、安全感、舒适感。无论出家人还是在家人,概莫能外。于是,这首诗给我们的印象,也就是最大的特点,应该就是温馨。

【注释】

①策:策杖,拄着拐杖。溪寺:溪畔的小寺庙。遵:沿着,顺着。②幽:昏暗,隐蔽;或沉静,安闲,二义皆通。暝:昏暗。苍茫:旷远无边貌。李白《关山月》诗:"明月出天山,苍茫云海间。"即此意。③钟隐:谓钟声停止了,在空旷的岩壁间还留下持续不断的回声。露滋句:谓由于露水的滋润,野草生长葱茂,散发出清香。④华月:美丽的月亮。半虚廊:(映照着)空旷长廊的一半。

寓居西林

梵 崇

一身虽复懒,百念勤扫除①。
众人自纷扰,我心常晏如②。
寄兹西林寺,适与静者俱③。
流水响环佩,芳林列扶疏④。
时开南面窗,烟中认香炉⑤。
夜梵出远壑,朝云生坐隅⑥。
高眠谢俯仰,一食随钟鱼⑦。
须知天宇间,所在皆我庐⑧。
何必支上人,买山才隐居⑨。

【作者简介】

见前。

【说明】

寓居为寄居。西林即西林寺,原在今江西省庐山之西北麓。宋·陈舜俞《庐山记》三:"东林之西百余步,至远公塔,塔西百余步至西林乾明寺。"指此。崇公寄寓西林寺颇久,对此间环境是很满意的。一者这里尽多前代高贤的古迹遗踪,颇能发人深省。再者四周的水光山色绮丽动人,亦可怡心赏目。这首诗很详尽地介绍了这一切。读之,我们可对崇公禅隐生活有一个较为全面的了解。

【注释】

①百念:实指心目中诸多不利佛学修行的私心杂念。②纷扰:混乱,动乱不安。晏如:安然。《汉书·诸侯王表》:"高后女主摄位,而海内晏如。"意即此。③寄:寄身,寄寓。适:正好,恰恰。俱:同在,一同。④环佩:佩玉也,多指妇女所佩的玉器饰物。扶疏:多指树木繁茂分披貌。陶渊明《读山海经》诗:"孟夏草木长,绕屋树扶疏。"正用此意。⑤香炉:指香炉峰。庐山香炉峰共有四座:东林寺南之北香炉峰;秀峰寺后之南香炉峰;吴障岭东之小香炉峰;凌霄峰西南香炉峰。此处系指北香炉峰,正当西林寺之南。⑥梵:本为梵语音译词梵摩的略音,意为寂静、清净。此处却指梵呗,即佛教作功课或作法事时的赞叹歌咏之声。坐隅:座位旁。隅为一旁,角落。⑦高眠:高枕而卧也。谢:谢绝,推辞。俯仰:意谓应付,周旋。一食:有二义。一为衍自百丈怀海禅师所立丛林清规,中有规定为一日不作,一日不食。二为僧人可视自己的情况,每日进食一次,过午不食。此处二义皆通。钟鱼:指钟鼓与木鱼之声。此句谓随着钟鼓木鱼的敲打,按照规定的时间进食。⑧天宇:本指天空,此处衍申为天地。庐:居住之所。⑨支上人:指东晋高僧支遁。详见支遁《咏利城山居》之作者简介。买山:传支遁用大笔钱买下一处山地,用以隐居并养马。此处即用此典故。

春　晚

梵　崇

春光过眼只须臾,榆荚杨花扫地无①。
却忆菩提湖上寺,绿荷擎雨看跳珠②。

【作者简介】

见前。

【说明】

这是一首情景交融的短小绝句。春天很快就过去了，想到的是当夏天来临时，满塘池荷撑着大大的荷叶。雨水来了，雨珠在荷叶上跳动着，有如一串串珍珠。对美妙景致的生动而又形象的描述倒在其次，这种描述是恰到好处的，自当赞赏。更重要的是作者的心态。不是伤春、慨叹，而是对夏季的热情憧憬。这种生活态度是正确而可取的。诗也写得轻灵飘洒，不染纤尘，令人赏心悦目。

【注释】

①须臾：片刻，一会儿。榆荚：榆树的果实。榆树未生叶之前先生荚，形似钱而小，联缀成串，也称榆钱。可食。②菩提湖上寺：指佛寺，具体所在待考。绿荷：碧绿的荷叶。擎（qíng）：举，向上托。

翠微山居

冲邈

一池荷叶衣无尽，数树松花食有余①。
却被世人知去处，更移茅屋作深居②。

【作者简介】

冲邈，北宋末年江苏昆山诗僧。生卒年、俗姓籍贯及生平履历均已失考。大约公元1106年前后在世。其诗萧散冲淡，平易质直，当时颇负重名。原有集，名《翠微集》，不传。部分作品散见于《玉峰诗纂》等各家著作中。

【说明】

翠微山未详所指，从诗文中大致可以认定，为南方江浙地区一处小山。或说指浙江杭州市灵隐山中某一小峰。待考。这首绝句用极为简练的笔法，描写了作者的隐居生活，字里行间更显现出作者的人格个性。诗写得很有味，可堪咀嚼。

【注释】

①一池句：谓以荷叶代布而衣，衣之不尽。数树句：谓以松子当饭而食，食之有余。②却被联：谓被人知道了自己住处，又将茅屋移入更幽深隐蔽处。去处指所在之处。茅屋不可移，当可在更偏僻地方另建茅屋。总而言之，衣荷而食松，不愿与尘俗众人打交道。

开 悟 偈

法 顺

顶有异峰云冉冉，源无别派水泠泠①。
游山未到山穷处，终被青山碍眼睛②。

【作者简介】

法顺（1076－1139），北宋末南宋初江西临川白杨寺僧。佛眼清远禅师法嗣。俗姓文，绵州魏城（治所在今四川省绵阳市东）人。承嗣后值其师兄善悟禅师住持云居山，顺公往助，任藏主，主持法堂经教。其时合寺僧众近二千，法席极盛，顺公出力尤多。再于临川白杨寺弘法，法席称盛。顺公上堂，必吟诗偈，指陈大事，诱导人心，大受学僧欢迎。持律精严，修行清苦，尤为同道景仰。示寂后，塔于寺西。

【说明】

顺公依止清远禅师时，闻师举傅大士《心王铭》，言下有省。其后深入阅藏，顿明大法。乃趋丈室作礼，向清远禅师呈上此偈。清远笑而可之，遂付心印。这首诗偈借形象生动，探讨了佛教特别是禅宗各门各派竞相弘法，百花齐放的现象。认为这是宗教繁荣，佛法深入人心的好现象。同时，也表示自己要坚决探索下去，以期深入禅宗妙义，达到大智般若境界。诗偈借形象说话，写得很生动，因而也很有说服力。

【注释】

①冉冉：柔弱下垂的样子。三国魏曹植《美女篇》："柔条纷冉冉，落叶何翻翻。"即用此意。此句谓山中有群峰并起，方能生冉冉云气。泠泠：清凉、清冷貌。此句谓一条河流如无众多支流，自然冷冷清清，流不长远。②碍眼睛：蒙住了

眼睛，妨碍了视线。借用苏东坡诗意"不识庐山真面目，只缘身在此山中。"只有游完了这座山，方能得知山的真正面貌。

上 堂 偈

法 顺

好事堆堆叠叠来，不须造作与安排①。
落林黄叶水推去，横谷白云风卷回②。
寒雁一声情念断，霜钟才动我山摧③。
白杨更有过人处，尽夜寒炉拨死灰④。

【作者简介】

见前。

【说明】

顺公每当上堂说法，必先吟唱诗偈。他的诗偈也作得特别好，很可玩味。大都融情绘景，借以解说相应的佛门道理。或者寓情于景，鞭策众多的后学僧徒。这首诗偈确实做到了情景交融，寓意深刻。诗偈开篇便说好事连连，自然而来。接下六句均言好事。什么是好事？落叶随水流去，白云被风卷来，雁唳情断，钟动山摧，就连夜里在寒炉边拨灰烬也是好事。这当然不是说怪话，发牢骚。得道高僧就有这么豁达的胸怀，就有这种乐观精神。也许这就是处处是佛、处处见性的道理吧！

【注释】

①堆堆叠叠：连绵不断，极言其多。造作：做作，人工所作。安排：安置，措置。②落林：从林上即从树上落下。水推去：被水推移而去，顺水漂流而去。横谷：横铺在山谷之上。③情念：情感和意念。作情欲解亦通。霜钟：秋天时的钟。一解冰凉寒冷的钟，钟多系铜铁所铸，触之冰冷，故称。二义皆通。动：敲，敲打。山：这里是指各种学道时遇到的重大难关。④白杨：白杨寺。在今江西省临川市，早废。尽夜：整夜。死灰：已死之火，灰烬也。

尧峰院东斋

怀 深

禅板蒲团消永日,明窗净几映疏筠①。
一炉香尽六时过,转觉山家气味真②。

【作者简介】

怀深(1077—1132),南宋初年东京慧林寺僧。俗姓夏,寿春六安(今安徽省六安市)人。北宋灭亡后徙居江南,终老于苏州灵岩尧峰院,宋高宗赐号"慈受禅师"。能诗,诗风清恬淡雅,以绝句为主,多已不传。部分作品散见于《中吴纪闻》、《吴郡志》等地方志书中。

【说明】

尧峰通称尧山,是江苏省苏州市西灵岩山的一座小山峰。尧峰院这座小庙便坐落在尧山中。宋室南渡后怀深便长居这座小庙中。其时他年过半百,垂垂已老,又因为历尽劫波,心灰意懒,所以终日闭门坐禅或读书,不问世事。诗中详细地记录了他在小庙中的生活情况,说来却又简单。虽然作者心胸豁达,襟怀开朗,能够乐在其中,其实,这种生活是非常寂寞、空虚的。深公有组诗名《尧峰院山居十咏》,实际上仅存六咏,为六首七言绝句。本诗即其中之一。

【注释】

①禅板:又叫"云板",佛寺中专用的法器。铁铸成长扁形,两端作云头状,用以击之报时。蒲团:僧人或道士在打坐或跪拜时所用的一种以蒲草编成的圆形垫具。永日:漫长的白天。疏筠:疏落的竹丛,筠即竹。②六时:六个时辰,半天,即整个白天。转觉:反而觉得。山家:山里的居民,这里是指僧人,作者自己。气味真:情趣或意趣真实自然。

中秋赏月寄高峰瓄老

怀 深

灵岫高峰咫尺间,青松长伴白云闲①。
今宵共赏中秋月,莫道山家不往还②。

【作者简介】
见前。

【说明】
中秋为秋季的第二个月,即农历八月。农历八月十五是我国传统的一年三节之一,称中秋节。其时多有赏月、品尝月饼、吃团圆饭等应时活动。这种时候,深公作此诗寄给同道好友瓄老,大概也有"但愿人长久,千里共婵娟"(苏东坡词语)的意思吧!其实瓄老与深公二人所住的寺庙相距并不很远。惟其值此中秋佳节,家人团圆之际,沐浴着皎洁的月光,出家人固然无家,朋友却是有的,邀朋友共赏中秋圆月,不亦乐乎!诗写得平淡朴实,很有人情味。高峰系苏州城外一处小山峰,具体位置今已失考。

【注释】
①灵岫:指灵岩山,在今江苏省苏州市吴县西,又名砚石山。吴王夫差置馆娃宫于此,以储美女西施。今仍有灵岩寺于其地。另山下有石室,相传为吴王囚范蠡处。深公所居之尧峰即此灵岩山的一座小山峰,故以灵岫(灵岩山)代指自己住处。咫尺:八寸为咫,咫尺比喻距离很近。②山家:山里人,指住在山里的出家人。往还:来往,你来我往,指交朋友。

槿 花

绍 隆

朱槿移栽释梵中,老僧非是爱花红①。
朝开暮落关何事?只要人知色是空②!

【作者简介】

绍隆（1077-1136），南宋初年江苏平江虎丘寺僧。字号俗姓不详，和州含山（今安徽省含山县）人。隆公九岁出家，居本邑佛慧院，十五岁受戒。年二十以后，出外参学，先后拜谒长芦崇信禅师、宝峰湛堂禅师、黄龙死心禅师，次诣建昌云居山依圆悟克勤，得印可，为勤公嫡嗣。南宋高宗绍兴年间的初期（公元1131-1136年），隆公奉师命东归，先住开圣寺，继主彰教寺，其后担任虎丘寺的住持。所至之处，大张法筵，传灯弘教，僧俗钦从，英衲云集。示寂后塔全躯于寺之西南隅。隆公能言善辩，口吐珠玑，开示偈语，莘莘可观，散见于《嘉泰录》、《五灯会元》、《指月录》等各种著作。

【说明】

槿花是木槿（中国和印度特产的一种锦葵科落叶灌木）开的花，紫红或淡白色，颇美艳，可供观赏。这是一首宣扬佛家"性空"观点的禅理诗，七言四句，可作一首偈颂来看。花开花落本是自然界新陈代谢的客观现象，自有其一定的辨证关系。绍隆于此认识到一切皆空，花开了也还是要凋谢的！全诗通俗明了，朴素自然，借形象说话，有它的可取之处。

【注释】

①朱槿：开紫红色花的木槿。朱为大红。释梦：僧人的梦。因为佛教为释迦牟尼所创，所以佛教亦称"释教"，且与佛教有关的名称事物多冠以释字。②色：本意为颜色。此处使用佛教中的意义，指一切能变坏并且有质碍的事物。空：本意为没有。此处使用佛教中的意义，指事物之虚幻不实。

上 堂 偈

绍 隆

百鸟不来春又暄，凭栏溢目水连天①。
无心还似今宵月，照见三千与大千②。

【作者简介】

见前。

【说明】

隆公上堂开示与偈颂大有可观。因其广参博学，综领禅宗各派风格，久依长芦崇信、宝峰湛堂、黄龙悟新、云居圆悟等宗师大德，故其禅风时而绵密细腻，时而痛快凌厉，时而温和平实，时而突兀刚猛。这首上堂偈语与前面所选《槿花》风格就截然不同。同样是为了说明万事皆空的佛理，这里使用的却是温和的解说，平缓的叙述，寓教于谆谆说服之中。

【注释】

①百鸟句：谓即使百鸟不飞回来，只要是春天到了，天气也就温暖了。喧为温、暖之意。一本作喧，嘈杂喧闹之意，亦通。溢目：犹言满目。②无心：佛家指解脱妄念的真心。《宗镜录》四五："所为无心，何者，若有心则不安，无心则自乐。故先德偈云：莫与心为伴，无心心自安，若与心作伴，动即被心谩。"三千：即三千大千世界。佛教语。谓以须弥山为中心，以铁围山为外郭，是一小世界；一千个小世界合起来就是小千世界；一千个小千世界合起来就是中千世界；一千个中千世界合起来就是大千世界；总称三千大千世界。大千：指大千世界。佛教语。指广大无边的世界。

寒食野步

文 坦

寒食出重堙，郊原忽怆神①。
人悲新旧冢，花落古今春②。
名位空标史，贤愚尽委尘③。
斜阳回首处，垄木噪鸦频④。

【作者简介】

文坦，南宋初期江南诗僧。生卒年、俗姓籍贯及生平履历均已失考。大约公元1107年前后在世。诗负时名。诗风清丽委婉，含蓄深沉。作品多不传，少量散见于《宋艺圃录》、《宋诗纪事》等著作中。

【说明】

寒食为一节令名。在农历清明前一或二日。相传春秋时晋国介子推辅佐公子重耳回国登基称晋文公后,隐于山中。重耳要封其官爵,屡诏不应,遂烧山逼他出来,介子推抱树而死。晋文公为悼念他,禁止在介子推被烧死的那天生火煮食,只准吃冷食。以后相沿成俗,叫做寒食节。寒食节值清明前夕,正是春光烂漫的季节,人们多趋户外或扫墓祭祖,或踏青郊游。坦公此诗即记寒食节时在郊野漫步时的观感。诗写得很沉郁,哀惋而又凄清,正是坦公诗的主体风格。

【注释】

①重堙（yīn）：一重又一重的城门。堙即城门。郊原：郊外的原野上。怆神：精神悲伤。②冢（zhǒng）：坟墓。③名位：名声和地位,喻尘俗世间的种种权势富贵。标：书题,记载。贤愚：贤明者和愚昧者,泛指各种各样的人。委尘：托付于尘土,化为尘土。④垄木：坟边的树木。垄即坟墓也。噪鸦：叫唤的乌鸦。旧时认鸦噪为不祥之兆,人多厌之。

寄云水禅师

文 兴

百丈传衣后，栖心近沃洲①。
道高归毳侣，名重达凝旒②。
对话千峰雪，安禅万木秋③。
仍闻有新偈，时向四方流④。

【作者简介】

文兴,南宋初年广东曲江云门寺僧。生卒年、俗姓籍贯及生平履历均已失考。大约公元1107年前后在世。能诗,诗风清新潇洒,颇有情致。作品多已不传。

【说明】

云水禅师不详何人,从诗文中约略可知,是一位得法于江西奉新百丈山,曾栖止于浙江新昌沃洲山的名僧。亦可推知这位云水禅师阅历广泛,道名高崇,且以擅长诗偈著名。兴公本人即为一名造诣深湛的诗僧,其与云水禅师相识相交,诗文往返,倒也自然。这首诗写得很精炼,比喻贴切,对仗工稳,很有概括力。

【注释】
①百丈：山名，在今江西省奉新县极西境。唐代马祖道一禅师法嗣大智怀海禅师于此立寺，始创禅门规式，使天下丛林遵从，称百丈清规。百丈寺亦是名声大著。此句意谓云水禅师系出奉新百丈寺门下。栖心：将心栖息于某处，或曰于某处安心地修行。沃洲：山名。在今浙江省新昌县东，原为东晋高僧支遁栖隐之地，多古遗迹。此句谓云水禅师曾长时间隐居于沃洲山附近。②毳（cuì）侣：犹言众侣。毳为鸟兽的细毛，此处则喻为像鸟兽细毛一般多的佛门道侣。凝旒（liú）：犹言旒扆，代指皇帝。旒为皇帝冕；扆为宝座之屏风。此句意谓云水禅师名声极大，连皇帝也听说过他。③安禅：佛教语。谓安静地打坐，犹言入定。隋江总《明庆寺》诗："金河知证果，石室乃安禅。"即指此。④流：流布，流传。

上 堂 偈

道 震

石人问枯柱，何时汝发华①？
枯柱怒石人，何得口吧吧②？
石人呵呵笑，枯桩吐异葩③。
红霞辉玉象，白玉碾金沙④。
借问道玄士，何人不到家⑤？

【作者简介】
道震（1079－1161），北宋末南宋初江西义宁黄龙山僧。泐潭善清禅师法嗣。俗姓赵，金陵（今江苏省南京市）人。少依觉印英禅师为童子，适宋哲宗淑妃择度童行，震公得以圆具。再谒丹霞德淳禅师，颇见器重。继参草堂善清禅师，一见契合，得印可。初住曹山，次迁抚州广寿寺，后迁黄龙宗祖寺。遂终于此。事见《五灯会元》卷十八。

【说明】
震公为人庄重，为文严谨，从不轻易认可自己。而他所作这首诗偈，却写得形象活泼，妙趣横生，嬉笑诙谐，随缘说法，殊为难得。这首诗用拟人的手法，借以表达自己的观点。石是死的，木桩亦枯，何得石问木答，而且石笑木花。想象奇特，匪夷所思。道力所至，行空天马也。震公要告诉我们，只要精诚所致，世上什么事都能办到，只要热心向道，何人不到家！

【注释】

①石人：石制人像，称翁仲，多置于墓道旁。枯柱：干枯的木桩。发华：开花。华同花。②怒：此处为怒骂、责怪之意。吧吧：多言多嘴的样子。也作巴巴。③异葩（pā）：艳丽的花朵。④辉：作动词，照耀也。碾：研磨，碾压。⑤道玄士：学佛求道之人。到家：指达到目的，到达预定的目的地，即佛学最高的境界。

浯 溪 图

德 止

夷途勿抛控，抛控马多失①。
挹水勿极量，极量器多溢②。
安史起天宝，转战竟奔北③。
辞臣献颂诗，要垂万世则④。
一字堪白首，大书仍深刻⑤。
谁作浯溪图？千里在咫尺⑥。
飞湍如有声，旁汇浸层碧⑦。
巉绝半岩间，仿佛见鸟迹⑧。
不觉加手磨，真恐苔藓没⑨。
国姓前后异，天运古今一⑩。
向来文武才，坐筹或操笔⑪。
种种皆可称，俯仰重叹息⑫。
愿君宝此图，置之丹粉壁⑬。
昔人如可作，想象壮胸臆⑭。

【作者简介】

德止（1080－1135），北宋末南宋初江西江州圆通寺僧。字青谷，俗姓徐，信州（治所为今江西省上饶市）人，世居历阳（今安徽和县）。仕宦世家，少习儒业，登进士第，授平州教授，旋弃官而出家。未数载，名振京师。宋徽宗宣和三年（公元1121年）御赐"真际禅师"称号，诏住江州圆通寺。曾师事著名画家李公麟，所作山水、松石、人物，皆俱清绝臻妙。能诗善文，诗风古朴雄健，惜其作品多已失传。示寂后，塔于司空山。

【说明】

浯溪源于湖南省祁阳县松山，东北流入湘江。唐诗人元结爱其清澈，筑舍溪畔隐居，并为命名浯溪。这是一首笔力雄健，内蕴深刻的五言古风。诗从中唐天宝年间的政治形势、安史之乱以及浯溪居士的文武全才逐步转到《浯溪图》。其实，本诗中对《浯溪图》的介绍和评价所占比例并不很大，主要篇幅用于抒发作者因观《浯溪图》而产生的感慨。《浯溪图》为宋代无名画家所绘，反映元结隐居浯溪生活的山水国画。

【注释】

①夷途：平坦的道路。抛控：放弃控制。失：失蹄，跌倒。②挹：舀，汲取。溢：溢出，淌出。③安史：安禄山和史思明，均为唐朝叛将。唐玄宗天宝十四年（公元755年）冬，安禄山率部将史思明等叛唐，攻城略地，建元称帝。安禄山为其子庆绪所杀，安庆绪继领叛军。史思明杀安庆绪，复称帝。史思明为其子朝义所杀，叛军均由史朝义统率。后因唐军围攻，部属降亡，史朝义穷途末路，自杀而死。"安史之乱"持续八、九年，对唐王朝打击极大，大唐帝国从此走下坡路。天宝系唐玄宗李隆基的年号。共十四年即公元742－755年，安史之乱发生于天宝末年。奔北：公元762年，史朝义在唐军攻击下，败走莫州（今河北省任丘县），次年自缢死。北本身亦有败亡、败北之意。④辞臣：文臣，擅长辞赋之臣。垂：流传下去。万世则：世世代代的榜样。⑤一字句：谓写作时一个字也要极其慎重，认真推敲，以至辛苦地白了头发。大书句：谓著述记叙历史这样的大文章，特别要深刻正确，不可草率。⑥咫尺：比喻距离很近。⑦湍：水势很急的样子。声：指水流声。旁汇：犹言旁流、分流。层碧：一片片的青草。层碧或作层岩，因岩上有苔藓，作绿色。⑧巉（chán）：山势高峻貌。鸟迹：同鸟道，指峻险狭窄的山路。⑨磨：抚摸。真恐：谓怀疑上面真的有苔藓，谓其画之逼真也。⑩国姓：朝代。封建王朝以帝王之姓为国姓，故可以国姓代指朝代。异：变换。天运：天命。或作天体运行的规律。⑪坐筹：安坐着进行筹划，即运筹帷幄之意。操笔：持笔写文章。⑫称：称道，称许。⑬宝：珍惜意。丹粉：红粉。⑭胸臆：心胸，胸怀。

绝句春日

法 具

烧灯过了客思家,独立衡门数暝鸦①。
燕子未归梅落尽,小窗明日属梨花②。

【作者简介】

法具,南宋初年浙江吴兴诗僧。生卒年及姓氏籍贯均不详,大约公元1110年前后在世。字圆复,号化庵。逝葬于毗陵之马迹山。工诗,长于七言,七绝尤精粹警策。诗集名《化庵湖海集》,今不传。其作品今散见于《宋高僧诗选》、《容斋三笔》、《攻丑集》、《咸淳临安志》等著作中。

【说明】

怀念故乡的游子,凄凄孤孤,倚门伫立,眼前这一片春意阑珊的景象,岂不是使他更觉得思绪忧郁,情怀迷惘吗?不过,虽然燕子尚未归来,梅花已经落尽,梨花不是马上就要怒放了吗?于是,他又固执地怀抱着自己的希望。这首诗写得清新流利,平易质朴,娓娓情深,令人读了倍感亲切。难怪千百年来,人称抒情短章,每每提起此诗。

【注释】

①烧灯:又作放灯,旧历正月十五日称"元宵节"或"上元节",官私均竞相燃点花灯,让人通夜观看。衡门:横木为门。指简陋的房屋。暝鸦:黄昏时的乌鸦。②小窗句:意谓小窗之外的院子里,明日将开满了梨花。属为归属之意。

送 僧

法 具

滩声嘈嘈杂雨声,舍北舍南春水平①。
挂杖穿花出门去,五湖风浪白鸥轻②。

【作者简介】

见前。

【说明】

这又是一首千古传诵的七绝佳作。是春天，江河的潮起潮落声，春雨的淅沥连绵声，这些声音各个不同，又合鸣在一起，这无异于天地之妙乐。春水弥漫，房舍南北一片茫茫水光，水是万物的生命源泉。花开得那么多，那么盛，花团锦簇，五彩缤纷。不要去寻找花，花就在你脚下。你如果开门外出，就得穿过花，跨过花。这是一幅多么生动可爱的江南美景啊！这样的时间，这样的地点，去送人，送一位同道僧友。我说这不是愁肠百结的离情送别，这是兴高采烈的郊游踏青。诗写得轻盈，灵动，飘飘然全是仙风道味。诗中充满了对自然的礼赞，对生活的真爱。

【注释】

①滩声：河滩上潮汐声。嘈嘈：喧声，形容声音杂多而急迫。白居易《琵琶行》诗："大弦嘈嘈如急雨，小弦切切如私语。嘈嘈切切错杂弹，大珠小珠落玉盘。"舍：房舍，房屋。平：铺满，到处充溢。②轻：轻盈地飞翔。

客中会友

法 具

愁中有句可消除，客里无人问所须①。
竹屋青灯雨声冷，白头相对话江湖②。

【作者简介】

见前。

【说明】

本身便是寄身为客，更有客人来访，其乐可知！自然是老朋友，相交多年的朋友，彼此白发的朋友。住在寺庙之中，惟有相对而语，如法具在其另外一首诗《送翁士特》中所言"寒烛烧残语未休"。谁知道呢，古佛青灯，细雨淋漓，作促膝长夜之谈，也是一种莫大的乐趣呢！

【注释】

①愁中句：谓写出了好的诗句，便可消除了愁闷。句：诗句、文句。客里句：谓客居于他人寺中，谁也不问你需要什么。事实上，谁也不知道你需要什么。②青灯：谓油灯，其光青荧。寺庙中多点油灯以奉佛甚至照明。陆游《雨夜》诗："幽人听尽芭蕉雨，独与青灯话此心。"则谓古时民间亦皆以油灯照明也。

游 废 圃

惠 严

亭榭基犹壮，笙歌迹已陈①。
竹分通别径，花发属南邻②。
云散望尘友，冰销炙手人③。
只因忘宠辱，到此不伤神④。

【作者简介】

惠严，南宋初年南方诗僧。生卒年及字号不详，大约公元1110年前后在世。俗姓彭，金溪（今江西省金溪县）人。出家本邑宝应寺，四方参学，遍游名山。以其道名戒行之著，曾受"文惠大师"尊号。曾从江西诗派著名诗人韩驹学习做诗，受到很大的启发和一定的影响。其诗清俊潇洒，不落俗套，人称有晋人骨骼、唐人风神。诗入《宋高僧诗选》。

【说明】

废圃指荒废的、无人管理、无人问津的旧园林。多为断垣残壁，一片废墟，见之令人生盛衰兴亡之感，兴沧海桑田之叹，自是伤神之地。严公此诗，极其凝炼。由残存之迹，联想到其繁华旺盛之时，特别是联想到那些业已云散冰销的望尘友、炙手人。一通议论，倒也深刻。只是这些残垣断壁，无法触伤惠严情思。身在尘世外，荣辱不关心，已是另外的一层境界了。

【注释】

①亭榭：亭本指有顶无墙的建筑，榭乃台上建的高屋。合称亭榭则泛指亭台楼阁等各类古典建筑。基：墙基、地基。壮：此处意谓明显、完整，显示出以前壮伟的规模。笙歌：乐器伴奏的歌舞。笙为一种管乐器名。大者十九簧，小者十三簧。《诗经·鹿鸣》："我有嘉宾，鼓瑟吹笙。"此处用以代指各种乐器。陈：陈旧，这

里更有久远得已经消失之意。②竹分句：谓竹林分开通往另一条路。径，路径，道路也。花发句：谓花开了，但这花已属于南面的邻居所有。指废圃的部分产权已另有归属。发：指花开。③云散句：谓那些期望尘俗名利的人都像云一样飘散了。冰销句：谓那些当年权势显赫的人都像冰一样消融了（指亡逝了）。炙手意为火焰灼手，比喻权势和气焰极盛。④宠辱：宠为荣耀，辱为羞辱，合称宠辱则泛指或好或坏的各种遭遇或处境。伤神：指因感慨而引起忧伤。

正 觉 寺

惠 严

野水痕俱落，挐舟日未西①。
断沟横略彴，支径入招提②。
方广原深似，竹林境可跻③。
徘徊未能返，暝色起前溪④。

【作者简介】
见前。

【说明】
正觉寺为始建于宋前的一座古寺庙。在今江西省临川市近郊。该寺屡经兴废，至今犹存，现已修葺整理，成为一座省级重点开放寺庙。这首诗写了严公拜访瞻礼正觉古寺经过全程，对寺外风景的描写很有独到之处。据《抚州府志》载：有一位严公的同乡名叫李浩，职任侍郎，在京城为官。有同朝官员问到"断沟横略彴，支径入招提"可是临川惠严上人的诗句，李浩自然回答称是，却又加了一句，意思说那不过是惠严上人诗作中的虎豹一斑而已！可见惠严的诗在当时何等受人推崇。细读本诗全文，方信名实相符，断非浪得虚名。

【注释】
①痕：指水浸过后的渍痕，水退方得显现出来。挐（ná）：牵行。此句谓日尚未西时（刚过中午）乘船而来。②略彴（lüè zhuó）：小木桥。彴为独木桥。支径：犹言支路，岔道。招提：梵语拓斗提奢，意译为四方。后省作拓提，误作招提。四方之僧称招提僧。四方僧之住处称招提僧房。北魏太武造伽蓝，创招提之名，后遂

作为寺院的别称。杜甫《游龙门奉先寺》诗："已从招提游,更宿招提境。"此则以招提直名寺僧,这种称呼并不常见。③方广:唐宋时原江西省境内一座古寺庙,具体位置今已无考。深似:很相像。竹林:唐宋时江西庐山一座名寺,位于佛手岩西面林丛中,早废。跻:本意为攀登,此处作相比,比美解。④暝色:夜色。

啸猿亭

仲皎

放意在林表,飘然更自由①。
挂烟群木冷,啼月一山秋②。
袅袅清风里,凄凄碧涧头③。
三声融妙听,行客若为愁④。

【作者简介】

仲皎,南宋初年浙江剡县明心寺僧。生卒年及姓氏籍贯均不详,大约公元1110年前后在世。他儒佛兼修,工于诗文,与当时文士名流广泛交游,尤与王性之友善。曾于本寺外结庐名"闲闲庵",隐居参禅作诗。著有《梅花赋》及其他许多诗篇,大多不传。部分作品散见于《宋高僧诗选》、《剡录》、《越咏》中。

【说明】

南齐初年,钱塘有位名叫褚伯玉的高士,摒嗜寡欲,不婚不仕,隐居于剡县瀑布山三十余年,人皆慕其高洁。齐高帝屡次征聘他,他拒不出山,所以齐高帝便在褚伯玉隐庐附近的白石山建了一座"太平馆"请他居住。馆中有一小亭名叫"啸猿亭",褚伯玉常常伫立亭中听山间猿猴啸啼。六百余年之后仲皎来此地游览,他见到的自然是数度重修或重建的啸猿亭了,而且此亭已经颓败,显出一片荒凉凄冷的景象。这种景象使仲皎能够更深切地体会月夜听猿的情趣。全诗写得淡雅凄冷,婉转缠绵,带着一种深浓沉郁的情调。

【注释】

①放意:放任意向和情怀。林表:树梢。②挂烟:烟雾弥漫笼罩在树林的上

空，仿佛悬挂在树梢。啼月：指猿猴对月而啼。③袅（niǎo）：形容微风吹拂。④融：融合，融入。妙听：美妙的声音。

山　居

仲　皎

无地卓锥生计难，且空双手到林间[①]。
猥随碧水瞻明月，坚订白云赊好山[②]。
岩石空边依草舍，藤萝低处着松关[③]。
年来老去知何许，合向人间占断闲[④]。

【作者简介】

见前。

【说明】

皎公所隐之处为古会稽郡，境内尽多名山大寺，如若耶山、沃洲山皆是。皎公于此择地而居，所住山岭亦属这些山系，风光秀丽，古迹无数。在追缅古贤，继承古德的基础上，自己加强修养，自然收获不小。这首诗便是记录皎公于剡溪山中修性学佛的情形，用极为凝炼的词句，介绍其周围环境，介绍其日常生活。信手写来，轻松自在，看得出，皎公对自己的隐居生活是非常满意的。人们曾经不断地追求"又得浮生半日闲"的境遇，何况皎公能占断人间之闲呢！

【注释】

①卓锥：本意为形容对象向上而形状尖锐貌。此据以卓和锥两字先分后合而解。卓为立、插、植之意。锥是尖形钻子，比钻还小。则卓锥为插锥、立锥。俗语"贫无立锥之地"，此用其意也。生计即生活。此句极言生活之贫困。林间：指皎公所选择隐居的山林，即剡县山中，在今浙江省嵊县与新昌县之间。②猥（wěi）：苟且。此句谓暂且马虎点在水边赏月吧。坚订句：谓权且赊下这片山林以期和白云订约相会。③依：此处有建立、搭盖之意。谓草舍小而简陋，依傍着山岩而立。松关：松门，指院门。④何许：本意为何处，什么地方。这里仅作如何解。合：只合，只是。占断：全部占有，占领。

疏 山 轩

仲 皎

竹外泉声急，松心夜色寒①。
人间推旷绝，只自倚阑干②。

【作者简介】
见前。

【说明】
疏山轩为皎公所住剡溪明心寺中一座专门用来参禅修静的小禅室。皎公入明心寺后，不久便有了长住终老之意。于是在寺中建倚阁，以便临流观景。再建疏山轩，以便闭关修习。在寺外星子峰前建白塔，以存纪念。于白塔旁再结一茅屋，取名闲闲庵，在个人独自修行时居住，即前诗所写《山居》"合向人间占断闲"之处也。凡此种种均为长远之计。于是，皎公便在这些地方研经学佛，打坐参禅，吟诗作文，交朋会友，不亦乐乎。一代高僧优游林泉的生涯原也有如此之多的妙处，实在令人羡叹！

【注释】
①松心：松里，指松林里。与竹外相对仗。②旷绝：极度的开朗豪放。又旷绝亦可作旷世解，为极其特殊，举世无双之意。二义皆通。

庵 居

仲 皎

啼切孤猿晓更哀，柴门半掩白云来①。
山童问我归何晚？昨夜梅花一半开②。

【作者简介】

见前。

【说明】

此庵者,皎公亲自兴建之闲闲庵也。在明心寺外,星子峰前白塔之下,乃皎公独居之处。皎公住此,主要是推敲诗句,吟写篇章,不欲为明心寺中杂务所纠缠,图个自在而已。山居是大题目,综合性地描写皎公住山情况,为七言律诗。庵居是小题目,仅记载皎公在闲闲庵中部分行止,为七言绝句。看来,皎公写诗自己是有一把尺子的。轻重大小,主次前后,尽皆有规有矩,一丝不苟。其实这首庵居诗,只写了一桩小事:深夜探梅。在孤猿的哀啼声中,在白云的陪伴之下,诗人兴致盎然,远离闲闲庵,前去赏梅。以至留连忘返,几乎通宵达旦。这是一种什么样的情趣啊!只有对大自然爱到了极致,对生活爱到了极致,对人生的真谛领悟到了极致,对宗教信仰理解到了极致,方有如此境界,方有如此举止行为。矫揉造作是不行的,附庸风雅也难长久。于是,我们也从而阅读了仲皎——这位高僧、诗僧的内心世界。

【注释】

①啼切:急啼,很急促很悲切地啼叫。②昨夜句:谓梅花已开一半,夜中前去观赏也。此乃回答山童侍者之言。

答 郡 守

如庵主

三十年来住此山,郡符何事到林间①?
休将琐琐尘寰事,换我一生闲又闲②。

【作者简介】

如庵主,南宋初年浙江天台山僧。生卒年、俗姓籍贯及生平履历均已失考。大约公元1110年前后在世。在天台山国清寺外立一小庵,不问外事,精进修持,数十年如一日,时负重名。郡县各级主官征聘他去主持大寺,均辞。此诗加载《五灯会元》。

【说明】

此郡守当为时任台州知府的某人,具体所指待考。不管这位郡守是谁,只要他能赏识人才,愿意量才用人,大概也能算是个可以的地方官了。只是如庵主数十年来自甘淡泊,不预外事,怎么会应其之召去出任僧官或主持大庙呢?枉费了郡守的一片好意,这是无法勉强的。诗写得很简洁,明朗,断然绝然,干脆痛快。大彻大悟者自当如此。想必,那位爱才如渴的郡守大人,对如庵主只会更加敬重、钦佩了。参见明瓒《辞召诗》。

【注释】

①郡符:指郡府征聘的公文、文件,类似现在通行的聘书。林间:指如庵主所隐居的山林间。②琐琐:琐碎细小。尘寰事:既言尘世、俗世之事,也泛指本庵之外一切事务。

安上坐所作墨梅

士珪

道人色心净,了见造物根①。
笔端开此花,胸中有丘园②。
清香凝暗夜,疏枝卧黄昏③。
撞钟西湖寺,见月罗浮村④。
老眼隔烟雾,一笑作篱藩⑤。

【作者简介】

士珪(1083—1146),北宋末南宋初浙江温州江心龙翔寺僧。号竹庵,俗姓史,成都(今属四川省)人。龙门清远禅师法嗣,为临济宗高僧。年少时即从本邑大慈宗雅禅师披剃,苦研《楞严经》,历时五载,颇有心得,乃受戒。遵师命出峡游学。遍历名山大刹,遍参高僧大德,足迹踏遍大江南北,广参博采,知识愈广。终至和州龙门,参清远大师,受心印,纳为法嗣。北宋徽宗政和末年(公元1111年),珪公未满三十岁,出任和州天宁寺住持。其后屡主名刹大寺,道名播扬天下。南宋绍兴初(公元1136年前后)奉诏主持雁荡能仁寺。继兴温州江心龙翔寺。绍兴三年(公元1133年),珪公与大慧宗杲结夏于云居山云门庵,编《颂古篇》、《禅林宝训》二书。二书为天下丛林所宝。卒葬福州鼓山涌泉寺侧。

【说明】

安上坐不知何许人。上坐为一种僧职,寺院中三纲之一即全寺之长。有时也尊称有德行的僧人为上坐。这位安上坐是名画家,作者为他作的《墨梅图》题了这首诗。诗中一方面赞赏安上坐道心彻悟,绘艺精湛;另一方面则感叹自己年老体衰,生活枯寂,为能见到这么精妙的绘画艺术品而感到由衷的欣慰。诗写得很凝炼,潇洒从容。

【注释】

①色心:指留意或眷恋客观事物之心。了:了然,明白。造物:此处指造化,命运。根:根源。②丘园:即田园。③凝:凝结。④罗浮:山名。在今广东省增城、博罗、河源等市县间,长达百余公里,峰峦四百余座,风景秀丽,为粤中名山。相传罗山之西有浮山,为仙山蓬莱之一阜,浮海而至,与罗山并体,故称罗浮。山中多佛寺,为佛教圣地。传葛洪于此修炼得道,故道教亦列为洞天福地。西湖、罗浮皆多梅,故以此二地入诗。⑤篱藩:本意为篱笆,篱墙。此处有界限,境界之意。

新 月

显 彬

微光已成魄,隐隐夕阳间①。
六幕无人卷,一钩长自闲②。
轮随蟾影长,香逐桂枝还③。
三五相将近,分明照竹关④。

【作者简介】

显彬,字守中,北宋末南宋初浙江湖州宝梵寺僧。生卒年不详,大约公元1114年前后在世。俗姓周,安吉(今属浙江省)人。能诗,诗风清雅淡泊,很有意境。作品惜多不传。《湖州府志》有传。

【说明】

这首诗写农历上旬新月的景况，写得细致入微，形象生动。既有层次，又显规模，非观察入微，想象丰富者不可为。由此，亦可窥见彬公之热爱生活，寄情山水之磊落胸怀也。

【注释】 ①魄：亦作霸，月亮初上或将落时发出的微光，此处自指前者。隐隐句：谓日还未落，月之微光已现，彼此皆光芒微弱，相映成趣。是谓夕阳之余晖，新月之淡魄也。②六幕：六幅帐幕，指帐幕之上下前后左右六面。这里是一种极形象的比喻，将天宇比作帐幕。一个其大无比的帐幕，自然无人也无法将之收卷。一钩：指新月，其形如钩，故名。渐至月中，月渐圆满。③轮：指月亮，其圆满移动时如车轮滚转，故称。蟾影：传说月亮中有神蟾蜍，其当为月中宫殿（广寒宫）之守护者，故常称月为玉蟾，月光为蟾光，称月宫为蟾宫，皆源于此。蟾即蟾蜍，也作蟾诸，俗称癞蛤蟆。桂枝：传说月中有一株桂树，蔚然葱茏，永不凋枯。南朝张正见《薄帷鉴明月》诗："长河上月桂，澄影照高楼。"则又以月桂代指月亮也。④三五：犹十五，农历每月十五日，月至圆满，分外光明。相将近犹言将近，将临近。相为衬字助词。竹关：竹门，或可作竹篱栅。

次韵苏坚老秋日登拟岘台

正　宗

秋容淡薄晚烟孤，千里谁开水墨图①？
欲借扁舟乘兴去，卧看月影弄风蒲②。

【作者简介】

正宗，号愚丘，南宋初年江西崇仁梅山僧。生卒年不详，大约公元1115年前后在世。俗姓陈，抚州崇仁（今属江西省）人。能诗善文，与同代名士吕本中、曾吉甫、韩驹等交游，其诗受江西诗派影响。诗风豪阔清逸，时评甚高。原有《愚丘诗集》，已佚。部分作品收入《宋高僧诗选》、《抚州府志》等书中。

【说明】

苏坚老名字不详，坚老其号，为正宗本邑崇仁一乡绅也。有登拟岘台诗赠正宗，正宗次韵答之。拟岘台为崇仁境内一小山，山顶有亭楼之胜，邑中著名古迹也。正宗曾与苏坚老等人同登拟岘台，遂有诗歌唱和。苏坚老之诗今不得见，正宗此诗流传久远，盛名不衰。综观此诗，虽简短，却精炼，虽略写，却深微。结尾一句，千古绝唱，曾引起多少人品评与效仿。而这也正是宗公性灵与情怀的展现。

【注释】

①秋容：犹言秋光，秋景。淡薄：本为恬淡寡欲之意，此径取字面意思，乃清淡，淡雅意也。晚烟：傍晚时民户家的炊烟。孤：直立，指炊烟直立向上飘升。暗指秋日天高云淡，平静无风。借用古诗"大漠孤烟直"之典，用得甚切，甚巧。水墨图：山水画。谓一马平川的千里风光，犹如美丽的山水画，这一问极有意思。

②卧看句：谓卧在船舱中，看月光照耀着（摆弄着）水边蒲草。也就是，看蒲草在月光之下轻盈摇摆舞蹈的样子，极生动细腻。

书云居寺壁

宗　振

住在千峰最上层，年将耳顺任腾腾①。
免教名字挂人齿，甘作今朝百拙僧②。

【作者简介】

宗振，北宋末南宋初江西建昌云居山僧。圆悟克勤禅师法嗣。生卒年、字号籍贯均已失考。大约公元1118年前后在世。丹丘（今河北省曲阳县）人。振公于南宋高宗建炎二年（公元1128年）赴云居山参圆悟克勤，随侍日久，倏然有悟。克勤遂附心法，纳为法嗣。先后辅佐其师克勤、师兄宗杲主持云居真如寺寺务，职任首座。绍兴十五年（公元1145年）左右亲任云居山真如寺住持。振公道德文章兼而有之，道行高洁，声望日隆。然不慕虚名，自甘淡泊，僧俗共敬仰爱戴。

【说明】

云居寺即云居山真如禅寺，在今江西省永修县西。唐宪宗元和三年（公元808年）由道容禅师肇基开山，即苏东坡所称"冠世绝境，大士所庐，四百州天上云居"也。素以梵宇壮伟、戒律精严、古迹众多、风景优美著称。历代名僧道膺、道简、道齐、晓舜、了元、海印、元佑、善悟、克勤、宗杲、法如、德升、普庄、方念、洪断、观衡、戒显、了尘、虚云、性福、海灯等均曾主持该寺。从谂、文偃、晓聪、承古、洪英、宗本、克文、法秀、惟清、慧勤、惠洪、绍隆、士珪、袾宏、真可、德清、圆信、读彻、道盛、倓虚、巨赞皆曾于此过化。现已作为全国重点开放佛寺，成为全国丛林典范。又，此诗在《宋诗纪事》卷九十二中作"题壁"。

【注释】

①千峰：指云居山诸峰。云居山方圆约三百平方公里，群峰耸峙，主峰称五脑峰，亦称五老峰，海拔一千一百四十三米。耳顺：六十岁。据先圣孔子自述，他十五有志于学，三十而立，四十而不惑，五十知天命，六十耳顺。耳顺谓人至六十岁，阅历已多，见识已广，什么话都能听得进去。腾腾：本意为奋起或迅疾刚健貌。罗隐《途中寄怀》诗："不知何处是前程，合掌腾腾信马行。"此处却转义喧腾，嘈杂动乱之意。②人齿：犹言人口。百拙：事事皆拙，笨拙至极。

寄无垢居士

宗　杲

上苑玉池方解冻，人间杨柳又垂青①。
山堂尽日焚香坐，当忆毗邪杜口人②。

【作者简介】

宗杲（1089－1163），南宋浙江临安径山僧。字昙晦，号妙喜，俗姓奚。宣州宁国（今安徽省宁国县）人。十二岁入本邑东山慧云禅院出家，十七岁受戒。初参曹洞宗诸名僧，遵江西宝峰禅寺住持湛堂文准禅师之命，往汴京天宁寺参临济宗高僧克勤，深受克勤器重。精研佛典，博学雄辩，成为临济宗杨岐派代表人物。宋钦宗靖康元年（公元1126年）受赐紫衣及"佛日"称号。南宋高宗建炎初年（公元1127年），圆悟克勤禅师奉敕主江西云居山真如寺。次年杲公登山省觐，留山任首座，继主云居山，山寺颇有中兴景象。因受前辈大臣张商英赏识，又与名臣张九成友善，为此开罪秦桧，于宋高宗绍兴十一年

（公元 1141 年）被夺衣牒，充军衡州，转徙梅州。十五年后遇赦，得还僧服，定居径山。宋孝宗绍兴三十二年（公元 1162 年）赐号"大慧禅师"，卒谥"普觉禅师"。卒时，宋孝宗亲制赞文，丞相率百官入山致祭。弟子塔师全身于明月堂侧，诏改明月堂为妙喜庵。他能诗善文，多著作。主要有《语录》、《法语》、《普说》、《宗门武库》等，合编为全集八十卷。

【说明】

无垢居士系张九成的别号。张九成（1092－1159），字子韶，临安（今浙江省杭州市）人，南宋名臣与学者，曾任太常博士、礼部侍郎、刑部侍郎等职。因反对秦桧议和，被贬职并谪居，秦桧死后才得复起。谪居时研思经学，多有训解，成为知名学者。宗杲与张九成志同道合，感情深厚，即使因为秦桧专权，两人都受到打击，友谊仍持之如恒。这首绝句就写于这种受压抑的情形之下。作者看到冰雪解冻，杨柳报春，因而深情地怀念朋友。诗写得平易朴实，亲切感人。

【注释】

①上苑：皇家园林。玉池：池塘的美称。垂青：本意为青眼相看，得到重视，受到优待。这里仅取字面意义，为显露出青绿色，指柳树发芽现出青绿了。②山堂：山中的房屋，指寺庙。毗邪：又作毗耶。地名，即古印度毗耶离城，维摩菩萨居处。今译作毗萨尔，在今印度恒河北岸干达克河东岸。杜口：闭口不言。意谓法之玄妙，不可言传，只好杜其口而止。杜口人指杲公自己。杲公在怀念无垢居士并寄此诗时，亦望无垢居士也忆念自己。

游九华山题天台高处

宗杲

踏遍天台不作声，清钟一杵万山鸣①。
五钗松拥仙坛盖，九朵莲开佛国城②。
南戒俯窥江影白，东岩坐待夕阳明③。
名山笑我生天晚，一首唐诗早擅名④。

【作者简介】

见前。

【说明】

九华山为中国佛教四大名山之一。在今安徽省青阳县南。详见地藏《送童子下山》注①。天台即天台峰,九华山主峰之一,仅低于十王峰。杲公游览九华山,登临天台峰极顶。纵览群山连绵,梵寺遍布,山苍树翠,长江如带,不由诗兴大发,作此七律,以抒情怀。这首诗用辞精炼,对仗工整,格调高昂,热情充沛,很能表现杲公深厚的文学修养和乐观的精神面貌。

【注释】

①杵:舂米、捶衣、筑土等使用的棒槌。此处专指用来撞钟的木槌。②五钗松:《九华山志》有"钗本双股,松叶皆双,故名松钗。而此松有五叶,如钗有五股,因名五钗松耳。"此松早已不存。九朵莲:指九华山的九峰。佛国城:指九华山,一指化城,化城为九华山寺庙集中地。③南戒:即南界,戒界通。江:长江,九华山在其正南,是为南之界也。东岩:岩名,在化城寺东。④生天晚:出生太晚。一首唐诗:指李白颂九华山的诗。题名为《望九华山赠青阳韦仲堪》。

太　湖

慧　梵

黄芦一股水,翠竹两三家①。
落日闻鸡犬,荆榛一径斜②。

【作者简介】

慧梵,字竺卿,北宋末南宋初浙江崇德澄寂院僧。生卒年、俗姓不详,大约公元1120年前后在世。崇德县(今浙江省桐乡县)人。能诗,诗风萧散清淡,简洁质朴,有名于时。原有集名《蓬居集》,不传。少量诗收入《宋高僧诗选》。

【说明】

太湖又名具区、笠泽、五湖,为中国四大淡水湖之一。周回三万六千顷,在今江苏省苏州市西南,跨江苏、浙江二省。湖中多小岛,以东西二洞庭山最为著名。太湖本为一极大自然景观,自可作成极大块文章。梵公于此,却仅取一个小分支,即太湖一个小支流;取一个小景点,即湖畔一个小村庄;作为自己的描写对象。这种命题立意，的确出人意外。而诗却实在写得好，寥寥几笔，一个山环水绕、鸡犬相闻的江南小村，已经呈现在我们的面前。那自然是一个极平凡、极简朴的村庄，却无处不透现出一种原始的、天然的美丽，令人神往。

【注释】

①黄芦：黄芦水，为汇入太湖的一条小河。②荆榛：荆棘与灌木丛，泛指乱草杂树。

普 和 寺

晞 颜

朱楼绀殿半江村，石壁深藏佛影昏①。
最好夜深潮水满，橹声摇月到柴门②。

【作者简介】

晞颜，字圣徒，号雪溪，北宋末南宋初浙江奉化雪窦山僧。生卒年、俗姓籍贯均已失考。大约公元1120年前后在世。颜公少年出家，勤奋研习，遂至文藻高妙，颇为后辈敬重。平生戒律精严，晚住桃源厉氏庵，专志念佛。其事迹与诗文加载《补续高僧传》、《宋高僧诗选》、《乐邦文类》。

【说明】

普和寺在浙江奉化雪窦山中，为颜公初住之寺。唐宋时亦一大丛林，早废。本诗描绘了普和寺壮伟建筑和周围的山光水色，以及居住在普和寺夜深时听潮声橹声的乐趣。写的是一派江南水乡特有的夜景，很朦胧，很幽雅，有一种难以言传的神秘的美感。这一定是颜公所追求的极乐境界，否则，颜公为什么要称之为"最好"呢？

【注释】

①朱楼：华丽的红色楼房。此处系指普和寺的寺庙建筑。朱为红色。绀（gàn）殿：天青色，或深青透红之色的殿堂，亦指普和寺中的佛殿。半江村：谓庙宇宏大，占据了江畔村庄的一半面积。石壁句：谓佛像隐藏在石龛洞窟中，显得

幽暗不清。②橹声句：谓夜中乘着月光摇船，小船直抵达村屋的门口。这是十足的江浙水乡景观。

忆佛轩

晞颜

三椽老屋许安贫，佳处无如忆佛真①。
万事了知犹堕甑，百年唯此可书绅②。
岩间静寄蒲团夜，松下聊供茗碗春③。
闭户不忘常忆佛，愿常终似影随身④。

【作者简介】

见前。

【说明】

颜公作有忆佛轩诗二首，此选其一。诗题后并附有序文一段，兹录于后："自古有言：人生百岁，七十岁稀。予年十六祝发，叨预僧列，今幸七十，处世非久，朝夕人耳。平居非不诵经称佛，恨未精专，遂取《首楞严·势至》章。若人忆佛，念佛见前，当来必定见佛之语，命小轩曰'忆佛'，庶几以为临终见佛先容耳。且作偈以系于左。"序中明白地介绍了颜公于七十岁之晚年，立"忆佛轩"之来由，并表示坚定念佛，至终不渝的决心。诗承序后，不仅描绘了颜公在忆佛轩中的日常生活，更记叙了常居忆佛轩时的思想动态。我们能深深地体会到这位净土宗高僧的坚定信仰和乐观精神。

【注释】

①椽（chuán）：即椽子，放在檩子上架屋瓦的木条。引申作房屋的间数，三椽即指三间。安贫：自甘于贫穷。《后汉书·蔡邕传》有"安贫乐贱，与世无营。"真：这里指好。②了知：尽知，全知。堕甑：典出《后汉书》载孟敏故事。孟敏客居太原，甚贫。有一天，挑着一担瓦罐去卖，被人冲撞，瓦罐全落地打碎，孟敏也不回头收拾，自顾而去。有人问他，他说瓦罐打破了，看了又有什么用？以后就用"堕甑"来比喻事已过去，不必置意。甑（zèng）：陶制煮食用具，今称瓦罐、瓦煲等。百年：犹言终生，毕生。书绅：把要牢记的话写在绅带上。绅带指大腰

带。以后便称记住别人的话为书绅。③岩间句：谓在山岩中坐着蒲团静度漫漫长夜。松下句：谓在松树下供放茶碗，饮茶赏春。④愿常句：谓念佛忆佛之信念不会忘记，就像影子和身体一样，总是相伴不去。

题奉化西峰院

正 觉

水流百折山苍苍，古寺秋容横野航①。
明月初濡寒露白，篱花似趁重阳黄②。
道人心已老松石，学子胆须磨雪霜③。
默默澄源坐兀兀，游鱼沙鸟静相忘④。

【作者简介】

正觉（1091－1157），南宋初期浙江明州天童寺僧。俗姓李，隰州隰川（今山西省隰县）人。少习儒业，粗通五经。十一岁出家，弱冠具戒。遵师嘱游方邓州，得丹霞子淳禅师印可，纳为法嗣。曾历主泗州普照、舒州太平、江州能仁、庐山圆通、沧州长芦诸大刹，晚主浙东明州天童寺。他道风高洁，学养精深，循循善诱，接引学人以万数。年六十七，驰函大慧宗杲交待后事，乃逝。谥"宏智禅师"。诗也写得很好。

【说明】

奉化为今浙江省东部一县，佛教禅宗著名"十大古刹"之一的雪窦寺即在此县境内。西峰院为一座小寺庙。这里离正觉的本寺并不很远，正觉游览至此，题诗于壁。这首七律的前半部分写尽了奉化西峰院附近美不胜收的仲秋景象，后半部分则描绘了西峰院僧人们修行求学的禅隐生涯。全诗语言精炼，节奏明快，意境优美，韵味深长，的确是一篇融情于景，情景交融的佳作。

【注释】

①苍：青色。秋容：秋貌，秋景。野航：无人管理的小船。②濡：沾湿。寒露：二十四节气之一。每年农历十月八日前后开始。此时天清气爽，秋意最浓。篱花：篱笆旁的花。此处专指菊花，暗用陶渊明诗"采菊东篱下"之典。趁：乘便，乘机。重阳：节令名。农历九月初九日叫重阳，又称"重九"。③老松石：像松石

一般老。学子：读书人。此处指年轻求学的僧人。磨雪霜：经历雨雪风霜的磨炼。④澄源：思索事物的根源起源。兀（wù）兀：同矻矻，集中精力思考的样子。沙鸟：指沙洲上的鸟儿。忘：即忘情，不为情感所动。

绝　句

有　规

读书已觉眉棱重，就枕方欣骨节和①。
睡起不知天早晚，西窗残日已无多②。

【作者简介】

有规，南宋初年江苏吴中诗僧。生卒年、俗姓籍贯及生平履历均已失考。大约公元1121年前后在世。为人性格坦率，其门人皆称之为"规外方"。诗淡泊质直，平易通俗，却饶有情趣，甚为叶梦得、徐度等名士所推赏。作品惜多不传。

【说明】

一个老僧人，年纪很老很老了。读书就想打瞌睡，睡觉才觉得舒服，睡起来又不知时间早晚。有人会说：这是人生的悲哀。规公并不这样认为，至少他不觉得悲哀。人之学佛问道，首先便是了生死大事。规公的诗，平淡而又明晓地叙述自己的老境，而且直言不讳地告诉我们他来日无多了。这便是一种境界，一种超脱，一种出凡入圣的解脱。这不是每个人都能做到的。

【注释】

①眉棱：眉骨，眉毛所依附的突出的头骨。眉棱重谓想合眼睡觉。骨节：指身体各部位特别是四肢的关节。骨节和犹言浑身舒适。②西窗句：太阳西斜，就要落山。以落日比喻人之垂暮，时日不多。

题东明寺

蜀　僧

三十年前镇益州，紫泥丹诏凤池游①。
大钧播物心难一，六印悬腰老未休②。
佐主不能如傅说，知几那得似留侯③。
功名富贵今何在？寂寂招提土一丘④。

【作者简介】

蜀僧，北宋末南宋初蜀中僧。生卒年、俗姓籍贯及生平履历均已失考。大约公元1121年前后在世。此诗载《梁溪漫志》，又著录于《宋诗纪事》卷九十二。

【说明】

东明寺在今湖南省长沙市城南五里，为唐宋时一大古刹，早废。北宋钦宗靖康元年（公元1126年），金兵南下。大奸臣蔡京携全家南逃。钦宗贬其往岭南。行至长沙，蔡京卒于东明寺，草殡于寺之观音殿。有蜀僧游方，挂单东明寺，慨然题此诗于寺壁。蔡京（1047－1126），北宋末大臣，"六贼"之首。字符长，兴化军仙游（今福建省仙游县）人。进士出身，历任知府、尚书，四度入相，独擅朝政。在任时交通宦官，打击异己，挑起边衅，搜刮天下。且又朝三暮四，时而追从变法派，时而迎合元祐党，时而贬逐变法臣僚，时而打击元祐旧臣。专权时大兴工役，挥霍浪费，窃弄权柄，恣为奸利。他的行为加速了金兵入侵和北宋灭亡。

【注释】

①益州：益州路。北宋真宗咸平四年（公元1001年）分西川路置，治所在成都府（今四川省成都市）。辖境相当于今四川省邛崃山与大渡河以东，龙门山西南，犍为县以北岷江中游一带。蔡京曾任官益州。紫泥：古人书信用泥封，泥上盖印；皇帝的诏书则用紫泥。后称皇帝诏书为紫泥诏，或简称紫泥。丹诏：皇帝的敕命。凤池：凤凰池之省略。唐以前指中书省，唐以后指宰相之职。凤池游即入朝为相。②大钧：指天，大自然。钧，古代作陶器的转轮。自然界形成万物好像钧能制造各种陶器，故称大钧。播物：执掌。含有颠倒是非、胡作非为的意思。心难一：存心不公平，不

能一视同仁。六印悬腰：泛指兼任多种高级职务。印指官印。休：完，止，停。③佐：辅佐，支持。傅说（yuè）：商王武丁时重臣。与伊尹齐名。出身微贱，在傅险（即傅岩，在今山西省平陆县）从事版筑劳动。武丁夜梦得圣人，名说。武丁初从群臣百吏中遍求，不得。后命百工按梦中所见，至野外访得。举以为相。傅说辅佐武丁扩大领土疆域和政治影响，使商朝达到极盛时期。世称傅说为古代最著名的贤臣。知几：预知事之几微。亦作知机，即洞悉形势机运。留侯：即张良（？－约192），字子房，西汉韩（今山西省）人。家五世相韩，秦灭韩，良结纳刺客，椎击秦始皇于博浪沙，未遂，逃匿下邳。秦末，陈胜、吴广领导农民起义，刘邦乘机起兵，良为最重要的谋士，佐刘邦灭秦灭楚，建立汉朝。张良因功封留侯。世称张良为古代最智能的谋臣。④招提：寺院的别称。土一丘：一堆土，指坟墓。丘为小土山，小土堆。

绝　句

志　南

古木阴中系短篷，杖藜扶我过桥东①。
沾衣欲湿杏花雨，吹面不寒杨柳风②。

【作者简介】

志南，南宋初期南方诗僧。生卒年、俗姓籍贯及生平履历均不详，大约公元1121年前后在世。其诗清新雅丽，当时甚为有名。原有集，不传。

【说明】

《娱书堂诗话》中谈到：僧志南，能诗。朱文公尝跋其卷云："南诗清丽有余，格力闲暇，无蔬笋气。如沾衣欲湿杏花雨，吹面不寒杨柳风云云，余深爱之。"于此可知南公之诗曾经结集，且由朱熹朱文公为之作跋，大加赞赏。这首七言绝句确也当值朱子赞道。清新自然，委婉蕴藉，诗中始终荡漾着一种轻灵潇洒、恬淡平和的气息。值得反复吟诵，细细回味。

【注释】

①短篷：代指有篷的小船。②沾衣句：谓微微细雨，洒在身上，使衣服也微微沾湿。吹面句：谓杨柳开花吐絮，风吹到脸上，不觉寒意。此联极为生动形象，细腻真实地描绘了春天的景象，遂成为千古名句。

九日入院作

可 观

胸中一寸灰已冷,头上千茎雪未消①。
老去只宜平地坐,不知何事又登高②。

【作者简介】

可观(1092－1182),南宋初期浙江当湖德藏寺僧。字宜翁,号 庵,俗姓戚,一作姓傅,华亭(今属上海市松江区)人。得法于车溪择卿法师。出道后,历主当湖德藏寺、姑苏北禅院,法席称盛,声誉甚著。观公性格恬淡,风神修雅,喜好山水,善作偈颂,同代文人名士争相趋从,以九十一岁高龄无疾而终,塔葬本寺。

【说明】

宋孝宗乾道七年(公元1171年),丞相魏杞出守苏州,闻观公盛名,遂坚聘观公主持姑苏古刹北禅院。力辞不可,观公只好从命。入院之日,正值农历重九(俗称重阳节),观公于是作此诗偈以抒感想。魏杞对此诗击节赞叹,称赏不已。这首诗看似平易浅显,其实很耐咀嚼。观公觉得自己已是八十高龄之人,对人生世事早就心灰意冷,只想平平静静地安度晚年,实在不宜挑起一院之主的重担。重阳节天高气爽,人们特别是老年人都趁此大好时光登高眺远,观赏敞朗的自然景观。诗里也就写了登高,却有二意,一是重阳登高,习俗也;一是上任寺主,命令也。时序不由人意而变,地方长官的命令也得遵从。诗中,似乎透露出几分无奈。

【注释】

①一寸:寸本为长度单位,十分为一寸,十寸为一尺。引申为微少,微量。灰:心灰。佛教语。指心中的尘埃,喻世俗杂念。亦谓心如死灰,不复再燃。茎:根,支。雪:此指白发。②登高:重阳节又称登高节。由退居休养之位重任寺主亦系登高。

西 阁

志 文

杨柳蒹葭覆水滨,徘徊南望倚栏频①。
年光似鸟翩翩过,世事如棋局局新②。
岚积远山秋气象,月生高阁夜精神③。
惊飞一阵凫鹥起,莲叶舟中把钓人④。

【作者简介】

志文,北宋末南宋初浙江杭州西湖诗僧。生卒年、俗姓籍贯及生平履历均不详。大约公元1123年前后在世。能诗,诗风潇洒蕴藉,风味清雅,当时有名。作品散见于《咸淳临安志》、《宋诗纪事》等著作。

【说明】

西阁在今杭州市西湖孤山上,为一古建楼阁,屡经兴废。现作为浙江省图书馆古籍善本部的藏书楼。这首诗并不是写西阁,而是写作者登西阁眺望西湖及湖边群山。以"西阁"为题而不作"登西阁"或"西阁远眺",是作者开个小玩笑,省字而已。这首诗写得很优雅,从容大度。从其谋篇布局、层次衔接的文章大处直到词语对仗、韵律和谐等写作细节,作者都很费了功夫。远远突破了禅门佛子说佛谈禅的拘束,堪与一流诗人的传世作品相匹比。

【注释】

①杨柳蒹葭:杨柳树与芦苇,泛指湖滨生长的各种树木水草。徘徊:往返回旋貌。南望:孤山位于西湖北部,南望始可观赏大部西湖景色。②年光句:时光似鸟飞一般地过去。年光即指岁月,时光。翩翩指鸟飞轻捷貌。棋:围棋。走棋以局计,走完一盘即算一局。棋式千变万化,从古至今,还没有过两盘完全相同的棋。③岚积句:雾气积在山头,显出秋天的景象。月生句:月亮挂在高阁之上,黑夜显得很有精神。此联甚佳,曾多时多处为人传诵引用。④凫鹥(fú yī):凫为野鸭,鹥为水鸥,合用泛指湖中各种水鸟。莲叶舟:形容船小,像一片莲叶浮荡水面。把钓:垂钓也。这一联前后句倒装,是垂钓人惊飞了水鸟,而不是水鸟飞走了才有垂钓人。

上 堂 偈

道 颜

客舍久留连,家乡夕照边①。
檐悬三月雨,水没两湖莲②。
镬漏烧灯盏,柴生满灶烟③。
已忘南北念,入望尽平川④。

【作者简介】

道颜(1094-1164),北宋末南宋初江西庐山东林寺僧。号庵,俗姓鲜于,潼川飞乌(今四川省中江县)人。初从圆悟克勤于建昌云居山。克勤还蜀后,遵嘱依大慧宗杲。宗杲住云居山云门庵及洋屿,道颜皆从,朝夕质疑,得悟。后住庐山东林寺和圆通寺,弘法诲众,度僧无算。《五灯会元》、《庐山志》均有其传。

【说明】

这是颜公在庐山东林寺上堂说法时吟的一首诗偈。就诗的字面来看,完全是一首写景抒情的五言律诗。就其措辞用韵的表现来看,与诗坛的文人诗似亦无异。然而结合颜公本人的身世和身份,我们不难看出,这首诗中还蕴藏着很多十分深刻的含义。它既暗示出学佛求道之路的漫长,也明写出隐居修行生活的艰苦。但它指出的仍是前程无限宽广。事实上,诗眼在此。颜公是勉励大家努力修持,力争早日修成正果。

【注释】

①客舍:旅舍。一解此身是客,由川入赣,在寺院中度过生命的全部,远离家乡。二解此心是客,还没有摆脱七情六欲的诱惑,没有找到自己的归宿。留连:阻滞,迟留。也有舍不得离开的意思。夕照边:西边。川蜀对赣庐而言,正在西边。②檐悬句:农历三月为梅雨季节,雨水从屋檐上滴下来。水没句:谓春夏之交,湖水漫涨,把莲荷亦尽淹没。两湖或指东林寺西七里湖、赛城湖。③镬(huò):釜一类的煮食用具,比普通锅大。柴生:柴湿,指刚从树上砍下的树枝。④南北念:指地方的、位置的概念。入望:进入眼睛,进入视线。平川:广阔平坦的陆地。此处亦喻指宽广的道路。

晓发山店

显 万

蓐食小人家，寒灯碎落花①。
鸡鸣窗半晓，路暗月西斜②。
世故欺怀抱，风霜迫岁华③。
剧怜诗思苦，凄恻向长沙④。

【作者简介】

显万，北宋末南宋初湖南浯溪诗僧。字致一。生卒年、俗姓籍贯及生平履历均不详。大约公元1124年前后在世。曾向吕本中求教。其诗明快清朗，时有豪气。诗结集成《浯溪集》，不传。部分作品散见于《宋高僧诗选》、《郴州文志》等书中。

【说明】

山店即山区乡村小旅店。作为一个云游四方的行脚僧，往往并不是那么幸运，能随时找到寺庙挂单，那就只有在这种乡村小客店对付一天、两天。如果遇到恶劣天气，或途中生病，或旅途疲顿，有可能要停留多日。"鸡声茅店月，人迹板桥霜"，是人们对旅途奔波的艰辛作出的形象概括。万公在从湘南祁阳的浯溪前往省城长沙途中，便有这种夜宿小店的遭遇。出家人在这种乡僻小店中，所遇到的饮食不便且不要说，就连打坐参禅，做日常功课也往往被打扰。想到这一切的旅途艰辛和生活不便，万公写了这首五言律诗。诗很沉郁、伤感，写得也细腻、真实，抒发了作者深深的感慨。

【注释】

①蓐（rù）食：早晨未起在寝席上进食。形容小店饮食条件很差，设备不全，简单草率。蓐指床垫，床席。寒灯句：谓油灯照明，灯花碎落，显得很凄凉。②鸡鸣句：谓鸡啼鸣时，窗外透进一点微光，天还不太亮。路暗句：谓月亮正在向西斜落，道路显得很暗黑。③世故：本指待人接物的处世经验。此处指店主过于世故，如嫌贫爱富，敷衍了事，漫天要价等等，是个典型的贬辞。怀抱：心意，胸襟。此

处扩大为襟怀坦白,没有戒心的人,指万公自己。岁华:岁月,年华。④剧怜:极其怜惜,指怜惜自己。凄恻:悲伤。南朝梁江淹《别赋》:"是以行子肠断,百感凄恻。"即此意。长沙:郡府名。秦置郡,因有"万里沙祠",故曰长沙。汉为长沙国,其地域皆包括湖南全省。东汉复为长沙郡,晋因之。明洪武五年改置长沙府,地仅湘江下游而已,清因之。公元1913年废府。1933年设市。

义 帝 陵

显 万

祖龙智昏日月蚀,南公力欲麒麟斗①。
楚虽三户必亡秦,盛德宜然有其后②。
鲁公背约火咸阳,咄嗟声出群雄右③。
豆分瓜剖听指颐,忍使黥徒贼孤幼④。
籍也狐埋狐揾之,项伯宁不为家寇⑤。
真人如龙翔灞上,缟祖长风起襟袖⑥。
终据黄图岂力为,雅张赤帜皆天授⑦。
可怜郴北东上坟,恨碧凄红春不茂⑧。

【作者简介】

见前。

【说明】

义帝(?-前205),名熊心,秦末农民起义时项梁拥立的楚王,战国时楚怀王熊槐之孙。公元前296年,熊槐入秦被扣,国势渐衰。楚亡后,熊心流落民间,为人牧羊。秦二世元年(前209年),陈胜起义受挫,项梁采纳范增计谋,立他为王,仍称楚怀王,建都盱眙(今江苏省盱眙县)。项梁战死后,他迁都彭城(今江苏省徐州市),归并刘邦、吕臣等各路军马,夺取了指挥权。不久,任宋义为上将军,项羽为次将军。后项羽击杀宋义,夺回兵权。公元前206年,秦亡。项羽自立为西楚霸王,尊他为义帝,徙居于长沙郴县(今湖南省郴州市)。次年,又命九江王英布将他杀死于郴江中。死后,即葬于郴州东北郊,其墓人称为义帝陵。万公隐修之处的祁阳浯溪去郴州不远,因事过郴,顺便去瞻仰了这座义帝陵。这首诗对秦末暴政,刘项相争的历史事件进行了精炼的概括,对项羽的残暴,义帝的不幸表示了愤慨和惋叹。诗写得气势恢宏,慷慨激昂,很有感染力。

【注释】

①祖龙:指秦始皇。祖者,始也,龙者,人君也,合而称祖龙。晋潘岳《西征赋》有句"忆江使之返璧,告亡期于祖龙。"即用此意。日月蚀:日蚀和月蚀,日月被侵蚀(遮掩)而不放光芒。借天文现象以喻秦始皇朝政无道,国体即将崩溃。日蚀亦称日食,月亮运行至太阳和地球之间,成一直线,太阳被月亮遮掩而成日蚀。古人常以日食附会人事的变化。月蚀也称月食,月亮所需的太阳光照被地球所遮掩。南公:战国末隐士。有些史料认为南公只是泛指南方某老人,未有确人。麒麟:传说中的仁兽、祥兽。借喻杰出的人物。此句承上句谓在秦皇暴虐的统治下,南公希望杰出人士起来斗争,将秦朝推翻。②三户:三户人家,三家人。《史记·项羽本纪》有"故楚南公曰:楚虽三户,亡秦必楚也。"意谓秦朝暴政太不得人心,人们肯定要起来斗争,即使只剩下三户人家,也要把他推翻。盛德:指战国时楚国所施行的仁政。此处当系溢美之辞,事实并不尽然。当楚怀王在位时,业已信用奸佞,贬逐屈原于汉北。顷襄王登位,更是亲近群小,不思振作,再将屈原流放江南。其后数王,越来越差,终至亡国。后:后代,后裔。指楚怀王熊槐之孙熊心。③鲁公:项羽。熊心被项梁等推戴为楚怀王后,最初封项羽为鲁公。西楚霸王乃项羽自封。及项羽死,人以鲁公之礼葬之于项王谷城。背约:刘邦、项羽在西进灭秦时曾有约言,谓谁先攻下秦都咸阳,谁有天下。刘邦先入咸阳,约法三章,出榜安民。因忌项羽兵势,退居灞上。项羽继入咸阳,放火烧杀,大施威虐,且不再提拥先至咸阳者为王之事,故谓其背约。背约,违背诺言也。火,此处作动词为烧,放火,纵火。咄嗟(duō juē):犹呼吸之间,意谓顷刻,很快地。声出:声势超出于。群雄:指率领各路反秦义军的将领。右:上。古时以右为上。④豆分瓜剖:亦作豆剖瓜分。谓国土分裂,支离破碎。像分豆子切西瓜一般地把国土分割。指颐:即颐指。以面颊表情示意指使人。谓大家都得看项羽的脸色行事。黥(qíng)徒:即英布,他曾因犯法被黥面,故称黥布,亦称黥徒。英布(?-前195),六(今安徽省六安县)人。秦末率骊山刑徒起事,归附项羽,封九江王。奉项羽命令,使将追杀义帝于湖南郴县。刘项相争时,萧何说之归刘,封淮南王,从刘邦击灭项羽于垓下。汉高祖十一年(前196年),韩信、彭越被杀,英布不自安,遂发兵反。高祖亲征,破其军于蕲西,英布败走长沙,为番阳人所杀。黥为古代一种肉刑,称墨刑,以刀刺人面额后用墨染之。贼:伤害,杀害。孤幼:指义帝

及其家属。义帝遭贬徙可称孤,其子女未成年可称幼。⑤籍:项羽之名,羽乃其字。狐埋狐搰(hú):成语。传说狐狸多疑,埋物于地下,很快又挖出来看看。比喻疑心过度,作事难成。搰,谓掘出、挖出。项伯:即项缠(?-前192年),项羽叔父。字伯,下相(今江苏省宿迁县)人。楚国贵族出身。公元前206年,项羽率军四十万进驻鸿门(在今陕西省临潼县东),与范增定计击刘邦。他因素善刘邦谋士张良,乃夜驰至刘邦军营,私见张良,俱以告之。后又在项羽面前尽力为刘邦开脱。鸿门宴上,项庄舞剑,欲杀刘邦,项伯亦舞剑,以身掩蔽,刘邦赖以得免。汉朝建立后,受赐姓刘,封射阳侯。家寇:家贼,家中的败类。此句谓项伯不愿与项羽同流合污,不愿残暴狡猾行事,以免成为项氏家族的耻辱。⑥真人:谓帝王,此处称刘邦。汉·张衡《南都赋》有"方今天地之雎剌,帝乱其政,豺虎肆虐,真人革命之秋也。"取意于此。龙为善变化,施云雨,普利万物的神异动物,为鳞虫之长,常以喻皇帝。此指刘邦。灞上:亦作霸上,又作霸头。在今陕西省西安市东白鹿原北首。秦末刘邦率军入关中,由此西入秦都咸阳。及破咸阳复回军于此。本诗将此地作为刘邦开创帝业的基地看待。缟(gǎo):喻清白俭朴。袒(tǎn):本意为解开上衣露出右肩。此处以喻袒露自己的胸怀,指胸襟坦荡,光明磊落。长(zhǎng)风:长者之风。喻刘邦豁达大度。襟袖:衣襟衣袖。代指全身。⑦黄图:帝都。骆宾王《同崔驸马晓初登楼思京》诗有句"白云乡思远,黄图归路难。"即此意。此处代指创建王朝的帝业。力为:人力所为。雅张:合法地明正大的张起、扬起。赤帜:刘邦军用赤色旗帜,及建立汉朝,亦尚赤帜。天授:谓天之所授予,非人力可致。此乃谓刘邦乃是受命于天,得天之助,方能成就帝业。⑧郴(chēn):春秋楚地。秦置县,属长沙郡。汉为桂阳郡,属荆州。隋唐皆为郴州,五代晋改为敦州,不久复旧,宋仍为郴州,元为路,明初为府,明太祖洪武九年(公元1376年)降为州,后废。清为直隶州,属湖南。公元1913年改县,属湖南省。现为湖南省郴州市。恨碧凄红:喻绿草红花尽皆含恨悲凄。茂:繁荣。此句谓有一义帝陵在此,这里的春天,这里的花草林木也显得怨恨难申,悲哀凄凉,了无春意。

晚 春

守 璋

草深烟景重,林茂夕阳微①。
不雨花犹落,无风絮自飞②。

【作者简介】

　　守璋，南宋初期浙江临安天申万寿圆觉寺僧。生卒年不详，大约公元1129年前后在世。俗姓王，盐官（今浙江省海宁县西南盐官镇）人。宋高宗绍兴中年（大约公元1146年前后）住持圆觉寺，因道誉高隆，赐号"文慧大师"。璋公由儒入佛，工诗能文，当时即享诗名。其诗清新淡雅，意境悠远。原有集，名《柿园集》，不传。

【说明】

　　这是一首描写晚春郊野景致的精致小诗，完完全全的风景描写，完完全全的工笔山水画。当然不是中堂巨制，而是小巧的册页。不只一幅，而是一套四幅。草中烟，林中晖，花之落，絮之飞，有声有色，有动有静。说它是四幅珠联璧合而不可分割的精美工笔册页画，当不过誉。诗的每句每字，写的全是风景，作者完全躲在诗外，也可以说是超脱于诗外。并不能因此而说，作者就没有了自己的意见，自己的感情。恰恰相反，作者在诗中不言及自己的意见和情感，纯粹写景，这本身便是一种意见和情感。能如此从容不迫地、细腻生动地描绘出这样美丽的景致和意境，一定对生活，对山水风光充满着热爱，怀抱着赞叹和赏识的态度。这就是作者的情感和意见。据说南宋高宗赵构便极喜爱这首诗，不仅击节赞叹，还亲笔书写出来，赐给百官欣赏。

【注释】

　　①草深句：草长得又长又密，烟雾笼罩其上，其色彩显得凝重而深浓。林茂句：林木茂盛而又浓密，夕阳的余晖穿射不透，显得微弱。②不雨句：时到晚春，花自然该凋谢了，自然不必担心因雨打芭蕉众芳落了。絮：指杨花柳絮。杨柳轻扬亦是晚春的典型景观。

栽　松　作

天　石

偃盖覆岩石，岁寒傲霜雪①。
深根蟠茯苓，千古饱风月②。

【作者简介】

　　天石，南宋初年福建侯官水西石松寺僧。生卒年、俗姓籍贯及生平履历均已失考。大约公元 1130 年前后在世。石公道誉甚著，当时颇为享名。部分事迹加载《补续高僧传》。

【说明】

据《补续高僧传》所载：宋高宗绍兴十年（公元 1140 年），石公于其寺前岩石山上栽松三棵，并刻石道："一与寺门作名实；二与山林作标致；三与游人作阴凉。"此诗亦一并刻上。原此寺名石嵩寺，从此以后改名石松寺。这首诗是石公于栽松时所作，而诗中写的却是松树已完全长成参天大树时的情况。这需要大胆而丰富的想象力，也是石公栽松时的愿望吧！诗写得极锤炼，简捷有力，掷地有声，不愧为千古名句。

【注释】 ①偃盖：俯盖，覆盖。偃本意为卧倒，倒伏，引申为遮覆。岁寒：指严冬时节。傲：傲视。②蟠：蟠踞，盘伏。茯苓：菌类植物。别名松根，寄生于松根下，状如球块，入药。

洞霄宫

宝　印

窈窕门前九锁山，琮琤石角千寻水①。
白云影里阅群仙，风断木犀香未已②。
我从青城大面来，羽衣驾鹤欣相陪③。
五峰去此在咫尺，肯惜杖履时徘徊④。

【作者简介】

宝印（1109－1190），南宋初期浙江余杭径山僧。字坦叔，俗姓李，龙游（今浙江省衢州市龙游镇）人。于四川峨眉山出家，为中峰密印禅师法嗣。南宋孝宗淳熙年间（公元 1175－1189 年）奉敕住持径山。逝于径山别峰庵，赐谥"慈辩禅师"。印公儒释兼通，工诗善文，尤长开堂说法，诗文语录，荦荦大观。作品惜多不传。少量诗文散见于《成都文类》、《洞霄诗集》等各种著作中。

【说明】

洞霄宫又名天柱宫，为我国著名道教宫观之一。在今浙江省余杭县南大涤、天柱两山之间。唐高宗弘道元年（公元683年）始建，初名天柱观，宋真宗大中祥符五年（公元1012年）始改今名。宋代宰相大臣乞退或免官，常以提举临安府洞霄宫系衔。元末毁，明初重建。因岩壑深秀，名胜古迹甚多，道教列为三十六小洞天、七十二福地之一，称大涤洞天福地。宋人邓牧撰有《洞霄图志》六卷，记载当地宫观、山水、洞府、古迹、人物、碑记等甚详。印公奉敕住持径山佛寺，时间长达十年，而洞霄宫与印公之寺近在咫尺，自然会拨冗前住观瞻。这一点在诗文中说得非常清楚。本诗用极为简练的语句概括了洞霄宫周围的山水胜景，表明自己愿与近邻道流共同隐修，共同徜徉在这一片美好的山水之中。论说，佛道两家是各不相干的宗教门派，历史上甚至有过相当惨烈的争斗。作为有相当道行的高僧宝印来说，却不会囿于那种浅陋见识，以门户为死戒条，不敢越雷池一步。这种胸襟和气度，却又是他人所远远不及的。诗也写得从容雍雅，确然雅人深致，余味无穷。

【注释】

①窈窕：深邃而又美好貌。多用于形容女性体态的美丽姣好，此处则用于形容洞霄宫旁的山光水色之清秀。九锁山：洞霄宫大门所对峙的一座小山峰。琮琤：玉石碰击之声。此处用以形容瀑布水流冲击其下岩石发出的声音。石角：突出而尖锐之石。杜甫《奉陪郑驸马韦曲》一诗句"石角钩衣破，藤枝刺眼新。"即指此。千寻水：极言瀑布之高，水流之长。寻为古代长度单位，一寻合八尺。②白云句：谓洞霄宫地势极高，耸立在白云中。立于洞霄宫中可看到白云之中仙人往来。这也是一种极夸张的形象描写。阅：观看，如阅兵，阅操，检阅，均此意。风断句：谓风吹过来，带来一阵阵的桂花香味。木犀（xī）：桂花的别称。又称丹桂、菌桂、岩桂、九里香等。以木材纹理如犀牛之皮革紧密坚韧而得名。花有浓香，可作香料。白花者称银桂，黄花者称金桂，红花者称丹桂。宋·范成大《岩桂》诗句"病着幽窗知几日，瓶花两见木犀开。"即指此。未已：未完，未了。③青城：青城山。在今四川省都江堰市西南，道教圣地。大面：不详所指。疑为青城山某道观或某山峰之名，与青城山有隶属关系，当为无疑。羽衣：用羽毛编织成的衣服。习惯常称道士或神仙所穿的衣服为羽衣。亦可借以指道士或仙人，此处即借羽衣称身穿羽衣的道士。驾鹤：骑鹤。据说仙人出行常常是乘龙、乘凤、乘鹤，在云雾中飞翔。此句谓印公自言在四川青城山时，自己就曾与道家人物交朋友，密切往来。④五峰：浙江余杭径山中一组山峰名，上有五峰寺。印公即住持此寺。咫尺：极近之距。八

寸为一昒。肯：怎肯。杖履：杖为手杖，履为鞋。合成杖履指步行，走路。时：时常，不时地。

住天台山

惟 茂

四面峰峦翠入云，一溪流水漱山根①。
老僧只恐山移去，日午先教掩寺门②。

【作者简介】

惟茂，南宋初期江苏吴门僧。生卒年、俗姓籍贯及生平履历均已失考。大约公元1140年前后在世。能诗，诗风清新淡雅，作品惜多不传。此诗加载《容斋随笔》。

【说明】

天台山为著名的佛教圣地，在今浙江省天台县北。详见丰干《壁上诗》注①。六百年前，智者大师曾在天台山创立佛教天台宗。四百年前，丰干、寒山、拾得等诸位高僧曾隐修于天台山。天台山实在是一座人才辈出，风范卓著的佛教名山。茂公得住天台，自认为万幸之事。这首诗，极为简要而生动地描述了天台山的水色山光，而主要是记叙作者本人的老年生活。写得活泼有趣，令人耳目一新。

【注释】

①翠入云：谓天台山峰上树木苍翠，而山峰又极其高峻，耸立云中，故亦翠入云中。漱山根：洗刷山脚下的岩石。山根指山脚。②老僧句：因为云会飘动，水会流动，老僧深怕山也会移动。云飘走了，水流走了，老僧深怕山也会移走了。爱天台山至极，方有此奇想，有此妙句。日午句：把庙门关上，便看不到云飘水流或山之移动。掩耳盗铃，自然于事无补。若山要移走，关门又有何用。游戏笔法写尽老僧童稚心态。

送 道 友

道 谦

二三尺雪山藏路，一两点花春到梅①。
将此赠君持不去，请君收拾早归来②。

【作者简介】

道谦，南宋初期福建崇安仙洲山僧。俗姓游，崇安（今属福建省）人。生卒年及生平事迹均已失考。大约公元1142年前后在世。此诗存《诗林万选》中。

【说明】

所谓道友，系指佛学同门、佛门兄弟，也指志同道合，亲密朋友。以理揆情，当这样一位好朋友将离我远去，作为诗人，我应当写诗送行。就要看这诗是怎么写了。哀伤、感叹、缠绵、勉励、期望、叮咛……不外乎是诸如此类儿女情长的情感流露吧！谦公不是这样想的，他也没有这样写。无论是谋篇立意，还是措辞用字，这首诗都显然与众不同，风格迥异。我们都说这首诗好，好就好在这里。好在与众不同的构思。谦公对道友说：我们这里这么好，这些好东西你又带不走，你既要去，就早点回来吧！这是一种平淡心境的流露，一种返朴归真的召唤，一种物我相融的陶醉。做谦公的道友，实在是幸福的。

【注释】

①二三句：雪落二三尺，掩藏山中路。一两句：梅开一两点，报知春到来。②此：指雪中路、春之梅等优美景致。

南昌道中

晓 莹

东游心渺渺，跰足步迟迟①。
马驿黄茅路，人家白竹篱②。

归云横断岭，落日映荒陂③。
何处可容足，长哦招隐诗④。

【作者简介】

晓莹，字仲温，号云卧庵主，南宋初期江西丰城感山海慧寺僧。江西（今江西省）人，生卒年不详，大约公元1149年前后在世。莹公为大慧宗杲禅师法嗣。宗杲禅师被秦桧流放衡州、梅州时，莹公始终随侍左右，相伴十余年。离师后居江西丰城感山，住云卧庵。先著《云卧纪谈》，再撰《罗湖野录》。二书记录莹公诗文见解及随师见闻，很有价值。莹公居丰城感山三十余年，一心修寺著书，少与外界交往，故其事迹亦鲜为人知。

【说明】

莹公是在伴随宗杲大师于颠沛流离、管制歧视的环境中成长的，所以他的心情始终难以开朗。莹公后半生几十年里，隐居在一个小县偏僻的小山里埋头写书，不与外界接触，更养成孤僻冷漠的性格。人难免被环境所牵系，所制约，这本身就是一个悲剧。出家人其实也并不能真正地脱离人生现实，这又何等矛盾。读莹公这首五言律诗，我们不由自主地感到了淡淡的哀愁，深深的迷惘，感到沉重，感到压抑。这没有什么不好。诗写真情，诗抒性灵。这里抒写的正是莹公的真实情感，我们自然会真诚地读下去。就像莹公所撰那部《罗湖野录》，自宋至今，人们一直还在称赞着，引用着。真实的东西，生命是永恒的。

【注释】

①渺渺：本意为遥远，此处作感到渺茫，无所适从解。趼（yán）：胝，足上生的硬皮。脚板因长期长途行路，起水泡破皮而结出的厚茧。②马驿：传递官方文书的车和马。黄茅路：枯黄茅草所覆盖的路，极言其路之简陋、荒僻。③横：遮掩、蒙住。荒陂：荒芜的池塘。④容足：这里作容身解。招隐诗：召唤人去归隐的诗。

舟泊括苍溪口

惟 谨

茅店在山下，舣舟茅店边①。
钟鸣何处寺，日落满溪船②。

倚枕雁初到，离家月又圆。
向来曾过此，夜泊石门前③。

【作者简介】

惟谨，南宋初期江南僧。号雪庵，永嘉（今属浙江省）人。生卒年、俗姓均不详。大约公元1157年前后在世。当时享有诗名。此诗加载《东瓯诗集》。

【说明】

括苍山为浙江省东南部名山，因山上多括木，山色苍翠，故有此名。其主峰在仙居县东南，又名苍岭或称天鼻山，唐天宝中改名真隐山。道家将括苍山列为十大洞天福地之一。仙居括苍山离谨公故乡与隐修处不远。谨公乘船出行，舟泊于括苍山溪流的溪口处，远望苍山，耳闻寺钟，遂写此五律以抒情怀。诗写得很温婉，很深情，很有感染力。

【注释】

①茅店：茅草盖顶的乡村小店，多指客店或酒店。山：此山即指括苍山。舣（yǐ）：船靠岸。②寺：指括苍山中的寺观。事实上括苍山虽为道家著名洞天福地，历来却是佛道同居。溪船：指谨公自己所乘之船。③向来：以前、从前。石门：似指溪河码头边石柱门。

手 影 戏

惠 明

三尺生绡作戏台，全凭十指逗诙谐①。
有时明月灯窗下，一笑还从掌握来②。

【作者简介】

惠明（？－1199），一作慧明，号晦庵，南宋初期江南华亭普照寺僧。俗姓赵，盐官（今浙江省海宁县盐官镇）人。尝住杭州西湖上天竺寺。为人潦倒狂放，不拘细节。好谈灾福凶吉，每言则验，人莫能测。与济癫同时，人称明癫。

【说明】

明癫济癫,游戏人生,在杭州西子湖畔,其趣闻异事久传不衰。人多以其为罗汉行化于世。明癫所留意者,乃民间手影戏(亦称皮影戏)和木偶戏(亦称傀儡戏),同样是游戏诙谐,影射和演绎人生的现实。明癫看到三尺小戏台上,那些纸折的、布裹的、木刻的小小人儿扮演着红尘俗世的悲欢离合,扮演着才子佳人、英雄豪杰,他没有嘲笑。戏台小天地,天地大戏台。人生不也是在演戏吗?明癫向我们指出,世人凭着十个手指掌握,导演出一幕幕喜剧和悲剧,笑剧和闹剧,纯粹是欺骗自己。明颠一点也不疯癫,他清醒得很。

【注释】

①生绡:没有漂煮过的绢。这里泛指各种制作戏台和布幕的丝绸乃至布帛。诙谐:戏谑,有风趣。②一笑句:谓用手指掌握丝绳,牵引傀儡小人动作,博取观者一笑。

初秋忆湖上诸山

永 颐

山中夏日足幽娱,葛帔藤床诵宝书①。
白拂惹云粘几案,清香缘竹上空虚②。
草堂夜月秋花近,水阁晨霞夕霓疏③。
遥忆钱塘旧朝寺,绕湖钟梵早凉初④。

【作者简介】

永颐,南宋时期江南仁和唐栖寺僧。字山老,吴地(今江苏省苏州地区)人。生卒年、俗姓与生平履历均已无考。大约公元1173年前后在世。能诗,五言七言各体皆备,时享盛名。作品结为《云泉集》,不传。

【说明】

婉丽多姿的西子湖历来为高官巨富、文人雅士们游宴观赏、挥霍消闲的销金窟。舟子高亢的吆喝、船女悠扬的歌声,至今还在人们耳际缭绕。然而,西子湖畔那连绵耸立的群山,却与佛教结下了不解之缘,寺庙林立,僧尼密布,俨然一座梵天佛国。这是一种怎样的文化对应，真令人百思不得其解。颐公这首诗，写的便是西湖边上的群山。没有写青灯古佛，碧瓦绀宫，没有写晨钟暮鼓，梵呗经声，没有写法相庄严，风幡飘动。写的是颐公自己的日常生活，初秋时回忆夏日的生活：乘凉、读书、赏月、观霞。一首七律，能写出这么多，足矣。何况，诗写得那么清灵、淡雅，引人遐思……

【注释】

①足：多，富有。幽娱：幽静雅致的娱乐。作独自寻找乐趣解，亦通。葛帔：葛布制成的披肩。宝书：此处指佛学经典著作。②白拂：拂除尘埃的工具，称拂尘，多用白色的马尾毛制作，故称白拂。几案：泛指桌子，此指书桌。清香：几案上香炉中所焚之香，如檀香。缘：顺着，随着。空虚：空中，天空。③草堂：旧时文人避世隐居，多名其所居为草堂。南齐周颙隐居于钟山时，仿蜀草堂寺筑室，名为草堂。后又有杜甫之浣花草堂，白居易之庐山草堂等。这里系指颐公读书修行的僧舍斋室。水阁：建筑在水边或水上的亭阁。疏：这里是淡而远，不很清晰的意思。④遥忆：回忆遥远的往事。梵：指梵呗，佛徒作法事时的赞叹歌咏之声，往往也包括佛徒诵经声。

西峰日暮

永 颐

手携一束书，秋风独来此①。
松深夜月清，水冷芙蓉死②。
懒于檐下读，两眼悬秋水③。
时看涧鼠来，食我山茶子。

【作者简介】

见前。

【说明】

日出东海，日落西山，千年不变，万古如斯，这是天体运行的铁律。颐公人住西山，夕阳会不会落在自己庙里，会不会落在自己身上？诗人带我们去观赏落日景象。深秋，月之中旬，夕阳欲落，留下淡淡的余晖，皎月初升，带着冷冷的清光。于静谧与清新中，我们会觉得一种微微的寒意。这时候，山鼠悄悄出动，偷食山茶子。好一幅生动有趣的画面。不要说写的都是凡人常事，细微末节。有了意境，有了形象，有了情趣，这样的诗笔是不朽的。

【注释】
①一束书：一本书。旧线装书绵软单薄，卷起来握于手中，如执一束鲜花，甚觉轻便潇洒。秋风：谓乘着秋风，于秋风之中。②松深：松林显得暗黑，指夜色渐浓。水冷句：芙蓉乃夏季花卉，秋深水冷，自然茎枯叶死。③秋水：喻目光神情之清明澄澈。

天竺秋日

永　颐

翠滴千竿湿砌苔，曲廊花木小丛开①。
吴僧爱觅闲吟处，偷向花边竹里来②。

【作者简介】
见前。

【说明】
颐公很多诗都写得花团锦簇，错落有致，包含着极其丰富的内容。而这首七绝，写的也是秋日景象，写的也是日常生活，却写得十分素淡，十分单纯。墙外是竹林，廊边是花丛。因为竹长得好，花开得好，所以诗人便躲进了竹林和花丛。这是一种必然的三段论推理，是一种必然的因果关系。当然，作者用诗歌，用文学艺术的语言表达了这些逻辑学或哲学的概念。我们觉得这首诗写得很清淡，像云像雨又像风，像雨像风又像雾。正是这种不经意的淡雅，最能触动我们的心弦。于是我们不由得发出感慨：天竺山的秋天真美啊！天竺山自然是美的，天竺山下的西湖是美的，难怪苏东坡说：若把西湖比西子，浓汝淡抹总相宜。难怪人们都传诵：上有天堂，下有苏杭。杭州天竺山不就是人间天堂的一个缩影吗？

【注释】

①砌：台阶。苔：苔藓。此句谓霜露从竹叶上溶化滴落，湿润了台阶上的绿苔。②吴僧：诗人自称。闲吟：吟哦，吟诗。

游洞霄宫

道 济

平明发余杭，扁舟溯清流①。
登岸五六里，小径穿林丘②。
奇峰耸天柱，九锁岩谷幽③。
云根立仙馆，胜处非人谋④。
入门气象雄，金碧欺两眸⑤。
弹棋古松下，啼鸟声相酬⑥。
羽衣读黄庭，内景宜自修⑦。
蓬莱隔弱水，九转即可求⑧。
坡翁昔赋诗，刻石记旧游⑨。
溪山增伟观，万古传不休⑩。
我来吊陈迹，枯肠怯冥搜⑪。
执炬入大涤，襟袖寒飕飕⑫。
悬崖石乳滴，千岁无人收⑬。
樵夫指岩窟，此处通龙湫⑭。
方期过东洞，红日惊西投⑮。
徘徊出山去，空使猿鹤愁⑯。

【作者简介】

道济（1148－1207），南宋时浙江杭州西湖灵隐寺僧。号湖隐，又号方圆叟，俗姓李，临海（今属浙江省）人。家世仕宦，少习儒业。成年后，连遭灾变，遂弃儒出家。初居灵隐寺，依佛海禅师。后移住净慈寺。济公性格疏放，行为怪诞，人以为疯狂，皆称之为济癫。关于他的故事，已有专著小说及影视片详尽介绍和描写。济公能诗，诗风疏朗豪迈，很有特色。

【说明】

洞霄宫为我国著名道教宫观。详见宝印《洞霄宫》之说明。济公为佛教著名高僧，但从丰富的民间传说故事来看，其实他亦释亦道，如神如仙，既是菩萨罗汉行化人间，又是散仙真神游戏天地。济公居庙，但并不妨碍他寻访道观，交识道友。洞霄宫离杭州西湖灵隐寺、净慈寺不远，济公遂有此雅兴，乃作洞霄之游。这首诗写了济公畅游洞霄宫观内外的全天日程。一韵到底的五言古风，恣肆汪洋，潇洒狂放。语言是那么精炼，韵律是那么铿锵，旋律是那么奔放，格调是那么高昂。这是好诗，不是疯疯癫癫的弱智者所能为。济公之癫之狂，之疯之野，只是人们所看到的表象而已。这首诗，让我们看到了济公的内心世界。

【注释】

①平明：天刚亮的时候。余杭：县名，属浙江省，为省会杭州之属县。秦始皇南游会稽，途出于此，因立为县。西汉属会稽郡，东汉改属吴郡。历代因之。溯：逆水而上。清流：清澈的河流。②林丘：此处指树林和山坡。③奇峰句：谓山峰秀美耸立，如擎天大柱。九锁：山峰名，在洞霄宫对面，属天柱山系列。④云根：深山高远云起之处。晋·张协《杂诗》之十有句"云根临八极，雨足洒四溟。"唐·杜甫《瞿塘两崖》诗句云"入天犹石色，穿水忽云根。"均用此意。谋：谋画，策划。谓得自天然，不借人力。⑤金碧：指道宫建筑与其中神像皆金碧辉煌。欺两眸：指耀眼，光耀得使两眼不能久视。⑥弹棋：汉魏时的一种博戏，起于汉成帝时。两人对局，黑白棋各六枚，先列棋相当，更先弹也。其局以石为之。至魏时改用十六棋，唐又增为二十四棋。其术至宋已失传。酬：酬答，呼应。⑦羽衣：指道士。黄庭：指《黄庭经》，为道家著名经典。讲道家养生修炼之道，称脾脏为中央黄庭，于五脏特重脾土，故名《黄庭经》。一为《黄庭内景经》，称大道玉晨君作，传魏夫人，三十六章。一为《黄庭外景经》，传为老子所作，三篇。此外尚有《黄庭遁甲缘身经》、《黄庭玉轴经》，均称为《黄庭经》。世传晋·王羲之书《黄庭经》换白鹅，实为《黄庭外景经》。内景：指《黄庭内景经》，在黄庭诸经中最为重要。⑧蓬莱：山名。古代方士传说为仙人所居，在海中。弱水：古人称水浅或地僻不通舟楫者为弱水，意谓水弱不能胜舟。古籍所载弱水甚多，多在遥远边疆甚至域外绝远处。九转：道家谓烧炼金丹，以九转为贵。转，循环变化之意，如把丹砂烧成水银，将水银又炼成丹砂。烧炼时间愈久，则转数愈多，效能愈高。⑨坡翁：指苏轼，号东坡居士。东坡居士曾游洞霄宫并赋诗。刻石：指后人将苏东坡写的游

洞霄宫诗镌刻在岩壁上，以作永久的留念。⑩溪山：犹言山水，此处即指洞霄宫周围的群山和溪河。伟观：壮美的景观。万古：谓千年万代。一连四句均言苏东坡赋洞霄宫诗，谓东坡诗增添山河景观，万载流传。⑪吊：凭吊。此处作观瞻，观看解。陈迹：主要是指苏东坡诗句刻石的遗存。东坡早济公一百余年。坡公题诗未久，时人即将其诗刻上石岩，至济公到此游观时，石刻已显模糊漫漶，故称陈迹。枯肠：比喻才思枯窘，文思不畅。冥搜：本意谓搜访于幽远之处。唐·高适《陪窦侍御灵云南亭宴》诗句有"连唱波澜动，冥搜物象开。"即为此意。此处亦作反复搜求，仔细斟酌解。⑫炬：火把。大涤：大涤山洞。飕飕：清寒貌。亦可作象声词，象风飕飕地吹。于此二义皆通。⑬石乳：钟乳，矿物，又名石钟乳。在石灰岩洞顶，形如冬日檐冰。以洞顶滴水，因蒸发作用，渐渐凝结而成。由洞顶滴至地面，自上而下结成笋状者名石笋，入药。这里可理解为含有石灰岩质的乳白色水滴。⑭岩窟：岩洞。龙湫：即龙潭。喻指极深的水潭，因其深，故有龙可潜伏。亦指深渊。见唐白居易《寄王质夫》诗句"楼观水潺潺，龙潭花漠漠。"⑮期：准备。东洞：大涤山中多山洞，济公所游者位西，称西洞，其东又有更大山洞，名东洞。西投：西落。⑯空使句：谓我走了，听不见了，让那些猿鹤空自悲愁地啼鸣吧。

偶　题

道　济

几度西湖独上船，篙师识我不论钱①。
一声啼鸟破幽寂，正是山横落照边②。

【作者简介】

见前。

【说明】

济公本寺为灵隐，晚年徙居净慈。灵隐寺在西湖正西，净慈寺在西湖东南。济公往返两寺之间，往往须涉溪过湖，自然要乘船过渡，于是方有此诗之作。这首诗极其生动形象地记叙了济公某次乘船过渡时的情景：在鸟儿啼鸣，日将西落之际渡过西湖，船夫是那么友好。这一切都给济公带来了好的心境、好的情绪，使济公能写出这么灵秀，这么欢乐的诗篇。

【注释】

①篙师：使篙撑船的人，即船夫。论钱：算钱，收钱。②一声句：谓天地一片幽寂，一声鸟啼，打破了这种寂静。暗用唐诗"蝉噪林愈静，鸟鸣山更幽"之诗意。落照：落日。

天台道中

惠 嵩

满川梨雪照斜曛，野水交流路不分①。
隔岸一声牛背笛，和风吹落渡头云②。

【作者简介】

惠嵩，南宋时期江南诗僧。生卒年、俗姓籍贯及生平履历均已失考。大约公元1179年前后在世。工诗，诗风清俊潇洒，明朗豪迈。作品大多不传。此诗加载《诗林万选》。

【说明】

宗教信徒内心深处永远埋藏着一个最大的愿望：朝觐本教圣地。基督教徒朝觐耶路撒冷，伊斯兰教徒朝觐麦加。在中国，道教徒自然是直奔青城山（后改为龙虎山）、西山、茅山、阁皂山。佛教徒则首选峨眉、五台、九华、普陀四大名山。至于著名的祖庭道场，还有天台、少林、雪窦、东林等等。天台山便是佛门弟子心向往之的一座圣山，山中的国清寺便是僧徒渴望瞻仰的一座名寺。本诗作者嵩公便是去朝觐天台山国清寺，便是在前往天台的路上写下这首名诗。写的是春夏之交季节，浙东水乡风光。写的是日将西落，远水迷茫，一派农家乐景象。有意境，有韵味，情调清雅，旋律悠扬。

【注释】

①梨雪：指梨树上开满了白花，似笼罩着一片白雪。斜曛：斜日。曛指日落时的微光或日落黄昏之时，此取前义。野水句：谓春夏间，溪水溢涨得使道路都分不清了。②牛背笛：指牧童骑在牛背上吹笛。和风句：谓笛声随风而去，直达云端。云之飘落，似被笛声吹落，此系极度夸张的形象写法。

曹孝女庙

元 昉

祠古孝诚遥，悲风想暮号①。
月魂迷草色，血泪溅江涛②。
断碣惟黄绢，孤坟掩绿蒿③。
千年暗潮水，亦以姓为曹④。

【作者简介】

元昉，号雪汀，南宋浙江宁波四明山僧。生卒年、俗姓籍贯及生平履历均已无考。大约公元1180年前后在世。能诗，时有名。此诗选入《娥江题咏》。

【说明】

曹孝女庙在今浙江省上虞县，为纪念东汉孝女曹娥所立。详见觉先《过曹娥庙》之说明。中华民族历来以忠孝为立国治家修身之本。事实上，孝道也的确有它可取的值得发扬的一面。这首诗以及此前觉先的《过曹娥庙》所记叙的孝女曹娥，其尊亲孝长，哭求父尸，的确情动天地，非常壮烈。难怪历代名人雅士包括曹操、杨修都要去瞻仰她的纪念庙、纪念碑，难怪众多的诗人墨客包括邯郸淳、蔡邕都要挥笔为她著文写诗。昉公此诗，亦在此列。诗写得沉郁悲壮，苍劲有力，很有感染力。

【注释】

①祠古：曹娥为东汉女子，她投江殉父后，官府马上就为其立祠刻碑。其时距昉公作此诗时已及千年，故谓祠古。此句谓此祠已很古老，曹娥的孝道事迹也是很遥远的事情了。诚：诚然。暮号：指曹娥为求父尸，沿江悲哭。②月魂：月之精魂。月本无情，自无魂魄，此借指月光。③断碣：指东汉时所立曹娥碑。黄绢：东汉文学家蔡邕于纪念碑邯郸淳所作诔词后题"黄娟幼妇，外孙齑臼"八字，暗喻此诔文是"绝妙好辞"。蒿：蒿草，属于艾一类的野草，有青蒿（即此诗所称之绿蒿）、牡蒿、白蒿、茵陈等，多生长于墓地等荒芜之处。④千年联：谓这条千年不断流淌的河水，也以曹为姓。此河水即曹娥江。

盆　荷

居　简

萍粘古瓦水泓天，数叶田田贴小钱①。
才大古来无用处，不须十丈藕如船②。

【作者简介】
　　居简（1164－1246），南宋时期浙江杭州净慈光孝寺僧。字敬叟，号北涧，俗姓王，潼川（治所为今四川省三台县）人。儒释兼通，工诗善文，各体并重，尤长七绝。南宋理宗嘉熙年间（公元1237－1240年），奉敕主持西湖净慈。著有《北涧诗集》，收入《四库全书》第一一八三册。

【说明】
　　简公诗集名为《北涧诗集》，张诚子在为之作序时说到，简公的诗作得实在太好，即使合参寥道潜、惠洪觉范为一人，也抵不上简公。此话自然有些过誉，但简公诗好，应是定评。细读简公的诗，的确是意味深长，清新雅致。其韵味不减魏晋风采，其格律颇肖唐人行径。尤其其七言绝句，锤炼功夫，借物寓意以及其想象和比喻，都达到炉火纯青的地步，很经得起咀嚼和回味。

【注释】
　　①萍：浮萍，又称水萍，一种浮生在水面的细小的绿色植物。古瓦：指古老或古旧的陶瓷盆缸，可用于养殖金鱼或栽种小型水生花草。泓（hóng）：本意谓水深邃清澈貌，此处兼有映、涵之意。田田：叶片在水面漂浮摇动貌。《古辞·江南可采莲》："江南可采莲，莲叶何田田。"由此遂多以之形容莲叶在水中浮动貌。此句谓小小的莲叶浮贴在水面上，犹如一枚枚小铜钱浮在水面。②才大句：愤激语。谓自古以来，本事大的人或对象反而没有什么用处，得不到重用。不须句：谓用不着像一条船那么大的十丈长的藕。此处喻大荷叶。意谓有此小小的盆栽荷花，远胜于那些巨大的莲荷。

小泊湖州

居 简

蜿蜒粉雉枕寒汀,阔着清苔碧界尘①。
帆落水晶宫未晓,素花开尽一汀蘋②。

【作者简介】
见前。

【说明】
　　小泊意为暂时停泊。湖州为地名。三国吴宝鼎元年(公元266年)分丹阳设吴兴郡,治乌程。隋仁寿二年(公元602年)改置湖州。后废。唐天宝元年(公元742年)复置,宋沿置。元改湖州路。明改湖州府。公元1912年废府,以府治乌程、归安二县,合称吴兴县。今为浙江省湖州市。简公乘船旅行途中,于湖州有过短暂的泊留。这一带运河溪流,纵横交错,编织成一幅密布的水网,是我国水道交通最发达的地区。这一片典型的江南水乡泽国景象,引起了简公的诗兴。于是,诗人为我们展开一幅美仑美奂的山水画屏。

【注释】
　　①蜿蜒:本意指龙蛇行进貌,现通指各种爬行动物乃至涧水溪流屈曲行进之状,本诗中用以形容城墙弯曲状。粉雉:粉白色的城墙。粉为白色或粉白色。雉:本为计算城墙面积的度量单位,引申为城墙。汀:水边的平地或水中的小洲。此句谓湖州白色城墙像龙蛇一般蜿蜒在水滨。阔着句:谓辽阔的水面长满了苔草,形成了一片绿色的世界。②水晶宫:用水晶构成的宫殿,通常用以指海中龙王的府第。引申为四面环水的屋宇,此处取引申义。唐·杨汉公《九月十五日夜绝句》诗句"江南地暖少严风,九月炎凉正得中。溪上玉楼楼上月,清光合在水晶宫。"正用此意。又元代赵子昂居湖州,四面皆水,遂刻私印为"水晶宫道人",亦取此意。素花:即后文所指蘋。浮萍碧绿青翠,素雅可喜,故称。

淳祐辛酉立秋后一日游鼓山

道 冲

野径斜连石涧旁,草根昵昵语寒蜩①。
郊原经雨多秋意,庭院无人自夕阳②。
风卷暮云归碧嶂,叶随野水入寒塘③。
数家篱落枫林外,枳壳垂青菊绽黄④。

【作者简介】

道冲(1169-1250),南宋时期浙江余杭径山僧。号痴绝,俗姓荀,武信长江(治所在今四川省蓬溪县)人。南宋理宗前期(1225-1250),先后住持太白、育王、径山。能诗,诗风雍容清雅,韵味深长,作品惜多不传。此诗收入《鼓山志》。

【说明】

考淳祐为南宋理宗赵昀的年号,共十二年,为公元1241-1252年。其间干支无辛酉,唯有辛丑、辛亥,辛亥为公元1251年,冲公业已下世。故此题中之辛酉当为辛丑之误,应改为辛丑,即公元1241年。又宋理宗在位时有一辛酉年,为景定二年即公元1261年,距冲公圆寂已十余年,更不足论。公元1241年,冲公年已七十又三。立秋后一日,冲公游览了闽东著名古刹——福州鼓山涌泉寺,遂留下这首美丽的诗篇。七十三岁是人生的秋季,时令是鼓山的仲秋,这首诗写得也从容温厚,心平气和。写得也精粹简练,韵味丰富。这首诗,大概应该象征着人生、季节和冲公本人诗艺的成熟和圆满吧!

【注释】

①昵昵:亲切,亲密。唐·韩愈《听颖师弹琴》诗:"昵昵儿女语,恩怨相尔汝。"用此意。寒蜩:蝉的一种,比一般的蝉稍小。夏末秋初,感时而鸣。此句谓在草根之下,寒蜩鸣唤着,发出昵昵的声响。②郊原:郊外的原野。经雨:下过雨后。自夕阳:只有夕阳。谓夕阳独自地照射在庭院中。③碧嶂:青葱碧绿的山峦。④篱落:即篱笆。唐·刘禹锡《龙阳县歌》:"鸬鹚惊鸣绕篱落,橘柚垂芳照窗

户。"用此意。枳殻：枳实，枳树的果实。供药用。其小而未熟者称枳实，大而成熟已干者称枳壳。这里指泛着青色还在枳树上未摘下来的枳实。垂青：此处作显出青色解。绽：指绽开，开放。

绝　句

福州僧

当初只欲转头衔，转得头衔转不堪①。
何似仁王高阁上，倚栏闲唱望江南②。

【作者简介】
　　福州僧，南宋时期福建福州仁王寺僧。生卒年、法讳字号及俗姓籍贯均已失考，大约公元1207年前后在世。爱好诗文，喜唱《望江南》曲。曾主持福州某寺，不久又自退，复归仁王寺，隐遁而终。

【说明】
　　据宋人刘克庄《后村诗话》所载，福州仁王寺有僧，喜吟诗。一日，题诗于壁曰："不嫌夫婿丑，亦勿厌深村。但得一回嫁，全胜不出门。"人皆知其有主寺开法之意，后聘其主持一寺。未久，此僧又忽忽不乐，再提诗如上，辞位复归仁王寺。两首题壁诗皆绝句，一五绝，一七绝，亦皆通俗浅白，朴实无华，足以反映此福州僧之性格风貌。诗之本身虽无足大观，其含义却也很有意味。

【注释】
　　①转头衔：变换头衔称呼，这里有升迁之意。此联中共有三个转字，前二转字为实词，变换意也。后一转字为虚词，意为反而。不堪：受不了。②仁王高阁：指作者本寺福州仁王寺中的楼阁。望江南：词调名。原为乐曲，自唐起用为词调。初仅单调，宋以后增双调。单调五句二十七字，三平韵；双调加倍，分前后两段。另有一种双调，前后段各五句，二仄韵，二平韵，前段二十九字，后段三十字。此调异名甚多。初名《谢秋娘》，传为唐李德裕为悼念亡妓谢秋娘所作。后因白居易词有"江南好"及"能不忆江南"句，遂名《忆江南》或《江南好》。刘禹锡词有"春去也，多谢洛城人"句，因名《春去也》。温庭筠词有"梳洗罢，独倚望江楼"

句,复名《望江南》。皇甫崧词有"闲梦江南梅熟日"句,又名《梦江南》。南唐后主李煜词作《望江梅》。此外,尚有《梦仙游》、《归塞北》、《安阳好》、《步虚声》等名称。

赋吴门上元

本 正

村翁看了上元归,正是西楼月落时①。
夸道官街好灯火,不知浑尔点膏脂②。

【作者简介】
　　本正,南宋时期江苏姑苏月湖僧。号月湖半颠。生卒年、俗姓籍贯及生平履历均已失考。大约公元1215年前后在世。为人放荡形骸,落拓不羁。能诗,见不平事,则为诗讥讽之。时有大名。

【说明】
　　吴门系吴县(今江苏省苏州市)的别称。吴县为春秋时吴国都城,因此称吴县城为吴门。上元即上元节,俗以农历正月十五为上元节,十五夜为元夜、元宵。届时官私各家尽皆张灯结彩,戏狮舞龙,以庆祝一年之中最大的节日春节。按习惯规定,春节至此方算结束。其中尤以张灯最为讲究。花灯形式,各种各样。大者如楼厦,重叠而起,小者似儿拳,连缀而挂。且各相竞夸,以鹜新奇,甚至评定名次,授奖博彩。完全可以说,上元节之夜是一年中最热闹的一夜。吴人尚奇,吴人精巧,于此中更常出新意。正公见此情况,却不以为然。此诗借了一位村翁之口,夸赞官街灯火好看。而直言不讳地指出,这官街的灯火点的烧的,尽是民脂民膏。一矢中的,直截而又痛快,严正而又深刻。据《山房随笔》所载,此诗不久就传到平江知府吴渊吴退庵那儿。吴渊是一位相当正直的官,后来一直做到了宰相。幸亏是他在当这里的地方官,他不仅没有见怪正公,反而认为此僧正直勇敢,不同凡响。于是吴渊命令正公去主持吴地最大的道场虎丘寺。这却又成就了一段佳话。

【注释】
①上元:指上元之夜的灯节。②浑尔:全都是,尽是。浑:全也,满也。膏

脂：即脂膏，油脂也。油脂凝结者为脂，呈液态者为膏。以喻人民的财物。《后汉书·仲长统传》有句"使饿狼守庖厨，饥虎牧牢豚，遂至熬天下之脂膏，斫生人之骨髓。"即用此意。

表 忠 观

法 照

钱王古庙锁莓苔，华表秋深鹤不来①。
昨夜石坛风露重，凌霄花落凤仙开②。

【作者简介】
法照（1185－1273），南宋后期浙江杭州佛光山僧。俗姓童，黄岩（今属浙江省）人。工诗，尤长七言绝句，诗风沉雄苍劲，很有气势，当时颇享盛名。此诗收入《东瓯诗集》。

【说明】
表忠观是北宋初期为纪念五代十国时吴越国钱氏诸王而立的一所祠庙。吴越领有浙江全部、江苏西南、福建东北等地区，传五王历八十四年。钱氏诸王在位时，多兴文重教，轻敛薄赋，为东南各省人民的生活安定提供了一个相应的保障。与其他地区即五代十国时其他许多小国家相比，经济上比较发达。吴越纳土归宋，国灭，故后人立祠纪念。照公写这首诗时，距吴越亡国已近三百年，表忠观已几经兴废，显得尤其荒凉冷落。于此荒芜冷寂之中，诗人却找到了诗意。照公所描绘的，正是不复繁华、寂寞无人的表忠观。莓苔深锁，石坛露重，是一种压抑得令人透不过气来的环境和氛围。然而，照公独具慧眼，他留意的并不是这些，而是那凌霄、凤仙相继开放，争奇斗妍。于是我们应该想到两点：一是帝王将相化为尘土，大自然照样花落花开。一是在任何荒凉冷落之处，都应看到其生机勃勃、充满希望的一面。这便是热爱生活，热爱大自然的诗人留给我们的珍贵的启示。

【注释】
①钱王：指吴越国五代国主钱氏诸王。华表：一般指古时立于宫殿、城垣或陵墓前的石柱。柱身上刻有花纹。鹤不来：反用化鹤归来之典。传说汉代辽东人丁令

威在灵虚山学道成仙,后化鹤飞回故乡,停在城门华表柱上。有少年欲射之。鹤乃飞鸣作人言云"有鸟有鸟丁令威,去家千年今始归,城郭如旧人民非,何不学仙冢垒垒!"②石坛:祠庙中的祭坛。风露:指露水。凌霄:花名,也叫紫葳。凤仙:花名,又名小桃红、旱珍珠。花形如凤,有多色,捣碎加明矾可染指甲。花供观赏,亦入药。

堤　　上

斯　植

杨柳垂丝拂画船,杏花零落断桥边①。
半山烟雨东风恶,更向西亭听杜鹃②。

【作者简介】

斯植,南宋后期湖南衡山南岳寺僧。字建中,号芳庭。生卒年、俗姓籍贯均不详。大约公元1218年前后在世。工诗能文,诗有大名,兼长各体,七绝尤佳。诗风清俊淡雅,讲究格律意境,韵味深长,可讽可诵。有《采芝集》,今已不传。

【说明】

植公居杭经年,写有不少关于西湖的诗篇。这些诗多为七言绝句。立于西湖某一角度,摄取西湖某一景点,用清新流畅的笔调,既描绘出西湖多姿多彩的美丽景致,也抒发了自己深密沉郁的情怀,每首绝句都是一幅精美的画,又都是一首动听的歌。这首立足于孤山断桥边描写西湖及其西面群山的小诗,便是如此。

【注释】

①画船:即画舫,装饰华丽的游船。自古至今,这种游船西湖上最多。大小不一,或置弦管歌舞,或备美酒佳肴,供游人游湖时宴乐。断桥:桥名。在杭州市西湖孤山边。本名宝佑桥,又名段家桥。以孤山之路,至此而断,故自唐以来皆呼为断桥。唐·张祜《杭州孤山寺》诗有句"断桥荒藓涩,空院落花深。"即指此处。
②恶:指风吹得很猛烈,很煞风景。杜鹃:此处指杜鹃鸟。

湖上晚望

斯 植

绕堤杨柳暗渔舟,二月风光淡似秋①。
几度笙歌人散后,夕阳依旧满红楼②。

【作者简介】
见前。

【说明】
杭州是人间的天堂,西湖则是天堂中的天堂。一年四季,从早到晚,西湖边总是游人如鲫,笙歌不断。西湖的夜景尤其美观,既有辉煌灿烂的游船灯光,也有幽亮闪烁的渔家烛火,时而渔歌响起,在浩渺的湖面上飘浮,甚至引起群山的响应,特别动听。植公于黄昏时刻来到湖边,站在湖东柳浪闻莺处,极目眺望茫茫湖面,得到的又是怎样一种印象?白天的欢宴游乐已告一段落,晚上的夜游狂欢还没有开始,这是西子湖稍获安宁的片刻。这时的自然景观却是美丽的,对植公来说,尤为相宜。于是,植公又写诗了。

【注释】
①绕堤句:谓农历二月时杨柳都长出了葱茂的绿叶,杨柳树下的小渔船被杨柳枝条所掩蔽,看不清楚了。这是西子湖的黄昏景象。二月句:农历二月花草树木在蓬勃生长,但远没有达到夏季那样旺盛葱茏,故称其清淡,有如秋天。②笙歌:有音乐伴奏的歌舞。红楼:红色的楼房。泛指华丽的楼房,又多指富贵家妇女所居。

雪中寄岩泉

斯 植

吟罢新诗只自看,晓风吹恨上栏干①。
夜来雪满前山路,谁对梅花说岁寒②?

【作者简介】

见前。

【说明】

岩泉未详何许人。从本诗正文中大致可以推断，当系植公的一位同道诗友，与植公有着很深厚的交情。这是描写冬季雪景与冬天生活的一首著名的绝句。大雪飞飘，把山前的道路封住了。朋友不在身边，这样的情景之下，也来不了了。诗人在寒冷的冬夜辛苦作诗，清晨只能独自吟哦，于是更想念自己的朋友了。朋友（指岩泉）不在身边，谁和我一同赞美岁寒之中的梅花，谁和我共度这岁寒的时光呢？诗写得十分温馨柔和，娓娓深情。

【注释】

①晓风句：谓清晨傍在栏杆边，被寒冷的晓风所吹拂，更增添了心中的惆怅和伤感。②谁对句：谓谁来赞美梅花的高风亮节，能经历严冬酷寒的考验呢？梅花为中国传统说法中"岁寒三友"松、竹、梅之一。

山行晚归

善 珍

药径入云林，晚晴扶杖吟①。
照泥星复雨，经朔月犹阴②。
树折怜巢覆，泉清见叶沉③。
爱闲自如此，不是学灰心④。

【作者简介】

善珍（1194－1277），南宋后期浙江余杭径山僧。字藏叟，俗姓吕，南安（今江西省大余县）人，一作泉州南安（今福建省南安县）人。受戒后，入杭州西湖灵隐寺参妙峰之善禅师，入室悟旨，承嗣其法。珍公承嗣后，大开法筵，振杨歧宗风，道誉甚隆。历主光孝、承天、雪峰诸寺，后奉诏主持径山。能诗，以五律见长，抒写性灵，委婉可讽。

【说明】

珍公作诗，往往不重修饰，直抒胸臆，是其真实情感的流露。珍公享年八十有四，古稀之后，仍奔波于各大丛林间，过的是近于苦行的辛苦生涯。珍公所住之寺，大多在闽浙山林水乡，皆具独特的山水胜景。以上三者，构成了珍公诗歌的特色：真实、沉郁、秀逸。诗人并不能向壁虚构，他必须受事物的感动，情景的启迪，环境的诱导。珍公固然是道行卓著的高僧，他也是诗人，也脱不了这个规律。珍公有山行而晚归的经历，而且很多很多，抒而发之，便凝结成上述一行行精美的诗句。

【注释】

①药径：种有各种药材的山地间的小路。云林：云雾弥漫的山林。晚晴：指晴朗天气中的黄昏时节。②泥：谓土地、地面。朔：农历每月初一月亮运行到地球与太阳之间，地面上看不到月光。这种现象叫朔。因其出现在农历每月初一，因此称初一为朔日或朔。阴：此处指晦暗，阴暗。③巢：指鸟巢。覆：翻，倾倒。④灰心：《庄子·齐物论》句云"形固可使如槁木，而心固可使如死灰乎！"此言心意寂静如死灰，不为外界所动。后多以灰心比喻丧失信心或意志消沉。

春　寒

善　珍

林间灯夕过，顾影在天涯①。
雪暝迷归鹤，春寒误早花②。
艰难知世味，贫病厌年华③。
故国风尘外，无人可问家④。

【作者简介】

见前。

【说明】

仍然是不事雕饰，仍然是直抒胸臆，仍然是珍公的主流风格。冬末春初，寒意依然浓重。年老贫病，生活倍觉艰难。舍俗出家，故园音讯已断。这一切，都是珍公所面临着的现实问题。在早春的寒冷之中，珍公思索着这些问题。他并不回避、逃离,而是直接面对。把这些现实的感触和沉埋在心中的长久的思虑,用诗笔抒写出来,心里一定会觉得安宁一些。孤寂的老僧人,这也算得上一点慰藉。

【注释】

①林间:山林间,隐修之地。灯夕:灯夜,指农历正月十五元宵节夜。参见本正《赋吴门上元》之说明。顾影:自顾其影。有自矜、自负之意。这里却有自怜、自叹之感。天涯:天的边际,指极远的地方。②暝:晦暗,昏暗。春寒句:谓这春天的气温太低,太寒冷了,耽误了花儿的开放。③世味:人世的滋味,犹言世情。唐·韩愈《示爽》诗有句"吾老世味薄,因循致留连。"宋·陆游《临安春雨初霁》诗句云"世味年来薄似纱,谁令骑马客京华。"均为此意。年华:年光,岁月。④故国:故乡,故园。风尘:此处指漫长旅程之艰辛,或战事之动乱。无人句:谓找不到人打探家乡的音信。

上 权 臣

僧 仪

我本田中一比丘,却来乘马不乘牛①。
如今马上风波急,不似田中得自由②。

【作者简介】

僧仪,南宋时期浙江杭州西湖僧。生卒年、俗姓籍贯及生平履历均已无考。大约公元1226年前后在世。能诗,诗风质直淡泊,平易通俗,当时有名。作品惜多不传。此诗载《白獭髓》,复收入《宋诗纪事》卷九十三。

【说明】

任何时候,宗教都应该求得政府当局的保护和重视,取得地方长官的信任和支持。否则,遇到的麻烦一定很多,遭到的挫折一定不少。仪公的遭遇很能说明这点。据《白獭髓》所记载:仪公之道誉才名,闻于某位权臣。某权臣欲委任仪公以僧官之职,并要求仪公能经常乘车骑马,到官府中走动。这完全违背了仪公修行的初衷和做人的原则,于是仪公写作此诗,上呈权臣,表达了自己的意见。这位权臣不仅不能理解和体谅仪公的苦衷,而且怒责仪公是影射自己，大为不敬，不仅下命令没收了仪公的袈裟度牒，而且以诽谤名义治仪公之罪，真是莫名其妙。细读仪公这首七绝，仪公讲的都是自己的事，表示的是自己的看法和态度。权臣偏偏要借题发挥，欲之加罪，何患无词。仪公实在太冤枉了。

【注释】
①比丘：梵语。意为乞者。佛教指出家修行的男僧。按照佛教的制度，少年出家，初受戒，称为沙弥，到二十岁，再受具足戒，成为比丘。因僧人须乞法、乞食，故有此称。乘马：指乘车骑马，任僧官，与官府权臣们往来应酬。乘牛：指在山林田野中骑牛，比喻生活在山林野外。②风波：比喻各种人事变化，各种意外之灾。

上堂别众

云 峰

淡然无累水云僧，去住分明叶样轻①。
十字街头休做梦，五湖依旧一枝藤②。

【作者简介】
云峰，南宋时期江西抚州广寿寺僧。法讳不详，云峰为其字号。生卒年、俗姓籍贯均已失考。大约公元1229年前后在世。能诗，作品多已失传。此诗见载《江西诗征》、《临川县志》。

【说明】
据《随隐漫录》所载：云峰法师住持抚州广寿寺。一日出行，途遇时贵，避之不及，言语间颇不合。峰公速回本寺，上堂吟此诗句，与僧众告别而去。一个当时正在走红的贵人是得罪不起的。为了避免权贵的打击报复，为了不连累寺庙，不连累僧众，也只能一走了之。却又很愤慨，很无奈。诗却写得很好，很豁达，很潇洒，有很深的意蕴和韵味。能即兴而作此诗者，不愧为学养精深的有道高僧。又宋人罗大经《鹤林玉露》中有载：一僧挂单于某寺，受人排挤，无奈。此僧乃将一双草鞋挂在方丈门前，题诗云："方丈前头挂草鞋，流行坎止任安排。老僧脚底从来阔，未必骷髅就此埋。"虽然这位行脚僧的困境是由寺内矛盾所引发,与云峰法师面对的情况很不一样。但他们举重若轻,顺应自然的磊落洒脱胸襟,却正有异曲同工之妙。

【注释】

①淡然:谓将事情看得很平淡。无累:不连累。水云僧:指游方行脚的僧人,言其如行云流水无定居之处。此处指云游至广寿寺来的各位僧人。去住句:谓是去是留都清清楚楚,不要把事情看得太严重,什么事都不过像一片树叶一般,轻飘飘,一下就过去了。②十字街头:指大路交岔口上。此句有二义:一义就字面本身解释,告诉大家在大街上行路要小心,别胡思乱想,以免惹出事故。一义为提醒大家要看透人生,看破红尘,不要对外界事物抱有幻想,而要修养自己的心性。此句本为双关,二义兼有。五湖:中国的五个大湖,泛指全国各地。此句意谓我拄着这支藤杖,依旧能走遍全国的五湖四海,可以到处为家。

舟中口号

绍 嵩

合皂风烟外(诚斋),残蝉送客愁(巽　中)①。
云连平地起(方干),水带断槎流(曹　纬)②。
树隐重重竹(诚斋),江呈岸岸秋(诚　斋)③。
晚来供望眼(晓莹),微径杂归牛(陈与义)④。

【作者简介】

绍嵩,南宋后期浙江嘉禾大云寺僧。号亚愚,庐陵(今江西省吉安市)人。生卒年、俗姓均不详。大约公元1230年前后在世。工诗善文,尤长集句。原有集,名《江浙纪行诗》,不传。

【说明】　此诗为嵩公集句佳作。集句乃集古人句以为诗,至工至巧者往往集思广益,珠联璧合,制作成一首面貌焕然一新,韵味自成一格的好诗。集句乃诗歌艺术的一种再创造形式。晋傅咸《毛诗》一篇为集句之始,后来文人有从经史成语摘为对句者,成为文字游戏之一种。王安石晚年喜为集句,有多至百韵者,文天祥集杜诗,亦至二百首。清黄之隽有《香屑集》,皆集唐人之句为香奁诗,凡古今体九百三十余首。集句制作在有宋一代甚为流行,绍嵩亦为其中高手。嵩公往往将前代或同代诗人各不相干的诗句集结在一起,他主要是集成五言律诗,往往化腐朽为神奇,成为一首相当好的新诗。集句诗中,以括号注明此句诗的原作者。至于许多家的许多诗句,集成了一首新诗,其作者便是集句者了。在这里,作者便是嵩公自己。这一点是历来都无异议的。集句诗同样能明显地反映集句者的文学修养和文体风格。嵩公的诗风便是明朗流畅,情辞兼美,有严格的对仗和平仄,有深长的韵味。口号为古体诗的一种题名。表示随口吟成,和口占相似。

【注释】
①合皂:山名。在今江西省樟树市东,周回绵亘二百余里。山形如合,色如皂,峰顶起伏,有泉石池塘之盛,道家以为七十二福地之一。为南方道教灵宝派的主要基地。风烟:犹言风尘。梁·吴均《与朱元思书》有句"风烟俱净,天山共色,从流飘荡,任意东西。"即取此意。残蝉:指夏末秋初之蝉。蝉只能度夏,秋冬自然为其末日,故称残。②云连句:谓云与地相连在一起,大地似乎也随着云一起浮升。槎:竹木之筏。③江呈句:谓江岸上呈现出一片秋意,秋日的景象。岸岸指很多岸,所有的岸,如左岸、右岸、前岸、后岸。④供望眼:供眼睛所望的,让眼睛可以观看的。微径:指小路。杂:错杂,夹杂。

泛　湖

绍　嵩

久客欣无事（晓　莹），扶衰上野航（王荆公）①。
回云覆阴谷（李　颐），初日放晨光（李商叟）②。
杨柳千寻色（乐府词），荷花一路香（吕居仁）③。
西湖天下胜（张君量），谁与共平章（晓　莹）④。

【作者简介】
见前。

【说明】
这是嵩公为游览杭州西湖,在西湖上泛舟而集的一首五言律诗。诗集得很好,很有名。一句古乐府诗,加上六位同是宋代诗人的七句诗,被嵩公巧妙地组合在一起，便成了一件巧夺天工的艺术精品。有情有景，情景交融，有意有境，意境相衬。西子湖本来就够美丽的，经嵩公用诗句如此渲染，如此赞颂，就更令人衷心向往，更生爱慕之情了。

【注释】

①欣：高兴。此处亦通幸，幸好，幸亏之意。扶衰：带着衰老、衰病或衰疲的身体。野航：泛指普通的小船。②回云：来回飘浮之云。阴谷：指北面山谷。此句写西子湖边的群山。初日：朝阳。晨光：晨曦。此句写西子湖面日出之景。③杨柳句：漫长的湖岸上一片杨柳的青翠颜色。此句写湖东岸之柳浪闻莺。荷花句：一路上但闻荷花的清香。此句写西湖北面的曲院观荷。④天下：指全中国。平章：品评、品论。

无 弦 琴

止 翁

月作金徽风作弦，清音不在指端传^①。
有时弹罢无生曲，露滴松梢鹤未眠^②。

【作者简介】

止翁，南宋时期南方诗僧。法讳不详，止翁为其字号。生卒年、俗姓籍贯及生平履历均已失考，大约公元1230年前后在世。诗写得很好，当时颇为有名。诗风沉雄雅健，言近意远，极有意蕴。此诗收入《四朝诗》。

【说明】

无弦琴乃是没有上弦的琴，无法弹奏的琴。梁萧统《陶靖节传》："渊明不解音律，而蓄无弦琴一张，每酒适，则抚弄以寄其意。"可见陶渊明为弹无弦琴的始祖，又可见弹无弦琴非为品赏乐曲，乃为寄意，寄托自己的情感。和陶渊明一样，本诗作者止翁也蓄有一张无弦琴。他未必像陶渊明那样嗜酒，而且每喝必醉，但他也会时常抚弄自己的无弦琴。止翁用无弦琴弹奏无生之曲，寄托自己孤寂的情怀，打发自己悠闲的时光。

【注释】

①金徽：黄金制作的琴徽。徽为绑扎琴弦使之固定的绳子。此句实际上是说既

没有琴徽,也没有琴弦。清音:清脆嘹亮的乐曲声。此句谓不用手指弹拨琴弦来奏出美妙的乐曲。是什么呢?那当然是用意念,用心灵来弹奏了。②无生:佛教谓万物的实体无生无灭。露滴句:谓当我弹奏无生曲时,露水从松梢滴下,仙鹤还没有睡眠。暗喻只有松鹤能领会,能欣赏我弹奏的无生曲。

虎 丘

元 肇

沧海何年涌?秦传虎踞丘①。
池空剑光冷,坟阙鬼吟愁②。
石碣楼台侧,烟深草木浮③。
吴人贪胜概,春尽亦来游④。

【作者简介】

元肇,南宋后期浙江杭州灵隐寺僧。字圣徒,号淮海,通州(今北京市通州区)人。生卒年及俗姓均已失考。大约公元1231年前后在世。南宋理宗淳佑年间(公元1241-1252年)住持灵隐寺。晚年徙居余杭径山,终葬径山。他博览群书,兼通儒佛,与同代文人学士多所交往,相互唱和。诗风清雅挺拔,雍容大度,颇有唐人风味。原有集,不传。部分作品散见于《瀛奎律髓》、《延佑四明志》、《径山志》、《武林梵志》等著作中。

【说明】

虎丘系山名,在今江苏省苏州市西北阊门外。一名海涌山。相传春秋时吴王阖闾葬于此地,三日有虎踞其上,故名。唐王朝避其先世李虎讳,改称武丘。后复旧名。泉石幽胜,上有塔,登眺则全城在目,为苏州市最著名游览胜地。肇公由杭至苏,登临游览了虎丘山,遂作此诗以纪其游。短短的一首五律四十个字,概括了虎丘成名的历史,综述了虎丘现存的古迹,也介绍了春夏之交人们贪胜游览的情况。笔力雄伟,语言精炼,很有内涵和深度。

【注释】

①沧海:大海。海水苍色,一望无际,故称。涌:指虎丘山之旧名海涌山。传

原虎丘地势平坦,忽从海中涌山于此。秦传句:从秦开始,就传说有虎盘踞于此山丘之上。详见本诗说明。②池空句:虎丘上有剑池,传为吴王夫差铸剑、试剑之处。古吴国距南宋末年已一千五百年,其时试剑的剑光自然早已冷却消散。坟阙句:虎丘上有吴王阖闾之墓,自然也早已荒败,徒使鬼神见而生愁。③石碍句:楼台旁的荒置石柱,妨碍了楼台上的视野。烟深句:烟雾深浓,使山上的草木显得在雾中飘浮。④吴人:此处主要指苏州城里的人。胜概:美丽的景色,佳境。宋·王禹翱《黄冈新建小竹楼记》:"待其酒力醒,茶烟歇,送夕阳,迎素月,亦谪居之胜概也。"即为此意。

惜 松

元 肇

不为栽松种茯苓,只缘山色四时青①。
老僧只恐移松去,留与青山作画屏②。

【作者简介】
见前。

【说明】
据《山房随笔》所载:南宋理宗时,阎贵妃之父阎良臣拟建大屋,欲从灵隐、天竺诸山中砍伐木材。看中了灵隐寺旁的参天古松,正欲派人来伐。肇公遂作此诗,请人送达理宗皇帝,阻止了这件滥伐古松的事故。住山住庙的人爱山爱树,这种心情皇亲阎良臣未必不知,只是他权势显赫,可以恣意妄为罢了。只有作为一国之君的宋理宗,方可制止他的越轨行为。但是,肇公也不可能去向皇帝哀求。而是用一首极为优雅的七言绝句,用一个精确的比喻来表达自己的也是全灵隐寺僧人的愿望。诗写得很生动,很有感情。

【注释】
①茯苓:亦名松根。松树根下土壤中寄生的菌类块根植物。入药。传为修道者常食。缘:为了。②画屏:有画装饰的屏风。此处意谓让松树生长在山中寺旁,让其与周围的景观结合在一起,形成一幅美丽的画屏。以此美丽的形象的比喻来打动最高统治者的心,使古松得到保护。

题雪窦锦镜亭

元 肇

上尽崎岖脚力微，毳袍零碎染烟霏①。
妙高峰顶见日出，千丈岩头看雪飞②。
寒木着霜山绣锦，清泉得月镜交辉③。
翩然又作东南去，肯落台温第二机④？

【作者简介】

见前。

【说明】

雪窦系山名，在今浙江省奉化县，为四明山之别峰。宋理宗尝梦游此，赐名应梦山。山中有著名古刹雪窦寺，为东南名寺。又有锦镜池、妙高峰、千丈岩诸名胜。锦镜亭便建筑在锦镜池旁。肇公攀登雪窦诸峰，尽情游览观赏之后，于锦镜亭中题此七律，以抒发登临之观感。诗写得很豪放，很飘逸，以这样的诗来赞颂这座浙东名山，赞颂名山上的名胜古迹，的确是很恰当的，名副其实的。在肇公的眼中，一切都处于动态，一切都似乎是有生命的。所以一切都那么令人赞叹不已。这是热爱大自然的诗人，对美好山河的真诚的感受，深刻的理解。

【注释】

①崎岖：此处仅指山路的险阻不平。微：微小，不足。指走累了。毳：粗糙。零碎：一指星星点点地；一指到处都是，全都是。烟霏：云雾迷漫状。唐·韩愈《山石诗》："天明独去无道路，出入高下穷烟霏。"即用此意。②妙高峰：雪窦山中的一座山峰，于此观日出颇佳。千丈岩：雪窦山中的一座山峰，一峰独耸，周边开阔，宜于此观赏雪飞云飘。③寒木句：谓严冬的树木上、山坡上都凝结着冰霜，使山林美如锦绣。清泉句：谓清泉流注于池中，泉水清澄，这池本就像一面镜子（名锦镜池），月亮映照其中，交相辉映，更明亮无比。④翩然：形容动作或形态的轻疾，此处形容山势的蜿蜒起伏。东南去：雪窦山群峰作西北东南走向，一直向东南方向延伸而去。肯落句：意谓怎肯在台温地区充当第二的地位呢？这是换一种

说法肯定雪窦山在台温地区是首屈一指的领头地位。台温：台州和温州。此处泛指浙江东部地区。

锦　镜　池

僧　鉴

一鉴涵虚碧，万象悉其中^①。
重绿浮浅绿，深红间浅红^②。

【作者简介】

僧鉴，南宋后期浙江四明雪窦山僧。生卒年、姓氏籍贯及生平履历均已失考。大约公元1231年前后在世。南宋理宗淳佑年间（公元1241－1252年）曾任雪窦寺住持。能诗，长于五言绝句。诗风清新明快，质朴自然。作品结为《雪窦杂咏》，不传。《四明山志》中存其诗数首。

【说明】

锦镜池为雪窦山中最重要的名胜之一。高山之上，一湖湛然，犹如明镜，高高悬挂。因其周围林木青苍，繁花似锦，衬托着清明澄澈的湖水，故称锦镜池。池旁建有锦镜亭，供人留止观赏风景。鉴公久居雪窦山，对山中各名胜古迹，尽皆了然于心，并且一一题咏，结集成《雪窦杂咏》。这些诗都是对号入座，一景一诗，以五言绝句为主。此诗即为其中之一。惜其诗集已佚，许多曾经有过的名胜古迹以及鉴公为之题咏的美妙诗句，也随之一同消失。

【注释】

①鉴：通镜。涵：包容。虚碧：虚空碧落，指天空。此句谓整个天空都映照在、包容在锦镜池中。万象：指自然界的一切事物、景象。唐·温庭筠《七夕》诗有"金风入树千门夜，银汉横空万象秋。"即用此意。悉：都，全。②重绿句：谓池水极深，显出墨绿色。其中生长有浮萍水草，则又草绿浅绿色。浅绿浮于重绿之中、之上，甚得衬托对比之美。深红句：谓映照在池中的花卉，其颜色有的深红，有的浅红，相间交错，显得更美丽。

绝 句

祖 钦

千里相寻慰寂寥,未嫌风雪路迢迢①。
庐山虽好且休去,更拨寒炉话一宵②。

【作者简介】

祖钦(?—1287),号雪岩,南宋后期江西袁州仰山僧。生年不详,享寿当在七十岁以上。俗姓籍贯及生平履历均已失考。能诗,当时有名。诗风淳厚温雅,很有情致。作品大多不传。此诗加载《随隐漫录》。

【说明】

诗题绝句,等于无题。这是记录作者内心的思想历程和情感波澜的一首抒情诗。这样的诗,多半都写得很委婉、含蓄、温柔、宁静,抒写的也多半是友谊、衷情、缅怀、思念。钦公此诗正是如此。正当风雪交加的季节,一位朋友,不远千里地从庐山到仰山来看望自己,正好慰抚了作者那寂寥的心境。朋友要回庐山了,作者还要留他住一天,以便围炉拨火,共话通宵。一位古印度婆罗门高僧说过:即使是世界的末日来到,在常绿的生命之树上,一定还会残存着两颗果子,一颗是诗歌,一颗是友谊。友谊是人类生命的源泉之一,作者似乎比我们更懂得这一点。否则,作者就不会写这首诗了。

【注释】

①寂寥:空虚。迢迢:路途遥远貌。②庐山:中国名山,在今江西省北部长江边。详见慧远《庐山东林杂诗》之说明。宵:夜。

题景苏堂竹

道 璨

一叶复一叶,也道几翻覆①。
一点复一点,书画要接续②。

亲见长公来，一节不肯曲③。
见竹如见公，北麓能不俗④。
回首熙丰间，几人愧此竹⑤？

【作者简介】

道璨，南宋后期江西饶州荐福寺僧。生卒年不详，大约公元1245年前后在世。俗姓陶，南昌（今属江西省）人。南宋后期，住持荐福寺。能诗，时享大名。著诗集《柳塘外集》四卷，不传。其中《题水墨草虫》、《题景苏堂竹》、《陈了翁祠》等名篇，传诵一时，散见于各种诗话作品中。

【说明】

在中国历史上，像苏东坡这样一位经历坎坷、备受磨难而又生时享誉、名播天下的文人，实在不多。宋神宗元丰年间（公元1078－1085年），苏东坡由黄州团练副使转汝州。先往筠州（今江西省高安市）向其弟苏辙告别。途经瑞昌（今江西省瑞昌市）亭子山，题字崖石，点墨竹叶上，遂使环山之竹叶，叶叶有墨点。宋理宗景定年间（公元1260－1264年），瑞昌主簿王景琰将墨点之竹移植主簿厅署，并题匾称"景苏堂"。因主簿厅乃当时苏东坡留宿之处，故以此纪念。当时文人墨士多有题咏。璨公之诗，于中别出一格。语虽质直，而意味深长，道他人之所未道者，诚警世钟鼓也。

【注释】

①翻覆：表面上是说竹叶两面，有正有反。实际上是说世上的人事变迁反反复复，变化无常。②接续：继续。此处乃指要继承苏东坡的书画艺术。③长公：即苏东坡。东坡兄弟二人，名苏轼、苏辙，苏轼（东坡）居长。一节句：表面上是赞美竹之劲节，宁折不弯。实际上是赞苏东坡为人正直，堪为师表。④北麓：王景琰字北麓。王氏任瑞昌主簿，能移竹题匾，为纪念建一苏东坡，自然不俗。⑤熙丰间：指北宋神宗熙宁、元丰年间（公元1068－1085年），其时围绕着王安石变法情况，朝野上下，风起云涌。权臣大吏各执一端，朝政变幻不测。是赵宋王朝历史上一个特殊时期。几人句：谓没有几个人能坚持原则，坚持自己的立场。

放 船

本 粹

数幅蒲帆破晓烟，一篙春水涨平川①。
谁家池馆多杨柳，时送飞花到客船②。

【作者简介】

本粹，南宋末年南方诗僧。生卒年、俗姓籍贯及生平履历均不可考。大约公元1245年前后在世。能诗，绝句写得尤好，当时享有盛名。诗风简洁明快，韵味深沉，意境悠远。作品大多不传，少量散见于《诗林万选》、《诗家鼎脔》。

【说明】

放船即乘船。但顺水而下方可言放船，谓其顺流而下，放任可也。逆流而上则撑篙摇橹，言摇船、撑船，不言放船。这是记叙粹公春季时一次乘船出行的经历的诗，一首七言绝句。诗很精炼地描述了清晨时坐着船顺流扬帆前进时的景况，两岸的景致很美，心境也很欢快；预示着这次旅行一定会很顺利。诗写得很活泼，很生动，很有情趣。

【注释】

①幅：张、面。用来计量帆的数量词。蒲帆：蒲草织成的船帆。唐李肇《国史补》下载有"扬子、钱塘二江者，则乘两潮发棹，舟船之盛，尽于江西。编蒲为帆，大者或数十幅。"篙：指水如一篙深。②池馆：指河边的楼台馆所，供人于河畔观景宴乐之用。飞花：指杨花，其轻如絮，随风飘飞。

李昭象读书台

希 坦

废兴生死妄安名，山水何曾改旧清①。
孰谓堂空人已往，溪声还作读书声②。

【作者简介】

希坦,号率庵,南宋末年安徽池州九华山僧。生卒年、俗姓籍贯及生平履历均已失考。大约公元1255年前后在世。能诗,著有《九华诗集》,收入《四库全书》。此诗又收入《九华山志》。

【说明】

李昭象为唐末隐士。字化文,赵州(今河北省赵县)人。因父李方玄任池州刺史,移籍池州。曾由相国路岩荐于朝,将召用,因事未果。黄巢军起,入九华山隐居以终。他好读精思,长于诗文,与同代诗人张乔、顾云等交厚。其读书台在九华山碧云峰下。坦公禅隐于九华山中,游览前朝古迹李昭象读书台,颇生沧桑之感,以诗纪之。这首诗对人生的荣辱,世事的兴废,并不曾予以丝毫的关注,而是用浓重的笔墨,歌颂李昭象这位甘于淡泊,隐居读书的文人隐士。坦公认为,尽管世代有废有兴,人物有死有生,那都是过眼烟云。只有李昭象的读书声,会永远地留传下去,像日夜奔流的溪泉。这里,读书声实际上是代表着中国古代文化的优良传统,是一种借代的,以一概全的说法。

【注释】

①妄安名:随随便便取个名字,实际上是空虚而没有意义的。②堂:指李昭象读书台。作:有如、像之意。

自题葡萄

子 温

曾向流沙取梵书,草龙珠帐满征途①。
轻包短策难将带,记得西风月上初②。

【作者简介】

子温,字仲言,号日观,又号知非子,南宋末年浙江杭州玛瑙寺僧。华亭(今上海松江区)人。生卒年、俗姓不详,大约公元1256年前后在世。温公善草书,喜画葡萄,世号温葡萄。权贵求其画,千金不与,逢雅士,主动命笔。常灰帽短衣,招摇过市,与街中小儿嬉戏作乐。性嗜酒,然疾恶如仇,从不预贵官之席。不知所终。

【说明】

从各种零散的资料来看，温公确实是个极有个性的性情中人。他疾恶如仇，佯狂玩世，又喜笑怒骂，皆成文章。他喜画葡萄，又常自题诗句其上。从这首七绝中，我们也不难看到，温公的游戏人生，到了什么地步：他自称曾去西天取经，一路上遇到无数罕世珍宝，他都没有要，只带回葡萄种子，种出葡萄，给自己在风中月夜独自欣赏。想象奇特，形象突兀，语言有很大的跳跃性，往往出人意外。就诗论诗，差强人意；结合温公之为人行事，则此诗亦可代表温公特异性格也。

【注释】

①流沙：沙漠。沙常因风而流动转移，故称流沙。此处指我国西北甘青新诸省区，其地多沙漠。其中新疆各地古称西域，印度佛经多从南疆和阗经北疆哈密传入内地。梵书：指梵文佛经。草龙珠帐：泛指各种珍稀奇罕之宝物。②记得句：谓风中月下观赏自己培植的葡萄，乃一大快事。

题画葡萄卷后

子 温

明月清风宗炳社，夕阳秋色庾公楼①。
修心未到无心地，万种千般逐水流②。

【作者简介】

见前。

【说明】

据《江村消夏录》所载：温公于此诗之后，且有补题，曰："纸长，宜以好诗书之，为后之名胜笑览。"温公能诗擅画。其画世多争宝，其诗不拘格律，率意而就，往往也言未尽而意有余。温公称自己的诗为好诗，大多如此。这首题在葡萄画卷上的七绝，足以代表温公的风格：所写之物与所画之物未必有什么关系，只是率意地题写自己作画之时或画完之后的一些感想。而这些感想，亦未必与所画葡萄有必然关系，但却精辟、深刻，很有意蕴。

【注释】

①宗炳社：指东晋末年以高僧慧远大师为首，在江西庐山东林寺缔结的一个僧俗学佛社团——白莲社。宗炳（375—443），南北朝时刘宋名士，字少文，南阳涅阳（今河南省邓县东北）人。晋末宋初，朝廷多次征聘，固辞不就。好山水，爱远游，善抚琴，工绘画，才名重于一时。笃信佛教，曾著《明佛论》等。宗炳为慧远白莲社中最主要成员之一。庾公楼：楼阁名。晋庾亮尝为江、荆、豫州刺史，治武昌，曾与僚吏殷浩、王胡之等登南楼赏月，谈咏竟夕。后江州州治移浔阳，好事者遂于此建楼名庾公楼。庾公楼历来为江西省九江市重要名胜古迹。②无心地：佛教指解脱种种妄念的境界。《宗镜录》四五云"所为无心，何者？若有心则不安，无心则自乐。故先德偈云：莫与心为伴，无心心自安。若将心作伴，动即被心谩。"万种千般：指一切事情，也包括人所作的一切努力。

重 阳

德 丰

战尽今秋见太平，西风多作北风声^①。
不吹乌帽吹毡帽，篱下黄花笑不成^②。

【作者简介】

德丰，宋末元初南方诗僧。生卒年、俗姓籍贯及生平履历均已失考，大约公元1270年前后在世。三山（今福建省福州市）人。能诗，作品以七绝为多，时有重名。诗风清灵潇洒，明朗俊逸，很有韵味。

【说明】

宋末元初，是一段战事频仍、民不聊生、极其动乱的岁月。出家人与俗家人一样，也祈求和平安宁的生活环境。这是一首明显的借景抒情、触景生情的好诗，历来被人们传诵。每年农历九月初九日为重阳节，是日人们登高眺远，赏菊吟诗，应该是人生一大乐事了。诗中记叙的便是一个重阳佳节，而北风凛冽，连篱下的菊花也蔫蔫萎萎，不能尽情开放了。形象生动，比喻贴切，是这首七绝的最明显的优点。

【注释】

①战尽句：谓今年秋天战事稍为平息，可见太平光景了。这里是一种很勉强的说法。西风句：秋高气爽，偶有西风，而现在的西风竟像北风那样呼啸着。②乌

帽：隋唐贵者多戴乌纱帽，其后上下通用，又渐废为折上巾，乌纱帽成为闲居常服，省称乌帽。此处指贵人或闲人所戴之帽，并以喻指贵人或闲人。毡（zhān）帽：用粗糙兽毛碾合成的毡片制成之帽，多为隶役奴仆所戴用。此处便以毡帽代指下层贫民。黄花：菊花。

答钟山长老

德 丰

耿耿孤吟对古梅，忽传军将送书来①。
倚崖枯木摧残甚，虚负阳和到一回②。

【作者简介】
见前。

【说明】
钟山长老未详所指，当为时任南京钟山某寺住持的一位著名高僧。他派人送信给德丰禅师，请其接替自己一寺之主的位置。丰公乃以此诗为答，不赴邀聘。丰公对自己的禅隐生活很满意，平时赏赏梅，吟吟诗，自得其乐。兼之年已老大，不堪劳瘁。为什么去另一座自己不太熟悉的寺庙勉力操劳呢？诗写得很温和，很委婉，实际上，态度却是很坚决的。

【注释】
①耿耿：诚信貌。军将：此处系指邮吏。书：指钟山长老寄来的邀请函，聘请书。②摧残：损坏，破坏。此句谓自己就像山崖边一棵已经枯损朽坏的老树。阳和：春天的暖气。此句谓辜负了这么好的天气，让送信的人白跑了一趟。又，亦指自己徒具虚名，不值得如此看重。

南 山 诗

净 权

紫气金丹晓，青霞玉井春①。
画牛曾寓意，鸣鹤更通神②。

【作者简介】

净权，宋末元初浙江余杭径山僧。字道衡。生卒年、俗姓籍贯及生平履历均已失考。大约公元1275年前后在世。性迂阔，人称"大迂阔"。工于诗文。又好言葛玄、陶渊明隐居事。兼通释道儒三教精义。作品大多不存。

【说明】

此诗题中之南山，系泛指位于其居处南面之山，当为余杭径山诸山峰之一。据元人吾丘衍撰《闲居录》所载：道衡净权善于文辞，写诗与人，从不留底稿，随手散去，当时即散佚甚多。此诗系偶然机会，为吾丘衍录得。又载：权公兼擅释道儒，每言道家修炼事，有见地。这首诗很能说明这个问题。可以设想，在权公所住之南，有一位道家朋友。这是一位学艺全才，既能炼丹，又能绘画。权公写这首诗送给道家朋友，表示对朋友的技艺非常赞赏。诗写得明朗，有强烈的节奏感。

【注释】

①紫气：祥瑞的光气。金丹：古代方士炼金石为药，谓服之可以长生，是谓金丹。唐·岑参《下外江舟中怀终南旧居》诗句"早年好金丹，方士传口诀。"即指此。此句谓清晨时，紫气飘来，金丹炼成。青霞：同青霓，指道士所服之衣。玉井：井的美称。此句谓春季里穿着青色道服，在井边汲水。②寓意：寄托或隐含某种意旨。鸣鹤：模仿仙鹤的鸣唤。古人好啸鸣以舒气并寄寓一定的情感。道士呼啸或拟鸟兽鸣叫，则主要是为了调息气运，有利养生。通神：达到神奇的地步。指模仿得惟妙惟肖，极为相像。

绝　　句

存　诚

别后多游沧海东，忽携诗卷到山中①。
立谈数语飘然去，满径松花落午风②。

【作者简介】

存诚，宋末元初南方诗僧。生卒年、俗姓籍贯及生平履历均无考。大约公元1280年前后在世。能诗,诗风清俊,意境悠远,颇得晋唐诗人神髓。不少作品为人传诵。

【说明】

关于诚公的资料,留存下来的实在太少了。诚公究竟是个什么样的人呢?便是像他在这首诗里说的那样:立谈数语便飘然而去吗?真是神龙见首不见尾,令人莫测了。不过这不要紧。昔贤隐名埋姓者多不胜数,他们故意不让后人知道自己,他们视名姓为累赘。留下了诗篇,而且是极优美极具神韵的诗篇,这就足够了。诚公离别朋友后到东南沿海转了一圈,带着所写的一批诗文再来看朋友。和朋友见面,站着聊了几句,又飘然而去。本来,出去是为了寻找诗兴,满载而归,就行了。本来,心中挂念朋友,见朋友很好,满意了。所以诚公毫无眷恋地再去云游,留在此山中的,只有风吹松花落满径。诚公不也是一阵无忧无虑、无影无踪的清风吗?

【注释】

①沧海东:此处仅指东南沿海地区。山中:指诚公与其友隐居之处。②立谈:站着说话。喻抓紧时间,不愿耽搁。午风:中午时的风。此句谓再与朋友分别,是中午时分,风起了,把松花吹得满路都是。

春日田园杂兴

了 慧

平畴水绕径微分,小圃云深景不繁①。
此处农桑虽是僻,多情莺燕不嫌村②。
倦眠芳草闲黄犊,静对幽花倒绿尊③。
见说弓旌方四出,欲更名姓掩衡门④。

【作者简介】

了慧,宋末元初南方著名诗僧。字岳重,武林(今浙江省杭州市)人。生卒年、俗姓及生平履历均已失考。大约公元1285年前后在世。擅长诗文,尤工七律。诗风淡雅清隽,于韵律、对仗、平仄及意境方面均很讲究,当时颇享盛名。

【说明】

宋亡后，前义乌县令吴渭回归故乡浦江吴溪，立月泉吟社。延请当时文坛尊长方凤、谢翱、吴思齐等主持社务。元世祖至元二十三年（公元 1286 年）春，以《春日田园杂兴》为题，征五、七言律诗。一年后得诗二千七百三十五卷，选中二百八十名。将其中前六十名诗汇为一卷刊行，即名《月泉吟社诗》。集中诗多隐含故国之思，姓名均为伪托，另注本名于后。慧公作此七律应征，经评定为第三十三名，遂刊入《月泉吟社诗》得以流传。这首七律写得柔和委婉，平稳含蓄，寄寓了很深沉的感情。这首诗能于数千首诗中脱颖而出，决不是偶然的。

【注释】

①平畴：平坦的田地。小圃：小花园或小庭院。繁：繁茂。②僻：荒僻。此句谓慧公自己隐居之地，周围尽皆农户，位置亦很偏僻。村：粗朴、土气。宋·戴复古《望江南》词："贾岛形模元自瘦，杜陵言语不妨村，谁解学西昆？"即系此意。③犊：小牛。尊：酒杯。④弓旌：古代征聘之礼，用弓招士，用旌招大夫。后来遂以弓旌作为延聘之意。衡门：简单粗陋的门户。

镊 工

溥 光

一声镊子噪秋蝉，门内老僧惊昼眠①。
毫发尽时髦发在，夕阳芳草自芊芊②。

【作者简介】

溥光，宋末元初著名诗僧。生卒年不详，大约公元 1290 年前后在世。字玄晖，号雪庵。俗姓李，大同（今属山西省）人。幼为头陀，及长，参学四方，学与日进。工诗，长于七绝。诗风雄劲奇拔，用语新颖险怪，风格特异于人。又善书，时有大名。元仁宗延佑年间（公元 1314－1320 年）因才艺著名，特封昭文馆大学士、荣禄大夫，赐号"立悟大师"。

【说明】

镊工乃旧时为人拔除脸颊颈脖上毫毛（汗毛）的手艺人，多为老年妇人担任。溥光这首七绝，还不算很怪诞，还能大致读懂：镊工的叫唤声像秋蝉一样噪鸣，把自己的白日梦惊醒了。光拔毫毛有什么用，头发还多着呢，且让它像芊芊芳草一样，自然地生长吧！语言跳跃的幅度很大，这是与光公形象思维的活泼灵动有关。万事听其自然，不要人为强求。古人美容，不过是画眉、镊毫、涂脂、染甲数项而已，比之今人美容种种用心机巧，层出不穷，实在也算不了什么。对清心寡欲的老僧来说，这起码的美容要求也是多余的。诗写得很有味道。

【注释】

①镊子：此处指镊工的职业性叫唤。②毫发：细小的毛发，指汗毛。髪：指头发。芊芊：草木茂盛貌。

绝句二首之一

溥　光

蛉螟杀敌蚊眉上，蛮触交争蜗角中①。
何异诸天观下界，一微尘里斗雌雄②。

【作者简介】

见前。

【说明】

溥光这首绝句，只要把几个特殊的名词弄清楚了，倒也不算难懂。尤其可贵的是，光公在这首诗里，针对着一种常见的现象，阐述一个浅显的道理。不过这一切，都是用很形象的比喻、一连串的比喻表现的。这便是光公的方便开示，即兴说法。为援引后进，利益众生，用这种形象生动的方法来启迪愚蒙，开化智窍，应该是事半功倍的了。

【注释】

①蛉螟：寓言中的小虫。《抱朴子·刺骄》有"蛉螟屯蚊眉之中，而笑弥天之

大鹏。"蚊眉指蚊子的眉毛,比喻极小极小的地方。蛮触:《庄子·则阳》有"有国于蜗之左角者,曰触氏;有国于蜗之右角者,曰蛮氏。时相与争地而战,伏尸数万。"后称由于细小之事而引起争端为蛮触之争。②诸天:天上的诸位神仙。雌雄:喻胜负,高下。

绝句二首之二

溥 光

豆苗鹿嚼解马毒,艾叶雀衔夺燕巢①。
鸟兽不曾有本草,谙知药性是谁教②?

【作者简介】
见前。

【说明】
溥光的兴趣是十分广泛的。他不仅关心人事、人理与人情,对各种动植生物的生活习性、生存动态也有着一定的了解。把它们的各种特异情况写成诗歌的作品,历来少见。而像光公写得这样细腻生动的,可说没有。也许,了解动物这些习惯,对我们碌碌人生来说,不见得有多大用处。但这是一种情趣,一种关心各种事物的思想倾向和生活态度。何况,在光公的心目中,鹿马燕雀皆为生命,众生自来平等,自得同样关注。

【注释】
①豆苗句:此句意为马中了毒,嚼食豆苗可解。鹿嚼实际仍是马嚼,以与后句对称。艾叶句:谓把艾叶衔进燕巢,可以赶走燕子。②本草:药书,全名为《神农本草经》,三卷。因书中所记各药以草类为多,故称本草。当为汉代人伪托之作。后代同类书还有《唐本草》、《本草拾遗》、《蜀本草》、《嘉佑补注本草》,直到明李时珍《本草纲目》。故以本草代中草药书。谙知:熟悉、熟知。

题飞鸣宿食四雁图

行 端

年去年来年复年，帛书曾达茂陵前[①]。
影连蓟北月横塞，声断江南霜满天[②]。
雨暗芦花愁夜渚，露香菰米下秋田[③]。
平生千里与万里，尘世网罗空自悬[④]。

【作者简介】

行端（1255－1341），宋末元初浙江杭州径山僧。字符叟，自号寒拾里人，以寒山、拾得自况。俗姓何，临海（今属浙江省）人。参径山藏叟禅师，得法为嗣。以灵隐山水清胜，挂单长住。元成宗大德中（公元1297－1307年）奉敕主西湖中天竺寺。元仁宗皇庆元年（公元1312年）复返灵隐。曾三次获赐金襕袈裟。与同代文豪赵子昂等均有交往，时相唱和。诗风豪迈雄阔，题材丰富，言之有物，颇享时名。

【说明】

据《尧山堂外纪》所载：有客以《飞鸣宿食四雁图》求赵子昂题诗，时翰林院诸公及端公均在赵府。诸公力请端公赋诗。端公不假思索，援笔即书此七言律诗。诸公均大称赏，遂以此诗付客去。这首题画诗，写得情文并茂，所用之典亦形象贴切，足见端公学养有素，诗才过人。这首诗，是对大雁唱的赞歌，也是对世人敲的警钟。

【注释】

①帛书：在绢帛上写的文字。此处指书信。茂陵：汉武帝的陵墓，在今陕西省兴平县东北。此处以之代指汉武帝。此句谓大雁足系帛书，送抵汉武帝，报知苏武的讯息。按苏武于汉武帝时，奉命出使匈奴，被扣。逼降不从，被流放北海牧羊十九年。汉朝屡询，匈奴言其已死。汉派使者称已获苏武托大雁传书，言苏武尚在某处。于是匈奴将苏武放回。②影连句：谓大雁从蓟北塞外往南飞。蓟指蓟州，治所在今天津市蓟县。声断句：谓秋季霜起时，大雁飞到了南方。声断谓雁叫声断断续续，很悲凄。人谓雁飞天空，畏寒悲唳，实为雁飞时召唤同群，警戒异况而发出叫

唤。③雨暗句：谓大雨之中，雁群还栖宿在水洲的芦花丛中。露香句：谓大雁冒着菱白的露水，落下深秋的水田。菰米：菱白所结之实如米，可作饭。此处仅指菱白，野生植物名。④尘世：人世间。网罗：为捕捉鱼鳖鸟兽的工具。此句谓大雁在天空自由飞翔，网罗奈它不何。

拟寒山子诗

行 端

昨日东家死，西家赙冥财①。
今朝西家死，东家陈酒杯②。
东东复西西，轮环哭哀哀③。
不知本真性，懵懵登泉台④。

【作者简介】

见前。

【说明】

端公服膺唐代高僧寒山、拾得，自署号为寒拾里人，同时作有寒山体诗多篇，以警世人。寒山体诗即语言通俗浅白，专门阐说教义道理的古体白话诗。这首五言古风，很生动地描述了世人大多迷失本性，由生到死，一直糊涂的可悲现象。《笔精》评此诗，谓其：读此可以警世之贪婪富贵而不知返者。诚哉斯言!

【注释】

①赙（fù）：以财物助丧事。这里仅作赠送解，后接宾语。冥财即指送给丧家的财物。②陈：摆设。陈酒杯指设宴摆酒席。③轮环：轮流，回环，反反复复。④懵（měng）懵：模糊不清貌。泉台：同泉下，泉壤，本指墓穴，此喻阴间。

赠 天 纪

圆 至

拈笔诗成首首新，兴来豪叫欲攀云①。
难医最是狂吟病，我恰才痊又到君②。

【作者简介】

圆至（1256－1298），宋末元初江西建昌能仁寺僧。字天隐，号牧潜，俗姓姚，高安（今江西省高安市）人。能诗，诗以七绝为多，当时即享大名。诗风清俊潇洒，韵味悠长。作品结为《筠溪牧潜集》，又注《唐三体诗》，并行于世。

【说明】

天纪，天纪魁禅师，为圆至同道挚友。时居长沙陈湖碛沙寺。圆至注《唐三体诗》成，天纪募资刊刻，方万里特为作序，此本遂传海内，人称"碛沙唐诗"。天纪多读儒家经籍，尤工于诗，而为人清高绝俗，誓不主寺上堂。居山吟咏，自以为乐。至公作此诗以赠，对天纪魁禅师的才能、个性有着十分生动的描写。诗句活泼清新，饶有情致。

【注释】

①拈笔：犹言提笔。豪叫：大声地呼叫，呼啸。这句把天纪的豪迈狂放之态完全写活。谓天纪写了好诗，十分高兴，大声呼叫着要攀上云霄。②难医句：谓天纪爱诗成癖，喜大笑吟诵诗歌，也指爱作诗。痊：痊愈，指病已治好。这种病是爱诗成癖的病，恐不易治愈。

寒　食

圆　至

月暗花明掩竹房，轻寒脉脉透衣裳①。
清明院落无灯火，独向回廊礼夜香②。

【作者简介】

见前。

【说明】

寒食为中国旧时一传统节令，详见云表《寒食诗》之说明。当此禁火之际，僧房更显冷清。至公一人独自在寺庙的廊外焚香礼拜。至公心有何愿，为何祈祷,我们不得而知。展现在我们面前的,是一位僧人夜深焚香礼佛的动人情景。那是虔诚,刻骨铭心的信仰的虔诚。诗写得十分温馨、柔和、熨贴,心平气和之中,塑造出一个宁静而崇高的境界。这境界令我们神往,令我们掩卷深思。

【注释】

①竹房:用竹编扎的简陋房屋,指庙中至公自住之禅房。脉脉:本意为含情不语貌。此处通默默、悄悄之意。②清明:农历二十四节气之一,在农历三月,故亦称三月节。当公历四月五或六日,为传统踏青扫墓时节。寒食节在此前一、二天,故有此说。

晓过西湖

圆 至

水光山色四无人,清晓谁看第一春①。
红日渐高弦管动,半湖烟雾是游尘②。

【作者简介】

见前。

【说明】

这是至公留传至今最令人称颂赞赏的一首绝句。古往今来,多少人讴歌西湖,耗费了多少笔墨,写得好的,能经历时间与空间考验的,并不很多。至公此诗,以结尾一句"半湖烟雾是游尘",言简意赅地对西湖作一概括,实在恰到好处,可圈可点。至公不会去趁那些游人的热闹,他凌晨时分经过西湖,独赏一湖之春。一旦朝日初升,游人便将蜂拥而至,笙歌宴乐又将开始。日复一日,年复一年,西子湖便是这样消磨了也消闲了人们的大好时光。对此,至公自然不以为然,另有看法。于是,他不动声色,很温和很含蓄地写下这首著名的七言绝句。

【注释】

①第一春:指第一个来观赏西湖春景的人。当然是至公自己。②动:作弹奏,

奏起解。烟雾：指浮扬在西湖上空的雾气。

睡　　起

本　诚

花下抛书枕石眠，起来闲漱竹间泉①。
小窗石鼎天犹暖，残烬时飘一缕烟②。

【作者简介】

本诚，字道元，号觉隐，元代南方著名诗僧。生卒年、俗姓籍贯及生平履历均已失考。大约公元1290年前后在世。与笑隐大欣、天隐圆至皆以诗自豪，时相颉颃，号"诗僧三隐"。其诗淡雅清隽，韵味悠远，极有意境。作品著录于《蓬窗日录》、《六研斋笔记》等书中。

【说明】

这是诚公记叙自己日常生活的一首七言绝句。简简单单的四行诗，为我们塑造出一个优美的意境，展现出一幅宁静的画面，更为我们树立起一个优闲高雅的诗人形象。诗写得极是平静温和，没有一点锋芒，这同样显示出诗的作者——诚公内心的安宁和淡泊。

【注释】

①起来句：谓睡起（诗之题目）后用竹林中的清泉漱口。②石鼎：指石香炉。鼎本为古代一种三足的烹饪用具。

江亭秋晚二首之一

本　诚

独倚清江秋思长，晚潮初上水亭凉①。
海门风起双峦暝，一抹银花涌夕阳②。

【作者简介】

见前。

【说明】

秋日的初夜，伫立于江畔的小亭上，面对滚滚流淌的江水，面对隐隐起伏的群山，面对渐渐沉落的夕阳，是一种什么样的心境，什么样的感受？这一切，诚公在诗中都写到了，并不是明写，而是隐约地透露。也许，不仅仅是"秋思长"三字可以概括和包容的吧。诚公擅长写景。任何静态的景物，在他笔下便会生活，任何平淡的景物，在他笔下也变得鲜明。人们说好的诗乃"诗中有画"，实乃此之谓也。

【注释】

①清江：清净澄澈的江河。水亭：江边的小亭，无须确指。②海门句：谓风从海的那边吹送过来，两边的山峰显得晦暗了。海门为海口，江河入海之处。唐·王昌龄《宿京江口期刘眘虚不至》诗有句云"霜天起长望，残月生海门。"即指此。银花：喻指白色的浪花。

江亭晚秋二首之二

本　诚

藤枯摧老树，石裂碍深溪①。
阴洞水声合，短垣松影齐②。
涧回知径远，山迥觉梅低③。
忽尔破孤寂，岭猿清昼啼④。

【作者简介】

见前。

【说明】

伫立江畔亭上，可望滔滔江水，亦可望绵绵群山。同题七绝，主要是写江河水景。这首五律，却主要是写山中景象。枯藤、老树、裂石、深溪、阴洞、短垣、回涧、迥山等等，无不透露出一种苍茫深邃、静谧安恬的意韵。打破这种孤寂的,仍然是山中之物,山中的猿啼声。这是一幅明丽凄清的画卷,一幅笔力雄劲的焦墨山水。也许,诚公望着这巍巍群山,看到了也想到了许多我们不曾看到想到的东西,一般来说,山是属于像诚公这样的出家人的。诚公更懂得山。

【注释】

①碍:这里为阻拦、截断之意。②阴洞:幽暗的山洞。短垣:低矮的院墙。③回:指曲折回环。迥:远。④忽尔:忽然。清昼:白天。按诚公于江亭晚望时,乃黄昏时刻,天尚未黑,故此写作清昼。

九字梅花咏

明 本

昨夜西风吹折千林梢,渡口小艇滚入沙滩坳①。
野桥古梅独卧寒屋角,疏影横斜暗上书窗敲②。
半枯半活几个撅蓓蕾,欲开未开数点含香苞③。
纵使画工奇妙也缩手,我爱清香故把新诗嘲④。

【作者简介】

明本(1263-1323),元代禅宗与净土宗著名高僧,浙江杭州天目山僧。号中峰,高峰古佛原妙禅师法嗣。俗姓孙,钱塘(今浙江省杭州市)人。为原妙禅师高足,禅、教、律、密、净诸法融通,晚年专修净业。延祐六年(公元1319年)元仁宗闻其道名,屡召不至,乃赐金纹伽藜衣,并赐号"佛慈圆照广慧禅师"。当时的丞相脱欢与翰林学士赵子昂、冯子振皆从其问法。先后住持杭州天目山、苏州虎丘寺、庐山东林寺诸大名刹。著有《怀净土诗》百首、《净土忏》、《中峰广录》等多种著作。其《中峰广录》全名为《天目中峰和尚广录》,乃集其全部作品而成,元代即已收入《大藏经》。亦能诗,诗风活泼多变,朴实明艳兼具,当时已享盛名。

【说明】

本公这首《九字梅花咏》流传甚广,同代中即获盛誉。《风月堂杂志》

载：大书画家赵子昂与本公为方外至交，对本公赞赏备至，翰林学士冯子振却不以为然。赵子昂强拖本公同访冯子振，冯出示自己所作《梅花百咏诗》，颇有炫耀之意。本公一览，走笔亦成百首。冯子振仍未认可。本公出此《九字梅花咏》求和，冯悚然久之，难以下笔。乃服输并致礼，遂成知交。这首诗用浓重的笔墨描绘寒梅忍受西风，含苞欲放的生动姿态。以诗喻人，提醒人们也要坚守自己的节操，保持自己的本性。

【注释】
①梢：树梢。小艇：轻便小船。坳（āo）：低凹的地方。②疏影横斜：出自宋林逋《山园小梅》之一有句"疏影横斜水清浅，暗香浮动月黄昏。"疏影乃谓物影稀疏。③擫（yè）：以指按捺。蓓蕾：花苞，含苞未放的花。④嘲：本意为调笑，此处作歌咏、吟咏解。

次韵沈王题真际亭

明　本

高亭结构标真际，体共云林一样闲①。
山势倚天忘突兀，水声投涧自潺湲②。
伽陀迥出言词外，海印高悬宇宙间③。
伫看凭栏人独醒，又添公案入禅关④。

【作者简介】
见前。

【说明】
高丽国王子、沈王、驸马太尉王璋遣参军洪钥执书币，叙弟子礼，请本公示以日期，拟南来参叩。元仁宗延祐六年（公元1319年）秋九月，王璋奉御香入天目山咨求心诀，请公升座，为众普说。本公激扬万余言，作《真际说》开示之。王璋复求法名别号，本公名王以胜光，号真际。王璋因建"真际亭"于狮子岩下，以纪其事。又赋真际亭七律一首。本公乃次王诗之韵而作此诗。诗中赞扬了王璋建制此亭，实为山林增添了名胜景点，鼓励王璋努力修行，且为佛门中增此一段佳话而倍觉兴奋。诗写得清新流利，生动活泼，诗味甚浓。

【注释】

①标真际：以真际为名。体：此指真际亭之建筑。云林：指山林。②突兀：本意为高峻貌，亦可引申为猝然。此用本义。潺湲（chán yuán）：水流貌。见屈原《九歌·湘夫人》句"荒忽兮远望，观流水兮潺湲。"③伽陀：梵语译音，又作伽他，为佛经中的赞颂词，意译作颂。此句谓对真际亭的赞颂之辞可远远超出其他的赞辞。海印：有二解。一解印作印可，认可，谓完全的印可也。一指王璋来自海天异国高丽，其得法遂称海印。④伫：立。公案：佛教禅宗认为用教理来解决疑难问题，如官府判案，故也称公案。禅关：指禅林，即禅宗佛门。

天　目　山

明　本

一山未尽一山登，百里全无一里平。
疑是老僧遥指处，只堪图画不堪行。

【作者简介】

见前。

【说明】

这是本公以自己所住之处天目山为题的一首七绝。诗写得浅显通俗，一看就懂。然而里面却又涵蕴着字面之外的另一层意思。表面上是说天目山群峰相连，山路坎坷难行，但又是那么漂亮。所以只宜入画，要爬上去可实在太难。同时却暗喻僧人修行往往说的容易，做起来却艰难，口里说得天花乱坠，到实际行动上却一事无成。当然这不完全是出家人中仅有的现象。无论是谁，都要言行如一，说到做到，唯如此，方可行事有成。这是本公对大家的方便开示。

思 母

与 恭

霜殒芦花泪湿衣，白头无复倚柴扉①。
去年五月黄梅雨，曾典袈裟籴米归②。

【作者简介】

与恭，宋末元初浙江余姚九功寺僧。生卒年及俗姓均已失考。大约公元1294年前后在世。字行己，号懒禅，上虞（今属浙江省）人。曾游历江浙湘赣诸名山大寺，所经多有题咏，多为七言绝句。诗写得很好，诗风淳朴清雅，秀曼自然，抒写性情，很有感人之处，诗名显于一时。此诗收入《灵隐寺志》。

【说明】

与恭出家之后未久，其父见背，唯留老母贫苦独守。恭公虽系出家之人，亦不能有负亲恩。虽然自己过的也是清贫淡泊的生活，仍时时接济老母。现在母亲也走了，留下的只是满腔怀念。这首诗并没有华美的词藻，只是用极普通的词语，叙述极平凡的往事。然而，诗中流露的全是一片赤子之心，孺慕之情读来令人深为感动，惋叹不已。

【注释】

①霜殒芦花：寒霜把芦花摧残。芦花：典出《史记·仲尼弟子列传》。传载孔子弟子闵损字子骞，少时受后母虐待。冬天，后母将芦花塞入布中，给子骞穿。而以棉花制袄，给自己亲生儿子穿。子骞父得知，欲休之。子骞跪求留母，曰："母在一子单，母去四子寒。"父乃止。后母悔，遂待诸子如一。后世转以芦花代指母爱。无复：不再。倚柴扉：指母亲倚门望儿。②黄梅雨：梅子熟时之雨，时当农历四、五月。黄梅谓梅子，熟时呈黄色，故称。典：典当，抵押。籴（dí）：买入粮食谷物。

冷 泉 亭

与　恭

天竺雨花飞宝台，北山门对冷泉开①。
石擎老树无人识，时有黄猿抱子来②。

【作者简介】
见前。

【说明】
冷泉为泉水名，在今浙江省杭州市灵隐寺前飞来峰下。其水夏季尤为冰凉冷冽，故名。泉旁建亭，即名冷泉亭。唐人白居易曾写有《冷泉亭记》，以记叙冷泉及冷泉亭历史由来与建筑情况。这是恭公游历杭州灵隐寺时所作绝句，形象生动地描绘了冷泉亭畔的风光胜景，自然野趣。据《元诗癸集》所载：大书画家赵子昂游灵隐寺时，于冷泉亭见此题诗，深为惊异喜爱。乃追踪至恭公所挂单的净慈寺，与恭公相会，交语甚契。

【注释】
①天竺：指天竺山。详见惟晤《游天竺寺》之说明。此句谓天竺山上的飞花落到冷泉亭旁的台坡上。北山：指飞来峰。峰在冷泉亭之北。②石擎句：谓山岩上长着的古树，无人知其名称。擎意为举起，托起。

回 雁 峰

与　恭

官路迢迢野店稀，薄寒催客早添衣①。
南分五岭云天远，雁到衡阳亦倦飞②。

【作者简介】

见前。

【说明】

回雁峰位居南岳衡山之首,然而它并不在衡山上。回雁峰在今湖南省衡阳市中山路南端,高仅二十余丈,占地也不广,然而却扬名天下。这正应了唐人刘禹锡在《陋室铭》中所说"山不在高,有仙则名"那句话。使回雁峰有名的仙不是神仙,而是鸿雁。传说鸿雁畏寒,每到深秋,飞往南方过冬,来年春天,再飞回北方。回雁峰是大雁南飞的终点。历代诗人为此写下脍炙人口的诗文。如初唐王勃有"雁阵惊寒,声断衡阳之浦",中唐杜甫有"万里衡阳雁,今年又北归",晚唐杜荀鹤有"猿到夜深啼岳麓,雁知春近到衡阳"等名句。与恭游历南岳,亦写此诗以纪。恭公晚年游姑苏,暂居城郊定慧寺,未久圆寂。人检其囊,见只有破纸一方,即此回雁峰诗。此诗云"雁到衡阳亦倦飞",恭公来到姑苏,亦倦飞么?不必遗憾,这便是一代诗僧留给我们的千古绝唱。

【注释】

①官路:指驿道,官道。野店:山乡小客店。②南分句:谓南方的山脉以五岭为分水界,越过这五岭再往南去则是极其遥远的了。关于五岭,说法不一,一般指大庾、骑田、都庞、萌渚、越城五岭,即五条山岭。

呈虞学士

一 初

翰苑虞夫子,名闻四海传①。
偶携天上月,来系寺前船②。
一见如曾识,三生定有缘③。
不嫌云卧冷,与我共留连④。

【作者简介】

一初,名仁,元代前期江西分宜福胜寺僧。生卒年、俗姓籍贯及生平履历均已失考。大约公元1296年前后在世。能诗。诗风温雅清俊,韵律柔和,意味深远，时有大名。此诗载《袁州府志》。

【说明】

虞学士即虞集（1272—1348），元代著名学者。字伯生，世称邵庵先生。崇仁（今属江西省）人。历官儒学教授、秘书少监、翰林直学士、国子祭酒、奎章阁学士等。学问渊博，精通蒙语，主修《经世大典》，致成眼疾。病休回里寿终。其诗文素负盛名，为"元四家"之一。著作结为《道园学古录》。据《袁州府志》载，虞学士游览福胜寺，与初公相识。初公赠以此诗，虞学士大为称赞云云。这首诗还仅仅是初次见面的寒暄之语，表示了作者对虞学士景仰钦佩之情。诗写得很温馨，很有感情。

【注释】

①翰苑：指翰林院，官署名。唐初置翰林，为内廷供奉之官，本以文学备顾问，得参谋议。玄宗始置翰林院，分任起草诏书等职。宋设翰林学士院，亦掌起草诏书，又设翰林院，掌天文、书艺、图书、医官。元大体沿宋制。明朝将著作、修史、图书等事务并归翰林院，成外朝官署，清沿明制。设掌院学士，属官有侍读、侍讲、修撰、编修、检讨和庶吉士等，无定员。虞集曾任侍读学士，后升掌院大学士。夫子：古代男子的尊称。后多用于有学问的老者。②偶携句：一指虞学士月夜来游。也指乘船来游，小船形如一钩新月，故名。③三生：谓前生、今生、来生。④云卧：犹言云房，僧道或隐士之居室。僧道自称闲云野鹤，四方云游，故有此称。留连：此处作相处共语解。

和虞学士

一 初

老却黄花客未知，回舟旬日漫相期①。
龙江话月衔杯久，獭径看云步屧迟②。
天地常悬司马记，山川有待杜陵诗③。
锦囊收拾同谁读？侧耳蛩声入思时④。

【作者简介】

见前。

【说明】

据清同治《袁州府志》、乾隆《分宜县志》所载：虞集游分宜时，留宿福胜寺中。得初公所呈五言律诗，知遇方家，大为高兴。读过初公诗后，虞学士亦题诗一首，乃七律，索和初公。这首诗便是步虞学士诗韵所作和诗。诗中对虞学士殷切有待，希望虞学士能写出经世文章，写出传世诗文。当然，也希望虞学士再来福胜寺游玩。诗写得很深沉，很诚挚，很有深度，很有意境。附虞集诗：江头说与老僧知，玩水观山岂足期？白发自来无处所，黄花更老不嫌迟。炉烟绕座寒留宿，缺月窥禅夜诵诗。惟有峡中山石窟，千年几度见来时？

【注释】

①黄花：菊花。客：指虞集。旬日：十天。漫：同漫：随便说。②龙江：分宜福胜寺前小河。衔杯：谓饮酒。唐·李白《广陵赠别》诗："系马垂杨下，衔杯大道间。"即此意。獭（tǎ）径：山獭行走之路，指幽僻小路。獭为兽名，有水獭、旱獭、山獭等多种，形似狗而小，其皮毛甚贵重。步屣（xiè）：指脚步。屣本为鞋的衬底，此处代指鞋，又引申为脚步，步行。③司马记：指西汉历史学家司马迁及其名著《史记》。杜陵诗：指唐代大诗人杜甫及其所作诗篇。杜甫居杜曲，自称杜陵布衣，故以杜陵代指杜甫。这两句乃是期望虞学士能像司马迁、杜甫二人那样，写出传世经典作品。④锦囊：装诗文的锦袋，代指诗文。见唐李商隐《李贺小传》载"恒从小奚奴，骑距驴，背一古破锦囊，遇有所得，即书投囊中。"侧耳句：谓只有独自冥思，蛩声入耳时一个人读锦囊中的诗。

三高祠：范蠡

善　住

越国谋臣吴国仇，如何庙食此江头①？
扁舟载得蛾眉后，却作三江汗漫游②。

【作者简介】

善住，元代江南吴郡僧。字无住，别号云屋。生卒年、俗姓籍贯及生平事迹均已失考。大约公元1300年前后在世。诗风豪放雄劲，节奏明快，韵律铿锵，意味深远，当时即享诗名。作品结为《谷响集》。

【说明】

　　三高祠在江苏省苏州的吴江市长桥南，中祀越上将军范蠡、晋大司马曹掾张翰、唐赠右补阙陆龟蒙，历代著于祀典，香火甚盛。《齐东野语》载宋人诗句"可笑吴痴忘越憾，却夸范蠡作三高"，"千年家国无穷恨，只合江边祀子胥"等等，均非议古吴之地祀越国大臣为三高之一。住公这首览古抒情七绝，说得就更明白了。国仇家恨，自当永铭于心，不共戴天，吴人这种做法，也实在让人难于理解。而此处所言吴国、越国均属先秦上古，其时封国极多，实为中国疆域之一小部分。吴越两地今称江浙，文化传统与语言体系大致相同，现在多视为近邻一体。于此看来，吴不仇越，又有一点道理。住公此诗，所持乃传统观点，自然无可非议。诗也写得很飘逸俊爽，颇可回味。范蠡（lí）：为春秋末年越国大臣，字少伯，宛（今河南省南阳市）人，出身微贱。仕越为大夫，擢上将军。公元前494年越败于吴，退保会稽。他献计勾践，卑身厚赂，乞和于吴，并与勾践入吴为质。归越后，励精图治，休养生息，埋头备战，终于一举灭吴。传说吴亡后，他辞官而去，隐名埋姓，自称陶朱公，经商而富。

【注释】

　　①越国句：谓范蠡为越王勾践首席谋士，自然是吴国的仇敌。事实上也是越王采纳范蠡诸多计谋，导致吴国灭亡。庙食：指死后得以立庙，享受祭祀。②扁舟句：谓吴亡之后范蠡用小船把西施接出来，和自己一起离开吴越。蛾眉：指西施，古越国美女。越败后以其献吴王夫差，得许和。深受吴王宠幸。传吴亡后，归范蠡，从游五湖而去。事见《吴越春秋》、《勾践阴谋外传》、《越绝书》、《吴地书》等书。明人梁辰鱼有传奇《浣纱记》，即以西施故事为题材。三江：三条江的合称，其说法甚多，一般指吴江、钱塘江、浦阳江。此处却泛指全国各地的江河湖海。汗漫：不着边际的，散漫而难以稽考的。

阳山道中

善 住

雨余春涧水争分，野雉双飞过古坟①。
眼见人家住深坞，梅花绕屋不开门②。

【作者简介】

见前。

【说明】

阳山古名秦余杭山，在今江苏省苏州市西北三十里。因背阴面阳，故名。《吴越春秋》谓吴王夫差葬此。传说秦始皇箭射阳山最高峰，故峰名箭阙峰。又传明太祖朱元璋曾屯兵阳山之北的上青涧，其间有屯甲弄。除箭阙峰和上青涧外，尚有十四大峰、四岩、六坞、七泉、二涧亦较著名。此外，山中还有浴日亭、云泉庵、丁令威宅和丹井等名胜古迹。住公于仲春时节从阳山下经过。他没有去留意山中诸多古迹，看到的是山下的田园风景、山乡野趣。他用诗笔形象生动地把自己所见闻者写出来，通过平易质朴的语言，告诉我们。

【注释】

①雨余：雨后。分：分流。野雉：野鸡。鹑鸡类，雄者羽毛美丽，尾长，可作装饰品；雌者羽黄褐色，尾较短。汉朝时为避太祖刘邦皇后吕雉讳，改称野鸡，沿称至今。②坞：周围高中间低的山地。梅花句：谓屋前屋后到处栽满了梅花，繁密茂盛得简直连门也打不开了。

题管夫人长明庵图

妙 湛

双树阴阴落翠岩，一灯千古破幽关①。
也知诸法皆如幻，甘老烟霞水石间②。

【作者简介】

妙湛，元代浙江湖州长明庵女僧。生卒年、俗姓籍贯及生平履历均已失考。大约公元1302年前后在世。此诗收入明汪珂玉《珊瑚网》中。

【说明】

管夫人名管道升（1262－1319），为元代著名女画家。字仲姬，乌程（今浙江省湖州市）人。为书画家赵子昂之妻。善辞章，工书画，尤善画墨竹、梅、兰，笔意清绝。据《珊瑚网》所载：《长明庵图》系元成宗大德九年（公元1305

年)农历十一月二十五日管夫人所绘。画野外一所庵堂,围墙内有屋三层。门前竖杆悬一灯,即所谓长明灯。旁有石莲台作施鸟食处。间有长松短树,依山临水,墨气高古,很有意境。妙湛即此长明庵中尼,于管夫人画后,题此诗以纪。

【注释】
①双树:指长明庵门外两棵参天长松。翠岩:葱翠的山坡。幽关:幽者为深,关者为门,比喻深邃的道法。②诸法:各种方法,各种行为。烟霞:山水美景。

静安八景:绿云洞

寿 宁

万樾兮森森,云承宇兮阴阴①。
洞有屋兮云无心,我坐石兮鼓瑶琴②。
耶之溪兮华之岩,云之逝兮吾将曷寻③?

【作者简介】
寿宁,字无为,号一庵,元代浙江上海静安寺僧。生卒年、俗姓不详。大约公元1310年前后在世。上海(今上海市松江区)人。禅修之暇,专治楚辞,作骚体诗,时享盛名。

【说明】
宁公任静安寺住持时,治丈室,两旁杂植桧竹桐柏,自号曰绿云洞。合其寺之古迹吴碑、陈桧、虾子禅、讲经台、沪渎垒、涌泉、芦子渡为"静安八景"。向当代诗人征求题咏,应者甚多,成《静安八景》诗一卷。诗坛泰斗杨维桢为之作序。这里选宁公本人所题之第八首。绿云洞即宁公主寺时静安寺方丈室。因广植林木,绿阴蔚然,仿佛神仙洞府一般,故名。这是用屈原《离骚》体写作的一首短诗。诗中既介绍了绿云洞的环境,更多的是叙述洞主即住持,也就是宁公自己居住绿云洞中的生活情况。或坐石鼓琴,或倚岩长思,亦颇悠闲自在。诗写得很轻盈灵动,颇有意境。

【注释】
①樾(yuè):为道旁林荫树。森森:繁密貌。云承句:谓浓云承托着天宇,绿

云洞中显得阴暗凉爽。这里的云指树木撑起的绿荫。②瑶琴：有玉饰的琴。③耶之句：耶之溪指若耶溪，即传为西施浣纱的浣沙溪，在今浙江省绍兴市东南若耶山下。华之岩：此处乃指境西小华山，亦佛教名山也。曷：通何。

径山五峰五首

祖 铭

堆珠峰

天势下凌霄，坐使万壑趋①。
元气结峦岫，献此大宝珠②。
翊殿护释梵，鼓钟殷人区③。

大人峰

五髻生云雨，镇踞何舂容④。
具此大人相，题为大人峰⑤。
伟哉天地间，万象同扩充⑥。

鹏抟峰

峰势来大鹏，鼓此垂天翼⑦。
培风本无待，适兹造化力⑧。
何须问天地，在在六月息⑨。

宴坐峰

杉松太古色，不别春与冬⑩。
道人此宴坐，一念万劫融⑪。
不特座灯王，等了诸法空⑫。

朝阳峰

二仪开幽漠，日月临下土⑬。
万物丽高明，此峰正当午⑭。
堂堂大圣人，两眼空环宇⑮。

【作者简介】

祖铭（1280－1358），元代浙江余杭径山僧。字古鼎，俗姓应，奉化（今属浙江省）人。元惠宗至正年间前期（公元1341－1358年）主持径山。能诗，诗风雄健，很有气魄。作品结为《古鼎外集》。

【说明】

径山在浙江省余杭县东北，为天目山的东北峰，因有路径通天目山，故名。山有东西二径，盘旋迂回而上，各高十里。径山是铭公的本山，他住持径山古寺多年。为帮助别人加强对径山的认识，铭公写此组诗；把径山最著名的五座山峰一一介绍出来。诗后且附铭公自注，兹引如后："山中五峰，传之久矣，然指者不一。今各赋一诗，庶来者不待问而知也。"注后且署明作此五诗的时间，乃元惠宗至正十年庚寅（公元1350年）。组诗对五座山峰各自的形态意义描述得十分细腻生动，有利增强我们的感性认识。

【注释】

①凌霄：高入云霄。趋：靠拢。②元气：指天地未分前的混一之气。结：凝结于。③翊（yì）：辅佐、护卫。殿：佛殿。释梵：指佛教。殷：居中，当于。人区：人间。④髻：发髻。五髻指径山五峰，以其形似而称。镇踞：镇守，盘踞。春容：从容。春通从。⑤相：指威严的形象。⑥扩充：扩大而充实之。⑦抟（tuán）：环绕，盘旋。垂天翼：极言其羽翼之广大，可以垂蔽天地。⑧培：此处为制造意。⑨在在句：谓鹏翼扇起大风，止息六月的炎热。⑩太古：远古时。别：区分，分别。⑪宴坐：闲坐。又佛教禅宗称坐禅为宴坐，此处当用此意。融：消融，化解。⑫灯王：佛号。《维摩经·不思议品》有"东方度三十六恒河沙国，有世界名须弥相，其佛号须弥灯王。"⑬二仪：指天地。幽漠：昏昧荒凉。下土：指人世间。⑭丽：附着。高明：指朝阳当空，非常明亮。⑮大圣人：指太阳。空：视若无物。

咏梅花

梅花尼

终日寻春不见春，芒鞋踏破岭头云①。
归来笑捻梅花嗅，春在枝头已十分②。

【作者简介】

梅花尼，元代江南女僧。法讳字号、生卒年月、俗姓籍贯及生平履历均已失考。大约公元1312年前后在世。

【说明】

据《红树楼历朝名媛诗词》载：有尼未详姓氏，作梅花绝句，人皆称善，因号梅花尼。诗有悠然自得之趣。此尼直已悟道，不特诗句之佳也。寻春本就是一种情趣，一种积极的生活态度。踏破岭云，一无所得，自然是很扫兴的事。回来发现梅花已开，春也尽在梅花枝头。山重水复，柳暗花明。用语清新流利，手法新颖可喜，的为佳作。

【注释】

①芒鞋：草鞋。此句谓踏遍各个山头，穿过云雾去寻春。②捻：此处指执，以手指持物。嗅：闻。十分：谓已很充分，充足。

金 山 寺

昙噩

峥嵘两岸市廛开，爱静人寻此处来①。
水底有天行日月，山中无地着尘埃②。
塔擎灯影明云杪，船载钟声出浪堆③。
自信平生有仙骨，好风吹上妙高台④。

【作者简介】

昙噩（1285－1373），元末明初浙东名僧。字无梦，号梦堂，俗姓王，慈溪（今属浙江省）人。曾就学于名宿胡长孺，精通儒典，擅长文词，为袁桷、张翥等所推服。乌斯道从其学文法，得以成为名家。出家后师参雪庵溥公、元叟端公。教相既通，笃意禅观，昼夜研摩，颇具心得。赐号为"佛真文懿禅师"。洪武二年（公元1369年）征至京，召对称旨。以年老放归，四年后卒。

【说明】

昙噩诗词存世无多，今选七律一首，堪为代表。全诗雅洁流畅、洒脱从容。既生动准确地描述出金山寺周遭的山光水色，把我们带进一个空灵静穆的优美境界，又强烈地表达了作者渴求归隐、向慕山林的淡泊情怀。金山寺为中国佛教名寺，在今江苏省镇江市西北长江边。始建于东晋，本名泽心寺，北宋改今名，亦称龙游寺。清康熙时又称天禅寺。

【注释】

①峥嵘：高峻貌。唐·李白《蜀道难》诗句有"剑阁峥嵘而崔嵬，一夫当关，万夫莫开。"即此意。市廛：本指在市场上供给储存货物的屋舍、场地，于交易前不征收货物税。后用以称商店集中的处所。②水底句：谓日月映于水中。山中句：谓山上草木茂盛，不见灰尘。③塔擎句：谓高塔上的灯光照在树梢上。船载句：谓寺庙钟声随着船越浪而去。④仙骨：道家指升仙的资质。后来亦指超脱世俗的气质。妙高台：在金山最高峰妙高峰上。又名晒经台，为宋僧佛印了元所建。据此而览金山乃至长江、镇江市，形势甚胜。

赋 盖

祖 柏

百骨攒来一线收，葫芦金顶盖诸侯①。
一朝撑出马前去，真个有天无日头②。

【作者简介】

祖柏，字子庭，元代江南著名诗僧。生卒年、俗姓及生平履历均已失考。大约公元1320年前后在世。四明（今浙江省宁波市）人，一作嘉定（今属上海市）人。爱好浪迹云游，乞食嘉定市镇村落。性格滑稽，语极谐谑，不忌酒肉，行止疏放。曾在赤城山宣讲台教。亦善画石菖蒲。诗甚有名，作品结为《不繫舟集》。

【说明】

据《江南通志》所载：柏公于嘉定城镇化缘行乞时，偶触某官车马仪仗。某官命缚，欲治罪。后知为诗僧柏子庭，乃命赋车上所张伞盖。柏公应声诵此诗。某官闻诗，笑而释之。这首诗写得非常生动形象。讲的是伞盖，一旦撑起，把天挡住，将日遮没，其实指的却是那些无法无天的官老爷。盖即车盖，遮阳御雨之具。古称伞为盖。后按各级官员级别,伞盖增至极大,即使无雨无日,亦张之车马之上,以示威仪。

【注释】

①骨:伞骨。用竹条或铁丝制作,用以支撑伞布。攒:收聚,聚集。葫芦金顶:喻伞盖撑开,其外形像葫芦,且涂绘得金碧辉煌。诸侯:指各级官吏,特别是地方大吏。②真个句:谓伞盖遮不住天,却遮住了太阳。

口　占

祖　柏

一封丹诏未为真,三杯淡酒便成亲①。
夜来明月楼头望,惟有嫦娥不嫁人②。

【作者简介】

见前。

【说明】

据明陶宗仪《辍耕录》所载:元惠宗至元三年(公元1337年)夏六月,民间流传出谣言,说是朝廷将选取童男童女,送给鞑靼人为奴。于是从中原到江南,无任品官民户,但有儿女年十二三以上者,便为婚嫁。无媒无礼,片言即合,办事极其匆忙草率。其后有贵贱、贫富、长幼、妍丑匹配不齐者,各生怨恨。或夫弃妻,或妻嫌夫,或讼于官,或死于夭,悲剧不断发生。柏公有鉴于此,乃口占一绝以讽之。这首诗以戏谑的语言,记叙这一重大事件,举重若轻,信口而吟,对这种社会丑象的确讽刺得入木三分。

【注释】

①丹诏:谓皇帝颁发的命令文告,因用丹朱笔书成,故名。丹为朱红色丹砂。三杯句:极言婚事草率。②嫦娥:月神名。传为后羿之妻,窃不死之药以奔月。这个神话故事流传很早,长沙马王堆汉墓的帛画就有"嫦娥奔月"。历代文学艺术作品中多以此为题材,把她作为美女的典型。事载《山海经》、《诗经》、《礼记》、《淮南子》、《太平御览》、《搜神记》等书。

题自写菖蒲二首

祖 柏

盆泓浅浅映幽丛,绿发翛翛坠镜中①。
潇洒凭谁供拂掠,淡烟微雨及清风②。
云骨溪毛瘦不禁,井花濯濯翠阴阴③。
闲来坐对清诗眼,月落半窗风露深④。

【作者简介】
见前。

【说明】
菖蒲为一种水草,有香气,根入药。柏公擅长画菖蒲,画完后且每每自题诗其上,上述二绝句便是。柏公之诗大多即兴口占,指陈时事,极尽讽刺戏谑之能事。这两首七绝,却清俊优雅,端秀可喜,深得雅人深致,于柏公诗作中显得十分突出。写菖蒲的形象、菖蒲的姿态,写对菖蒲的欣赏,笔致甚为凝炼潇洒。柏公所供菖蒲,不过区区盆景而已,而其含烟带雨,乘风披月,颇领风骚。由此,可见柏公驾驭文字的功力,很不一般。

【注释】
①泓:水清澄貌。幽丛:指菖蒲。菖蒲丛生,如韭菜。绿发:指绿色而又细长的菖蒲。翛(xiāo)翛:交杂貌。镜中:指盆中,水清如镜,故言。②拂掠:拂拭清扫意。③云骨溪毛:谓菖蒲骨力柔软毛发修长,比喻的说法。濯濯:明净清新貌。④清诗眼:清洗、清洁做诗人的眼睛,使诗人的眼睛清新明亮意也。

馆 娃 宫

若 舟

白昼娃宫宴未旋,东风吹下越来船①。
捧心方妒三千女,尝胆谁知二十年②。

花暗屧廊蜂蝶困，草深香径鹿麋眠③。
凭栏一段伤心事，都在西山夕照边④。

【作者简介】

若舟，元代江苏吴门诗僧。字别岸，隽李（今浙江省嘉兴市）人。生卒年、俗姓及生平履历均已失考。大约公元1321年前后在世。能诗，作品当时即为人传诵，享名于时。诗风雅健清隽。此诗收入《归田诗话》。

【说明】

馆娃宫，春秋末吴国宫名。吴王夫差作宫于砚石山以馆西施。吴人谓美女为娃，故称馆娃宫。遗址在今江苏省苏州市吴县西南灵岩山上，即今之灵岩寺。舟公游灵岩山，仅见馆娃宫遗址，诸多名胜古迹均已毁败。因思一千八百年前吴越相争的那一段史事，不禁深有感触，乃为诗以纪之。本诗以典型人物和典型事件来记叙重大历史，笔墨简洁精炼，寓意深沉，诗写得非常成功。

【注释】

①白昼句：谓当年馆娃宫中整天都处在欢歌宴舞之中。旋，回之意。东风句：谓东风将越国的战船吹送过来了。越在吴之东南，故称。②捧心句：谓西施的娇弱美貌，使吴王后宫数千人都心生妒忌。捧心指两手抱着胸口，表示病态。《庄子·天运》云"故西施病心而颦其里，其里之丑人，见而美之，归亦捧心而颦其里。"遂有"东施效颦"成语。尝胆句：谓春秋末年，越王勾践自吴释归，立志报仇。他在坐卧之处都挂上苦胆，吃饭时也要尝胆，表示不忘其苦。经过十年生聚，十年休息，终于作好准备，攻灭了吴国。③屧（xiè）廊：响屧廊的省称，为春秋末吴王馆娃宫中廊名。遗址在今江苏省苏州市灵岩山上。宋·范成大《吴郡志》云"响屧廊在灵岩山寺。相传吴王令西施辇步屧，廊虚而响，故名。"香径：原馆娃宫花园中一条小径，因径旁栽满花卉，香味扑鼻，故称。麋：麋鹿，俗名四不像。④却在句：谓都随着西边的太阳，落下山去。

赠张伯雨

无名僧

久闻方外有神仙，只住华阳古洞天①。
花径不曾缘客扫，石床今许借僧眠②。

穿云去汲烧丹井,带雨来耕种玉田③。
一自茅君成道后,几人骑鹤下苍烟④?

【作者简介】

无名僧,元代游方僧。其法讳字号、生卒年月、俗姓籍贯及生平履历均已失考。大约公元1321年前后在世。

【说明】

张伯雨即张雨(1283-1350),元代道士,文学家。一名张天雨,旧名泽之,又名嗣真,字伯雨,号贞居子,又号句曲外史,钱塘(今浙江省杭州市)人。初为茅山道士,后住持西湖福贞观。元仁宗延祐七年(公元1320年)居开元宫。历主茅山崇寿观、元符宫。元惠宗至元二年(公元1336年)归杭,至正二年(公元1342年)仍提点开元宫。工诗,一时文人争与交游。有《句曲外史集》、《玄品录》等。据《南濠诗话》所载:张雨晚年居茅山,罕接宾客。一日,有野僧来谒,童子拒之。僧自称诗僧,要童子通报。童子通报后,张雨书唐杜甫诗句"花径不曾缘客扫",使童子示僧。僧略不思索,足成全诗。末二句语涉讥刺,锋芒直指。张雨得诗大惊,立刻延入上坐。相谈甚洽,留连数日方别。据此可知,无名野僧实雅人也,诗写得很有韵味,很有诗意,惜未留其名也。

【注释】

①方外:世俗之外,也指神仙居住之处。神仙:指张雨。华阳:山洞名,在今江苏省句容县茅山中,相传南朝梁陶弘景即隐于华阳洞。此处以洞代指茅山。②缘:因。石床:石制之床,坐卧可以祛热静心,僧道常有用之者。唐·贾岛《赠无怀禅师》诗句"禅定石床暖,月移山树秋。"即取此意。③烧丹:即炼丹。种玉:典出晋干宝《搜神记》。据说杨伯雍居终南山,常汲水于山岭上以供人饮。三年后,有一人饮后给其石子一斗,谓选好地种之可生玉,并可得好妇。杨种石果得玉。右北平徐公有好女,人求之不许。杨往求,徐言如得白璧一双方可。杨于种玉处得白璧五双,遂聘徐女。此处仅指道士种植粮食药物等。④茅君:指汉代道士茅盈。据说茅盈携弟茅衷、茅固隐今江苏省句容县句曲山,于此得道成仙,世号三茅君。此山亦随改名三茅山,简称茅山。茅君成为道家茅山派祖师。骑鹤:指得道成仙。苍烟:犹言苍穹、苍天,因天空有云烟,故称。

野鸡毛羽好

宗 衍

野鸡毛羽好,不如家鸡能报晓。
新人美如花,不如旧人能绩麻①。
绩麻作衫郎得着,郎见花开又花落②。

【作者简介】

宗衍,元代江苏苏州石湖楞伽寺僧。字道原,吴中(今江苏省苏州地区)人。生卒年、俗姓及生平履历均已失考。大约公元1322年前后在世。元惠宗至正年间(公元1341-1368年)住持楞伽寺。能诗,诗有明显的民歌倾向,多被人传诵。作品结为《碧山堂集》。

【说明】

这是一首充满民歌风味的歌谣,充分反映出衍公诗歌的艺术特色:用形象生动的比喻,反复排比的技法,人物事件的对比,来阐述作者的思想倾向和人生态度。这首诗从题目开始,直到最后一句,都是用的比喻象征的手法。诗人的形象思维带领我们加深了对事物的理解和认识。既然是民歌风味,自然就平易通俗、节奏明朗,有较强的音乐旋律感。

【注释】

①绩麻:织麻,将麻织成布。②着:穿。郎见句:谓新人只是好看而已,没有什么本事,到时候人老色衰,就一文不值了。

西湖竹枝词

文 信

湖西日脚欲没山,湖东新月牙梳弯①。
南北两峰船里看,却比阿侬双髻鬟②。

【作者简介】

文信，元代浙江杭州西湖诗僧。字道元，永嘉（今浙江省温州市）人。生卒年、俗姓及生平履历均已失考。大约公元 1323 年前后在世。少习儒，长诗文，与会稽杨维桢齐名。信公淡泊名利，清贫自守，自隐山林，隐遁而终。能诗，出家后亦未搁笔。然仍持文士习气，诗风浓艳华美，常抒儿女之情，时评欠佳。

【说明】

竹枝词简称竹枝，词调名。唐人刘禹锡于贞元中（公元 794 年左右）在沅湘所创的新词。其形式为七言绝句。作者往往在其前面加上某地名，意谓咏诵某地的竹枝词。比如本诗，则为咏诵西湖的竹枝词。这首诗的角度有点与众不同，写的是乘船于西湖之中，观看湖边群山的感想。想象大胆而又奇特，比喻生动而又形象，写得很有情趣。

【注释】

①日脚：指穿过云隙下射的日光。唐·岑参《送李司谏归京》诗有句"雨过风头黑，云开日脚黄。"即用此意。牙梳：象牙梳子。②南北两峰：指西湖西边的南高峰、北高峰。阿侬：你。髻鬟：发髻。宋·黄庭坚《宁子兴追和予岳阳楼诗复次韵》之一有"去年新霁独凭阑，山似樊姬拥髻鬟。"即此意。

黄 鹤 楼

禅 僧

一拳捶碎黄鹤楼，一脚踢翻鹦鹉洲①。
眼前有景道不得，崔颢题诗在上头②。

【作者简介】

禅僧，元代游方僧。其法讳字号、生卒年、俗姓籍贯及生平履历均已失考，大约公元 1323 年前后在世。

【说明】

黄鹤楼在今湖北省武汉市武昌蛇山黄鹄矶上，临长江。古代传说有仙人子安尝乘黄鹤过此，故名。相传始建于三国吴黄武二年（公元223年），历代屡毁屡建，现已重新修葺，联合周围建筑与景点，成一风景美丽的园林。古今诗人题咏黄鹤楼者甚众，其中以唐人崔颢所作七言古风最为著名。有禅僧游鄂，登黄鹤楼，见此山峦蜿蜒，大江苍茫，景致瑰丽雄奇，大为称赏，亦挥笔题此七绝。这首诗一反常人作诗方法，正话反说，以捶碎、踢翻的方式来表达自己对面前景物的极度喜爱，极度赞赏。这种表现手法很新颖。表达自己的喜爱人人皆可，而要题诗则不尽然。禅僧知道唐代崔颢已有诗在前，自己也不敢多说了。诗很生动，很有情趣。

【注释】

①鹦鹉洲：洲名。在今湖北省武汉市汉阳西南江中。东汉末，黄祖为江夏太守，其长子黄射大会宾客。有人献鹦鹉，祢衡作赋，洲因以为名。明季为江水冲没。②崔颢（？－754），唐代诗人。汴州（今河南省开封市）人。开元进士，官司勋员外郎。登黄鹤楼赋诗，为李白所推重。按"眼前有景道不得，崔颢题诗在上头"，系唐李白登黄鹤楼赞崔颢题诗之原句。此禅僧全搬借用，省力省时，取巧偷懒，不亦妙哉。而又贴切自然，天衣无缝，却也难得。

游 虎 丘

瞻禅师

城里看山看不足，花时雪后每来游。
洗空尘土唯池水，磨尽英雄是石头①。
此日凭栏闻楚雁，何人掘冢得吴钩②？
东风又绿苍崖树，檀板娥笙醉未休③。

【作者简介】

瞻禅师，元代江苏苏州虎丘寺僧。字无及。生卒年、姓氏籍贯及生平事迹均已失考。大约公元1324年前后在世。能诗，当时即享大名。诗收入《元诗癸集》、《虎丘志》。

【说明】

虎丘，又名海涌山，在江苏省苏州市西北阊门外，距城约七华里。相传春秋末年吴王夫差葬其父阖闾于此。为建墓冢，夫差动用十万民工，驭大象运土石，挖坑凿穴，积土成丘，历时三年墓始建成。葬后三日，传说有虎据其上，故名"虎丘"。又据传阖闾生前酷爱剑，死后即以"专诸"、"鱼肠"等剑共三千殉葬。今其上有虎丘古寺。

【注释】

①洗空句：谓洗剑池的水把尘土洗尽。磨尽：谓磨剑石把英雄志气磨灭。②楚雁：楚地飞来的大雁。吴钩：兵器名，形似剑而曲。相传吴王阖闾命国中作金钩，有人杀了自己的两个儿子，以血涂钩，铸成二钩，献给吴王。此处以吴钩代指名贵兵器。③檀板：檀木柏板，歌舞时指挥节奏的乐工用具。娥笙：指精美华丽的笙。

湖村庵即事

惟 则

竹根犬吠隔溪西，湖雁声高木叶飞①。
近听始知双橹响，一灯浮水夜船归②。

【作者简介】

惟则，元代江苏姑苏狮子林僧。生卒年不详，大约公元1324年前后在世，卒于至正十四年（公元1354年）以后，世寿六十岁以上。字天如，俗姓谭，庐陵（今江西省莲花县）人。家贫，少为豪门牧牛。聪颖过人，十四岁遇海印昭如禅师，荐入禾山甘露禅院。受具后游苏州虎丘，极受中峰明本大师器重，纳为法嗣。江浙诸山屡请主席，坚辞不受。长驻苏州狮子林，兼主松江九峰十二年。继中峰明本力弘净土，为一代宗师。著有《楞严经会解》、《净土或问》、《十戒法图说》、《精要语录》、《狮子林别录》等。亦能诗，诗风清新淡雅，饶有情致。诗作结为《天如集》。

【说明】

则公传世诗颇多，其中尤以七绝为好，多清新雅丽，警策明朗，当时即为世传诵。湖村庵未详所指，当为苏州城东南太湖附近一小寺庵。即事指以当前事物为题材而作诗。这首七绝生动地描绘了湖村庵附近的山光水色，写的便是典型的苏南水乡面貌。溪水、湖雁、橹声、夜船，无不透露出南国水乡明媚的姿态和美妙的诗意。

【注释】

①木叶：树叶。②灯：指夜船上的灯火。

绝　句

惟　则

开渠筑岸护低田，坐听邻翁说去年①。
卖却犁锄买渔网，儿童荡桨到床前②。

【作者简介】

见前。

【说明】

这是则公最为人称赏的一首七言绝句。其实，说的也还是农家寻常小事。苏南水多固使其成为著名的鱼米之乡，可一旦洪水泛滥亦将冲毁农田。这首诗写了一家农户，写了祖孙两代。变耕为渔，卖犁买网。老一辈未必能够习惯、适应，儿童却已乐在其中了。诗写得很活泼清新。作者的关注与爱护之情，全隐藏在平易朴素的诗句中。

【注释】

①坐听句：谓听邻翁描述去年水灾情形。②卖却：卖掉。

题安分轩

辩　才

知君近构竹间房，墙下新栽几树桑①。
采药不辞沾雨露，御寒聊欲足衣裳②。
春深门外车无迹，秋晚篱边菊有香③。

我亦林泉安分者，向寻时过小池塘④。

【作者简介】

辩才，元代江苏吴门诗僧。生卒年、俗姓籍贯及生平履历均已失考。大约公元1326年前后在世。能诗，当时有名。诗风温文淡雅，讲求意境。作品收入《铁网珊瑚》。

【说明】

苏州名士朱景春题其居曰"安分轩"。同代名士滕远为之图，金文征为之铭，各诗家皆有题咏。才公之诗，亦应邀而题作也。诗中有大量篇幅描绘"安分轩"周围宁静的环境和美丽的风光，赞赏朱景春恬淡隐读的美好愿望，表示要和朱加强往来，互相学习。诗写得很清新，很明丽，很有感情。

【注释】

①构：建。竹间房：竹墙茅顶的简陋房屋。②采药句：谓自种药圃，早晨冒露采药。御寒句：谓栽了桑树，养蚕吐丝织成衣服可以御寒。③车无迹：无人特别是乘车马的达官贵人来往。菊有香：菊花开放而吐露芳香。暗用陶渊明"采菊东篱下"之典。④林泉：树林溪泉，泛指山林，即隐修之地。向寻：犹言相寻。

万　里

梵　琦

万里故乡隔，扁舟何日还①？
黄沙蓟北路，白云辽西山②。
马倦客投店，鸡鸣人出关③。
吾思石桥隐，绝顶尚容攀。

【作者简介】

梵琦（1296－1371），元末明初浙江嘉兴本觉寺僧。字楚石，小字昙曜，号西斋老人。俗姓朱，明州象山（今属浙江省）人。九岁出家，得法于径山元叟行端。赐号"佛日普照慧辩禅师"。洪武初，诏征江南高僧，建法会于蒋山，位居第一。住南京天界寺，三年卒。归葬海盐天宁寺，学士宋濂为作塔铭。琦公博学高行，宗说兼通，禅寂之外，专志净业。有《西斋净土诗》数百首。

【说明】

钱谦益论梵琦诗空灵超脱，"皆于念佛三昧心中流出，历历与契经合，使人读之，恍然如游珠网琼林、金沙玉沼间"，主要是指其《西斋净土诗》。另有不少篇章，诗家称之为"无蔬笋气者"，比如本诗，情真意切，沉郁悲壮，反映出梵琦思想与诗风的另一个侧面。

【注释】

①万里：此取诗句首二字为题，本无特别意义。②蓟北：指今北京、天津两市以北地区，旧属蓟州，治所为今蓟县。辽西：指今辽宁省西南地区，旧为辽西州，治所为今义县。③关：指山海关。

晓过西湖

梵 琦

船上见月如可呼，爱之且复留斯须①。
青山倒影水连郭，白藕作花香满湖②。
仙林寺远钟已动，灵隐塔高灯欲无③。
西风吹人不得寐，坐听鱼蟹翻菰蒲④。

【作者简介】

见前。

【说明】

古往今来，多少文人墨客歌颂西湖，诗词歌赋，连篇累牍。释子题西湖诗词亦不在少数。琦公此诗，在这些篇章中可以称得上是一流精品。这是清代文豪沈德潜的评价。尤其第四联两句，长久以来，一直为人们所传诵。青山倒影，藕花满湖，寺钟传来，塔灯高照，一片安谧宁静，有如仙国的境界。琦公是清晨乘船过湖的，难怪他要叫船儿停一停，停一停，让他再看看西湖美景。

【注释】

①斯须：暂时，片刻。汉·李陵《与苏武诗》一有"长当从此别，且复立斯须。"意即此。②郭：城，一般多指外城。花：此处指荷花。③仙林寺：旧时杭州城西一座古寺，早废。动：响，敲响。灵隐塔：指杭州城西灵隐古寺内的长明灯塔。灯欲无：谓塔高寺远，灯光显得若有若无。④寐：睡。菰蒲：菱白与蒲草，泛指湖中的各种水草。

漠北怀古

梵 琦

旷野多遗骨，前朝数用兵①。
烽连都护府，栅绕可敦城②。
象胆随时转，驼蹄入夜明③。
却因班定远，牵动故乡情④。

【作者简介】

见前。

【说明】

琦公享寿七十六岁。从九岁出家以来，六十余年中，足迹遍布大江南北。虽然是典型的南方人，浙江象山人，但在北方边疆也有过相当时间的逗留。琦公写有《漠北怀古》诗二首，此选其一。漠北古时泛指蒙古高原大沙漠以北地区。这首描写漠北地区的怀古诗，给我们带来了一种全新的观感和认识。当然不仅仅是遥远边疆的异族风情，主要是诗中叙述的历史：历史人物与历史事件。这一切都把我们带到了遥远的年代，让我们沉思、遐想。

【注释】

①遗骨：指以前在此作战阵亡者的骨骸。②烽：烽烟，烽火，古代边防报警的信号。也可以指战争，战乱。都护：官名。汉置西域都护，督护诸国，以并护南北道，故号都护，本为加官。唐置六大都护府，统辖边远诸国，权任与汉同，但为实职。栅：栅栏，这里是指军事设施的篱栅。可敦：我国古代鲜卑、蠕蠕、突厥、回纥、蒙古等族的最高统治者称可汗，其妻称可敦。此处以可敦代指可汗。③象胆

句：谓大象温顺胆小，不时更变行动方向。驼蹄句：谓骆驼认识路径，夜里行进时看得很清楚。④班定远：即班超（33－103），东汉军事家、外交家。汉明帝永平十六年（公元73年）率队出使西域，使西域五十余国获得安宁。班在西域三十一年，官至西域都护，封定远侯。故乡情：怀念故乡之情。借班超事说自己事。公元103年，班超年逾七十，仍驻西域。其妹班昭以其年老，上书汉和帝，准其退休返回故乡。

居 庸 关

梵 琦

天畔浮云云表峰，北游奇险见居庸①。
力排剑戟三千士，门掩山河百二重②。
渠答自今收战马，兜铃无复置边烽③。
上都避暑频来往，飞鸟犹能识衮龙④。

【作者简介】
见前。

【说明】
居庸关，为我国万里长城上重要关隘，古称九塞之一。在今北京市昌平区西北军都山上，亦称军都关。军都山古称居庸山，故称居庸关。北朝齐时称纳款关，唐时称蓟门关。两山夹峙，悬崖峭壁，地形极为险要。旧时有"燕京八景"，其中之一为"居庸叠翠"，即指此。又军都山亦称八达岭，故也常称八达岭居庸关。现此关及其两端长城已经大规模修葺，可供游人攀登游览。现在，中外游客来北京登长城者，亦皆指登八达岭居庸关及其两端之长城也。琦公当年也曾登居庸关。那时长城也早已失去军事边防的重要意义，但作为古代建筑的雄关，其气势犹在，风景依然。诗写得很大气，雄浑刚劲，甚有力度。

【注释】
①天畔：犹言天边。表：本意为表现，表明，此外兼有衬托，托起之意。②剑戟：剑与戟，泛指各种武器。此句意谓有此雄关，可抵御三千全副武装的敌军。百二重：一百二十层。极言居庸关护卫内地的重要作用。又据传长城共有一百二十座

关口，故称百二重，百二重即一百二十关。③渠答：守城御敌的战具。《墨子·备城门》载有"城上二步一渠，渠立程，丈三尺，臂长六尺；二步一答，广九尺，袤十二尺。"兜铃：通常写作兜零，一种特制的笼子，置薪其中，举点烽火的用具。④上都：本意指京师，首都。此指上都城，为原蒙古国开平府，元中统五年（公元1264年）加号上都。治所在今内蒙古正蓝旗兆乃曼苏木。衮（gǔn）龙：衮本为古代帝王和公侯们所穿的礼服。衮龙则专指帝服，此处又代指帝王。

泊安庆城，挽余廷心

法 智

浮图高出暮云低，雉堞连阴碧树齐①。
茅屋人家兵火后，楼船鼙鼓夕阳西②。
大江千里水东去，明月一天乌夜啼③。
欲酹忠魂荒冢外，白杨秋色转凄迷④。

【作者简介】

法智，元代江苏吴山僧。生卒年、俗姓籍贯及生平履历均已失考。大约公元1330年前后在世。能诗，诗风沉雄悲壮，很有感染力。此诗加载《宏秀集》。

【说明】

安庆，地名。唐乾元初置，名舒州，属淮南道。南宋绍兴十七年（公元1147年）改为安庆军，庆元元年（公元1195年）升为安庆府。清为安徽省治。今为安徽省安庆市。余廷心即余阙（1303－1358），元末官吏。字廷心，一字天心。西夏党项族人，世居河西武威（今甘肃省武威市），生于庐州（今安徽省合肥市）。进士出身，历官刑部主事、翰林修撰、监察御史。参与辽、金、宋三史修撰。红巾起义爆发后，任淮东行省左丞、都元帅，守安庆。在赵普胜、陈友谅联合攻击下，城破自杀。谥忠宣。著作有《青阳集》。智公与余阙为方外至友。当他乘船路过安庆城时，特意停泊，前往余阙自杀的地方祭奠，并写下这首挽诗。这首诗用精练的语言描绘了安庆城的自然风貌，概括了社会动荡的现实情况，表达了对故友的深深怀念。诗写得含蓄深沉，哀而不伤，很有感染力。

【注释】

①浮图：宝塔。雉堞：城墙长三丈宽一丈为雉。堞为女墙，即城墙上端凸凹叠起之处，泛指城墙。②楼船：战船。鼙鼓：军鼓，战鼓。③大江：指长江。安庆城即在长江畔。乌夜啼：此处取字面意思，即乌鸦夜中啼鸣。④酹：以酒洒地表示祭奠。凄迷：迷茫。

次韵答郏仲谊

宁长老

公余联骑入山城，老衲追陪得散行①。
短簿祠前看竹色，小吴轩上听松声②。
来游古苑春将暮，归去南楼月已明③。
题遍新诗佳胜处，定应商略过天平④。

【作者简介】

宁长老，元末明初江苏姑苏虎丘山寺僧。字居中。生卒年、俗姓籍贯及生平履历均已失考。大约公元1330年前后在世。能诗，当时称姑苏诗坛盟主，颇享大名。诗风清新雅健，很有意蕴。作品惜多不传。本诗载《虎丘诗集》。

【说明】

郏仲谊名郏经，字仲谊，号玩斋，仁和（今浙江省杭州市）人。元末进士。长于诗，作品结为《玩斋集》。大约是元惠帝至正十八年（公元1358年）的春天，郏经与吕敏、曾朴等人同登虎丘城，作七律一首赠居中宁禅师。同时吕、曾等人次郏韵，亦作诗赠宁禅师。宁公得诗，则次郏诗之韵，和此诗以答。这首诗盛赞郏、吕等人的春游雅兴，对虎丘城内外的风光作了简洁的描绘。诗写得很精练，很有韵味。附郏经《春陪吕志学、曾彦鲁、刘仲原同登虎丘赋呈居中长老》："虎丘山前新筑城，虎丘寺里断人行。梵僧自识灰千劫，蜀魄时飘泪一声。渐少松杉围胸堵，无多桃李过清明。向来游事夸全盛，曾对春风咏太平。"

【注释】

①公余：公事之余暇。郏、吕、曾、刘等皆有官职在身，唯公余时间可以出游。山城：指虎丘山城，为元至正十七年（公元1357年）由官任淮南省照磨的周南所督造的一座军用城堡。老衲句：谓宁公为虎丘僧，作为东道主陪诸位在山城中游玩。②短簿祠：为纪念东晋王珣所立之祠，在虎丘山。《世说新语》载有晋王珣为大司马桓温器重，任为主簿。珣状短小，人称短主簿。小吴轩：虎丘城内一座小轩室。③古苑：古老的庭院或花园。④商略：商讨。天平：山名。天平山在今江苏省苏州市郊。巍然特高，半山有白云泉，相传为吴中第一水。

竹深处诗

实禅师

修竹千竿一草堂，幽深偏爱水云乡①。
碧阴满地春帘湿，苍雪侵帷夏簟凉②。
诗刻粉筠初解箨，声传茶臼远飘香③。
宦游十载天南北，犹想园林思不忘④。

【作者简介】

实禅师，字积中，号竹樵，元末明初江苏姑苏僧。生卒年、俗姓籍贯及生平履历均已失考。大约公元1331年前后在世。能诗，时有大名。诗风清雅明快，颇有情致。作品惜多不传。此诗载明人汪珂玉《珊瑚网》。

【内容简介】

姑苏刘孟功先生性嗜竹，种之数万竿，蔚然成林。孟功日居其中，同志者过之则留。乃取杜少陵诗句言其所居曰"竹深处"。当时硕士鸿儒，皆为之品题。结集为《竹深处赋》，钱唐张时为之序。实公此诗亦为当时应邀而题。诗中赞扬了竹深处幽雅美丽的风景，也赞颂了竹林之主刘孟功先生息影田园的高雅情操，诗写得很明朗，韵律流畅，甚有诗味。

【注释】

①修：长。水云乡：水云弥漫的地方。多指隐者居游之地。宋·苏轼《和章七出守湖州》之一："方丈仙人出渺茫，高情犹爱水云乡。"意即此。②碧阴：绿

阴，指竹阴。簟：竹席。③粉筠：细嫩的竹皮。箨：竹皮或笋壳。茶臼：煮茶之具。④宦游：外出求官，做官。

竹 枝 词

惟 则

烟消日出江水流，江风摇荡木兰舟①。
故园望断不得去，杨柳蒹葭又早秋②。

【作者简介】

惟则（1303－1373），元末明初浙江杭州海门寺僧。字天真，号冰陨，俗姓费，吴兴人（今属浙江省）。眉目清朗，风采俊逸。入庐山出家，师无极，无极老病，归侍佑圣寺。洪武初，万金首荐之，征至京，以高行授左善世。能诗，尤擅偈颂。有偈百余首传世。

【说明】

竹枝词为词调名，形式上实为七言绝句。详见文信《西湖竹枝词》之说明。传惟则法相，庄严，极具威仪，有胡僧名秋碧者为绘像百幅。日本使者见之，纷纷罗拜，以为日本国师，以重金购去。惟则诗亦雅健端庄，颇得诗人之旨。言虽近而意趣远，造诣非同一般。其诗以七绝为主。这首七绝正是他的代表作。融情绘景，情景交融，思乡之情写得入木三分，值得回味。

【注释】

①烟：清晨的雾霭。木兰舟：用木兰树木材造的船。南朝梁任昉《述异记》载"木兰洲在浔阳江中，多木兰树。昔吴王阖闾植木兰于此，用构宫殿也。七里洲中，有鲁般刻木兰为舟，舟至今在洲。诗家云木兰舟，出于此。"后常用为船的美称，并非实指木兰木所制。②望断：犹言望穿，望穿秋水之省语。喻迫切深情地盼望。

偈

惟　则

天街密雨却烦嚣，百稼臻成春气饶①。
乞宥沙弥疏戒检，袈裟道在祝神尧②。

【作者简介】

见前。

【说明】

明太祖洪武初诏天下僧人俗家抽一丁充军。惟则冒死进偈七章，今选第一首。明太祖观七偈后，遂废止此令。佛教传入中国以来，历经艰难，护法者包括历代帝王将相固然不少，而排佛灭法者也大有人在。作为当代名僧，则公出面维护本教利益，自然责无旁贷。洪武帝朱元璋对佛教也经历了一个从排斥到维护的过程，殊属不易。这首诗写得很深沉，很委婉，自然有感人的力量。

【注释】

①天街：指天上。却：除却，清除。烦嚣：闷热与喧闹。臻（zhēn）：至，到达。春气饶：谓春意盎然。②宥：宽免。疏：放松。戒检：谓检验僧人的戒牒。道：这里作任务，使命解。祝神尧：谓祈祝当代君王像古代圣君唐尧那么英明伟大。

寄杨廉夫

照禅师

绝爱才多扬执戟，家住东吴锦绣场①。
姓氏已知传宇宙，玉堂新诵好文章②。
画船百丈牵春雨，铁笛一声鸣凤凰③。

海上相望千里隔，尺书无使为吾将④。

【作者简介】

照禅师，元代末年南方诗僧。生卒年、俗姓及生平履历均已失考。大约公元1334年前后在世。字觉元，四明（今浙江省宁波市）人。出家之后，曾于青浦淀山湖滨苦读儒释经典，时达十年。长于诗，诗风颇为劲拔雄健，当时即享诗名。

【说明】

杨廉夫即杨维桢（1296－1370），元末明初著名诗人。字廉夫，晚号东维子，会稽（今浙江省绍兴市）人。读书铁崖山，自号铁崖，善吹铁笛，自号铁笛道人。进士出身，历任县尹、推官、江西儒学提举。元末农民起义时，隐富春山。张士诚、朱元璋皆召，不起。诗名盛于一时，人称"铁崖体"。有《东维子集》、《铁崖先生古乐府》等。照公为杨氏同代诗人，写诗寄之，以表钦佩赞慕之情。诗写得很诚挚、明朗，风格豪放。

【注释】

①执戟（jǐ）：秦汉时的宫廷侍卫官，因值勤时手持戟而名。后借以代指执掌大权的重臣或皇帝身边的顾问咨询人员。杨维桢于明初曾以名儒身份由朱元璋请到金陵制订礼乐，是明太祖最尊重的学术顾问。同时，这里也兼指杨维桢于元末明初作为当时文坛泰斗的重要地位。东吴锦绣场：古会稽地区（治所为今浙江省绍兴市），此地历来人文荟萃，人才辈出，故名。②玉堂：唐宋以后称翰林院为玉堂，以其清贵也。亦泛指富贵之家。这里兼有文人雅士聚会处之意。③画船句：谓春雨中许多游船聚集欢宴。其中主要人物是杨维桢。铁笛句：谓杨维桢吹奏铁笛，声如凤鸣，极为优美动听。④尺书：书信，信札。将：送，携带。

续兰亭会补任城吕系诗

自 悦

崇阿抚神秘，微风扇和淳①。
灵雨既云沐，品汇区以陈②。
兰茗擢中沚，蓓蕚媚芳辰③。

散怀得真契，引觞答熙春④。

【作者简介】

自悦，元末明初浙江天台山僧。生卒年、俗姓及生平履历均已失考。大约公元1334年前后在世。号白云，天台（今属浙江省）人。能诗。诗风温雅，格调清新，当时享名。明洪武初以高僧召赴金陵。还山后卒。

【说明】

东晋穆帝永和九年（公元353年）三月三日，王羲之、谢安等四十二人会于会稽之兰亭，修祓禊之礼。王羲之为此曾写下著名的《兰亭序》。一千多年后，即元惠帝至正末年（公元1368年）三月初三日，浙江行省左丞方国珍组织江浙一批文士，人数也是四十二名，代表和对应东晋时四十二人。此处称之为补，即古人已逝，后人补其位置也，即在秘图湖畔进行了一次续兰亭会修禊活动。悦公此次为代替古时任城吕系作诗。除当时一批官吏文员外，天台僧自悦、四明僧如阜、东山僧福报也参加了这次活动。与会者各作五言律诗二首，结集行世。这是江浙诗坛上一次重大的盛会，虽值元明交替之际，时局非常动乱，仍然引起社会的相当重视，产生很大影响。悦公此诗，在与会者之作中，堪称佼佼。本诗雍容雅致，恬淡从容，深得魏晋诗歌的神味。

【注释】

①崇阿：高丘。见唐王勃《滕王阁诗序》："俨骖騑挡于上路，访风景于崇阿。"此句谓周围的群山充满了神秘感，这或许是仿效千年前名人活动时应有的感觉。和淳：温和淳朴。②灵雨：既指及时之雨也指明净之水，修禊时须用水洗濯头面手脚，以除邪秽。沐：洗。品汇：事物的品种类别。区：分别。陈：陈列。③兰茗：兰的茎。擢：耸起，卓立。中沚：河中小洲。葩萼：犹言花苞。芳辰：犹言美好时光。④散怀：犹言散心，舒放情怀。真契：契合，投合。引觞（shāng）：举杯。熙春：和煦的春光。

续兰亭会补彭城曹埋诗

福　报

柔条扇微风，轻波漾晴旭①。

群彦此委蛇，鸣条集中谷②。
列席依岩隈，飞觞随水曲③。
缅怀古先哲，庶以继遐躅④。

【作者简介】

福报，字复原，元末明初浙江会稽东山僧。生卒年不详，大约公元1334年前后在世。明洪武中卒，享寿八十四岁。俗姓方，临海（今属浙江省）人。明太祖洪武初，以高僧而应诏赴金陵，参与主持重大法会。因年老，赐还本山。能诗，诗风潇洒雅健，深得晋唐诗家意趣。

【说明】

这是报公参与续兰亭会替补东晋彭城曹堙时所作五言律诗。关于续兰亭会详见前自悦《续兰亭会补任城吕系诗》之说明。这样做诗，既要受晋时原人原诗之约束，又要能表达自己的现实观感，并非易事。报公此诗，写得大开大阖，明快雄劲，很有气势，不愧为传世佳作。

【注释】

①柔条：指细软的树枝条。轻波句：谓天气晴朗，旭日在湖水中映照并荡漾。②彦：美士，才德杰出之人。此：于此，在此。委蛇：也作委佗、逶迤、委移、威夷等，有许多种含义。此处形容雍容自得貌。鸣条：风吹树枝发出的声音。也指因风作响的树枝。③列席：排座。岩隈：山坡下。飞觞：犹言传觞，轮流举杯意。水曲：岸随水势曲折，故称岸边、水畔为水曲。④先哲：古代的贤人。庶：将近，差不多。遐躅：遥远的足迹。此处系指古人的模范行为。

续兰亭会补任城令吕本诗

如阜

禊饮秘图湖，天气淑且柔①。
传觞际曲渚，濯缨临芳洲②。
纤条乱风树，幽葩落晴沟③。
众宾亦以乐，正忘尘世忧④。

【作者简介】

如阜，元末明初浙江余姚径山僧。生卒年、俗姓及生平履历均已失考。大约公元1335年前后在世。字物元，临海（今浙江省宁波市）人。明太祖洪武初以高僧被召至金陵，未久卒。能诗，诗风温文儒雅，颇能以意境制胜，当时享名。

【说明】

这是阜公参加续兰亭会所作五言律诗。关于续兰亭会详见前自悦《续兰亭会补任城吕系诗》之说明。阜公是作为代替东晋任城令吕本与会并作诗的。此诗清新雅健，不落俗套，当时即广为流传，深得好评。

【注释】

①禊饮：修禊并饮酒。修禊为古代风俗活动。每于农历三月上旬的巳日（魏以后固定在农历三月初三日），到水边去嬉游采兰，洗手濯脚，以驱除不祥。秘图湖具体位置不详，当在浙中地区。淑：清澈。柔：温和。②际：位于，在。曲渚：深隐曲折的沙洲。濯缨：洗头。缨本意为系帽冠的丝带，以此代指帽子，继而引申代指头部。③纤条：细树枝。纤为细小意。幽葩：美丽的花朵。晴沟：即明沟。④尘世：人间，人世。

绝　句

良　震

六月七月生晚凉，大树小树临幽窗①。
枯槎行蚁过无数，晴空好鸟飞一双②。

【作者简介】

良震，元代末年江南诗僧。大约公元1336年前后在世。字雷隐，三山（今福建省福州市）人。爱吟诵唐人七言诗，诗学晋唐，而不为格律所缚。作品亦以七绝为多。其诗散见于《西湖竹枝集》等书中。

【说明】

"清水出芙蓉，天然去雕饰"，用这句话来形容震公的诗，应该是相当恰当的。震公熟读唐诗,稔熟格律,而决不为格律所束缚。他的绝句,直抒胸臆,天然自在,颇有返朴归真的味道。这便是我们常说的熟读唐人而不模仿唐人,结果反而神似唐人。这首诗平淡质直,描写细腻,给人以足够的想象空间。其"晴空好鸟飞一双"名句,亦常常被后人引用。

【注释】

①幽窗:犹言宁静的窗口。②枯槎(chā):枯树。好鸟:指漂亮的鸟儿。

山房独坐

善 学

山房无一事,西日送残曛①。
饭取胡麻煮,香将柏子焚②。
草坡闻牧笛,松坞响樵斤③。
怪底总昏黑,檐前一片云④。

【作者简介】

善学(1307－1370),元末明初江苏吴县龟山光福寺僧,字古庭,俗姓马,吴郡(今江苏苏州市)人。十七岁出家,受《华严经》于林屋清公,精研贤首疏钞。学问精深,融贯诸家,是极负盛名的元明两代华严宗高僧。洪武初,因本寺输赋违期而流徙江西赣州,行至安徽池阳马当山时病逝。归葬光福寺,大学士宋濂为之作塔铭。

【说明】

学公偶作诗,多不存。其诗皆明白如话,自然清新。这首诗用平铺直叙的纯白描的手法,展现出一个高年老僧在牧笛樵斧声中皈隐向佛,枯坐打禅的恬淡生涯。这当然是一篇自述,令人读来深感平易亲切。末联以俚俗口语入诗,生动形象,尤有情趣。山房为山中的房舍,原为士子于山中的读书之所。宋李常少读书于庐山白石僧舍。既擢第,留所抄书九千卷于其所,名舍为李氏山房。后泛指士人、隐士、僧道的山中斋室。

【注释】

①西日：西边的太阳，指即将落山的太阳。残曛：残剩的余晖。曛为日落的余光。②胡麻：植物名。传为汉代张骞得其种子于西域，故名。又名巨胜、芝麻、油麻等。种子有黑白二种，皆可榨油。柏子：柏树的种子，焚之有香味。③松坞：长满松树的山坞。樵斤：砍柴的斧头。斤即斧子。④怪底：俚语，意为奇怪，难怪。

病中赠医僧悦可庭

无 愠

我怀佛祖病，不独病厥躬①。
三界病有尽，我病无终穷②。
可庭解医病，聊与言病功③。
虚空病之体，病体离虚空④。
呻吟侬笑病，欢乐病笑侬⑤。
推病病不去，觅病病无踪⑥。
年来识病处，不将病挂胸⑦。
千病及万病，只与一病同⑧。
有身则有病，无身病何从⑨。

【作者简介】

无愠（1309－1386），元明之际浙江天台僧。字恕中，号空室，俗姓陈，临海（今属浙江省）人。出家以后，遍投名师，屡居名刹，主持大道场。日本天皇慕其名，请为住持。明太祖召之入京，因其年已七十，不能成行。明太祖留之居天界寺，后归本邑天童寺病逝。著有《山庵杂录》。

【说明】

愠公生平并不以诗文著称，现在可见其诗不过十余首。但他的诗大都通俗明了，不事雕琢，言情指事，朴素自然。本首为其与医僧讨论自己病况的诗，九韵十八行，甚至连标题在内，句句不离病字，可见愠公实已年迈病沉。他从佛家性空角度来认识和理解人的病理现象，值得商榷，而他"不将病挂胸"的襟怀，却实在是豁达痛快，值得我们学习的。

【注释】

①佛祖病：忧心病，忧心末法时代，佛法遭难。厥躬：此身。即谓身体。②三界：佛教用语。佛教把生死流转的人世间分为三界，即欲界、色界、无色界。③病功：病的道理。④虚空联：谓病是实际上是不存在的。⑤呻吟联：谓病与悲伤欢乐均无关系。⑥推病联：谓有病无病全由不得自己。⑦年来句：谓近年懂得这些道理，就不再将病放在心上。⑧千病联：谓不管有多少病全都一样，人最后都会死亡。⑨有身联：谓疾病与身体同在，死了才能无病。

示寿知客

智 及

开先寺里迎宾日，禅月堂前索偈时①。
客路如天春似海，子规啼断落花枝②。

【作者简介】

智及（1311－1378），元末明初浙江杭州径山僧。字以中，号愚庵，俗姓顾，苏州吴县（今江苏苏州市）人。洪武六年（公元1373年），诏有道浮屠十人集天界寺，智及居于首位。因病归海云寺，书此偈示寿知客后而逝。著有《四会语录》。

【说明】

智及为元明之际著名禅宗高僧。学士宋濂为他的文集作序并撰塔铭时，称："自宋季以迄于今，提倡达摩正传，追配先哲者，唯师一人而已。"他以博通禅理，持戒严正，冠于同代诸僧。同时又敏慧聪颖，擅长文翰，与同代学者危素等诗词唱和。其诗惜多不传。然而读此绝笔之偈，其深沉含蓄，绵密委婉的诗风也可见一斑。知客为佛寺中主管接待宾客的僧人。寿禅师未详何人，时任海云寺知客。

【注释】

①开先寺：古寺名。五代南唐中主李璟少好文，于江西庐山五老峰下建舍，有

农人献地，以为书堂。即位后，改书堂为僧舍。以农人献地为自己登基即位之祥，故名此僧舍为开先寺。其后各地用开先名寺者甚多，不知及公系何所指。或云即代指海云寺。禅月堂：五代前蜀著名诗僧贯休名己斋堂为禅月堂，谓月光透窗，对月参禅。其诗集亦名《禅月集》。此处亦借之代指及公自己的斋室。索偈：及公自感不适，知大限已临。召知客交代后事。知客寿禅师求及公示偈开示。②客路：犹言旅途。此句意谓人生旅途漫长，天地无比宽阔。子规句：喻花已落，人将逝。

重 九

原 瀞

故旧俱沦丧，人情转寂寥①。
驰驱逢九日，牢落是今朝②。
把菊难为醉，囊萸兴自消③。
江乡独无赖，风雨暗萧萧④。

【作者简介】

原瀞（1312－1378），元明之际浙江杭州灵隐寺僧。字天镜，别号朴隐，俗姓倪，会稽（今浙江绍兴市）人，一作云间（今上海市松江区）人。出家后，参拜天岸、无见、石室、元叟诸名师，成为禅宗著名高僧。为人性格恬淡谦和、豁达宽容。元惠宗至正十六年（公元1356年）出任本邑长庆寺住持。明太祖洪武五年（公元1372年）应征至京，参与广荐法会，极受明太祖赏识优容。洪武九年（公元1376年）主杭州灵隐寺，未久因庄田事谪戍陕西，行至宝应，病笃。隔年逝于宁国禅寺。

【说明】

此题诗共二首，此选其之二。农历九月初九天高云淡，风清气爽，于此之时，人们多登高望远、怀友思乡。并写出许多美丽的抒情诗篇。原瀞的诗即为此类。原瀞毕生推究禅理，钻研佛经，只是偶尔写诗。但从这首诗看来，他的功力是相当雄厚的。语言平易素朴，韵律协调柔美，表现出一种难能可贵的自然美。

【注释】

①故旧：故交，老友。沦丧：谓沦没丧亡。寂寥：寂寞空虚。②驰驱：疾行，

奔波。九日：即农历九月初九日。牢落：孤寂，无所寄托。③把菊：犹言握菊、持菊。囊萸：囊意为用囊收藏，将茱萸装入囊中，称囊萸。相传盛着茱萸的佩囊可以避邪。唐·郭震《秋歌》："辟恶茱萸囊，延年菊花酒。"即此意。④无赖：无奈，无可奈何。萧萧：象风雨声。

母 生 日

明首座

今朝是我娘生日，剔起佛前长命灯①。
白米自炊还自吃，与娘斋得一员僧②。

【作者简介】
明首座，元末明初南方云游僧。生卒年、俗姓及生平履历均已失考。大约公元1345年前后在世。诗载明人叶子奇《草木子》。

【说明】
明首座主要在东南各省行脚。元惠帝至正中（公元1355年左右）游浙江乐清雁荡山，正值母亲生日。明公以饭一盂，经一卷，为母寿。并作偈如上。诗偈写得平易朴实，不借修饰，流露的确是淳厚的赤子之情，很有感染力。

【注释】
①长命灯：佛殿大佛前所供之灯，通常称长明灯。此处称长命灯借以祈愿慈母长寿。②斋得句：谓我现在正在吃斋，以求保佑母亲得有一个真正的和尚儿子。斋于此作动词用，意为求得。

天竺杂咏

弘 道

南涧飞淙杂雨鸣，颠风老树作秋声①。
庭前搅碎芭蕉叶，添得书窗两眼明②。

【作者简介】

弘道（1315-1392），元末明初浙江桐乡密印寺僧。字存翁，号竺隐，俗姓沈，姑苏吴江（今属江苏省）人。洪武九年（公元1376年），住持杭州上天竺寺，注释《楞伽经》。后与梵琦同应征入京，任僧录司左善世。年老告归，次年逝葬天竺双桧峰。能诗，诗风清新挺拔，多有佳句。

【说明】

此题诗共二首，此选其一。弘道以注经著名。诗作不多，且大半亡佚，然而他的诗很有特色。一则主要描写天竺诸峰的自然风光，拟摩刻画，淋漓尽致，多为极富情趣的佳作。同时他的诗形象生动，想象丰富，文辞锤炼，出语造句颇有新意。

【注释】

①南涧：杭州西郊天竺山中涧溪名。飞淙：犹言飞流。颠风：谓在风中颠倒摇摆。作秋声：发出秋天才会有的声音。②庭前句：谓秋风把庭前芭蕉树叶吹破了。添得句：谓没有芭蕉叶挡着，窗下读书时两眼就更明亮了。

次韵秋怀

文　谦

命晋昔闻千矢赐，拜韩今见一军惊①。
地连赤县城中阻，水入黄河总未清②。
几茎素发殊方病，半幅乡书故国情③。
洛下伤时同贾谊，成都卖卜似君平④。

【作者简介】

文谦（1316-1372），元明之际浙江台州鸿福寺僧。字牧隐，俗姓方，长乐（今属福建省）人，一说闽县（今福建福州市）人。十一岁出家，游历吴楚，振扬宗教，名声道行与日俱增。洪武初，召对称旨，颇见重用。他能诗，尤善偈颂，作品多散佚不传。

【说明】

史称文谦的诗平易朴素，清新自然。今观此篇，则意调深沉，稔于用典则当为其最大特点，与前人的评论又略有不同。善于用典固见诗人学问功夫，增添阅读趣味。但典多也难免晦涩凝滞，有伤诗味。这首诗恐怕也有这个弊病。

【注释】

①晋：指晋鄙，战国魏将。魏安厘王二十年（公元前257年），秦伐赵，兵围邯郸。魏使将军晋鄙将十万众救赵。晋鄙畏秦，按兵不动。魏公子无忌用侯生策，借如姬窃兵符夺晋鄙军。晋鄙疑而不授。无忌客朱亥椎杀晋鄙。攻秦军，解邯郸之围。此句谓昔时曾命晋鄙率兵救赵，犒赏甚丰。韩：指韩信（公元前？－前196年），秦末淮阴（今江苏省淮阴市）人。初从项羽，后归刘邦。刘邦筑坛拜为大将军。助刘邦灭各国并战胜项羽，与萧何、张良并称汉兴三杰。后为吕后所杀。此句谓尊拜韩信为大将，令全军都觉惊奇意外。②赤县：赤县神州之略称，指中国。黄河：我国第二大河。因河水中多含泥沙而色黄，故名。历来以为黄河清是不可能的事。③茎：犹根。素发：白发。殊方：异地，他乡。幅：张，页。乡书：家信。故国：故乡。④洛下：洛阳。伤时：感叹时势。贾谊（公元前201－前169年），汉洛阳（今属河南省）人，为汉文帝太中大夫，疏陈时弊，为人所忌，排挤出朝，抑郁卒。成都：县名。战国秦惠王置县，治今四川省成都市。历代因之。三国蜀汉及五代前蜀、后蜀皆建都于此。北宋李顺义军、明末张献忠义军亦建都于此。公元1952年撤县。卖卜：得钱为人占卜。君平：晋代高士严遵字君平，隐居不仕，常卖卜于成都市，日得百钱以自给。《晋书》有传。

画　梅

怀　渭

折得江南春，怅望洛阳客①。
悠悠岁年暮，浩浩风尘隔②。
远道勿相思，相思减容色③。

【作者简介】　怀渭（1317－1375），元末明初浙江杭州灵隐寺僧。字清远，号竹庵。俗姓魏，南昌县（今属江西省）人。自幼从全悟大师学佛，既是全悟的外甥,又是全悟的法嗣。与乡贤张翥、危素等学者交往亲密。成年后,曾历主两浙大刹,名重一时,人皆以其与宗泐并举。洪武初,奉召至钟山传法。晚年隐退于全悟化葬之地钱塘梁渚。能诗,诗风清雅,从容,冷隽高古追唐人,时有大名。

【说明】 此题诗共二首,此选其之二。怀渭不仅精于佛学,而且长于诗词。他的诗,想象丰富,比喻生动,往往从一点而联想到至深至广之处。言之不尽,意之无穷。诗风恬淡从容,意境悠远,学唐人诗而得其风骨者。这首《画梅》诗充分体现出上述特点。由画梅写到赠梅,写到怀念,写到嘱咐叮咛,笔势与感情上都是一气呵成,了无雕凿痕迹。当时诗家评渭公学《古诗十九首》,学晋唐诗人,看来是学有所成,确实了然于其中三昧。

【注释】
①江南春:指梅花,梅花先发而报春,故名。洛阳:此处代指京都。②暮:完。岁年暮犹年岁终,年底。③容色:容颜之色泽。

战 城 南

宗 泐

进兵龙城南,转战天山道①。
烽烟转平漠,杀气霾荒徼②。
将军重爵位,天子尚征讨③。
不辞斗死多,但恨生男少④。

【作者简介】
宗泐(1318-1391),元明之际江苏金陵天界寺僧。字季潭,俗姓周,临海(今浙江临海)人。八岁学佛,二十岁受戒。洪武初,诏举高行沙门,居于首位。建普度大会于钟山,奉命制佛乐,深得明太祖赏识。命住天界寺笺注《心经》、《金刚经》、《楞伽经》。洪武十一年(公元1378年)时年六十一,奉太祖命率徒三十余人往西域求佛书,四年后得《庄严》、《宝王》、《文殊》等经回朝。因功授右街善世。曾因上司连累获谴,又因度牒事罪当死,皆奉诏宽免。丞相胡惟庸谋逆案牵连宗泐等僧徒六十四人,均判死刑。太祖赦其死罪,命为散僧。逝于江浦石佛寺,归葬金陵天界寺。著有诗文《全室外集》九卷,《续集》一卷。

【说明】

宗泐不仅精通佛理,注经制乐,且寓意词章,吟咏不辍。兼之擅长书法,尤长于隶,当时即负盛名。元末文豪虞集、黄溍、张翥等皆颇推重并与之结交。其诗虽以唱和应酬为多,却还有不少充满生活情趣、清新流畅的诗作。特别是登临怀古之类诗如《铜雀台》,感情浓郁、意境深邃,流传颇广。而这首借用古题的《战城南》,更是通俗明白。虽然写的是遥远的历史事件,却又一目了然地反映出元明之际兵连祸结的社会现实。战城南为汉铙歌曲名。写战场伤亡景象,哀悼阵亡士卒。南朝梁吴均、唐卢照邻、李白等均有此作。

【注释】

①龙城:汉时匈奴地名。匈奴于岁五月在此大会各部酋长祭其祖先、天地、鬼神。又称龙庭。汉武帝元光六年(公元前129年),卫青攻入龙城,获首虏七百级。其地在今蒙古国鄂尔浑河境。天山:此处指祁连山。匈奴称天为祁连,故名。西汉贰师将军李广利以三万骑出酒泉,击匈奴右贤王于天山;东汉中郎将张耽大破乌桓于天山;都指此山。②平漠:广阔平坦的沙漠。霾(mái):大风杂尘而下。荒徼(jiào):荒僻的边疆。徼为边界意。③爵位:所受封官位之等级秩次。古礼分公、侯、伯、子、男五等爵位,各有相应食邑和名次等级。征讨:远征讨伐。④辞:怕,嫌之意。

夏夜与钱子贞集西斋赋诗叙别

宗 泐

明月不可招,流光入堂中①。
白云不可约,挂我屋上松②。
兹会固难得,后会宁易逢③。
明朝在东郭,隔水但闻钟④。

【作者简介】

见前。

【说明】 钱子贞不详何人,当为与泐公同时而且交情厚密之文士。钱氏将要离去,来与泐公告别。泐公邀钱氏入西斋共坐话语,且赋诗叙别。钱氏诗今不可见,泐公此诗为清人沈德潜收入《明诗别裁》。这首诗写得固是平易通俗,如对面口语,但情感很真挚,很深沉。由此也可见钱子贞是泐公的知己朋友。离别之际自然颇有伤感,颇怀眷念。

【注释】 ①明月联:谓明月不招自入。②白云联:谓白云不约而来。③兹会:这次见面。宁:怎么,岂。④东郭:城东;指外城东部。隔水句:谓听见寺钟之响,想念寺中僧友。

听泉轩为藏无尽作

宗 泐

若人有耳唯听泉,泉声入耳长涓涓①。
穿林出涧度天乐,终古不断冰丝弦②。
此身不来耳不往,中自寂然遗外响③。
青灯照壁夜沉沉,独倚轩窗月东上④。

【作者简介】 见前。

【说明】 听泉轩当为位于一处泉溪胜景旁的轩室,具体位置未详。藏无尽当为泐公佛门道友,字无尽,其生平事迹已失考。这是泐公在听泉轩中静坐聆听泉声之后,为无尽禅师所作的一首七言古风,诗中很形象地描绘了这处泉溪的美妙声音,有如天乐,丝弦不断。联想到人若独倚空轩,青灯照壁,但听不到这种泉声妙乐,将会何等寂寞。诗写得很清朗,才气横溢,很值得回味。

【注释】 ①若人句:谓有耳的人就应该听到泉声。涓涓:水缓流貌。晋·陶渊明《归去来辞》:"木欣欣以向荣,泉涓涓而始流。"即此意。②度:度曲,即制作乐曲。天乐:犹言钧天广乐,即天上的音乐。唐·胡元范《奉和太子纳妃》诗:"圣文飞圣笔,天乐奏钧天。"即此意。冰丝弦:喻琴弦,谓泉声如琴声。冰弦或冰丝弦为琴弦之美称。③中:指耳中,亦可衍申为心中。遗:失去。外响:指由外传来的泉溪音响。④独倚句：谓独自倚窗，看月亮东升。喻孤寂。

题阳关送别图

来　复

三月皇州送佩珂，柳花吹雪满官河①。
纵令渭水深千尺，不似阳关别泪多②。

【作者简介】

来复（1319－1391），元明之际浙江杭州灵隐寺僧。字见心，号蒲庵，俗姓王，一说姓黄，豫章丰城（今江西省丰城市）人。少年出家。明内典，通儒术，早有诗名。游燕都，与虞集、欧阳玄、张翥等诸大学者过从密切。元末，隐鄞县双林之定水寺。洪武初，与宗泐同应诏至京，极受明太祖赏识。授左觉义，诏住凤阳槎芽山圆通院。洪武二十四年（公元1391年）坐胡惟庸谋逆案，凌迟死。著有诗文《蒲庵集》，皆录入明以后所作，由其徒昙锽编为十卷。

【说明】

来复以诗文负盛名于元末明初数十年。明后期学者胡应麟在《诗薮》中说："国朝诗僧，无出来复见心者。"欧阳玄在《蒲庵集》序中说："豫章见心复公所为文，以敏悟之资，超卓之才，禅学之暇，发为文辞，抑扬顿挫，开合变化，蔼乎若春云之起于空也，皎乎若秋月之印于江也。"尽皆推崇赞叹来复诗文的空灵秀丽，明洁清新。《阳关送别图》未详何人所作。阳关系古关名。在今甘肃省敦煌市西南。以居玉门关之南而得名。汉置，为古代通西域的要隘。唐·王维《送元二使西安》诗："劝君更尽一杯酒，西出阳关无故人。"即指此。阳关且因王维此诗更著名。后人更将王维此诗全部四句入乐，作为送别之曲，反复诵唱，称为《阳关三叠》。估计这幅《阳关送别图》亦系取此诗意而作之画。

【注释】

①皇州：指帝都。南朝宋鲍照《代结客少年场行》诗："衣冠照云日，朝下散皇州。"即指此。佩珂：佩玉。古代贵族以佩玉为饰，以玉比德。珂为像玉的美石，此代指玉。官河：指京城的护城河。②渭水：河名。黄河主要支流之一。源出

甘肃省渭源县西北鸟鼠山。东南流至清水县，入陕西省境，横贯渭河平原，东流至潼关，入黄河。河渠纵横，自汉至唐，皆为关中漕运要道。

关 山 月

仁 淑

白杨风萧萧，胡筲楼上发①。
壮士不知还，羞对关山月②。
去年天山归，皎皎照白骨③。
今年交河戍，明明雕华发④。
交河水东流，征战无时歇⑤。
斗酒皆楚歌，歌罢泪成血⑥。

【作者简介】

仁淑（？－1380），元末明初浙江杭州径山僧。字象元。俗姓陈，天台（今浙江省临海县）人。曾住持杭州径山兴圣万寿禅寺。能诗，《皇明诗选》、《列朝诗集》均载其作品。

【说明】

这是仁淑最受称赞的一首诗，韵律铿锵，掷地有声，而又充分表达了一个忧国伤时、怀才不遇的志士仁人的痛苦心境。这样的情结在僧侣中是不多见的。《关山月》为汉乐府横吹曲名，多写边塞士兵久戍不归和家人互相离别之情。现存歌词为南北朝以来文人所作。

【注释】

①胡筲：我国古代北方民族的一种管乐器。②壮士：意气壮盛之士，犹言勇士。关山月：见本诗说明。③天山：此处指祁连山，匈奴称天为祁连。汉与匈奴多次重大战斗均发生于此。皎皎：光明貌，代指月亮。白骨：死人之骨，代指死人。④交河：古城名。西汉车师前国首府。汉元帝初年（公元48年）在此设戍边校尉，掌管屯田等事务。北魏至唐期间，为地方政权高昌首府。唐太宗贞观十四年（公元640年）设交河县。地在今新疆吐鲁番西北。明明：明显地，明明白白地。

华发：白发。⑤征战：出兵远行作战。⑥斗酒：斗酒只鸡之俗语。古人祭亡友，携鸡酒至墓前为礼，后常用斗酒只鸡作为悼友之词。楚歌：楚人之歌，楚地之歌。典出《史记·项羽本纪》。代指悲歌，哀歌。

招复见心书记

良 琦

坐对芭蕉树，题诗忆豫章①。
高秋居石室，落日卧藤床②。
衣薄云霞湿，心清草木凉③。
亮公名不忝，远老约难忘④。
柏子香烟细，莲花漏刻长⑤。
了知无罪忏，底为有身忙⑥。
苔色青当槛，桐阴绿覆冈⑦。
能来一谈笑，共待月流光⑧？

【作者简介】

良琦，字完璞，元末明初江南吴中天平山僧。生卒年及俗姓均已失考，大约公元1650年前后在世。吴郡（今江苏省苏州市）人。幼读儒书，继而从佛。礼石室瑛公为师，学禅白云山中。他性格温雅，淡然无尘，深究内外经典，学识极为渊博。历主吴县龙门寺、嘉兴兴圣寺。偶为诗，诗风隽永，多名篇佳句，为人称道。

【说明】

《列朝诗集》载良琦诗二十五首，今选其一。此诗韵律协调，对仗工稳自不必说，文字清新流利，情感深挚浓厚，故典与时事有机地融合在一起，的确是一首情文并茂的好诗。复见心，名来复，字见心，豫章丰城人。时居远公庵，僧职为书记。详见来复《题阳关送别图》作者简介。

【注释】

①芭蕉树：多年生草木植物，枝高叶大。此处暗用唐代书圣怀素和尚用芭蕉叶

练字写诗之典。豫章：郡名。楚汉之际置，治所为今江西省南昌市。辖境最大时相当于今江西全省，三国以后逐渐缩小。见心来复禅师祖籍丰城（今江西省丰城市），其地始终属豫章所辖，故称。②高秋：秋高气爽之际。石室：指琦公所居止坐禅的石洞。落日：指黄昏时。藤床：藤枝编制的床榻。③衣薄句：谓薄薄的衣衫被云霞雾气所打湿。④亮公：指东晋大诗人陶潜。陶潜又名渊明，字元亮。忝(tiǎn)：羞辱，有愧于。不忝即无愧，名副其实。远老：指晋末高僧慧远大师，详见慧远《庐山东林杂诗》作者简介。约：约会，约定。此指慧远大师与僧俗朋友共约缔结白莲社，共修净土业。⑤香烟：柏子燃烧升起的烟气。莲花漏：古代的定时器。慧远大师弟子慧要创制，今不传。⑥了知：明白。见唐李白《古风》之二十"萧飒古仙人，了知是赤松"。罪忏：犹言罪悔，罪过。底为：为何。⑦苔色句：谓槛前一片青色的苔藓。桐阴句：谓桐树的绿阴覆盖着山冈。⑧谈笑：指快乐地交谈。月流光：月光的流转。此联两句谓一同来赏月欢谈。

咏　苔

正　淳

青如蚨血染颓垣，汉寝唐陵几断魂①！
莫笑贫家春寂寞，渐随积雨上青门②。

【作者简介】

正淳，字古心，明代初年南方闽中僧。闽县（今福建省福州市）人。生卒年、俗姓及生平履历均已失考，大约公元1351年前后在世。能诗，诗风委婉沉郁，韵味清雅，甚得明末文豪钱谦益之激赏。作品惜多不传。

【说明】

淳公善于从一些细微的生活现象或自然景物起兴，描摹生发，借景抒情，从而阐述自己的人生观点，隐晦曲折地展示自己的内心世界。比如本诗，即从不入人眼的低微的苔藓着手，叙述生长茂盛的青苔如何掩没汉宫唐墓，却也给贫寒清冷的寺庵增添了春意。本诗词语精炼，寄寓深沉，有很含蓄、很绵长的意味。

【注释】

①蚨：青蚨，昆虫名。晋·干宝《搜神记》载：南方有虫名青蚨，形似蝉而

稍大，味辛美可食。母子相依不离，虽潜取其子，母必知处。用其母血、子血涂钱上，购物时，付母钱留子钱或付子钱留母钱，所付之钱自会飞归。故后称铜钱为青蚨。此处喻苔藓颜色有如青蚨即铜钱的黄绿色。颓垣：倒塌颓废的墙垣。汉寝唐陵：泛指汉唐时代的宫殿陵墓。②贫家：此处指淳公自己所住的简陋贫寒的寺庵。青门：此指寺门。

赵千里田家四季图

万　金

桃花浪已深，杨柳风犹弱①。
邻曲欣往来，逢迎勤耕作②。
健犊不自暇，老农良有托③。
共醉社日尊，陶然得真乐④。

【作者简介】

万金（1327－1373），元末明初南京天界寺僧。字西白，俗姓姚，吴郡（今江苏苏州市）人。少入宝积院，师事宗衍，嗣法古鼎大师，继居四明双径寺、苏州瑞光寺。洪武初年（公元1368年）住持京城天界寺，时蒙召对，深得明太祖赏识。洪武四年（公元1371年）诏名僧十人及僧徒二千建法会于钟山，万金总持斋事。他体质羸弱，事母至孝，建孤云庵以养母。因研经勤苦与母亡过哀而早逝，得年仅四十七岁。

【说明】

此题诗共二首，此选其之一。赵千里名伯驹，字千里，以字行。宋宗室。工画山水花卉翎毛，为南宋初年著名画家。金公这首诗，为赵千里所绘《田家四季图》而作。本诗通过朴素平易的语言，简洁明快的韵律，生动活泼的形象，为我们再现出一幅陶然欣欣的农家乐画卷。与此同时，也便流露出作者向往自然、热爱生活的真情实感。

【注释】

①桃花浪：亦作桃花水、桃花汛，谓桃花开放时节比较集中的雨水，即通常所称之春汛。②邻曲：邻里，邻人。逢迎：迎接。指迎接春耕。③健犊：壮健的牛。

良有托：确实有所依赖。④社日：古代祭祀灶神之日。以立春后第五个戊日为春社，立秋后第五个戊为秋社。届时备供祭神，聚会宴乐，以祈祷和庆贺春种秋收等农事的顺利。尊：酒杯。陶然：喜悦欢乐貌。

广轮疆里图

清濬

万里山川咫尺中，江河迢递总朝东①。
当时汉帝曾披此，邓禹因之立大功②。

【作者简介】

清濬（1328－1392），元末明初金陵灵谷寺僧。字天渊，俗姓李，黄岩（今浙江省）人。熟读经典，知识渊博，兼长地理历史。亦且工诗能文。以博学名重当时。

【说明】

据明人叶盛《水东日记》所载：濬公于元惠帝至正二十年（公元1360年）绘有一幅《广轮疆里图》，大小仅一尺见方，其图南北九十余格，东西近九十格。上绘制中国地理疆域，并题濬公此诗于上。广轮为宽长，犹言广袤，指土地面积。对地图制作而言，东西称广，南北称轮。疆里即疆理，犹言划分，整理。故广轮疆里图用现在通行说法为疆域区划图，属行政地理范畴。濬公此诗精炼地概括了地理图表的现实作用和历史意义。以历史典故加以强调，恰到好处。

【注释】

①江河句：谓江河再长，一般也是朝东流向。②汉帝：指东汉建立者光武帝刘秀（公元前6－57），汉高祖九世孙，少长民间。王莽地皇三年（公元22年），与兄起兵，受命更始帝刘玄，破王莽军。刘玄更始三年（公元25年）称帝，都洛阳，是为东汉。在位时镇压各地起义军，削平地方势力，加强中央集权，兴修水利，减轻赋役，释放奴婢，使封建经济得以恢复。披：批阅，披览。邓禹（2－58），东汉新野（今属河南省）人。字仲华，幼游学长安，与刘秀亲善。刘起兵，佐秀运筹帷幄。秀称帝，拜大司徒。东汉之建立，论其功

第一,封高密侯。此句谓邓禹熟知地理,助刘秀成就事业,自己也建立巨大功勋。

题老马图

妙 声

老弃东郊道,空思冀北群①。
萧条千里足,错莫五花文②。
苜蓿秋风远,蘼芜落日曛③。
太平无一事,愁杀故将军④。

【作者简介】

妙声,元末明初江南吴中景德寺僧。生卒年与俗姓均已失考,大约公元1358年前后在世。字九皋,号东皋,吴县(今江苏省苏州市)人。师事善学。曾居常熟慧日寺,后主平江北禅寺。明太祖洪武三年(公元1370年),与万金同被征召,共同主持钟山大法会。与同代诗人袁桷、张翥、危素等至相友善。擅长诗文,著作有诗文《东皋录》七卷。

【说明】

前人称声公之诗有士人之风,说理皆中要旨,抒情亦合正义,风格雄深,诗味隽永。本篇便充分地体现了这些特点。把这样一首诗题在一幅《老马图》上,其实是有着极为深刻的寄托。声公乃是在愤激地为普天下怀才不遇的人才(可能也包括作者自己)大鸣不平。而这种控诉与指斥又非常深沉含蓄,显得更有深度,更有力量。

【注释】

①冀北:冀州北部。以产良马而著名,称冀马。冀马亦可作为各种良马的泛称。冀州为古九州之一,包括今山西全部、河北西北部、河南北部、辽宁西部。汉以后历代都设置冀州,但所辖地区逐渐缩小,一般包括今河北、河南北部,州治亦时有变动。此处之冀北群指冀北的成群良马,则此遗弃的老马亦系冀北良种。②萧条句:谓原先日行千里的骏马,现在也足力不济了。萧条本意为寂寥或凋零,此处作荒废、败落解。错莫:犹言杂乱。五花文:唐人把马鬃剪或三簇的叫三花,剪成

五簇的叫五花。文同纹。此句谓原先华美的花纹现在也杂乱不堪了。③苜蓿：植物名。可作马牛的饲料。蘪芜：香草名。曛：落日的余光。④故将军：本意为退役的将军，此处兼指老马。

次韵答刘克勤

法 住

老来轩冕不须期，还慕林泉岁月迟①。
双眼长青唯爱客，满头都白苦缘诗②。
尚传天禄书千卷，犹对青藜杖一枝③。
无事闲来依佛日，白云深处启禅扉④。

【作者简介】

法住，元末明初江西僧，生卒年与俗姓均不详，大约公元1358年前后在世。号幻庵，又号云峰，豫章（今江西南昌市）人。得法于高僧来复见心。能诗，诗风沉静淡雅，颇见功力。

【说明】

来复见心是元末明初著名诗僧。作为其入室弟子，法住不仅向来复学佛，亦且学诗。他的诗宁静恬淡，意境幽远，每每借诗言志，注入深挚感情，因此也就有很强的感染力。刘克勤不详何人。

【注释】

①轩冕：本指卿大夫的轩车和冕服，借指官位爵禄。期：期望，等待。此句谓刘克勤已经年老，不必做作高官享厚禄的期望了。②双眼句：谓刘克勤总是青眼向人，非常好客。满头句：谓刘克勤因为苦吟作诗，连头发都白了。③天禄：天禄阁。汉初殿阁名，为萧何所建，专以收藏秘书典籍。后世遂以天禄阁代指藏书之所。④佛日：佛教用语。佛教徒认为佛的法力广大，广济众生，像太阳一样普照大地。禅扉：指寺门。此联二句乃作者邀请刘克勤来自己的寺庙做客。

谢车叔铭寄笔

德 祥

寄来名笔自湖州,珍重斋中什袭收①。
早晚翻经有僧到,芭蕉先种待新秋②。

【作者简介】
德祥,字麟洲,号止庵,元末明初浙江余杭径山僧。钱塘(今浙江省杭州市)人。生卒年与俗姓均不详,大约公元1360年前后在世,明成祖永乐年间尚健在。明太祖洪武中,数度奉召入京,弘扬佛法,道名甚高。洪武初住持径山。他工书法,善诗文,当时甚享才名。诗歌结为《桐屿集》。

【说明】
祥公为明朝初年一位多才多艺的高僧。钱谦益说他"书宗晋人,擅名一时。诗刻苦,高逼郊、岛"。道衍亦称其书法可与唐代怀素大师相比,诗文则与守仁相当。因其为人性格诙谐,胸无芥蒂,故作诗时思路开阔,奇想联翩,多有美篇佳句。即如这道简短的七绝,将其珍爱名笔之情与无钱购纸之憾,写得甚为生动活泼,典故也用得十分贴切自然。车叔铭未详何人,待考。

【注释】
①湖州:即今浙江省湖州市。元代邑人冯应科、陆文宝等善制毛笔,以"尖、圆、齐、健"四字全备为上品,称"湖笔"。明、清两代湖州为中国毛笔制作中心。上品湖笔至今仍畅销国内外,盛名远播。什袭:把物品重重叠叠地包裹起来。引申为郑重珍藏的意思。什言其多,袭为叠。②芭蕉:相传唐代书法家怀素大师练习书法时,因无钱买纸,遂广植芭蕉,以蕉叶当纸练字。后人亦戏称其为"书蕉老僧"。此处祥公即自比怀素,种蕉收叶练字也。

峨溪晚钓

德 祥

牛渚山前白鹭飞,船头坐得便无机①。
莺从柳絮风中听,鱼到桃花水后肥②。
有梦只因怀太白,逢人多是说玄晖③。
一壶春酒江村暮,泊在峨溪醉不归④。

【作者简介】
见前。

【说明】
峨溪为一小溪,在今安徽省当涂县境。这首诗写尽了溪边独钓、郊暮寻醉,悠然自得的极乐情趣。词藻精炼典雅、韵律迴环优美。很值得吟咏玩味。

【注释】
①牛渚山:在今安徽省当涂县西北。其山脚突入长江部分叫采石矶,为长江最狭之处,历代兵家必争之地。唐·杜牧《和州绝句》诗:"江湖醉度十年春,牛渚山边六问津。"指此。船头句:谓坐上了钓鱼船便忘记了一切。②桃花水:桃花开放时的雨水,即春雨之水。③太白:唐代大诗人李白字太白,传说他于牛渚山采石矶江亭中饮酒至醉,跃入江中捉月而溺死。玄晖:南朝著名诗人谢朓字玄晖,他曾在牛渚山游览吟诗。④春酒:春天所酿制的酒。江村:江边的村庄。

登姑苏城

克 新

城上旌旗烟雾重,树头初日出云红①。
一溪鸥散桃花雨,两岸莺啼杨柳风②。

边塞鼓鼙终日振，乡关道路几时通③？
江南春色浑依旧，桑柘青青门巷空④。

【作者简介】

克新，元末明初浙江嘉兴水西寺僧。生卒年不详，大约公元1360年前后在世。字仲铭，号雪庐，又号江左外史。俗姓余，鄱阳（今江西省波阳县）人。历主嘉兴水西寺、常熟佛日寺、平江资庆寺。明太祖洪武三年（公元1370年）曾奉诏往西域招谕吐蕃，不辱使命。为宋余襄公嫡裔，幼承家学，精通经典，致力诗文。其诗雅健豪迈，慷慨激昂。与杨维桢、顾德辉、丁复诸学者唱和。著作有《南询稿》、《雪庐稿》、《元释集》等。

【说明】

克新向佛之后不废诗文，刻苦写作。登匡庐，下长江，览金陵六朝遗迹。每有感兴，则发而为诗。他的诗感情浓郁、韵律铿锵，显示出一种雄浑悲壮的色彩。姑苏即今江苏省苏州市。苏州为江南吴中锦绣之地，其景况尚且如此诗所记荒落动乱，他处更可想而知。本诗忠实地反映了元明交替之际的社会现状，有一定现实意义。

【注释】

①旌旗：旗帜，多指军旗。树头句：谓初出的朝阳挂在树头，把云彩照红。②一溪句：谓绵绵春雨中，溪中的鸥鸟全都飞散。桃花雨指桃花开放时的雨水，即春雨。两岸句：谓杨柳风中，两岸的黄莺在啼鸣。此联二句的句式皆倒装式。③鼓鼙：大鼓，多指军鼓、战鼓。振：敲响。乡关：指故乡。唐·崔颢《黄鹤楼》诗："日暮乡关何处是，烟波江上使人愁。"即此意。④浑：全，全都。桑柘：桑树和柘树。柘树为桑树之一种。桑柘之叶均可饲蚕，在江浙地区种植较多。此句谓桑树柘树倒是长得青葱茂盛的，但道路空寂，行人稀少。

金 陵 行

子 梗

从古佳丽金陵州，到今城郭枕江流①。
埋金忘事堕茫昧，含风老树长萧飕②。

寒潮喧声响西浦,碧海渺渺天东头③。
二水三山涵远景,龙蟠虎踞横高秋④。
黄旗紫盖化榛莽,庭花玉树传商讴⑤。
六帝云浮几苍狗,三国角斗真蜗牛⑥。
青山似洛只复叹,神器归隋良可羞⑦!
凤凰何来栖李树?沤鹭戏浴弥沧洲⑧。
天堑已知徒恃险,地肺只合从仙游⑨。
君不见昔人黍离歌宗周,彷徨不去心悠悠⑩!
天荒地老着许愁,日往月来无时休⑪。
霜飞台高柏修修,人谓我歌将何求⑫!

【作者简介】

子梗,元末明初浙东名僧。生卒年不详,大约公元 1360 年前后在世。字用堂,元叟守端禅师法嗣。俗姓陈,宋儒古灵先生诸孙,四明奉化(今浙江省奉化县)人。历居四明双径、鄞县护圣、奉化清泰诸名寺,遍参古鼎铭公、笑隐欣公、断江恩公诸大师。精益求精,道行深湛。明太祖洪武初,应召至金陵,深受明太祖赏识。致力诗文,享名甚高。诗人张羲比之为唐之皎然,宋之道潜。有诗集《水云亭小稿》,学士宋濂为之作序。

【说明】

金陵即今江苏省南京市。大学士宋濂称许梗公"寄情翰墨,独露本真。"这首带有排律味道的七言古体《金陵行》,便充分地反映出梗公诗歌的艺术特色:融情绘景,触景生情,酣畅淋漓,直抒胸臆,节奏明快,格调雄劲,有如高山泉瀑,一泻而下,一气呵成,没有丝毫滞涩的人为造作,不见丝毫的雕琢痕迹。诗写得极有气势,快人快语,很有力度。

【注释】

①佳丽:美好。一般指女性容貌的娟美,也指土地景物的美好。此处兼指两者,着重后者。金陵州:指今江苏省南京市。金陵之建制先后有邑、府之名,未有州名,此系笼统而称。此句语意出自南朝齐谢朓(玄晖)《鼓吹曲》:"江南佳丽地,金陵帝王州。"城郭:内城和外城,泛指城邑。江流:指长江。②埋金:金陵地区战国时属楚域,相传楚威王东巡至此,称此地有王气,遂掘地埋金,置金陵

邑，此为金陵建制之始。金陵者，黄金之陵墓也。忘事：往事，几乎遗忘的往事。茫昧：幽暗不明。指楚威王埋金置邑的往事已显得遥远迷茫，难以记忆了。含风：犹言风中或迎风。萧飕（sōu）：犹萧骚，象风声。③喧声：潮起潮落的喧腾之声。西浦：城西的水滨。碧海：谓在金陵城东头渺渺茫茫之处是绿色的大海。长江流至金陵，河道已极宽广，此处亦有将金陵城东浩大的江流称作东海的意思。④二水三山：二水指长江及其支流秦淮河。三山指今南京市西南之三山，又名护国山，在长江东岸，突出江中，历来为江防要地。唐·李白《登金陵凤凰台》诗："三山半落青天外，二水中分白鹭洲。"即指此。亦有称三山指南京城外三组群山即紫金山（钟山）、栖霞山（摄山）、护国山（三山），亦通。龙蟠虎踞：蟠亦作盘，形容地势雄壮险要。相传汉末刘备使诸葛亮至金陵，谓孙权曰："秣陵地形，钟山龙蟠，石城虎踞，此帝王之宅。"⑤黄旗紫盖：古时迷信谓帝王应运而生的气象。此处兼指古代帝王仪仗中使用的黄色旗幡紫色车盖。榛莽：杂乱丛生的草木。庭花玉树：即《玉树后庭花》，乐府吴声歌曲。南朝陈后主嗜声乐，于清乐中造《玉树后庭花》等曲，与幸臣等制其歌词，歌词绮艳，男女唱和，其音甚哀。后代常以之代指亡国之音。商讴：亦作商歌，音调低沉，情调悲凉的歌曲。商为乐律中五音（宫、商、角、徵、羽）之一，其音低沉悲凉。⑥六帝：指历史上三国吴、东晋、南朝宋、齐、梁、陈六个朝代的诸帝王。云浮：如天空的云一样飘浮。苍狗：白云苍狗，谓天上的云时如白色云，时如青色狗。比喻世事变幻无常。三国：指东汉末年魏、蜀、吴分别建立政权，鼎足而三，称三国时代。角斗：角逐争斗，竞相取胜。蜗牛：此指蜗牛之角。《庄子》中载有寓言"蜗角之争"，谓因细繁琐事而相争。参见溥光《绝句一》之注①。⑦洛：洛阳，今河南省洛阳市，以在洛水之阳而得名。东汉与三国魏、西晋等皆都于此。此句谓金陵的山青翠可爱有如都城洛阳，留下的也只有遗憾和叹息。神器：指帝位，也称帝王符玺。隋：朝代名。公元581年至618年，有国三十八年，传三帝。北周静帝大定元年（公元581年），大丞相杨坚袭封隋国公，旋废周自立，国号隋，称隋文帝。其后逐步征服南北各分裂小国，统一中国。隋朝虽为时短暂，却也是中国历史上一个全国统一的朝代。此句谓以金陵这样的帝王之基竟然亡于隋（指南朝陈后主被隋兵所俘而亡国），真是天大的耻辱。⑧凤凰向：谓凤凰这样的神鸟为什么停栖在李树上。凤凰向是择木而栖，非梧桐不宿。此句谓金陵已每况愈下，连凤凰也无处栖宿了。按金陵古有凤凰台，正因有凤凰来栖而建以纪念。沤鹭：鸥鹭。弥：满。沧洲：滨水的地方。⑨天堑：天然的壕堑，言其险要不易越过。《南史·孔范传》有"长江天堑，古来限隔，虏军岂能飞渡？"即指此。堑为壕沟或城河。徒：徒然，枉然。恃险：恃以为险，以其险而依恃。地肺：山名。中国称地肺的山甚多，此处指句曲山，又名地肺山，在今江苏省句容县境，位于金陵之东南，为道家著名的洞天福地。只合：只好，只该。此句谓只好到地肺山去随从神仙一起游玩。这说的显然是反话。⑩黍离：《诗经》篇名，感慨，亡国，触景生情之词。详见昙璎《游故苑诗》注①。宗周：周为诸侯所宗仰，故王都所在称宗周。此处暗喻古都金陵。⑪天荒地老：极言历时久远。着许：许多。日往句：谓时日推移，无有休止。⑫霜飞台：旧时金陵古建筑，早废。修修：端正整齐貌。人谓句：谓有人说我作此歌欲有何求呢？

弘上人所蓄秋山图

守 仁

万峰霜晴翠如洗，峰底行云度流水①。
西北高楼爽气边，江南落木秋声里②。
蒹葭潮长鱼在梁，白鸥飞尽天茫茫③。
松根丈人读书处，时有疏钟来上方④。
仙槎影没银汉远，木末芙蓉为谁剪⑤？
何处凉风送客船，归来似是东曹掾⑥。
东曹颇笑未识机，挂帆直待鲈鱼肥⑦。
山川摇落已如此，未信草露沾人衣⑧。

【作者简介】

守仁，元末明初浙江四明延庆寺僧。字一初，号梦观，富阳（今属浙江省）人。俗姓与生卒年不详，大约公元1362年前后在世。初隐富阳山中，从当时文豪杨维桢学，熟读春秋经史。后出家四明延庆寺，继而住持杭州灵隐寺。明太祖洪武十五年（公元1382年），征授僧录司右讲经，甚见尊礼。升右善世。母殁，奉旨奔丧，赐币助葬。洪武二十四年（公元1891年）主天禧寺，后逝葬于此寺。其道友古春如兰为其作品编辑六卷，名《梦观集》。

【说明】

弘上人不详所指，似为一位爱好收藏山水国画的僧人。他收藏到一幅很不错的《秋山图》，描绘晋代张翰辞官归隐吴江山林的故事。仁公见此画，很高兴。遂题此七言古风，以表赞叹。张翰是东晋的著名高隐，守仁为明初的著名高僧。二人所处时间，虽然相去一千多年，但隐遁者的心灵似乎是相通的。这首诗对《秋山图》画面进行了详尽的评点和诠释。并将过去的历史与眼前的现状作了对比，终于发出了还是隐居山林为好的感叹。诗写得很清新、明朗雄健、生动活泼，艺术上很成功。

【注释】

①万峰句：谓群峰晴朗，林木青翠，一切都像水洗过一般清净。峰底句：谓山下溪流上的云随着溪水一道漂流。②西北句：谓东晋都城建康高楼耸立，天气晴明。建康即南京在张翰故乡吴郡即苏州之西北。江南句：谓吴郡的秋天，树叶正在凋落。③蒹葭句：谓秋潮涨起，芦苇枯黄，鱼钻进了鱼梁。鱼梁为一种捕鱼设置。即用土石横截水流，留缺口，以笱承之，鱼随水流入笱中，不得复出。④松根丈人：古代隐士赤松子与荷筱丈人合称。可代指所有隐士。上方：指山上寺庙中。⑤仙槎：神仙所乘之船。银汉：银河。木末芙蓉：芙蓉树梢。此处指木本芙蓉，又称木芙蓉、地芙蓉、木莲等。⑥东曹掾：指张翰。翰仕东晋为大司马东曹掾。⑦东掾联：谓张翰还是看得不透彻，识机未早，直到鲈鱼肥了才想到归隐。⑧山川句：谓天下动荡混乱到如此地步。未信句：谓隐居山林之中，草露未必会沾湿衣裳，即但沾湿，有何关系。

讽 喻 诗

守 仁

见说炎洲进翠衣，网罗一日遍东西①。
羽毛亦足为身累，那得秋林静处飞②。

【作者简介】

见前。

【说明】

据吴之鲸《武林梵刹志》所载，止庵祥公与梦观仁公同参，相与肆力于诗。仁公以南粤进翡翠衣，作诗寓讽如上。明太祖见诗怒曰："汝谓我法网密，不欲仕我耶？"祥公亦以西园诗忤上，几不免。本来，止庵德祥、梦观守仁等均为明太祖征召入京的高僧,亦皆授有僧官之职,应当受到明太祖的尊重保护。仅因一首讽喻诗,便大动肝火,欲借题发挥加以惩治,朱元璋之为人猜忌狠刻,可见一斑。梦观仁公此诗,本来就事论事,语甚委婉。显然是为天下生灵请命求助,意甚慈悲,想不到自己差点也入罗网,岂不冤哉。

【注释】
①炎洲:指南粤,即今广东、广西两省区之南部,其地炎热,故称。翠衣:翡翠衣,用孔雀羽毛编织的外衣。网罗:捕捉鸟兽鱼鳖的用具。②羽毛:指孔雀羽毛。为身累:连累身家性命。

怀　友

守　仁

湖草青青上客舟,辛夷花老麦初秋①。
一春多少怀人梦,半在乡山雨外楼②。

【作者简介】
见前。

【说明】
此题诗共二首,此选其之一。守仁是明代诗僧中存诗数量较多,质量较高者之一,溥洽用"奇才俊气"来形容守仁的诗是有道理的。本诗粗看起来,所叙皆细微末节之事,所用皆质朴平淡之语,然而惆怅迷惘、怀念忧伤之情,从字里行间隐隐流出,意味非常深远,涵蕴极为丰富。

【注释】
①辛夷:香木名。树高二、三丈,叶似柿叶而狭长。花似莲而小如盏,色紫,香气浓郁,初出时,苞长半寸,尖如笔头,故又名木笔。江南地暖,正月开花。北地春寒,二月始开。花蕾可入药。白者名玉兰,亦称望春、迎春。屈原诗歌中将之作香草代表,热情歌颂。②怀人:怀念亲友。

京口览古

道　衍

谯橹年来战血干，烟花犹自半凋残①。
五州山近朝云乱，万岁楼空夜月寒②。
江水无潮通铁瓮，野田有路到金坛③。
萧梁事业今何在？北固青青客倦看④。

【作者简介】

道衍（1335－1418），明初北京庆寿寺僧。字斯道，号独庵，又号逃虚子，俗姓姚，名天僖，长洲相城里（今江苏省苏州市）人。元末削发于本乡妙智庵。从道士席应真习兵家机事，尽得其学。洪武初，以高僧应征。赴北京入侍燕王府兼住持庆寿寺。靖难兵起，赞助机宜，尽展其才。成祖即位，欲计功授官，固辞。授僧录司左善世，兼太子少师，辅太子于南京监修明太祖实录。御旨复姓，赐名广孝，令蓄发还俗，坚不从命。病笃，成祖亲驾临视，问后事。终逝于北京庆寿寺。赐葬房山县（今北京市房山区）东北。成祖亲撰碑文，追封荣国公，谥恭靖。著作有诗集《独庵集》、诗文总集《逃虚子集》。

【说明】

道衍为明初有行高僧，恪守僧律。明成祖再三令其还俗为官而不从。死时被追封赐谥，极享殊荣，具有很特殊的僧俗双重身份。同时，他也是明初诗文名家，为诗人高启的"北郭十友"之一。高启称其诗文"险易并陈，浓淡叠显，能兼采众家，不事拘狭"。道衍诗中有不少抒情怀古之作，大都感情沉郁，胸怀悲壮，言简意赅，意趣幽远。这首《京口览古》回顾魏晋之后、隋唐之前南朝的历史，写得极其深沉雄浑。堪称为其中代表作。京口为古城名。详见子熙《登京口古台夜望》之说明。

【注释】

①谯橹：设于道上的门楼，供守望之用。烟花：本意为雾霭中的花，此处泛指春景。②五州山：京口附近山峰名，具体地址待考。万岁楼：京口古楼阁名，具体

情况待考。③铁瓮：铁瓮城，指江苏省镇江市子城。相传为东吴大帝孙权所建，其坚无比，故称铁瓮。或说镇江子城深狭，其状如瓮，故名。金坛：县名，即今江苏省金坛县。本汉曲阿之金山乡，隋于此置金山府，唐武则天垂拱二年（公元686年）置县，以东阳郡别有金山县，故改名金坛，取县界句曲山金坛之陵为名。明清皆属镇江府。④萧梁事业：指南北朝时南朝之梁王朝，为梁武帝萧衍所创。北固：指北固山。见法平《北固山》之说明。

祥老人草书歌

道　衍

祥师只今为巨擘，上与闲素争巑岏①。
钱塘山水甲天下，秀气毓子为梗楠②。
十年不出笔成冢，山中老兔愁难安③。
晴轩小试乌玉玦，双龙随手掀波澜④。
昨将一纸远寄我，天孙机锦千花攒⑤。
愿师勿置铁门限，从他须索来千官⑥。
缙绅相与叹莫及，便欲夺去加巾冠⑦。
厥声已播不知息，箱箧盛贮光烂烂⑧。

【作者简介】

见前。

【说明】

祥老人指止庵德祥禅师，见前德祥《谢车叔铭寄笔》之作者简介。祥公工于书，尤善草，当时极享大名。人皆以之与唐书法家怀素相比。衍公此诗，对祥公的草书作品进行了认真的分析，认为的确笔走龙蛇，天孙织锦，是书法艺术中的珍宝。这首七言古风，语言精炼，形象生动，时有比喻和夸张，不仅对祥公的书法作品，而且对祥公本人之人品道德，给予了充分的肯定和赞颂。诗写得气势恢宏，潇洒明朗，有一定的艺术魅力。

【注释】

①只今：如今，现在。唐李白《越中览古》诗句有"宫女如花满春殿，只今

唯有鹧鸪啼。"即此意。巨擘：本意为大姆指，比喻杰出的人物。也泛指各种行业中的特殊人物。闲素：指唐代著名书法家怀素大师。详见怀素《题张僧繇醉僧图》之作者简介。巑岏（cuán wán）：峻峭的山峰。此句谓德祥的书法可与怀素的书法比拼高下。②秀气：指山川的灵秀之气。毓（yù）：同育。孕育产生。楩（pián）楠：楩木与楠木，皆木中之良材，以喻优秀人才。③笔成冢：用过的废笔可堆成坟丘。亦用怀素之典。唐·李肇《国史补》中载"长沙僧怀素，好草书，自言得草圣三昧。弃笔堆积，埋于山下，号曰笔冢。"山中句：谓写字多，用笔多，消耗制笔的兔毛多，使兔子心中不安。④乌玉玦：乌玉制作的玦形玉饰。玦形如环而有缺口，为射箭钩弦之具。此处疑代指乌石砚。双龙句：谓挥毫作书如龙飞腾掀起大海波澜。以喻笔势灵活，笔力雄劲。⑤天孙：指织女。传为天帝之孙。善织锦，其锦秀美无比。攒：聚集。此句谓祥公所写草书，如织女所织锦绣，有如百花齐放，无比美丽。⑥置：设置。铁门限：铁门槛，典出唐李绰《尚书故实》，其中载有唐智永禅师为王羲之七世孙，住吴兴永福寺。积年学书，一时推重。人来求书者如市，所居户限为之穿穴，乃用铁叶裹之，人谓为铁门限。从：纵任。须索：索取，带有强索、勒索之意。此句谓不要让那些达官贵人来随便索字。⑦缙绅：犹言士大夫。缙为插，绅为束腰大带。古之仕者皆垂绅插笏，故称插笏于绅者为缙绅。此句谓如果与那些官员们来往，他们自然赞叹你的字。便欲句：谓便要夺去你的书法作品，去作礼物谋求升官晋爵。⑧厥：此。声：指祥公善书的名声。息：止息。箱箧：大者称箱，小者称箧。泛指各种贮物之箱。光烂烂：指祥公的书法作品光辉夺目，宜贮入箱箧，宝为珍藏。

漫　兴

清　㵎

困来高枕卧昆仑，觉后凌风到海门[①]。
信手搛回推日毂，转身挨倒洗头盆[②]。
山川也作红尘化，富贵徒留青冢存[③]。
好在黄眉脱牙叟，且同花下醉芳尊[④]。

【作者简介】

清㵎，元末明初江苏南京天界寺僧，生卒年与俗姓均不详，大约公元1366

年前后在世。字兰江。天台（今属浙江省）人。曾在吴中各寺讲经说法，极受欢迎和敬重。明太祖召对称旨，颇有赏赐。晚年憩无锡东禅寺，有诗文《望云集》及佛学著作《语录》、《毗卢正印》行世，大学士宋濂为之作序。

【说明】

在清溁的诗作中，应制之品毕竟是少数，现在所选的正是他最有代表性的一首诗：活泼的语调与严肃深沉的思想，了无痕迹地揉合在一起，写得很有意境很有情趣。由此我们也可以见出作者深湛的文学造诣和豁达的思想情怀。

【注释】

①昆仑：山名。在新疆与西藏之间，西接帕米尔高原，向东延入青海省境内。层峰叠岭，势极高峻，向被称神仙所居的神山。古代有关昆仑山的神话传说，散见于《山海经》、《淮南子》、《神异经》等书中。凌风：凌驾于风之上，即乘风。海门：海口。江河入海之处，两边河岸如门阙对峙，故有此称。②信手：随手。毂（gǔ）：本意为车轮中间车轴贯入处的圆木。安装在车轮两侧轴上，使轴保持直立而不至内外倾斜。此处代指车。推日毂指推日之车。神话传说每日有天神用车从大山之后推出太阳，使高临天空，是为白昼。至黄昏，天神复用车将日推回山后，遂成黑夜。此句意谓将日拉回，不让时光流逝。洗头盆：华山名胜景点。据《古微书》所载，明皇玉女居华山，服玉浆，白日上升。背有玉女祠，祠前有五石，号曰玉女洗头盆。此处疑指一般的洗头盆。③红尘：此处有尘土，尘埃的意思。青冢：长满青草的坟墓。并非专指王昭君墓。④黄眉：本为妇女的一种眉妆，此指眉毛由黑变成黄白色，形容年老。芳尊：美称酒杯。

送僧往万杉

如 兰

双剑倚苍冥，云开九叠屏①。
清猿啼野树，驯虎卫岩扃②。
瀑吼飞晴雪，江空落夜星③。
雨花纷委处，挥麈昼谈经④。

【作者简介】

如兰，元末明初浙江杭州天竺寺僧。字古春，号支离，富阳（今属浙江省）人。生卒年、俗姓均不详，大约公元1366年前后在世。少习儒业，与梦观守仁俱游杨维桢之门。后出家，居杭州天竺山。明成祖永乐初年，召四方高德名僧于京，校理经律论三藏，兰公名列首位，极受优宠。善相术，曾相于谦于其幼时，称为救世之才而惜不令终。与守仁最契，仁公逝后，为之编定《梦观集》六卷。兰公长文才，善诗赋，诗风超迈俊豪，时有灵气，当时享名。

【说明】

万杉寺为江西庐山一古寺，系旧时庐山五大丛林之一。在今江西省庐山山南秀峰附近。始建于南朝的梁朝，唐改庆云院。宋仁宗时一僧人在寺周植杉万株。宋仁宗赐名万杉寺，御赐"金佛玉殿"四字匾。寺内原有金佛玉殿、庆云亭、暖翠亭等，毁于战火。清曾重修，今废。有一僧欲前往万杉寺，兰公写诗送他。这首诗全部的篇幅都用在描绘万杉古寺周围环境之雄奇秀美。从双剑峰写到九叠屏，从落星岩回到万杉寺。叙述条理清晰，辞语生动细腻，文笔上很有功力，很有独到之处。

【注释】

①双剑：双剑峰为庐山著名山峰，因其双峰并峙，峰尖直指天穹，形如两把长剑，故名。《徐霞客游记》："双剑崭崭众峰间，有芙蓉插天之态。"按庐山有两座双剑峰，一在汉阳峰东南，称南双剑峰。一在小天池山东北，称北双剑峰。此诗乃咏南双剑峰，比北双剑峰更雄伟峻拔。苍冥：苍天，天空。九叠屏：又名屏风叠，在庐山三叠泉之东北。屏下即九叠谷，层峰叠翠，山川秀美，因其山岩有九叠，景色宜人如五彩屏风，故名。唐玄宗天宝十五年（公元756年），安禄山攻陷长安后，李白曾在此隐居，作有《赠王判官，时余归隐庐山屏风叠》等诗。后永王起兵，李白为幕佐。永王兵败，李白被流放夜郎。遇赦后，李白再到九叠屏，作有《庐山谣》诗，诗中有句"庐山秀出南斗旁，屏风九叠云锦张"。此句之云开二字即取李白诗"云锦张"之意。②驯虎：性格温驯、经过人工驯养的老虎。此处暗用东晋慧远大师东林寺旁之虎及"虎溪三笑"之典。岩扃：山岩之门户，扃者门也。③瀑吼句：谓瀑布之声如雷鸣虎吼，瀑布之水如晴空飞雪。江：指鄱阳湖注入长江的那段狭长水面。落夜星：指落星山，在今星子县境鄱阳湖中，相传为坠星所化，故名。其上有宋僧择隆所建之落星寺，今废。④纷委：纷纷萎谢凋落。麈：麈尾。

三 笑 图

如 兰

天子临浔阳，远公不出山①。
胡为遇陶陆，过溪开笑颜②？
匡庐高九叠，峻绝不可攀③。
画图写遗像，清风满尘寰④。

【作者简介】

见前。

【说明】

虎溪三笑，本为净土宗始祖慧远大师在名胜匡庐的一段著名佳话，后人以此题材作有《三笑图》。如兰所作此诗，表面看来似乎仅仅是叙述本事，实则借以抒发作者自己的情怀：追慕远古高贤的俾睨世俗、皈依自然的高风亮节。诗写得格调清新，节奏明朗，可讽可诵，很有韵味。

【注释】

①天子：此处指东晋权臣桓温。桓温（312－373），东晋谯国龙亢（今安徽省怀远县）人。桓彝之子，明帝之婿。以军功官至大司马，威权日盛。专擅朝政，随意废立。曾向人说道："既不能流芳后世，不足复遗臭万载耶！"拟废晋而自建王朝，事未及成而死。浔阳：古郡县名，治所在今江西省九江市。桓温尝任浔阳刺史。远公：指慧远大师。桓温至浔阳，召见慧远大师，大师不应召，作《沙门不敬王侯论》以对。②胡为：为什么。陶：东晋大诗人陶渊明。陆：南朝宋著名道士。过溪句：谓陶陆来访，慧远大师送客时，因交谈投机，遂忘平日习惯，越过虎溪，引起寺后老虎大吼，三人相视大笑。按陆修静与慧、陶并不同时，此为传说附会之言。③匡庐：庐山。九叠：重重叠叠，极言山峰层叠之众。另庐山有九叠屏，以瀑布著名。峻绝：极其险峻。④写：绘画。遗像：指上述三人的三笑形象。清风：犹言高风，清雅的风操。尘寰：人世间。

对 琴

明 显

对琴不见琴，忘琴听琴响。
坐久听亦无，云飞树尖上。

【作者简介】

明显（？－1415），明初江苏常州天宁寺僧。字雪心，号破窗和尚，俗姓陈，隽李（今浙江省嘉兴市）人。一作俗名吴峰，海宁董山（今浙江省海宁县）人。幼年出家于歙县（今安徽省黄山市）定光院，中年后，离寺养母，不详所终。

【说明】

钱谦益论明显"所为诗，往往不忘玄境"。王寅极推崇明显之诗，说是"古来诗僧，亦未有此"。他的诗，语言简洁，节奏明快，透出一股空灵飘逸之气，在一种扑朔迷离的禅理玄机之中，寄托了很绵密深长的情思。所选此诗，足堪为证，写的正是一种只可意会，难以言传的意境，值得读者久久地思索和回味。

题王冕梅花揭篷图

溥 洽

王郎写梅如写神，天机到手惊绝伦①。
自言临池得家法，开缣散作江南春②。
酒酣豪叫呼霜兔，宝泓倒饮噞麋熏③。
龙跳虎卧意捷出，纵横错漠迷芳尘④。
繁花不消千树雪，古苔蚀尽樛枝铁⑤。

缟衣绰约佩珰明，夜夜负心照寒月⑥。
嗟予落魄西湖滨，梦魂几度入梨云⑦。
东风吹香趁流水，断桥愁送波沄沄⑧。
一抔不到孤山土，忽见王郎已千古⑨。
还君此图歌莫哀，原草青青隔烟雨⑩。

【作者简介】

溥洽（1346－1426），明初江苏南京报恩寺僧。字南洲，号雨轩，俗姓陆，宋诗人陆游后裔，会稽山阴（今浙江省绍兴市）人。于本籍普济寺出家，遍投名师，贯串经范，又旁通儒典，肆力词章，道德学问与日俱增。明太祖洪武二十二年（公元1389年）召为僧录司右讲经。后三年，主天禧寺。又三年，升左善世。明成祖永乐四年（公元1406年）诏修天禧寺浮图，成祖亲临，洽公主其事，甚蒙宠遇。自求归南京报恩寺养老，遣中官护送。继因为建文帝设位祈福等事构谗，系狱十余载。道衍营救出。逝葬于长干西南之凤岭。洽公于当时文名甚盛，与道衍并称僧林大家。圆寂后，作品由其徒心田刊刻为《雨轩集》八卷。

【说明】

王冕（？－1359），元末画家，诗人。字元章，号煮石山农、饭中翁、会稽外史、梅花屋主等，诸暨（今属浙江省）人。家贫幼牧，日傍学舍外听讲，夜去佛寺灯下读书。后从韩性学理学。科场屡试不利。失意返家，卖画为生。元惠宗至正十八年（公元1358年）投朱元璋部，任咨议参军，未久病卒。画以梅竹著称，诗写隐遁生活。传世画有《墨梅图》、《墨竹图》等，诗歌结为《竹斋诗集》。洽公见王冕之《梅花揭篷图》，题七言古风长诗以赞。诗中对王冕画梅神技倍加赞颂，对王冕和自己的身世遭遇亦深有感慨，对王冕的逝世分外惋惜。这首诗实际上既是对王冕书画的赞歌，又是对王冕本人的挽歌。诗写得很苍劲古朴，雄浑悲壮，有相当的力度和深度。

【注释】

①王郎句：谓王郎画梅似有神来之笔，亦谓王冕画梅特别传神。写者画也。天机：天赋的悟性，聪明。绝伦：无与伦比。②临池：谓临池学习书法，池指砚池，此处亦包括绘画。家法：家传之法。王冕自言系东晋书法家王羲之后裔。王羲之及其后辈多习书画，为书画世家。开缣：展开绢画。缣为双丝织成的微带黄色的细

绢，常作书画材料。此句谓王冕书画既得家传，展开画面，满幅江南春色，美不胜收。③霜兔：白色的兔毛笔。宝泓：此处指笔洗，瓷质水盂，洗笔具。泓指蓄水多。隃糜：地名。汉置隃糜县，因隃糜泽而名，属右扶风。故地即今陕西省千阳县。其地产墨。汉制，尚书丞、郎月赐赤管大笔一双，隃糜墨一丸。后世便以隃糜、糜丸作为墨的代称。熏：此处指画，即泼墨涂画之意。④龙跳句：谓画中的形象生动活泼得像龙腾虎卧，出人意外。纵横句：谓画面所绘之物交叉错杂，弥漫着美好的风味。迷指弥漫，散发。芳尘谓美好的风光，亦指美名。⑤繁花句：谓尽管树枝上还积着雪，枝头的梅花却开得很繁茂了。梅花本就是冒寒顶雪而开，此写实，千古名句也。樛（jiū）枝：向下弯曲的树枝。此句谓苍老的苔藓霉蚀着铁一般劲瘦的梅枝。⑥缟（gǎo）衣：白色的丝绸衣服。绰约：柔美貌。珰：耳上的珠饰。此句终于写到了王冕画《梅花揭篷图》中的人物了。画面上河边一条小船，一位身穿洁白绸服的美人，伸手揭开船篷（船窗），梅花的虬枝就在船边。夜夜句：承上句，谓这位美人夜夜望着月亮，想念着那个负心人。亦可解为夜夜违心地，不情愿地望着月亮，喻孤独、寂寞。⑦嗟予：叹息我，可怜我。落魄：穷困失意。梦魂：古人认为人有灵魂，在睡梦中灵魂可以离开肉体，故称梦魂。梨云：犹言云。⑧断桥：西湖孤山旁一座石桥。详见斯植《堤上》注①。泛泛：水流浩荡貌。⑨一抔：一抔土，即一捧土。抔，用手捧。唐·骆宾王《代李敬业以武后临朝移诸郡檄》名句有"一抔之土未干，六尺之孤安在？"即用此意。千古：不朽的意思，系追悼死者的用辞。⑩原草：原野上的草，此处还暗喻坟头上的草。烟雨：蒙蒙细雨。

赞梦观法师遗像

溥洽

右街三考左街升，跨朗龙基只一僧①。
遍界光明藏不得，又分京浙百千灯②。

【作者简介】
见前。

【说明】
梦观即守仁，其号梦观。守仁系洽公同代高僧，年稍长。详见守仁《弘上人所蓄秋山图》作者简介。守仁先溥洽多年圆寂。洽公在瞻仰仁公遗像时，回顾彼此昔日的深厚情谊，特别是缅怀仁公的高德俊才，自然很是伤感。尽管心里想了很多，但真正要形诸笔墨却也不易。悲伤往往都会沉积在心底，往往是难以用笔墨来形容的。写出的便是这首短短的七言绝句。这首诗的重点是赞颂仁公弘扬佛法的丰功伟绩。语言极简洁，极精炼，也极有力量。

【注释】

①右街句：谓仁公初任右讲经，通过三次考核，升任左善世。善世、讲经皆为明太祖所设僧官官职。善世高于讲经，其下尚有觉义等等。跨朗龙基：意谓在皇帝主持下大幅度提升、升级。②遍界：照遍各界。京浙：仁公出身浙江四明延庆寺，住京城天禧寺。百千灯：意谓无数的佛法。灯能指明破暗，故佛家常用以比喻佛法。谓传佛法为传灯，继佛法为继灯，诸如此类。

辞众上堂偈

普 庄

我来云中居，五载如转烛①。
所乐在忘缘，心心自知足②。
虚名不可逃，驿书到空谷③。
笑看折脚铛，委置凭谁续④。
摩挲七尺藤，光彩耀人目⑤。
用舍各有时，去住何拘束⑥。
珍重同道流，共唱清平曲⑦。

【作者简介】

普庄（1347-1403），字敬中，号呆庵，元末明初浙江余杭径山僧。了堂一禅师法嗣。俗姓袁，台州仙居（今浙江省仙居县）人。年十二出家，次年受戒。历游名山大刹，遍参大德尊宿。至明州天宁寺参了堂禅师，言下有悟，得法为嗣。年仅十八，主杭州北禅寺，次年又就任江西云居山真如寺住持。虽年轻，能孚众望。住云居五年，忘缘知足，勤谨自修，道誉与日俱增。明洪武初（公元1671年左右），应高僧之选，赴金陵应诏讲经称旨。奉旨祀庐山，还都授僧司之职。继奉旨主径山,时备朝廷咨询。天下丛林莫不奉为宗师。年五十退位隐居庐山,逝葬凌霄峰南麓。

【说明】

公元 1371 年左右,庄公奉旨赴明都金陵。临行前,于堂上对众吟此诗偈。诗中简略地总结了自己主持云居真如寺五年的情况,勉励各位同道努力修行。诗写得很朴素,也很乐观,足以显示庄公为人豁达,洞明世事的人品和修养。五言古风体一韵到底,有如行云流水,娓娓道来,对堂下众僧既是一首安慰曲,更是一副清醒剂。此后,庄公虽回江西庐山终老,但无缘再上云居山。最后一联向道友们道声珍重,也是有深意的。

【注释】

①转烛:喻世事变幻莫测如风中转动之烛,随时可能熄灭。②缘:此处指命运,机运。心心:犹言心,心中。③驿书:指明太祖朱元璋颁发的,征取庄公往金陵赴高僧讲经大会的通知书。空谷:指云居山。④折脚铛:断足之锅鼎。典出《景德传灯录·汾州大达无业国师》:"茆茨石室,向折脚铛子里煮饭。吃过三十二年,名利不干怀,财宝不为念,大忘人世,隐迹岩丛。"后以折脚铛喻有缺点不称职者。此乃庄公自谦之词。委置:留下的,指留下云居山真如禅寺住持一职。续:借用续接折脚铛指继承住持之任。又,亦可将折脚铛代指寺中一切事务,全部家当。此解亦通。⑤摩挲:抚摸。藤:指藤杖。光彩句:谓藤杖已经光滑得耀人眼目。指时时使用藤杖,到处行脚游方。⑥用:在任,在位。舍:去职、退位。⑦清平曲:歌颂天下太平的歌曲。此处喻指共享天下太平,趁着世道太平,努力修行。清平曲泛指各种颂歌,实无确指。

颂 古 诗

普 慈

每嗟船子惯垂纶,恒泊溪边荻映身①。
人问不言头自点,恐惊鱼去不应人。

【作者简介】

普慈(1355－1450),明代浙江杭州东明寺僧。字海舟,俗姓钱,吴郡海虞（今江苏省常熟市）人。世业儒，本为书香子弟。出家破山寺，历参万峰、虚白诸高僧。领受万峰大师法偈后结庐太湖西洞庭山。悉心悟究，三十年不过湖。殁后归葬东明寺。

【说明】

普慈作有《颂古诗》若干，今仅存六，此选第三首。此诗平易自然，清新流畅。用纯白描的手法颂扬先代佛子的隐遁生活，寄托自己超尘脱俗的情思。读来别有风味。

【注释】

①船子：船子和尚。唐时僧人，名德诚，蜀人。从药山洪道禅师学。常乘小船往来松江朱泾间，以轮钓度日，遂得此名。后覆船而殁。唐懿宗咸通中（公元860－873年），僧藏晖于其覆殁处建寺。垂纶：垂钓。纶为钓丝。恒：常常，总是。荻：芦苇科水草。映身：此处为遮身、隐身之意。

读谢翱传

大 同

南奔北走家何在，七里滩前许剑来①。
厓海夜寒惟月上，冬青树老又花开②。
侧身天地聊晞发，怅望江山独把杯③。
一掬当年知己泪，秋风洒尽下西台④。

【作者简介】

大同，明代浙江四明山延寿寺僧。字妙止，号笠庵。俗姓张，会稽（今浙江省绍兴市）人。生卒年不详，大约公元1396年前后在世。礼显宗弥讲王为师。精研佛典，严谨操行，道誉甚隆。明成祖永乐年间（公元1403－1424年）曾两次奉诏，主持纂修藏典。亦有诗名，诗风沉雄高古，气势不凡。原有集，今不传。

【说明】

前人论同公诗多说"清新有情致"。而这首《读谢翱传》则显然地徘徊缠绵、沉郁悲怆，诗行中似乎迸射出一股热血与热泪的暖流，当是同公诗风的另一侧面。谢翱（1249－1295），宋末元初诗人。字皋羽，号晞发子，长溪（今福建省霞浦县）人。徙居浦城（今属福建省）。元军陷临安后，毁家率乡人投文天祥，任咨议参军。文天祥兵败被俘后，悲不能禁。元世祖至元二十九年（公元1292年）得文天祥死讯，在严州（今浙江省建德县）子陵台设奠哭祭。以竹如意击石作楚歌，为之招魂，歌词十分悲怆，歌罢竹石俱碎。晚年与周密、邓牧等交往。死于肺疾。其诗风格沉郁悲壮，多寄寓对宋亡的悲痛。著有《晞发集》，编有《天地间集》。

【注释】

①南奔句：谓谢翱毁家纾难，助文天祥抗元。七里滩：又名七里濑、七里泷、富春渚。在今浙江省桐庐县严陵山西，长七里。两山夹峙，东阳江流其间，水流湍急，行船难以牵挽，快慢要看风力。故民间有"有风七里，无风七十里"的谚语。南朝宋谢灵运有《七里滩》诗。仗剑：指谢翱投笔从戎，仗剑抗元之事。②厓（yá）海：厓山下的海中。厓山也称厓门山，在今广东省新会县南大海中。与汤瓶嘴对峙如门，形势险要。南宋初置厓山寨，是扼守南海的门户。南宋末成为抗元的最后据点。祥兴二年（公元1279年）宋军战败，陆秀夫负帝昺于此沉海，宋亡。月上：月亮升起。冬青：常绿乔木名。木材可以供制作器具，叶经煎煮可以作褐色染料。冬青终年长绿不凋，故在古诗文中多用作长绿不凋意。③侧身：犹言置身，唐杜甫有诗句"侧身天地更怀古，回首风尘甘息机"。晞发：将头发披散使之快干。晞为干之意。屈原《九歌·少司命》有"与女沐兮咸池，晞女发兮阳之阿。"把杯：手持酒杯，指饮酒。④掬：双手捧取。西台：指今浙江省建德县严子陵钓台。谢翱于此恸哭，祭悼文天祥。

送陈墨山还吴淞兼柬胡秋田

明 秀

五茸城外月，不见十年余①。
顾我曾游地，因君得寄书②。
津亭燃夜火，江市卖鲈鱼③。
若见秋田父，还劳问起居④。

【作者简介】

明秀,明代中期浙江海盐天宁寺僧。字雪江,号石门子,俗姓王,海盐(今属浙江省)人。生卒年不详,大约公元1467年前后在世。为明初高僧楚石梵琦的九传法嗣。擅长诗文,与同代文人名士沈周、朱朴、陈句溪、孙太白、郑少谷、方棠陵等交往唱和,时享盛名。晚年禅息于钱塘胜果山圣果寺。及卒,归葬海门。作品结为《雪江集》三卷,今不传。

【说明】

秀公为明代中叶著名诗僧。其所写诗歌,当时即为人传诵。人评秀公之诗清新俊逸,明快流利者为多,兼有深沉含蓄、感情浓郁之作。这首送赠诗便兼具上述两种风格,既清新明快,又浓郁深沉,是一首很温馨很有感情的好诗。陈墨山、胡秋田均不详所指,待考。吴淞一为江名。吴淞江为太湖最大的支流。又名笠津、松陵江、松江、吴江、苏州河。自湖东北流经吴江、吴县、昆山、青浦、松江、上海、嘉定,会合黄浦江入海。入海口叫吴淞口。也可以之代指这一带广大地区。二为镇名。吴淞镇在今上海市宝山区,为扬子江、吴淞江会流之处。此处似应指其一,即吴淞地区。柬通简,本意为信札、字帖、名刺等,这里转指送信,带信。

【注释】

①五茸:古地名,地在今上海市松江区南华亭谷东,故松江别名茸城。此处的五茸城即指松江城。②顾:连词。所以,只是之意。③津亭:松江区吴淞江边小亭名,具体位置不详。江市:江边的市集,此处指渔市。鲈鱼:鱼名。体侧扁,巨口、细鳞,头大,背苍腹白。古名银鲈、玉花鲈。以产于松江者为佳。④起居:本意为作息,举止,即日常生活情形。转指问候安否。

旅　怀

宗　伦

东吴隔千里,归计尚茫然①。
忽见梅花发,他乡又一年②。

【作者简介】

宗伦,明代中期江南僧。字性彝,芝溪(似指今江西省波阳县)人。生卒年、俗姓及生平履历均不可考。大约公元1470年前后在世。能诗。作品多失传。此诗载《明诗别裁》。

【说明】

出家僧人,云游四方,挂单卓锡,处处为家。故而释子诗中,抒写旅途情怀之诗颇多。然大多伤感沉郁、诉苦叹愁,似乎缺乏昂扬的精神。伦公这首五言绝句,写的当然也是旅居在外,思念故乡的情愫,却是哀而不伤,平静自然。说起来似乎平淡,看似没有带任何感情,其实内中的韵味却是相当深的。梅花开了又谢,他乡年复一年,想回去,回不去,原因自然很多,心中唯觉无奈。把伤口紧紧包扎起来,把情感深深埋藏起来,为的是不让别人知道,看到,不让别人高高在上地怜悯、安慰。伤口还在,情感依然,时间会磨灭一切。

【注释】

①东吴:泛指今江苏省苏州一带地区,古属吴国,且位于吴国境之东部,故称。归计:回家乡的计划,打算。茫然:模糊不清,迷蒙不明。这里指没有着落,落实不了。②发:指花的开放。

登石笋矼

智舷

朝上石笋矼,峻削健吾杖①。
峰峰若飞来,击破海子浪②。
或有犯人形,撒手悬崖上③。
上下皆虚空,不知几万丈④。
化理不厌奇,濡毫讵能状⑤?

【作者简介】

智舷,字苇如,号秋潭,明代浙江秀水金明寺僧。秀水梅溪(今浙江省嘉兴市）人。生卒年与俗姓均不详，大约公元1529年前后在世。能诗，诗风峭拔苍劲，很有气势，构思措辞皆有新意，迥异凡俗，时评甚佳。

【说明】

石笋矼为安徽黄山之重要名胜景点，在始信峰与仙人峰之间。矼上石柱参差，林立如笋，其状极为奇诡壮观。俗称天下三奇，即匡庐瀑布、雁荡龙湫、黄山石笋。石笋矼堪称黄山石笋的典型代表。这首诗描绘石笋矼独特景观，想象丰富大胆，气势雄奇刚劲，高屋建瓴，一泻而下，确有先声夺人之势。

【注释】

①峻削：峻峭陡削，直上直下，描绘石笋形状贴切。健：动词，使之强健。②峰峰句：谓黄山群峰沉浸在茫茫迷雾中，只见山头，不见山体与山脚，如在高空飞悬。海子：湖泊。北方多用此称呼。此处指云海。③犯人形：犯同幻，指托形为人。天笋矼有怪石"十八罗汉湖海"，其石笋颇肖人形，大小不一，形态各殊。撒手悬崖：意为从悬崖纵身跃下。此则极言石笋形态奇险。④上下句：谓石笋矼之上下皆被云雾遮蔽，上不见顶，下不见底，故称虚空。⑤化理：造化之理。濡毫：沾湿笔尖，指沾墨作画。讵：怎，岂。状：状写，描绘。

七 笔 勾

袾 宏

恩重山丘，　五鼎三牲未足酬①。
亲得离尘垢，　子道方成就②。
嗟，出世大因由，　凡情怎剖③？
孝子贤孙，　好向真空究④。
因此把、五色金章一笔勾⑤。

凤侣鸾俦，　恩爱牵缠何日休⑥？
活时乔相守，　缘尽还分手⑦。
嗟，为你两绸缪，　披枷带杻⑧。
觑破冤家，　各自寻门走⑨。
因此把、鱼水夫妻一笔勾⑩。

身似疮疣，　莫为儿孙作远忧⑪。
忆昔燕山窦，　今日还在否⑫？
嗏，毕竟有时休，　总归无后⑬。
谁识当人，　万古常如旧⑭。
因此把、　贵子兰孙一笔勾⑮。
独占鳌头，　谩说男儿得意秋⑯。
金印悬如斗，　声势非常久⑰。
嗏，多少枉驰求，　童颜皓首⑱。
梦觉黄粱，　一笑无何有⑲。
因此把、　富贵功名一笔勾⑳。
富比王侯，　你道欢时我道愁㉑。
求者多生受，　得者忧倾覆㉒。
嗏，淡饭胜珍馐，　衲衣如绣㉓。
天地吾庐，　大厦何须构㉔？
因此把、　家舍田园一笔勾㉕。
学海长流，　文阵光芒射斗牛㉖。
百艺丛中走，　斗酒诗千首㉗。
嗏，锦绸满胸头，　何须夸口㉘。
生死跟前，　半时难相救㉙。
因此把、　盖世文章一笔勾㉚。
夏赏春游，　歌舞场中乐事稠㉛。
烟雨迷花柳，　棋酒娱亲友㉜。
嗏，眼底逞风流，　苦归身后㉝。
可惜光阴，　懵懂空回首㉞。
因此把、　风月情怀一笔勾㉟。

【作者简介】

袾宏（1535－1615），明代末期浙江杭州云栖寺僧。字佛慧，号莲池，仁和（今浙江省杭州市）人。少习儒，十七岁为诸生。三十二岁出家，作《七笔勾》以明志。游历四方，参遍融、笑岩诸大德于京师。归杭，居五云山云栖寺，弘扬净土法门，皈依者极众。住山三十余年，示寂后，全身塔于五云山麓。著作甚丰，有《禅关策进》、《弥陀疏钞》、《云栖法汇》等二十余部。

【说明】

宏公出身于书香之家，自幼习儒且为明季诸生，三十多岁才中年出家，作此《七笔勾》以明志，可见其志趣所向。宏公专意于弘扬佛法，不事词藻，可见其已把世俗尘念抛之脑后。这首长篇巨制的七言古风，可以算作是宏公的诗歌代表。观点如何，暂可不说，诗的确写得很有文采。有严谨的构思，有整齐的排比，有生动的比喻，有贴切的典故，词汇丰富，措辞精炼。一层层分析，一层层推进，把道理说得明白透彻。宏公作这首诗是用了心力的，我们亦当仔细品味，认真欣赏。

【注释】

①恩重句：谓恩情像山一样高重。此恩指双亲养育之恩，简称亲恩。五鼎：古祭礼，大夫用五座鼎盛羊、猪、细肉、鱼、腊肉。后来用五鼎形容贵族生活的奢侈。此处仅泛指很多鼎，以示隆重。三牲：指猪、牛、羊三种家养动物。旧时隆重祭祀时，一般备这三种牲口的头，蒸熟而上供。求简者仅一猪首则可。此处非指祭祀，乃言用五鼎盛三牲以供养双亲，亦未足报答亲恩。②尘垢：尘土和污垢，比喻微末卑污的事物。也指尘世。离尘垢犹言离世。此句谓待得双亲离世而去。子道：为人子之道，做儿子的应该本分。成就：有成熟、完善之意。③嗏（chā）：语气词，表示顿折，多用于词曲中。出世：指出家。因由：原因，理由。剖：解释，分析。④真空：佛教谓超出一切色相意识的真实境界。众生由迷真空而受幻色，菩萨因修般若慧观，照了幻色，即是真空。究：探究，探索。⑤五色金章：代指家世谱牒，亦泛指家世门第。五色本指青、黄、赤、白、黑五种颜色，此处合用指多种色彩。暗喻谱牒贵重，门第高贵。勾：通钩，钩除，钩销，除去之意。⑥凤侣句：像凤鸾一样吉祥美满的配偶。凤、鸾皆为神话传说中的神鸟、瑞鸟。侣、俦意均为伴侣、配偶。牵缠：牵扯纠缠。⑦乔：乔装，假装。⑧绸缪：未雨绸缪省语，谓事先作好准备，防患于未然。杻（niǔ）：即手铐。枷套在颈脖子上称披，杻套在手腕上称带。带通戴。⑨觑：看。冤家：本意为仇敌，结下冤仇的人，此处则反其意作情人的爱称。⑩鱼水：鱼与水，比喻人之相得。比喻夫妻相处甚好。⑪疮疣：疮指痈疽或外伤，疣为皮肤上赘生物，合用则喻疾苦，苦难。唐·韩愈有诗句"酸寒何足道，随事生疮疣"，即此意。⑫燕山：府名。唐幽州范阳郡卢龙军节度。

辽置燕京。宋徽宗宣和四年（公元1122年）改为燕山府，有今河北北部及东北部地。窦：指五代后周燕山地区渔阳（今天津市蓟县）窦氏兄弟，窦禹钧与兄窦禹锡以博学名，累官右谏议大夫。曾建义塾、延请名儒以教贫士。藏书极富。五子窦仪、窦俨、窦侃、窦翱、窦僖相继登科，号为窦氏五龙。俗传"五子登科"，语本此。故燕山窦氏亦作为教子有方的典型。⑬无后：后继无人。⑭当人：指当时之人，那时的人。⑮贵子兰孙：一般写作桂子兰孙，指攀桂折兰即考取功名科第的子孙，即一般所言有出息的，争气的后代。⑯鳌头：唐宋翰林学士、承旨等官朝见皇帝时立于镌有巨鳌的殿陛石正中，因称入翰林院为上鳌头。科举时代中状元称独占鳌头，其来源大致亦与翰林同。据称科考放榜后，皇帝于大殿召见新进士时，状元排前，亦正好立于镌有巨鳌之陛石正中。⑰金印：官印。如斗：谓官印之大。官越大其印越大。⑱枉：徒劳，枉费。驰求：奔逐追求。童颜句：谓年纪不大却白了头发，是为追遂功名耗费心力。皓为白之意。⑲觉：醒。黄粱：黄粱梦之省语。据唐·沈既济《枕中记》载，卢生于邯郸客店中遇道者吕翁。生自叹贫困，翁乃授之枕，使入梦。卢生梦中历尽富贵荣华。及醒，客店主人炊黄粱尚未熟。后因以喻富贵终归虚幻或欲望破灭。无何有：什么也没有。⑳功名：功绩与名声，科举时代亦称科第为功名，中了科第便有了功名。㉑富比句：谓家业豪富，可与王侯相比。㉒生受：为难，麻烦，痛苦难受。倾覆：颠覆，破坏。《荀子·不苟》有"小人能则倨傲僻违以骄溢人，不能则妒忌怨诽以倾覆人。"即用此意。㉓珍馐：同珍羞，指珍贵美味之食物。衲衣：僧衣，系用碎布旧布拼缀而成。绣：指锦绸绸缎制作的华贵服饰。㉔庐：简陋的小房屋。大厦：指高大华美的房屋。构：建造。㉕家舍：指家中房屋及房屋中的重要财物。田园：指田地庄园等固定产业。㉖学海：比喻学识渊溥。东汉何休、郑玄都是当时著名的经学大师，著作宏富。当时求学的人都不远千里而来。京师称郑玄为经神，何休为学海。文阵：犹言文坛，文场，因其角逐争竞，互不相让，故称之为阵。斗牛：二十八宿中的斗宿和牛宿。此处代指天空，云霄。㉗百艺：这里主要指文字功夫上的各种技能，如诗、词、歌、赋、书、赞、铭、记等各种文学体裁。斗酒句：谓喝完一斗酒即可作出千首诗。唐·李白有"斗酒诗百篇"之誉，唐·王绩为世人称为"斗酒学士"，均指天才横溢，能诗善文。㉘锦绸：此处指锦绸文章。㉙半时句：谓诗文写得再好，生死关头也救不了命。㉚盖世：谓压倒当世。《韩非子·解老》有"不敢为天下先，则事无不事，功无不功，而议必盖世。"即此意。㉛夏赏：夏日观赏风景。春游：谓春日到户外踏青。稠：多。㉜烟雨句：谓在蒙蒙细雨的花柳之中沉迷。娱：取乐于。㉝风流：此处指风韵，风情。身后：日后乃至死后。㉞懡㦬（mǒ luǒ）：羞惭。㉟风月情怀：指男欢女爱的情趣。

过东昌偈

袾 宏

二十年前事可疑,三千里外遇何奇①。
焚香掷戟浑如梦,魔佛空争是与非②。

【作者简介】
见前。

【说明】
宏公削发出家后,赴京参谒遍融、笑岩诸大师,皆有启发。南还杭州路过山东东昌时,忽然有悟,遂作此偈以纪之。这是一首纯粹地谈论学佛觉悟,表述佛理观点的绝句。从这首诗中看出,宏公虽延至中年方始出家,但参学高德之后,进境甚速,悟知甚彻,已然初具一代高僧的根底。东昌为旧府名。秦为东郡地,两汉因之。隋置博州。蒙古汗国至元四年(公元1276年)置博州路,十三年(1285年)改为东昌路。明太祖洪武初改府,清因之。公元1913年废,今为山东省聊城市地。

【注释】
①二十句:谓自己年轻时所为之事皆不可取。三千句:谓远赴京师求学,得遇高宿大德,实系命中注定的因缘。②焚香句:谓无论是焚香祈求还是动手蛮干,往事都如梦幻。掷戟典出《后汉书·吕布传》。据载东汉末董卓义子吕布,曾因小失卓意,卓拔手戟掷击之,布奔避得免,暗怨卓矣。魔:梵语魔罗之简称。意译为障碍、扰乱、破坏。亦指妨碍修行、破坏佛法的邪恶之神。

渡曹溪一绝

真 可

踏来空翠几千重,曲折曹溪锁梵宫①。
欲问岭南传底事,青山白鸟水声中②。

【作者简介】

真可（1543－1603），明代浙江余杭径山僧。字达观，号紫柏，俗姓沈，吴江（今属江苏省）人。十七岁出家于苏州虎丘寺，二十岁受戒。闭关三年，苦读《法华经》等重要经典，学与日进。参谒京师遍融、笑岩诸大师，颇受教益。承嗣遍融禅师，与莲池袾宏为同门师兄弟。先后游历五台、匡庐、崂山、峨眉诸大名山。以弘法为己任，修复嘉禾楞严寺、庐山归宗寺、京师潭柘寺等古老道场共十五座。于径山寂照庵创刻方册《径山藏》，费时二十年刻成，凡一百七十六函，六千九百五十六卷。与憨山德清、莲池袾宏结为至交，主张儒释道三教一致。后因德清冤案受牵连，冤死狱中。著作结为《紫柏老人集》二十九卷、《紫柏老人别集》四卷及《般若心经说》、《般若心经要论》、《般若心经直谈》各一卷。与莲池袾宏、蕅益智旭、憨山德清并称为"明四大高僧"。可公长于诗文，与憨山时相唱和。其诗深得唐人意旨，轻灵俊逸，潇洒可观。

【说明】

可公出家以后，足迹几遍天下。主要是为了瞻仰古刹丛林，参谒高贤大德。广东曲江南华，乃慧能大师道场，慧能肉身法体一直供奉于此。可公赴曹溪瞻拜六祖遗迹，遂有岭南之行。曹溪在广东省曲江县东南双峰山下。六祖慧能根本道场宝林寺（即今南华寺）在此。这首诗即可公渡曹溪赴宝林寺时所作。诗在描绘宝林寺外观风景的同时，用极生动而又极含蓄的比喻手法，对慧能所传禅宗顿悟学说作了深刻的分析。

【注释】

①空翠：指重重山岭既空寂而又苍翠。梵宫：指佛寺中的各殿堂，这里指宝林古寺。②岭南：代指慧能，慧能为岭南新会人。底事：什么事。青山句：谓慧能大师所传心诀，便在眼前这些青山、绿水、白鸟之中。意谓什么也没有传，什么也不需传，佛性就在你自己心中。

雷　音　寺

真　可

云里有雷音，透迤一径深①。
好将三里雾，化作万方霖②。

蛟室寒岩裂,僧居夏木森③。
我来了宿约,去住两无心④。

【作者简介】
见前。

【说明】
雷音寺在今山西省五台县东北五台山海螺城内。雷音乃佛祖如来五种声之一。传如来讲说时,其声如雷震,令人震惊醒悟,故名。寺庙多有以此命名者,以示如来威仪。五台山之雷音寺,即属此类。可公朝拜五台山时,即挂单于雷音寺。这首诗用清新流畅的笔调,描绘雷音寺的风光胜景,认为这样幽深静僻的地方,真是僧人度夏的最佳地点。诗写得淡雅从容,很有韵味。

【注释】
①云里句:谓雷音寺隐藏在深深的云雾之中。逶迤句:谓只有一条路弯弯曲曲地通往雷音寺。②霖:犹言甘霖,及时雨。③蛟室:雷音寺外有潭,传其中藏有蛟龙。僧居句:谓夏季林木葱茂,这里很清凉,宜于僧之夏居。④了:完成,践行。宿约:旧约。去住句:谓来去都随意,不放在心上。

游云居怀古

真 可

千尺盘桓到上方,云居萧索实堪伤①。
赵州关外秋风冷,佛印桥头夜月凉②。
唐宋碑题文字古,苏黄翰墨藓苔苍③。
最怜清净金仙地,返作豪门放牧场④。

【作者简介】
见前。

【说明】
云居即云居山,上有真如禅寺,为始建于唐的著名古刹,今全国重点佛寺。详见宗振《书云居寺壁》之说明。大约明神宗万历二十年（公元1592年）前后，可公上云居山瞻礼。见其荒凉败落，僧人寥寥，不由得大为感慨。乃鼓励北京万佛堂住持诸缘洪断禅师转驻云居山，以期兴复。洪断禅师果赴云居，率众披荆斩棘，重建殿宇，云居山真如寺得以中兴。可公在云居山留止多日，对山上古迹遗址皆一一踏勘，并一一题咏，留有许多优美的诗篇。如描述云居山古迹的绝句《无心杏》、《讲经台》、《石鼓》等，皆抒情绘景，说理谈禅，字字珠玑，句句锦绣，今已收入《云居山新志》。这首七律乃可公登云居第一天所作，寄寓了深深的感慨。洪断禅师正是细读了这首诗，复与可公细谈之后，方下决心南来江西兴复云居山古寺的，可见此诗的感人力量。

【注释】
①千尺：云居山真如寺海拔在八百米以上，此为概数。盘桓：此处意为盘旋，指山路曲折盘旋。萧索：指景物凄凉，令人生寂寞、抑郁之感。②赵州关：为云居山上入真如寺之隘口。唐时赵州从谂和尚专程登云居山拜访道膺禅师。下山时，道膺送从谂至此而告别。当时即建一石坊为纪念，道膺禅师即名之为"赵州关"。石坊历经毁建，公元1956年虚云老和尚曾主持重建，毁于"文化大革命"。现赵州关建筑乃1985年，方丈一诚大和尚主持重建。佛印桥：云居山真如禅寺前一座古石桥。横跨于碧溪之上，正对真如寺山门。相传为宋僧佛印了元禅师所建。公元1956年由虚云老和尚主持疏浚明月湖与碧、改二溪时，曾进行修复加固。③碑题：指历代文人名士记叙或描写云居山的诗文刻碑。如宋晏殊《云居山重修真如禅院碑记》、宋张大猷《云居开山缘起记》、明张位《重修云居寺记》等。翰墨：诗文书画之类的笔墨。此处指苏东坡、黄山谷等人题的诗。苏有《赠写御容妙喜师》、《和黄山谷登云居作》、《戏答佛印》、《戏答佛印偈》等诗。黄有《登云居作》、《云居佑禅师烧香颂》等。④金仙地：指佛寺。因祇园精舍地布金而得名。返：反而。豪门：权势盛大的家族。

天 池 寺

洪 恩

入山才五日，变幻尽阴晴①。
初到池无水，归途涧有声②。

摩云松九里,拔地石三生③。
看落飞鸣叶,如花衬足行④。

【作者简介】

洪恩(1545－1608),明代后期江苏宝华山僧。号雪浪,俗姓黄,金陵(今江苏省南京市)人。年十二,出家于长干寺。与憨山德清同依无极法师,相约弘法利众。德清北游,洪恩仍住南方,日据华座,讲演诸法,说法三十年。继席为嗣者以百计,秉法转教者以千计。又博通经史,攻习翰墨,登山临水,听歌度曲,与同代文士名流多所唱酬。晚开接待院于吴之望亭。以劳苦示疾,说偈而逝,归葬雪浪山。钱谦益为撰塔铭。

【说明】

恩公为晚明佛教贤首宗一代宗师,道德学问,堪为师表。尝言:"不读万卷书,不知佛法。"因而博览外典,旁及唐诗晋字,皆有领略。所作诗,亦清新自然,雅致可观。此诗乃恩公游历匡庐,瞻礼山顶天池寺后所作。这首诗生动而又细腻地描绘了匡庐的瑰奇风光,表达了作者对这座天下名山的赞颂喜爱之情。全诗格调昂扬,情绪饱满,充满乐观精神。天池寺旧名顶峰寺,在庐山天池山顶,山上有一方池,池水终年不涸。寺即在池旁。东晋末年,慧远大师之弟慧持始建,宋称天池院。明初寺中心觉显和尚送药治愈朱元璋病,得御赐大量法器、佛经、赐名护国寺。附近有宋、元、明石刻及天池塔、圆佛殿、天心台、舍身崖、文殊台等名胜古迹。历来推为"匡庐首刹"。现为庐山重要旅游景点。

【注释】

①变幻句:谓阴晴变幻不定,时晴时雨,难以捉摸。②池:指大天池。在天池寺旁,池中水不多亦不涸,中有神鱼,实为一种类似蜥蜴的爬行动物蝾螈。涧:指天池山下之石门涧。因附近泉潭甚多,如乌龙潭、黄龙潭均注入石门涧。③摩云:直达云霄,摩意为摸。松九里:庐山顶原有地名九里松,一条山路两旁巨松夹道,长达数里,通黄龙寺。拔地:拔地而起,独立高耸貌。石三生:借用唐代僧人圆泽与李源三生有缘的典故。三生石相传在今浙江省杭州市天竺寺后,其僧人又作圆观,李源则同。实际上当在今湖南省长沙市岳麓山。这里仅代指一般山石。④衬:衬托,托着。

醒 世 歌

德 清

红尘白浪两茫茫，忍辱柔和是妙方。
到处随缘延岁月，终身安分度时光。
休将自己心田昧，莫把他人过失扬①。
谨慎应酬无烦恼，耐烦作事好商量。
从来硬弩弦先断，每见钢刀口易伤②。
惹祸只因闲口舌，招愆多为狠心肠③。
是非不必争人我，彼此何须论短长。
世事由来多缺陷，幻躯焉得免无常④。
吃些亏处原无碍，退让三分也不妨。
春日才看杨柳绿，秋风又见菊华黄。
荣华原是三更梦，富贵还同九月霜。
老病生死谁替得，酸甜苦辣自承当。
人纵巧计夸伶俐，天自从容定主张⑤。
谄曲贪嗔堕地狱，公平正直即天堂⑥。
麝因香重身先死，蚕为丝多命早亡⑦。
一剂养神平胃散，两钟和气二陈汤⑧。
生前枉费心千万，死后空持手一双。
悲欢离合朝朝闹，寿夭穷通日日忙⑨。
休得争强来斗胜，百年浑是戏文场⑩。
顷刻一声锣鼓歇，不知何处是家乡。

【作者简介】

德清（1546－1623），明代江西庐山五乳峰僧。无极明信法师法嗣。字澄印，号憨山，俗姓蔡，全椒（今属安徽省）人。年十七出家，年二十五受戒。历参法会、明信、遍融、笑岩诸大德。明神宗万历初年（公元1573年）游五台，爱其憨山奇秀，遂以为号。后于山东崂山建海印寺。万历二十三年（公元1595年）以私造庙宇罪充军雷州，五年得赦。在粤住曹溪宝林寺，大兴禅宗。赦后游武昌、黄梅，于庐山五乳峰静住，专修净业。晚年复返曹溪。圆寂后，塔全身于曹溪，今其肉身犹存南华寺中。清公学识渊博，宗说兼通，主张释道儒三教一致。著作极为丰富，主要有《憨山梦游集》五十五卷、《憨山语录》二十卷，又有《法华通义》、《楞伽笔记》及注解《庄子》、《老子》、《中庸》等。与紫柏真可、莲池袾宏、蕅益智旭并称明代四大高僧。

【说明】

憨山德清大师是一位经历十分曲折坎坷，而著作成就又十分巨大丰富的大德高僧。他以修习禅宗为主，万历中在广东南华弘扬禅宗，影响极大。但为了广度众生，方便僧俗修行，他又提倡修习净土宗，提倡念佛法门。他所写的这首七言古风《醒世歌》，便是警醒世人，指引世人学佛向善的一支路标。诗写得非常通俗，节奏明快，朗朗上口，也是为了广泛流传，于人有益。这首《醒世歌》不光是写来提醒他人，同时也是作为清公自己的座右铭。鉴于自己出家六十年的遭遇，有很多深刻的教训，清公于晚年写下这首诗，同样也在为自己做人生的最后总结。本诗形象生动，比喻贴切，道理也说得深刻透彻，可称为一篇情文并茂的佳作。

【注释】

①昧：掩蔽，隐藏。扬：宣扬，张扬。②弩（nǔ）：用机械发射的弓箭，也叫窝弓，力强可以及远。其种类很多，大者或用脚踏，或用腰开，有数矢并发者称连弩。③闲口舌：谓口舌不紧，喜欢说三道四。愆（qiān）：罪过，过失。④幻躯：虚幻的肉体。无常：佛教谓世间一切事物不能久住，都处于生灭成坏之中，故称无常。⑤伶俐：聪明，机灵。⑥谄曲贪嗔：谄为奉承，献媚，曲为曲意迎合，贪为贪求多得，嗔（chēn）为气躁发怒。以上均为人常能犯的错误缺点。⑦麝：兽名，又名香麝。似鹿而小，无角，灰褐色。腹部有香腺，分泌香气。香腺名麝香，入药。⑧平胃散：调理肠胃之药，此处取其前养神二字。二陈汤：消化通气之药，此处取其前和气二字。⑨寿夭穷通：长寿、夭折、贫困、富足。⑩浑是：全是，都是。

龙　泉　关

德　清

策杖烟霞外，重关虎豹林①。
路当崎曲险，山入寒垣深②。

惨淡黄云色，萧条落日阴③。
边笳如怨客，呜呜岭头吟④。

【作者简介】　见前。

【说明】

龙泉关为万里长城上一个重要关隘。在五台山东南六十里，东距河北省阜平县七十里。有上下两关，相距二十里。下关为明英宗正统二年（公元1437年）建，明景帝景泰二年（公元1451年）又于其西北建上关。其西为长城岭。关之南北，沿山曲折，各数百里，有隘口六十余处。清公在赴五台山时路过龙泉关，见此万里雄关一片苍凉荒芜，颇生感慨。这首五言律诗，很精炼地概括了这座关隘的形势风光，而这一片荒凉的风光正衬托出清公长途跋涉的艰苦行程。诗写得很沉郁，很深挚，有一种雄浑而又悲壮的韵味。

【注释】

①策杖句：谓拄着手杖在山林外行走。重关：即指龙泉关。此句谓龙泉关密林中多有虎豹。②崎曲：崎岖曲折，形容山路的难行。寒垣：既指因山高而气温寒冷，亦指因无人来往显得寒凉孤寂。垣指龙泉关的关墙。③惨淡：凄凉的景象。萧条：寂寥，深静。④笳：古管乐器。汉时流行于西北少数民族间。其音嘹亮悲壮，很能撼动人心。

示南华寺堂主偈

德　清

常想新州戴发僧，不知一字有何能①？
肩头担柴腰间石，博得西来无尽灯②。

【作者简介】

见前。

【说明】

清公五十岁时被发配岭南雷州充军。在广东的十多年中，清公主要是居住在曲江曹溪宝林寺（即今南华寺）。这里是禅宗六祖慧能大师的根本道场。于是清公在此发扬南禅宗风，全力弘扬佛法。清公圆寂后，其肉身亦送至这里来入塔供奉。清公与曲江宝林寺因缘殊胜，非比一般。这首诗是清公居曹溪宝林寺时写给一位名俯字无昂的堂主的诗。俯禅师事迹不详。诗中很风趣地重提六祖慧能之往事。对慧能大师为何能继承五祖弘忍衣钵提出疑问，实际上是表示自己要更加努力精进，把禅宗发扬光大。这里，亦有与俯禅师共勉之意。

【注释】

①新州：南朝梁置，治所在今广东省新兴县。此地为慧能大师出生地，亦可当作其故乡。戴发僧：慧能大师初为行者，戴发修行，直到在湖北黄梅继承五祖弘忍大师衣钵时，仍是行者身份。不知句：传慧能大师不识字。其得法偈亦系请人代写。②担柴：指六祖慧能系樵夫出身。腰间石：谓慧能入黄梅东山寺做杂役粗活，主要是舂米，即用石条棒舂石臼中的谷物。又慧能为在踏臼舂米时增加自身的重量，便在自己腰间缚上一块长石条，故有此说。博得：得到，继承。西来：指东土禅宗初祖菩提达摩由西而来。灯：此处指佛法。

鼎湖山居

德 清

历尽风波总是非，此心从已习忘机①。
翻身直入千峰里，坐看闲云白昼飞②。

【作者简介】

见前。

【说明】

明神宗万历二十三年（公元1595年），神宗与李太后在立太子的问题上产生分歧，神宗迁怒于李太后所亲信的僧众。清公亦遭牵连，借故以私造庙寺，发遣岭南雷州。清公路过肇庆时，患病，遂留居鼎湖山白云寺养病，一年后病愈，复往雷州。这首诗便是清公养病鼎湖山时所作，也可以看作是清公对自己前半生是非得失的总结。想到伴君如伴虎，自然不寒而栗，不如钻进深山里，真正成为闲云野鹤，一心一意地学道向佛，弘法利生。鼎湖山一年的休养生活,也可以说是清公人生道路的转折点。从此以后,清公不再与皇胄帝室、达官权贵来往,住山住庙,禅隐禅修,成就了自己终生的事业。鼎湖山在今广东省肇庆市东北十八公里处。与罗浮山、西樵山、丹霞山合称为岭南四大名山。原名顶湖山,因山之绝顶有湖而名。相传黄帝曾于此山上铸鼎,故又名鼎湖山。

【注释】
①历尽句:半生总结,是非太多。风波喻纠纷或患难。从已:从此以后。忘机:忘却机巧计较之心。②翻身:反身,翻通反,还。

鞋　山

德　清

孤根屹立砥中流,撑拄乾坤气若浮②。
踏破水天空界月,一声渔唱蓼花洲①。

【作者简介】
见前。

【说明】
憨山德清大师与江西庐山的深厚情缘是众所周知的,他从岭南遇赦后,曾在庐山五乳峰住静多年。居住庐山时,清公曾游览庐山上下四周各处名胜古迹。置身匡庐山下,鄱阳湖畔,遥望湖中鞋山,孤峰独秀,屹立波涛之中,不由得心生感慨,发而为诗。这首诗虽然简短,却很精炼地概括和展示出鞋山的挺拔英姿,展示出鞋山之下的湖光月色,展示出鄱阳湖上渔家生活。诗写得既雄浑高亢,磅礴大气,又写得清新明快,轻盈飘逸,为我们制造出一个优美的意境。鞋山通称大孤山,在今江西省鄱阳湖北部的湖水中。因山形似鞋故称鞋山。

【注释】
①孤根句:谓鞋山一山独立于万顷湖波中,成为中流砥柱。按江西省绝大部分河流都汇入鄱阳湖,并经之出湖口入长江。鞋山四周波涛汹涌,水流量很大,故有

砥柱之说。撑柱：支撑，承托。气若浮：谓鞋山在湖面的水气雾气中孤悬，像要浮升起来。②踏破句：谓渔船划动时把映在湖水中的月影搅碎了。渔唱：渔歌。蓼花洲：开满蓼花的水洲。蓼为一种草木植物。多生水边，称水蓼。另有马蓼、辣蓼等多种品类。古时用为调味品，可入药。

七 言 偈

惟 安

勤苦多年行脚还，随缘且住此溪湾①。
空流野翠围茅屋，林幻烟霞写故山②。
风撼树摇尘不集，雨淋竹长影堪删③。
既知流水流无住，正好休心到处闲④。

【作者简介】

惟安（1546－1625），明代后期安徽黄山慈光寺僧。号云亭，又号普门，俗姓奚，眉县（今属陕西省）人。幼孤贫，早出家。具戒后遍叩宗师。三十余年来往少林、五台、普陀诸大道场。明神宗万历三十四年（公元1606年）登黄山，创法海禅院，皈依者众。四年后游京师，声达禁苑。明神宗及李太后、郑贵妃、太子等先后赐佛牙、金佛、金经、金钵杖、紫衣。奉敕回黄山建护国慈光寺。卒葬黄山慈光寺后。曾自撰行迹二卷，附于《黄山志》后。安公为人清贫刻苦，孜孜于黄山寺院、道路的兴建。现存诸多黄山古建筑，多经其手。亦能诗，惜多不传。

【说明】

这是安公登黄山观瞻游览，决意长隐于此时所作七言律诗。诗中既赞美了黄山瑰伟雄奇的自然风光，也表达了自己希望安定下来修行的愿望。事实上，安公入黄山时虽已年过花甲，其后近二十年时间，正是他一生中最辛苦最忙碌的时期。他不仅主持创建法海寺、文殊院、慈光寺及许多登山进寺的道路，而且开堂说法，广结人缘，皈依者极众，乃至食菜饮水时皆有徒众相随问道。当然，安公再忙，心里也是快乐而充实的。开辟道场，广度众生是他的初衷本愿，结果呢，他又成了早期的黄山开发者。

【注释】

①行脚：指僧道为参学瞻礼朝山而周游各地。②空流句：谓空旷之处到处是翠绿草木，围绕着隐居的茅屋。林幻句：谓林中烟霞变幻，有如旧隐之处的山水。③删：修剪，整理。④流无住：无休无止地流。到处：处处，时时。

栖 贤 谷

镇 澄

路入清凉境，幽栖独此多①。
烟霞藏梵宇，钟声出松萝②。
叠嶂呈奇画，流泉弄玉珂③。
寻真未相识，且看白云过④。

【作者简介】

镇澄（1547－1617），明代后期山西五台山竹林寺僧。字空印，俗姓李，宛平（今北京市丰台区宛平城）人。长期居五台山各寺，对山中诸多寺庙的维修出力尤多。平时注意收集五台山各种资料，积数十年之力编写《清凉山志》八卷。此志复经民国时印光大师修订增补，至今流通。逝葬竹林寺侧。憨山德清为撰塔铭。能诗，诗风明快轻逸，清新流畅，当时极享诗名。

【说明】

栖贤谷为五台山中一处山谷，传以前多有高贤隐居于此，故名。澄公此诗，用大量笔墨描绘了栖贤谷中山水的幽美，梵刹的庄严，认定这里在整个五台山中亦可称为一块宝地。诗句中不惜夸张和比喻，将一个山谷的景观描写得有声有色，优美动人，自然也表达出作者由衷赞美，热心向往之情。

【注释】

①清凉：五台山又名清凉山。以其岁积坚冰，夏仍飞雪，没有炎暑，故名。②梵宇：佛寺。松萝：地衣类植物，常寄生于松树上，丝状，蔓延下垂。③玉珂：像玉一般的美石。④真：真人。指居住于栖贤谷中的高人隐士。

云居复古二首

洪 断

夙志云居选佛场，登临风雨倍凄凉①。
当年有客开高座，此日无人到上方②。
太史碑横芳草梦，头陀路滑藓苔苍③。
碧溪明月知多少？古木萧萧挂夕阳④。

诛茆劈棘构禅栖，首尾相将十载余⑤。
病骨扶筇程万里，柔肠结屋几千回⑥。
披云蹑磴穿峰顶，破浪中流堕石矶⑦。
三自轻生生不泯，殷勤留与后贤知⑧。

【作者简介】

洪断（1550－1621），明朝末年江西建昌云居山僧。字诸缘，兴阳词禅师法嗣。俗姓张，真定藁城（今河北省藁城县）人。年十四，日往柏林寺送供，得识遍融禅师，甚见爱重。年十五，蜀中法界、别传二禅师教以念佛法门。年十七，礼崇效寺朝阳禅师剃度。乃发愿苦行，隐河南伏牛山，苦研《法华经》。复游武当、终南、云雾、峨眉、南岳诸山，识见颇增，道德日进。年二十三，于南岳依大千常润师翁，授具戒。复参宝湖、大方等大德，求法问道。年三十以中贵邀请，入主北京万佛堂古刹，得太后捐助，建成十方丛林，经营十余年，成大道场。明神宗万历二十年（公元1592年）晤紫柏真可，得知云居山衰败，发愿修复。再得太后支持，建云居方丈，任住持。重建大殿禅堂。太后又赐渗金毗卢舍那大佛与龙藏，云居山得以中兴。断公兼主北京万佛堂、江西云居山二十年，南北奔走，往返经略。后嘱徒分守本寺及各子孙庙，自回京养老，圆寂后葬西山。断公学识渊博，工诗能文，沉勇坚定，意志果毅，诚为一代宗师。

【说明】

复古本意为恢复古代的制度或习俗。这里主要指恢复古代的佛庙建筑，当然也包括重建之后恢复寺庙的清规制度与弘法传戒等事务。这两首七言律诗是断公在兴复云居山真如禅寺的过程中，回顾从初创到基本恢复，十余载的艰辛困苦，有感而发。其一详细介绍了云居山千年道场凋蔽败落的荒凉景象，写得很详尽，很细致，感情沉郁而又悲凉。其二主要是记叙断公自己十余年修复过程中所历艰险，所遇困厄，痛定思痛，记忆犹新，既有感慨，更有自豪。

【注释】

①夙志：平素的愿望。选佛场：佛家开堂设戒之地。《景德传灯录·天然禅师》中载：天然禅师初习儒学，将入长安应举。偶一禅客问曰："仁者何往？"曰："选官去。"禅客曰："选官何如选佛。"曰："选佛当往何所？"禅客曰："今江西马大师出世，是选佛之场，仁者可往。"②有客：指前朝各代祖师大开法筵，接引僧众。③太史：指苏东坡、黄庭坚等以文翰著称的历代前贤。头陀：指唐代高僧司马头陀，三国魏司马懿后裔。少出家于南岳衡山。唐宪宗元和初（公元806年前后），行脚至建昌瑶田，见道容禅师，相携登云居山，支持道容禅师创立云居丛林。圆寂于奉新百丈，遂葬其地。④碧溪：源于云居山最高峰五老峰麓，西南折流经龟山脚，北流经莲花池，注入明月湖。全长数千米。明月即明月湖。座落于赵州关西侧，正对真如禅寺常住山门。原为一天然小池塘，面积仅亩余。后历经拓展疏浚，面积渐增，水亦加深，湖水清澈，明如亮镜。明末，建昌县令蒲秉权于其下方出水口建石坊，刻"明月湖"三字。公元1957年初，虚云老和尚主持重新疏浚，于旁立字碑诗碑。现面积达十余亩。⑤诛茆句：谓锄杂草砍荆棘而建造寺院。禅栖系禅和子栖隐之地即寺院。⑥病骨句：谓断公自己年老体病，拄杖奔波于北京江西之间。柔肠：本意为柔软的心肠，多指女性的缠绵情意。此处则转指衷肠、衷心。结屋：建造房屋。此房屋乃指寺庙建筑物。⑦披云句：谓穿过云雾攀越石磴直到峰顶。磴指石阶。石矶：水边突出的石滩。⑧轻生：轻弃生命，即自寻其死。泯：尽，消灭。后贤：指后来的各代继承者。

谨示二首

洪　断

云居开建已千年，久废基存草莽间①。
发心创造非容易，木炭砖瓦运转难②。

劝请后来修补护，万古流芳续哲贤③。
　　明因识果高着眼，身后定生极乐天④。

　　自我创建数十年，大死三番又一番⑤。
　　跛足千里求布施，受尽饥馁对谁言⑥？
　　惊恐多般不辞苦，淋漓舡舟波浪寒⑦。
　　后来若有损坏者，地狱三途苦万般⑧。

【作者简介】
　　见前。

【说明】
　　明神宗万历四十年（公元1612年），断公年已六十有三，不欲再在北京、江西二地往返奔波。时云居山真如寺诸物具备，内外焕然。又置庄田七处，命七徒各守庄静修。另商请高僧来主持常住。这两首诗便是断公安排妥帖，拟永别云居时，留给其徒常慧、常锦、常炼、常鉴、常经、常潮、常元的最后指示。诗中回顾了断公自己兴复云居的艰苦历程，告诫子孙要继续维护千年道场。诗写得很认真，话说得很严厉，无非是希望云居山这座唐宋名刹能够灯灯相续，永远鼎盛。诗中叙述断公自己为恢复云居山而屡经大难，寻求外缘的经历，特别细腻生动，把一代高僧弘扬佛法的牺牲精神充分表现出来了。

【注释】
　　①千年：云居山真如寺自唐宪宗元和三年（公元808年）道容禅师肇基开山，至明神宗万历四十年（公元1612年）洪断禅师复建后离去，共历八百零四年，此举约数。久废句：谓断公刚来时，只见古寺废址埋没在杂草灌丛之中。②发心：本意为发自内心，这里有发愿、立志的意思。运转：运输周转。③后来：指此后接替断公继主云居者，也包括断公常字辈诸徒。哲贤：先哲前贤的合称，泛指前代祖师。④明因句：谓要弄清因，知道果，目光放长远一些。极乐天：犹言极乐世界。即佛教所称的阿弥陀佛所居的世界。唐·白居易《画西方帧记》："有世界号极乐，以无八苦四恶道故也。其国号净土，以无三毒五浊业故也。"⑤创建：此处乃重建、重修之意。大死句：谓濒死的大灾难一次又一次。三番又一番即四番，极言其多，番，次也。⑥跛足：此处指长途奔波，脚力疲劳，以致跛不能行。布施：佛教语。梵语音译檀那，为六波罗密之一。分为三种——一财施，谓施舍财物救济贫人；二法施，谓说法度人；三无畏施，谓以无畏施于人，救人厄难。馁：饥饿。⑦

淋漓：沾湿或下滴貌。此指被雨水淋湿。舡（xiāng）：船。⑧三途：亦称三趣，即三恶趣，趣意为趋，归向的意思，佛教语，指地狱、饿鬼、畜生。

云居山咏二首

常 慧

半肩风雨半肩柴，竹杖芒鞋破碧崖①。
刚出岭头三五步，浑身都被乱云埋。

经行仿佛近诸天，月上山衔半缺圆②。
听得上方相对话，星辰莫阂五峰巅③。

【作者简介】

常慧（1557-1643），明末江西建昌云居山真如寺僧。诸缘洪断禅师法嗣。字味白，号龟山，俗姓胡，南昌（今江西省南昌市）人。年十五出家，旋受戒。奉师命广参博采，道行日进。明神宗万历二十六年（公元1598年），上云居山谒洪断禅师，留侍左右，得法为嗣。于重建真如禅寺立有大功。万历四十年（公元1612年），洪断禅师退归燕京。乃奉命率徒守祇树堂。未久真如常住敦请出任住持。在任二十余年，维护道场，颇历艰辛。明思宗崇祯十年（公元1637年）已年逾八旬，函请颛愚观衡禅师来山主寺。仍退守祇树堂，课徒训孙，克己修行。慧公学识渊博，儒释兼通，工诗善文，长于言辩，德才均堪称同代僧俗师表。

【说明】

慧公享年八十七岁，其中一半以上时间定居于云居山，留下了许多描写其禅修体会和日常生活的诗文。尤其是他的诗写得平易质朴，清新流利。不讲深奥繁复的道理，不用偏僻艰深的术语。如对友面，如叙家常。这两首七言绝句，一写砍柴归家的见闻感受，一写散步山头的体会感想。诗写得很活泼，很有情趣。

【注释】

①芒鞋：草鞋。破：此处意为踏遍，多少次踏过。亦可理解为踏破山崖上碧绿

的苔藓。②经行：散步。月上句：谓月亮升起来，却被山峰遮挡了一半，看看月是缺的，其实它是圆的。③听得句：谓人在山头讲话，犹如在天上对语。极言山高。上方亦为天上。阁（hé）：隔阻。五峰：云居山诸峰中，最高者称五脑峰，亦名五老峰。

种松老人

通 润

饭后罢锄舂，寒山信短筇①。
偶遇孤犊去，适与老人逢②。
见面不知姓，自言能种松③。
横冈千万树，大半已成龙④。

【作者简介】

通润（1565－1624），明代后期浙江虞山秋水庵僧。字一雨，俗姓郑，西洞庭山（今属江苏省苏州市）人。与法杲、慧浸同参雪浪洪恩大师，得法为嗣。洪恩逝后，继续弘扬其学，尤为注重文字，疏注经典。曾卜居铁山，独隐五载，疏注《楞伽经》、《楞严经》，名所居茅舍为"二楞庵"。晚住本邑华山，复移中峰，逝葬中峰。润公能诗善文，诗尤享名。人称其诗"格调高古，直追唐人"。

【说明】

润公性情简淡，嗜学不倦，常眠云卧月，寄情山水。尤乐于与文士游处，尝自誓"生生世世居学地，与士大夫相见"。诗如其人，这首古风味的五言诗，正是简散潇洒，神骏飘逸，立意新颖，节奏明朗，形象生动，情感亲切，的确是一篇不可多得的佳作。

【注释】

①锄舂：锄地，舂米，泛指各种日常体力劳动。短筇：短手杖。②犊：小牛。适：正好，恰好。③能：这里作喜欢，爱好解。④横冈：横向的山冈。成龙：谓松树已长大，参天耸立，如龙欲腾空飞入云霄。又松树枝形盘曲虬结，其状如龙。

龙潭对雨

如 愚

苔藓空门外，烟萝夹径阴①。
春流一涧急，寒雨数峰深②。
鸟倦垂天翼，云迟过客心③。
望中灯火起，人语起孤岑④。

【作者简介】

如愚，明代后期燕京七指庵僧。生卒年与俗姓均不详，大约公元1595年前后在世。字蕴璞，江夏（今湖北省武昌县）人。少习儒业。出家后居湖南衡山石头庵。复至金陵，居石头城碧峰寺，遂自号石头和尚。为雪浪洪恩法嗣。因背师负义，不容师门，乃北上燕京。居七指庵，被恶疾而逝。他才辩纵横，笔舌卓厉，下笔立就数千百言，追骛奇险，或流于鄙俚，然多慷慨悲愤之语，间有佳作。有《石头庵集》。

【说明】

庐山之顶有二龙潭，一曰乌龙潭，一曰黄龙潭，二潭相距里许，均在牯岭南面黄龙寺附近。现为庐山重要旅游景点。如愚游此二潭时，正是雨天的黄昏，山林如洗，景色清新，风景之美胜尤逾平时。这首诗用概括的语言把这一片美景描绘出来，的确能给人以美的享受。对如愚的人品德行，向来非议甚多，足见其人并不可取。但其诗亦有佳篇，不可因人废言，姑录此诗，以示如愚诗笔诗风。

【注释】

①空门：指石门，龙潭入涧名石门涧。此句谓石门涧旁到处是苔藓。烟萝：云气与丝萝的合称，萝于此泛指树林间各种藤蔓植物。阴为暗意。此句谓因烟云迷漫，藤萝纠缠，使路径显得幽暗。②涧：指石门涧。深：指山峰树木苍翠而显得色彩深沉。③垂天翼：夸张鸟翼之大，可以垂蔽天空。云迟：犹言云雾徘徊舒卷。此句谓天空的云雾徘徊不定，时卷时舒，犹如游子过客的心绪。④望中：视野中，视

线里。孤岑：孤峰。此句谓在孤高的山峰上响起人说话的声音。

题云居寺壁

圆 悟

不到此山游，不识此山美。
此山雾腾云，明月一湖水①。

【作者简介】

圆悟（1566－1642），明末浙江明州天童寺僧。幻有正传禅师法嗣。字觉初，号密云，俗姓蒋，宜兴（今属江苏省）人。家世务农，稍长，以樵耕为生。年三十，弃家入龙池禹门寺，依正传禅师，四年后得戒承嗣。五十岁以后，历主龙池禹门寺、天台通玄寺、嘉兴金粟寺、福建黄檗万福寺、宁波育王广利寺、天童景德寺六大道场。大振临济宗风。授徒逾三千，法嗣数十人，海内耆宿亦风从归依。时称曹溪嫡脉、临济中兴。明思宗崇祯十四年（公元1641年）坐天童时，皇贵妃赐紫衣入山，复有诏住金陵报恩寺，以衰老固辞。次年退位归天台通玄寺养老，未久圆寂，还葬全身法塔于天童幻智庵侧。著有《天童语录》。清康熙年间追赐"慧定禅师"称号。

【说明】

圆悟禅师于明神宗万历三十五年（公元1607年）前后游历建昌云居山。时云居山真如寺业经诸缘洪断禅师恢复，法席鼎盛，殿宇辉煌，历代名胜古迹亦多加修葺，故而景象焕然可观。悟公虽常闻云居之名，此次实系初至，见此繁荣景象，极其感奋，乃口占五言绝句一首，书题于真如寺壁。以盛赞恢复之后的云居山真如禅寺道场庄严，山水优美。诗写得朴实自然，语言简洁，情味浓郁，颇有意境和余韵，故盛传于丛林。

【注释】

①明月：指明月湖。详见洪断《云居复古二首》注④。

过云居真如寺二首

圆　信

屏开乱点春枝月，空梦随云去路赊①。
花木不须猜似画，一林长水古人家②。

特出无依接远峰，几多楼阁旧时踪③。
钟飘韵落石桥外，尚有余音道者风④。

【作者简介】

圆信（1571－1647），明末清初浙江余杭径山僧。幻有正传禅师法嗣。号雪峤，俗姓朱，宁波鄞县（今属浙江省宁波市）人。年九岁，自截发为头陀，四方参师问道。年二十九正式投师出家。先后参妙真、袾宏等诸位高僧大德，力持苦行。后往龙池禹门寺依正传禅师，得法为嗣。为密云圆悟之师弟。主余杭径山时，法席之盛，一时称最。习惯头陀苦行，常飘笠独游，留连于深山大岭。暮年还径山圆寂。门徒觉浪道盛为建全身塔于双径。后弘觉禅师以其阐扬云门宗教义有功，又迁其全身塔于广东乳源云门山。

【说明】

信公大约于明神宗万历四十五年（公元1617年）前后游历建昌云居山。当时云居山真如禅寺法席正盛，集僧逾千。信公见此，甚为振奋，于朝觐瞻仰之余，作此二诗以为纪念。这两首绝句写得轻盈灵秀，明快清新，不带一点烟火味。

【注释】

①屏：画屏，屏风。此乃以真如寺周围的山光水色比喻成一幅彩画屏风，的确相宜。赊：长久，遥远。②一林句：谓一片林子中流过一条溪水，旁有古老的民家。③特出：独特地显出。指云居山于平地独自耸立，与其他山脉不相连结。楼阁：指佛寺的殿堂楼阁。④钟韵：钟声，钟声有韵味合乐，律，故称钟韵。石桥：指云居山上佛印桥、安乐桥、呼童桥等石桥。道者：得道之士，此指得道高僧。

初游云居作

观 衡

路入云霄山外山,几人曾过赵州关[①]?
碧溪流水隔尘远,明月湖光自古闲[②]。
千载树神灵有在,万年香火信无悭[③]。
徘徊祖道重辉日,杖钵相期去复还[④]。

【作者简介】

观衡(1579 – 1646),明末清初江西石城紫竹林僧。五台空印大师法嗣。号颛愚,俗姓赵,霸州(今河北省霸州市)人。年十二持素,十四岁礼五台山惠仁老禅师出家。后依空印大师,随侍三年,得法为嗣。出外游方,先后参拜真可、道盛、袾宏等同代宗师,深得赏识。赴曹溪,礼憨山德清大师,深相投契。朝南岳遇毒,于邵阳双清矶养病修习,长达二十年,自号病僧。明思宗崇祯十年(公元1637年)应聘主持江西云居山真如禅寺。重振宗风,大开法筵,合寺殿阁重新辉煌,常住居众恒达千人。衡公自己则清苦茹淡,安贫如素,世人咸称古佛。师每坐禅于大伞下,故又自署号"伞居和尚"。七年后,应聘主江西吉州青原山净居寺七祖行思道场。未久转石城,建庵紫竹林,播扬大法,道俗同钦,声震吴楚,道洽王侯,紫竹林之名大显。年余卒,归葬云居山。衡公毕生深研《楞严经》,尤重音闻之学,虔礼圆通颂忏法,故其法称圆通宗,人称圆通和尚,当时极负盛名。衡公学博才富,文笔典雅华瞻,兼善尺牍,文名著于当时。

【说明】

明思宗崇祯十年(公元1637年),衡公云游至西昌(今江西省新建县)。当时正印禅师正闭关于豫章黄牛洲。闻师至境,乃破关出迎,邀衡公上云居山,并向师求学圆通法门。时云居主席之位久虚,唯以味白常慧、法玺正印二师代掌事务。常慧年逾八旬,正印长期驻外,故无暇顾及。名山道场日见衰败。衡公应云居僧众和当地士绅力邀,就任云居山真如禅寺住持。此诗正是衡公初上云居时所作。诗中高度赞扬了云居山千载法缘和大好风光,表示自己要坚决兴复千古道场的巨大决心。诗写得很大气，很庄严，很有深度。

【注释】

①赵州关：云居山上入真如禅寺前的一处关隘。详见真可《游云居怀古》注②。②碧溪：云居山真如禅寺前一条溪流。详见洪断《云居复古二首》注④。明月湖：在云居山顶莲花城中心。详见洪断《云居复古二首》注④。③树神：传旧时云居山顶有大树名安乐树，上栖安乐神，为云居山保护神。悭：吝啬，小气。④祖道：祖师道场之省语。去复还：谓马上就回来。系接任真如禅寺住持的承诺。

圆通颂二首

观 衡

欲问圆通何处是？行来举步住同居①。
穿衣吃饭凭谁力？休更骑驴又觅驴②。

云有深山鹤有林，我唯安养是归心③。
夜来月照长廊下，一句弥陀劫外音④。

【作者简介】

见前。

【说明】

圆通系佛教语。圆不偏倚，通无阻碍。衡公于讲经说法，立教传灯之时，尤重音闻之学。凡所居处，则必礼圆通颂忏法，时称圆通宗。衡公以此传法，乃告诫学僧修行时不可偏倚，持戒时扫除障碍，以理智之圆融，臻实践之圆妙。故而圆通之学贯穿于整个修行过程，甚至包括于举止坐卧之中。亦即通常所说，无事不修行，事事在修行。衡公首倡此法，导引初机，提携后进，颇有效果。故当时圆通宗学说极负盛名。衡公写此二绝句，无非是进一步强调圆通修持的着力点、功效，方便大家修行。故而诗写得很质朴，通俗易懂。

【注释】

①行来句：谓圆通随你坐卧举止，与你同居一处。②休更句：谓佛法就在自

身,休要盲目他求。③安养:安静地休养。归心:从心里归附,衷心地认同。④弥勒:指称念"阿弥陀佛"。劫外:指超拔于尘劫之外。

游浴龙池

栖壑

探幽穷涧底,尽处泻寒流①。
梯磴寻奇绝,扪萝上石楼②。
山花香易采,野果棘难求③。
雨过侵衣湿,还山日未休④。

【作者简介】
栖壑(1586-1658),明末清初广东肇庆鼎湖山庆云寺僧。法名道丘,字离际,号栖壑,又号云顶和尚,以号行。俗姓柯,顺德龙山(今广东省顺德市)人。壑公初从憨山德清大师,得法为嗣。至杭州云栖寺,受莲池袾宏大师净土宗教义,得衣钵。于广州法性寺受律宗具足戒。故壑公禅、净、律三宗俱善,在明末佛教界享有崇高地位。明思宗崇祯九年(公元1636年),壑公至广东肇庆鼎湖山,将山上原小庵扩建为今之庆云寺,成为该寺开山祖师。

【说明】
浴龙池在今广东肇庆鼎湖老龙潭侧,其旁有壑公亲题"浴龙池"三字石刻,至今犹存。壑公初登鼎湖山,准备于此开山立寺时,曾对周围的地形地貌作了一番周详的考察。他对浴龙池旁岩峻泉深、花香林密的自然景致十分欣赏,亲题池名并付石刻。这首诗所写的就是壑公所看到的,细腻生动,清新自然,自有一种天然纯朴的意趣。

【注释】
①探幽:寻访幽秘新奇之境。穷:谓直到。尽处:指涧底。寒流:指流泉,溪流。②梯磴:爬石台阶。梯作动词。扪萝:抓住藤萝。扪为抓握或抚摸。③棘:指荆棘类灌木上生长的尖刺。④日未休:指太阳还未落山。

新创云顶山房

栖壑

不风流处也风流，占得湖山云上头①。
若问云山何境界，门前有水到端州②。

【作者简介】
见前。

【说明】
云顶山房在肇庆鼎湖山庆云寺后山，是栖壑禅师禅修的静室，今已废。壑公在创立鼎湖庆云寺之后，于寺后为自己建了一座小斋室，供自己独自修行所用，这很平常。山房建好之后，壑公又写此七绝作纪念，这也不奇怪。我们看看这首诗，一落笔便富含哲理，气势不凡。本意是躲在后山无人处闭关自修，绝无风流可言。而壑公却说是也风流，可见他另有一番见地。能于不风流处得风流，何事不可为，何路不可通，何道不可达呢？这道理就像门前的泉溪，通往鼎湖，通往端州，通往西江，通往大海。这一切都是顺理成章的。一代高僧的宽广胸怀和宏大志愿尽皆表露无遗了。

【注释】
①风流：谓英俊杰出而又有风韵气派。②端州：地名。隋以高要郡置，后改为信安郡，唐复为端州，宋废。今为广东省高要县。境东南有端溪，出砚石，所制砚即称端砚，极有名。

早 梅

道源

万树寒无色，南枝独有花①。
香闻流水处，影落野人家②。

【作者简介】

道源（1586－1657），明末清初江苏姑苏北禅寺僧。字石林，俗姓许，娄江（今江苏省太仓县）人。明末住持北禅寺。能诗，诗风萧散，飘逸，颇有韵味。

【说明】

这是一首简短精炼的借物抒情绝句。诗用极精炼的语言描述在春寒料峭之中，各种树木都难于忍受，不敢抬头，惟有梅花凌寒盛开，独领风骚。早开的梅花以其清幽的香味和明媚的倩影，给人们带来美的享受。短短二十个字，盛赞了早梅不惧严寒的刚劲品节，盛赞了梅花的芳馨和美姿。其实，这也正是诗人的自况。这一切，都有待读者自己去体会，去领略。

【注释】

①无色：指不能返绿回春，更不能萌叶开花。南枝：南向的梅树枝。②野人家：山村人家。

金陵怀古

读彻

石头城下水淙淙，水绕江关合抱龙①。
六代萧条黄叶寺，五更风雨白门钟②。
凤凰已去台边树，燕子仍飞矶上峰③。
抔土当年谁敢盗？一朝伐尽孝陵松④。

【作者简介】

读彻（1588－1656），明末清初江苏苏州中峰寺僧。字见晓，又字苍雪，号南来，俗姓赵，呈贡（今属云南省）人。幼年落发本邑妙湛寺。十九岁拜通润禅师门下，承法为嗣。先后参拜雪浪、雨润等高僧。后住持苏州楞伽山中峰寺，为华严宗宗匠。彻公精通佛法，诗亦有名。诗风苍劲深远，文笔酣畅淋漓，多悲歌感慨之音。有《南来堂稿》四卷及《补编》四卷、《附录》四卷。

逝葬中峰。钱谦益为撰塔铭。

【说明】

作者有《金陵怀古》诗四首，吟咏金陵（今江苏省南京市）的地方风物和历史兴衰，追昔抚今，感慨零落。清·吴伟业《梅村诗话》称："其金陵怀古四首，最为时所传。"今选其一。这首诗写得沉郁悲壮，很有气势。王士祯《渔洋诗话》称："近日释子诗，以滇南读彻苍雪为第一。"不为过誉。

【注释】

①石头城：故址在今江苏省南京市西北清凉山后。人工砌石和天然山岩合成城垣，峭立长江江畔，形势险要，历代为兵家争夺据守之地。始筑于战国楚威王七年（公元前333年），名金陵邑。东汉建安十七年（公元212年），东吴孙权即金陵邑址重建，因所傍山为石头山，故城亦名石头城。淙淙：流水声。唐·高适《赋得还山吟送沉四山人》诗："石泉淙淙若风雨，桂花松子常满地。"即此意。江关：江防要地。龙：形容南京地理形胜。诸葛亮曾赞为"钟山龙蟠，石头虎踞，帝王之宅也"。②六代：指三国吴、东晋及南朝之宋、齐、梁、陈六个朝代，它们均在金陵建都。黄叶寺：《涅槃经》载佛祖把杨树之黄叶给小孩，对其说是金箔，以止其啼。用来比喻佛说天上之乐果，以止人间之众恶。南朝最后的梁、陈二代，是佛教的鼎盛时期，寺宇众多。唐·杜牧《江南春》诗："南朝四百八十寺，多少楼台烟雨中。"作了精炼的概括。黄叶寺即这些寺庙中之一，早废。白门：指南京城西门。胡三省《通鉴注》："白门，建康城西门也。西方色白，故以为称。"③凤凰：指凤凰台。故址在南京城西南保宁寺后。《六朝事迹》："凤凰山，宋元嘉中凤凰集于此山，乃筑台于山椒，以旌嘉瑞。在府城西南二里，今保宁寺是也。"李白有《登金陵凤凰台》诗："凤凰台上凤凰游，凤去台空江自流。"燕子矶：在南京市北郊观音门外，为岩山的分支，峭立江中，凌空犹如飞燕展翅，故称。为金陵四十八景之一。此句含唐刘禹锡《乌衣巷》"旧时王谢堂前燕，飞入寻常百姓家"诗意。④抔（póu）土：别称坟墓。抔，用手捧扬。《史记·张释之冯唐列传》记张释之事，有人盗帝庙内的器物，时任廷尉的张释之按法律判处此人斩首示众。汉文帝却要张释之改判父母、妻子均当斩首。张释之反对这种株连全家的做法，为此向文帝提出辞呈。辞呈中向汉文帝提问云："假令愚民取长陵一抔土，陛下何以加其法乎？"孝陵：在南京市东郊钟山南麓，是明太祖朱元璋和马皇后的陵寝。因马皇后追谥"孝慈"，故名孝陵。墓穴前直径约400米的土阜宝顶上广植松柏，蔚然成林。

别吴中诸子

读彻

相晤了无意，临歧还黯然①。
回看吴苑树，独上秣陵船②。
春老还山路，江昏欲雨天③。
白鸥略似我，聚散绿波前④。

【作者简介】
见前。

【说明】
吴中指今江苏省苏州地区。吴中诸子未详所指。吴地自古是文化名区，与吴中诸子过从唱和，是彻公一大乐事。他之所以长居姑苏楞伽山中峰寺，除仰慕先辈中峰明本禅师之外，这是不是个原因，一时尚难断定。然而读彻毕竟是个僧人，时或要外出参方游学，或者朝山礼拜。这是彻公与诸位朋友告别，前往金陵时写给朋友的一首抒情诗。诗中没有记录离别双方所说的片言只字，而是借分别时的山水风光和时令气候来衬托离别的心境。回看，独上，彼此默默地分别；春老，江昏，似乎天地也在哀伤。这种写法很含蓄，很委婉，寄寓的情感却很深挚，很动人。这是一首很有内蕴，值得回味的好诗。

【注释】
①相晤：相见，见面。了：完全。多用在"无"字、"不"字之前。无意：不在意。临歧：到歧路之处。指分道惜别。见唐高适《别韦参军》诗："丈夫不作儿女别，临歧涕泪沾衣巾。"黯然：忧愁，沮丧貌。②吴苑：吴地的庭苑，泛指苏州各地的林园。吴地向以庭园建筑著称，其精美灵秀远过他处。秣陵：地名，即今江苏省南京市江宁区。楚威王以其地有王气，埋金镇之，号曰金陵。秦始皇改为秣陵。三国东吴孙权迁都于此，称建业。晋平吴后分南为秣陵，北为建业。隋并入江宁。③春老：季节已到晚春，春末。江昏：天空浓云密布，江面一片昏黑。④白鸥句：意谓我似白鸥。此联谓我像一只鸥鸟，或聚或散，全凭机缘。

送朗瓍入匡山

读　彻

偶向匡庐去，安禅第几重①？
九江黄叶寺，五老白云峰②。
落日眠苍兕，飞泉下玉龙③。
到时应为我，致意虎溪松④。

【作者简介】
见前。

【说明】
匡山即匡庐，庐山，详见《庐山东林杂诗》之说明。朗瓍不详何人，由诗中大致可以推测，为一位前往江西庐山安禅修行的僧人，当与彻公平辈或辈分略低于彻公。庐山从东晋慧远大师开创净土宗派以来，千余年中一直是一座佛教圣山。历代不少高僧都愿到匡庐隐修，朗瓍亦复如此。读彻此诗，凭记忆所及，对庐山作了一个极其凝炼概括的介绍。在关注朗瓍修行前途的同时，也表达了自己对这座名山的崇敬向往之情。诗写得轻灵飘逸，很有文采，也写得温存委婉，很有感情。

【注释】
①安禅：佛教语。安静地打坐，犹言入定。这里兼有安身落足之意，犹言安栖，栖隐。第几重：第几座山峰，或山峰的第几层。②九江：地名。战国时为楚地。秦为九江郡。三国吴时属武昌郡。晋置浔阳郡，属江州。隋大业三年（公元607年）改江州为九江郡。唐复为江州。元末朱元璋改九江府，清因之。即今江西省九江市。黄叶寺，原九江一座古寺，早废。参见读彻《金陵怀古》注②。五老：五老峰。为庐山东北面一山峰名。唐代李白有《登庐山五老峰诗》。杨齐贤注此诗时说到，《浔阳记》：山北有五老峰，于庐山最为峻极，其形状如河中虞乡县前五老之形，故名。峰顶终年云雾弥漫。现为庐山上最主要旅游景点之一。③兕（sì）：传说中之兽名。古书中常拿兕与犀对举，大约为一种类似于牛的动物，且系一种神异的祥兽。这里却以之喻连绵的山峰。飞泉：指瀑布。玉龙：喻指瀑布。庐山瀑

布甚多,历代诗家多有吟咏,其中以唐李白《题香炉峰瀑布》最为著名。瀑布直高落下,飞流千尺,其白如练,有如龙之飞腾,故称瀑布为玉龙。④虎溪:溪名。指庐山东林寺旁之虎溪,有虎溪三笑之典。

石 公 山

实 讱

湖上山忽起,突兀孤云中①。
洪涛日相击,飞雪洒晴空②。
悬崖疑欲堕,怪异由天工③。
雨晴苍翠湿,水落根玲珑④。
时有好事者,闲来穷鸿蒙⑤。

【作者简介】

实讱,明末清初江南吴县诗僧。字可南,吴县(今江苏省苏州市)人。生卒年及俗姓均不详,大约公元1619年前后在世。长于诗文,诗清俊劲拔,涤尽尘俗,当时即为世人传诵。原有集,不传。

【说明】

石公山为江苏吴县太湖中一小山岛,孤峰耸翠,岩石清奇,风景秀美宜人。讱公乐意林泉,尝游此山,深为这座小岛的湖光胜景所感,乃作此诗以纪念。这首诗详尽细腻地描绘了石公山的挺拔雄姿,迎风搏浪的豪迈气概以及悬崖怪石、巧夺天工的精巧玲珑。诗写得超尘脱俗,清隽洒脱,仿佛在向我们展开一幅优美的山水长卷,很给人以美的享受。

【注释】

①突兀:高耸、高挺貌。②洪涛:大波大浪。飞雪:喻浪花。③悬崖句:谓山崖高高耸起,像要倾倒的样子,极言山势峻险。天工:自然形成的工巧。④苍翠:指山上的林木。玲珑:空明精巧貌。⑤好事者:此处指贪玩的人。穷:穷究,寻根究源。鸿蒙:广大。指天地之大,造物之奇。

伤范东生

实讷

苕水清，湖水浑，东西相望愁人魂[①]。
君今长别故山去，春光寂寂梅花村[②]。
湛园月下池光冷，冷浸芙蓉夜正永[③]。
于今何处问风骚，空向草堂吊清影[④]。

【作者简介】
见前。

【说明】
范东生不详何人，当为讷公至交好友，从诗歌正文中得知，范东生是一位颇有才华，英年早逝的隐居士子。要好的朋友撒手西归，讷公仍时时怀念，乃作此悼诗，以寄托思念缅怀之情。诗写得深沉悲壮，感情浓郁，很有感人的力量。由此亦可看出作者讷公很珍惜自己与范东生之间的情谊，可看出作者是一位珍惜感情，关怀朋友的人。

【注释】
①苕水：即苕溪，水名。有二源，出浙江天目山之南者为东苕，出天目山之北者为西苕。两水合流，由小梅、大浅两湖口入太湖。苕溪夹岸多苕花，秋时飘散水上如飞雪，故名。湖水：指太湖之水。②故山：此处指坟墓，阴间。喻人生犹如行旅过客，死亡乃为归宿，坟地正是故乡。梅花村：当为范东生隐居之处。③湛园：当为范东生隐居处一座园林，有泉池之胜。芙蓉：荷花。永：长。④于今：如今。风骚：此处指诗文辞章。吊：凭吊，悼念。清影：犹言遗像留影。

江楼望月

实讷

江村犹不夜，月已到高楼①。
碧瓦光相射，虚檐影自流②。
山山皆在水，树树尽成秋③。
天迥空无着，西风一钓舟④。

【作者简介】

见前。

【说明】

清代著名诗家沈德潜评论实讷诗时谈到，讷公擅写月夜之景，得月之神，存诗不多，大半为写月之诗。所选这首诗便是讷公写月诗之代表作。吴地多溪河，河畔多江楼，诗题江楼未详所指。夜登江楼，极目远眺。在一片皎月的清辉下，江村、高楼、碧瓦、虚檐这些近景，尽在眼前。山水、树林、天空、钓舟这些远景，亦依稀在目。作者一个个地写过来，一层层地推出来，让我们细细品味。月光中的夜景，自然与白昼大有不同，一切都显得那么隐约依稀，捉摸不定，一切都像在流动飘浮，在风中雾里摇摆。这一切都透露出一种朦胧的神秘的美感。这些内容，也决定了诗写得轻盈、柔曼、平和、悠扬，不时地散发出一种淡淡的清香和清新灵秀的气息。

【注释】

①江村句：谓江畔的村庄还很热闹。②碧瓦：谓月光照在琉璃瓦上，互相反射，煞是好看。虚檐：房屋的檐墙在月光中显得虚幻而流动。③山山句：谓每座山都有溪水缭绕着。树树句：谓树叶都枯黄了，是深秋季节。④天迥：天空遥远。着：着落。西风句：谓在西风吹拂下，溪河中一条小船上，有人在月下垂钓。

讯候颛愚大师

道 盛

云居特地禅床动,弥勒谁云不下生①?
明月湖边孤鹤远,清风江渡古帆轻②。
五台有会堪成卧,千里同堂可作盟③。
却惜谢公能折屐,何妨大伞此中撑④?

【作者简介】

道盛(1592－1659),明末清初江苏金陵天界寺僧。号觉浪,书林东苑禅师法嗣。俗姓张,闽北柘浦(今福建省柘荣、霞浦两县间)人。盛公六岁出家于福州鼓山涌泉寺。立志于学,勤研经典,严守戒律。谒寿昌禅师得悟,依东苑禅师得法。盛公于清顺治二年(公元1645年)前后上云居山,依其嗣徒方融如玺禅师。玺公其时正主持云居真如。法席正盛,盛公却欲住静,钻研佛典。玺公乃为师于真如禅寺常住旁立一茅庵,供师隐居。次年,颛愚观衡禅师圆寂于石城紫竹林,紫竹林与云居山皆欲葬观衡灵骸,争执甚烈。盛公一言九鼎,以观衡禅师归葬云居,紫竹林立衣冠冢,并亲撰观衡禅师塔铭。盛公晚年应邀主持金陵天界寺,大振曹洞宗风,道誉更播天下。圆寂后塔葬金陵栖霞山。盛公儒佛兼通,学殖渊博,长于文才,善于辞辩。诗风淡雅清新,颇堪讽咏。另有《语录》若干卷行世。

【说明】

颛愚大师即颛愚观衡禅师,详见观衡《初游云居作》作者简介。讯候即以书讯表示问候。观衡大师为盛公同代高僧。且年龄远长于盛公。盛公虽然成名早于观衡,观衡曾顶礼参拜自己,但他将衡公视为平辈朋友,极为尊重。此时衡公正任云居山真如禅寺住持,竭力复兴云居。盛公对此大为赞赏,特写此诗表示支持。诗中高度赞扬了衡公的道行能力,对衡公不假外缘,亲力亲为,兴复云居持极为乐观的态度。诗写得很诚挚,很有力量。

【注释】

①特地:特意,特别。禅床动:指更换主持人。弥勒:佛名。此梵文音译,意

译无胜。下生：出生，再生。此句意谓观衡禅师是弥勒再生。②明月湖：云居山上湖名。详见洪断《云居复古二首》注④。此句意谓云居山明月湖上可以任由仙鹤飞翔。清风江：系观衡禅师故乡冀中一条小河名。此句意谓从冀中到江西也可以扬帆轻捷而至。③五台：山名。中国佛教四大名山之一。在今山西省五台县东北。其山主峰五座，如五台巍然，故名。观衡禅居师年十四时礼五台山惠仁老禅师门下，削发出家。卧指卧游隐居。千里：概指五台山与云居山距离遥远。此联谓观衡禅师出家于五台山，本可隐居五台，不远千里来云居登堂任住持，也算一种机缘。④谢公：指东晋名士谢安，曾创登山木屐，畅游浙东名山。喻观衡禅师足迹遍于各大名山。大伞：观衡禅师每于大伞之下坐禅，有伞居和尚之称。此中撑：意谓于云居山担任住持。

游鼓山喝水岩

通 容

岩上草色肥，岩下水流急。
策杖上岩巅，山空人独立。

【作者简介】
　　通容（1593-1661），明末清初浙江余杭径山寺僧。字费隐，俗姓何，福清（今属福建省）人。少孤，年十四出家，久依云门，继参寿昌、博山、天童诸大师，受戒黄檗，并继主席。历主温州法通、武原金粟、明州天童、云间超果、语水福严、余杭径山、杭州维摩、盐城永宁、苏州尧峰等十大名刹。示寂于福严古寺。

【说明】
　　鼓山在今福建省福州市郊。因山颠有巨石如鼓，相传每当风雨大作，即簸荡有声，故名。山中有著名古刹涌泉寺。另有众多名胜古迹，本诗所介绍之喝水岩即为其一。这首诗用简洁朴素的词语，描绘了喝水岩岩头与岩脚的草木溪流，写得很是生动。尤其是诗之后半，将一位绝世独立，情操卓荦的高僧形象，突现在我们面前。这崇高伟岸的形象，令我们无限钦佩景仰，令我们深思向往。

滇　　曲

担　当

道入滇南迥不同，一年天气半西风①。
杜鹃声里春犹浅，吹遍人家落叶红②。

【作者简介】

担当（1593－1673），明末清初著名诗僧。法讳普荷，又作通荷，号担当，以号行。俗姓唐，名泰，字大来，晋宁（今属云南省）人。本习儒业，应试落第。遂漫游大江南北。先后拜文学家、书画家陈继儒、董其昌、李维桢等为师。又与前辈高僧苍雪、湛然、云门等为友。曾策划土官沙定洲对云南藩王府的袭击。逐走藩王沐天波，没收其全部土地财产。其战果后被张献忠残部孙可望、李定国、刘文秀等所掠夺。遂于清世祖顺治四年（公元1647年）出家。他长于诗，尤善七言。其诗语言平易流畅，意境清新淡雅，当时极享盛名。

【说明】

滇为云南省的别称和简称，因有滇池而得名。滇曲即描写云南省风情风光的诗歌。担当这首诗很精炼地概括了云南省与中华内地尤其是东南各省在时令气候上，花鸟风景上迥然不同之处。诗写得很朴素，很有韵味。

【注释】

①迥：远。②杜鹃句：谓滇南春天到得早，初春即闻杜鹃啼。吹遍句：亦指时令早，天气暖，初春时便见花开花落。

昆　池　曲

担　当

昆明池小可容舟，划地休轻水一沤①。
西望已辜炎汉想，南来空忆腐迁游②。

百蛮洗甲星俱动，万马投鞭月不流③。
莫道两关终外域，旌旗千古指神州④。

【作者简介】
见前。

【说明】
诗以比兴，从具体的昆明池说起。昆明池与中华大地相比，其实渺小，然而大由小起，小能积大。各族人民团结起来，武装起来，定能光复中华。这是典型的代表明末清初知识分子和广大民众心声的呐喊，而由担当代表大西南各族人民呼唤出来，尤其显得有力。昆明池为湖名，即今云南省之滇池。又称昆明湖、滇南泽。在今云南省省会昆明市西南，周三百里，有金马、碧鸡二山夹峙，中有沙洲，形如螳螂，故又有螳螂川之名，北流注入金沙江。

【注释】
①沤：水浪激起之泡沫，比喻极其微小，微不足道。②炎汉：炎黄二帝为中华汉族的祖先，以炎黄或炎汉代指汉族。腐迁：汉司马迁曾受腐刑，故称。此处亦指其观点迂腐，居然把西南各族置于蛮胡之地。③百蛮：此指西南各族人民，西南为各少数民族聚居之地，故称百蛮，百言其多。投鞭：东晋孝武帝太元七年（公元382年），前秦国主苻坚率兵八十余万南侵。自称"今以吾之众，投鞭于江，足断其流。"此联两句谓西南各族人民武装起来，力量之大，可使星月无辉，天地震动。④两关：指金马关、碧鸡关。外域：化外之域，未开化之地。旌旗：旗帜，多指军旗。神州：中国的别称。此处指中国内地，以京城为主的中心地带。

山 茶 花

担 当

冷艳争春喜烂然，山茶按谱甲于滇①。
树头万朵齐吞火，残雪烧红半个天②。

【作者简介】
见前。

【说明】

山茶乃木名，因其叶类茶，亦可煎饮，故以茶名。其花红艳夺目，极为瑰丽，向以云南大理所产为佳。担当和尚为云南人，对山茶自然熟悉，而且引以自豪。这首诗写山茶花盛开、生意盎然之状。全诗贯串于一个红字，极尽夸张之能事，将山茶花怒放时的姿态和色彩描绘得淋漓尽致，很有说服力。这首诗也可以作为担当的代表作品。

【注释】

①冷艳：冷然之艳，艳而不俗。烂然：光明灿烂貌。谱：花谱。山茶居云南花谱第一位。②树头句：谓山茶花开放之时，就像山茶树上含着万朵红火，这是夸张的说法。残雪：指残雪未消之时，值冬末春初之际。此句谓初春时，山茶花怒放了，把半个天都烧红了。极度夸张的说法，既形象又生动。

探　梅

德　晖

老恋绳床懒出村，偶携筇杖破苔痕①。
到来晴雪迷岩谷，卧入寒云冷梦魂②。
目既成余唯有笑，心当醉处欲忘言③。
一瓢此际真堪挂，拟剪茅茨覆筚门④。

【作者简介】

德晖，明末清初江南诗僧。生卒年与俗姓均不详，大约公元1625年前后在世。字潜谷，江南吴县（今江苏省苏州市）人。能诗，其诗冷隽轻逸，尽得唐人神髓，不作禅言佛语，尤觉脱尽窠臼。当时颇享盛名。其余事迹待考。

【说明】

一个老僧人，难得出一次门，是为了去探望和观赏雪中的梅花。他看到的是雪迷岩谷，梅卧寒云。这恰恰是他意料之中的极美境界。因此他只有笑，欲忘言。因此他真想卓锡于此，结茅安居。这份喜悦和激动并非来之无由，而是出于作者对梅花的真挚喜爱。宋人林逋隐居西湖孤山上，以梅为妻，以鹤为子，大约也就是这种真挚之情吧。诗也写得很有意境，很有情趣，很有韵味。

【注释】

①绳床：古时一种坐具，因其式样来自西域，亦称胡床。唐·义净《南海寄归内法传·食坐小床》有云"西方僧众将食之时，必须人人净洗手足，各个别踞小床。高可七寸，方才一尺，藤绳织内，脚圆且轻，卑幼之流，小拈随事，双足踏地，前置盘盂。"其初皆跪膝而坐，其后增加高度，设置靠背，并可折叠，变为交椅，垂脚倚坐，遂为例程。破苔痕：指从苔藓上走过。②到来句：谓天时虽晴，山谷中依然白雪茫茫。卧入句：谓梅花卧在寒云之中。连它的梦魂都是冰冷的。这是当时极为人们所传诵的一句名诗。③目既句：谓眼前的景致实在太美，眼睛看不过来，眼睛成了多余，那便只有欢笑了。主要是指这种美景得用心灵去体会。④瓢：舀水具，代指僧人的餐具及日常用品。这句意谓就在这里安置自己的生活用品，在此挂单安居。拟剪句：谓准备在此盖茅屋、安门户，在此隐居。筀：荆条竹木之属，可以编列篱落或简陋的门墙。

赵 州 关

起 高

河北曾闻赵老关，倩谁移至在云山①？
须知不涉关津事，拍掌呵呵去不还②。

【作者简介】

起高，明末清初湖北黄梅双峰寺僧。生卒年不详，大约公元1626年前后在世。号智浪，俗姓周，南康建昌（今江西省永修县）人。明清交替之际大约十年时间于云居山隐修。先后居云居山云门庵、西泉寺。清顺治三年（公元1645年）左右在云居山度五十寿诞，时真如禅寺住持方融如玺禅师特为祝寿。其侄大成禅师启请住持庐山圆通寺，不允。大约清顺治六年（公元1649年）应聘主持黄梅四祖道场双峰寺，圆寂后葬寺侧。高公长诗文，诗风质朴自然，情境俱佳，颇多上乘之作。

【说明】

高公酷爱云居山山水清幽，风景美胜，乐居逾十载，不忍遽去。与云居山真如寺历代住持及邑中诸居士名贤均亲善融洽,私交厚密。居山时,多有题咏云居山名胜古迹之作,此选其一。赵州关为云居山关隘名,详见真可《游云居怀古》注②。这首诗回顾前辈高僧从谂与道膺交往,赞颂云居山渊源长久。诗写得生动活泼,饶有情趣。

【注释】
①赵老关:指赵州从谂禅师。从谂(778-897),唐代河北赵州观音院僧。南泉普愿禅师法嗣。俗姓郝,青州临淄(今山东省淄博市)人。少于本邑扈通院出家,赴池阳依普愿禅师,得法。先后访黄檗、宝寿、道吾、茱萸、五台诸名山大刹;参希运、宗智、隐峰诸高贤大德。住赵州观音院,开堂说法,弘教传灯,禅风布于天下,时称赵州门风,因年高德劭,人称赵州古佛。从谂禅师年逾八十犹行脚参方,专诚至云居山朝觐。云居山真如禅寺住持道膺禅师得讯,亲出山门数里相迎。两位高僧会于明月湖前夜合山下,彼此机语相对,势均力敌,各倾所思,至为投契。后人指两师应机对语处为禅关,建赵州关以纪念。从谂禅师享寿一百二十岁,示寂后,葬全身于赵州本寺,谥真际。倩:借助,请。此联意谓河北赵州从谂机锋敏捷如雄关大隘,轻易不得过,此禅关怎么移来云居山?以此提问方式回顾从谂与道膺交往史实。②不涉:与之无关。关津:关隘渡口。此句从字面发挥,说明赵州关是佛教禅宗的机锋相对,互设关隘,互破疑阵,而不是通常地理交通中所指道路关口或河流津渡。拍掌句:谓赵州从谂对云居山之行大为满意,拍掌大笑而离去。

住云居五十诞日偈

起 高

寿量何须八字开?乾坤日月任徘徊①。
虚空有尽渠无尽,出没阎浮绝去来②。

【作者简介】
见前。

【说明】
清顺治二年(公元1645年)前后,高公世寿五十,时高公正在云居山云阁庵旧址结庵住静。时任真如禅寺住持的方融如玺禅师,特意把高公接到真如寺常住,备斋庆祝。高公于此时作一偈,表示自己对生日寿辰的看法,答谢同道们的祝贺。诗写得生动活泼,幽默诙谐。寥寥数语,把一代高僧洒脱豁达、光明磊落的胸襟情怀展露无遗。

【注释】

①寿量:寿数。八字:星命术士以人出生的年、月、日、时为四柱,配合干支,合为八字,加以附会,用来推算命运的好坏。其术始于唐,唐·李虚中《命书》论之甚详。乾坤:此处指天地。唐·杜甫《登岳阳楼》诗有"吴楚东南坼,乾坤日夜浮。"即用此意。徘徊:此处指随意,随便。②渠:他,它,指乾坤。阎浮:阎浮提之省语,阎浮本系佛经所载一种树名,提为洲意。阎浮提即南赡部洲,因其洲上阎浮树最多,故称阎浮提。俗谓阎浮提洲指中华及东方诸国。绝:没有,无所谓。

寨 云 峰

道忞

崭头不宿野盘客,寂寞难留冠盖群^①。
日暮林号狐兔远,开关只合延归云^②。

【作者简介】

道忞(1596—1659),明末清初浙江宁波天童寺僧。字木陈,号山翁,俗姓林,潮阳(今广东省潮阳市)人。幼习儒业,年二十,弃诸生而入江西庐山出家为僧。游方各名山大刹,参谒诸高僧大德。初参憨山、黄檗,未契。继谒密云圆悟,言下大悟,承法为嗣。圆悟示寂后,主宁波天童山景德寺。清世祖顺治十六年(公元1659年),征至燕京,咨询佛法,称旨,封"弘觉祖师"。自请还江南,居会稽平阳。能诗,诗风沉雄,意境悠远,往往意蕴丰富,时人传诵。

【说明】

寨云峰为庐山山峰之一,因其峰顶平整如同营寨,且又多有云雾缭绕,故名。忞公出家后游历匡庐,来到这座平常极少人来的山峰。面对其寂寞荒凉的野景，深有感触，于是作此七绝。这首诗用形象生动而又略带夸张的辞语，给我们描绘出寨云峰独特的景观，更主要的是抒发了作者鄙视名利、向往自由的淡雅情怀。

【注释】

①崭头：峰顶。山峰险峻貌。野盘客：漫无目标的游人。盘为盘曲意。冠盖群：指有功名的达官贵人。②号：呼号，此指松涛。只合：只可，只当。延：延请。此句谓寨云峰的峰顶寨门只应为迎接回归之云而打开。

黄岩小橘甚佳，喜题一绝

止嵒

橘花如雪忆长洲，桔子黄时到古瓯①。
多谢吴天怜梦远，飞霜酿出洞庭秋②。

【作者简介】

止嵒（1597－1670），又作正嵒，字豁堂。明末清初浙江杭州净慈寺僧。俗姓郭，金陵（今江苏省南京市）人。一作余姚人，徐氏子。明代士子，明亡后出家。他多才艺，绘画学元四大家手法，有名于时。长于诗，诗风清新明快，淡雅俊逸，甚得同代文士名家之好评。王渔洋称其诗无蔬笋气，可与南北朝汤惠休、帛道猷比美。有诗集名《同凡草》。

【说明】

黄岩为地名。即今浙江省黄岩县。汉为回浦县地。隋为临海县地。唐高宗上元二年（公元675年）析置永宁县，属台州，武则天天授元年（公元690年）改黄岩，以境内有黄岩山而名。盛产橘，品质甚佳，称"黄岩蜜橘"。嵒公此诗即为品尝黄岩蜜橘后所作的赞美诗。嵒公嗜橘，故常思苏州太湖。再到浙东名橘产地，得尝蜜橘上品，其乐可知。嵒公将黄岩橘与太湖洞庭山橘相提并论，倒也再恰当不过。诗写得清隽温雅，形象生动，诗味甚浓。

【注释】

①长洲：江苏省苏州市之别称。此句谓忆念橘树开花时的苏州太湖洞庭山。古

瓯：指今浙江省温州地区。汉初温州一带为东瓯王国，故称。因此地名为一千多年前所称，故作古瓯。黄岩原属东瓯境。②吴天：指今江苏省地。晶公系金陵人，乃古吴国中心。此句谓感谢家乡的天地怜爱我远游在外。飞霜句：谓黄岩的橘花也开了，结了果，其蜜橘可比太湖洞庭山的秋橘。酿本指发酵造酒，此处转借为开花结果。

戏酬友人惠日铸茶

止晶

几日春游遍若耶，入城布衲满烟霞①。
正愁仙福难消受，又吃人间御贡茶②。

【作者简介】

见前。

【说明】

惠，赠送意。日铸茶，亦称日注茶，名茶也。浙江省绍兴市有日铸山，以产茶著名，所产茶即以日铸为名。曾作为贡品茶进奉帝室。宋·苏辙《宋城宰韩秉文惠日铸茶》诗："君家日铸山前住，冬后茶芽麦粒粗。"宋·陆游《游洞前岩下小潭水甚奇取以煎茶》诗："囊中日铸传天下，不是名泉不合尝。"均指此。友人送来日铸茶请晶公享用，晶公乃作此七绝以谢。诗写得极为活泼风趣，清新有味。

【注释】

①若耶：山名，在今浙江省绍兴市南。耶亦作邪。入城句：谓进入绍兴城时满身衲衣上还满带着若耶山的烟霞。②正愁句：谓正担心这种欣赏名山美景的大眼福消受不起。御贡茶：贡奉给皇帝的名茶。

遣　意

悟持

小榾灯翻夜影寒，年来已泯旧悲欢①。
事无过望心常稳，世可相忘梦亦安②。

插架任教千卷破,囊空何用一钱看③。
衡茅拟筑枫江上,吟尽西风万木丹④。

【作者简介】

悟持,明末清初江苏吴郡无碍寺僧。字允修,号竹窗,吴江(今属江苏省)人。生卒年与俗姓均已失考。大约公元1629年前后在世。能诗,诗风雄健豪壮,很有气魄,当时享名。有《竹窗诗钞》传世。

【说明】

遣意指抒发情意,亦属无题之类的诗题。作为一位僧人,本分是隐修,作为一位诗僧,自然是独吟。在宁静的夜中,诗人独坐沉思,想的是让悲欢泯灭,让心灵安稳,想的是读破万卷书,不用一文钱;想的是江畔结茅,风中吟诗。这便是作为一位诗人的悟持所要抒发的情思。人们常说,诗如其人。于此,我们对持公当有一定的理解了。

【注释】

①幄:篷帐。帷幕以布为之,四合如同宫室,称幄。夜影:指自己的身影。泯:除去,消灭。②过望:过分的期望,犹言奢望。世可句:谓忘记世事梦中便能得安隐。世事指与外界交接,与教外人相处。③插架:谓要读破书架上千卷书籍。由"读书破万卷,下笔如有神"转化而来。囊空句:谓用不着看空囊中是否还有一文钱。④衡茅:衡门茅屋,指陋室。横木为门曰衡,结茅成屋曰茅,故以衡茅比喻简陋的房屋。此处指小茅庵。枫江:江苏吴县门外小河名,上有著名的枫桥。万木丹:犹言无数的树木成红色。枫树到深秋之际,其叶变成红色。

怀 州 隐

通 门

落花寂寂鸟双双,新竹成阴绿满窗①。
梦听潮声来枕上,几年不得到娄江②。

【作者简介】

通门(1599-1671),字牧云,号樗叟,又号懒斋,明末清初浙江嘉兴古南院僧。俗姓张，常熟（今属江苏省）人。能诗善文，诗风清新潇洒，意韵悠远。有《懒斋集》。

【说明】

怀州隐即指怀州隐居之地。怀州为旧州名，北魏献文帝天安二年（公元467年）置。治所在野王，即今河南省沁阳县。金太宗天会元年（公元1128年）改名南怀州，不久又恢复旧名。蒙古汗国蒙哥五年（公元1255年）改为怀孟路。明改为怀庆府，清因之。通门禅师中年时曾在怀州西北山区隐居多年。回江浙定居后，时时怀念怀州旧隐之所，颇觉留恋。从诗中文字来看，怀州旧隐山青水秀，花香鸟语，的确是个美丽的地方，的确值得老禅师回顾和怀念。诗也写得很清新，很委婉，很有情致。

【注释】

①寂寂：清静无声，冷落寂寞。晋左思《咏史》诗之四："寂寂扬子宅，门无卿相舆。"即此意。双双：犹言对对。梁简文帝萧纲《咏蝶》诗："复此从风蝶，双双花上飞。"即此意。②梦听句：谓梦中仿佛听到家乡江浙地区的海潮之声。娄江：又名下江，亦称刘河、浏河。在今江苏省苏州市。源出太湖，东北流经昆山、太仓等市县，又东入长江。元时漕运由此入海。这是通门禅师故乡的河流，自然时时怀念。

溪边远眺

大　错

朝衣著尽著僧衣，扶杖溪边送落晖①。
鸥鸟也知机虑尽，随波来往不曾飞②。

【作者简介】

大错（1600－1673），明末清初贵州平越余庆僧。号他山，俗姓钱，名邦芑，字开少，丹徒（今江苏省镇江市）人。少有文誉，由翰林历官都御史，力主抗清。孙可望十数召，不应。清世祖顺治十一年（公元1654年）削发，改所居为小年庵。门人十余三日内尽削发，复立大错庵。孙可望执之，械送贵阳。及孙降清，得脱。南明亡，隐鸡足山，从事著述。后转湖南衡州南岳，逝葬南岳集贤峰下。曾撰山志，郡志，有《大错集》传世。

【说明】 这是大错和尚于贵州省余庆县初削发出家时所作言志诗。其时清廷建立，已逾十年，南明小王朝在西南山区苟延残喘。大错对时事已经深感失望，又不愿屈从于新的政权之下，只有选择隐修一途。这时的大错和尚，固然还在为南明王朝效力，但他知道自己回天无力，也只是尽人事而已。诗中写了自己于明清两朝身份地位的巨大变化和反差，写了自己隐居山林的清闲生活，更主要的是他已经熄灭了自己心中抗清斗争的火焰，决意远离尘嚣，远离世事，做一个真正的出家人了。这在诗的后两句中，说得非常清楚。

【注释】 ①朝衣：官服，官员入朝觐时所穿，故称。落晖：夕阳的余晖。②机虑：计划谋略，此处指反清复明大业。

寄 啸 翁

济 白

毛子称方外，西溪两大家①。
尔诗应不忝，吾愧实无涯②。
踪迹溪山杳，音书岁月赊③。
相思一回首，寒月在梅花④。

【作者简介】 济白，明末清初浙江杭州西溪笑隐庵僧。字句元，号逸庵，一作翼庵。生卒年与俗姓籍贯均已失考。大约公元1630年前后在世。西溪笑鲁禅师法嗣。笑鲁示寂后，继席西溪。与其师笑鲁，师弟显鹏等前后七代以诗鸣于时。白公诗风清新秀逸，不落禅偈窠白。有《逸庵诗稿》。

【说明】 啸翁系白公师弟，法讳显鹏，字彬远，号啸翁。明末清初浙江杭州栖禅院僧。啸翁亦一代诗僧，有诗集多种。白公这首寄给师弟啸翁的五言律诗，一方面叙述同代名士对自己师兄弟诗文的评价，其中自然不乏对同门师弟的赞赏和鼓励；一方面缅怀兄弟之情，回顾同在师门时的共同生活。诗写得潇洒脱俗，清新隽永，很有意境和韵味。

【注释】

①毛子：指毛晋（1599－1659），明末清初大学者、著名藏书家，字子晋，常熟（今属江苏省）人。家有汲古阁目耕楼，藏书达八万四千余册，多宋元善本。此联两句谓毛子晋称道在方外（即出家人中）有西溪出身的两位大诗僧，即逸庵济白和啸翁显鹏。②不忝：无愧。吾愧句：谓我则有愧，与别人的评价相差实在太远。天涯为天之边际，极远之处。③踪迹句：谓在杭州西溪的山林中看不到你的踪迹，见不到你。杳本意为昏暗深远，此处作杳茫，无影无踪解。音书句：谓很长的时间未得你的书信意讯。赊为欠，没有之意。④寒月句：谓我常回忆我们一起在月下赏梅时的往事。

五 龙 潭

音 住

何处涛摧万杵舂？月湖飞出五潭龙①？
观齐雁宕珠泉落，影对匡庐瀑布重②。
青峡界开倾海轴，怒雷时吼咽鲸钟③。
风吹不断欧峰练，十里烟村霁雨封④。

【作者简介】

音住，明末清初江西建昌云居山僧。号遁庵。生卒年、俗姓籍贯及嗣系履历均已失考。大约公元1630年前后在世。清顺治八年（公元1651年），任云居山真如寺监院，而方丈虚席。乃领衔率合山僧众及邑中居士启请晦山戒显禅师来任住持。戒显禅师应聘而至，竭力中兴云居道场。住公仍任监院，全力辅弼。住公儒佛兼通，颇具文才，骈体文与诗歌均有名于时。

【说明】

住公隐云居山真如寺数十年，对云居山上诸名胜古迹既非常熟悉，且深怀感情，每每吟诗留念。现在流传下来的以七言律诗为主，诸如明月湖、五龙潭、赵州关、佛印桥、石鼓峰、钵盂峰、讲经台、莲花城、云顶田、罗汉墙、神宗御笔、复合神钟等,不下十数首,均加载《云居山新志》。今选二首。五龙潭在云居山真如寺常住与祇树堂间北山大道附近。为花冈石溪水石床上五个天然深潭,各容积十立方米以上。相传唐代道膺禅师在云居山开堂说法,有五位老人常来听讲。经查访,见此五老至此化为五龙,跃入这五个石潭。为此,人们称之为五龙潭。住公在这首诗中,并没有拘泥于这个古代的传说故事,而是着眼于五龙潭周围的自然景观,山水风貌。尤其是对五龙潭瀑布的描写绘声绘色,生动细腻,将之与雁荡瀑布、匡庐瀑布相提并论。诗写得很有气势,很有力量。

【注释】

①何处句:谓瀑布水流波涛,像无数石臼在舂米一样冲击。五龙潭下数十步,溪水冲出悬崖,形成落差八十多米的瀑布。平素宛如白练飘逸,雨后倒海翻江,水声轰然,闻于数里之外,极为壮观。月湖:指明月湖。明月湖与五龙潭溪水相通。此处却指五个圆如满月的水潭。②观:景观。作名词。齐:齐名,相匹。雁宕:即雁荡山,在今浙江省乐清县境,以瀑布著名。详见惟一《雁荡山》之说明。珠泉:形容瀑布细流如珍珠项链。影对句:谓五龙潭瀑布与匡庐瀑布遥遥相对,等量齐观。庐山中亦多有瀑布,其最著名者即唐李白诗中所赞颂的香炉峰瀑布以及三叠泉瀑布、青玉峡瀑布等。③青峡句:谓水量大时,溪水两边青翠的山峡也顿时开阔,像大海在转动翻腾。海轴:比喻海之有轴,可以旋转。怒雷句:谓五龙潭瀑布声如震雷,压过钟鸣之声。鲸钟即钟,此指寺庙的钟。古时刻杵作鲸鱼形以撞钟,故称钟为鲸钟,钟声为鲸音。④欧峰:云居山之别名。练:瀑布。因瀑布披垂如白练而名。十里烟村:指周围的民居村庄。霁雨:指蒙蒙细雨。封:遮蔽,封盖,指雨气弥漫。

钵盂峰

音住

钵盂云捧万峰颠,若得师僧望眼穿①。
湖面洗来龙怖影,翠囊收贮雨余烟②。
藏于岭外谁能掇?挂起岩头妙不传③。
松粉任教狼藉甚,古今函盖梵王前④。

【作者简介】

见前。

【说明】

钵盂峰又名钵盂山,因其形状周高中低,呈微凹状,似一个巨大钵盂,又名供养山。坐落于云居山顶明月湖北侧,南至赵州关大道,北抵明月湖。上有宋代高僧祖师塔。此诗描写钵盂峰周围的水色山光,用词精炼,比喻贴切,生动细腻地描绘了钵盂峰的雄姿美景,令人向往。

【注释】

①钵盂句:谓于无数的山峰之中,云雾捧出一个钵盂,此写钵盂峰之外形。若得句:谓此峰美景令僧众们总也看不够。若得即惹得。望眼穿:也作望眼欲穿,形容盼望殷切。元·王恽《送李郎中北还》诗:"落日乡音杳,秋空望眼穿。"即此意。②湖:指明月湖。参见洪断《云居复古二首》注④。此句谓明月湖上有龙的影子,指五龙潭五条老龙在明月湖面飞过。翠囊:指钵盂山凹陷的地方,又因钵盂山青翠葱绿,故有此称。③掇(duó):拾取,收拾。不传:不可言传。④松粉:此指松叶,因其细碎丝状有如粉丝,故名。狼藉:散乱不整貌,据说狼在栖宿时把铺在地上的草故意弄乱,称狼藉。函盖:包容,包涵。梵王:大梵天王之缩语。

安 乐 殿

音 可

怪石奇松非殿阁,树神断不住人间①。
长年安乐知何处?五老峰前一带山②。

【作者简介】

音可,明末清初江西靖安泐潭宝峰寺僧。字符白,俗姓邓,武冈(今属湖南省)人。先后卓锡皖城清凉庵、黄山莲花峰庵。生卒年不详,大约公元1630年前后在世。明思宗崇祯十年(公元1637年)前后,居浙江宁波天童景德寺。闻知观衡禅师住持云居山真如寺,投入门下,彼此相契。七年后,观衡禅师转驻吉安、石城,可公亦离云居山。清顺治三年(公元1646年),可公再上云居山，时任住持方融如玺禅师往石城迎取观衡禅师灵龛，可公代理寺主。后应聘主持马祖道场宝峰寺，开法筵，振宗风，法席鼎盛。晚年，又开创慧山寺，道望益著，僧俗共赞为"末流砥柱"。圆寂，归葬宝峰。可公持律严谨，学识渊博，尤擅文辞。所作偈颂章句雅驯温厚，清新可喜。

【说明】

可公住云居真如禅寺前后近十年时间，对云居山山光水色、古迹名胜甚为熟念，每每形诸诗篇。如赵州关、明月湖等等，都有题诗，此选其一。安乐殿系云居山一座神殿，祀云居山之保护神安乐神，早废。公元1987年，由住持一诚大和尚主持重建，坐落于钵盂峰东南麓。这首诗就"安乐"二字展开诗题，讨论安乐神的行踪住处，写得很活泼风趣，引人入胜。

【注释】

①树神句：谓既是树神，当住树上，怎么住在地上庙中？传云居山原有安乐树，上栖安乐神。②五老峰句：谓真正的长年安乐就在五老峰前，就在真如寺里，就在禅隐生涯之中。

鸣 弦 泉

音 可

石上悬琴琴最寒，五更三点是谁弹①？
清音流出相思泪，月照风吹意不干②。

【作者简介】

见前。

【说明】

鸣弦泉为安徽省黄山上著名泉流，于黄山十七泉中排名第十二，在温泉至汤岭关山路旁，醉石与试剑石之间的鸣弦桥附近。泉水自石壁下泻，冲击一块长三丈、高五尺、中空而横卧山脚的岩石，发出类似琴声的乐音，故名。可公住黄山莲花峰庵时，曾到此游赏，深有感触，乃有此诗。这首诗借琴泉水流，寄托了可公自己孤寂的游子之思、异乡之情。诗写得很忧郁，很深情，比喻贴切，想象丰富，诗味甚浓。

【注释】

①石上句：谓泉水是弦，石板为琴，石质之琴自然比木质之琴显得寒凉。五更三点：古时用铜壶滴漏计时，一夜分为五更，一更分为五点，每次击点或击钟以报时。五更三点值黎明前。②清音：指泉水冲击石板之声。相思：思念，指思念故乡或故山、故寺。意：心意，情意。

雷击千年银杏偈

音　可

雷门既震千山雨，古树何宜折半株^①？
今日红轮如不起，吾师未必转云居^②。

【作者简介】

见前。

【说明】

清世祖顺治三年（公元1646年），可公第二次上云居山，再住真如寺。此时，合寺僧众正商议敦请观衡禅师返住云居。某夜，雷雨大作，通宵达旦，明月堂左侧一株银杏因雷击而断折。众皆哗然，以叩可公。可公以为并非吉兆，吟偈一首以纪。末句云"吾师未必转云居"。不久得讯，观衡禅师日前于石城紫竹林圆寂西归。这也许是一种巧合，云居山与石城道途千里，紫竹林发生大事未必示兆云居山。可公这首诗本身也是推测，是建立在假设前提下的一个结论。诗写得很深沉，很委婉，诗中寄寓着可公对观衡禅师的关切和忧虑。银杏为落叶乔木，雌雄异株，果实称白果，可食，亦入药，木质细密，可作雕刻用，为中国特产之树。因生长期特别长，亦称公孙树。

【注释】

①雷门句：谓雷声震响，各山头都下大雨。雷门指雷，因雷击之后，大雨继踵而来，似是雷为大雨打开了门户，故称。古树：指银杏树，此树号称千年古树，传为唐代道膺禅师手植。②红轮：指太阳。起：升起。转：回转，回返。

山 居

如 玺

居山十五载，一字与人无①。
茆屋藏疏拙，松灯照影孤②。
道从贫处彻，情向老边枯③。
回顾谁相识，唯应月与湖④。

【作者简介】

如玺，明末清初江西建昌云居山僧。字方融，觉浪道盛大师法嗣。生卒年不详，大约公元1632年前后在世。俗姓任，凉州（治所为今甘肃省武威市）人。自幼于本邑出家，稍长，出外游方参学。依颛愚观衡禅师受具足戒。明崇祯十年（公元1637年）随观衡禅师上云居山，衡公就任住持，玺公担任监院。衡公不借外缘，重振云居，玺公出力尤多。衡公离云居后，玺公继任。二年后让贤，回关中养老。圆寂后，灵骸归葬江西庐山二层崖。玺公才赋颖异，精思勤学，且工于翰墨，长于诗文。其诗风简捷明快，直抒胸臆，议论风生，情文并茂，各丛林皆诵而宝之。

【说明】

玺公自随观衡禅师上云居山先任监院，后任首座，再任住持，前后十五年，倾全力于寺庙的修复和管理，对云居山真如禅寺的发展大有贡献。玺公年及半百之时，主动退位让贤，准备回大西北老家去养老，可见其不计名利，道德高尚。即将离别云居山之时，玺公作此诗对自己住云居山十五年作了一个总结。诗写得很简朴、直率，表现出一个大彻大悟的高僧清贫自守，清心寡欲，一心学佛向道的高风亮节。

【注释】

①一字句：谓没有与别人（特别指达官贵人）通信，通一个字的讯息。②茆屋：茅屋。疏拙：粗疏笨拙，这是玺公自谦之辞。松灯：松枝点火照明，亦称松明。③彻：彻悟。枯：枯竭。④月与湖：天上之月，山顶之湖。湖指明月湖。

偈语二首

如　玺

多言人怪少言痴，语默何尝不是伊①。
若问观音真住处，梅花几点泄天机②。

觅得些儿便休歇，瓮里断乎不走鳖③。
古渠何处是观音，梨花偏打元宵节④。

【作者简介】
见前。

【说明】
这两首诗偈写得很生动，很活泼，也充满了禅机奥妙。既是对座下众僧的开示教诲，何尝不是玺公自己修行的体会总结。其一教人大智若愚，沉默是金；其二指出见好就收，切莫贪求。虽然说这是一个合格修行人必须做到的本份，但真正做到却也不易，故有必要一再地认真提出。

【注释】
①多言句：谓说话多人家怪你多嘴多舌，搬弄是非，说话少人家怪你迟钝，笨拙痴呆。语默句：谓不说话你还是你，不是别人，少不了什么。语默意为沉默。②梅花句：谓梅花开了，去问梅花吧。也还是不须言传，只求意会的意思。天机本为造化的奥秘，这里指观音真住处。③觅得句：谓得到了一些就收手，不要贪多。瓮里句：谓瓮里的鳖是你本分的，跑不掉的。活用成语"瓮中捉鳖"。断乎，断然，绝对也。④古：通估，估计，猜测意。渠：他。梨花句：谓元宵节时梨花飘落了。这自然是不合时令，不符梨树开花规律的。元宵节梨花还未开，何从打落。把完全不相干的事或者不合情理、不合规则的事扯进来，让你自己去捉摸，去推敲，这便是禅机。

周逸休鸿胪见过

通 问

庞眉不减鹿门风，杖履欣从世外通①。
共对落霞追野鹜，正宜秋色醉冥鸿②。
一沤未发机方息，万梦俱醒劫始空③。
把臂莫辞烟路远，好山倩送夕阳中④。

【作者简介】

通问（1604－1663），字箬庵，明末清初浙江杭州南涧寺僧。俗姓俞，吴江（今江苏省苏州市）人，晚主金山龙游寺。圆寂后，归葬杭州南涧寺。诗风刚劲雅健，沉雄有力，当时颇享诗名。

【说明】

周逸休未详何人，曾担任过鸿胪之职。鸿胪为官名。周官有大行人之职。秦及汉初称典客。汉武帝时改称鸿胪，掌朝贺庆吊赞导相礼。鸿，声；胪，传。传声赞导，故称鸿胪。汉武帝太初初年更名大鸿胪。东汉称大鸿胪卿。自东晋至北宋称鸿胪卿，或置或省。北齐置鸿胪寺，有卿、少卿各一人，所属有鸿赞、序班等官。后因之。至清末始废。见过乃尊称别人的来访。一位曾经担任过朝廷高官的年老居士来访，通问禅师陪同游赏山水美景，并作诗以赠。这首诗写的便是僧俗二友一同游玩的情景。写得很潇洒华赡，沉雄有力。虽然说佛谈禅，亦然饶有情味。

【注释】

①庞眉：粗长的眉毛，通常称寿眉，以喻高年长者。鹿门：即鹿门山。在今湖北省襄阳市境。原名苏岭山，东汉建武中，襄阳侯习郁立神庙于山，刻二石鹿，夹神道口，称鹿门庙，因以名山。汉末庞德公携妻子登鹿门山，采药未返，人称得道成仙而去。唐孟浩然也隐居于此，有鹿门先生之号。鹿门风即由上述典故而来，指高人隐士之风。杖履：字面意为手杖和鞋子，代指行步、行动。世外通：交好沟通于世俗之外。世外有时亦作方外、尘外。②共对句：黄昏之际，一同欣赏西山落霞照耀，观看江面野鸭飞翔。暗用唐王勃《滕王阁诗序》中"落霞与孤鹜齐飞"诗

意。冥鸿：高飞的鸿雁。冥指天空，鸿即大雁。唐李贺《高轩过》诗："我今垂翅附冥鸿，他日不羞蛇作龙。"即此意。后来常以冥鸿比喻避世隐居的人。此处兼取二义，既指天空之鸿雁，亦指山中之隐士。③一沤：沤，水泡，佛教用水泡比喻生命之空幻。《楞严经·指掌疏》六："空生大觉中，如海一沤发。"宋苏轼《书丹元子所示李太白真》诗："天人几何同一沤，谪仙非谪乃其游。"均用此意。机：机巧，灵巧。即智巧变诈的心计。万梦句：谓所有的空想梦幻都想破了，看穿了，劫难也就没有了。④把臂：犹言携手。烟路：烟霞之路，即通往山林世外山水美景之路。好山句：谓夕阳照耀之下，山林显得多么美好。

赠倪端甫

通 忍

处士高风山并高，浩歌多半是牢骚①。
可怜冠盖今何在，剩得南村一布袍②。

【作者简介】

通忍（1604-1648），字朝宗，明末清初江西赣州宝华寺僧。俗姓陈，常州（今属江苏省）人。学术、艺文名冠一时，其诗明快流畅，简练清新，当时即享大名。有《自白》、《指迷》、《迅轮》等诸诗集。

【说明】

倪端甫未详何人，从诗歌正文中可以看出，乃为一位饱读诗书，很有学问的文人隐士，自然是通忍禅师的方外至交。这首诗既是赞颂倪先生淡泊名利，归隐山林的高风亮节，也是惋叹倪先生学问渊博，怀才不遇的不幸遭遇。在明清改朝换代的动乱时期，这样的知识分子不在少数。对于这些人类的精华，文明的种子，通忍抱着既钦佩景仰又惋惜遗憾的矛盾心情。忍公本人的人品道德，学识修养，于此亦可见一斑了。

【注释】

①处士句：谓倪处士的风节情操像山峰一般崇高。处士指未仕或不仕的读书人。浩歌：放声歌唱。唐·李白《春日醉起言志》诗有"浩歌待明月，曲尽已忘情。"即此意。牢骚：抑郁不平。②冠盖：冠为礼帽，盖为车盖。官吏的服饰和车

乘,借指官吏。此句谓倪处士没有做上官。布袍:即布衣。布制之衣,平民之服,以之代指平民百姓,普通的读书人。

题 莲 花

维 极

幻出是毫间,休作爱莲说①。
花叶不沾尘,从今莫饶舌②。

【作者简介】

维极(?-1673),明末清初浙江仁和雄圣庵女僧。俗姓不详,余姚(今属浙江省)人。童年出家,嗣法于雪窦石奇云禅师。曾应侍郎严沆、仪部丁澎之请升堂说法。圆寂,塔葬西湖龙居坞,丁澎为撰塔铭。维极长于吟诗,诗风清隽明畅,当时享有盛名。

【说明】

这是一首文字极为简洁,内含却十分丰富的短诗,犹如上堂开示的偈颂,斩钉截铁,干脆痛快。大致是说,莲花再美再好,无非是虚形幻质,作《爱莲说》已属多余。至于莲花出于泥而不染,心领意会也就是了,不必多费口舌。这是一种典型的佛家禅宗只求意会,不落言诠的观点。当然,也只有大彻大悟如维极者方可做到。

【注释】

①幻出句:谓莲花的虚幻的出于毫发的机缘。爱莲说:为宋代学者周敦颐所写的一篇名文,赞颂莲花高洁,比喻人应加强修养,历来为人传诵,脍炙人口。②花叶句:即出于污泥而不染之意。饶舌:多嘴,多言。

除 夕

通 际

半生埋涧壑,幽事逐清真①。
煮雪消残夜,推窗见早春②。

得教双眼阔，不厌一身贫③。
坐拨炉中烬，红轮特地新④。

【作者简介】

通际（1608－1645），字山茨，号钝叟，明末清初湖南衡州南岳僧。俗姓李，通州（今属北京市）人。能诗，诗风质朴清淡，不事雕饰，自然平易中自有深意，当时享名。其余事迹待考。

【说明】

除夕为农历十二月最后一晚，也泛指一年的最后一天。按本指明日即为春节，按泛指明天即为元旦。于此一年终结，除旧迎新之际，人们每每都会坐下来，细细思索一年来的得失进退，对自己作一个总结。际公这首诗便是他对过去的一年乃至过去的许多岁月所作的总结。自己半辈子隐居山林，自己到头来一贫如洗，际公作何感想？诗里面其实已经说得很清楚了，这种安贫乐贱的隐逸生涯正如其愿，他是无怨无悔的。否则，何至于在这除夕之夜，围炉拨火，对新一年初升的朝阳怀抱如此惊喜赞叹的满腔热情。

【注释】

①半生句：谓半辈子隐遁在山林泉涧之中。幽事：意为静静地，默默地处世行事。逐：追求。清真：纯洁朴素。②煮雪句：谓夜里煮雪煎茶以度时光。③教：本意为教诲，教益，此指得悟佛法真谛。阔：开阔，明朗。④红轮：红日，朝阳。特地：特别，分外。

春 佃

函 昰

一身寄天地，生事随人间①。
山泽吾自为，勤苦有余闲②。
乐道当如是，名誉匪所干③。
招隐愧郑谷，矜贫薄袁安④。
饥渴苟可支，泉石足忘年⑤。

春林生意满，心逐禽鱼欢⑥。
种蔬不待暖，布谷犹畏寒⑦。
去年瓜豆迟，野羹良辛酸⑧。
万事须及时，岂但耕锄然⑨！

【作者简介】

函昰（1608－1686），明末清初广州雷峰寺僧。字丽中，一作麓中，号天然，又号瞎堂、丹霞老人，番禺（今属广东省）人。俗姓曾，名起莘，号宅师，明崇祯六年（公元1633年）举人。崇祯十二年（公元1639年）公车北上，过庐山，诣归宗寺谒道独和尚，落发为曹洞宗三十四传。明亡，避居雷峰。历主华首、海幢、丹霞诸大刹。于诗文深有造诣，著有《瞎堂诗集》等。当时节烈之士如陈子壮、张家玉、陈邦彦、梁朝钟、黎遂球等均与交游。明亡后，粤中不愿出仕的读书人，多隐遁空门，即至海幢寺，投于函昰门下。晚年主雷峰寺。昰公诗风沉雄悲壮，激烈慷慨，多寄亡国之痛，破家之哀，当时诗名甚高。

【说明】

昰公出家之后，蛰居广州郊外。谨遵"一日不作，一日不食"的百丈家风，率徒躬耕，以求蔬米自给。为此，作了一组《春雨》诗以纪事。诗共六首，今选其之三。这首诗不仅记录了昰公从事辛勤劳作的感想体会，而且表示了他将以此为乐，永远满足这种自食其力生活的心愿。诗写得很质朴，很精练，读来令人深感平易亲切。

【注释】

①一身句：谓人生存于天地之间。生事：生产与生活之事，生产与生活之需。②山泽句：谓田地庄园我们自己来开发经营。山泽本意为山林和川泽，此处泛指土地。③乐道：乐意学佛向道。匪：同非。干：关联，有关。④郑谷：指西汉郑子真。郑隐居于云阳谷口，汉成帝时大将军王凤礼聘之，不应，世称谷口子真。汉·扬雄《法言·问神》："谷口郑子真，不屈其老而耕乎岩石之下。"即指此。唐·杜甫《郑驸马宴洞中》诗："自是秦楼压郑谷，时闻杂佩声珊珊。"则言郑驸马之富贵，非谷口子真之贫贱可比，虽然都是姓郑。矜贫：以安于贫贱而自豪。袁安（？－92），东汉廉吏。字邵公，汝南汝阳（今河南省汝南县）人。为人严谨，州里敬重。举孝廉，任楚郡太守，平反冤狱。为官清正廉洁，安于贫困，公正不阿，体恤民情。卒于官。《后汉书》有传。⑤苟：随便，随意。支：支撑，对付。泉石：溪

泉岩石,指山水。⑥生意:犹言生机。逐:追随,随同。⑦暖:天气转暖。布谷:播撒谷种。⑧野羹:简单的饮食,犹言粗菜淡饭。⑨岂但句:谓岂只是耕田种地是这样的道理。

晚步松岭

函昰

岁寒犹见一丛青,高托层崖覆石屏①。
夜月不侵无草地,晓风长护独橼亭②。
荫垂千仞连云汉,响答长江入海溟③。
倚杖闻猿却回首,下方谁梦到林坰④?

【作者简介】
见前。

【说明】
僧人虽聚于常住,而多半是独修者。能诗者,便多有独行,独步,独思,独吟之作,大多可观。也许从冥思独行的角度来看,外面的大千世界,内心的灵魂动荡,面前的山光水色,身旁的人事代谢,都有着一番独特的面貌和情状。函昰禅师是一位典型的独吟诗人,他有很多这方面的诗篇,间接地向我们展示出他丰富的内心世界。夜已深了,依然独自在松岭漫步。他所看见的,我们未必能看见,他所领略的,我们或许难以领略。听一听这独吟者的心声,也许对我们有振聋发聩的作用。

【注释】
①岁寒:冬天,寒冬。一丛青:指一片松林仍青葱翠绿。高托句:谓一丛青松托着山崖,遮覆石壁,犹如屏风一般。石屏指岩壁。②不侵:不照临。独橼亭:一根橼子的小亭,泛指简陋小亭。③云汉:天河。响答句:谓松涛之声与长江波涛之声互相应答呼应,一同奔向大海。这是夸张的说法,喻松涛声传得很远。④下方:下界,人间。林坰(jiōng):犹言林野,山林野外。坰为郊野。

忆过姑苏

函昰

西风散发阖闾城,回首姑苏泪暗生①。
孤客不知他日恨,旅怀空怆昔人情②。
秋高叶落吴门冷,夜半潮生海月明③。
三十年来吟望处,江湖缭绕暮云平④。

【作者简介】
见前。

【说明】
函昰禅师是岭南人,世家于广州。他对江浙一带尤其是苏杭二地的风光美景向往了数十年,一直未能亲临观赏。出家以后,因游方参学之故,匆匆路过苏州,却又是明清鼎革,改朝换代,人事沧桑,风光不再。昰公长驻雷峰后,仍时时回忆姑苏,回忆阖闾古城、吴门落叶、夜半海月、江湖暮云,心中依然是一片沧凉。老杜曾说过"国破山河在"。其实,沧海变桑田并不容易,决不是几年几十年间的事。其实,风光依旧,只是人的境况、心绪已然不同。这首诗写得十分沉重、悲凉,流露出一片亡国之痛感,这也正代表着当时大批知识分子的情绪。

【注释】
①西风句:谓乘着西风,散乱着头发,来到阖闾古城。传苏州城为春秋吴王阖闾所筑,吴都于此。②他日恨:暗指明亡清立,对汉族人来说是亡国之恨。怆:悲怆,伤感。③吴门:指苏州。潮:既指大海之海潮,亦指长江之江潮,兼指太湖之湖潮。④吟望处:讴歌而向往的地方。缭绕:回环旋转。此处意谓交错连结。

秋夜宿八峰山房

大 灯

黄花篱下乱蛩鸣,古寺秋高岭月明①。
夜半石床清睡去,不知枕上落泉声②。

【作者简介】
　　大灯,字同岑,明末清初江苏苏州洞庭西山僧。生卒年不详,大约公元1640年前后在世。俗姓项,秀水(今浙江省嘉兴市)人。由儒入释,博通经典,诗风清俊潇洒,诗名盛于当时。有《洞庭诗稿》。

【说明】
　　八峰山房为某古寺斋室名,具体位置待考。大灯禅师挂单寄宿,有感于山房周围美景,油然而生诗兴。秋景本就是清明可赏,何况伴随着篱下黄菊,砌下蛩鸣,岭头明月,枕上泉声,实在是美不胜收,桃源仙境了。诗也写得清新明丽,温馨柔美,可讽可诵,可讴可赞。

【注释】
　　①黄花:菊花。蛩:蟋蟀。②不知句:谓在泉声中睡着,听不见泉声了。

山 居

大 成

一株两株老松青,松下结个小茅亭。
三日五日来一次,肩荷榔栗手持经①。
读经读到山月出,听松听罢天落星②。
适然抛卷松间卧,梦与松根乞茯苓③。

【作者简介】

大成（1610-1666），明末清初江苏江宁摄山寺僧。字笠庵，俗姓龙，醴陵（今属湖南省）人。明诸生，及明亡，出家为僧。曾云游湖广两浙，终老于南京摄山。能诗善文，诗风质朴平淡，清新超脱，令人回味无穷。

【说明】

僧人山居，写山居诗自然便多。或倾诉山林寂寞，排遣孤怀，亦在情理之中。成公此诗，却是另一面貌。山居对成公来说，充满了意义，充满了希冀，充满了欢乐，充满了情趣。诗写得活泼，生动，明快，传神。

【注释】

①椰栗：椰与栗皆木名，此处指椰栗之类树木制作的拄杖。②听松：指聆听松涛之声。③适然：偶然。梦与句：谓梦见自己在向松树根讨取茯苓。茯苓系菌类植物，寄生于松树根下，可入药。隐居者常取之以食。

登黄鹤楼

戒 显

谁知地老天荒后，犹得重登黄鹤楼①。
浮世已随尘劫换，空山仍入大江流②。
楚王宫殿铜驼卧，唐代真仙铁笛秋③。
极目苍茫渺何处？一瓢高挂乱云头④。

【作者简介】

戒显（1610—1672），明末清初江西建昌云居山僧。号晦山，灵隐具德弘礼禅师法嗣。俗姓王，名瀚，字符达，娄东（今江苏省太仓县）人。家世巨族，以儒为业。及长，为诸生之冠。明思宗崇祯十七年（公元1644年）清兵攻入燕京，明亡。显公得讯，尽焚平日所习诗文制艺，舍俗出家。依佛门泰斗千华三昧老人，受具足戒。参具德弘礼禅师，得法为嗣。入匡庐，挂单于东林、西林、圆通、归宗诸名刹。清世祖顺治八年（公元1651年），应聘由庐山归宗寺转云居山真如寺，任住持。于此兴残起废，易故鼎新，先后六年，重现唐宋祖庭道场。顺治十八年（公元1661年）移住湖北黄梅双峰寺，主持和发展四祖道场。清圣祖康熙六年（公元1667年），继弘礼禅师住持浙江杭州灵隐寺，主修《灵隐志》，审阅《云居山志》。圆寂后，葬衣冠于西湖灵隐，其灵骸归葬云居山，塔墓至今犹存。显公家世书香，出身名士，兼通儒释，学殖渊博。著作丰富，主要有《云居赋》、《云居锻炼说》、《匡庐集》、《楚游录》、《现果录》等。

【说明】
黄鹤楼为江南三大名楼之一，在今湖北省武汉市武昌蛇山北端。详见禅僧《黄鹤楼》之说明。这首七言律诗是显公诗歌代表作品。本诗借黄鹤古楼千年屹立，阅尽世事沧桑，借万里长江亘古长流，淘尽千古人物，来寄寓显公自己深沉的国亡之恨，家破之仇。诗写得慷慨悲壮，雄浑有力，很有气势和力量。即使在历代咏黄鹤楼的诗歌中，亦可称得上为上乘佳作。

【注释】
①地老天荒：亦作天荒、天荒地老，比喻时间久远。宋·杨万里《谒永佑陵归途游龙瑞宫观禹穴》诗有句"禹穴下窥正深里，地老天荒知是非。"即此意。②浮世句：谓尘世间已经改朝换代了。此处尘劫借指明亡清兴。③楚王宫殿：代指朱明王朝。铜驼：典故。西晋索靖有远见，知天下将乱，指着洛阳宫门前的铜驼说：将会看到你在荆棘丛中。唐代真仙：指吕洞宾。传为唐京兆人，名岩，咸通中及第，曾任县令，后修道于终南山。元明以来称为八仙之一。传说他曾登临黄鹤楼，并在楼头吹铁笛。④极目句：谓极目远眺，远处是一片苍茫，不知通往何方。一瓢：出家云游僧人所用取水盛水之具，此处以之代指僧人，即显公自己。此句谓自己就此隐居于荒山野岭之中。

访云门祖刹

戒 显

杰峙欧峰后，青苍万壑奔①。
名高昔妙喜，声振古云门②。
法器洪钟在，宗书宝训存③。
为偿十载愿，肯惜杖头痕④？

【作者简介】
见前。

【说明】 云门祖刹指小云门寺,在今江西省永修县江上乡江上村西南侧约二十里外山腰,距云居山真如禅寺常住约二十五里。始创时间失考。唐宋时名僧文偃、士珪、宗杲、道颜、正贤等在此住静修行,闭门著述。明末废为民居。清世祖顺治十四年(公元1657年),映明禅师来此化赎重建。未百年又沦为民居,道光间再重建。抗日战争时为战火所毁。公元1980年释觉顺来住,经多年辛苦,已重建大殿、禅室、大寮、斋房。已列为县级文物保护单位。小云门寺历来与真如禅寺关系密切,一度曾成为真如禅寺的分寺。显公住持真如禅寺后,曾多次去小云门寺瞻仰祖庭,兼看望奉守香火的住僧。这首诗详尽地介绍了小云门寺的历史,发愿要重振小云门寺宗风。

【注释】
①杰峙:雄伟地峙立着。欧峰:云居山别名。青苍句:谓无数山岭连绵,如万马奔腾。②妙喜:宋代临济宗高僧大慧宗杲号妙喜。宗杲曾助其师圆悟克勤主持云居山真如禅寺事务,又在小云门寺址创立云门庵,亦称妙喜庵,于此修行著述。声振句:谓宗杲师住云门庵时,曾大开法筵,上堂讲经,四方钦从,禅风大振。③法器:指僧道做功课法事时所用器物。洪钟:原小云门寺中有大钟,今毁。宗书:宗教特别是本门宗教的经典。宝训指《禅林宝训》,系宗杲、士珪二大师住小云门寺中所编著。④肯惜句:谓哪里在乎拄杖奔走呢?

杜茶村见过

大 健

芦荻晚苍苍,烟岚在下方①。
兰舟维此际,萍迹任他乡②。
风浪矶前大,僧衣世外长③。
艰辛今夕会,江海意难忘④。

【作者简介】
大健,明末清初江南诗僧。号蒲庵,江宁(今江苏省南京市)人。生卒年与俗姓均已失考，大约公元1640年前后在世。与同代名士诗人时有唱和。其诗当时颇为享名。诗风明快清新，雄健劲拔，意境悠远，韵味深长。有《花笑轩集》。

【说明】

杜茶村未详何人。当为一位姓杜的隐居读书人，茶村为其字号。见过乃对别人过访之尊称。杜茶村肯定是一位远客，专门乘船来看望自己的。老友相见，喜何如之。这首诗既写了朋友远道来访，实属情深谊长，更写了世事难料，彼此宜加保重。措辞用字如烟岚、萍迹、风浪、江海，都是用意深长，含意深远的。

【注释】

①芦荻：芦与荻均为水草。苍苍：茂盛貌。烟岚：云烟蒸润之气。唐·元稹《重夸州宅旦暮景色兼酬前篇末句》诗有句"绕郭烟岚新雨后，满山楼阁上灯初。"即此意。②兰舟：木兰舟，对舟船的美称。维：系缆，停泊。萍迹：谓行踪不定，如浮萍在水中飘浮。③矶：突出于水中的岩石。世外：世俗、尘世之外。④艰辛：此处作难得解。江海：犹言江湖，指五湖四海，各地各处。

题　　画

宏　仁

茅屋禁寒昼不开，梅花消息早先回①。
幽人记得溪桥路，双屐还能踏雪来②。

【作者简介】

宏仁（1610—1664），明末清初安徽黄山慈光寺僧。字无智，号渐江。俗姓江，名韬，字六奇，歙县（今安徽省黄山市）人。明诸生。少孤贫，以文墨养母。母逝后亦不婚不仕。明亡，入武夷山为僧。曾游历匡庐、雁荡，归黄山，先后住云谷、慈光二寺。工画山水，初法宋人，后宗倪瓒、黄公望两家。笔墨瘦劲简洁，风格冷峭。其画多以黄山松石为题材。与查士标、汪之瑞、孙逸合称"海阳四家"，亦称"新安派"。亦工诗文，有《画偈》一卷，皆绝句。圆寂后，葬黄山支脉天马山披云峰。诸友好种梅数十本于其茔侧，称之为"梅花古衲"。此诗即出于其诗集《画偈》。

【注释】

①茅屋句：谓因为寒冷，大白天时茅屋也不开门。梅花句：谓梅花最早开放，带来了春天的讯息。②幽人：隐士，此处指作者自己。双屐：双鞋，鞋子，指双脚。

莲 花 庵

宏 仁

黄山影里是予栖，别后劳云固短扉^①。
客久恐招猿鹤怪，奚囊载得雪霜归^②。

【作者简介】

见前。

【说明】

莲花庵为安徽黄山上一座小寺庵，宏仁曾长期隐修于此。仁公出外游历，云游参方，再返黄山，便写下这首题为莲花庵的短诗，以记录自己对这座小庵的怀念喜爱之情。诗写得很清新流畅，生动活泼，很有情趣。

【注释】

①影里：犹言里面。此句谓黄山的莲花庵是我栖隐之地。别后句：谓我离开后有劳白云来给我加固门户，指白云封住门户。②客久句：谓在外客居太久，恐怕黄山的猿和鹤会见怪。奚囊：小奴所背之囊，即锦囊，借用唐李贺外出时命奚奴携锦囊相随之典。奚指小奴。此句谓回到黄山莲花庵时，锦囊中装满了新写的诗篇。

采 菌

函 可

三五趁晓晴，随云入涧壑^①。
志与枯槁遇，荣茂非所乐^②。
顾视深草间，异种纷相错^③。
恐是蛇虺居，根性乃独恶^④。

摈弃稍不严，美口成毒药⑤。
气化岂有殊？君子慎所托⑥！

【作者简介】

函可（1611－1659），字祖心，号剩人，明末清初广东华首台僧。俗姓韩，名宗騋，号犹龙，出身官宦世家，韩文恪公日缵子，少负才名。父母俱丧，一心向佛。明思宗崇祯十二年（公元1639年），年二十九，入江西匡庐出家。清世祖顺治二年（公元1645年）南下请经，投罗浮山华首台道独大师门下。因撰私史记载清兵抢掠杀戮惨状，被逮京师，严刑不屈。经其父门生洪承畴等斡旋，得免死论。顺治五年（公元1648年）戍沈阳，严令焚修于慈恩寺。后历主普济、广慈、大宁、永安、慈航诸大刹。苦行精修，暇则为诗。与流寓谪戍者李吉津、魏昭华、李龙衮、季天中、郝雪海等结"冰天诗社"。卒于戍所。有《千山诗集》等。

【说明】

这是一首极为著名的寓言诗。字面上写的是自然界的植物现象，字后面表现出社会上的人事关系。同样的菌种，落根于树根草丛，可以成为美食，落根于蛇窟虫穴，必将生为毒草。人呢？可公在这里，郑重地发出警告，世人呵，一定要慎重于自己的人生选择，否则，一失足便成千古恨，再回头已是百年身。

【注释】

①三五：三五个人，几个人。涧壑：山涧岩壑。②志与句：谓只想找到枯朽树木。荣茂句：谓并不乐意那些长得茂盛葱茏的树木。此联教人以常识，只有枯树上方生野菌。又这里亦有暗喻，喻可公自己宁愿与落魄平凡者为伍，不愿趋从那些显赫当道者。③异种：各种各样。相错：错杂不清，交杂在一起。④蛇虺（huǐ）：毒蛇。独恶：极其恶劣。⑤摈弃：抛弃，这里尚有选择，择取之意。美口：精美的口味，指美食。毒药：毒菌。⑥气化：因得某种气味之熏陶而产生变化。殊：不同。托：寄托，此谓托身，指对人生道路的抉择。

初释别同难诸子

函　可

经岁愁连苦，生离且莫哀①。
问人颜尚在，见影意犹猜②。

佛道千秋重，汤仁一面开③。
明知予未死，好去勿徘徊。

【作者简介】
见前。

【说明】
南明时，可公因作讽喻诗并私撰史书，揭露清兵残暴事实，为清廷所逮，囚系京师。同囚亦多为抗清志士，不贰明吏。清世祖顺治五年（公元1648年），可公经其父韩日缵的门生洪承畴周旋得免死流放。在奔赴流放地前夕，与同囚难友们告别时，可公作此诗以赠。经年的囚狱生活，并没有摧残可公的意志。而且他还用自己的乐观精神勉励难友们，请大家不要悲哀，多加保重。诗写得很深沉，很含蓄，充满了真挚的感情。

【注释】
①经岁：经年，不只一年。生离：活着分手，与死别相对。②颜：容颜，相貌。猜：猜疑，不能肯定。此联谓可公自己经历长久的的囚犯生活，连面貌都有了改变，指消瘦、病弱、憔悴等牢狱生活带来的后果。③佛道：佛学之道。汤仁：古时商代商汤王施仁政。此处借用指清廷宽容自己，乃违心之论，正话反说。一面开：即网开一面，放过。

重入千山二首

函 可

万壑千峰是旧知，此时相见异前时。
寒鸦亦似曾相识，两两飞来低树枝。

偶然飞去复飞还，几见云能离得山？
旧路依稀犹可认，石桥流水第三湾。

【作者简介】
见前。

【说明】

千山为山名。在今辽宁省西南部,为长白山的支脉。上有月芽、钵盂、笔架等十数峰。奇峰叠耸,峭壁嵯峨,故有千山之称。可公流放沈阳,被安置于此山寺中,于此山居住最久。一次可公因事外出,再返千山,遂有诗作。诗写得清新流利,质朴明朗。充分表现出可公随遇而安,光明磊落的胸怀。可公是诗人,即便在最艰辛的生活中,他也能寻找到诗情画意。可公是野鹤闲云,云鹤是离不开山林的。这山林,便是千山。

独 往

弘 智

同伴都分手,麻鞋独入林。
一年三变姓,十字九椎心①。
听惯干戈信,愁因风雨深②。
死生容易事,所痛为知音③。

【作者简介】

弘智(1611—1671),字无可,号药地,明末清初江西吉安青原山僧。俗姓方,名以智,字密之,桐城(今属安徽省)人。明崇祯十三年(1640)进士,官翰林检讨。与侯方域、陈贞慧、吴应箕共主"复社",为"明季四公子"之一。曾任职南明永历政权,为奸臣马士英、阮大铖等排挤。明亡,入报恩寺为僧。后开法禅宗祖庭之青原山净居寺。他博学识广,于天文、地理、历史、生物、医学、哲学、文学、书画、音韵无不涉足,皆有造诣。主要著作有《通雅》、《物理小识》、《药地炮庄》、《东西均》、《医学会通》、《浮山集》、《博依集》等。亦能画,长山水。

【说明】

智公出家之前为江南名士,领袖文坛,诗朋酒友,数不胜数。出家为僧后自然要减少与世俗朋辈的往来。当此之际,智公的心情是十分沉重而伤感的。在与知心朋友分别,独自出外参方游历时,智公写此诗,留给朋友们纪念。诗中概述了近年自己隐名埋姓,既要避开南明小王朝那些奸臣的注意,更要躲逃清廷的追捕等生活困境。当然,智公并不是太为自己的安危担心,他深觉痛心的是国亡家破,亲朋离散,是从此以后与朋友们分道扬镳。

【注释】

①椎(chuí):捶击。②干戈:战争。干与戈为古代战争常用兵器,故可作兵器的通称,亦可借以代指战争。

听黔调山坡羊二首

弘　智

调自边关到石城,此方弦管更多情①。
游人借得东风力,吹入江南后一声②。

犹忆秦淮赛竹枝,青楼沈水易相思③。
眼看到处生离别,何故多弹子夜词④。

【作者简介】

见前。

【说明】

山坡羊为曲调名。黔调山坡羊即贵州风味的山坡羊。山坡羊歌类似竹枝词、子夜词、子夜词、江南好等。形式上是七言绝句。可一再重复,回环咏唱。多用以抒发平民的生活状况,如离情别绪,男欢女爱。智公在听了贵州调式的山坡羊曲后,有感于国灾家难,人事沧桑,感慨良多,乃有此诗。此诗二首,亦仿山坡羊调形式也。

【注释】

①边关:指今贵州。为因其地处西南边陲,故称。石城:指今江苏省南京市。因其地古有石头城,故以代指。②吹入句:谓山坡羊曲传入江浙地区。终比《望江南》等曲稍后一步。③秦淮:指秦淮河,并借以代指南京。竹枝:即《竹枝词》,词调与曲调名。沈水:犹言映水。④子夜词:即《子夜歌》,曲调名与词牌名。

自题山水画

弘 智

本有参天势，其如冰雪寒①。
石奇原是伴，地险亦能安②。
根到九泉曲，才支大厦难③。
槁松尚偃折，莫惜一身残④。

【作者简介】
见前。

【说明】
智公多才艺，能绘事，所作山水，时有奇气。此诗即智公为自己所作山水画而题。画的是参天长松，却被冰雪；画的是精巧奇石，却立险岩。想到家族世代受明朝皇恩（其父方仁植任湖北巡抚），自己却回天无力，自是十分伤感。诗的最后一句"莫惜一身残"，却有两解，一是尽自己的微薄能力，为南明王朝做一点事情，其实这又谈何容易。一是好好做个出家人，学佛修道，期有所成。这一点智公不但做到了，而且做得极好。诗写得平易朴实，却也贯注着作者的满腔真情，颇堪回味。

【注释】
①参天：高入天空。唐·杜甫《古柏行》诗有句"霜皮溜雨四十围，黛色参天二千尺。"即此意。其如：犹其奈。②石奇句：谓玲珑奇石原是自己的陪伴之友。③大厦：喻朱明王朝，此时已是南明小朝廷。④槁：枯萎，枯朽。偃折：倒伏折断。

寿北里先生

湧 狂

短发投荒又一年，每逢山寺便留连①。
远公自爱寻陶令，吏部曾无识大颠②。

一片钟声和骨冷,半边月色可人怜③。
文章节义浑闲事,何日还题到白莲④。

【作者简介】

涌狂,明末清初辽宁沈阳千山僧。辽东(今辽宁省辽阳地区)人。生卒年与俗姓字号均已失考。大约公元1642年前后在世。入函可所创"冰天诗社",其诗附入函可《千山诗集》中。诗风雄健,骨力刚劲,颇有佳作,惜多不传。

【说明】

北里先生具体情况不详,大约为当时辽宁沈阳地区一位著名隐士,年事颇高,系函可、涌狂等人的前辈身份,颇受大家尊重。寿某某即为某某祝寿,此处即系作诗为北里先生祝寿。当时"冰天诗社"许多诗人如函可、涌狂、大铃、正叁等都有同题诗作。涌狂此诗,极细腻生动地为我们描绘出北里先生的为人行事。即使我们原本对北里先生一无所知,读过此诗,亦可知这位老前辈是个被流放到关外多年的老文人,他爱僧朋道友,爱高人隐士,情操高洁,性情俊雅,是个很有道德修养的贤士。诗写得很明朗流利,很有感情。

【注释】

①投荒:贬谪,流放至荒远之地。唐·柳宗元《别舍弟宗一》诗句"一身去国六千里,万死投荒十二年。"即此意。②远公:东晋高僧慧远大师。陶令:晋末陶潜字渊明,曾任职彭泽县令。吏部:唐代韩愈字退之,曾任吏部侍郎。他向以儒家正统自任,反对佛教道教。大颠(731-824),唐代广东潮阳灵山禅院僧。俗姓陈,名宝通,潮阳(今属广东省)人。为禅宗六祖慧能三传弟子。先后师事潮州惠照、石头希迁。唐德宗贞元五年(公元789年),回潮阳,立灵山禅院。唐宪宗元和十四年(公元819年),韩愈因谏皇帝迎佛骨贬为潮州刺史,因识颠公,常与往来。这对韩愈的观点改变有相当影响。此句谓韩愈可惜没有早点认识大颠禅师。③一片句:谓北地严寒,使人觉得冷之彻骨,所以听到的钟声也是冷冰冰的。可人怜:令人怜爱。怜者爱也。④浑:简直,几乎。白莲:指东晋末年净土宗初祖慧远大师所倡立的白莲社。

断 发

普 明

亲朋姑息爱,逼我从胡俗①。
一旦持剪刀,剪我头半秃②。
发乃父母生,毁伤贻大辱③。
弃华而从夷,我罪今莫赎④。
人情重避患,不殚计委曲⑤。
得正复何求?所惧非刑戮⑥。
况复事多变,祸福相倚伏⑦。
吾生命在天,岂必罹荼毒⑧!
已矣不可追,垂头泪盈掬⑨!

【作者简介】

普明(1613—1673),明末清初江苏昆山金潼里僧。俗姓归,名庄,又名祚明,字玄恭,号恒轩,明代文学家归有光曾孙。昆山(今属江苏省)人。明举人。与同里顾炎武善,不谐于俗,时有"归奇顾怪"之称。同起抗清,事败,亡命为僧,称普明头陀。晚于昆山金潼里祖茔之侧,结庵隐修以终。明公出家以前,乃"复社"中坚人物,擅长诗文书画,享名于时。所作《万古愁》传奇,脍炙人口,传诵一时。著作有《恒轩集》。后人辑有《归玄恭遗着》、《归玄恭文续钞》。其诗苍凉沉郁,雄健高古,佳作甚多。

【说明】

这首诗是明公在抗清义举失败、亡命削发为僧时所作。诗中一再强调华夏汉裔决不能屈从异族统治,宁可落发为僧,不愿苟且为人。在民族矛盾极为激烈时,作出这种选择,实在无奈,所以作者的心情非常沉痛。这种沉痛悲伤,亦全都融入诗行。诗写得平易朴素,直抒胸臆,长歌当哭,令人惋叹,有相当的感染力。

【注释】

①姑息:无原则的宽容。胡俗:指满族人的风俗。旧时汉族称外族均为胡夷。

②半秃：满人习俗，头部前半剃光，留后半部头发结辫。③发乃句：谓古人有训曰身体发肤，受之父母，不可毁损。贻：留，存。④华：指汉族。夷：指满族。⑤人情句：谓人们总是设法躲避祸患，这也是情理中事。不殚句：谓哪怕是受些委屈。殚为尽，计为较。⑥正：指正道。刑戮：指严刑乃至杀害。⑦祸福：谓祸与福是相互关连且隐伏于彼此之中的，往往福因祸生，而祸藏于福。《老子》云"祸兮福之所倚，福兮祸之所伏。"即为此意。⑧罹（lí）：遭受，遭遇。荼毒：残害。荼为苦草，毒为毒虫，皆恶物，受之必为所害。⑨已矣：往日、往事已经过去。盈掬：满捧，掬为用手捧取。

江　行

通　琇

天地本无碍，乘风且浪游①。
岸疑随舫动，星故逆云流②。
小憩闲临水，高吟晚上楼③。
宁知人代里，不复有丹丘④。

【作者简介】

通琇（1614－1675），字玉林，明末清初浙江天台山国清寺僧。俗姓杨，江阴（今属江苏省）人。早年出家，青年悟道。继天隐修禅师出主金陵报恩寺时，年仅二十三岁，其嗣徒大多年长于己。数坐大道场，大开法筵，以致徒嗣满天下，声名远播。清顺治帝、康熙帝皆极敬重，礼为国师。

【说明】

公以弘法传灯为己任，开堂说法，注解经典，足以劳心。其诗实不多见。然观此诗，清新流利，抑扬顿挫，颇具雅人深致，则知琇公其诗亦颇可观也。在琇公笔下，于江上乘风扬帆，静观舟移星动，简直胜过了神仙境界。这种情趣，这种心境，实在令人钦佩向往。

【注释】

①碍：妨碍，阻挡。浪游：随意而行。②舫：船。故：因此，所以。③小憩句：谓在船舷边临水稍作休息。高吟句：谓就这么乘在船上，顺江而行，晚点登楼

又有何妨。④宁：副词，无实义。人代：犹言人间，兼含世世代代之意。丹丘：神话中神仙之地，其地光华灿烂，昼夜长明。屈原《远游》句"仍羽人于丹丘兮，留不死之旧乡。"即指此。

㟶　庵

今　释

落叶平坡外，骑牛古寺还。
一回风雨过，几幅米家山①。

【作者简介】
今释（1614－1680），明末清初广东丹霞别传寺僧。字性因，号淡归。俗姓金，名堡，字道隐，号卫公，仁和（今浙江省杭州市）人。明思宗崇祯十三年（公元1640年）进士，官礼部都给事中。南明时，相从转徙，屡上封事，意图恢复。两粤陷，乃投天然函昰禅师出家，从至东莞十余年。复精勤苦行，创丹霞别传寺。迎其师天然禅师居方丈，自居执事之寮，粗衣蔬食，依然沙门本色。逝葬丹霞山，徐乾学为撰塔铭。释公由儒入释，书生本性，擅长诗文，诗尤著名。有《遍行堂集》。

【说明】
㟶（dié）庵在东莞（今广东省东莞市）。明亡后，释公依天然函昰禅师出家，随之到东莞，创立此庵，共住十余年，日夕问道，甚得教益。这首小诗描写㟶庵淳朴自然的风光胜景，记录释公及其师在庵中淡泊宁静的隐修生活。诗写得平易质朴，很有情趣。

【注释】
①米家山：米家的山水画。宋·米芾善画山水，其子友仁能传家学，所作清秀脱俗，自成一家，因称其所绘山水为米家山。此句谓㟶庵附近的风光犹如米氏父子的山水画，美丽至极。

人日龚芝麓、邓孝威垂访海幢寺

今 释

胜流坐对即空山，未碍梅花笑往还①。
风雨集陈今昔梦，松筠长护死生关②。
珠川空泻何年泪，玉竹犹分一样斑③。
此去相思无远近，曹溪元不隔人间④。

【作者简介】

见前。

【说明】

人日为农历正月初七日，俗称上七。龚芝麓即龚鼎孳，明末清初文学家。字孝升，号芝麓，合肥（今属安徽省）人。明思宗崇祯七年（公元1634年）进士，官兵科给事中。李自成入京，授直指使。入清，仕至刑部尚书，为人旷放，时人颇讥。博学多闻，诗文俱工，与吴伟业、钱谦益并称为"江左三大家"。著有《定山堂集》。邓孝威即邓汉仪，明末清初诗人。字孝威，泰州（今属江苏省）人。清圣祖康熙中举博学鸿词，以年老授中书舍人。学问渊博，秉性颖敏，尤工诗，时名甚高。有《过岭集》。海幢寺在今广东省广州市海珠区，为广州著名古寺，今存。释公曾在此卓锡有年。垂访系尊称别人的来访。人日佳辰，两位著名的大诗人来寺探访，释公无比高兴，与之谈诗论文，兼而谈禅说佛，各皆尽兴。释公乃作诗以纪。释公乃明亡出家的节义之士，龚、邓皆入仕于清。诗中自然也就说到国家兴亡，民族深仇，说到一切都是过眼烟云，希望大家一同学佛向道。不过，彼此都是有身份地位的人，话说得非常含蓄、委婉。意思却在诗行之外，让人去细细体味。

【注释】

①胜流：社会名流，指龚、邓二位来客。空山：空旷的山林。此为比喻。海幢寺在广州市郊，今则在闹市中。谓两位名士来访，大家又仿佛回到美丽的山林中。未碍句：谓好像一同在山林中赏梅观景。往还指人事来往。②风雨句：谓世事变幻

如风雨交加，古往今来全是一场梦幻。松筠句：谓在松竹之下求悟生与死的意义。佛家认为人对生死的认识至关重要，是一个重要关口，必须彻悟，以求了断。③珠川：珠江。又称粤江，在今广东省境。上游有西江、北江、东江，三江汇合后称珠江，以广州附近江中有海珠石而得名。珠江汇聚广东、广西及云南、贵州南部诸水，至虎门流入南海。玉竹：指斑竹，也称指紫竹，竹身上有紫色或灰褐色的斑纹。古代神话谓舜南巡不返，葬于苍梧。舜妃娥皇、女英思帝不已，泪下沾竹，竹尽成斑，故亦称湘妃竹。④曹溪：指今广东曲江曹溪南华寺，禅宗六祖慧能的根本道场。此句意谓学佛的大门是向每个人敞开的

无　题

今　释

老怕应休学少年，忧时成结喜成颠①。
无弦得弄琴三叠，有伴才看石一拳②。
闭户钞方偏伏枕，因人博饭愧栽田③。
杨花又现浮萍相，水泛风飘不异缘④。

【作者简介】
见前。

【说明】
这是释公最著名的一首诗，也可以说是代表作。写此诗时，释公已年逾花甲。时居仁化丹霞山别传寺，弄琴赏石，钞方栽田，过着清静的农禅生活。他已经厌倦了浪迹萍踪的飘浮生活，所以看到杨花柳絮随风飘散，随水浮游，顿然生出无限感慨。诗写得既潇洒轻灵，又从容沉着，诗力诗味都到了炉火纯青的地步。

【注释】
①应休：犹言休要。结：郁结。颠：颠狂。②无弦：无弦琴。据传晋陶渊明尝蓄一无弦琴，饮酒之后每每抚弄之，但求适其意而不在音乐也。三叠：指古曲《阳关三叠》，古之送别曲。拳：指观赏之石体积不大，但玲珑精巧。石一拳犹言一颗奇石。③闭户句：谓关着门钞起药方时又倦怠欲睡。博饭：吃饭，很多人吃饭，指寺中集僧颇众。④相：形象，形貌。不异缘：不外乎是机缘。

首 阳 咏

南 潜

草笠古须眉,首阳一樵子①。
担柴入都城,闲话青峰里②。
云有两男儿,饥死西山趾③。
白发齐太公,泪滴青萍水④。
还顾召公言,采薇人已矣⑤。

【作者简介】

南潜,明末清初江苏苏州灵岩寺僧。生卒年不详,大约公元1645年前后在世。字宝云,又字月函,号月岩。俗姓董,名说,字雨若,号俟庵,乌程(今浙江省吴兴县)人。明贡生。明亡,入苏州灵岩山,从继起大师披剃受戒。助继起与熊开元、沈麟生共举抗清,事败。虽出家,仍嗜文字,与黄周星、徐枋、金俊明、顾岑、顾有孝、徐崧、韩曾驹、巢鸣盛、张履祥等遗老共唱和。著有《易发》、《甲申野语》、《梦史》、《残雪录》、《拂烟集》等书三十余种。其诗清淡荒远,思路手笔俱不凡,然有时失之偏颇。又工书,草书尤为奇逸。

【说明】

首阳山在今山西省永济县南,即雷首山,又名首山。传为伯夷、叔齐饿死处。伯夷、叔齐为商代孤竹君的两个儿子。相传其父遗命要立次子叔齐为继承人。孤竹君死后,叔齐让位给伯夷,伯夷不受,叔齐也不愿登位,先后都逃到周国。周武王伐纣,两人曾叩马谏阻。武王灭殷后,他们耻食周粟,逃到首阳山,采薇而食,饿死在山里。旧时把他们作为高尚守节的典型。唐代韩愈《伯夷颂》是这方面的代表著作。南潜此诗,亦即继承这种观点,用诗的形式记叙了伯夷、叔齐饿死于首阳山的故事。本诗借用一位砍柴樵子的口吻,向人们报告伯夷、叔齐饿死的信息,写得很是生动。当然,潜公这首五古,不是为叙事而叙事,不是为怀古而怀古,实际是借古讽今,另有所指的。明清更替之际,众多的读书人都在歧途徘徊。不少人坚守民族气节,或弃官退隐,或出家为僧。不少人马前迎降,受官受禄。即使隐居山林中的那些隐士们,亦有不少在观风望色，准备待时而起。因此，潜公于此时而作此诗，自然有深意存焉。诗写得质朴平易，清新流畅，有如一曲通俗歌谣。

【注释】

①草笠：草帽。这里指戴草帽的人。须眉：胡须与眉毛。古时认为男子之美在于须眉，故以须眉作为男子的代称。这里指首阳山中的樵子，樵夫。②都城：泛指城市，不一定指京城。青峰：指首阳山。③西山趾：西山脚下，首阳山山脚下。趾本指脚或脚趾，此处借用。④齐太公：周初人，姜姓，吕氏，名尚，俗称姜牙、姜子牙。辅佐周武王灭殷，周朝始建，封于齐，为齐国始祖，故亦称齐太公。青萍：即浮萍。宋·辛弃疾《水调歌头·盟鸥》中有"破青萍，排翠藻，立苍苔。"即指此。⑤顾：回首，回视。召公：周初大臣。姬姓，周室王族，因封地在召，故称召公或召伯。采薇人：指伯夷、叔齐兄弟。已矣：已逝。

听 雨

南 潜

梧桐滴沥客心惊，秋雨能吹白发生①。
孤馆灯昏惟对影，丽谯鼓湿不知更②。
前宵松月疑尘梦，明日泥涂听屐声③。
寻著漏痕当屋角，夜深百匝绕书行④。

【作者简介】

见前。

【说明】

人在旅途，时当深秋，住在孤寂凄冷的馆舍里，淅淅沥沥的夜雨尤能使人倍生哀感。更何况屋漏难寐，绕书苦吟，心中的伤感岂可言传？潜公此诗，把一个飘流异乡的游方僧人孤独凄凉的遭遇和心境，描绘得周详细腻，淋漓尽致，让人读来，不由得从内心发出共鸣。

【注释】

①梧桐句：谓秋雨从梧桐树叶上淅淅沥沥地滴落，使客游在外的人觉得心烦心

惊。秋雨句：谓这种秋雨简直能把人的头发给催白。夸张的说法。②丽谯：壮美的高楼。楼又名谯，故称美丽之楼为丽谯。更：古时夜间的计时单位。一夜分为五更，一更约两个小时。③前宵：此处指前半夜。此句谓半夜所看到的松月似乎是梦中之物。明日句：谓明天又将在旅途中跋涉，只能听见泥泞道路上走过的脚步声。屐声指脚步声。④寻著句：寻找屋漏之处，正在屋角上。当为正、在之意。匝：周，圈。环绕一周叫一匝。《史记·高祖纪》有"围宛城三匝。"即此意。

宫人入道和唐人

南 潜

听断昭阳鼓吹声，道家衣向御前更①。
已抛团扇三秋怨，却胜琵琶万里行②。
留锦只谋装秘籍，买丝还拟绣飞琼③。
天家异日赍香使，白发宫奴记旧名④。

【作者简介】

见前。

【说明】

诗题中宫人指杨玉环。杨玉环（719－756），唐蒲洲永乐（今山西省芮城县西南永乐镇）人。晓音律，善歌舞，初为寿王妃，后为女道士，号太真。入宫后，得玄宗宠，封为贵妃。姐妹皆显贵。堂兄杨国忠为相，败坏朝政。安禄山乱起，玄宗出奔，至马嵬坡，六军杀国忠，玉环亦被迫缢死。潜公此诗即叙述这一段史实，并以之追和唐人诗意。此处唐人当指唐代大诗人白居易，他在其著名叙事长诗《长恨歌》中对唐玄宗与杨玉环爱情悲剧作了极为生动形象的描述，而潜公这首诗仅记录这段史事的一个片断：杨玉环为寿王妃时，被唐玄宗看中但不便直接带回宫去，遂命其先入庙为女道士，然后从道观中接回皇宫。这个片断便是记叙杨玉环奉玄宗之命，在皇帝面前改着道装，等待日后以女道士身份入宫的情形。诗写得很委婉，很细腻，确有唐人诗风。

【注释】

①昭阳：宫殿名。汉武帝时后宫八区中有昭阳殿，汉成帝时赵飞燕居之。后世

文学作品中多以"昭阳"指皇后之宫。此处乃借指唐玄宗时的皇后之宫。暗喻杨玉环思欲成为玄宗的皇后。鼓吹声：击鼓吹弹的歌舞之声。道家衣：即道士服装。御前：皇帝面前。更：更衣，换衣。②团扇：也叫宫扇。宋以前称扇子，都指团扇而言。因其形圆如团圆之满月，故名。三秋怨：犹言深秋之怨。时当深秋，炎暑净尽，团扇属被弃置之物。旧时常用团扇被弃比喻美人年长色衰被冷落甚至抛弃的命运。此句谓杨玉环认为自己不会遭遇被弃的命运。却胜句：谓还要胜过王昭君怀抱琵琶万里远嫁匈奴之事。王昭君名嫱，字昭君，为汉元帝时宫人，因汉与匈奴和亲，出嫁匈奴，事两代单于。终葬其地，其墓称昭君墓，又称青冢，至今犹存，在今内蒙古呼和浩特市南。③锦：锦绣绸缎。秘籍：亦作秘笈，指罕见之书。琼：有二解，一指琼姿，即瑰丽的容态，常用以形容梅花；二指琼枝玉叶，常用以形容皇室子孙。二义皆通。④天家：皇帝，指唐玄宗李隆基。赍（jī）：付与，送与。香使：指宫廷使君。旧名：即杨玉环。杨入道后名为杨太真。此句谓皇帝将派人来接杨玉环入宫，称的是杨的旧名，而不是称道名，意谓从此又还俗了。

夏日晚晴

静　诺

窗白雨将去，犹存一帐寒。
神清无俗梦，心定不生澜①。
红湿知莲苦，声迟识漏残②。
画梁新燕小，窥栋语般般③。

【作者简介】

　　静诺，号自闲道人，明末清初浙江仁和雄圣庵女僧。生卒年不详，大约公元1646年前后在世。俗姓林，仁和（今浙江省杭州市）人。出生书香仕宦世家，为太守林彝白幼女，遭时不遇，遁入空门。尝结庐河渚，有万树梅花，千湾荻雪，自谓可悟。闺中从受学佛者恒数百人。喜吟诗，诗风委婉沉静，柔雅可喜。有《息肩庐诗草》。

【说明】

　　静诺向有雅人深致，每结庵住静，或依寺挂单，必择山明水秀，花香鸟语处栖止。既长于诗，自多绘景抒情之作。这首诗用细腻生动的笔调，给我们描绘出初夏雨霁时的清新景象及作者的个人感受。禅修者尤其是女僧，其生活是很孤寂的，但也安宁，是很清贫的，但也充实。这都是诗人要告诉我们的，通过她那形象优美的诗行。

【注释】

①澜：波澜。喻情感的波动。②莲苦：莲子之心极苦，故称。③画梁：经过雕刻彩绘的屋顶梁柱。窥栋句：谓雏燕们从巢中探出头来向外窥春，且相互叽叽喳喳地学语。

咏 秋 兰

静 诺

长林众草入秋荒，独有幽姿逗晚香①。
每向风前堪寄傲，几因霜后欲留芳②。
名流赏鉴还堪佩，空谷知音品自扬③。
一种孤怀千古在，湘江词赋奏清商④。

【作者简介】

见前。

【说明】

向称梅兰竹菊为四君子，是谓其品操高洁，风姿清雅，历来诗家吟诵者甚多。静诺此诗，一承前辈诗人旨趣，对兰草的清香傲骨，雅姿洁品作了进一步的阐扬。当然，诗言其志，内中自然寄托着诗人自己的情感和体验。说诗人以兰自况，亦无不可。至少我们可以认为，诗人爱兰，爱得很深沉很真挚，犹如千余年前楚三闾大夫屈原那样。这便是诗人的心声。

【注释】

①长林：指大片的树林，广阔的树林。荒：荒芜。幽姿：谓清幽秀美的姿态。逗：此处有散发、溢出之意。②每向句：谓秋兰即使在风中亦傲骨挺然，不屈服。几因句：谓兰于霜冻之后仍然散发芳香。③名流：指文人雅士，有名

望的人。佩：古人多有佩戴兰花以示清雅、以求吉祥的习惯。空谷：犹言深谷。《诗·小雅·白驹》有"皎皎白驹，在彼空谷。"即此意。扬：昂扬，张扬。④孤怀：谓清高孤傲的情怀。湘江句：谓屈原流放于湘江畔所作的兰橘颂歌，一直付诸乐律，传唱至今。清商：古五音之一，商声。南北朝时，中原旧曲及江南吴歌、荆楚四声统称为清商。后则以之指各种乐曲。

石　船

元　鹏

竹林烟里石船浮，万壑奔涛砥逆流①。
分付篙郎齐著力，莫教泊在半山头②。

【作者简介】

元鹏（1617－1677），明末清初江西省建昌云居山真如寺僧。字九屏，号燕雷，又号掊翁，灵隐晦山戒显禅师法嗣。俗姓李，豫章剑邑（今江西丰城）人。出身仕族，世袭儒业。自幼父母双亡。年十九为诸生，有名于时。胞叔出家饶州青莲寺。年二十四往省，叔已圆寂。痛悼良深，遂礼青莲寺太空禅师出家。年三十二，于庐山礼九云禅师受戒，复至庐山五老峰下，参谒戒显禅师，相从有年，甚为投契。清世祖顺治八年（公元1661年）继戒显之位，任真如寺住持。维修重建，增置庄田，辑《云居山志》二十卷。清圣祖康熙十年（公元1671年），兼主抚州芙蓉山苾蒭禅寺，复辑《芙蓉山志》。次年，戒显禅师圆寂于杭州佛日山，亲往迎丧，葬戒显全身塔于云居山。圆寂后，葬云居山龙珠峰，塔今尚存。有《三会语录》五卷，诗文若干卷。鹏公以儒入释，内外兼通，精于词翰，长于诗文。吟咏云居山诗尤多，大多清新可喜，颇有情趣。

【说明】

石船系云居山石岩名。位于弘觉道场北侧山上，为一天然巨石，兀立山顶，上大下小呈椭圆形，长十余米，高四米，两头微翘，中间稍陷，酷似舟船，故名。人居其上，背峰远眺，修河蜿蜒东去，鄱湖帆影点点，烟岚横黛，水色迷茫，弥望无极，令人心旷神怡。鹏公此诗，生动地描绘出石船泊在山头的雄奇影像，诙谐地鼓励船夫齐力撑篙，将船驶入湖海。诗写得很简洁，很生动,很有韵味。

【注释】

①砥:本意为磨刀石,此处通抵,为抵挡,挡住之意。亦可解作此石船成为山溪波涛中的砥柱。②篙郎:撑篙的男儿,指船夫。著力:用力,使力。泊:停泊,停留。

山中四咏

元 鹏

我爱山中春,苍崖鸟一声①。
桃花源里住,罕见问津人②。

我爱山中夏,空冥花雨下③。
行吟屐齿肥,树色丽四野④。

我爱山中秋,黄云稻正稠⑤。
铎声连振起,镰子刈禾头⑥。

我爱山中冬,冰澌叠乱封⑦。
地炉无品字,一榻冷千峰⑧。

【作者简介】

见前。

【说明】

鹏公咏云居山之诗多达数十首,大多收入《云居山新志》。此选其咏云居山春、夏、秋、冬绝句一组。本诗以各个季节的典型风物、典型事件来直接反映鹏公及云居山真如禅寺僧众的禅隐生活。诗写得很精炼,很生动,简捷有力,诗味隽永,是鹏公咏云居山大量诗篇中的代表作。

【注释】

①苍崖:因林木葱茂而显得苍翠的山崖。②桃花源:简称桃源。东晋陶渊明

《桃花源记》中虚构的与世隔绝的乐土。其地人人丰衣足食，怡然自乐，不知世间有祸乱忧患。后因称这种理想境界为世外桃源。问津：问路。津为渡口。③空冥：犹言空中。冥为暗昧深远意，用以形容天空。④行吟句：谓穿着大登山鞋，吟着诗。丽：光彩照耀，作动词。⑤黄云句：谓秋季稻熟，黄澄澄地稠密地一大片，有如金黄的云彩。⑥铎：铃。寺庙中以铃铎声召众出坡劳作。刈（yì）：割。⑦冰澌：即冰。澌本指解冻时流动的冰块。此句谓冬天山上到处都被冰雪叠覆封闭，主要是指冰雪覆盖山头。⑧品字：指木柴。木柴劈开后往往将之架叠起来以备使用，其架叠之形极似品字，故称，并以之代指木柴。

绝　笔　诗

佚　名

道我狂时不是狂，今朝收拾臭皮囊①。
雪中明月团团冷，火里莲花瓣瓣香②。
好向棒头寻出路，即从业海驾归航③。
满炉榾柮都煨烬，十字街头作道场④。

【作者简介】

佚名僧，其生卒年月、法讳字号、俗姓籍贯履历均已失考，明末清初人，大约公元1647年前后在世。

【说明】

清圣祖康熙六年（公元1667年）正月十六日，某地大悲庵前有僧人自称即日焚化。僧自置大龛于地，遍辞街坊，坐入龛内。具纸笔于前，题一偈曰："无拘无束，不清不浊，放倒皮囊，正月十六。"又书七律一首如上。书毕，自将龛门掩合，火发于内，须臾示寂。是时观者数千人，即有燃香罗拜者。此僧向不知何处栖息，亦无人知其名号。今能从容坐脱，亦禅门中有手眼者。其诗质朴平易，形如歌谣，而理直气壮，内涵殊深。

【注释】

①臭皮囊：指人的躯壳。《太上纯阳真君了三得一经》云"竟将五官六脏败坏于臭皮囊之中。"即用此意。②火里莲花：即火中莲。《维摩诘语·佛道品》云

"火中生莲华,是可谓希有,在欲而行禅,希有亦如是。"此为比喻稀有或难得。后引申为身陷火坑而能洁身不坏。③棒头:即棒喝。佛教禅宗祖师重触机,其接待初学,常当头一棒,或大喝一声,提出问题令之作答,借以考验其悟境。业海:佛教指种种恶因,使人沦溺之海。④榾柮(gǔ duò):块柴,树疙瘩。五代韦庄《宜君县北卜居不遂留题王秀才别墅》诗之一有"本期同此卧林丘,榾柮炉前拥布裘。"即此意。道场:佛道两教诵经礼拜成道修道之处。

初入栖贤即事

今 观

行行庐山阴,窈窕栖贤路①。
过桥入长松,石壁飞泉注②。
密林交杖头,崖花错草履③。
闲云出乱峰,斜日余高树④。
茅茨自荒深,认是旧游处⑤。
忽绝往来心,萧然忘去住⑥。

【作者简介】

今𪩘(yào)(?-1678),明末清初江西庐山栖贤寺僧。字石鉴,俗姓杨,名大进,岭南新会(今广东省新会县)人。家世书香,少习儒业,明诸生。明亡,弃举子业,从空隐道独禅师问道。复于清世祖顺治十七年(公元1660年)从天然函昰禅师落发,参访游学,道与日进。清圣祖康熙三年(公元1664年)入庐山栖贤寺。未久入闽,旋返匡庐。爱其山水清幽美胜,终定居于山南之栖贤古寺。能诗,诗风刚健劲拔,清新自然,颇多佳作。

【说明】

栖贤指栖贤寺,在庐山东南石人峰下栖贤谷中,距栖贤桥约一里。始建于南朝齐武帝永明七年(公元489年)。原寺在九江西二十里,唐敬宗宝历初年(公元825年),江州刺史李渤将之迁入庐山,请赤眼智常禅师住持。因李渤曾在此读书,故名栖贤寺。因在一起读书的共有七人,又名七贤寺。寺东有檑断泉,西有赤眼泉,后有飞锡泉,西北深谷中有赤眼禅师墓塔。寺内原有《五百罗汉图》共二百幅,费时六七年方得完成。历经兵祸火灾,近半毁失,所剩一百二十幅藏庐山博物馆。该寺有五老峰、汉阳峰耸立左右,又有玉渊潭、金井潭等名胜,周围林木葱茂,风景十分幽美,为庐山五大丛林之一。今已废,遗址尚存。觊公这首五言古风,似是一篇导游指南,引领着我们从匡庐北面转向正东,进入栖贤谷,一步步接近栖贤寺。这种写法很独特,很朴素,其实也很可以增加读者的感性认识。至于觊公把我们带到了栖贤寺旁,忽然向我们宣称,他将定居于此,永驻这清静忘我之境,那也是意料之中的事情了。

【注释】

①阴:北面。窈窕:深邃美好貌。栖贤路:指栖贤谷中之路,即通往栖贤寺之路。②桥:即古之栖贤桥,即以栖贤谷、栖贤寺得名。现通常称观音桥,因乡人在原桥侧建有观音寺,因而得名。又因此桥跨三峡涧上,亦可称三峡桥。建于北宋真宗大中祥符年(公元1014年),为江西省境内著名古桥建筑,亦为我国古代桥梁建筑工艺的珍贵遗产。飞泉:指栖贤谷三峡涧之泉瀑。三峡涧汇聚汉阳、五老两峰间九十九条溪水,坡陡流急,涧中多大石,水流岩石间声震如雷,浪花飞溅,颇有长江三峡之势,故名三峡涧。③密林句:谓有了手杖,可穿过密林。崖花句:谓山崖的鲜花总在脚步下。错为交错,错杂意。草履即草鞋,此处代脚步。④闲云联:此二句均倒装句式,即为乱峰出闲云,高树余斜日。⑤茅茨:茅草,泛指各种杂草。自:径自。认是:认得是。⑥往来心:与世人交接来往之心。萧然:冷然、淡然。忘去住:忘记了是去还是住,指进入了物我两忘之境。

村院秋居

行 悦

鸡犬不时闻,村深俗亦淳①。
道情亲易久,乡语译方真②。
田阪斜阳淡,枫林秋色贫③。
因思在庐岳,冰雪早侵人④。

【作者简介】

行悦(1619－1684),明末清初浙江杭州理安寺僧。字梅谷,俗姓曹,娄东(今江苏省太仓县)人。曾于江西庐山栖隐,晚归江东。示寂后葬理安寺侧,超慧为撰行状。其渊源履历待考。

【说明】

这是一首很有名的写景抒情之作。隐居在乡村的小庵院,作者自然与村民有所往来。时当深秋,望着面前的一片秋景,秋阳熙和,秋叶红艳,依然是一派盎然生机。作者于是想起了自己曾经隐居过的匡庐,那里山高水寒,此时恐怕已经冰天雪地了吧。诗写得很淳朴,很清新,很有意境和韵味。

【注释】

①鸡犬句:谓不断地听到鸡鸣犬吠之声。反俗语"鸡犬之声相闻,老死不相往来"之意用之。村深:指村庄坐落于偏僻深远之处。淳:质朴,敦厚。②道情:犹言友情。乡语句:谓乡村的方言俚语须转译方能准确。真为真切准确意。③田阪(bǎn):田岸,斜坡。枫林句:谓枫叶红艳,枫林充满生机,少见秋意。④庐岳:指江西庐山。侵人:使人觉得寒冷难受。

登鼓子峰

衍 操

石磴攀萝上,嵚崎有路通①。
峰高长近日,树老惯吟风②。
楼阁云霄外,溪山指顾中③。
漫言仙境寂,灵鼓自逢逢④。

【作者简介】

衍操,明末清初福建武夷山梧桐巢僧。生卒年不详,大约公元1650年前后在世。字松山,俗姓刘,漳浦(今属福建省)人。先世仕学相承,明亡出家为僧。出家后,足迹游遍四方,参学问道,名声日重。晚年归武夷山之北,隐梧桐巢以终。擅长诗文,尤长五言,诗风清俊潇洒,意味悠长。著有《语录》八卷,《诗集》十余卷。

【说明】

鼓子峰为福建武夷山山峰名,因其顶有巨石,形如大鼓,故名。操公登峰观石,记录下沿途所见。其山路之崎岖,山峰之高峻,林木之苍古,亭阁之高耸,无不细细描绘,生动形象,细腻周详。其结语犹为生动,谓此山虽无人常来,属寂寞冷清之处,但美如仙境,且有灵鼓在蓬蓬敲响。

【注释】

①钦(qīn)崎:高峻貌。也以比喻人之杰出不群。②吟风:谓树的枝叶在风中发出声响,如松涛。③指顾:手指目视。④逢(péng)逢:象声词,像鼓声。

流 香 涧

衍 操

沿村行数里,入谷便闻兰①。
坠叶浮深涧,飞花逐急湍②。
岚光侵杖湿,苔色袭衣寒③。
欲试清泉味,烹茶坐石盘④。

【作者简介】

见前。

【说明】

流香涧在福建武夷山,位于无心岩西面。山北诸涧,皆自西而东,独流香涧反道西行,故称倒水坑。涧边岩壁夹峙,悬崖峭拔,非亭午不见日月。涧边多生山兰石蒲,幽香沁人。明代诗人游此,大为赞赏,始为之易名曰流香涧。操公游览流香涧,亦与前代诗人有同感,为流香涧清绝美景所振奋,便写下这首细腻生动的好诗。

【注释】

①兰:指兰花的馨香之味。②坠叶:树上落叶。急湍(tuān):急速的水流。③岚光句:谓山头的雾气把手杖沾湿。苔色句:谓青翠而带露的苔藓寒气袭人。④烹茶:煎茶,煮茶。

宫词二首

静 照

阅遍司农水旱书,君王减膳复斋居①。
御厨阿监新承旨,来日羹汤不进鱼②。

俭德慈恩上古稀,他方织锦尽停机③。
赭黄御服重经浣,内直才人著布衣④。

【作者简介】

静照,明末清初江苏金陵女僧。字月士,俗姓曹,宛平(今北京市丰台区宛平城)人。生卒年及生平履历均已失考。大约公元1650年前后在世。

【说明】

静照原为明代内廷宫女。明亡,随内监刘公公逃至金陵。清世祖顺治二年(公元1645年)出家。出家后,回忆宫中旧事,历历在目,乃作宫词百首。其诗散亡殆尽,仅余六首,此选其二。其一写崇祯皇帝减膳持斋,督促各部防御水涝旱灾。其二写崇祯皇帝强调服饰俭朴,停止地方进贡织锦。一般而言,崇祯帝在有明一代,可算得上是一个勤奋能干的君主,惟其刚愎自用,任人不专,而至其时,国库空虚亏欠,天灾人祸叠起,任他如何操劳俭朴,终是于事无补,无力回天了。

【注释】

①司农:汉代官名。主管钱粮,为九卿之一,又称大司农。东汉末改为大农。魏以后,或称司农,或称大司农。后代因户部主管钱粮田赋,故俗称户部尚书为大司农。水旱书:指户部呈报上来的各地水灾旱灾情况报告。减膳:用膳时减少饭菜的花色品种。斋居:即持斋,指暂不食用鱼肉类的荤菜。②阿监:太监。承旨:秉承皇上的意旨。来日句:谓来日持斋,不用鱼汤。③俭德:节俭朴素的好品德。他方句:谓各地方为进贡所设织锦处均停止开机,不再供奉绸缎,唯留宫内织造处仍可织绵。④御服:皇袍,俗称龙袍。浣(huàn):洗去衣物污垢。内直:指在皇宫内廷值班。才人:宫中女官名,多为妃嫔的称号。自晋至明多沿置。

辞 世 偈

传 正

五十余年似梦中，今朝四大各西东①。
了明性海无生法，更有何言说苦空②。

【作者简介】
　　传正（1621-1674），明末清初浙江仁和万善庵女僧。俗姓缪，仁和（今浙江杭州市）人。初为士人倪昭素侧室。昭素连丧子女，及纳缪氏，得子，甚得宠爱。缪氏力求出家，入万善庵，法讳传正。倪嫡妻王氏抚其子如己出。传正则坐蒲团八年如一日。昭素殁，嫡与子无依，传正迎养。送子入药师庵出家，名超灯。当时仁和官宦家室，多从传正学佛，有名于时。年五十四，留偈坐化。

【说明】
　　传正世寿五十又四，少半在俗，为人侧室，多半为尼，开法度众。其生涯亦可称起伏跌宕，曲折坎坷。至其留偈坐化，无疾而终，亦似苦海扬帆，得达彼岸，实为理想归宿。今读此偈，更见传正三十年蒲团并非白坐，毕竟大彻大悟，了断生死，完全解脱了。

【注释】
　　①四大：佛家以地、水、火、风为四大。认为此四者广大，能够产生出一切事物和道理。②了明：犹明了。性海：佛教指真如的理性，深广如海。无生：佛教谓万物的实体无生无灭。苦空：佛家语。佛教认为世间一切皆苦皆空，是为苦空。

早春即事

再 生

烟锁虚窗展素缃，微风吹到落梅香①。
孤怀待月惟枯坐，余恨添眉却晚妆②。

旧事不堪重省忆,新词漫自费平章③。
黄粱一梦从今觉,愿息尘机礼法王④。

【作者简介】

再生,明末清初江苏吴中女僧。生卒年不详,大约公元1652年前后在世。俗姓姚,明末大臣姚希孟女孙,名妫,字灵修,长洲(今江苏省苏州市)人。适嘉定士子侯演,伉俪甚洽。演从父侯峒曾举旗抗清,坚守嘉定,城破,与父同殉难。姚氏遂入空门,法讳再生。长诗文,作品以七律为多,诗风清健高古,气势不凡。有《再生遗稿》。

【说明】

春天到来,人皆有所思。青灯古佛,出家人情思亦同。然风光秀美,已成他人之事,画眉妆饰,往事不堪记忆。一切都如梦寐,春景使人伤怀。惟有佛祖法王,才能救度彼岸。再生这首诗,说是伤感,可;说是无奈,亦可。有一点却是非常明确的,春天应该给她带来新的生机:从黄粱梦中惊醒,从无边苦海抽身。

【注释】

①烟:烟气,雾气。虚窗:空窗。素缃:即缃素,古代写本用缣素,染成浅黄色的称缃素。也常作为书卷的代称。此处即以指书。②孤怀:孤独的情怀。枯坐:干坐。多指寂坐而无所事事。余恨句:谓难以消尽的恨意爬上眉头,索性卸除晚妆。却为除却,卸除。晚妆指夜晚的妆饰,通常乃谓典雅而又轻松,进入应酬交际场合的晚礼服。此处仅指夜晚轻松休闲之服饰。③省忆:反省与回忆。平章:品评,评论。④黄粱一梦:喻富贵终归虚幻。尘机:尘世的操劳思虑。法王:佛教对佛祖释迦牟尼的尊称。《无量寿经》下云"佛为法王,尊超众圣,普为一切天人之师。"

寒夜书怀

再 生

寂寞青灯夜未阑,半生心事独盘桓①。
烟波缥缈魂非远,人事悲凉岁欲残②。

素志应同明月皎，离情还共白云漫③。
良宵剪烛歌行露，松竹萧森起暮寒④。

【作者简介】

见前。

【说明】

再生年轻寡居，遁入空门，取名为再生。显然是希望把烟云往事一笔抹去，在佛门中获得新生，有如凤凰涅槃一般。然而，青灯古佛，寒夜漫漫，往事会自然而然地袭上心头。当此之时，再生又有何感想。在这首书怀诗中，写得很清楚了：明月作证，素志不渝。正如前一首七律中说的那样，愿息尘机礼法王。

【注释】

①青灯：油灯。阑：晚，残尽。盘桓：逗留不进貌。②烟波句：谓雾霭苍茫的水面，显得隐隐约约，魂魄并未远离。此指亡夫侯演，他在清军攻破嘉定城时，与父侯峒曾及一弟同赴水殉难。③素志：素愿，本心，指学佛向道的志愿。皎：光明，明亮。漫：本意为随意，任由，此处有漫游，游走之意。④良宵：良夜，美好的夜晚。行露：指《薤露》，古挽歌名。详见文偃《北邙行》注之②。萧森：错落耸立貌。

书　怀

无　垢

青翠入帘栊，永日驻幽阁①。
愁萦芳草生，静觉桐花落②。
奁镜网蟏蛸，庭柯巢鸟鹊③。
梦去不关愁，晓来心自恶④。
独坐只书空，微雨益萧索⑤。

【作者简介】

无垢，明末清初江南通州鸿宝堂女僧。生卒年不详，大约公元1653年前后在世。俗姓陈，名洁，号石香，南通州（今江苏省通州市）人。嫁同州孙安石，无子。夫妇不偕，归母家。久之落发，隐祖居鸿宝堂。全心焚修，下帷著述。自幼博学，诗文绝工，诗风凄悗婉艳，悲辛感人。有《绣拂斋集》、《茹蕙集》等。晚岁贫极，并日而食。因覆水时不慎坠楼而卒。

【说明】

婚姻的不幸，家庭的中落，造成无垢的痛苦忧郁。而这一切又对她的诗风产生了巨大的影响。这首《书怀》诗正是抒写其内心的孤寂萧条之感。作者锦心慧思，那些美丽动人的景致，她自然都能领略、理解，但她的心绪实在太凄凉了，使她无法享受这些美好的事物。不仅如此，一切美丽的景致甚至也笼罩着一层凄迷哀婉的气氛和色彩。对此，我们只能表示理解，无权求全责备。不幸的人难道没有悲伤的权利吗？

【注释】

①青翠句：谓外面青葱美丽的景色透过帘幕投射进来。永日：长日，整日。驻：坐。幽阁：僻静的楼阁。②萦：回旋攀绕。愁萦即被愁思所缠绕。桐花：梧桐花。此句谓四周实在太寂静了，静得连梧桐花落地的声音都能听见。这也实在太夸张了。这种超过寻常的寂静，本身就散发出了垂死的气息，是不利于生命的存在和滋生的。③奁（lián）镜：指梳妆台。奁为古时妇女梳妆时用的镜匣，俗称梳妆盒。网：作动词，结网或网住。蟏蛸：虫名，即长脚蛛，又名喜蛛、喜子、喜母。柯：树。④晓来句：谓醒来后心情坏极。⑤书空：用手指在空中虚划字形。表示寂寞而无聊赖。唐·杜甫《对雪》诗有"数州消息断，愁坐正书空。"即此意。益：更。萧索：抑郁、寂寞。

秋　柳

无　垢

弱不禁风素自怜，黄昏细雨断疏烟①。
楼头指冷谁吹笛，塞上身单欲寄绵②。
一任啼乌翻子夜，直须飞雪送穷年③。
攀枝信堕英雄泪，残照萧条灞水边④。

【作者简介】

见前。

【说明】

古往今来，折柳赠别，成为文人诗歌作品和民间歌谣的重要题材。人们似乎对河畔杨柳寄寓了太多的关注。无垢此诗亦不例外。诗中将杨柳的柔弱纤细，任人攀折的无主情状描绘得甚为生动，将吹笛寄绵，相思怀远的哀怨情绪宣泄得淋漓尽致。对于学佛出家的无垢来说，这些情感波澜自然与之漠不相关。其实，作者在以杨柳自况，强调的乃是杨柳的孤寂柔弱、无主无依的悲凉状态。诗写得缠绵哀婉，楚楚动人，正是无垢的主流风格。

【注释】

①弱不禁风：成语，形容柔弱得禁不住风吹。断：阻断，隔断。②楼头句：谓天秋气凉，谁不怕手指冷，在高高的楼头吹笛。绵：指棉衣。旧时壮丁戍守边疆，一去多年，每届秋冬，家人便托寄冬衣。③翻：反复唱。子夜：晋曲名，相传为晋代女子子夜所作，故名。后人更为四时行乐之词，谓之《子夜四时歌》。又作词牌名，双调，一百一十七字。此处泛指歌曲。穷年：犹言终年，年底年末之意。④堕：落，指流泪。残照：指夕阳。灞水：水名。本作霸水。今灞河，为渭河支流，关中八川之一。在今陕西省中部。河畔多杨柳，河上有灞桥，古时为人折柳赠别之所。本诗至最后一句暗用古典诗意，归结到杨柳与送别的关系。

盘　　山

智　朴

苍松乱插连云石，石上苍苔虎行迹①。
挂杖来从飞鸟边，下视苍茫远烟碧②。

【作者简介】

智朴，明末清初河北蓟州蓟县盘山僧。生卒年与俗姓均不详，大约公元1654年前后在世。字拙庵，徐州（今属江苏省）人。传为军府幕佐，军败而隐于浮屠。主蓟州盘山，作《盘山志》。往返于京师、盘山间，与同代名士如王士禛、宋荦等过往唱和，工诗善文，享名于时。作品结为《盘谷集》，不传。

【说明】

盘山又名盆山,本名四正山。位于今天津市蓟县西北。距北京约一百五十里,距天津约一百八十里。相传古有田盘先生在此隐居,故名。山势雄秀,分上、中、下三盘,上盘之胜以松,中盘以石,下盘以水。向有"京东第一山"之称。清代建有行宫,名静寄山庄。朴公后半生长居盘山,自然对此山多有了解,深有感情。这首诗用极为简练的词句,把一座京东名山雄奇瑰伟的形象突现在我们面前。用苍松、乱云、山石、虎迹、飞鸟把一座名山的面貌概括出来。最后一句再补笔,言其高峻之极,直插云霄。写法上亦有独到之处。

【注释】

①苍松句:谓在高高的山上,在山岩石缝中,到处生长着苍翠的松树。石上句:谓在岩石的苔藓上,有老虎走过的足迹。②拄杖句:谓拄着拐杖从飞鸟的身边经过。此喻山高路险。通常称极险绝的山路,仅通飞鸟者为鸟道,此即其意。下视句:谓向下看是一片烟雾苍茫的天空。碧指碧落,即天空。此句极言山高,居山顶而下视,见不到山下的地面村落。

登天目遇雨

听 月

荒山无道路,云气随我身①。
渐觉笠檐重,沾袂细如尘②。
幽花齐吐艳,仙鸟群相亲③。
泉石自太古,耳目愈清新④。
银河忽倒泻,云际垂天绅⑤。
可望不可即,对主峰嶙峋⑥。
阵云如滚马,归云如悬鹑⑦。
身立云气上,看云态弥真⑧。
下山脚不袜,细草藉如茵⑨。
尘世日方杲,阴晴气不均⑩。
试将山中景,说与山下人。

【作者简介】

　　听月，明末清初浙江杭州法相寺僧。法讳已佚，以字行。生卒年不详，大约公元1654年前后在世。俗姓查，名继薇，出身于浙江海宁望族世家，系文学家查继佐堂弟。明诸生，工诗擅文。原有集，亡佚。遭世乱，家道中衰，兄弟六人各自逃生，遂携一弟祝发为僧。弟号雪萍，亦能诗。

【说明】

　　天目山为浙中名山，也是道教与佛教圣地。听月游览过程中遇雨，当然是春夏之雨。于是山林如洗，泉瀑奔泻，阵云滚动，绿草如茵，这一切清新秀美的景象，反而增添了听月的游兴。于是，听月写下这首长诗，记录自己游览的观感。他不但自己游赏尽兴，还要把这天目山上雨中的特殊景观告诉山下人，告诉那些没有在雨中游览过天目山的人。

【注释】

　　①云气：犹言云，云雾。②笠檐：竹笠之边缘，此指竹笠，遮雨之具。袂（mèi）：衣服的袖口，代指衣服。此句谓雨微有如飞尘。③仙鸟：对天目山上各种鸟类的美称。④太古：极古老的时代。⑤银河：喻瀑布。天绅：天空的大飘带。亦喻瀑布。⑥嶙岣：林立峻峭或层叠高耸貌。唐·韩愈《送惠师》诗有"遂登天台望，众数皆嶙岣。"即形容山峰重叠高耸。⑦滚马：飞奔的马匹，犹如在滚动。悬鹑：鹌鹑毛斑尾秃，象褴褛的衣服。因以悬鹑形容破烂。此处比喻天空乱云披散之状。⑧弥真：更真切，尤真切。⑨袜：作动词，穿袜。藉：草垫，铺垫。茵：垫子。指草席、坐褥等一类铺垫之具。⑩尘世：此处指山下。杲（gǎo）：明显，明亮。

怀本师云老和尚

如　乾

　　移竿何处静垂纶，鲸钓仍分汝水滨①。
　　一世衔冤叼父训，三年累德愧门人②。
　　茶香鼎熟松窗语，殿古寒深坐榻尘③。
　　好是行藏无可见，朋侪相向话来因④。

【作者简介】

如乾,明末清初陕西关中兜率寺僧。字憨休,生卒年及俗姓籍贯均已失考。大约公元1654年前后在世。疑为明末忠臣之子,明亡而隐于佛者。曾游历各名山大川,阅历甚广。与前进士张恂为友,诗文唱和。诗甚雅驯,颇有情致,不求名显。有《行余草》、《续行余草》,今俱不传。

【说明】

本师在佛教中指僧人的剃度师或授戒师,主要指剃度师。云老和尚未详何人。乾公离师日久,自主大寺,仍时时怀念本师。这首诗很细腻地描述了云老和尚的日常行径,于此我们自可以看出这是一位自甘淡泊、不慕荣利而全心向佛、道行高卓的大德前辈。诗写得很是温厚雅致,很是深挚含蓄,也很有感情。

【注释】

①移竿句:谓云老和尚又移动钓竿到何处垂钓去了,指移居。垂纶即垂钓,垂钓须用丝纶,故称。鲸钓:大钓,钓大鱼。汝水:水名。源出今河南省鲁山县大盂山,流经灵宝、襄城、郾城、上蔡、汝南等市县,流入淮河。为古代关中地区东部主要河流。估计亦为云老和尚的故乡或故山故寺所在地。②一世句:谓乾公自己家族于明亡清立过程中遭际灾变,但始终记住父亲的训诲。由此句可推断乾公系明末忠臣之后。衔冤即含冤。叨:承受,接受。三年句:谓出师三年,德政未修,有愧于作为门人。累德意为有损于道德,道德修炼未成。此为乾公自谦之语。③鼎:古代煮食餐具,有三足。此处仅代指锅。松窗:被松树遮住,隐在松阴之中的窗户。殿:指佛寺的殿阁。此联二句乾公拟想云老和尚近日的生活情况,当然也是按照以往情形而进行的合理推测。④行藏:《论语·述而》云"子谓颜渊曰:用之则行,舍之则藏,唯吾与尔有是夫!"谓出仕即行其所学之道,否则退隐藏道以待时机。后因以行藏指出处或行止。见同现。朋侪:朋友们。侪为辈,类。来因:来世的因缘。

流 香 涧

超 全

山雨初晴溪尚雾,涧底流香花满树①。
棱棱石齿咽寒泉,耳畔涛声喧不住②。
道人指引挈瓶来,欲试雨前花上露③。

天柱峰高暝色深，芒鞋归踏苍苔路④。

【作者简介】

超全，明末清初闽僧。号梦庵，又号轮山遗衲。生卒年不详，大约公元1654年前后在世。俗姓阮，名文锡，字畴生，同安（今属福建省厦门市）人。功臣之后，世居海上，幼孤，泛海学贾以养母。母殁，躬负土石，与父合葬。明亡，弃举子业。从江西峡江曾樱治心性之学，兼习诗文，旁及释典、道藏、兵法、医卜、方伎各书。游历名山大川十余年。后落发。人称其为南宋末年谢翱同类的节义之士。著作有《海上见闻录》、《幔亭游诗文》、《夕阳寮存稿》等。年八十余卒。

【说明】

流香涧为福建武夷山中一处名胜，详见衍操《流香涧》之说明。前此同为闽僧的松山衍操有五言律诗，摹写武夷山流香涧的清绝美景。而今又有梦庵超全的七言古风，描绘流香涧雨霁后的艳丽风光。因此涧水泉清洌，亦皆汲水烹茶，品茗赏景。两诗作者同时写同一处景物，虽诗体形式略异，各有自己的行文习惯和诗格诗风，实有异曲同工之妙。比起衍操诗之清健，此诗则尤为雅驯温藉，委婉深沉。

【注释】

①山雨句：谓雨霁后，溪涧尚被雾气蒙住。②棱（léng）棱：指石角尖锐突出貌。咽：意谓吞吐。喧：喧闹，喧哗。③道人：指住在流香涧附近寺庙中的僧人。旧时僧人亦称道人。挈（qiè）：提，拿。欲试句：谓要收集花上的露水来烹制雨前茶。雨前为茶名，谷雨前所采者。宋·王观国《茶诗》："茶之佳品，摘造在社前，其次则火前，谓寒食前也，其下则雨前，谓谷雨前也。"④天柱峰：武夷山山峰之一，以其高耸雄伟犹如擎天之柱而得名。

鼎湖篇赠尹紫芝内翰

同揆

鼎湖龙去秋溟溟，惊风吹雨秋山青①。
白头中翰泪凝霰，叫霜断雁栖寒汀②。

烈皇御宇十七载，身在深宫心四海③。
一朝地老与天荒，城郭依稀人事改④。
当年删定南熏曲，内殿填词征召促⑤。
琴张好学直乾清，先公屡赐金莲烛⑥。
雅乐推君独擅场，望春楼下拜君王⑦。
高山一奏天颜喜，奉敕新翻旧典章⑧。
昭仪传谕何谆切，予赉先颁女儿葛⑨。
上林避暑抚丝桐，温语贞娥遵秘诀⑩。
流泉石上坐相邀，薇省风清玉珮摇⑪。
神武门前轻执戟，永和宫里薄吹箫⑫。
如意初殇泪沾臆，那堪又报河南失⑬。
钿蝉零落葬田妃，池水苍茫尚凝碧⑭。
寒食花飞不见春，冬青冢树斫为薪⑮。
煤山一片凄凉月，犹照疆场血化磷⑯。
世间万境须臾梦，老臣剩有西台恸⑰。
四十年来寄食艰，何人再听高山弄⑱。
鉴湖南去云门外，古寺松篁景黯霭⑲。
维舟无意忽相逢，恍惚梦魂同晤对⑳。
夕阳影里话前朝，天寿诸陵王气消㉑。
留得闲身师白足，满头白发影飘萧㉒。

【作者简介】

同揆，明末清初云南大理文殊寺僧。生卒年不详，大约公元1654年前后在世。号轮庵，俗姓文，名果，明末内阁中书文启美之子，江南吴县（今江苏省苏州市）人。继承儒业，为诸生，明亡后出家。居广东肇庆鼎湖山数十年。晚入云南，住大理文殊寺，遂终于此。揆公墨名儒行，长于文翰，尤以古风见长。其诗皆抒人伦日用、盛衰兴废之感，感人至深。有《寒溪集》。

【说明】

本诗题后有序文一段，兹录于后："丁丑、戊寅间，先公受知于烈皇帝。遵旨改撰琴谱，宣定五音正声，被诸郊祀。上自制五建、皇极、百僚、师师诸曲。命先公付尹紫芝内翰翻谱钩剔，时司其事者内监琴张。张奉命出宫嫔褚贞娥等，礼内翰为师，指授琴学。颁赐紫花、御书、酒果、缣葛之属，极一时宠遇。迨闯贼肆逆，烈皇帝殉社稷，诸善琴者偕投内池。内翰恐御制新谱失传，忍死抱琴而逃。南归谒先公于香草垞，言亡国时事甚悉。从此三十九年不复闻音耗矣。癸亥秋，余在寒溪，内翰忽来，相见如梦寐。意欲薙染，事余学佛。余伤之，为赋鼎湖篇以赠。"由此可知，尹紫芝亦为明末内阁中书，与作者揆公之父文启美同朝为官，且担任同样的文学侍从之职。文启美与尹紫芝一同为明思宗制定祭祀乐谱，教内监琴张及宫女弹唱。明亡时，内监宫女皆投池自殉。尹紫芝为保存御定乐谱，抱琴南逃，与致仕家居的文启美相见。从此音讯断绝。清圣祖康熙二十二年（公元1683年）时，揆公禅隐于肇庆鼎湖。尹紫芝忽然而来，相见话旧，并欲从揆公剃度出家。于是揆公写此七言古风，详细地记叙这位老内翰与其父共同制定乐谱以及明亡清立，老内翰流落江湖的全部往事经历。借以抒发作者自己国亡家破，遁世逃名的无限感伤。诗写得雅健雄浑，沉郁悲壮，有很强的感染力。

【注释】
①鼎湖：湖名，在今广东省肇庆市鼎湖山上。详见德清《鼎湖山居》之说明。龙：相传鼎湖中有龙潜伏，后飞腾而去。鼎湖山上尚有老龙潭、浴龙池等相关胜迹。详见栖壑《游浴龙池》之说明。溟溟：潮润貌。唐·于鹄《早上凌霄第六峰入紫溪礼白鹤观祠》诗有"渐近神仙居，桂花湿溟溟。"即此意。惊风：忽风，乱风。②白头中翰：指尹紫芝，尹姓，紫芝为其字号。参见说明。霰（xiàn）：雪珠。雨点下降遇冷凝结而成的微小冰点，俗称米雪。叫霜句：谓孤雁在风霜中啼鸣，栖宿在寒冷的沙洲上。断雁指孤雁。③烈皇：对已故皇帝的敬称。此处指明思宗朱由校（1611－1644），年号崇祯，公元1628年登基，在位十七个年头。崇祯十七年，李自成义军攻入北京时自缢。清人入关，谥怀宗，后改庄烈帝。御宇：指帝王统治国土。唐·白居易《长恨歌》诗有句"汉皇重色思倾国，御宇多年求不得。"即此意。身在句：谓崇祯帝虽身居深宫，心里却关怀全国大事。此系对崇祯帝的溢美之辞。史载崇祯帝虽颇能干，但刚愎自用，猜忌过甚，于朝政处理极多不当之处。④一朝句：谓一旦时间久远，时日长久。城郭句：谓城市风貌虽然还差不多，但人事已经改变。借用《搜神后记》中丁令威歌"城郭如故人民非"诗意。⑤删定：删改制定。南熏：旧传虞舜弹五弦琴，造《南风》诗，诗中有"南风之熏兮，可以解吾民之愠兮"等句。后以南熏为煦育的意思。如唐邬载《送萧颖士赴东府得君字》诗"和风媚东郊，时物滋南熏"。后来宫观楼殿多命名南熏，均取此义。南熏曲犹言煦育万物之歌。征召：征求召集。此处指皇帝召来制定乐谱。⑥琴张：明思宗时皇宫内太监张姓者，因善奏琴，

人称琴张。直：守值。乾清：乾清宫，在北京故宫保和殿后。明清两朝皇帝处理日常事务之处。上有雍正皇帝所书"正大光明"额匾。清代是皇帝召见大臣的地方。每年元旦，皇帝在这里设宴招待诸王。先公：指作者的父亲文启美。⑦雅乐：高雅的乐曲。此指文、尹所制定的郊祀乐曲。擅场：汉·张衡《东京赋》载"秦政利嘴长距，终得擅场。"此以斗鸡场为喻，强者胜弱者，专据一场。后用来称技艺高超出众。望春楼：皇宫内一楼台，帝室常在此欣赏歌舞音乐。⑧高山：高山流水缩语。传俞伯牙鼓琴，志在高山，志在流水，唯钟子期为知音。后即以此比喻知音难求，或喻乐曲高妙。此处当指后者。天颜：皇帝的颜貌，颜指脸色。敕：指皇帝的命令。翻：此处为改编之意。典章：指乐律歌谱。⑨昭仪：古女官名。汉元帝所置，位视丞相，爵比诸侯王。魏制王后、夫人之下有昭仪，爵比县侯。昭仪言昭显其仪，以示隆重。后代虽沿用此名号，地位已不如汉魏之尊崇。谕：谕旨。皇帝施于臣下的文书。谆切：谆为不倦，切为急迫，深切，合而用之谓迫切地敦促、催促。予赉（lài）：给予赏赐。颁：此处亦赏赐意。女儿葛：葛布名。产于今广东增城市一带。质地精细，卷起可入笔管。但日晒则皱，水浸则缩，珍贵而不合实用。旧时因织者多为未婚女子，故称女儿葛。⑩上林：上林苑。秦汉上林苑，周三百里，离宫七十所，蓄养禽兽，供皇帝春秋狩猎。其地在今陕西省长安、周至一带。东汉上林苑，在今河南省洛阳市东。南朝梁上林苑，在今江苏省江宁县鸡笼山东。此处以之代指皇家园林，非确指。抚：抚弄，即弹奏。丝桐：指琴。古时多用桐木制琴，练丝为弦，故称。三国魏王粲《七哀诗》之二有"丝桐感人情，为我发悲音。"即指此。温语：犹言亲切温和地教导。贞娥：明思宗崇祯末年皇宫内宫女褚贞娥，特选出从琴张学习弹琴者。秘诀：秘密的诀窍。此处指秘传的珍贵乐谱。⑪流泉句：谓邀请一同坐在泉水边的岩石上。薇省：紫薇省的略称。唐玄宗开元元年（公元713年）改中书省为紫薇省，中书令为紫薇令。后因简称中枢机要官署为薇省。尹紫芝与同撰之父文启美均为内阁中书，即系薇省官员。玉珮：玉石制作的佩饰。⑫神武门：北京紫禁城即今故宫之北门。永和宫：疑即永安宫。三国蜀永安宫，在今重庆市奉节县境。刘备忿孙权之袭关羽，率诸军伐吴。章武三年（公元221年）兵败还鱼腹，改鱼腹为永安，次年病殁于永安宫。唐永安宫在今陕西省麟游县西三十里，唐太宗贞观八年（公元634年）建。此处以之代指明代紫禁城中宫殿。以上一连四句以"坐相邀"、"玉几摇"、"轻执戟"、"薄吹箫"反复强调时代清明，歌舞升平，堪称太平盛世。此乃对明思宗及其在位的崇祯时代溢美之辞。⑬如意句：谓崇祯皇帝的如意爱子皇五子夭折，谥悼灵王，皇帝非常悲伤。那堪句：谓同时有报导河南尽被李自成义军所占。⑭钿蝉句：谓崇祯皇帝宠爱的田妃逝世落葬。钿为田妃插头发的饰物。蝉为蝉纱，一种薄如蝉翼的细绸，指田妃的纱巾丝服等。⑮寒食句：谓时令已到清明，早开的花全凋谢了，见不到春天的景象。寒食在清明前一、二天。冬青句：谓坟头的冬青树被人砍作柴烧。斫即砍。以上一连六句写乐极悲来，灾难不断，内忧外患，困扰着崇祯皇帝。⑯煤山句：谓李自成攻入北京，明思宗即崇祯皇帝自缢于煤山的老树上。煤山，又名景山，在今北京故宫神武门北，明称万岁山。犹照句：谓各战场鲜血流成河，白骨化磷火。⑰万境：各种情境，各种事物。须臾：极短时，一会儿。老臣：指尹紫芝内翰。西台恸：指南宋末年文天祥就义后，谢翱在西台即严子陵钓鱼台恸哭祭悼事。详见大同《读谢翱传》之说明。⑱寄食：依附他人而生活。高山弄：指高山流水一类的美妙音乐。⑲鉴湖句：谓尹紫芝离开鉴湖去到广东云门山以西。鉴湖又名镜湖，东汉永和五年（公元140年）太守马臻所创开，周回三百余里，溉田九千余顷。宋以后逐渐湮废。故址在今浙江省绍兴市西南。云门指云门山，在今广东省乳源县北，上有云门寺，为五代文偃禅师所建，为佛教禅宗云门宗发祥地。文偃禅师亦因之称为云门禅师。古寺即指云门寺。松篁：松竹。景同影。⑳维舟：系舟，停船。恍惚：隐约不清难以辨认，或神志不清迷迷糊糊状，于此二义皆通。晤对：晤面，会面。㉑前朝：指已经灭亡的明朝。天寿句：谓十三陵的帝王之气已经消散。天寿指天寿山，在今北京市昌平区东北，即军都诸山之冈阜。旧名东山，一名东祚子山。明永乐七年（公元1409年）建山陵，因改名天寿山。自成祖以后明代诸帝后皆葬于此，通称十三陵。诸陵：即指十三陵，明代十三个皇帝陵墓的总称。在今北京市昌平区北天寿山。分别为明成祖永乐之长陵、明仁宗洪熙之献陵、明宣宗宣德之景陵、明英宗正统之裕陵、明宪宗成化之茂陵、明孝宗弘治之泰陵、明武宗正德之康陵、明世宗嘉靖之永陵、明穆宗隆庆之昭陵、明神宗万历之定陵、明光宗泰昌之庆陵、明熹宗天启之德陵及明思宗崇祯之思陵。㉒闲身：指闲散、无依无靠。白足：指僧人。典出南朝梁慧皎《高僧传》十《释昙始》云"义熙初，复还关中，开导三辅。始足白于面，虽跣涉泥水，未尝沾湿，天下皆称白足和尚。"此句谓尹紫芝老年无依，欲投入佛门为僧。飘萧：飘动貌。唐·元稹《书异》诗句有"飘萧北风起，皓雪纷满庭。"即此意。

梅　花

德　容

蝶梦三春泪落花，风飘余粉谢铅华①。
天生玉色菩提片，疏影幽窗独自夸②。

【作者简介】

德容,明末清初江南女僧。生卒年不详,大约公元 1654 年前后在世。俗姓朱,名又贞,嘉善(今属浙江省)人。家世书香仕宦,事亲尽孝。年十五,适同县张我朴,唱酬甚洽。张为科场所累,全家发遣。德容写四言长诗,记叙冤情,吁请捐躯代姑舅,未允。遂于远地边塞流放之地出家。工诗能文,尤长七言,诗风委婉含蓄,深沉悲凉。著有《璇闺诗》、《猗兰幽恨》、《归云》等集。

【说明】

德容之诗,抒写的尽为其遭遇感慨。而德容的遭遇尤为悲惨坎坷,故其诗亦字字泣血,句句断肠,令人不忍卒读。这首咏梅花的七绝,从梅花的清冷高洁,独领风骚,联想到自己的不幸身世,自己的怀才不遇,不由得泪洒梅花,悲从中来。这首诗正是不幸者、孤独者、流放者的呼唤和呐喊。

【注释】

①蝶梦:暗用庄周梦中化蝶之典,以喻人生变幻无常。亦可理解蝴蝶也渴望春天,梦想在春天的百花丛中翩翩起舞。三春:春季三个月,农历正月称孟春,二月称仲春,三月称季春,合称三春。泛指春天。铅华:搽脸之粉。谢铅华意为不搽脂粉,不事妆饰。②菩提:梵语,意译正觉,即明辨善恶,觉悟真理之意。菩提片喻梅花花瓣,谓其天生玉色和绝俗雅姿,亦可使人清思悟道。

七夕二首

德 容

玉露金风报素秋,穿针楼上独含愁①。
双星何事今宵会,遗我庭前月一钩②。

织女牵牛送夕阳,临看不觉鹊桥长③。
最伤今夜离愁曲,遥对天涯愈断肠④。

【作者简介】

见前。

【说明】

七夕为农历七月初七之夜。民间传说牛郎织女此夜在天河相会。后附入妇女穿针乞巧、祈祷福寿等活动。此俗甚古，汉、晋、南北朝书中均有记载。参见清江《七夕》之说明。在此纯粹的妇女风俗节日来临之际，德容写作这组七言绝句，记述自己的感想，抒发自己的情怀。任何风俗风景，其观感体验皆因人而异。旧俗此时，妇女尤其是未婚少女，尽皆欢天喜地，满怀憧憬地聚集欢会，祈祥祷福。德容无此心境，她疑惑牵牛织女为什么要此夕相会。她留心的不是牛女的团聚，而是团聚之后的断肠离别。这自然与她的家破国亡，流落异乡的特殊遭遇有关。

【注释】

①玉露：指晶莹的露水。唐·杜甫《秋兴》诗之一："玉露凋伤枫树林，巫山巫峡气萧森。"即此意。金风：秋风。西方为秋而主金，故秋风曰金风。素秋：秋季。古代五行说，以金配秋，其色白，故称素秋。又秋至则草木渐凋，因以素秋比喻人生晚暮。此处作者兼用二义。穿针楼：旧俗七夕时妇女多登楼望月穿针，互比灵巧。此处仅指楼，作者未必真会穿针引线也。②双星：指牵牛星、织女星。一钩：指月亮，七月初七日乃上半月，月形如钩。③鹊桥：神话。每年七月七夕牛郎、织女相会，群鹊衔接为桥以渡银河。唐·李洞《赠庞炼师》诗句"若能携手随仙令，皎皎银河渡鹊桥。"则借用此意。④天涯：天的边际，指极远的地方。明指天空，银河，结合牛女相会事。暗指作者故乡，尚在万里之遥的江南，实如海角天涯。

自撰塔铭

庆 传

幻化皮囊卜处迁，掩骸见塔倚之颠①。
痴呆卖尽元无物，奸巧于今不值钱②。
得入涅槃常自在，待居寿藏已安然③。
若人问我春秋事，虚度七十有三年④。

【作者简介】

庆传（1625－1711），明末清初建昌云居山上方庵僧。字茂如。俗姓刘，建昌（今江西省永修县）人。出身名门望族，而不受成业，立志慕道。年十五，礼云居山仰天窝恒修禅师出家。受戒后拜访高僧名师，瞻礼名刹大寺，遍历江南二十四大寺，道与日进。年二十五，本师圆寂，急返奔龛。建塔葬师灵骨，结茅守制三年。于时苦研经典，穷究佛义，识见大增。年三十，定居仰天窝，计划复兴。师祖年迈，传公又受命兼管仰天窝分支瑶田寺。广求外缘，大兴土木，仰天窝、瑶田寺面貌涣然。师乃退居，于云居山西建上方庵，建殿置田，亲自主事。传公乃为仰天窝、瑶田寺中兴之祖，并为上方庵开山祖师。清圣祖康熙三十六年（公元1697年）传公年逾七旬，于上方庵右侧择地为塔院，由传公曾孙狮斋主持，预建寿藏。传公乃自撰塔铭，预嘱后事。又十四年，传公寿终顺寂，葬塔院。子孙六代四十余人为立石建碑，刻公自撰塔铭，其墓塔与碑今俱存。

【说明】

僧人圆寂，或全身入塔供奉，或灵骨入塔安葬，一般都会请人作墓塔铭文。所请者大多为同代名士文豪，以求光耀。自唐以来，如韩愈、白居易、苏轼、张商英、宋濂、钱谦益等大家，多有僧塔铭文之作。传公却不管这些，乃预先自撰塔铭，可见是位不计世俗虚名，但求我行我素的有道高德。康熙三十六年（公元1697年），传公年已七十有三，以为时日无多，乃自选地址，命徒子徒孙为自己预建墓塔。偏偏像传公这种豁达洒脱之人，天假永寿。塔竣，自撰塔铭亦成，传公安然无恙，身轻体健。康熙五十年（公元1711年），世寿高达八十七岁，传公无疾而终，此时墓塔与塔铭方派用场。这首塔铭是一首写得很成功的七言律诗，无论韵律、平仄、对仗，都合辙如律，中规有矩。尤其诗文诙谐活泼，幽默生动，把一个毕生献身兴复云居山各寺的高僧，一个贯通经典训徒有方的大德的崇高形象突显出来。

【注释】

①幻化：变化。通常婉称人的死亡为幻化。皮囊：亦作臭皮囊、皮袋、臭皮袋，指人的躯体。卜：选择。迁：指掩埋。巅：山巅。②痴呆句：谓人除去痴呆之外，乃一无所有。此处痴呆乃指人一生中沉迷于种种欲望之中不得清醒，卖尽乃用尽、花尽之意。此乃传公对自己生平总结的极自谦极豁达的说法。③涅槃：梵文音译。意译为灭度。谓脱离一切烦恼，进入自由无碍的境界。后专称僧人之死为涅槃。寿藏：生时预营的墓穴。也叫生圹。④春秋：年龄。《战国策·秦》五云"王之春秋高，一日山陵崩，太子用事，君危于累卵，而不寿于朝生。"即此意。

题曹将军水庙

显 鹏

断碣依江口,荒祠落照平[①]。
人烟双径出,古木一桥横[②]。
水国蛟龙气,灵台鸟雀声[③]。
千秋功业在,庙貌犹峥嵘[④]。

【作者简介】

显鹏(? -1708),明末清初浙江杭州栖禅院僧。字彬远,又字秋蟾,号啸翁,俗姓不详,永嘉(今属浙江省)人。从笑鲁老和尚居杭州法喜院(即笑隐庵),住此庙四十余年,僧腊六十七,世寿当在八十以上。爱啸歌吟咏,自称啸翁老人,与其师兄翼庵济白并称当时西溪二大家,师徒七代能诗。其诗由弟子青笠刊为《村居诗》、《苹洲诗》。他讳言其姓,人多认其为明宗室,则朱姓也。

【说明】

曹将军未详何人。疑为北宋大将曹彬,他于宋太祖开宝二年(公元969年)率军攻南唐,次年克金陵,生俘南唐后主李煜。严禁烧杀骚扰,恢复社会秩序,对江南经济稳定有相当贡献。水庙指祭祀水神的庙宇,为曹将军所建。具体地址待考。鹏公此诗,是在瞻拜了曹将军所建水神庙后所作。在对古庙进行简练的概括描叙后,赞扬了曹将军关心民众疾苦,提倡水利建设(包括立庙祭祀水神)的千秋功绩。诗写得高亢雄劲,很有气势和神韵。

【注释】

①碣:碑石。古制方者为碑,圆者为碣。祠:此处即指水庙,水神庙。此句谓夕阳从荒芜的祠庙边落下。②人烟:住户的炊烟,泛指人家。三国魏曹植《送应氏》诗之一有句"中野何萧条,千里无人烟。"用此意。此处仅指人。径:道路。古木句:谓河上横着一条古旧的独木桥。有人解为古老的大树旁有一座桥横跨河面,亦通。③水国:江河纵横之地。多指江南地方。蛟龙:即蛟,古代传说中的一

种动物,以其形似传说中的龙,故称蛟龙。灵台:此处指水神庙前祭祀时所用之祭台。④峥嵘:高峻深邃,气象非凡貌。

九日吴山宴集值雨次韵

序 灯

吟怀未许老重阳,霜雪无端入鬓长①。
几度白衣虚令节,致疑黄菊是孤芳②。
野心一片湖云外,灏气三秋海日旁③。
山阁若逢阎伯屿,方君诗思敌王郎④。

【作者简介】

序灯,明末清初浙江杭州法喜院僧。生卒年与俗姓均已失考。大约公元1655年前后在世。字奕是,仁和(今浙江省杭州市)人。为诗僧笑鲁之孙,翼庵济白之徒,啸翁显鹏之侄,一门诗僧,尽擅诗名。其诗词藻华赡,气度雍雅,时评甚高。有《啸隐偶吟录》。

【说明】

九日指农历九月初九日,称重九,即重阳节。吴山在今浙江省杭州市西湖东南,春秋时为吴之南界,故名。又名胥山,以伍子胥而名。南宋初金主亮南侵,扬言欲立马吴山,即指此山。这是序灯于重阳佳节在吴山与众友聚宴正值下雨时,次友人之韵而作的一首七言律诗。诗中主要描述仲秋季节秋高气爽,湖天空阔的清新景色。既慨叹自己年华渐老,亦称颂友人诗才高迈。诗中用了不少的历史典故,但尽皆贴切准确,更增诗情诗味。

【注释】

①咏怀句:谓吟诗抒怀不许重阳节老去。老重阳倒装句式,应读为重阳老。霜雪:指斑白头发。②白衣:白衣使者,江州刺史王弘派来给陶渊明送酒的使者。详见善权《奉题王性之所藏李伯时画渊明:采菊》注②。虚令节:言虚度节日,指重阳节。致疑句:谓以致怀疑菊花没有人来欣赏,只好孤芳自赏。按陶渊明赏菊饮酒,引为佳话。此联二句乃借用其意,谓几度的重阳节没有这样欢乐聚会,没有这样饮酒赏菊,实在是虚度了时光,实在对不起菊花。③野心:闲散之心。灏气:弥

漫于天地之间的大气。唐·柳宗元《始得西山宴游记》有"悠悠乎与灏气俱，而莫得其涯；洋洋乎与造物者游，而不知其所穷。"用此意。三秋：此处指秋季的第三个月，即农历九月。唐·王勃《滕王阁诗序》有句"时维九月，序属三秋。"即用此意。④山阁：指序灯与众友宴集之吴山上楼阁。阎伯屿：唐高宗咸亨二年（公元671年）任洪州都督时，于重阳节日在滕王阁上张宴，与僚属宾朋欢聚。据考证，其时洪州都督虽姓阎，但非阎伯屿。此处将吴山阁与滕王阁并称。方君：与序灯同宴且长于诗的朋友，具体所指未详。王郎：指初唐四杰之一的大诗人王勃。见前，洪州阎都督在滕王阁上宴集时，正值王勃南下省亲，路过洪州，与宴，作《滕王阁诗序》。《滕王阁诗序》是一篇流传千古、脍炙人口的不朽佳作。此处以方君的诗才与王勃并比，自属溢美夸赞与鼓励之辞。

晓起遣兴

石　岩

风扫云残霁色开，松根驯鹤舞苍苔①。
蚁拖榆荚缘墙去，蜂抱花须扑槛来②。
一雨绿盈分竹院，四山青压鼓琴台③。
悠然独立斜阳下，结阵乌鸢噪古槐④。

【作者简介】

石岩，明末清初浙江杭州辟支庵女僧。生卒年不详，大约公元1655年前后在世。俗姓蒋，名舜英，仁和（今浙江省杭州市）人。幼慧，多才艺。初为巨室侍姬。文学六朝，诗宗温李。长书法，尤精篆隶，时作兰竹小品，有清气，善琴。绮年出家，开堂说法，传徒甚众。

【说明】

遣兴意为排遣自己的诗兴，抒发自己的情怀。石岩此诗，通过对寺庵周围景物的描绘，从而宣泄自己心中的感想。诗写得非常细腻生动，说明作者有敏锐的观察能力。诗又写得形象活泼，也间接地反映出作者的乐观精神和健康明朗的生活情趣。借景抒情，借物抒情，这首诗在这方面是很成功，很有特色的。

【注释】

①霁色开：犹言天气转为晴朗。松根：松树下。②榆荚：榆树的果实。缘：沿，顺着。③一雨句：谓雨水充沛，流满分竹院。分竹院为辟支庵中一处小庭院。四山句：谓四面山峰皆青翠，青翠之色直压向鼓琴台。④乌鸢：乌与鸢均鸟名。此处主要指乌，乌鸦。噪：虫鸟嘈杂的喧叫。

夜　坐

静　维

残灯照帘幕，楼阁有余情①。
落叶堆蛩砌，凉风吹雁声②。
暮蝉愁里听，河汉望中横③。
独坐悲秋夜，疏棂淡月莹④。

【作者简介】

静维，明末清初江南松江华亭女僧。生卒年不详，大约公元1655年前后在世。俗姓盛，名韫贞，华亭（今属上海市松江区）人。嘉定侯明曾为其子求婚，父母允，实未聘。侯子于乱中不知所终，静维乃书《怀湘赋》以见志，并祝发出家。长于文才，诗颇清健。有《寄笠遗稿》。静维出身华亭名门，家世书香。本人亦自幼攻读诗书，锦衣玉食。然而遭鼎革战乱，因故年轻出家，自然与他人有所不同。钟鸣鼎食与素菜淡饭、绫罗绸缎与粗布破衲、灯红酒绿与古佛青灯，这之间的反差也实在太大了。所以，她需要相当的时间来思索，来观照自己的内心。于是，她使用诗笔，借用景物，描摹她自己的心路历程。景色其实是清新美丽，安闲恬静的。摆在我们面前的却是残灯、余情、落叶、凉风，作者自己却是在悲秋夜、愁里听。这使我们理解到，灵魂的挣扎是何等痛苦，何等艰辛！

【注释】

①帘幕：窗帘门帘和帷幕帐幕。②蛩砌：蟋蟀所居之台阶。③河汉：银河。望中横：谓横列在视野之中。④疏棂：稀疏的窗格。莹：明净光洁。

秋宵对月

静 维

夜静天地凉，凭楼独凝眺①。
烟树色离离，云山望中杳②。
万籁寂无声，数萤流木杪③。
青灯照罗幕，残叶铺池沼④。
悲哉今古情，乾坤徒浩渺⑤。
忧怀自苍茫，至意漠难晓⑥。
恒娥知我愁，流影来相照⑦。
当持金石心，千秋同皎皎⑧。

【作者简介】

见前。

【说明】

这是一首写得很漂亮的写月抒情诗，其实也是一篇很有意义的对月亮所作的誓词。在作者的心中与目中，尽管山河万物都扑朔迷蒙，乾坤今古也尽皆浩渺苍茫，但月亮总是那么皎洁、明澈，月光也始终洞彻一切。诗人的誓言乃是：和月亮一样，持金石之心，怀光明之情，矢志不渝，修炼今生，缔造来世。

【注释】

①凝眺：凝神远望。②离离：分披繁茂，历历分明。③万籁：指自然界的一切声响。宋·范祖禹《八月十一日夜玉堂对月》诗有句"天卷纤毫光不隔，风收万籁夜无声。"亦为此意。木杪：树梢。④青灯：油灯。罗幕：罗纱所织的帷幕。池沼：犹言池塘。⑤浩渺：广大而又辽阔。⑥苍茫：旷远无边貌。唐·李白《关山月》诗有句"明月出天山，苍茫云海间。"即此意。至意：至深之意。漠：通莫。⑦恒娥：即嫦娥，神话传说中的月宫中女神。详见祖柏《口占》注②。流影：指流动之月光。⑧金石：金属和岩石，以喻坚定强固。皎皎：光明貌。

访蒋虎臣居士

道 贤

孤亭云外落,坐拥万山秋①。
海色连京口,江声过石头②。
何人成隐遁,与子独相求③。
古寺多红叶,谁能无事游④。

【作者简介】

道贤,明末清初江苏兴化黎庵僧。生卒年不详,大约公元1655年前后在世。字放眉,号寄庵。俗姓苏,徽州(治所即今安徽省歙县)人。能诗,诗风清新散淡,颇有意蕴。

【说明】

蒋虎臣名超,字虎臣,号绥庵,明末清初文士。金坛(今属江苏省)人。顺治进士,官翰林编修。主试浙江,所拔多名士。迁修撰。刻苦读书,甚于诸生。解官后遍游名山以终。性廉静,不嗜名利。手录书至数百卷。工书。著有《绥庵集》等。道贤往金坛拜访蒋虎臣,相见甚欢。分别时作此诗以赠。诗中对金坛地区风光的描写,很有神采,很有气势。对自己慕名探访,作了交待。同时也顺便介绍了自己栖隐的寺庵,那也是个好地方。

【注释】

①孤亭句:谓在一片苍茫的山林中,一座孤寂的小亭,仿佛是从天外降落的,特别显眼。坐拥句:谓小亭四周是千万山岭,时当秋天。这是道贤访蒋虎臣时,蒋氏陪同游览之处。②海色:犹言水色。金坛邻近长江、运河等大河流,颇具壮伟水景,故水色称海色。京口:古城名,在今江苏省镇江市。详见仲殊《京口怀古》之说明。江声:江涛之声。石头:石头城,古城名,在今江苏省南京市西。详见保暹《金陵怀古》注①。③隐遁:隐居。作名词,意为隐士、逸民,此指蒋虎臣。相求:同声相应,同气相求,趣味性格相近者互相接近呼应。此处指作者与蒋虎臣。④古寺:指作者自己栖隐的兴化黎庵。红叶:枫叶。

挽斾那

安 生

玉容从此谢空华,小阁游丝护碧纱①。
宛转曾遮松下扇,清幽谁供佛前花②。
蒲团初撤怜春月,贝叶空遗映晚霞③。
几处香温悲手泽,青鞋倚壁冷袈裟④。

【作者简介】

安生,明末清初江苏吴县洞庭山水月庵女僧。生卒年不详,大约公元1626年出生,殁年二十。吴县(今江苏省苏州市)人。能诗工琴,时有才名。

【说明】

斾那系与安生同时代女僧,亦年轻而夭。此系安生为其所作挽诗。诗从斾那遗容遗物起笔,综述斾那学佛清修的孤寂生涯。诗中寄寓着深挚的怀念之情,哀惋之怨,伤悼之悲。诗写得很温婉,却又十分悲凉,于此可见作者柔曼而又深沉的性格,清隽而又委婉的诗风。

【注释】

①玉容:美好的容貌,此指斾那的遗容。空华:虚幻的花,比喻妄念,亦即尘俗欲念。小阁句:谓寺庵小阁的碧纱橱中供放着斾那的遗像。②宛转:亦作婉转,展转,曲折意。佛前花:供奉于佛像前的鲜花。此联二句写从此宛转之扇无人用,清幽之花无人供。③贝叶:即贝叶书,指佛经。此联二句写从此蒲团无人坐,佛经无人读。④手泽:犹言手汗。指已逝者包括先人前辈的遗墨或遗物。青鞋:出家人所穿的布鞋。

暮春苦雨即事

德 日

年来惟有感伤多,九十春光总浪过①。
镜里容颜空自老,梦中诗句为谁哦②。

飞花满院销银蜡，细雨空帘锁黛蛾③。
可惜繁华零落尽，香残酒冷奈愁何④！

【作者简介】

德日，明末清初江南泰州女僧。生卒年不详，大约公元1656年前后在世。俗姓蒋，名葵，字冰心，号普林，泰州（今属江苏省）人。自幼早慧，识字知义，学诗则工。长归陈氏，一灯夜读，握笔著述，家人咸以女书生目之。内庭宴集，每饮酒高论，有名士风。赠夫妾诗有："娇痴我见犹怜尔"句，人称其德量。国变家败，出家为尼。著有《拂愁集》。

【说明】

按字面理解，即事者就事论事，针对某物某景，直接抒写。然而诗人大多以事为题，寓情于物，故而即事诗多为情景交融的好诗。德日此诗，写暮春时节为雨所苦的种种景象和感慨，行文流利明畅，辞语锤炼简洁，同时也寄托着很深沉的情感。

【注释】

①九十春光：谓春季之三春（孟春、仲春、季春），三个月共九十天。浪过：随意过去，犹言虚度。②哦：吟哦。③银蜡：即银烛，喻明亮之灯光、烛光。黛蛾：眉毛，尤指女性清秀弯曲之眉。④零落：凋谢或衰败。屈原《离骚》有句"惟草木之零落兮，恐美人之迟暮。"即此意。

新　燕

德　日

穿径衔泥漾好春，翩翩斗舞羽毛新①。
暖风吹入昭阳殿，妒煞轻盈赵美人②。

【作者简介】

见前。

【说明】

描写燕子的诗见得很多,这首《新燕》诗写得很成功。不写燕子营巢,不写燕子育雏,也不写双燕喃喃情话,专门写燕子的轻盈舞姿。即就这点,长足发挥,将新燕的舞姿与汉代大美人赵飞燕的舞姿相比,新燕犹胜一筹。诗写得活泼生动,充满生活气息。

【注释】

①漾好春:在美好的春光中飞翔飘荡。翩翩:鸟类飞行轻疾貌,引申为动作或形态的轻盈生动。斗舞:比赛舞蹈。②昭阳殿:汉代宫殿名,汉元帝时赵飞燕居之。赵美人:指赵飞燕(?－公元前1年),汉成帝宫女,成阳侯赵临之女。初学歌舞,以体轻号曰飞燕。先为婕妤,许后废,立为后,与其妹昭仪赵合德专宠十余年。哀帝立,尊为皇太后。平帝即位,废为庶人,自杀。

清 明

介 石

桃花雨过菜花香,隔岸垂杨绿粉墙①。
斜日小楼栖燕子,清明风景好思量②。

【作者简介】

介石,明末清初江南上元女僧。生卒年不详,大约公元1657年前后在世。俗姓尤,名瑛,字钟玉,上元(今江苏省南京市)人。本秦淮青楼女子,精音律,工尺牍。厌倦脂粉生涯,遁入空门。能诗,有《春水舫残稿》。

【说明】

清明是一个农时节气,也是一个风俗节日。正如清明二字字面上所反映的那样,时至清明,天气清而且明,渐渐细雨,使山河大地一片清新。春去夏来,天地明朗,草木葱茂。这首七绝用白描手法,描绘了清明风景,虽然写的都是凡琐小事,平淡事物,但也清新可喜。诗人得出的结论是:清明风景实在太好了。

【注释】

①桃花雨:即桃花水,又称桃花汛。谓桃树开花时,雨量比较集中,池塘水渠

为之盈满，泉溪江河，一时难纳，成为水患原因。此种雨水称桃花水、桃花雨。菜花：指油菜花。粉墙：用彩色颜料涂饰过的院墙，多为官府豪宅或寺庙道观所有。②思量：考虑，想念。好思量意为很好，值得思念。

赠冒巢民

性道人

天涯浪迹几年春，此日何期青眼频①。
赠药为怜司马病，解衣应念少陵贫②。
惭非骏骨逢知己，羞把蛾眉奉路人③。
听雨不堪孤馆夜，感今追昔倍沾巾④。

【作者简介】

性道人，明末清初江南吴江女僧。生卒年不详，大约公元1658年前后在世。俗姓周，名琼，字羽步，又字飞卿，吴江（今属江苏省）人。所适士人，为人所陷，久困囹圄。避居江北，自甘贫陋，后入空门。她博览群书，爱吹弹，诗才清俊，尤长七绝，与同代诗家唱和，无闺阁脂粉态。曾居冒襄深翠山房，吟咏颇多。与同时女僧上鉴合著《比玉新声集》。

【说明】

冒巢民即冒襄（1611-1693），明末清初名士、文学家。字辟疆，号巢民，如皋（今属江苏省）人。入清隐居不出，屡召征不就。与方以智、陈贞慧、侯方域并称"四公子"。长诗文，工书法。其姬董小宛亦能诗，夫妇唱和。有《水绘园诗文集》等。性道人曾应邀在冒襄故乡如皋水绘园深翠山房客居八个月。对于无家可归、流落江湖的性道人来说，这自然是很大的恩情。性道人写此诗赠冒襄，用诗句表达了自己的谢意。诗写得雅驯清健，感情深沉，很是感人。

【注释】

①青眼：眼珠青色，其旁白色。正视则见青处，斜视则见白处。晋·阮籍不拘礼教。能为青白眼。见凡俗之士，以白眼对之。嵇康携琴酒来访，籍大悦，乃对以

青眼。后因对人重视，给予优惠关照曰青眼以对，曰青睐；对人轻视甚至鄙薄则曰白眼以对。此句谓冒襄对自己青眼相加，看得起自己，关照自己。频：多次。②赠药句：谓怜惜司马相如，赠药为其治病。解衣句：谓挂念杜甫，送衣服给他。此联均以古代文豪自比，谓冒襄赠药送衣给自己以度难关。③惭：自惭。骏骨：《战国策·燕》一载有"三月得千里马，马已死，买其首为五百金……，于是不能期年，千里之马至者三。"汉·孔融《论盛孝章书》亦有"燕君市骏马之骨，非欲驰道里，乃当以招绝足也。"后因以"骏骨"喻贤才。知己：谓了解自己的人。《战国策·赵》一载豫让遁逃至山中，说道"嗟乎！士为知己者死，女为悦己者容，吾其报知氏之仇矣。"蛾眉：蚕蛾的触须，弯曲而细长，似人的眉毛。故以比喻女子长而美的眉毛。此句谓以轻率地向不熟悉者求助为羞耻。路人：喻彼此无关的人。④孤馆：指性道人原先寄宿的乡村旅馆。感今追昔：感念今天，追忆往昔。亦作抚今追昔，义同。沾巾：谓泪水沾湿衣巾。

清明感怀

性道人

积润侵阶碧草生，杏花寒食半阴晴①。
一帘细雨迷归燕，几日东风度老莺②。
泪眼看花如有恨，旅怀中酒似多情③。
何时十亩偕贤侣，箕踞空山啸月明④。

【作者简介】

见前。

【说明】

清明之际，最易伤神。一则时令所致，梅雨连绵，乍晴还阴，人的心绪极易随之波动。一则风俗所致，祭祖扫墓，纸钱飘飞，最能令人触景生情。是故千年前唐人杜牧之便说"清明时节雨纷纷，路上行人欲断魂"。性道人这首咏清明诗，不是奔走在路途中所见之清明，乃是枯坐孤馆旅舍所见之清明。如果有家可归，有墓可扫，心里或许还要充实一些。而现在，有的只是寂寞、孤独，岂不是更伤神？碧草、杏花植根于土地，归燕、老莺也都有窝巢。作者有的只是泪眼、旅怀。作者渴望着安定，安定地学佛求道，安定地吟诗会友。这不应该是奢望，然而，对作者来说，却又谈何容易。所以，诗写得沉郁、凄迷、伤感。

【注释】

①积润：犹言积水。侵：浸。杏花：杏花开放的季节，当农历三月初，清明前后。寒食：为中国一传统节令。详见云表《寒食诗》之说明。②归燕：春日从南方回归之燕。老莺：向来栖宿于此的黄鹂。③中酒：本意为饮酒至酣，饮酒至不醒不醉，介于其中，故曰中酒。后多以中酒称醉酒。唐·杜牧《睦州四韵》诗句"残春杜陵客，中酒落花前。"即系此意。④十亩：指有自己的寺庙园林，其占地约十亩为宜。箕踞：《庄子·至乐》载有"庄子妻死，惠子吊之，庄子则方箕踞，鼓盆而歌。"古时无椅凳，坐于席上，坐则跪，行则膝前，足皆向后，以是为敬。若伸两足，则手据膝，故若箕状。箕踞为傲慢不敬之容。此处转义为悠闲随意之貌。空山：空旷荒僻的山林。啸：指吟咏，啸歌。

赠范洛仙

性道人

黯淡销魂独倚楼，登山临水又逢秋①。
檐前垂柳丝千尺，只系柔肠不系舟②。

【作者简介】

见前。

【说明】

范洛仙为性道人同代同乡女僧，俗姓范，名洛仙，法讳妙惠。详见妙惠《般若招提晓坐》作者简介。范洛仙年略少于性道人，亦因婚姻悲剧，家庭变故而遁入空门者。二人同病相怜，殊途同归，时有诗歌唱酬。秋意阑珊之际，性道人写此诗赠范洛仙，对其倚楼独修的清凉孤寂表示关切。通过对范洛仙所居寺庵依山傍水，垂柳成行的景物描写，更突显出隐修者清高淡雅的形象。

【注释】

①销魂：谓为情所感，若魂魄离散。南朝江淹《别赋》有句"黯然销魂者，唯别而已矣。"②只系句：谓柳丝虽长，系不住远去之舟，只能系住独倚楼头者，使之柔肠百结，悲从中来。

香奁和姊氏韵

德 月

凋零门户不成家，骨肉相看空自嗟①。
愁到夜深浑欲寐，杜鹃啼破绿窗纱②。

【作者简介】

德月，明末清初江南泰州女僧。生卒年不详，大约公元1658年前后在世。俗姓蒋，名蕙，字玉洁，号雪峦，泰州（今属江苏省）人。因婚姻不谐，命运多舛，乃与女兄蒋葵同祝发，同参净业。能诗，诗多凄楚之音。

【说明】

本题诗共十首，今选其之九。香奁指香奁体诗。据宋人沈括《梦溪笔谈》所载，五代时和凝作有艳词一编，取名为《香奁集》。和凝后贵，封鲁公。乃嫁其名为韩偓。今世存韩偓《香奁集》，实为和凝所作。后世因称专以妇女身边琐事为题材的诗为"香奁体"。德月此诗，写的正是身边琐事，个人情怀，且又是和其姐之韵，是故自称为香奁。其姐蒋葵，法讳德日，详见德日《暮春苦雨即事》作者简介。这首诗文笔流畅，感情浓郁，格调哀惋深沉，正是德月诗之表现。

【注释】

①凋零：此处指门户败落，家道中衰。骨肉：指姐妹。②浑：简直，几乎。绿窗纱：蒙窗户的绿色窗纱。

秋夜闻蛩

德 月

蛩音唧唧最关情，无限秋光映画屏①。
银烛高烧更漏永，不堪听处总成吟②。

【作者简介】
见前。

【说明】
蛩乃蟋蟀，每届深秋，先感寒意，乃长鸣不已。其声清悠嘹亮，时断时续，乐者闻之，自觉恬适清幽。悲者如德月，唯于其中听到凄凉和悲哀。正是这样的深秋之夜，正是茕茕孑立、孤独无依之时，闻此蛩鸣，几欲断肠。德月将这种不堪的感受化为诗句，诗写得很清雅，很秀美，其情调依然沉重哀伤。

【注释】
①唧唧：象蛩鸣声。关情：意谓与情绪、情感有关。画屏：指寺庵中彩画屏风，或喻寺庵周围佳美景物有如画屏。皆通。②银烛：明亮的蜡烛。烧：点而照亮。永：长。吟：指蛩鸣声悠扬断续，有如歌吟。

送钱圣桢赴佟方伯楚幕之招

元 志

江月照孤舟，有客鸣素琴①。
天风指端起，调高思何沉②。
借问所念谁，楚国有遗音③。
庾月南楼好，陶柳西门深④。
羊公岘山顶，今有谁登临⑤？

思欲一相访，芳踪何处寻⑥？
寻此亦云易，远行难为心⑦。

【作者简介】

元志（1628—1697），清朝初年浙江杭州云林寺僧。又作原志，字硕揆，号借巢。俗姓孙，盐城（今属江苏省）人。其父孙升仗义任侠，为恶少所害。遂怀利剑，数载追寻，杀恶人报父仇。祭告父墓后依具德和尚出家。精勤持修，参究有省，圆机慧辩。历主禅智、宝轮、三峰、径山、灵隐诸祖庭大刹。能诗，与同代名士交接酬唱。著有《七会语录》及诗文集。

【说明】

钱圣桢不详何人，待考。佟方伯为佟岱，辽东人，先世为满洲，世居佟佳，以地为姓。顺治年间随兄养量征战，任湖广总督。又南征湖桂，官至浙闽总督，康熙初卒。方伯本为一方诸侯之长，后来泛指地方长官为方伯。此处指湖广总督。楚幕指湖广总督府幕僚。湖广原为春秋楚地。幕即幕僚、幕佐，各级军政官员的参谋。钱圣桢应湖广总督佟岱之聘，去担任他的参谋人员。在与元志告别时，志公作此诗以赠。这首诗既写了离别之情，更多的是记叙楚地名胜古迹，风物人情。这既是给朋友提供游览指导，也是志公自己对旧游之地的缅怀，诗写得很潇洒，明快流畅，清健俊雅，甚有韵味。

【注释】

①鸣：弹奏。素琴：不加装饰的琴。《晋书·陶潜传》载有"性不解音，而蓄素琴一张。"②天风：指天外之风或天际风云，比喻的说法。调：音调或格调。思：此处指情思，情绪。沉：深沉、沉重。③楚国：指古楚国境地，主要包括湖北、湖南等省。遗音：指楚国三闾大夫屈原的代表作《离骚》。战国时，屈原仕楚怀王为左徒，得王信任。后靳尚谗之，王乃疏远屈原。因作《离骚》以见志。离骚者犹离忧也。《国风》好色而不淫，《小雅》怨诽而不乱，《离骚》可谓兼之。④庾月句：谓庾公南楼的月色好。庾指庾亮，东晋江荆豫州刺史，治武昌。南楼：指东晋时武昌城南楼。陶柳：陶渊明的柳树。传陶渊明宅旁有五棵柳树，故自号为五柳先生。⑤羊公：晋·羊祜，都督荆州长达十年，开田备武，筹备灭吴。平日关心民情，收拢人心。其死，南州人为之罢市而哭。岘（xiàn）山：山名，在今湖北省襄阳市南。也称岘首山。羊祜镇襄阳，常登岘山，置酒吟咏。以上二联皆记楚地名胜古迹、人物典故。⑥芳踪：前代贤哲们的行踪。⑦寻此联：此联二句意谓即便寻找那些前代先贤的行踪遗址不算难的话，也难为了你这趟千里迢迢的远行，难为了你这份心意。

摄山秋夕

今 种

秋林无静树,叶落鸟频惊①。
一夜疑风雨,不知山月生②。
松门开积翠,潭水入空明③。
渐觉天鸡晓,披衣念远征④。

【作者简介】

今种(1629-1696),清朝初年岭南丹霞山别传寺僧。字一灵。俗姓屈,名绍隆,字介子,番禺(今属广东省广州市)人。明诸生。入清后礼天然函禅师出家。中年还俗,更名大均,字翁山。他才气横溢,诗风挺拔,带有浓厚的浪漫主义色彩。诗的内容多与抗清有关,间亦涉及人民疾苦。擅长山林边塞诗,尤工五言近体。与陈恭尹、梁佩兰齐名,号"岭南三大家"。著有《翁山文外》、《翁山诗外》等。

【说明】

摄山即栖霞山,在今南京市东郊,为江南佛教名山。山中有栖霞寺,旧称十大丛林之一,今存。栖霞寺历经兴废,现为全国重点开放寺庙。又有栖霞山佛学院,极著名。今种游历江浙时,曾在此有较长时间的居留。这首诗写今种隐居于摄山时,某秋日之夜的见闻。作者用精炼的笔墨,描写了摄山秋夜的林木、归鸟、风雨、山月。其景自然清新、生动诱人。主要却是抒写诗人异乡孤寂,思归故里的深挚情怀。诗写得很委婉,很含蓄,轻灵飘逸,娟秀隽永。在今种大多骨力排奡、慷慨悲壮的诗篇中,别具一格,别有风味。

【注释】

①叶落句:谓即使树叶落地,也会使鸟儿受惊。写树林静极,落叶之声亦很明显会惊动宿鸟。暗喻生活在满族人统治下,人们坐立不安,一夕数惊的精神状态。别有深意。②一夜句:谓松涛阵阵,疑是风雨到来。不知句:谓不知月亮已升在山头。③松门句:谓打开松木门,满目都是苍翠之色。潭水句:谓潭水显得格外空阔

明澈。④天鸡：神话中天上的鸡。晋·郭璞《玄中记》中载"桃都山有大树曰桃都，枝相去三千里，上有天鸡。日出照木，天鸡即鸣，天下鸡皆鸣。"唐·李白《梦游天姥吟留别》诗句"半壁见海日，空中闻天鸡。"即指此。远征：远途，远方，流落在遥远的地方。

鲁 连 台

今 种

一笑无秦帝，飘然向海东①。
谁能排大难？不屑计奇功②。
古戍三秋雁，高台万木风③。
从来天下士，只在布衣中④。

【作者简介】

见前。

【说明】

鲁连即鲁仲连，先秦齐国高士，排难解纷，多行侠义，却秦救赵，功非寻常。齐君欲封其官爵，逃避而去，隐居以终。后人建台以祭祀。今种这首瞻仰鲁仲连古迹的五言律诗，写得雄劲刚健，掷地有声。本诗首先用简练生动的文字追述了鲁仲连的义举奇功，高风亮节，抒发了作者对古代贤人的景仰赞佩之情。结尾两句，热情地歌颂了人民（包括隐士）的高贵品质，含意尤为深刻，态度相当明朗。鲁连台在山东省聊城县故城中，明万历三十五年（1607年）东昌知府陆梦履建，相传台址为鲁仲连射书劝燕将撤守之处。

【注释】

①一笑句：指鲁仲连笑斥游士新垣衍，坚持义不帝秦。海东：东海。②排大难：史载鲁仲连性格豪爽侠义，常为人排难解忧。不屑句：指鲁仲连不屑于自己的功绩，不接受赵、齐的封赏。③古戍：古代营垒，自古以来的边防要地，指鲁连台所在地。三秋：深秋，晚秋。农历九月为秋季第三个月，故名。高台：指鲁连台。万木：成千上万棵树木。④从来：自古以来。天下士：指天下有见识有本领的人。布衣：平民，多指没有做官的读书人。

自白下至檇李与诸子约游山阴

今 种

最怅秦淮柳,长条复短条①。
秋风吹落叶,一夜别南朝②。
范蠡河边客,相将荡画桡③。
言寻大禹穴,直渡浙江潮④。

【作者简介】

见前。

【说明】

白下为地名,东晋成帝咸和三年(公元328年),陶侃讨苏峻,筑白石垒,后因以为城。故城在今南京市北。唐高祖武德九年(公元626年),移治白下故城。故今亦称南京城为白下。檇(zuì)李亦地名,古地在今浙江省嘉兴市西南,故以之代指嘉兴。山阴为春秋时越国勾践之都,即今浙江省绍兴市。今种由南京至嘉兴,与各位朋友相约去游览绍兴。出游之前,作此诗以纪。前人评此诗一气赴题,有神无迹,在唐人诗中也不多见。此诗确有江河直下,一泻千里之势。气势雄深,节奏明朗,充满了生活激情。

【注释】

①秦淮:秦淮河。长江一条小支流,流经南京城区,为著名游览胜地。②南朝:朝代名。自公元420年宋武帝刘裕建立南朝宋起,至公元598年陈后主陈叔宝亡国共179年,历宋、齐、梁、陈四个王朝,均建都于南京。故此处以南朝代指南京。③范蠡:春秋越国大臣,助勾践兴越灭吴。越都为今绍兴,故以范蠡代指越国、绍兴。桡:船桨,此处代指船。画桡即画船,装饰华丽的游船。④大禹穴:即禹穴,穴者墓也,在今浙江省绍兴市之会稽山,传说为夏禹的葬地。今绍兴市禹陵为著名游览胜地。浙江潮:又称钱塘潮,钱塘江通海处,每年农历八月十八日,海水涨潮,倒灌入江,潮高数丈,气势惊人,为极其壮观的自然美景。此处浙江潮仅指浙江江水,即钱塘江水,自嘉兴渡钱塘江方可至绍兴,故有此说。

粤江秋夜

今 种

明月生珠澥,苍茫万里愁①。
笙歌喧极浦,风露满孤舟②。
落雁栖难定,寒潮静不流③。
年来秋望苦,不上五层楼④。

【作者简介】
见前。

【说明】
粤江为珠江的旧称。珠江为岭南最大江河。这是一首抒写广州城珠江夜景的名诗,对珠江两岸的萧瑟秋景作了极为细腻生动的描绘。深秋夜景固然凄清荒凉,孤舟落雁固然岑寂无依,其实又哪里比得上作者苦涩的心境?作者因何而苦,所思为何,我们不得而知。诗中流露出一种迷惘惆怅、忧郁凄凉的韵律,却令人共鸣感慨,令人深深感动。

【注释】
①珠澥(xiè):珠海,即珠江。北、东、西三江汇成珠江,流至广州城南,水面宽广,犹如大海,故称。②极浦:遥远的水边。③寒潮:指寒冷的江水。④五层楼:即镇海楼。在今广州市北区越秀山上。明太祖洪武十三年(公元1380年)永嘉侯朱亮祖所建。高八丈,共五层,俗称五层楼。现辟为广州市博物馆。

赋得长安今日少年行

元 玉

谁谓长安年少子,只知荣贵不知源①。
欲教寸念存忠信,正用全身委醉昏②。

有妓且从歌羽扇，无花亦使弄金樽③。
贾生心为忧君急，远去长沙莫报恩④。

【作者简介】

元玉（1629—1695），清朝初年山东泰山普照寺僧。字祖珍，号古翁，晚号死庵。俗姓马，南通州（今江苏省南通市）人。少年出家，为金粟弟子，木陈再传弟子。喜为诗，与高珩、唐梦赉、孔尚任等名士唱和。诗风清新恬淡，颇近陶渊明、韦应物。其诗备受王士祯等赞赏。除深研佛学之外，兼通儒学，尤精易理。论学论事，见解超卓。著作有《石堂集》、《石堂近稿》、《金台随笔》、《石堂菊花百咏》、《华岩颂》、《圣遇录》等。

【内容简介】

赋得为一种作诗方式，即以古人诗句或各事物为题作诗。南朝梁元帝有《赋得涉江芙蓉诗》、北周庾信有《赋得荷》、《赋得集池雁》、唐元稹、白居易均有赋得诗。唐后成为科举试士诗之一体。科举考试时，考官亦以古人诗句、各种事物为题，使作五言排律诗六韵或八韵，称为试帖，题目即用"赋得"。长安系古都城。本秦离宫，汉高祖七年（公元前200年）始都于此。汉惠帝三年（公元前192年）更筑长安城，城南为南斗形，城北为北斗形，故人呼为斗城。前秦、前赵、后秦、西魏、北周、隋、唐均定都于此。故城在今陕西省西安西北。少年行为乐府杂曲歌辞。本出于《结客少年场行》，多咏少年轻生重义、任侠游乐之事。六朝及唐人如何逊、李白、王维等都有此作。元玉此诗，一反历代歌颂少年豪迈忠义之举而斥责其贪恋富贵、醉生梦死的堕落行径。这当然是借古讽今，用以鞭策和警醒同代青年的一种委婉写法。可见，正直之心，忠信之念在元玉的心目中是何等重要。这种对当代现实的密切关注，对出家人来说，尤为可贵。

【注释】

①荣贵：荣华富贵。源：此处指荣华富贵之来源。②寸念：犹言寸心。忠信：忠诚而讲信用。正用句：谓一心一意地去贪杯求醉，昏蒙度日。③有妓句：谓少年招妓纵情歌舞。旧时有一种舞蹈以团扇为道具，舞蹈时持扇作种种姿态。金樽：黄金酒杯。弄金樽谓饮酒，含贪酒、酗酒之意。④贾生：指贾谊（前200—前168年），西汉大臣，政论家。为人正直，才华出众。因主张改革政治，被权贵毁谤排挤，贬为外官。仍多次上书，提出建议，不被采纳。作《吊屈原赋》悼前辈不幸遭遇，抒自己落魄之情。年仅三十三岁，抑郁而故。著有《新书》，其中《过秦

论》等颇为人传诵。长沙：贾谊先被贬为长沙王太傅。莫报恩：不报恩，无法报恩。恩指皇恩。

重寓松涛庵

髡　残

荻花袅袅隔村烟，秋水柴门半暮天①。
何意我来重话旧，叶舟横渡雁声前②。

【作者简介】

髡（kūn）残，即僧残。清朝初年江苏江宁牛首寺僧。字石溪，又字介邱，又号白秃，自称髡残、残道者。当时著名画僧、诗僧。生卒年不详，大约公元1659年前后在世。俗姓刘，武陵（今湖南省湘潭市）人。其画意境奇逸，得元末诸大家气概。石涛道济与石溪髡残之画，当时并称二绝。其诗意境高远雄浑，笔力遒劲，当时亦享盛名。

【说明】

松涛庵为江苏南京附近一座小寺庵，因庵外有大片树林，日夕可听松涛之声而名。早废。髡残此前多次到此庵留居，再次来到松涛庵，乃作此诗。诗中描绘了松涛庵外的山水风光，记述了旧地重游，故友再逢的欢乐。诗写得很精炼，很有意境和韵味。

【注释】

①荻花：芦花。袅袅：细长柔软、摇摆不定貌。半暮：将暮，黄昏将至。②话旧：谈论旧事。宋·陆游《杂感》诗有句"相逢欲话旧，意极转忘言。"即此意。叶舟句：谓大雁声中一条小船系在渡头。此船乃载髡残而来又将载髡残而去之船也。

古 意

髡 残

瘗琴峨眉巅,知音何寥寥①。
埋骨易水旁,侠士魂难招②。
物性不可违,岂必漆与胶③。
常恨士不遇,白首空萧骚④。

【作者简介】
见前。

【说明】
古意谓仿古人之诗而抒己之意,或用古代事物作诗以寄意。这首五古取意后者,即通过古代人物的事迹来寄寓自己的情怀。诗中主要是通过记叙上古时高人侠士的不幸遭遇来抒发对怀才不遇、知音难求的社会现实的感慨和遗憾。诗写得苍劲雄浑,刚健有力,很有感染力。

【注释】
①瘗（yì）琴：将琴埋葬，谓不再弹琴。传古时俞伯牙鼓琴得遇钟子期，引为知音。后再访，子期已逝。伯牙乃碎琴，从此不复再弹，谓再也没有知音，纵弹亦无人赏识。峨眉：山名。在今四川省峨眉山市境。山势雄伟，有山峰相对如蛾眉，故名。岷山向北而来，绵延三百多里，至此突起三峰，为大峨、中峨、小峨。大峨山有石龛一百二十、大洞十二、小洞二十八，又有雷洞七十三。中峨山在市南二十里，又名覆蓬山、绥山。小峨山在市南三十里，一名铧刀山。通常所称峨眉系指大峨山。为佛教四大名山之一，传为普贤菩萨道场，山中多佛寺。寥寥：稀少。唐·刘长卿《过郑山人所居》诗有句"寂寂孤莺啼杏园，寥寥一犬吠桃源。"即此意。②埋骨：埋葬尸骨。唐·白居易《题故元少尹集》诗："龙门原上土，埋骨不埋名。"即此意。易水：水名。其水有三，皆发源于今河北省易县。起自定兴西南入拒马河，为中易，今大部已干涸。在定兴西沙河流入，合于中易者为北易，即今易水。经徐水县名瀑河者为南易。侠士：仗义的人。此处指荆轲，战国时卫人，入燕为太子丹门客。受命入秦刺秦王。太子丹送之于易水旁，歌而别之。刺杀未成，反

被杀。为中国历史上著名的侠义之士。③物性：事物的本性规律。漆与胶：以漆胶性能紧密粘合喻交情亲密。④萧骚：本象声词，指风动竹声或水波扰动声。此处转义为感到孤独愁闷，骚指愁。

过水绘园留赠冒辟疆

晓青

何须别置小山幽，身世俱成不系舟①。
花似美人怜月色，引人清梦到罗浮②。

【作者简介】

晓青（1629-1690），又作晓音，字碓庵，清朝初年江苏苏州华山灵岩寺僧。俗姓朱，吴江（今属江苏省）人。主华山方丈数十年。康熙帝南巡时，作有《欲游华山未往》七绝。晓青和诗百首进呈，称旨。卒于本寺，徐乾学为撰塔铭。工诗善文，诗风清雅冲淡，学王维、孟浩然，颇有唐人意味。与同代诗家名流多有唱酬。作品结为《高云堂集》。

【说明】

水绘园为园林名，在今江苏省如皋县。面积数十亩，多楼台亭阁与林木山泉之胜，为明末名士冒襄所有。冒襄曾在此广延文人墨客，名僧道流，于中诗酒唱和，为明末清初诗人荟萃之所。冒辟疆即冒襄，字辟疆，号巢民，详见性道人《赠冒巢民》之说明。水绘园的确精美绝伦，有诗人会所，有藏娇金屋，有楼台亭榭，有假山清泉。当时几乎所有诗人名流均到水绘园留连，包括董小宛在内的冒襄众多姬妾亦长居园中。青公也称道水绘园，但他知道，类似水绘园这样巧夺天工的人间乐园并不属于自己。自己的归宿是山林、是荒山野岭、是云游流浪后所归趋的寺庙茅庵。诗写得轻逸灵动，情致悠远，令人回味无穷。

【注释】

①何须句：谓我哪里用得着购置这样清幽的山林庭苑？身世：犹言身心。不系舟：喻漂泊不定。《庄子·列御寇》有云"饱食而遨游，泛若不系之舟，虚而遨游者也。"即此意。②花似句：谓月光之下，美人颜貌如花。美人指董小宛等人，俱

冒襄姬侍。罗浮：山名。在今广东省增城、博罗、河源等市县间，为粤中名山和佛教圣地。

古店晓发留赠主人

晓　青

晓行残月在，杨柳数家村①。
远客怀乡邑，孤舟漾梦魂②。
曰归仍泛梗，所适定谁门③？
不厌频来过，知君雅道存④。

【作者简介】

见前。

【说明】

古店即老店，乡村老招牌的客店。晓发意谓早晨出发。主人指老客店主人。晓青行脚游方，常常路过一个客店，这是一个招牌既老、服务也很好的旅舍。于是，晓青在清晨离去时，作此诗赠店家主人，以表示对店主诚心招待的谢意。人在江湖，形若浮萍，在外多有不便，能遇上古道热肠的店主，自然是幸运之事。诗中并不过多描述店主如何，主要是抒发作者自己异乡漂泊的艰辛，思念故乡故山的情怀，对前途栖宿之地的猜测迷惘。而这一切，正衬托出这座古老客店主人关怀照顾之可珍贵。所以作者才说愿意于此常来往，深深的谢意亦由此表达出来。

【注释】

①晓行句：谓月亮还没落下，凌晨时就要出发了。杨柳句：谓古店坐落在一个长满杨柳树的小村中。数家村极言村落之小，只有数户人家。②远客：远方客人，指作者自己。乡邑：故乡。孤舟句：谓一条孤独的小船载着我的梦魂。梦魂在舟边的水中浮漾，自然随舟而行。③泛梗：即梗泛。《战国策》载一寓言，谓刻桃梗为人，雨至，漂浮淄水，不知所止。后因以梗泛指飘荡而无定止。梗即树枝。所适句：谓以后将会投入哪个店门呢？④来过：来往，指留宿于此。雅道：正道。《三国志·蜀志庞统传》载"当今天下大乱，雅道陵迟，善人少而恶人多。"意尽此。

山行即事

晓 青

意欲穷幽趣,聊为野外行①。
远烟难辨树,斜日易催耕②。
倚杖观泉脉,穿林得鸟声③。
断堤回首处,一带暮山横④。

【作者简介】
见前。

【说明】
这是晓青最为人称道的一首五言律诗,风格酷似孟浩然,的确学得孟氏精髓。于山乡野外行走,烟树斜日、泉流鸟声,尽皆融入诗人的笔下,化为精美的诗行。诗写得很飘逸潇洒,超尘脱俗,洋溢着一种雅健从容又清新灵秀的气韵。

【注释】
①幽趣:沉静安适的情趣。②远烟句:谓烟气弥漫,辨不清远处树木。斜日句:谓日已西斜,催农人快点耕耘。③泉脉:指泉水之来源。④一带句:谓远处一带,暮色掩没了群山。

题 画

上 鉴

江树迷离鸥自浴,江云飘尽春山绿①。
渡头小艇卖鱼归,月映斜扉满篱竹②。
读书楼静倚栏杆,一望烟霞碧落寒③。
奇嶂插天藏古寺,危泉悬壁露岩滩④。

玉笙声断莺啼处,浪藉落花飞不去⑤。
将身欲置画图间,相与神仙觅往还⑥。

【作者简介】

上鉴,清朝初年江南吴中女僧。字辉宗。生卒年不详,大约公元1659年前后在世。俗姓吴,名琪,字蕊仙,又字佛眉。出身仕宦世家。自幼颖悟,五岁过目成诵,髫龄工诗,及笄能文,尤精绘画。归管宇嘉,管卒于官,寡居艰辛。晤慧灯禅师,皈依出家。其诗风格雄浑雅健,排熲壮阔不让须眉。与性道人合著《比玉新声集》,又有《香谷焚余草》、《佛眉新旧诗》等。

【说明】

七言古风诗,不惟字词韵律有所讲究,尤重谋篇构思,气势魄力,历来女性作者希见。上鉴精绘事,喜军略,性道人赠诗有云:"岭上白云朝入画,尊前红烛夜谈兵",盖实录也。故上鉴有此开阔错落之山水大幅,又有此诡奇豪放的题画古风,理在当然。通观上鉴诗,雄奇挺拔,尽脱铅华,颇有丈夫气概。这首诗用大开大阖的笔调,介绍了上鉴自己所绘山水图的主要内容,所有的山光水景,禽鸟风物,皆围绕着一个中心:深山藏古寺。布局谋篇遣词用字上亦见深湛功夫。

【注释】

①迷离:模糊。《木兰诗》有句"雄兔脚扑朔,雌兔眼迷离。"即此意。②月映斜扉:犹斜月映扉。③碧落:天空。唐·白居易《长恨歌》诗句"上穷碧落下黄泉,两处茫茫皆不见。"即此意。④奇嶂:奇峰。插天:耸入云霄。危泉:高泉。⑤玉笙:笙的美称。浪藉句:谓落花依附于浪花,不能再飞飘而去。⑥相与:谓去寻找神仙并与之交往。

幽居志兴

上 鉴

戢影衡门下,悠然物外身①。
择林知鸟异,藏尾识龙神②。

山静云光活，溪闲草色新③。
废琴兼病鹤，相与得天真④。

【作者简介】见前。

【说明】　志兴乃记录自己的志趣兴致，即抒情也。上鉴此诗，纪录的乃是其僻居山林小庵中所见所闻与所思所感。情趣高雅清俊、卓荦不群。诗也写得清新挺拔，飘洒灵逸。情为景抒，景为情设，情景交融，即诗即画，此诗之谓也。

【注释】
①戢（jí）：收藏，止息。戢影犹言息影。衡门：横木为门。物外：指世外，超脱于世事之外。②择林句：奇异的鸟知道选择好树林。藏尾句：神奇的龙懂得将尾巴藏匿起来。俗语有神龙见首不见尾之说。③活：活泛，变化无穷。④天真：《庄子·渔父》有句"礼者，世俗之所为也。真者，所以受于天也，自然不可易也。故圣人法天贵真，不拘于俗。"后即以未受礼俗影响的本性为天真，亦兼指孩童的稚气为天真。

舟至八闸为友人作画

道　济

舟行将八闸，湖水荡无涯①。
渔艇千家岸，芦花一色沙②。

【作者简介】

道济（1630－1707以后），清朝初年江南常熟虞山僧。字石涛，号清湘老人，又号大涤子、苦瓜和尚、瞎尊者、石公上人等。俗姓朱，为明楚藩靖江王后裔，明思宗崇祯十七年（公元1644年），年仅十四岁，出家于常熟虞山。他是当时最著名的画僧。其画当时推为江南第一，无论僧俗，人争宝之。又能诗，尤长五言。诗风简淡，质朴自然，多有清新之作。一生主要在江苏金陵、姑苏、常熟一带活动。亦曾居江西庐山数年，又多次游历黄山。清圣祖康熙二十三年（公元1684年）、二十八年（公元1689年）先后在金陵、扬州受康熙皇帝召见，廷对称旨，颇有赏赐嘉勉。

【说明】

八闸系太湖河道水闸，具体地址待考。道济乘船出游，船即将行至河道出口名八闸之处，应朋友之请，作画一幅，作诗一首。这首诗主要描绘八闸周围的水国风光，言简意赅，一目了然。文辞全无雕饰，纯系白描手法，显得精炼而朴实，清新而自然。这本是道济诗歌的特色，有如其作水墨画，轻重得当，浓淡相宜，绝无赘笔。

【注释】

①湖水句：谓湖水茫茫一片，无边无涯。②渔艇句：倒装句式，谓湖岸有成千条渔船靠泊。芦花句：谓芦花与沙滩同一颜色，白色。

为友人写春江图

道 济

书画非小道，世人形似耳①。
出笔混沌开，入拙聪明死②。
理尽法无尽，法尽理生矣③。
理法本无传，古人不得已④。
吾写此纸时，心入春江水⑤。
江花随我开，江月随我起⑥。
把卷坐江楼，高呼曰子美⑦。
一啸水云低，图开幻神髓⑧。

【作者简介】

见前。

【说明】

这是道济著名的一首探讨和阐述绘画理论的哲理诗。在为朋友作了《春江图》之后，道济意犹未尽，乃作此诗以表示自己对绘画，特别是山水画的主要观点。求神似而不求形似，师古人而不泥古人，务求成竹在胸，全身心投入。

道理说得透彻，诗也写得平实。

【注释】

①小道：小技艺，小玩意儿。②混沌：指天地未开辟以前之元气状态。见《易·乾凿度》上句"太易者，未见气也。太初者，气之始也。太始者，形之似也。太素者，质之始也。气似质具而未相离，谓之混沌。"入拙句：谓一旦拘泥成法，反堕呆拙，必定误事。③理尽联：谓画理与画法乃相辅相成，互相依存并促进。④理法联：谓真正的画理画法是难以言传，传达不了的，古人并不是故意这样做的。⑤此纸：指此画，即《春江图》。心入句：谓自己的心已经融入了春江之水。⑥江花：江中的浪花。⑦把卷：手持书卷。子美：你真美啊！⑧幻神髓：幻化出神韵和精髓，即作出好画也。

渔 父 图

性 休

东西南北任遨游，万里长江一叶舟①。
梦里不知身是客，醒来大地忽新秋②。

【作者简介】

性休，清朝初年江南僧。字尺木。俗姓朱，明宗室后裔。生卒年、籍贯及其他事迹均不详，大约公元1660年前后在世。

【说明】

渔父图是描绘渔民生活的一种画图。休公此诗即是描写一位长期在长江中捕鱼为生的渔民的生活。作者把自己的诗称为图，是想生动形象地有如图画那么直观地把渔民生活刻画出来。这一点，应该说是做到了。从这简单的四行诗中，我们约略可以看到，一位不论春夏秋冬，不分东西南北，活跃在长江波涛中的渔夫形象。渔夫是辛苦的，但却自由。这一点，尤为作者所看重。

【注释】

①遨游：本意为游乐。此处意为游荡奔波。一叶舟：一条小船。以其小如树叶来形容船小。②醒来句：谓渔父不知时序变化，一觉醒来，发现已到秋天了。

偶成二首

僧 玉

住山不得意,多为山有名。
安得无名山,寂寞终此生。

行到无人处,山深云更深。
一泉藏众石,悠然见古心。

【作者简介】

僧玉,清朝初年江南诗僧。字祖珍,号石堂,又号古翁、菊林,生卒年、俗姓籍贯及其他事迹不详,大约公元1660年前后在世。历主白云、普照、资庆诸寺。有《石堂集》。

【说明】

僧玉是清初一位很有名的诗人。知其法讳者不多,但提到珍公祖珍,提到石堂、古翁、菊林,知者识者与赞赏者却很不少。他诗力雄放,诗路宽阔,能五言又长七言,既能淡写又能精绘。作品风格多样,题材丰富,很有艺术特色。此选偶成二首,代表其简淡粗放,平易质直风格之一面。行文如对话,天然去雕饰。表现的是一个自甘淡泊,自甘岑寂的禅人佛子的清高形象,表现的是一种寻幽探奇,远离尘嚣的离世情怀。诗行中固已意趣丰富,诗行后更是意蕴良深,须多加体会。

天 河

僧 玉

谁向青天建禹功?一河高凿势沉雄[①]。
两崖星似人竞渡,万里光如练扫空[②]。

静对霜庭思汗漫，偶逢月夜影朦胧③。
灵槎何日重相访，独指仙源一放篷④。

【作者简介】

见前。

【说明】

天河是由大量恒星构成的星系。晴夜高空，呈银白色带状，形如大河，故名天河。也叫星河、天汉、云汉、银汉、银河等等。天河永远都存在，人人都见过天河，但却很少人提笔抒写：无从落笔。或者是写不出新意。牛女鹊桥已成陈词滥调，不写也罢。珍公僧玉此诗，别开生面，另辟蹊径，却对天河的来龙去脉发出了疑问，对天河两岸无数的星星表示了关注。当然，仅仅是疑惑和关注还远远不够，作者思欲张帆放篷，乘船直驶天河以一探究竟。何等的诡奇想象，何等的雄浑魄力！诗写得很有气势，高屋建瓴，一泻千里，其势不可阻挡。这样的诗，读起来倍觉酣畅痛快。

【注释】

①谁向句：谓是谁在青天之上建立这么伟大的功绩？禹功指大禹的功绩，即以兴修水利，开凿河道为主的功绩。禹即夏禹，夏后氏部落领袖，史称禹、大禹、戎禹。鲧之子。史传禹继承鲧的治水事业，采用疏导的办法，历十三年，三过家门而不入，水患悉平。舜死，禹继任部落联盟领袖，都安邑，后东巡至会稽而卒。一河句：谓在青天上开凿出这么一条雄伟的大河。继续就大禹之功发挥。禹功主要指凿河之功。谁能在天上凿此大河—天河？那可比大禹还了不起啊！②两崖：两岸。用崖字以形容河岸高峻，亦衬托河道深广，即以此进一步夸张描写天河之雄伟壮观。此一崖字却有讲究。此句谓天河两岸无数的星星闪烁不定，是不是想要渡过天河呢？这里的人想必是指牛郎、织女这一对情人。万里：指天河极其漫长。光：天河发出银白色的光芒。练：白色的丝绢。此句谓万里天河似一条长丝带横扫空宇。③霜庭：秋冬之庭院，遍地结有寒霜。汗漫：不着边际，无边无际。此句谓作者在秋霜的庭院中没有边际地思索着。偶逢句：谓偶逢月亮明皎之夜，天河显得那么朦胧。月越明亮，星越稀淡，天河由星组成，自显朦胧，因月亮的光辉在夜空中占据了主要的位置，天河及群星的微光已退居其次了。④灵槎：犹言神舟，即船或筏。相访指拜访天河。独指句：谓专诚放篷开船，指向天河的源头。仙源乃美称天河之源。放篷指张开船篷，指开船。

步樊长文孝廉游鼎湖作

一机

万缘难放下，放下即僧身[①]。
苍叟为良伴，青山是故人[②]。
但教知自重，何处不韬真[③]？
此即桃源洞，由来堪避秦[④]。

【作者简介】

一机，清朝初年广东肇庆鼎湖山庆云寺僧。字圆捷。生卒年不详，大约公元1660年前后在世。俗姓李，番禺（今属广东省广州市）人。出身书香世家，入清，不乐仕进。年二十出家。后入鼎湖山庆云寺，隐修数十年，终为该寺第六代住持。长于诗文，时有诗名。诗以五言为主，风格刚劲瘦硬，颇具风骨，亦简淡清雅，有晋唐风味。作品结为《涂鸦集》。

【说明】

樊长文为明末举人，番禺人，与一机和尚为同乡。樊长文游览肇庆鼎湖，作有五言律诗以纪其事。一机乃步其原韵，作此诗以和。孝、廉本为汉时选举官吏的两种科目名，孝指孝子，廉指廉洁之士。汉武帝元光元年（公元前134年）初，令郡国举孝、廉各一名。后来合称孝廉，历代因之，州举秀才，郡举孝廉。鼎湖即鼎湖山，在今广东省肇庆市东北。详见德清《鼎湖山居》之说明。樊长文与一机既然是同乡，一机在此诗中，便很诚挚地把自己的思想袒露出来，介绍舍俗出家，隐遁山林的种种乐趣，主要是告诫樊氏务必淡薄名利，韬光养晦，提高自己的修养。

【注释】

①缘：因缘，缘分，指世俗生活中种种关系，种种事务的牵扯。万缘泛指一切世事。②苍叟：松树，典出《高僧传》。传东晋法潜隐于浙江剡山，或问胜友者谁，法潜指门外青松曰"苍髯叟也"。青山句：谓青山是老朋友。此联二句以青山苍松喻其坚定高洁的志向。③自重：指自己看重自己，珍惜自己。韬：隐匿，掩

藏。韬真即谓藏匿自己的观点或行迹，以免被人暗害，以便保护自己。④桃源洞：东晋陶渊明虚构的一个理想乐园。避秦：据陶渊明《桃花源记》所载，桃源洞中人皆系秦末战乱时避难而居者，已不知世上尚有两汉、三国、两晋等朝代更替。故以避秦喻躲避战乱，躲避苛政。

孟夏关中咏

行　刚

百结鹑衣倒挂肩，饥来吃饭倦时眠^①。
蒲团稳坐浑忘世，一任尘中岁月迁^②。

【作者简介】

行刚，清朝初年浙江嘉兴伏狮院女僧。生卒年不详，大约公元1660年前后在世。字个园。俗姓吴，嘉兴（今属浙江省）人。适同邑诸生常公振，未婚而寡。后依通乘禅师出家，住本邑梅会里伏狮院。有语录。能诗，作品收入《橋李诗系》。

【说明】

孟夏为夏季第一个月，即农历四月。关中指闭关之中。佛教所谓闭关乃指僧人自己闭守室内，不与外界接触，以便独自坐禅参悟，时间长短自定，时满则自行开关。此处之关乃指结夏。佛教僧尼自农历四月十五日起静居寺中，不出门行动，谓之结夏，亦称结制、坐腊。此制源自古天竺佛教创始人释迦牟尼的做法，因其地有三个月雨季，无法外出化缘传道，遂皆入禅静坐，称安居夏坐、坐腊。行刚这首于结夏坐关时所作绝句，正是其清静安居，不接外缘的关中生活实录。诗写得清新自然，朴实无华。

【注释】

①百结鹑衣：犹言鹑衣百结，谓衣服破旧褴褛。宋·赵蕃《大雪》诗句"鹑衣百结不蔽膝，恋恋谁怜范叔贫。"宋·刘克庄《岁除即事》诗二有句"门外呵寒客，鹑衣百结悬。"均用此意。②浑：全然。尘中：尘世之中。迁：本意为移动，此作过去，流逝解。

饮雨花台赋落叶

妙 慧

登眺台千尺，论心酒一尊①。
青霜侵树杪，丹叶舞江村②。
逐浪同浮梗，随风欲断魂③。
荣枯何足叹，此日幸归根④。

【作者简介】

妙慧，清朝初年江南金陵女僧。生卒年不详，大约公元1660年前后在世。俗姓张，名如玉，字楚屿，江宁（今江苏省江宁县）人。初隶乐籍，为秦淮名妓。品题花月，指点溪山，为名流士子所企慕。然鄙薄纨绔子弟，厌倦脂粉生活，乃从栖霞法师出家受戒。熟精文选唐诗，善书法，小楷八分书雅秀可观，亦能画。诗有清气，惜不多见。

【说明】

雨花台在今江苏省南京市南郊。古称石子岗、聚宝山。据岗阜最高处可以俯瞰城区。相传南朝梁武帝时，有云光法师讲经于此，天花坠落如雨，故名。产雨花石甚有名。现辟为烈士陵园，为南京市近郊重要旅游景点。妙慧与友人在雨花台聚饮，看见落叶纷飞，心有所感，乃作此诗。妙慧曾经沧海，人生经历与常人不同，观察事物与体验情感的角度自然与人有异。站在高高的雨花台上，能望见繁华热闹的南京城区，能望见滔滔东流的扬子长江。正是深秋，枫叶飘荡。她不想知道热闹的市廛人们在忙些什么，只担心自己是否会像长江巨浪中的浮梗，像雨花高台上的落叶，随水随风，无主飘流。她庆幸自己能及时醒悟，皈依佛门，找到了自己的归宿。诗写得很深沉，很委婉，很有感情。

【注释】

①台：指雨花台。千尺：非确数，极言雨花台之高。论心：犹言谈心。②青霜：霜。树杪：树梢。丹叶：红叶，指枯萎变红的枫叶。③浮梗：浮于水面的植物茎枝。常以喻飘泊不定的人生。④荣枯：本谓草木的盛衰，比喻政治上的得志和失

意,或生活中的顺利和挫折。此日句:谓幸亏现在我皈依了佛门,找到了归宿。归根系落叶归根,有了归宿的意思。

秋　夜

明　萱

忽见梧桐染淡黄,更闻鹖鹉叫秋霜①。
不因白发催明镜,且抱红心寄上方②。
就竹开窗通海月,当庭种桂散天香③。
闲来拥衲凭高坐,静听疏钟万虑忘④。

【作者简介】

明萱,清朝初年江南仁和女僧。生卒年不详,大约公元1661年前后在世。字悟真,俗姓蒋,名宜,仁和(今浙江省杭州市)人。为明末清初学者、书画家查继佐侍姬,常从查谒净容大师求出世法。查卒,遂剪发皈依,专修净土业。她资质颖悟,工诗能画,诗风深沉委婉,如诉衷肠,间有明丽秀逸之作,有名于世。著有《明心录》、《蕊间偶咏》等。

【说明】

明萱年方及笄,便归查继佐,甚得宠爱。海宁查氏为浙东名门望族,家世富豪。明萱于此足享锦衣玉食的富贵生活。查死后,明萱已及中年,顿失所依,乃遁入空门。前后生活境况,有如天渊之别。这种人生遭际,便充分反映在她的诗篇中。致使其诗格调深沉哀婉,如怨如诉,给人凄凉抑郁之感。而其锦心常在,风韵犹存,故亦时有娇柔秀媚之作,形成她诗歌的多种风格。这篇《秋夜》诗,因感梧桐叶黄,鹖鹉叫霜的萧索秋景,正是触动她心中最柔弱的琴弦,使她不能自已。繁华不再,往事已矣。她惟有拥衲高坐,万虑俱空。此外,她还有别的道路吗?

【注释】

①染淡黄:指梧桐树叶变得枯黄。鹖鹉:鸟名。又名伯劳。即杜鹃鸟。从农历三月起,昼夜鸣啼不止,直到夏末秋初。②不因句:倒装句式,可读成白发不因明镜催。意谓白发自然生长,非因明镜所催。红心:犹言赤心,诚心。上方:指西方

极乐世界。③就竹句:谓靠近竹子开的窗户,可观看海上明月。当庭句:谓在庭园中植棵桂树,让其散发芬芳。天香本谓祭神之香,此处泛指芳香。即花香之雅称。④疏钟:稀疏的或断断续续的钟声。万虑:各种思虑。

落叶二首

明　萱

清瘦寒林意自凄,可怜零落任东西①。
妒风何苦相凌逼,眷恋枝头不忍离②。

霜染千秋色不同,纵然娇艳也成空③。
凭风吩咐东流去,耐等寒枝春不穷④。

【作者简介】

见前。

【说明】

诗为落叶而作,自然不是欢歌。结合明萱身世,其人其诗,格外凄婉。然而,同样的悲歌,这不是捶胸顿足,号啕大恸;而是默默垂泪,如怨如泣。诗写得相当明丽,委婉、雅致、灵秀,这反而衬托出诗人心中的悲伤是何等巨大,何等深重。绘景叙事,皆为情设,情融于景,情景交融。这是查继佐死后,明萱离开查府时所作。查继佐对明萱来说,是一棵参天大树,明萱不过是树上一片绿叶。大树倒了,叶自枯黄,终究要凋落飘坠。人生的遭际,旧时女性的命运,常常如此。读此"眷恋枝头不忍离",读此"凭风吩咐东流去",真会令人的心也随之颤抖,令人要为她一掬同情之泪。

【注释】

①消瘦句:春夏时,树木枝繁叶茂,自显富态丰满。时令深秋,叶落枝枯,焉得能不消瘦。可怜句:谓落叶无主,随风飘东飘西。②妒风:妒忌之风。拟人说法,谓风妒忌树之繁茂,故意欺凌逼迫。③千秋:此处犹言千树,亦可解为万事万物。纵然句:谓树叶初落时依然娇艳,但却是暂时的,难以持久。这里也是诗人的自况。④耐等句:倒装句式,读作寒枝耐等春不穷。谓落尽枝叶的寒枝且耐心等

待，一个又一个的春天还会到来。

新秋晚眺

德 隐

山中多晚凉，清风厉秋节①。
遥瞻四五峰，壁立皆奇绝②。
修竹傍林开，乔松倚岩列③。
黄菊散芳丛，清泉凝白雪④。
对此怀素心，千里共明月⑤。
愿保幽贞姿，岁寒双皎洁⑥。

【作者简介】

德隐，清朝初年江苏太湖洞庭西山香林庵女僧。生卒年不详，大约公元1661年前后在世。俗姓赵，名昭，字子惠，寒山隐君宧光女。祖母陆卿子，母亲文端容俱擅词翰，能继家学。适平湖士子马班，亦山水高隐之流。明亡后，马氏家破，遂入空门。于太湖西山中匿影二十余年，实吴越间一奇女子。诗风沉雄挺拔，绝无脂粉媚态，格调深沉，意境悠远，当时颇享诗名。有《侣云居稿》，又其诗不少收入《檇李诗系》。

【说明】

洞庭西山初秋的景致是很美的。烟波浩渺的太湖水涯，一座葱茏的岛屿上群峰列峙。气象是何等壮观！修竹傍林，长松倚岩，黄菊散芳，清泉凝雪，景色是何等绮丽！德隐此诗，把这一切都描绘出来了，她要说的是，面对这美好的江山胜景，她不会触动尘思凡念，她将永葆幽贞，永葆皎洁。

【注释】

①厉：振奋，飞扬之意。秋节：秋季，秋天季节。②壁立：像墙壁一般地垂直地矗立着，形容山势陡峭。③修：长，高。乔：高。岩列：成排成列的山岩。④芳丛：犹言花丛。清泉句：谓清澈的泉水如晶莹的白雪。水花飞溅，白色水花如空中飞扬的白色雪花。⑤素心：本心，素愿。亦可指纯洁之心。皆通。千里句：此处有

请明月作证之意。另同"千里共婵娟",谓大家共此明月,各自保重。于义亦通。⑥幽贞:幽为静,贞为正。幽贞姿意为娴静端正的姿态。岁寒:一年的寒冬,喻困境、暮境。双:指月亮与自己。皎洁:光洁清白貌。

祀寒山先墓

德 隐

一天风雨倍伤离,回首寒泉曲涧西①。
伯道祠边猿独唳,中郎墓上鸟空啼②。
尘飞台阁书还在,雪压松筠鹤自栖③。
从此素丝凭世染,漫怜志与白云齐④。

【作者简介】
见前。

【说明】
寒山指寒山寺。在今江苏省苏州市西枫桥附近。相传唐代诗僧寒山、拾得二人在此住过,故名。本名妙利普明塔院。又名枫桥寺。唐人张继《枫桥夜泊》诗:"姑苏城外寒山寺,夜半钟声到客船。"即咏此。先墓指先人的坟墓。此先人即系德隐的父亲赵宧光,他是明末隐士,曾隐于寒山,逝后即葬此。德隐于扫墓祭祀亡父之后,写此诗以纪。扫墓时当清明,这是梅雨纷纷,行人断魂的季节。这首诗通过几个著名的典故,通过生动贴切的比喻,来追忆父亲的才能和身世,凭吊父亲的遗墓和遗物。诗写得凄楚哀怨,委婉动人。

【注释】
①寒泉:寒山寺旁一泉溪名。曲涧:指寒泉弯曲的溪涧。前句写扫墓祭祀的时间,此句写地点,即亡父之墓地。②伯道祠:纪念伯道的祠庙,早废。伯道指邓攸(?-326),晋襄陵(今山西省襄汾县)人。字伯道。为河东太守,没于石勒,挈家出走,过泗水,途中遇盗,度不两全,因其弟早亡,遂弃儿存侄。晋元帝时为吴郡太守,清廉自守。累官至吏部尚书,迁尚书右仆射。无嗣。时人哀之曰"天道无知,使邓伯道无儿!"此句借邓攸事以喻亡父清廉忠义而无子嗣。唳:本指鹤鸣,泛指各种禽鸟动物的啼鸣。中郎墓:中郎指蔡邕(132-192),东汉陈留(今

河南省开封市）人。字伯喈。官拜郎中，与杨修等奏定《六经》文字，立碑太学门外。后免官。董卓时，召为祭酒，累迁中郎将，世称蔡中郎。后以卓党死狱中。蔡邕博学多才，精音律，善鼓琴，擅长诗文，兼工书画。有《蔡中郎集》。此句借蔡邕事以喻亡父才能卓杰而命运坎坷。中郎墓原有多处，大多废圮。③尘飞：犹言尘封，谓灰尘飞满、落满。台阁：此处指书阁，书房。筠：竹。鹤自栖：喻亡父葬此，于此安息长栖。④素丝：头发。世：指世事，亦指时间。漫怜句：可怜雄心壮志像白云那么高。

九日前一夕泊韶州逢陆丽京

大　汕

十年重泛曲江舟，客路逢君感旧游①。
壮志不因谈剑得，余生当为著书留②。
天涯细雨黄花夕，野岸疏灯白露秋③。
明发孤帆仍远别，南天凄绝旅鸿愁④。

【作者简介】

　　大汕，字石濂，清朝初年岭南广州长寿庵僧。生卒年不详，大约公元1662年前后在世，享年在七十岁以上。俗姓徐，吴中（今江苏省苏州地区）人。主长寿寺数十年，广置产业，侪身商贸，极称富厚。制器精美，享用豪奢，蓄养优伶，依附势要。又与同代众多名流交酬唱和，时亦攻讦结怨。处处务在惊世动众，时论谓才情奔放所致。年七十时，以奸商暴利被按察使押发出境。止江西赣州山寺，皈依者众。复被巡抚逮解回籍，卒于浙江常山途中。他工诗能画，诗有巧思，清丽潇洒，不逊魏晋风骨。画极精美，山水、人物、花鸟、虫鱼，各体俱长。著有《离六堂集》、《海外纪事》、《证伪略录》等十数种。画有《行脚图》等。

【说明】

　　九日指农历九月初九日，俗称重九，为传统重阳节。韶州为古地名。隋文帝开皇九年（公元589年）设，治所在曲江县（今广东省韶关市），不久废。唐太宗贞观元年（公元627年）复置。唐玄宗天宝元年（公元742年）改始兴郡，未久复韶州。元世祖至元十五年（公元1278年）改韶州路。明太祖洪武元年（公元1368年）改韶州府。公元1912年废。现为广东省韶关市。陆丽京即陆圻（1614－?），清初名士。字丽京，又字讲山，钱塘（今浙江省杭州市）人。自少即与二弟以文才见称，号为"三陆"。与陈子龙、丁澎、柴绍炳、孙治等唱和，世称"西泠十子"。清圣祖康熙二年（公元1663年）受"明史案"牵连，弃家远游，不知所终。一说隐于武当山为道士。有《从同集》、《威凤堂集》等。重阳节前夕，大汕为下院飞来寺庄田事务，乘船北行。于韶州恰遇四处漂泊的陆丽京。老友相逢，倍感兴奋，促膝作长夜之谈，互有赠诗。其时大汕年仅三十余岁，主持省城大寺，到处扩置田产，踌躇满志，富豪骄奢。而陆圻却是惊弓之鸟，无家可归。其实两人的处境和心境是大相径庭，截然不同的。相同的是两人都极富才华，能诗善文，在谈诗论文上的确有不少共同语言。大汕此诗，写了不期而遇的感奋，也写了即将分别的遗憾。这都是实实在在的真心话。至于不谈剑，只著书云云，我们把它看成是平常的敷衍寒暄也罢。诗写得很凝重苍劲，笔力雄浑，格调高古，艺术上很成功。

【注释】

①十年句：谓时隔十年，才又再一次乘船来到曲江。泛舟即乘船。曲江即今广东省曲江县，当时为韶州府治。感旧游：感怀旧时的交游。②壮志句：谓并不因为谈论兵器军事就是有雄心壮志。纸上谈兵，空谈大道理，当然算不上什么壮志。③黄花：菊花。重阳节前后，正当菊花盛开，故有此说。白露：二十四节气之一，在农历每年九月八日前后。其时已届仲秋，天气转凉，露水可结为白霜。④明发句：谓明天我这小船又要开走，又要分别了。孤帆代指船，大汕所乘之船。南天：指南方的天空。旅鸿：向南飞翔旅行的大雁。

五乳法云寺

超 渊

偶理登山屐，遥寻五乳峰①。
林深不见寺，风定忽闻钟②。
路转溪多曲，桥通花几重③。
楼高鄱水近，回首暮云封④。

【作者简介】

超渊,清朝初年江西庐山开先寺僧。生卒年不详,大约公元 1664 年前后在世。法讳心璧,字超渊,以字行,云南(即今云南省)人。长于诗,有《漱玉亭诗集》,诗风清新蕴藉,委婉雅致,讲究意境和韵味。曾与宋荦等同代著名诗人应酬唱和。晚年主持庐山开先寺,后逝葬于此。

【说明】

五乳峰为庐山山峰名,在庐山南侧,俯瞰鄱阳湖。其上原有法云寺,早废。渊公住持庐山南侧秀峰之开先寺,得暇登五乳峰去瞻仰法云寺,有感于一路林深风定,溪曲花繁的美妙风景,乃作诗留念。这首诗写得很温婉细腻,平和从容,意境深邃优美,给人留有十分充裕的想象空间,值得再三诵读,久久回味。

【注释】

①登山屐:一种特制的后跟加高的木鞋,为东晋谢安所创制。②风定:风静下来。③几重:几层,喻鲜花繁茂。④鄱水:鄱阳湖水。回首句:谓回头看时,日暮时的云雾又把山林全都遮掩了。

大林道上看花,次雪壑法师韵

超 渊

为看香山径,来看绣谷春①。
拨云孤杖冷,得句一囊新②。
红雨林间寺,青溪画里人③。
幽禽啼不住,留客作花邻④。

【作者简介】

见前。

【说明】

大林道为庐山顶牯岭西侧通往大林寺的一条大道。雪壑当为一位僧人的字号，具体所指待考。渊公在庐山南麓主持开先寺，此刻又登上庐山顶来观花赏景，实在是雅兴不浅，令人羡叹。这首诗综合概括了庐山顶西侧的诸多名胜古迹，诸如大林寺、花径、锦绣谷，而主要是描写大林寺观赏桃花的所见所感。大约在超渊之前八百六十年，唐代大诗人白居易也是这个季节登上庐山。白居易在大林寺中看到了盛开的桃花，而此时山下的桃花早已凋谢了。白居易分外惊喜，写下了著名的诗篇《大林寺桃花》，留下了著名古迹"花径"。渊公踏着前辈高贤的足迹，应邀来大林寺赏花，便也写下这首优美诗歌。

【注释】

①香山径：指花径。唐代白居易赏花吟诗之处，在今庐山顶牯岭镇西侧。现辟为公园，内有小亭，亭中供有白居易所书"花径"二字之石刻。绣谷：指锦绣谷，在今庐山西侧仙人洞之北，谷中多奇花异草。每到春天，山花盛开，谷中万紫千红，犹如一幅锦绣，故名。②囊：指诗囊。唐代诗人李贺时时携一锦囊，每得句，则书之贮入囊中。此句谓见到美景自然就会作诗，诗囊中有了新的收藏。③红雨句：谓在大林寺中，因为鲜花盛开，雨水似乎也带着鲜红的色彩。青溪句：谓人在青溪旁，犹如在画中。则游人自己也变成了画中人。④幽禽：安闲的鸟儿。幽为静谧安闲之意。留客句：叫客人们留下来与这些花作邻居。

横塘夜泊

宗渭

偶为看山出，孤舟向晚停①。
野梅含水白，渔火逗烟青②。
寒屿融残雪，春潭浴乱星③。
何人吹铁笛，清响破空冥④。

【作者简介】

宗渭，清朝初年江南著名诗僧。生卒年及俗姓均已失考。大约公元1664年前后在世。字筠士，又字绀池，号芥山，华亭（今上海市松江区）人。少年时从大诗人宋琬学诗，中年后复游大学者尤侗之门。其诗讲究炼字炼句，讲究意境渲染。不用禅语而深含禅理，时名甚高。

【说明】

横塘当为江南苏浙一带河流岸边地名。宗渭乘船出游夜泊于此,有感于此地一片玲珑秀美的夜景,有感于江夜闻笛,乃有此诗之作。诗写得很精炼,很空灵,很有意境和诗味。无论是野梅、渔火、残雪、乱星,还是那响入空冥的铁笛之声,都能把人带入一个浮想联翩的美妙世界。这便是这首诗的巨大力量,渭公确然是绘景造境的个中高手。

【注释】

①向晚:靠近夜晚,天将黑时。②野梅句:谓在白茫茫水光中,可看见几棵梅树。渔火句:谓江边的炊烟与渔家灯火相映成趣。③寒屿:孤岛。春潭句:谓繁密而杂乱的星星映照在潭水中。④空冥:空中,天空。

重过海印庵

宗 渭

三年重向虎溪游,石路依然碧水流①。
鸟背斜阳微带雨,寺门衰柳渐迎秋②。
弟兄谊重难为别,师友情深竟莫酬③。
叹息此身闲未得,天涯明日又孤舟④。

【作者简介】

见前。

【说明】

海印庵具体情况待考,当为江西庐山东林寺附近一座小寺庵。宗渭三年前曾到过此庵。旧地重游,风光景物依然是那么清新秀丽,师友情谊依然是那么深重难舍。然而,宗渭于此只能作短暂逗留,明天又要扬帆远去。他的心情是很依恋,很惆怅的。诗写得很凝炼,委婉深挚,情感充沛。

【注释】

①虎溪:水名。在今江西省庐山西侧东林寺旁。因慧远、陶潜、陆修静送别共话,不觉过溪,寺后老虎吼叫而闻名。即"虎溪三笑"之典。②鸟背:鸟的上面,

喻斜阳在鸟背那么高的地方，行将西落。③酬：报答，答谢。④天涯句：谓明日又要乘孤舟去往天涯海角，指去往远方。

次韵酬九来

宗 渭

风急树萧萧，思君梦易销①。
鸟啼黄叶寺，僧语夕阳桥②。
得句霜钟度，安禅佛火烧③。
十年诗律苦，珍重贮山瓢④。

【作者简介】见前。

【说明】
　　九来未详何人，待考。他有诗赠宗渭，渭公乃次其韵作此诗以答。从诗歌正文中看，九来亦系住山禅隐的僧人，是宗渭多年的道友和诗友。这首诗主要是描述九来安禅学佛和苦吟作诗的栖隐生活。写得细腻生动，明快流畅。其中"鸟啼黄叶寺，僧语夕阳桥"为名句，尤为后代诗家所称赏，为时人所传诵。彼此都是诗人，宗渭对九来的期望自然也与诗有关，希望九来能多写好诗，并将诗好好保存，以期永远流传。

【注释】
　　①萧萧：象风声。销：此处有惊醒的意思。②黄叶寺：泛指寺庙，尤其指古寺。③度：谓钟声传过来。佛火烧：谓佛像前的蜡烛点燃，燃烧。④诗律：本意谓诗的格律，此处转义为研究诗律，创作诗歌。山瓢：即诗瓢，指贮诗稿的瓢。典出《唐诗纪事·唐球》载有"球居蜀之味江山，方外之士也。为诗然藁为圆，纳之大瓢中。后临病，投瓢于江曰'斯文苟不沉没，得者方知吾苦心尔。'至新渠，有识者曰唐山人瓢也。"

竹 湛

超 远

数家烟树里，竹湛最佳名①。
茅屋经秋补，山田隔岁耕②。
残阳归牧笛，零露咽虫声③。
更遇村翁说，生平未入城④。

【作者简介】

超远，字心壁，清代初期南方诗僧。生卒年与俗姓均不详，大约公元1664年前后在世。云南（今云南省境）人。出家于江西庐山，与当时江西巡抚宋荦酬接唱和。后宋荦移官江苏，他亦到吴中，又有唱和诗。时人以东坡得佛印比之。诗风质朴自然，作品惜多不传。

【说明】

竹湛为小地名，按字面解释，乃竹林幽深之处，具体地址待考，当为超远禅隐之处。这首诗用清新明快的笔调，描绘了竹湛的自然风貌和人情风物，描绘了作者自己生活的环境。竹湛位于荒远偏僻之处，人们的日常生活也简朴平淡，但大家却自给自足，自得其乐。这样的环境，正是超远所追求的乐土。诗写得浅易朴素，作者个人感情全隐藏在景物和事物的描述中，很见功力。

【注释】

①佳名：美名。②经秋：经年，隔年。山田：山头的梯田。因肥力不足，故隔年而耕。③残阳句：倒装式，谓牧笛即牧童于残阳中回家。零露句：倒装式，谓昆虫在凋零的霜露中鸣咽啼鸣。④生平：平生，一生。

夏　词

　　　　智　生

炎威天气日偏长，汗湿轻罗倚画窗①。
蜂蝶不知春已去，又衔花瓣到兰房②。

【作者简介】

智生（1635-1653），清代初年浙江仁和女僧。俗姓黄，名埃，仁和（今浙江省杭州市）人。为同县士人陆钫聘室，未婚而寡，遂出家。她姿容端丽，性情敏慧，能诗歌小令，雅爱琴书。从伯父学诗，时有隽句。好读书，勤记录，手书成帙。年十九，病至沉，淡然安慰父母，含笑而逝。有《金刚经注解》及诗文若干卷。

【说明】

智生诗多清新淡雅，一如其端庄为人。这首吟咏夏景之诗，尤为新颖可喜。写的是琐碎小事，平凡生活，却能巧出新意，令人击节赞叹。观察的细致入微，描写的准确生动，使这样一首短短的绝句，能经历时间和空间的考验，永久流传。

【注释】

①炎威：犹言酷热，极其炎热。轻罗：薄薄的罗纱，指丝绸衣服。②兰房：兰香氤氲的精舍。特指妇女所居之室。此处指智生坐禅修行的斋室。

马鞍山过寒岩大师

　　　　超　际

携筇独入翠微间，老树青山愧此颜①。
倚槛静看花落去，听泉常趁月明还②。

鹤归峰顶松涛寂，磬出孤云石洞闲③。
欲访远公成夜宿，寂寥清梦绕禅关④。

【作者简介】

超际（1635-1732），字衍镫，清朝初年浙江杭州西陀岭僧。通州（今属北京市）人。少孤，自幼出家，俗姓及其他事迹均不详。能诗。诗风温雅含蓄，委婉清新，多佳句佳篇。作品结为《烟波阁江梅诗》。

【说明】

马鞍山系山名，在今江苏省昆山市西北。孤峰特秀，俗称昆山。为别于松江之昆山，又称小昆山。寒岩大师未详何人。从诗歌正文来看，应系栖隐于马鞍山中的一位专修净土法门的前辈高僧。际公此诗，几乎全部篇幅用于描绘寒岩大师在马鞍山的清修生涯：携杖出入、倚槛看花、趁月听泉、峰顶观鹤、石洞击磬等等。文辞细腻生动，形象准确鲜明。际公此去瞻拜，且有留宿之意，当是向大师问法求教，那是不言而喻的了。

【注释】

①翠微：轻淡青葱的山色。南朝梁何逊《仰赠从兄兴宁真南》诗句"远江飘素沫，高山郁翠微。"即为此意。亦用以指青山。唐宋之问《龙门应制》诗句"塔影遥遥绿波上，星龛奕奕翠微边。"即此意。老树句：谓青山上的老树见了寒岩大师也觉得羞愧，十分钦佩。喻寒岩大师志趣高洁，令人起敬。②听泉句：谓去溪涧边赏听泉响，趁着月色而返回寺中。③松涛：风吹松林发出波涛般的响声。磬：佛寺中敲击以集僧众的鸣器或钵形的铜乐器。④远公：指东晋末年庐山东林寺慧远大师。详见慧远《庐山东林杂诗》作者简介。禅关：禅指各种有关佛教的事物，关指关房，即坐关之处。禅关即指坐禅的斋室。或以悟禅为通过种种关口，称禅关，亦通。

般若招提晓坐

妙惠

夜雨洗山岩，朝来翠独湿①。
跏坐学观空，清风满香积②。

正因字本无，而我好翰墨③。
心即等死灰，未了人间孽④。
窗竹皆虚心，庭松多劲节⑤。
体此长青树，原不在虚实⑥。
何况钟鱼间，梵理更无得⑦。
坐久闻妙香，慈航如可接⑧。

【作者简介】

妙惠，清朝初年江苏姑苏鄣溪般若庵女僧。生卒年不详，大约公元1665年前后在世。俗姓范，名洛仙，长洲（今江苏省苏州市）人。归士子李峙岩年余，李卒。父母劝改适，作《柏舟操》明志。父母殁，祝发出家。艰苦持修，从学者众。年八十余无疾坐化。好读书，长诗文，诗风简洁明快，直抒胸臆。有《昙花轩草》。

【说明】

招提即寺、庵，般若招提即妙惠本寺般若庵。这是一首描写作者自己在般若庵中生活与思考的五言古风。既描绘了寺庵周围的风光胜景，也记叙了妙惠在庵中的日常生活，主要的还是反映妙惠对禅宗佛理和人生真谛的思索和认识。从佛教角度来看，形有实无，生而即死。这些，妙惠自然透彻。从人生常识来看，竹本虚心，松乃劲节。这些，妙惠亦皆洞悉。她作此诗，非为悦己，而是要启示和诲教后进，又是一份功德。

【注释】

①朝来句：谓清晨时满山青翠草木依然是湿润的。②趺坐：双足交叠而坐。为僧人坐禅入定的正规姿势。观空：观察和认识超乎色相现实的境界。香积：即香积厨，寺院中的厨房。③正因句：谓字面上本来是没有什么意义的。翰墨：笔墨，借指诗文书画。④等：如同。死灰：已经熄灭的冷灰。了：了结，清除。孽：灾害，妖祸，罪过。佛教称过去所作恶事造成的不良后果为业障，讹成孽障，亦可简称为孽。⑤虚心：竹中空称虚心，喻人虚心。劲节：坚贞不屈的节操，亦以松喻人。⑥体：体会。虚实：指竹中空而虚，松刚劲而实。此联二句谓要认识事物的本质，不要光看其外表。⑦鱼：鱼即木鱼，佛教法器名。相传佛家谓鱼昼夜不合目，故刻木像鱼形，击之以警戒僧众应昼夜思道。有两种：一为团形鱼鳞状，诵经礼佛时用之。一为挺直鱼形，粥饭或集会众僧时用之，俗称梆。梵理：指佛学道理。⑧慈航：佛教称佛以慈悲之心度人，使脱离苦海，有如航船之济众。接：接引，接渡。

玄墓看梅

德 元

谢却兰桡信杖藜,千峰盘磴入花畦①。
晴云度影迷三径,暗水流香冷一溪②。
僧寺多藏深树里,人家半在夕阳西③。
登临更上朝元阁,满壁苔痕没旧题④。

【作者简介】

德元,字讷园,清朝初年江南吴中诗僧。长洲(今江苏省苏州市)人。生卒年与俗姓履历均已失考,大约公元1665年前后在世。长于诗,五七言皆备。诗风清俊潇洒,秀逸灵动,颇有意境与韵味,当时诗名甚盛。有《来鹤庵诗草》。

【说明】

此题诗共二首,今选其之一。玄墓为山名。在今江苏省苏州市西南七十里。亦名万峰山。又名袁墓山,传秦汉时有袁姓高士隐居并逝葬于此。又名邓尉山,传汉代高士邓尉曾在此隐居。山上多梅,蔚然成林。为苏州市远郊太湖畔重要旅游景点,风光胜地。元公乘船而来,乘兴登山,于疏影横斜的梅林中留连观赏,甚得其乐。景自然是美胜绝伦,诗也写得从容优雅。读此诗,亦如临此境,很是受用。

【注释】

①兰桡:兰为兰舟、木兰舟;桡为船桨。合用仍指船。此句谓下船上岸,拄杖步行。磴:石梯,石阶。花畦:犹言花地,指梅树林。②三径:本指庭院,家园。晋·赵岐《三辅决录·逃名》中载,西汉末,王莽专权,兖州刺史蒋诩告病辞官,隐居乡里,于院中辟三径,供自己与好友求仲、羊仲来往,不与他人交接。此处仅指三条乃至多条路径。此句谓由于云阴和树影所障,在梅林中迷了路。③人家句:谓村落人家有一半在西面山下。④朝元阁:玄墓山上一座楼阁。没:掩没,覆盖。旧题:以前的人题写的诗文。

过旧游有感

德 元

奇石尽良友,好山皆故乡。
见时应下拜,去后总难忘。
残日染寒翠,秋风吹古香。
昔游空剩迹,尘佛闭虚堂[①]。

【作者简介】见前。

【说明】

僧人云游,踪迹四方。大多地方是匆匆来去,如过眼云烟。有些山水却映入脑海,刻在心灵,念念不能或忘。这久久不能忘怀的自然是美景佳境,即诗中所说的好山奇石。天假机缘,重游旧地,那是无论如何不能不写诗的。诗写得简洁明了,平易朴实,情味真挚,潇洒自然。此乃心中对旧游之地长久眷恋的情结,再次来此,不吐不快。

【注释】

①迹:残迹,遗迹。尘佛句:谓空寂的斋堂关闭着,佛像也蒙上了灰尘。

胥江春暮

德 元

萧萧乡路往来频,一度看花一度新[①]。
病里无端过好景,客中又复送残春[②]。
苏台歌舞销魂梦,茂苑芳华付劫尘[③]。
只有堤边杨柳树,年年长拂渡江人[④]。

【作者简介】

见前。

【说明】

胥江在今江苏省苏州市西南太湖东,相传因伍子胥而得名。其地尚有胥山、胥口、伍祠等有关古迹。暮春之景,引人愁思,何况病里,何况客中。德元寄居在胥山附近的寺庙,时观胥江边景致,因感而发,作此七律。诗写得很深沉,很委婉,带着一丝拂拭不去的幽怨。

【注释】

①萧萧:此处有萧索、萧条之意,即冷清孤寂。②好景:指好风景,亦指好时光。③苏台:平台。茂苑:花木繁茂的园林。芳华:美丽的花。劫尘:指劫后的余尘。④年年句:意谓不管人事如何变化,杨柳年年青翠。

平山堂看荷

元 度

云水无消歇,平堤尚芰荷①。
棹歌随意住,鸟语不能多②。
山远迷秦望,天低近汨罗③。
老僧如旧燕,补屋又来过④。

【作者简介】

元度,清朝初年江苏江都福缘庵僧。生卒年不详,大约公元1666年前后在世。俗姓王,名尊素,歙县(今属安徽省)人。少年时恃才傲物,放浪诗酒。知悔,依山翁大师于静慧院出家。晚主江都福缘庵。诗才俊逸,诗风潇洒。五律尤为著名。时人称其"诗中有禅元"。

【说明】

平山堂为著名古迹。在今江苏省扬州市西北瘦西湖北蜀冈上。宋仁宗庆历八年(公元1048年)郡守欧阳修所建。因登其堂可以望见江南诸山,故以平山为名。这是元度在平山堂上观赏瘦西湖荷花后所作诗。元度主江都寺院,离瘦西湖无过咫尺。平山堂自然多次登临。每次的感想不尽相同。这次登平山堂他有何感想？看来他的情绪有些低沉，故尔诗也写得有点抑郁。锤炼文字，讲求韵律，渲染意境，这些方面，这首诗可称典范。

【注释】

①云水句：谓云涌水涨，永无停歇。尚：尚有。芰荷：芰本指菱角，两角者为菱，四角者为芰。芰荷合用指菱荷，亦可单指荷花。②棹歌：棹为船桨，棹歌犹言船歌，渔歌。③秦望：秦望山，山名。有二，一在今浙江省绍兴市南。一在今江苏省江阴县西南。均因传说秦始皇南巡时尝登临，因而得名。汨罗：江名。在今湖南省东北部。战国时楚大夫屈原沉江处。④补屋：谓燕子修补其巢，乃衔泥夹枝，穿梭往返。元度常经此处，借以自喻。

仙城寒食歌·绍武陵

成鹫

亢龙宾天群龙战，潜龙跃出飞龙现①。
白衣苍狗等浮云，处处从龙作宫殿②。
东南半壁燕处堂，正统未亡垂一线③。
百日朝廷沸似汤，十郡山河去如电④。
高帝子孙隆准公，身殉社稷无牵恋⑤。
粤秀峰头望帝魂，直与煤山相后先⑥。
当时藁葬汉台东，三尺荒陵枕郊甸⑦。
四坟角立不知名，云是诸王殉国彦⑧。
左瞻右顾冢垒垒，万古一丘无贵贱⑨。
年年风雨暗清明，陌上行人泪如溅⑩。
寻思往事问重泉，笑折山花当九献⑪。
怅望钟山春草深，谁人更与除坛墠⑫！

【作者简介】

成鹫（1637－1722），清朝初年广东肇庆鼎湖山庆云寺僧。又名光鹫，字迹删,号东樵山人。俗姓方,名颛恺,字麟趾,番禺(今属广东省)人。出身书香仕宦世家。年四十一,从本师西来离幻即石洞和尚披剃。继法于硕堂禅师,系憨山大师徒孙。与陶环、何绛等南明抗清志士为生死之交。与屈大均、梁佩兰唱酬,粤中士人多从教游。先后主持澳门普济寺、肇庆庆云寺、广州大通寺,终于大通。其为人豪放倜傥,诗文亦卓厉痛快,尽去雕饰,颇有似庄子处。沈德潜誉为诗僧第一。作品有《楞严直说》十卷、《鼎湖山志》八卷、《咸陟堂集》四十三卷、《金刚直说》一卷、《老子直说》二卷、《庄子内篇注》一卷等。

【说明】

此题《仙城寒食歌》为一组诗,共四章,今选其一。其意可理解为寒食节为诸先辈名人陵墓所作之歌。仙城为陵墓、坟冢之美称。喻人之逝葬犹如成仙,故其葬墓称仙城。绍武陵系南明后唐王朱聿鐭之墓。明思宗崇祯十七年(公元1644年)明亡。清世祖顺治建元。明皇族直系子孙福王、鲁王、唐王、桂王等建南明,先后称帝建元。顺治三年(公元1646年),南明唐王朱聿键被清兵俘杀于福州,其弟朱聿鐭于广州继位。其时桂王朱由榔亦在肇庆登基,因此形成南明小王朝两帝自相水火。未久,广州陷,后唐王被俘自缢。桂王则退云贵,逃缅甸,流徙十六年,被吴三桂俘杀于昆明。绍武陵即南明后唐王朱聿鐭的陵墓。这是一首览古感怀之诗。作为明朝遗民,成鹫站在明嗣正统的地位上,对故明崇祯皇帝及福王、鲁王、唐王、桂王等加以讴歌,对南明小王朝的史事加以美化记叙,对改朝换代、人事变迁不胜感慨。诗写得气势磅礴,高古雄健,颇有一代史诗之味道。

【注释】

①亢龙:亢为至高,龙即君位,合用乃指帝王。《易·乾》云"上九,亢龙有悔。"意为居高位要以骄傲自满为戒,否则便有败亡的灾祸。此处乂之指明思宗朱由检。宾天:指帝王之死,此处指明思宗自缢死。群龙:指明朝王室子孙,如福王、鲁王、唐王、桂王等。潜龙、飞龙:均指王室子孙。②白衣苍狗:同白龙苍狗,比喻世事变幻无常。唐·杜甫《可叹》诗句有"天上浮云如白衣,斯须改变如苍狗。"可作诠释。浮云:以浮动在空中的云比喻事物变幻无定。处处句:谓龙所至处,即建宫殿。指南明各王纷纷登基称正统。③半壁:半壁江山,谓明朝江山只剩下一半,一部分。燕处堂:比喻居安而无远虑。《孔丛子·论势》有云"先人有言,燕雀处室,子母相哺,煦煦焉其相乐也,自以为安矣。灶突炎上,栋宇将焚,燕雀颜不变,不知祸之及已也。"一般作"燕雀处堂"。正统:指明代直系宗

室。一线:指一支派系的后嗣。④百日朝廷:指后唐王朱聿鐭所立南明,为期仅数十天,百日举其整数。沸似汤:指局势急迫紧张。电:电火,闪电,喻极快。⑤高帝:指明朝开国皇帝朱元璋。隆准即高鼻。隆准公指后唐王。社稷:土穀之神。历代封建王朝必先立社稷坛墠。灭人之国,必变置灭国的社稷。因以社稷为国家政权的标志。身殉社稷即为社稷而身死。⑥粤秀:山名,一作越秀山,又名越王山,俗名观音山,在今广州市区北部。高二十余丈,上有越王台故址。明太祖洪武十三年(公元1380年)于山巅建镇海楼,俗称五层楼,为广州市著名古代建筑。明成祖永乐初,指挥使花英于山巅建观音阁,山半建半山亭。煤山:即景山,明思宗崇祯皇帝朱由检自缢处。⑦藁葬:草草埋葬,藁指草。汉台:旧时广州城北郊古台,早废。郊甸:郊野。邑外为郊,郊外为甸。⑧角立:据角而立。诸王:指后唐王弟辈子侄等明王室贵胄。彦:才德杰出的人。⑨左瞻右顾:犹言向左右四处看。垒垒:连绵重叠貌。万古句:谓千万年来人只能占得一丘土,无分贵贱全都如此。⑩陌上:路上。溅:飞洒,飞溅。⑪重泉:谓地下,死者之所居。犹言黄泉,九泉。九献:帝王宴请上公的仪节,献酒共九次。此处指祭供之物。⑫钟山:山名。在今江苏省南京市东郊。详见洪偃《游钟山之开善、定林,息心宴坐,引笔赋诗》之说明。除:维修,修治。坛墠(shàn):祭祀场所。坛为土筑高台,墠为郊外土地。

东林折梅送周大尊归里

成 鹫

与子同枯槁,花时共入林①。
一枝聊折赠,相视意何深②。
去住本无着,繁华岂有心③。
故园春信近,行矣莫沉吟④。

【作者简介】

见前。

【说明】

东林指江西庐山东林寺,始建于东晋末年的净土宗祖庭。详见慧远《庐山东林杂诗》之说明。周大尊未详何人。根据诗文分析,当为与鹫公共隐庐山的高人隐士。同隐之友要离开匡庐、离开东林，要返回故乡，鹫公作此诗以赠。诗中回顾了彼此同隐共游的乐趣，亦指出去住皆缘，无庸挂心。分离固然不免惆怅，但鹫公佛门中人，自能解脱。他反过来叮咛朋友：家乡的春天快到了，赶快去吧。诗写得很明朗，轻灵，有如行云流水，一无滞碍，直泻而下。抒发的是作者的深挚友情。

【注释】
①枯槁：此处指困苦，贫困，不得志。②折赠：折花相赠。③着：着落，归宿。④春信：春天的音信，信息。沉吟：犹豫不决

将入丹霞留别同学

成 鹫

名山说着便精神，夜束腰包晓问津①。
老去尚能夸健足，从来不信有闲身②。
岭梅开日匆匆别，岳雪消时处处春③。
我自不留君不去，中间得失问何人④。

【作者简介】
见前。

【说明】
丹霞为山名。丹霞山与鼎湖山、西樵山、罗浮山合称为岭南四大名山。在今广东省清远市境。成鹫出家后云游四方，同受戒有同学，同承法有同学，但一般称戒兄戒弟、法兄法弟。唯此同学未审何人，或为同参某一高僧大德之同学，或为同住共研佛法之同学。从诗文分析，当以后者为是。此时成鹫已年逾花甲，将有丹霞名山之游，仍然十分兴奋。人都渴望去到远方，人都渴望追随春天。

【注释】
①名山：指丹霞山。腰包：指随身行李。问津：问路，津指渡口。此处乃指上路，出发。②健足：谓足力强健，很能步行。③岭梅：岭上之梅。岳雪：山岳之雪。④我自句：谓我走你留。中间句：谓是去的好还是留的好，能问谁呢？谁知道呢？

渔　村

荫　在

枯藤络危石，略彴不可渡①。
渔路淡如烟，烟中有人住②。
忽闻欸乃声，长短自成句③。
棹入明月湾，幽村隔云树④。
芦花风萧萧，秋水飞白鹭⑤。

【作者简介】

荫在（1637－1674），清朝初年江南吴中妙华庵僧。字香谷，号楷庵，俗姓皇甫，吴江（今属江苏省）人。他九岁失怙，十一岁出家。师从宝云和尚，研经治史。诗学韦苏州、陈后山，脱尘拔俗。先后参学伴侍月涵、尧莙诸大师。久住双林寺，因患重疾，归卒于妙华庵。本师宝云善评诗教诗，别有慧眼，荫在尤得其髓，五言甚有名。有《香谷集》。

【说明】

这是一首纯粹白描的写景诗。写的是江南渔村的美丽清新景象。一个小小的渔村，渔夫和他们的家人，我们都没有见到。见到的只是藤蔓、小桥、云烟、桨声、芦花、白鹭。明明是一幅精美绝伦的山水长卷，有山有水，有声有色，野趣天然。作者似乎并不曾表示他自己的感情，其实他的感情全都凝注在诗行之中。诗写得清新、淡雅、轻盈、灵动，诗人的心境亦雷同这优美画面。作者的心情是欢愉而恬静的，他对此水乡泽国的小渔村充满赞赏和向往之情。

【注释】

①络：缠绕，捆缚。此句谓枯萎的老藤蔓爬满了高高的山岩。略彴：小木桥。微而小者谓之略，独木之桥谓之彴。②渔路：通往渔村的道路。此句谓通渔村的路很窄小，依稀难辨。③欸乃：行船摇橹声。象声词。唐·柳宗元《渔翁》诗句"烟销日出不见人，欸乃一声山水绿。"即用此意。长短句：谓渔夫摇船的桨声时长时短，连续不断，抑扬顿挫地有如歌曲。④棹：动词，划，划船。明月湾：弯曲如新月形的

小水湾。幽村：偏僻小村。⑤芦花句：谓风吹过芦苇，芦苇在风中摇摆。秋水句：谓水面上飞过白鹭。白鹭为一种常见的水鸟。全身羽毛雪白，嘴及脚黑色。

访　隐

荫　在

问尽采樵者，无人知隐君。
万山最深处，相随唯孤云。

【作者简介】

见前。

【说明】

隐士隐居在深山之中，如无预约，往访难免不遇。早在唐人寻隐者诗中便有"只在此山中，云深不知处"的佳句。荫在这首访隐者诗，写的便是作者与千年前唐人相似的遭遇：进了深山，寻而不遇。其实，作者能不能寻找到那位隐者，并不是太重要。重要的是他在寻找，在跋山涉水，攀岩附葛，重要的是寻访的过程，也就是欣赏山水美景的过程。正因为问遍了山中樵夫，皆不知那位隐者踪迹，方显得扑朔迷离，令人悬想。这才是乐趣。晋人王徽之居山阴，想念住在剡溪的朋友戴逵，雪夜乘船往访，经宿方至，既临其门，不入而返。这是有名的"乘兴而来，兴尽而返"的典故。古人之爱生活，懂生活，正在于他们不计较结果，看重的乃是追求的过程。荫在此诗，与晋唐高人的行径直有异曲同工之妙。从作者轻盈妙曼的诗笔行文中，我们可以得知，作者是满意的。即使没有找到那位隐居者，丝毫也不妨碍他在灵秀山水中得到的快乐。

扫先慈墓

超　群

慈母多笑容，至今不敢忘。
岂意拜墓时，松柏参差长①。

遥忆儿嬉日，瞪目徒心伤②。
一思分我食，再思缝我裳。
昊天宜罔极，延伫何彷徨③。
挂纸聊复去，落日沉高冈④。

【作者简介】

超群，清朝初年江南常州天宁寺僧。字紫仙，号雪堂。生卒年及生平履历均已失考。大约公元1667年前后在世。俗姓程，徽州（今安徽省黄山市）人。能诗，诗抒性灵，颇有感人之处。

【说明】

先慈指已亡故的母亲。史载超群至孝，虽出家多年，仍时时哭泣思亲。有人说他不能解脱。他反驳道，佛祖如来在示寂时，尚为母说偈，况我等后人。议者愧服。每届清明，超群必亲为先人扫墓。这是他为亡母扫墓后所作五言古风。诗中回顾了母亲哺育自己的辛勤。母亲的音容笑貌，依然耳目，母亲的一言一行，记忆犹新。诗写得朴素，平易，感情深沉，很有感人的力量。

【注释】

①参差：长短高低不整齐。②瞪目句：谓作者小时淘气顽皮，母不忍责罚，徒自伤心。生动地描绘出慈母的慈爱形象。③昊（hào）天：天。昊乃元气博大貌，昊天即能涵容万物之天。罔极：无穷无尽。亦称父母之恩为罔极之恩。延伫句：意谓慈母为什么不多活几年呢？④挂纸：扫墓之举。将草纸片挂在坟墓及其四周树枝上，或用土块石块压放在坟头上，谓是纸钱，供先人取用。此俗至今犹存。

金　山

然　修

苍茫落日下藤萝，身在荆关画里过①。
飞去断云双白鸟，浴残寒浪一青螺②。
蕲王有庙疏烟冷，郭璞无坟乱石多③。
千古寂寥俱莫问，且听江月送渔歌④。

【作者简介】

然修,清初江南京口金山寺僧。生卒年及俗姓均不详,大约公元1670年前后在世。字桐臬,长洲(今江苏省苏州市)人。年仅三十余岁卒。工诗,诗笔淡雅清丽,委婉深沉,此诗刻于金山寺碑,至今犹存。

【说明】

金山在江苏省镇江市西北。原在长江之中,后来山南面流沙堆积,现已和江岸连接。山上有著名的金山寺和妙高台、慈寺塔、楞伽台、中冷泉等胜迹。《白蛇传》"水漫金山"的神话传说即发生在此山。然修此诗,高屋建瓴地俯瞰金山,描述金山名胜古迹。诗写得雄劲豪迈,慷慨壮烈,很有气势和魄力。

【注释】

①藤萝:指藤萝纠缠密布的山岩。荆关:指五代后梁画家荆浩与关仝。荆浩为河内沁水(今河南省济源县)人。字浩然,隐居太行山浩谷,自号洪谷子。善画山水,自撰《山水诀》一卷。尝语人曰"吴道子画山水有笔而无墨,项容有墨而无笔,吾当采二子之所长,成一家之体。"弟子中以关仝最为著名。关仝多作关同,长安(今陕西省西安市)人。善画山水,尤善作秋山寒林图。尝师荆浩,晚年笔力出于浩之上。②青螺:喻青翠的峰峦。③蕲王:南宋抗金名将韩世忠(1089 – 1151),死后追封蕲王。建炎四年(公元1130年),韩世忠以浙西制置使守镇江,与南侵的金兀术军激战于今镇江与南京之间的黄天荡达四十八天,以八千士兵迎击金兀术十万多人。绍兴四年(公元1134年),韩世忠又以宣抚使职驻守镇江。郭璞:东晋方士、文学家、训诂学家。金山之西有石牌山,相传是郭璞墓地。④寂寥:寂静而空虚。

山 居

明 愚

参到真空妄始删,此心犹未尽缘攀①。
潺湲涧底仍知水,层叠云中尚见山②。
世有万般趋热恼,我唯一味向清闲③。
两头坐断中何日,方契宗乘最上关④。

【作者简介】

明愚,清初浙江天台山僧。生卒年不详,大约公元 1670 年前后在世。终年当在七八十岁之间。一名粟隐,字憨初,别号放憨。俗姓陈,嘉兴(今属浙江省)人。能诗,诗风劲健,时入禅语,不碍诗意,颇有清气。作品结为《结茅集》。

【说明】

山居静坐,必有所思,所思所念,形诸文字,便是明愚和尚的这首《山居》诗了。诗写得很有特色,绘景、抒情、谈禅、说理,尽皆共为一炉,融为一体,而又天衣无缝,相得益彰。

【注释】

①参:参禅,玄思冥想,探究真理。唐·玄觉《永嘉证道歌》有句云"游江海,涉山川,寻师访道为参禅。"即指此。真空:佛教指超出一切色相意识的真实境界。妄:妄见,佛教认为一切皆非实有,肯定存在都是妄见,和"真如"相对。删:除去。缘攀:世俗因缘的攀附和牵扯。②潺湲:水流貌。层叠:重叠。③热恼:焦灼苦恼。唐·白居易《夏日与闲禅师林下避暑》诗句"热恼渐知随会尽,清凉常愿与人同。"取此意。清闲:清静悠闲。④两头:即指上述之热恼与清闲。此句谓在热恼与清闲的中间,又是何等境界?契:本意为投合,此处转义为理解。宗乘:宗为门派,如禅宗、律宗,乘为级次,如大乘、小乘。合用则指佛教宗派的门风或真谛。最上关犹言最上等。

葛 洪 洞

寂 灯

山色摇光入袖凉,松根风细茯苓香①。
局残柯烂人何在?深洞寒云锁夕阳②。

【作者简介】

寂灯,清初江南仪征东园十笏庵僧。生卒年不详,大约公元 1670 年前后在世。字天放。俗姓朱,明代楚藩后裔,凤阳(今属安徽省)人。能诗,诗风简洁清健,颇有意境。

【说明】

葛洪（约281-341），晋代术士、医学家。句容（今属江苏省）人。字稚川，自号抱朴子。家贫好学，始以儒术知名，后好神仙导养之法。著有《抱朴子》、《金匮药方》、《肘后备急方》等。有关葛洪修道炼丹的古迹可称无数，江南各省均称有葛洪井、葛洪洞、葛洪灶等，附会者多。此诗题中葛洪洞未详所指。寂灯此诗所描绘的葛洪洞在一荒僻清冷的山中，其洞被云锁，其山多古松，的确是一个修行的好地方。

【注释】

①山色句：谓太阳的微光在山中闪烁摇动，空气显得清凉。松根：松树下。茯苓：寄生于松树根下的一种菌类植物。②局：棋局。柯：斧柄。典出晋王质上山砍柴遇仙故事，详见护国《题醴陵玉仙观》注⑥。

咏 新 竹

际 智

此君志欲擎天碧，笋出云头高百尺①。
只恐年深化作龙，一朝飞去不留迹②。

【作者简介】

际智，字愚庵，清初江南祇山宝林寺僧。江西（即今江西省境内）人。生卒年、俗姓及其他事迹均不详。大约公元1670年前后在世。能诗，诗风潇洒劲健，颇具风骨。有《茎草堂集》。

【说明】

笋称新竹，出土尖尖。其之始也，小极，细极，嫩极，毫不起眼。毕竟是观察敏锐，想象丰富的诗人，际智从这才冒出土面的小小新竹，已然看出了其擎天之志，入云之势，化龙之概。这种想象，以及将想象注入诗行，本身便是一种智能和魄力。际智自号愚庵，其实何曾愚也。际智斋室，号为茎草堂，自比一茎小草，孰知不也是一棵志欲凌云的新竹？诗写得精炼，生动，警策，颇有力度。

【注释】
①擎天：举起天，托起天。②年深：年深日久，长时间。

虎丘访卖花老人

溥畹

缓携榔栗访山家，一路斜阳五色霞①。
不是闲园是花国，可留余地种桑麻②？

【作者简介】
溥畹，字兰谷，清初云南昆明法界寺僧。生卒年不详，大约公元1673年前后在世。俗姓顾，如皋（今属江苏省）人，一作广西人。冒襄集江南名士为诗社，他亦参加，时年仅十八岁。主要居止于江浙地区。诗颇清健，有的放矢，时有盛名。晚主昆明法界寺。

【说明】
虎丘为江苏省苏州市西北一座小山。虎丘山下的平畴园地，多居花农，以种花卖花为生。至今仍为中国重要花卉生产基地。溥畹前往虎丘，拜访种花老人，可见他与当地花农关系不错。溥畹问老农种那么多花，可有地种其他作物，表示他对花农的关怀和爱护。诗写得很温和，从容，令人感到亲切。

【注释】
①榔栗：指榔栗木所制手杖。一路句：谓晚霞极美，五光十色。②闲园：荒废的或种些无用草木的园子。花国：极言花卉种植之多。桑麻：桑树长叶养蚕，苎麻可以织布，皆为与民生密切相关事业。

露筋祠

岑霁

沙草凄迷烟树昏，荒祠寂寞托贞魂①。
灵旗高卷秋风晚，惟有清淮照墓门②。

【作者简介】

岑霁，字槛亭，清初江南著名诗僧。生卒年与俗姓均不详，大约公元1674年前后在世。长洲（今江苏省苏州市）人。出家后，仍奉母于柏堂以尽子孝。喜读儒书，敦友重谊，盖隐于禅者。其诗清彻无尘，清幽淡雅，远近名流争识其面。

【说明】

露筋祠，俗称仙女庙，故址在今江苏省高邮县城南三十里，附近有贞女墓。唐·段成式《酉阳杂俎》续集言原是驿站，尝有醉汉卧其处。一夕白鸟啄食其肉，醉汉血滴露筋而死。俗遂称其地为"露筋"。宋·米芾《露筋庙碑》载：有女子夜行至此，因妨男女之嫌，而不求宿附近人家，宁居郊野，被蚊食尽皮肉，露筋而死。后人为表彰此女贞节，遂立祠以祀。清·徐昂发《畏垒笔记》辨正诸说之伪，谓本祀五代人路金，以路金有恩德于兹乡，故立祠庙；后讹为"露筋"。古代游人多有题咏，清周亮工总汇该祠诗文为集。岑霁此诗，融情于景，言在意外，很能耐人寻味。。

【注释】

①贞魂：指此祠所祀女子贞烈之魂。②灵旗：祭祀时所用之幡，即长方而下垂的旗。祭奠死者之物多加"灵"字，如灵柩、灵位等。清淮：指淮河。淮河在洪泽湖以下的主流，出三河经高邮湖，由江都县三江营入长江。

柏堂对月和周升逸

岑　霁

柏堂今夜月，云物不能侵①。
对此碧空净，闻君白雪吟②。
入帘明鹤发，绕树见禽心③。
坐觉清言久，疏钟报隔林④。

【作者简介】

见前。

【说明】

柏堂系岑霁所隐寺庙之斋室。岑霁出家后迎母居之，以便奉养。周升逸未详何人，由诗文内容推测，亦一位擅长诗文的高人隐士。他曾有诗赠岑霁。岑霁于柏堂中望月而思念友人，便写作此诗，以和周氏之作。诗写了柏堂的境界，也写了朋友的才华，更写了母子的深情。这一切，都是应该的，自然的，平平常常，平平淡淡。像远处传来的钟声一样，只会使人的心灵更澄净，更安宁。

【注释】

①云物：指云或雾或烟一类飘浮弥漫物。此句谓月色甚好，皎洁而明亮，云雾不能将之遮蔽。②碧空：天空。白雪吟：高雅的诗歌。以雅歌《阳春白雪》喻朋友的好诗。③鹤发：白发，代指作者的母亲。禽心：禽鸟返哺之心。相传乌有反哺之义，幼乌长成，必衔食以哺母乌。比喻奉养母亲。④清言：犹言清淡。疏钟：断断续续的钟声。

归　后

智　潮

拂袖青山后，锄茅绿水前^①。
草深三月雨，柳暗一溪烟^②。
形迹从今世，情怀只昔年^③。
故人心不负，期泛五湖船^④。

【作者简介】

智潮，字香水，号北麻，清初江南吴江永乐寺僧。生卒年与俗姓均不详，大约公元1675年前后在世。吴江（今属江苏省）人。晚主永乐寺，终葬于此。能诗，诗风散淡雅健，寓意高古，颇享时名。有《归来堂集》。

【说明】

说僧人是闲云野鹤，是浮萍泛梗，比喻甚为贴切。为了增见识，求道法，必然要四方行脚，参大德，访名山，到处为家。智潮这首诗写其远游归山之后的生活感受，心理体验。落笔却是邀约朋友，再作五湖之游。屈夫子的诗说得好：路漫漫其修远兮，吾将上下而求索。读万卷书，不如行万里路。的确有独坐斋室，冥思独想而觉醒悟道者。但更多的却是遍参大德，遍历名寺后获得彻悟的机遇。所以说智潮的归后实际上便是行前，是另一次远行短暂的休息。人生便是一场漫长而永久的远途奔波。

【注释】

①拂袖：甩动衣袖，多表示生气或不满。此处指作者看破红尘，入山出家。锄茅：锄草，垦荒种植，指在山林中劳作自给。②草深句：谓因为有三月的连绵细雨，草长得很高了。倒装句式。柳暗句：谓溪面上弥漫着雾气，使岸边柳树显得晦暗不清。倒装句式。③形迹：行动的迹象。此处指日常生活的言行举止。从今世：谓依从现实。情怀：心情。④负：背负诺言。五湖船：乘船漂流五湖，指到各地游历。

熊檗庵和尚塔前拔草吟三首

大 涵

无缝堪怜旧样存，哀吟掷杖拜忠魂①。
我将快尔胸头闷，斩尽先朝恶草根②。

匣中短剑吼西风，仰面逢人姓不通③。
芜秽扫平何足计？还将浩气射残虹④！

一草能荒东海田，千秋孤塔困囷芊⑤。
肩锄捣穴无遗类，拍手狂歌唱凯旋⑥。

【作者简介】

大涵，清初安徽黄山僧。生卒年不详，大约公元1676年前后在世。因爱雁荡、黄山风景，遂自号雁黄布衲。曾住太湖洞庭山，又号洞庭痴。断粮则食雪，亦号吃雪子、江城吃雪。俗姓潘，吴江（今属江苏省）人。清圣祖康熙三十五、三十六年（公元1696、1697年）漫游黄山、南岳、九华诸大名山。结茅黄山炼丹台,一住多年。终年无日无诗,其《雁黄布衲黄山游草》收黄山纪游诗数百首。与同代诗家名士潘耒、吴苑、释雪庄均有交往唱和。诗抒性灵,痛快凌厉,诗风颇为雄健。能画,画以山水木石为主。他是清初著名的诗僧和画僧。

【说明】

熊檗庵即熊开元,字檗庵,号鱼山,嘉鱼(今属湖北省)人。明熹宗天启五年(公元1625年)进士。因直谏受廷杖一百,戍武林卫。明亡为僧。曾开堂于黄山掷钵禅院。有《熊鱼山文集》、《檗庵别录》等著作。圆寂后塔葬于黄山丞相源东。当年大涵与潘耒、吴苑等友同去塔前一连三天为其拔草扫墓,并各有诗作。这里所录乃大涵三天中所作三首七绝。诗中高度赞扬了熊开元的忠贞正直,为其落得贬官流放,直到寄迹山林的遭遇大为不平,对当时奸诈小人亦多有鞭挞。诗写得态度鲜明,语气果决,充满悲愤和激昂气概。

【注释】

①无缝句:谓熊檗庵的墓塔还是老样子。无缝指无缝塔。僧人圆寂下葬,地上立石作塔,无缝无棱,无层级,故称无缝塔。因形状像鸟卵,故又称卵塔。忠魂:指熊檗庵,熊为官颇清正,且疾恶如仇,敢于与群小斗争。②快尔:使你痛快,高兴。先朝:指已经灭亡的明王朝。恶草:喻奸臣贼子。③匣中句:谓在呼啸的西风中,匣中之剑发出吼鸣。相传剑在匣中,遇不平之事会悲鸣,遇危险之事会示警。仰面句:谓昂起头来,见到人也不通报姓名。此见熊檗庵正直高傲。④芜秽:荒废,指田地不整治而杂草丛生,借喻朝纲不整治而小人横行。浩气:浩然之气,即正大刚直之气。残虹:残剩破碎的虹霞,喻明王朝气数已尽,行将颠覆。⑤一草句:谓一根草让它不断地滋长繁衍,会把大好的田园变成荒地。这是说不要让一根杂草存在。囷(qūn)苹:囷囷苹,屈曲盘折,草木茂盛貌。⑥无遗类:谓斩草除根,不留遗患。凯旋:得胜而归。

名山纪游

昭 吉

杖锡清凉道,五峰净如沐①。
飞翠入青霄,云霞起平陆②。

地菜产灵岩，天花满空谷③。
伊彼长松子，纷纷落山曲④。

【作者简介】
　　昭吉，字圣宣，清初江南崇安寺僧。生卒年不详，俗姓赵，大约公元1677年前后在世。无锡（今属江苏省）人。他精持戒律，道行高岸，又能诗善文，时享重名。中年后尝遍游普陀、九华、五台、峨眉四大名山，归后作《名山纪游》，一时名士皆有题咏。其诗清隽雅健，韵味悠长。

【说明】
　　《名山纪游》是昭吉遍游中国佛教四大名山后所写的一本专集。昭吉足迹所到，都形诸诗文。这首诗是记叙初入五台山时观感之作。在诗人笔下，山道峰峦，尽具情趣，云霞花木，各有灵性。诗写的五台山的外部形象，初步印象，已然令人欣羡不已。五台山是文殊菩萨道场，其寺庙古迹、人文典故，内蕴极丰，则是昭吉另外诗篇的内容了。诗写得清新明朗，节奏明快，很有力度。

【注释】
　　①清凉：清凉山为五台山的别名，以其山高清凉，夏无炎暑而得名。五峰：指五台山的五座主峰。沐：洗涤。②飞翠句：谓高峻，山峰上的林木青翠之色似乎要飞入云霄。既写山高，也写树绿，一举两得。云霞句：谓云彩霞光从山下的平坦地面升起来。平陆指平坦的陆地。③地菜句：谓灵秀的山岩上生长着地菜。地菜指生长在荒地上的野菜。天花句：谓山谷中开满了美丽的鲜花。天花是花的美称。④伊彼：伊或彼，他或那。长松：高大的松树。子：松子。山曲：山坳角落。曲为深隐之处。

江上送客

野樨

隐隐孤城暮，茫茫寒角闻①。
异乡重见面，落日又离群②。

是我还家路,如何复送君③。
斯须帆影没,只见隔江云④。

【作者简介】

野楫,字梅岑,清代江南僧。江宁(今江苏省南京市)人。生卒年、俗姓与其他事迹均不详。大约公元1678年前后在世。

【说明】

野楫诗不多见,亦如其生平事迹不为人知。他的诗写得相当好。他在江畔送客时,看到的是孤城的暮色,听到的是茫茫的号角,想到的是才一见面又要分别,是自己没有还乡却要送走别人。感慨和遗憾是那么深沉,孤寂与哀伤又那么巨大。这一切,都用细腻而委婉的诗笔倾吐出来,像一股清亮而芬芳的山泉,一丝丝地沁入人的心田。点到即止,欲说还休,给人以深长的回味。

【注释】

①角:古乐器名,出于西北地区游牧民族,多用作军号。②离群:此处指离别。③还家路:还乡之路。④斯须:暂时,片刻。

月夜过雷塘道中

佛旸

谁唱吴歌古渡头,一声清怨过迷楼①。
凄凉满地芦花月,撩乱连天鸿雁秋②。
寒树着霜犹是绮,废塘埋玉尚名钩③。
道人不为繁华感,午夜行吟别有愁④。

【作者简介】

佛旸,字旭昙,清初江南扬州诗僧。江都(今属江苏省)人。生卒年、俗姓及其他事迹不详。大约公元1679年前后在世。工诗能文,其诗深沉委婉,颇具诗人之致。

【说明】

雷塘为旧地名。在今江苏省江都县北,又名雷陂。唐高祖武德五年(公元622年),改葬隋炀帝于雷陂之南平冈上,即指此。旸公夜过雷塘,既感塘畔凄清荒凉之景,又叹此地古今盛衰之变。抚今追昔,情绪万千,乃作此诗纪其感慨。诗写得迷离缠绵,哀惋感人,有相当的艺术魅力。

【注释】

①吴歌:吴地之歌,多缠绵委婉,曲尽情意。迷楼:古楼台。极尽精巧华丽之能事,在雷塘南平冈上,早废。②芦花月:谓月照芦花。鸿雁秋:谓秋飞大雁。③着霜:犹言打霜,落霜。绮:美丽。埋玉:埋葬有才华之人,此处似指隋炀帝。钩:古兵器名,系隋炀帝殉葬的物品。④道人:僧人,作者自称。繁华:花之盛开,喻人之盛年。借指兴旺热闹。宋·柳永《望海潮》词有句"东南形胜,三吴都会,钱塘自古繁华。"用借指之意。

喜黄梨洲征君过鹿峰

元 璟

诸生方扫讲台花,更舁篮舆到若耶①。
正是可怜寒食后,乌巾白发倚风斜②。

【作者简介】

元璟,清代江南鄞县天童寺僧。字借山,又字红椒,号晚香老人,初名通圆,字以中,平湖(今属浙江省)人。生卒年与生平事迹不详,大约公元1680年前后在世。他早年出家,悟性空灵,由儒入释,儒释兼通,勇猛精进,虚怀问道。曾游历南北,足迹半天下。曾于杭州结"西溪吟社",与同代名家沈德潜、王士禛、惠士奇、朱彝尊等交往切磋,诗名甚著。于诗道颇用心力,其诗才情清俊,沉雄开阔,颇具烟霞神韵。曾以诗受知康熙帝,诏居京师,作有《京师百咏》。多年始放归。晚年住家乡浙江平湖东门外当湖畔之化成庵。有《完玉堂集》等。

【说明】

黄梨洲指黄宗羲(1610-1695),明末清初著名学者。字太冲,号梨洲,余姚（今属浙江省）人。父忤魏忠贤，死狱中。入都讼冤，锥伤魏爪牙许显纯等。清兵南下，率先募兵抗清。曾任南明左副御史，南明亡，隐居著述。学识渊博，治学严谨。著作主要有《易学象数论》、《明夷待访录》、《南雷文定》、《宋元学案》、《明儒学案》等。征君指不就朝廷征聘之士。入清后，清廷曾多次征召黄宗羲为官，黄始终不就。鹿峰为山峰名，为若邪山诸峰之一。清朝建立以后，黄宗羲专注治学，成为当代名儒。天下学子，纷纷从其就学，或时相邀请讲学。璟公此诗，即记载黄氏到若邪山鹿峰讲学的情况。寥寥几行，把一位学问淹贯、道德崇高的大学者的形象突现在我们面前。诗写得精炼、含蓄，很有韵味。

【注释】

①诸生句：谓等待听讲的学子们已打扫了鹿峰的讲台。舁（yú）：扛，抬。篮舆：竹轿。②乌巾句：谓黄宗羲满头白发，戴着乌巾斜倚在风中。重点描绘黄氏形象。

芦 沟 桥

元　璟

日色才分万众嚣，黄尘漠漠马蹄骄①。
题诗笑问桑乾水，曾有闲人过此桥②？

【作者简介】

见前。

【说明】

芦沟桥，亦作卢沟桥，在北京市西南约三十里的永定河上。永定河旧称卢沟河，故桥名卢沟桥。始建于金世宗大定二十九（公元1189年），后圮。清圣祖康熙三十七年（公元1689年）又重建，保留至今。旧时"卢沟晓月"为燕京八景之一。今仍存清乾隆御书"卢沟晓月"汉白玉碑。这首诗为作者《京师百咏》之一。首联描写拂晓时分桥上人来车往的忙碌景象。末联反诘，意味深长。古人评云："十四个字写尽往来名利之客，不啻当头棒喝。"

【注释】

①分：明亮。漠漠：密布貌。骄：壮健貌。②桑乾水：永定河上游称桑乾河。此处以之代指芦沟桥下的永定河。

漂 母 祠

元 璟

漂母祠堂古尚存，萋萋衰草带城根①。
汉家斗大黄金印，争及当时一饭恩②。

【作者简介】

见前。

【说明】

漂母祠为古祠堂名，祭祀一位在河边漂洗衣物的老妇，即漂母。秦朝末年，韩信家贫无依，钓于淮阴城下河边。漂母见信饥甚，施以饭食。后韩信投项羽，依刘邦，建功立业，爵封楚王。乃返故里，召漂母并赐千金。后人感漂母之义，为之立祠。故址在淮阴（今属江苏省）城郊，早废。璟公此诗站在更高的角度，歌颂了漂母这位平凡的老妇人的慈良忠义品德。璟公将漂母的施饭之恩与韩信的王侯爵位相比，扬前抑后，其中更有深意。这首诗告诉我们，高官厚禄，荣华富贵，其实算不了什么，真正可贵的是人性的忠善。这也正是璟公自己所钦崇和追求的目标。诗写得很明朗，很流畅，很有力量。

【注释】

①城根：城墙外边。②汉家：指刘邦所建立的汉王朝。斗大：像斗那么大，极言其大。黄金印：韩信仕汉，拜大将军封楚王改淮阴侯，均位高名显，官印自然也大于普通官员。印指为官者所持图章、印信。按等级可称为玺、宝、印、章等，统称为印。争：怎。一饭恩：施予一碗饭的恩情。

惠山寺品第二泉

元 璟

山水洞有缘，兹行爱风便①。
帆峭五两轻，百里如劈箭②。

爰访惠山泉，先游惠山院③。
惠山青崔嵬，泉声绕殿转④。
华榍吐云霞，朱甍映藻茜⑤。
古树发新绿，竟体裹苍藓⑥。
径造泉上亭，鉴斯癯仙面⑦。
渟泓窦方满，小汲瘿瓢溅⑧。
碧乳花尚浮，寒玉香不卷⑨。
一酌已洒然，再漱冷然善⑩。
平生淡泊肠，尽化为冰霰⑪。
昨过扬子江，中泠浑莫辨⑫。
僧寮曾瀹试，虚名怪独擅⑬。
鸿渐昏老子，舌本何其谫⑭？
错品落第二，千载徒扼腕⑮。
况我枯槁人，回首重眷恋⑯。
定携折脚铛，住老龙山涧⑰。
竹炉煮松风，雪瓯点秋片⑱。
月取三百斛，日与诗魔战⑲。

【作者简介】

见前。

【说明】

惠山通常称慧山，又名九龙山。在今江苏省无锡市西。相传曾有西域僧人慧照居此，故名。山中有寺即惠山寺，通常称慧山寺。山之东麓有慧山泉，唐人陆羽评之为"天下第二泉"。近代华彦钧（瞎子阿炳）所作二胡独奏曲《二泉映月》，乃不朽的经典名曲，即描写慧山泉风光。

【注释】

①洵：诚然实在。兹行句：谓此行很得顺风的便利。②帆峭：帆升得极高。劈箭：犹言射箭，极其快速。③爰：于是，乃。惠山院：即慧山寺。④崔嵬：势高峻貌。殿：指慧山寺之佛殿。⑤华榍（jué）：绘饰精美的椽条。榍为方形椽木。此句谓美丽的椽木间弥漫着彩霞，一指涂绘精美，亦指殿高而椽木入于云霞。朱甍

（méng）：朱红色的屋脊。甍本意为栋梁，俗皆以称屋脊。宋·陆游《归三山入秋益凉欣然有赋》诗有"碧瓦朱甍无杰屋，乌篷画楫有新船。"即指此。藻茜：绘有文采状如井干形的天花板，有荷菱兰茜等图案形，一般称为藻井，此因其绘茜草，故称藻茜。茜草之根赤色，可作染料或入药。⑥竟体：犹言全身。苍藓：深黑的苔藓。⑦径造：直上。造为到、去之意。泉上亭即慧泉亭，在慧山泉侧。鉴：观看，鉴赏。臞（qú）仙：本意为骨姿清瘦的仙人。后多以代指梅花。宋陆游《射的山观梅》诗句"凌厉冰霜节愈坚，人间乃有此臞仙。"此以梅花喻仙人。⑧渟泓（tíng hóng）：水潭。渟指水聚而不流；泓指水深清澈。窦：洞，此指慧山泉的泉池。瘿瓢：瘿木瓢，即用瘿木做的酒瓢、水瓢。瘿木指楠树树根。凡楠树树根赘疣甚大，可制为器具。⑨碧乳：喻泉水。寒玉：玉质清凉，故称寒玉。多用以比喻清冷雅洁的东西，此处亦喻指泉水。⑩酌：此处作喝解。洒然：大方而不受拘束，喻感觉自然。潄：亦作喝，饮解。冷然：清凉意。⑪冰霰：冰粒雪珠，喻极为清凉。⑫扬子江：即长江。汉水出磻塚冢山，至汉口与长江合流，东流至扬州，这一段江河称扬子江，以有扬子津、扬子县而得名。后通称长江为扬子江。中冷：中冷泉在今江苏省镇江市西北长江中，盘涡深险，至冬季枯水期，可以汲竿取水。唐刘佰刍认为泡茶的好泉水，以中冷泉为第一，故有天下第一泉之称。后来江岸涨沙，泉已为积沙压盖湮没。⑬僧寮：僧舍。瀹（yuè）：以汤煮物，此处指烹茶。虚名句：谓中冷泉独擅其名，实为虚名。名不副其实，令人奇怪也。⑭鸿渐：唐人陆羽字鸿渐，曾著《茶经》并品评天下泉水位次。事实上镇江中冷泉乃唐人刘伯刍所定，非关陆鸿渐事。关于陆鸿渐，参见皎然《寻陆鸿渐不遇》之说明。此句谓陆鸿渐老糊涂了。谫（jiǎn）：浅薄。此句谓陆鸿渐舌不知味，品论浅薄。⑮错品句：谓无锡慧山泉被错定为第二名。扼腕：手握其腕，表示激怒、振奋或惋惜。⑯枯槁人：出家僧人自谦之称。眷恋：思慕与爱恋。指对慧山泉极为喜爱。⑰折脚铛：断足之铛，代指出家僧人的种种用品家当。住老句：谓住龙山涧中以终其老。龙山涧：无锡慧山山涧名，乃慧山泉之源头所在。⑱竹炉句：谓烧竹叶松针以烹茶。雪瓯：谓用雪白的杯子泡茶。雪指雪白。瓯乃盆盂杯碗之属。秋片指秋茶。⑲月取句：谓每月烹茶三百斛，即每日烹茶十斛（hú），斛为容量单位，古时以十或五斗为一斛。此句为夸张说法。日与句：谓口尝好水好茶，不停地做诗。与诗魔作战而要战胜诗魔，写成好诗。诗魔乃喻诗兴不能自制，有如入魔。亦谓做诗时有魔障挡道，诗思难进，必先克之方可写成好诗。

两 鹤

妙 复

昔年两白鹤，巢我青松林①。
夜寒时警露，众壑流清音②。
一鹤恋故栖，孑焉守云岑③。
一鹤忽遐举，天路探幽深④。
神山境恍惚，浩浩谁能寻⑤？
惊飚吹未息，素羽愁难任⑥。
故林遥待汝，贞此岩阿心⑦。

【作者简介】

妙复，清初江南吴中诗僧，生卒年、俗姓及生平履历均已失考。大约公元1680年前后在世。字天钧，号石林，无锡（今属江苏省）人。与道士荣璒泉、太史杜云川共结诗社。儒释道三人共同切磋唱和，时称"九龙三逸"。诗享时名，诗风瘦劲清逸，意旨深远。有《石林吟稿》。

【说明】

这是一首写得相当漂亮的寓言诗。诗中借两鹤的行为遭遇，告诫人们特别是出家人，要甘于淡泊，栖隐山林。切忌好高骛远，追求山外的新奇世界。或许复公是有感而发，针对着某一位有此缺点的道友。但不管怎样，这种善良的劝告和提醒对每个人都是适用的。诗写得很精炼，很生动，节奏明朗，韵律柔和，很有说服力。

【注释】

①巢：作动词，筑巢于，结巢于。②夜寒句：谓寒夜中露水降时发出示警。众壑句：谓各山壑中传播着鹤那清幽、高雅的鸣唤声。③故栖：犹言故地，故巢。孑焉：孤独地，孤单地。云岑：云山，岑指山。④遐举：远行。唐·白居易《送王处士》诗句有"王生独拂衣，遐举如云鹄。"即用此意。天路：天上之路。引申为遥远之路。⑤神山句：谓神仙所住的仙境是隐约难辨的。⑥飚：暴风。素羽：白色羽

毛,指鹤的翅羽。任:胜任,担负或承受。⑦故林:指远飞的鹤原来栖居的山林。贞:作动词,使之坚贞。岩阿心:指隐居山林的决心。岩阿原意为山窟边侧处。

木莲花二首

海 岳

潭影岚光高复低,乔枝开与玉楼齐①。
檐欹密蕊分三面,帘卷空香散一溪②。
择木黄莺争出谷,营巢紫燕不衔泥③。
凭栏满目皆香雪,来往无人擅品题④。

重峰绝巘结根深,冬雪春冰肯自任⑤。
既傍高岩花得所,岂辞胜日客相寻⑥。
凌霄贞干同松柏,洁己声名重玉金⑦。
叹息开山人已矣,还将孤树表坚心⑧。

【作者简介】

海岳,清初江苏南京清凉寺僧。生卒年及俗姓均不详,大约公元1680年前后在世。字菌人,号中州,一作中洲,祖籍丹徒(今属江苏省),世居京口(今江苏省镇江市)。清世祖顺治十六年(公元1659年)己亥之变,全家百余口遭陷狱。岳尚年少,辩其诬。未久父死,遂由儒入释。学识渊博,戒行精严。历任南京清凉寺、黄山慈光寺住持。诗文腾跃有气势,著作极为丰富。与竟陵唐建中合著《双髻唱和诗》。住黄山时有《绿萝庵诗》,黄宗羲为作序,又有《万山拜下堂稿》。其《黄山赋》洋洋万余言,全用集句,上取六经,下及百家,极渊博富丽之能事。当时极享盛名。

【说明】

海岳晚年于安徽黄山度过,主慈光寺时,作诗尤多。其《咏慈光寺木莲》七律百首当时便脍炙人口,四方传诵。此选其二。木莲花为木兰科常绿乔木,高可达数丈,叶革质,深绿色,如枇杷叶而厚大无脊,初夏开白花,微带红色,二旬即谢,形似莲花,又因木本,故名木莲。这些诗一方面绘声绘色地描摹木莲花的清姿雅态，常青不凋，更主要的是借木莲以况高人隐士包括出家人的坚守节操，淡泊名利。诗写得很有气魄，很有力量。

【注释】

①潭影句：谓木莲映影于潭，沐光于岚，或高或低，参差不齐。岚光指透过山中雾气照射的阳光。乔枝：高枝。玉楼：本意为神仙所居之处，此处指慈光寺的楼阁。②密蕊：指木莲所开似莲花的白色花蕊。三面：除檐墙外的三面，连檐墙则为四面，意谓开满房屋的檐墙之外。空香：空灵的香气，指极为清幽的香气。③择木：择木而栖。俗云："良禽择木而栖"，以此美称黄莺。营巢：筑巢。紫燕：燕的一种，亦称越燕。此处泛指各种燕子。④香雪：指花。唐·韩偓《和吴子华侍郎令狐昭化舍人叹白菊衰谢之绝次用本韵》诗句"正怜香雪飞千片，忽讶残霞覆一丛。"即用此意。后尤用以指梅花。江苏省吴县邓尉山多梅，花时一望如雪，香闻数十里。清康熙时江苏巡抚宋荦题"香雪海"三字镌于山石，亦此意。品题：指品评并题诗。⑤巘（yǎn）：山峰。此句谓木莲生长在崇山峻岭上，植根很深。冬雪句：谓木莲任由冬雪春冰降临，毫不在乎。自任犹言亲自担任，亲自承受。⑥既傍句：谓木莲傍生于高高山岩，其开花亦觉自得其所。指花开高处，香飘远方，得其所哉。此处高岩当指慈光寺后之朱砂峰。胜日：本指节日或亲朋相聚的日子，此处泛指天气晴明便于游览的日子。此处更指木莲花开之日。相寻：来寻访观赏。⑦贞干：本意为筑墙时所用之木柱，引申为树木的主要枝干，也可代指能担负重任的人才。洁己：以洁净之品性来要求自己。⑧开山人：指唐代志满禅师，他曾开发祥符寺、朱砂泉、桃花源。明代普门禅师，他继续创立慈光寺、一线天、文殊院等。还将句：谓还是让这些孤高的木莲树来代表我坚贞的心吧。

访友不值

海　岳

寻君复不见，寂寞出林间。
落叶溪边路，浮云海外山。
午烟桑柘隐，秋色户庭闲①。
爱尔幽栖好，归来亦闭关②。

【作者简介】

见前。

【说明】

访友不值犹言访友不遇。值为相遇之意。海岳去拜访一位朋友,那自然也是一位淡泊名利、息影山林的高人隐士。朋友没有见到,见到的是落叶、浮云、午烟、秋色,漫山遍野的秀美风景,见到的乃是溪边路、海外山、桑柘隐、户庭闲,一派清幽淡雅的自然风光。于是赶快回家,掩户闭关,也要好好地享受独自坐禅的清闲了。诗写得很生动,很细腻,很有情趣。

【注释】

①午烟句:谓中午的炊烟从桑树柘树的树隙中升起。秋色句:谓民居的住户院落也显出一片悠闲的秋色。②幽栖:独自隐居。闭关:本意为闭门谢客,此处指闭门坐禅。

随雪老人客都门,见者多问云舫境界,老人因命余赋此,书馆壁间以答

一 智

茅屋千峰里,人居图画中①。
石苔鹦鹉绿,山果杜鹃红②。
弄影花筛月,飞香幔过风③。
倚栏无个事,吹笛供山翁④。

【作者简介】

一智,清初安徽黄山云舫僧。又名心智,字懔峰,一作廪峰。雪庄传悟法嗣。清圣祖康熙二十八年(公元1689年),传悟应召入京,一智随侍于侧,次年复同返黄山。继承师传,工诗能画,时有才名。生卒年、俗姓籍贯及其他事迹均已失考。大约公元1689年前后在世。

【说明】

雪老人指雪庄传悟,清初著名画僧、诗僧。客都门指在京都即北京客居。

云舫在安徽黄山狮子林至云谷寺旁,为传悟与一智禅隐之所。传悟老和尚应康熙之召赴京,在北京开堂接众,传教弘法。善信均知悟老来自黄山云舫,每每问及云舫情况。悟老乃命其徒一智作答,于是智公写此五言律诗,书于馆驿墙壁上,示答于众。这首诗极生动形象地描绘出云舫四周的美丽风光,兼而述及师徒们的隐修生活。本诗辞语精炼,意境幽美,艺术上很有特色。

【注释】

①茅屋:指云舫。云舫不是庄严大刹,而是一座较为小巧的修行精舍,称以茅屋,属自谦之辞。人居句:谓人好像住在美丽图画之中,极言云舫周围山水之美胜。②石苔句:谓鹦鹉石上长满了碧绿的苔藓。鹦鹉石为黄山奇石,取其形似,在云舫至狮子林道旁。又解作岩石上的苔藓像鹦鹉绿那么翠绿鲜艳。鹦鹉绿亦作鹦绿,指如鹦鹉之绿色。明·张昱《惆怅诗》之二有句"画阁小杯鹦鹉绿,玉盘纤手荔枝红。"即用此意。此处二义皆通。山果句:谓山果子都像杜鹃花那么红艳,成熟了。杜鹃花以红色为多,极美艳。③弄影句:谓夜中花影摇曳,月亮的光辉透过花丛,如同筛下来一般。飞香句:谓风带来的花香透过帷幔,飘入房中。④无个事:没有什么事。山翁:山寺之长,山中老人,指传悟老和尚。一说指山君,山神,亦通。

题簪花图

上 睿

莫摘浓香压鬓鸦,懒将时势斗铅华①。
他年将入维摩室,不许簪花许散花②。

【作者简介】

上睿,清代江南姑苏东禅寺僧。生卒年与俗姓均不详,大约公元1690年前后在世。字浔睿,号目存,又号蒲室子,吴县(今属江苏省)人。少时出家本邑瑞光寺,晚居东禅寺。曾受画法于当时名家,其画工稳中独饶秀逸,张庚评之为能品,在同代画僧中名列前茅。亦工诗,诗风清隽秀雅,富有意蕴。曾与大学者惠士奇等人结社唱和,诗惜多已失传。

【说明】

簪为插戴,古时遇典礼、宴会、佳节,男女皆戴花,称簪花。僧人无发,自不簪花。其朋辈好友中不乏隐士高人，容有插花者，且绘成画幅。睿公见之，作诗以纪。此诗别出奇思异想，就插花起句，围绕一个花字，颇见新意。插花为世俗行为，散花为佛教典故。上睿确有上好的睿思，移花接木，将两种完全无关的事物巧妙转换。诗写得很有滋味，很有情趣，却又是完全的佛门弟子的口吻。

【注释】
①浓香：指鲜花。鬓鸦：鬓边黑发。鬓指靠耳边的头发，鸦指黑色。时势：原意为当时的情况趋向，此处有时光、年华之意。铅华：搽脸之粉，代指妆饰打扮。此句谓懒得去修饰妆扮，以期与时光相抗衡。②维摩：佛名，音译即维摩诘，佛祖释迦牟尼同时人，意译无垢，一作净名。入维摩室，乃指于佛门中登堂入室，成为真正的佛门子弟。散花：即天女散花，佛教故事。《维摩诘经·观众生品》云"时维摩诘室，有一天女。见诸大人闻所说法，便现其身。即以天花散诸菩萨大弟子上。花至诸菩萨即皆堕落，至大弟子便着不堕。"此乃以着不着身以验证诸菩萨的向道之心，结习未尽，花即着身。

落　梅

律　然

和风和雨点苔纹，漠漠残香静里闻①。
林下积来全似雪，岭头飞去半为云②。
不须横管吹江郭，最惜空枝冷夕曛③。
回首孤山山下路，霜禽粉蝶任纷纷④。

【作者简介】
律然，字素风。清代江南著名诗僧。常熟（今属江苏省）人。不慕贵游，不储钵赀，坐石经室几六十年。道品高洁，诗亦清俊，有《息影斋诗》。生卒年、俗姓与其他事迹不详。大约公元1690年前后在世。

【说明】
梅以其贞干高节，先春而放，常得诗人青睐。写早梅报春者有之，写盛梅如海者亦有之，写月影梅枝者有之，写踏雪寻梅者亦有之，而写落梅者却不多见。然公此诗,绘尽落梅之态,写尽落梅之况:和风和雨,漠漠残香,积来林下,飞去岭头,不须横笛,最惜空枝,句句都是梅落光景,句句未离落梅情状。铺张渲染,极尽能事,描摹绘写,动静得宜。翰林学士兼诗人柏谦评然公诗"穆如清风,静如止水"。此之谓也。

【注释】

①和:犹言随,伴。点:点缀。本为花落,被动,说是点缀,主动。诗之新颖精巧亦在此处。漠漠:无声。犹言默默。②林下句:谓梅林花落,花瓣积垒如雪。岭头句:谓梅花随风而飘,与岭头之云一齐飞扬。③横管:笛。此处暗指笛曲"梅花三弄"。江郭:江畔城边,泛指各处。夕曛:夕阳。④孤山:浙江省杭州市西湖北端一小山名,以多梅著称。宋人林逋种梅养鹤,隐居于此。霜禽句:谓梅花落尽了,而山下的禽鸟蝴蝶依然纷纷飞舞歌鸣。霜禽指白色羽毛的鸟类,如鸥、鹤等。粉蝶指色彩缤纷五颜六色的蝴蝶。

口占与西涧佥宪

律　然

汀南庵北往来频,臭味何如支许亲①。
相对莫教分主客,何人不是客中身②?

【作者简介】

见前。

【说明】

西涧为人之字号,未详其名。佥宪为官职名,都察院佥都御史之简称。西涧先生曾任过此职。但他虽为当局执法之官,却性情淡雅,乐意山水,爱与方外人士交往。然公有感于此,作此诗以赠。诗写得十分蕴藉委婉,很有感情。

【注释】

①汀:小沙洲。汀南庵北系指西涧先生与律然和尚二人所住之处,亦以代指二人。臭味:气味。因同类的东西气味相同,故用此比喻相同的人或事物,有"臭味相投"成语。支许:晋代高僧支遁与名道许逊。他们皆抛弃世俗名利,隐修山林,各有成就。支遁详见本书支遁《咏利城山居》作者简介。许逊字敬之,东晋

汝南（今属河南省）人。学道于吴猛。举孝廉，官四川旌阳令。弃官隐洪州西山，潜心修道，传举家成仙。道家称为许真君。此处以西涧先生比作许逊，弃官归隐，以支遁比作自己，终生事佛。有云支许另有所指，未详待考。②主客：主人和客人。主位和客位向有主次之分，历历分明，不得紊乱。何人句：谓每个人都是客人，都是人生旅途的匆匆过客。

独树堂散怀

元祚

得失吾何有，荣枯事尽删①。
神常游物外，名恐落人间②。
流水一声磬，夕阳数点山③。
闲身倚枯树，伫看鸟飞还④。

【作者简介】

元祚，清代江苏吴县太湖洞庭山僧。生卒年及俗姓均不详，大约公元1695年前后在世。字木文，号鹤舟，湖广云梦（今湖北省云梦县）人。能诗善文，与同代文人名士多有唱酬。作品结为《鹤舟诗草》，晚主西洞庭山寺，逝葬其地。

【说明】

独树堂为祚公隐修的斋堂，在太湖洞庭山寺中。祚公独处独树堂中，有所思感作诗二首，此选其一。诗中论述自己出家依佛之得失有无，记叙在山寺中隐修之生活状况。文句看似平淡，语言不骛新奇，而内涵却十分丰富。充分表现出一个文化素养极高的僧人洒脱超群的品质和寄意山水的情致。既有论说，也有记叙，更有绘景，还有抒情。诗写得很清灵秀逸，超凡脱俗，断非庸夫俗子所能为。

【注释】

①得失：事之成败，损益或优劣等皆称得失。此句谓自己没有什么得失，或曰无所谓什么得失。荣枯：本意指草木的盛衰，借喻政治上的得志和失意。删：除去。此句谓自己对前途的得志失意，不加考虑。②神：指神志，心意。物外：指世

外，超脱于世事之外。人间：人世，世间。③磬：乐器。以玉、石或金属为材，形状如矩，乃佛寺中敲击以集僧众的鸣器或钵形的铜乐器。此句谓流水声有如磬声。夕阳句：谓夕阳照射着几座山峰。④伫：站立，久立。此句谓久久地站立着等待鸟儿归巢。

寄高澹游

元祚

卖尽青山说买山，高年正好学偷闲①。
洞庭尽有梅花屋，何不携家住此间②？

【作者简介】

见前。

【说明】

高澹游未详何人，澹游为其字号，当为一位年长高士。祚公作此诗寄之，建议他到太湖洞庭山隐居，自然与祚公很有交情。诗写得很清新，朴实自然，委婉真挚。

【注释】

①买山：谓到山中隐居。典出东晋高僧支遁买沃洲山隐修养马的事迹。高年：指老人。偷闲：忙中取闲。宋·苏轼《次韵答李端叔》诗有句"西省邻居时邂逅，相逢有味是偷闲。"即取此意。②洞庭：指洞庭西山，在今江苏省苏州市西南太湖中，古名包山。祚公即在此隐修。梅花屋：指为梅树所围绕的房屋。

雨窗

妙信

云暝虚窗静，新篁别有情①。
烟云清古壁，风雨壮江声②。

有癖酬山水，偷闲断送迎③。
萧疏且高卧，无意问阴晴④。

【作者简介】

妙信，字山愚，号诗禅，清代江南镇江瓜州僧。是清代著名诗僧。其诗清新雅致，讲求意境，大约公元1697年前后在世。诗名颇高，生卒年、俗姓籍贯及其他事迹不详。

【说明】

雨窗为雨中的窗口，窗外，指在窗口望窗外之雨，兼有所感。其实并非什么大雨，所以决不会煞风景。正因为是轻轻的细雨，才会产生如许多感想和诗情。已经舍俗出家了，自然与山水为伴，自然淡薄应酬。大自然给作者以充分的补偿，让作者高卧听雨，忙里偷闲。其实这便是人生的一大享受。

【注释】

①暝：晦暗。虚窗：空窗。篁：竹。②清：清洗，洗涤。江声：江河中浪涛之声。③癖：成为习惯的嗜好。送迎：迎来送往，指与人交接应酬。④萧疏：本意为稀散，此处作懒散解。

九日酬诸子

妙 信

不负东篱约，携尊过草堂①。
远天连树杪，高月薄衣裳②。
握手经年别，惊心九日霜③。
诸君才绝世，独步许谁强④。

【作者简介】

见前。

【说明】

九日指农历九月初九即传统的重阳节。作者于此日写诗酬答朋友们，自然另有意义。重阳佳节，饮酒赏花，正是倾诉友情、吟诗作乐的好时光。这首诗便是描绘这样的场面。诗写得很细腻，很流畅，也很有情致。

【注释】

①东篱约：指到东篱下去观赏菊花。典出东晋陶渊明诗"采菊东篱下"。尊：本指酒杯，这里还含其他酒具。草堂：指作者隐修的寺庵，以其简陋而称。②树杪：树梢。高月句：谓月亮升得很高，天气很清凉，身上的衣服显得单薄了。③经年：常年。九日霜：指农历九月初九，已至深秋，已是降霜的季节。④绝世：冠绝当代，举世无双。独步：独一无二，一时无两。常用以比喻杰出人材。

望 庐 山

德 溥

楚山秋霁后，突兀望匡庐①。
瀑布云开处，香炉雨过初②。
双溪才咫尺，五老在空虚③。
欲问远公迹，苍茫指点余④。

【作者简介】

德溥，清代诗僧。字百泉，通州（今北京市通州区）人。由儒入释，教行兼通。曾遍历诸名山大刹，举凡中岳、九华、匡庐、黄山，皆有足迹。游历所经，皆留诗篇。诗风疏放豪迈，格调高古。作品结为《腰雪堂集》。生卒年与俗姓均不详，大约公元1706年前后在世。

【说明】

庐山为中国名山，世界著名的旅游避暑胜地。详见慧远《庐山东林杂诗》之说明。溥公深爱匡庐林泉幽美，曾于庐山作长期居留，对庐山深有感情。这是溥公初到庐山时所作。诗中对庐山几处重点名胜均有介绍，尤其对东晋慧远大师于庐山开创净土宗道场，缔结白莲社，深表钦羡和向往。诗写得雄浑豪放，很有力量。

【注释】

①楚山：楚地之山。江西春秋战国时属楚地，有"吴头楚尾"之称，故对江西地区诸山称楚山。此处即指庐山。霁：本意为雨雪已停，天气放晴。此处引申为秋季天高气爽。突兀：指山峰高峻。②瀑布：庐山中瀑布极多，著名者亦不下十处，此指南香炉峰瀑布。香炉：即李白诗中所道"日照香炉生紫烟，遥看瀑布挂前川，飞流直下三千尺，疑是银河落九天"的庐山南香炉峰瀑布。③双溪：指庐山顶牯岭街东谷两旁的溪水。五老：五老峰，庐山山峰名，以其形如姿态各异之五位老人而得名。极峻拔，云雾缭绕，风光奇胜。为庐山最重要旅游景点之一。④远公：指东晋高僧慧远大师。迹：遗址，遗迹。苍茫句：谓有人指点说在那景色茫茫之处。

黄山慈光寺

德 溥

群峰围拱妙莲台，鸟道云梯十里来①。
山径曲随云脚转，寺门高压树头开②。
游人蜡屐攀初倦，佛子蒲团定已回③。
一笑相逢同领会，三生石上不须猜④。

【作者简介】

见前。

【说明】

慈光寺为安徽黄山上最主要寺庙，系明代高僧普门禅师所开建。德溥这首诗，重点描绘了慈光寺所处高峻的地理形势。溥公从自己登山拜寺的体会出发，对慈光寺处于群峰围绕之中，处于鸟道纡回之外，对于脚下之云，寺外之树，莫不大感振奋，大为赞赏。溥公入寺，与寺中道友相逢一笑，一般的游客却又如何？溥公之笑有道理，于如此险峻深僻之处开山立寺，真是个修行的好地方。

【注释】

①妙莲台：黄山中山峰名，慈光寺即在此。鸟道：喻山道弯曲险峻，唯鸟可飞渡，人极难行。云梯：此处比喻高山石路。石阶四周弥漫着云雾，此阶梯自为云

梯。十里：指登慈光寺之路程，此为约数。②山径句：谓山路盘旋曲折，云雾亦随着自己的脚步而移转。寺门句：谓慈光寺立在高高山岩，让寺门高于山树的树顶。③蜡屐：专用于爬山登高的一种木鞋。佛子句：谓寺中的僧人坐在蒲团上，已从入定之中回复了常态。④三生石：附会唐人李源与僧人圆泽（一作圆观）三生之缘的岩石。浙江杭州天竺山有三生石，湖南长沙岳麓山有三生石。此处仅比喻作者溥公与慈光寺中之僧有缘相会。

梦故友程风衣

超　源

春雨何淅淅，　　　春云更沉沉①。
程君已隔世，　　　宵梦来相寻②。
自言身朽心不朽，象外风月皆吾友③。
从前胶扰海天空，只是泉台无美酒④。
斜阳烟柳门前溪，欲别不别重牵衣⑤。
寄语淮阴小儿女，我今野鹤同翻飞⑥。

【作者简介】

超源，清代江苏长洲怡贤寺僧。钱塘（今江苏省杭州市）人。生卒年与俗姓不详。大约公元1709年前后在世。字莲峰，号紫衣道人，他见知于雍正皇帝，召入内廷，颇有赏赐，复主怡贤寺，为当时大德尊宿。长于诗文，其诗学王孟，举释典元妙融而化之，殊有空山冰雪气象。作品结为《未筛集》。

【说明】

朋友先我而去，自此幽冥永隔，梦中得以相见，醒来倍觉伤感。源公这首怀念故友的七言古风，倾注了满腔激情。既缅怀朋友的往事，更关注九泉之下朋友的现况。同时也明确地表示，生老病死无非人生常态，自己不久也会随朋友而去的。这首诗把老朋友倜傥潇洒的形象再现在我们面前。程风衣即程嗣立，字风衣，号篁村，贡生，淮安（今属江苏省）人。他工诗文，善书画，性好客，重情谊。诙谐幽默，人多爱重。乾隆初举鸿博而不就，终生未仕。著有《水南遗稿》。通过这首诗，作者老友满腹的才华，豁达的性格都显露在我们面前。诗写得很真挚,很有感情。

【注释】
①淅淅:风声。见唐杜甫《秋风》之二句"秋风淅淅吹我衣,东流之外日西微。"此处转义为雨声,往往指随风而至的细雨之声。②隔世:谓隔离在另一个世界,即指已经去世。亦作隔生,如宋范成大《续长恨歌》有句"莫道故情无觅处,领巾犹有隔生香。"宵梦:夜梦。③朽:腐烂。象外:超逸物象之外。此处借指尘世之外,即指阴间。风月:清风明月,指美好的景色。④胶扰:胶胶扰扰,动乱不安。泉台:亦作泉下,泉壤,指墓穴、阴间。⑤斜阳句:谓作者梦中重至程风衣家。程风衣隐居不仕,构别业于淮安城外菇蒲溪畔,源公曾多次往访。欲别句:谓作者梦中在程家别墅与程风衣依依惜别。⑥淮阴:程风衣家乡。按淮安辖属于淮阴,此处以大地名代指小地名。小儿女:谓儿女情长,依依不舍的儿女之态。我今句:谓我这只野鹤也将和你一同飞去了。翻飞:飞。

题画二首

超 源

溪口有亭,岩边有屋。
不见人归,空留云宿。

春浦风生柳岸斜,好山何处着人家①。
白云遮断桥西路,不许渔郎问落花②。

【作者简介】
见前。

【说明】
源公好友程风衣善书画,性诙谐。人索其画,则应以书;人索其书,则应以画。每请源公题诗。此选题画诗二首,即源公为程风衣的山水画所题。程最擅长画山水,且所画皆家乡别墅附近景物。其一为溪亭图,其二为柳桥图。诗题得清新晓畅,生动形象,很有意境和情趣。

【注释】

①浦：水滨，河口。着：这里作有解。②不许句：活用东晋陶渊明《桃花源记》故事。

宿万峰精舍

明 中

我身如孤云，去住在空谷①。
偶来万峰头，意倦便一宿②。
水凉山影沉，树暝人烟簇③。
夜静冷吟虫，秋声散丛竹④。
爱此风味清，得句一烧烛⑤。

【作者简介】

明中，又名演中，字大恒，又字焚虚，号啸岩，清代浙江杭州净慈寺僧。生卒年不详，大约公元1715年前后在世。俗姓施，桐乡（今属浙江省）人。尝侍雍正帝讲禅学，颇受优宠。居京师多年，雍正十三年（1735年）放还。乾隆帝南巡，召见并赐紫衣。为当时佛教界之泰斗。雅好词章，尤长五言。与同代诗家名人如杭世骏、梁同书等多有唱和，时名极高。作品结为《焚虚大师遗集》。

【说明】

万峰精舍在浙江杭州西湖南屏山中，为当时著名诗僧篆玉禅隐修行的斋舍。明中过访篆玉，留宿精舍，写此诗留赠。诗中主要描绘万峰精舍周围的风光胜景，以及自己留宿精舍中秉烛夜吟的情形。诗写得明快清新，潇洒劲健，把一代诗僧爱好翰墨词章，夜读苦吟的高雅形象突显出来，给人很深的印象。

【注释】

①我身联：此联二句谓自己身如孤云，但来去都在山谷，与外间世俗尘世全无瓜葛。②万峰头：万峰乃南屏山群峰之中的一个峰头。一宿：住一晚。③水凉句：谓山的影子沉浸在冰凉的溪潭中。树暝句：谓村落民居簇拥在暗淡的树色里。暝：

昏暗。簇：聚集，簇拥。④吟虫：鸣叫的昆虫，此处指蛩，即蟋蟀。秋声句：谓秋风吹过竹丛，发出飒飒之声。⑤风味清：指风景清幽，情调清雅。烧烛：燃点蜡烛以照明。

岁暮感事

陈 遇

打头矮屋自欹斜，容膝真堪处士家①。
藓径人稀来往屐，纸窗梅放两三花②。
稻粱谋比衔芦雁，岁月忙如赴壑蛇③。
好听瓶笙啸清昼，炉烧柏子自煎茶④。

【作者简介】

陈遇，字感遇，号碎琴，清代江南金陵诗僧。俗姓陈，大诗人陈恭尹之孙，顺德（今属广东省）人。生卒年不详，大约公元1721年前后在世。世寿当在六十岁以上。其诗多用事典，亦多率意而出者，颇为可观。袁枚辞官居金陵时，主盟诗坛，声势笼罩天下。遇公独不随和，与之相抗。诗名亦盛于一时。

【说明】

岁暮为一岁之终结。每届此时，人们每每会回顾自己一年来的生活情况。总结过去的进退得失，瞻望未来的方向前途。这首诗重点是真实地记录自己的已往岁月。似乎也在营谋，似乎也很忙碌，谋些什么，忙些什么，作者未加详说。但我们可以看得出，他对这些操劳和奔波是不以为然的。他希望能始终清静安闲，听笙品茗，那才是真正的禅隐生涯。

【注释】

①打头句：谓和人头差不多高的矮小茅屋，歪歪斜斜的。打头即平头，与人头平高。容膝：言其狭小只好容足站立，极言房屋狭窄。晋·陶渊明《归去来兮辞》有句"倚南窗以寄傲，审容膝之易安。"即为此意。此句谓茅舍之小，只可容膝，倒真正是隐修处士的家。②藓径：长满苔藓的道路。屐：鞋，代指来往之人。③稻粱谋：本指鸟觅食，鸟觅寻稻谷、高粱以为食。唐·杜甫《同诸公登慈恩寺塔》

诗句"君看随阳雁,各有稻粱谋。"即系此意。后喻指人谋求衣食。清·龚自珍《咏史》诗句"避席畏闻文字狱,著书都为稻粱谋。"即用此意。衔芦:雁衔芦草以自卫。相传大雁于低地丛莽间飞行时,会口衔芦苇杆,以避猎人所布置的罗网缠住自己的翅翼,乃禽鸟出于本能的自卫能力。赴壑:奔逃而钻进山岩洞壑。④瓶笙:以瓶煮水,微沸作声,美名其曰瓶笙。宋·陆游《初睡起有作》诗句"老夫徐下榻,负火听瓶笙。"即指此。柏子:柏树之果实,燃之有清香味。

忆 旧 隐

实 乘

孤馆静无人,飞花兢狼藉①。
阳春忽已徂,秋思起日夕②。
念彼远峰青,面此浮云白③。
苍苍屋后松,巢鹤待归客④。

【作者简介】

实乘,字诵茗,清代江南无锡惠照寺僧。生卒年与俗姓均不详,大约公元1723年前后在世。无锡(今属江苏省)人。曾向沈德潜学诗,长于五言,其诗清彻澄淡,造诣密微,甚得王文治等名家所推重。所著《蔗查集》,由阮元作序并为刊刻。

【说明】

旧隐在何处,不得而知。但从诗中内容来看,此乘公旧隐之处,静谧安闲,花繁似锦,青峰白云,长松灵鹤,确然是个修禅静隐的好处所。是对现今居处有所不满,还是仅仅对往事的眷恋和缅怀,亦不得而知。但诗却写得温蕴委婉,含蓄深情,令人深思遐想。

【注释】

①孤馆:孤寂的馆舍,指乘公旧隐之处的斋室。狼藉:散乱不整貌。藉者草,草垫也。据说狼性至狡,每当临睡和睡起之时,将所垫卧之草弄得散乱不堪,借以迷惑他人,故称狼藉。②阳春:温暖的春天。徂(cú):去,往。秋思:感秋之思,往往是愁思。日夕:日夜,时时刻刻。③念彼联:此二句谓面对着眼前飘浮的

白云,思念远方那青翠的山峰。④苍苍:青葱茂盛貌。巢鹤:栖息的仙鹤,巢作动词。归客:指作者自己。

初夏山中即景

实 乘

芳春景已移,且试山中乐①。
孤筇步幽崖,新林荡寂寞②。
清和景物佳,掩映朝岚薄③。
岩栖已岁余,相对俨如昨④。
何从寄雅怀,于此契酬酢⑤。
鸟逐岚光散,花随磬声落⑥。
为言素心人,遐赏愿有作⑦。

【作者简介】
见前。

【说明】
实乘的五言古风写得很好,往往如行云流水,明畅清丽,大为可观。这首即景诗固然以写景为主,却也寄寓了很深挚的情感。写的是初夏时节的山中之景。大自然的盎然生机与住山人的恬淡心情,似乎成为鲜明对比,却又恰到好处,自然贴切。诗的节奏感很是明显,音乐感也很强,有如一首欢快的歌曲。

【注释】
①芳春:春天。移:指景物变换。试:此处有探寻、发掘之意。②幽崖:僻静的山崖。荡:荡涤,扫除。③清和:指天气清明和暖。南朝宋谢灵运《游赤石进帆海》诗句有"首夏犹清和,芳草亦未歇。"亦以清和写初夏。掩映:遮掩衬托。朝岚:清晨的山雾。④岩栖:指栖隐于山林岩壑之中。俨:俨然,宛然,好像真的。昨:昨天,指去岁、去年。⑤雅怀:风雅的情怀。契:投合。酬酢(zuò):朝聘应享之礼,主客相互敬酒。主酌以敬宾曰献,宾还答曰酢,主复答敬曰酬。泛指

朋友之间的交往应酬。⑥鸟逐句：谓鸟儿随着山雾的消散而飞散。逐者随也。⑦素心人：心地纯洁的人，此指修行学道之人。遐赏：远游并观赏风景。作：作诗。

登香岩一览楼

明 印

底处堪舒野士眸，松陵南寺倚层楼①。
檐虚遥挹金庭翠，树老平分笠泽秋②。
千里烟瓢从踯躅，十年萍迹漫淹留③。
若无友道谈空语，顽石何能更点头④？

【作者简介】

明印，清代江南吴中松陵怡贤寺僧。字九方，又字雪曈，晚号紫藤主人。生卒年与俗姓均不详，大约公元1740年前后在世。常熟（今属江苏省）人。为著名诗僧莲峰入室弟子。好读儒书，恂恂善问，有儒者之风。诗不多作，偶一拈笔，便成佳篇。诗风清真洒脱，与同代名士多有交游切磋。历住松陵接待寺、华严寺，住持怡贤寺。

【说明】

香岩为吴江（今属江苏省）城南太湖畔小山名。一览楼即在其上，为一古典建筑楼阁。此楼倚山面湖，帆影点点，烟波瀚渺，湖光山色，一览无余，其景颇为壮观。印公此诗，写登临此楼远眺的观感。诗写得气势壮阔，格调沉雄，既把万顷太湖辽阔雄伟的气势描绘得淋漓尽致，也将作者自己心中的感慨抒发得痛快酣畅。诗写得既有深度，亦有力度。

【注释】

①底处：此处。舒：放，展开。眸：本指眼珠，眼睛，此转指目光，视野。松陵：今江苏省吴江市的别称。吴江在五代吴越建县之前，为吴县松陵镇地，故名。南寺：指印公所住怡贤寺，在松陵城南。②挹：舀，酌取。金庭：传说中仙人所居之处。此处指山名。金庭山之称有多处，安徽巢县、浙江剡县、浙江会稽均有金庭山。此处却指太湖中洞庭西山。笠泽：水名，即松江。今称吴淞江，为太湖支流三江之一，由吴江市东流与黄浦江汇合，再北上出吴淞口入海。③烟瓢：烟云瓢笠，

喻出家僧人携着日常用具云游山林。踯躅：住足，踏步不前。萍迹：亦作萍踪，喻像浮萍一样行踪无定。淹留：滞留，停留。此联二句皆言作者自己多年来浪迹萍踪，到处行脚云游的漂泊生涯。④友道：一作道友，同道之友。一作道生，即竺道生（355－434），东晋高僧。传说他曾在姑苏虎丘山竖石为听徒，讲《涅槃经》，群石皆为点头。空语：指佛家真言。

秋日过王冈龄山斋次韵赋答

明　印

良辰赴幽期，名园散清步①。
黄菊未辞秋，霜鸿正横曙②。
逍遥玩泉石，参差数药树③。
主人出卷轴，精力所凝注④。
六法韵俱流，五字神或助⑤。
把玩愧不如，爱极翻成妒⑥。

【作者简介】
见前。

【说明】
本题诗共二首，此选其之一。王冈龄未详何人。从诗题及诗歌正文中可以大致了解到，他是一位隐居山林，种园自给，工诗善画的高士。仲秋晴朗之日，印公应邀过访王氏山斋，游览王氏园林。他赏菊观鸿，玩石看树，同时欣赏王冈龄所作诗画，不亦乐乎！本诗用精炼的语言描绘了山斋名园的美景，王氏作品的精湛。诗写得很风趣，也很有感情。

【注释】
①良辰：美好的时光。此处主要指秋高气爽晴朗的日子。幽期：秘密的期约。此处强调为幽雅的约会。清步：谓清闲的步履，指散步。②辞：离开。此句谓秋季时，菊花还未谢落。霜鸿：戴霜的大雁。横曙：在曙光中横飞而过。③逍遥：安闲自得貌。玩：赏玩。参差：高低长短不整齐。药树：药材与树木之合称。药多草

本,树为木本,故药树于此犹言草木,则写作者于园内观赏草木。④卷轴:古代帛书或纸书,用轴卷束,故称卷轴。后泛指书籍或带轴的书画。此处指王冈龄的书画作品。凝注:凝聚,贯注。⑤六法:南朝齐谢赫《古画品录》称画有六法,对绘画的气韵、骨法、形象、色彩、布局、结构等都有具体要求。五字:五言诗。此句谓作五言诗时似乎有神助,指王冈龄擅长作五言诗。⑥把玩:持玩,赏玩,指欣赏诗画。爱极句:谓爱到了极点反而产生的妒忌。此是幽默的俏皮话。翻为反而。

宿山寺步壁间韵

广 彻

独宿云堂一磬深,空山莲漏滴沉沉①。
月临绀殿浮松气,风动金铃落梵音②。
永夜禅灯悬客梦,高秋旅雁动乡心③。
虚窗渐觉晨光满,惆怅行歌别旧林④。

【作者简介】

广彻,字豁庵,清代江苏江都天宁寺僧。生卒年不详,大约公元1741年前后在世。俗姓叶,彭泽(今属江西省)人。历游名山大刹,遍参高僧大德。晚主天宁寺。能诗,诗风委婉含蓄,深挚温藉,很有情致。作品惜多不传。

【说明】

彻公某次云游在外,挂单于一座山寺。见寺中墙壁上题有七律一首,引起了自己的共鸣,于是步壁上诗之原韵,亦作一诗。这首诗看起来主要是描绘夜宿山寺的所见所闻,看似记载着眼前的现实境况,实则更深层的意思在于抒发彻公自己对远别旧隐之处,到处漂泊,四海为家的云游生活的惆怅感慨。诗写得很深沉,很委婉,有很浓郁的情思和意味,有相当的感染力。

【注释】

①云堂:禅宗之寺院,为僧人坐禅之所。亦称僧堂、禅堂。莲漏:莲花漏,古代的定时器。东晋末年,净土宗初祖慧远大师居江西庐山东林寺。其弟子慧要以山中不知更漏,乃取铜叶制器,状如莲花,置盆水上,底孔漏水,半之则沉,每昼夜十二沉,虽冬夏短长,云阴月黑,皆无差错。其后不传。北宋仁宗天圣年间(公

元1023－1031年），燕肃又作莲花漏。②绀殿：亦作绀宇，指佛寺。绀为天青色和深青透红之色。佛寺殿阁多为此色，故称。松气：指松柏之类常绿乔木散发的清香之气。金铃：指佛寺殿上悬挂的风铃，金属所制，故称。梵音：诵经声。③永夜：长夜。禅灯：佛寺之灯。凡与佛教禅宗有关的事物多冠以禅字，如禅寺、禅堂、禅法、禅人、禅杖等皆是。旅雁：在外飞行漂流的大雁。此处代指作者自己，作者是个漂泊云游的行脚僧人，故有此称。乡心：怀乡之心。④虚窗：空窗。晨光：清晨朝阳之光，晨曦。行歌：犹言放歌，歌咏。旧林：原来的隐居之处，多为山林之地，称旧林。

问水庵次锡山华凝修韵

宗 智

帆樯指故里，信宿藕花村①。
境静秋先冷，情空花欲言②。
裁诗消野兴，问水得真源③。
明月知人懒，依然下竹轩④。

【作者简介】

宗智，字圆明，号竹溪，清代江南镇江瓜洲闻思庵僧。生卒年不详，大约公元1742年前后在世。俗姓蔡，江都（今属江苏省）人。晚年任瓜洲闻思庵住持，终葬于此。能诗，长五言各体，诗风清灵俊逸，善造意境，颇有情致。

【说明】

锡山在今江苏无锡市西，因周秦间盛产锡矿，故名。至汉初，锡矿绝，固以无锡名县。问水庵便在锡山上，时有华凝修禅师栖隐于此。华凝修禅师有诗吟锡山问水庵。宗智到问水庵，临时借宿，并步华凝修禅师原诗之韵，作此五言律诗。此诗用清新委婉的笔调，描绘了问水庵的幽美环境。诗写得很有情趣，很有意境。

【注释】

①帆樯：船帆与船桅，代指船。指：指向，驶向。信宿：连宿两夜。一宿为舍，再宿为信，过信为次。藕花：荷花。②情空：情景空寂。③裁诗：作诗。唐·

杜甫《江亭》诗有句"故林归来得，排闷强裁诗。"即此意。野兴：指纯朴自然，不受拘束的兴致。问水：本意为欣赏水景。此处兼指问水庵之庵名。此庵自以水景擅名，既有溪泉环绕，又有荷花满湖，故得兼而顾之。真源：真正的本源。此处暗指佛学真谛。④竹轩：竹廊。轩为长廊之有窗者。

偕夏靖九过夏元长炼室，同次殷雨苍韵

宗　智

秋爽惜虚度，寻君聊遣闲①。
舌端穷易理，身外得元关②。
众木脱霜叶，高窗见远山③。
宁随天地老，莫谩说人间④。

【作者简介】

见前。

【说明】

夏靖九、夏元长、殷雨苍均不详何人。从诗题与诗歌正文中大致可以推断出：夏靖九乃作者之友，一同去拜访另一位朋友。夏元长正是作者要拜访的朋友，他隐居山林修炼，可能是进行道家的炼丹活动。殷雨苍是作者的一位诗歌同道，曾有诗赠作者，作者此诗即步其诗韵而作。诗中描述了夏元长修炼处的风光胜景，更多的是记叙这位修炼者高超的道行，卓越的悟解。诗的最后，是作者与诸位朋友的互励共勉。

【注释】

①秋爽：指秋季天高气爽，气候适人。惜：此处作怕解。虚度：谓无所事事，空令时光过去。遣闲：消遣即打发空闲的光阴。②舌端句：谓口中能说尽《周易》的大道理。易为古代卜巫之书，有《连山》、《归藏》、《周易》三种，合称三易。今仅存《周易》，即《易经》。元关：玄关。指学佛入道之门户。③木：树。霜叶：经过霜冻的枯萎的树叶。④莫谩句：不要随意地谈及尘俗世事。人间指尘世。

对月怀陶景成茂才

宗 智

夜月澄寒辉，居然入深院①。
修竹相参差，浮云忽隐现②。
十里淡秋烟，匝地开匹练③。
独坐谢纠纷，灵禽下荒甸④。
渺然等予怀，孤飞无眷恋⑤。
西邻有老人，隐居足欢宴⑥。
况兼南窗南，明月照渠面⑦。
放却掌中杯，焚却案头砚⑧。
安得乘仙槎，共造清虚殿⑨。
元关君独窥，词源谁敢擅⑩。
予性懒是真，行吟颇忘倦⑪。

【作者简介】

见前。

【说明】

陶景成不详何人。据诗题与诗歌正文可以得知，他是一位老秀才，隐居于作者的西邻，与作者有很深厚的交情。茂才为汉代举用人才的一种科目，原称秀才，避光武帝刘秀讳，改称茂才。后成为科举考试的一种科目，仍称秀才。智公于月夜之中，独坐院中，怀念这位朋友，可见情谊深厚。这首诗用了优美的语言，描绘月夜之景，用了深情的笔调，赞扬朋友的才华。诗写得雍容平和，委婉深挚，很有意境，很有感情。

【注释】

①澄寒辉：澄净清凉的光辉。入：照入，照射于。②修竹：长竹，高竹。参差：或高或低。隐现：或隐或现。③淡秋烟：秋天的淡薄烟雾。匝（zā）：环绕。匹练：一匹白绢。形容雾气缭绕如白色的丝绢。④谢：谢绝，除去。纠纷：杂乱，

纷扰。常以形容人事的牵扯或磨擦。灵禽：神异的鸟。荒甸：荒野。⑤渺然：空阔辽远貌。等：如同。予怀：我的情怀。眷恋：思慕，爱恋。⑥老人：指陶景成秀才。欢宴：此处作欢乐解。⑦渠：他。⑧放却：放下。焚却：烧掉，毁掉。⑨仙槎：神舟，仙船。槎为竹木之筏，代指船。造：造访，拜访。清虚殿：又称清虚府，即月宫。⑩元关：即玄关，佛家指入道之门。窥：看见。指洞悉，领会。词源：以水源喻文辞之层出不穷。此处谓陶氏文才出众，文思泉涌，不容他人独擅。⑪行吟：漫步歌吟，指吟诗。

张毅夫弟西川硕学近闻落发五台，口占以坚其志

慈 海

业火心薪昼夜煎，无常自古不知怜①。
汉家得鹿今安在，陆氏如龙亦枉然②。
碧眼胡僧九载坐，白衣大士一经传③。
洛阳春满花成锦，终对斜晖泣杜鹃④。

【作者简介】

慈海，清代京师拈花寺僧。生卒年、俗姓籍贯及生平履历均已失考。大约公元1750年前后在世。工诗能文，五言七言，皆有所长。诗风委婉深沉，格调高古，意境清新，时有雄劲奇气。作品结为《随缘集》。

【说明】

张毅夫未详何人，其字西川，于作者海公为弟辈。硕学，指学问精深之士，犹今所称之学者、专家。此诗为海公得知张毅夫于五台山落发为僧后所作。诗写成后，寄给张氏，目的为坚定其出家向佛之志。诗中概述了古今朝代更迭，人物浮沉的史实，强调了达摩祖师阐扬佛法的功绩，指出风光美景，不能长久，人生在世，变幻无常。以此来赞颂张毅夫的选择是对的，并鼓励他坚持下去。诗写得有理有据，雄辩有力，格调亦粗豪雄放，颇有气魄。

【注释】

①业火：佛教谓恶业害身比之火，故称业火。心薪：心中的柴薪，喻心中私欲杂念。无常：佛教谓世间一切事物不能久住，称之无常。②汉家句：谓楚汉逐鹿，

汉得天下,现在又在哪里呢?汉家指汉高祖刘邦所建的西汉王朝。陆氏句:西晋陆机、陆云兄弟尽管是人们所赞赏的"人中之龙",也是枉然的。陆机(261-303)、陆云(262-303),西晋著名文学家,兄弟并擅才名,开六朝文风之先,时称"人中之龙"。均早死,故称枉然。③碧眼胡僧:指中国佛教禅宗初祖菩提达摩,传他曾在河南嵩山少室面壁九年,得悟真谛,于东土弘扬禅宗佛法。今嵩山少林寺侧仍有"达摩洞"古迹。白衣大士:指观世音菩萨。因其常着白衣,坐白莲中,故称。观世音菩萨与大势至菩萨共侍阿弥陀如来,推行教化。一经:指《妙法莲华经》,简称《法华经》。④春满:春意最盛之时。锦:锦绣。斜晖:指夕阳落日之余晖。泣杜鹃:杜鹃鸟悲啼。

夏日山居

慈 海

淡泊何干世?无求孰侮予①?
窗明蜂作鼓,花静蝶成间②。
地僻能逃客,天长好读书③。
性灵随处养,绝妙是山居④。

【作者简介】

见前。

【说明】

海公的诗,大多平和冲淡,寓意又极含蓄深沉。这首五言律诗便是一个最好的例子。出家人山居,自属平常。要能在居山住静的孤寂生活中找到乐趣,获得享受,方能持之以恒。所以僧人们年轻者大多行脚游方,固为参学问道,但难耐岑寂亦为一由。据资料所载,海公却是始终乐意住山的。从这首诗中,我们大概也就能看出究竟:淡泊无求、看蜂赏蝶、逃客读书、养性山居,这些便是海公山居生活的内容。海公于此享受着禅隐之乐,静修之趣,所以他有资格称道"绝妙是山居"。

【注释】

①干世:迎合世俗,以求功名。宋·王安石《宝应二三进士见送乞诗》有句

"少喜功名尽坦途,那知干世最崎岖。"即为此意。孰:谁。予:我。②窗明句:谓明净的窗子外蜜蜂嗡嗡地飞,有如鼓响。花静句:谓鲜花静静地开放着,蝴蝶聚集成群。间:古代以二十五家为一间,故间可泛作乡里,村落。此处转义为群落,成群。③逃客:躲避来客。天长:指日长,夏日白昼长。④性灵:性情。泛指精神生活。养:指培养。

邹颖峰先生秋夜过谈

慈 海

萧瑟秋声不耐闻,故人望外喜同群①。
明星落地一湾水,怪石投天几块云②。
拊掌新诗工笑客,填杯凉月可邀君③。
相期更刮来朝目,应有清奇欣赏文④。

【作者简介】
见前。

【说明】
邹颖峰不详何人。从诗歌正文可以大略得知,邹先生是与作者很要好的诗酒良友。时当秋夜,有朋友来访,促膝交谈,不亦乐乎!这首诗用大量的景物描写来衬托至友交谈的环境,来衬托朋友的诗文才华。抒情写景,有机结合,融情于景,情景交融。本诗在艺术上很有特色。

【注释】
①秋声:秋风声,秋风吹过林木发出的响声。不耐:不愿,不忍。故人:老朋友。望外:喜出望外,出乎意外的喜悦。同群:指前来相会作伴。②明星句:谓天上的星星洒落在那一湾池水之中。怪石句:谓天空一片片飞云幻化成怪石的形状。③拊掌:拍手称赞。此句亦倒装式,意谓来客邹先生工于作诗,其新诗之妙令人拍掌赞叹。填杯:向杯中续酒。此处写把凉月填入杯中,是一种形象的比喻写法。④相期:期待。来朝:来日,日后。刮目:刮目相看,另眼相看。清奇:清新奇妙。欣赏文:值得领略赏玩的诗文。

明 妃 冢

湛 泛

空恃朱颜惜饼金,独留遗恨到于今①。
琵琶一曲和番泪,芳草千年望汉心②。
自是美人多命薄,非关天子不恩深③。
孤坟三尺丰碑在,环佩春风未易寻④。

【作者简介】

湛泛,字药根,清代江南吴中诗僧。俗姓徐,丹徒(今属江苏省)人。曾游历京师,与同代学者诗家往还,人称为"方外才人"。诗学唐人,佳作甚多。深得谢金圃、秦润泉、秦西岩、李文园、沈云椒诸公的器重。有《双树堂诗钞》。生卒年不详,大约公元1757年前后在世。

【说明】

明妃为西汉元帝宫人王嫱,字昭君,晋人避司马昭讳,改称明君,后人又称明妃。南郡秭归(今湖北省秭归县)人。汉元帝竟陵元年(公元33年),以王室公主身份遣入匈奴和亲。先后事两代匈奴单于,生一男二女。卒葬匈奴。现内蒙古呼和浩特市南有昭君墓,世称青冢。即此诗题所称的明妃冢。湛泛曾长期游历北方,足迹所至,到达内蒙古北部。见到王昭君墓后,联想到一千七百年前,西汉王朝的政治形势与王昭君的遭遇,自然满怀感慨,乃作此诗,以纪其情。诗写得苍凉雄健,充满激情。

【注释】

①空恃句:谓王昭君自恃美貌,不肯花钱买通画师。恃为倚赖、凭借。朱颜指红润的面容,多以称赞女性容颜美貌。饼金泛指金钱。传说汉元帝后宫美人众多,无暇遍览。乃使画师毛延寿择美者图之,呈元帝观选。王昭君自恃青春美貌,未送画师分文,故毛延寿将其像画得极平庸,未入元帝之选。后匈奴单于遣使求婚,王昭君自求和亲,元帝允之。当遣嫁之时,元帝召见昭君,始知昭君极美。此乃画师毛延寿作弊丑化,埋没了昭君的天生姿色。昭君和亲远嫁而去,元帝借故杀了毛延寿。于今:如今。②琵琶句:谓王昭君抱着琵琶,流着泪而去和亲。和番即与番邦

结亲。此番邦自然指匈奴。此与事实不符。昭君乃自愿要求和亲，远嫁匈奴，以免老死汉宫，无人问津。芳草句：谓明妃墓上的萋萋芳草，千余年来其心也还是向往汉朝的。昭君墓之称青冢，正因其墓上芳草特别青葱而得名。③命薄：命运极不好。俗语"红颜薄命"即此意。非关句：谓并不是汉元帝不肯施予深恩。指汉元帝受人蒙蔽，在许婚之前，未识昭君真面目。④孤坟：指明妃冢。丰碑：明妃冢前所立墓碑。环佩句：谓春风依旧，美人却永去无踪了。环佩：本指佩玉，妇女所佩戴的饰物，此处代指美女，即指明妃王昭君。

菊　花

湛　泛

萧疏几本是天留，洁白纯黄托地幽①。
种者自知甘苦味，赏心不作绮罗秋②。
一枝敢在霜前折，九日应从篱下收③。
我有孀慈今鹤发，年年益寿向伊谋④。

【作者简介】
见前。

【说明】
史载湛泛长于七言，律诗尤为著名。其诗精炼雄辩，寄情于理，多有佳句名篇。这首咏菊之诗，写的主要不是菊花的姿态，菊花的芳香，菊花的品节。这些，历代诗家有过太多的作品留存。作者主要写自己栽培菊花的甘苦，特别是培植菊花的目的：为慈母益寿。这种愿望、这种角度，却是发前人之未发，新颖而又寄托深情的。

【注释】
①萧疏：稀散，疏疏落落。本：棵。草木多称棵，花卉常称本。天留：自然留存的，天生的。托地幽：指生长在幽静偏僻之处。②赏心：心意欢悦。绮罗秋：华丽堂皇的秋景。绮和罗均丝绸制品，喻美丽华贵。③霜前：打霜之前。九日：指农历九月初九日，即习俗中之重阳节。篱下：指菊花生长之处，典出东晋陶渊明诗"采菊东篱下"。④孀慈：寡居的老母亲。鹤发：鹤羽为白色，喻白发。益寿：增

益寿命，有成语"延年益寿"。伊：菊花。此联两句乃谓年年采折菊花，供老母赏玩，令母愉悦，望母长寿。

舟中同秦西岩

湛 泛

千里荆湘共此行，布帆风饱向南征①。
怜君亦是初为客，未惯江湖一片情②。

【作者简介】
见前。

【说明】
秦西岩为同代名人文士，事迹待考。他是湛泛的好朋友，两人一同乘船到两湖地区去。秦西岩很少在江湖走动。作为云游四方、见多识广的僧人，作者写此诗给秦西岩，是对后者的鼓励或是安慰，抑或二者兼有。诗写得很温和、很娴静，委婉深情，很有感人的力量。

【注释】
①荆湘：荆指荆州，古九州之一，地当今湖北省大部和湖南北部。湘指湘江流域，即今湖南省。风饱：风把布帆吹得鼓起来。②江湖：江河湖海，泛指全国各地。此句意谓未曾习惯或熟悉江湖上的事情。

山居二首

际 醒

为爱林泉趣颇饶，市廛隔绝路迢遥①。
千重竹树居幽僻，一个蒲团坐寂寥②。
昼静窗中山色淡，日高帘外鸟声娇③。

定回满目皆生意，乘兴扶筇过小桥④。

疏拙难堪应世情，余生赢得寄紫荆⑤。
且无活计卷唇镢，尽有家私折脚鼎⑥。
亭畔开池宜浣月，篱边种菊喜餐英⑦。
敢云野况齐安养，差胜人间闲利名⑧。

【作者简介】

际醒，清代北京广通觉生寺僧，字彻悟，又字讷堂，号梦东。俗姓马，丰润（今属河北省）人。历主京师广通觉生寺、红螺山资福寺。能诗，诗风淡雅清隽，饶有情致，当时颇享盛名。作品结集为《梦东禅师遗集》。生卒年不详，大约公元1760年前后在世。

【说明】

居山住静，除了清贫，便是孤寂，是最能考验修行者的意志和毅力，培养禅隐者悟性和道行的。醒公居山，不但没有贫苦孤独之感，反而乐在其中。二诗各以末句道出个中消息"乘兴扶筇过小桥"，"差胜人间闲利名"，这是何等境界！醒公在山林中找到了自己的乐趣：坐禅、出游、种花、赏月；更找到了自己的安养和归宿。诗写得雍容平和，娴雅温馨，很有情趣和意境。

【注释】

①趣：情趣，乐趣。饶：多。市廛（chán）：商店集中的处所，泛指城区闹市。迢遥：遥远。②幽僻：幽深僻静。寂寥：空虚寂静。③淡：淡薄。娇：柔嫩，美好可爱。④定：入定。佛教用语。僧人静坐敛心，不起杂念，使心定于一处。定回指从入定的状态中回复常态。生意：生机。筇：手杖。⑤疏拙：粗疏笨拙。应：对付，应付。世情：世态人情。柴荆：用柴荆制作的简陋之门，代指村舍草庵。⑥活计：生计，谋生的手段。卷唇镢（jué）：卷了口的锄头。镢为大锄。家私：此处作家当，家产解。折脚鼎：断了脚的鼎锅。鼎为大锅。⑦浣：洗涤。餐英：屈原《离骚》"朝饮木兰之坠露兮，夕餐秋菊之落英。"指以花为食。诗文中常用以指雅人的高致。⑧野况：山野风味。齐：同济。可以，能够之意。安养：佛教名词，即极乐世界，又称安养国。认为众生生此世界，可以得到安乐颐养，故名。差胜：尚胜，足胜。利名：利禄功名。

同王梦楼太守高旻寺看菊

达 瑛

何必东篱采，山房菊已开①。
无端诗思发，有约故人来②。
冷艳依黄叶，幽香上绿苔③。
白头怜晚节，勤护晓霜催④。

【作者简介】

达瑛，清代江苏金陵摄山栖霞寺僧。生卒年及俗姓均不详，大约公元1670年前后在世。字慧超，号练塘。丹阳（今属江苏省）人。主持栖霞寺，与同代僧俗著名诗人清恒、悟霈、洪亮吉、王文治等应酬唱和。为清代著名诗僧，其诗清雅劲健，格调高古，颇得唐人神韵。作品结为《旃檀阁诗钞》，又与清恒、悟霈有合集《三上人集》。

【说明】

王梦楼即王文治（1730－1802），清代江苏丹徒（今江苏省镇江市）人。字禹卿，号梦楼。清高宗乾隆二十五年（公元1760年）探花，官至知府。诗文与同代赵翼、蒋士铨、袁枚齐名，并称四大家。兼工书画，精音律。著有《梦楼诗集》。高旻寺为中国著名古寺，在今江苏省扬州市。这是瑛公陪同王文治在扬州高旻寺内观赏菊花后所作。本诗固然也描绘了菊花盛开的冷艳和幽香，更主要的是抒发了作者观花赏景时的人生感慨，抒发作者与朋友一同游乐时的欢愉。练塘达瑛与王梦楼为方外好友，唱和甚多。这首诗可作为他们同游共吟，诗歌唱和的一首代表作。诗写得温馨娴雅，风姿绰约，饶有情致。王梦楼太守亦有高旻寺看菊诗，此处不赘。

【注释】

①东篱采：典出东晋陶渊明诗"采菊东篱下，悠然见南山"。山房：山林中的房舍，指寺庙，此处专指高旻寺。②无端：无缘无故。诗思：作诗的情思。唐·贾岛《酬慈恩寺文郁上人》诗句"闻说又寻南岳去，无端诗思忽然生。"即此意。故

人：老朋友，此指王梦楼。③冷艳：形容耐寒之后的鲜艳美丽。亦形容名花的孤傲清高。黄叶：指菊叶。幽香：清雅芬芳的香气。④白头句：谓年岁大了，更要看重自己的名节。明写要珍爱菊花，暗写自己与朋友都要坚持清白的操守，乃作者与王梦楼互勉之言。勤护句：谓要辛勤护理以免被清晨的霜冻所摧残。催可作催促花落，亦通摧，摧残之意。明暗两层意思。晓霜亦可解成人生风霜。

次安心见寄韵

达 瑛

托足双峰猿鹤亲，水晶宫殿净无尘①。
日将好景归诗卷，天许名山作散人②。
岩草碧销三径雪，寺梅香破半江春③。
西风记得荚湾别，夜夜相思入梦频④。

【作者简介】
见前。

【说明】
安心未详何人。据本诗正文推测，当为瑛公故寺荚湾精舍的隐修僧人，与瑛公自然是同门同修好友。瑛公离开荚湾出任摄山栖霞寺住持后，安心仍留荚湾，并有诗寄赠瑛公。这首七言律诗即为瑛公得安心寄诗后，步其原韵所作和诗。诗中详细地记叙了自己在栖霞寺的禅修生活，也抒发了作者对老友的怀念。诗写得委婉深沉，感情丰满，很有意蕴。

【注释】
①托足：犹言托身，立足，安身。双峰：指摄山，即栖霞山。猿鹤亲：与猿鹤相亲近，即与世人相疏远。水晶宫殿：四面环水的屋宇，指摄山栖霞寺，寺周多湖塘溪泉之胜，故称。②日将句：谓每日吟诵诗歌，度过美好时光。天许句：谓老天爷让我在这座名山中做个闲散之人。散人原意为闲散而不为世用之人，后常作为隐居者的泛称。③岩草句：谓青草滋长，冰雪销融。三径本指庭园中的路径，此处泛指各处路径和地面。寺梅句：谓寺中梅花绽放，与江畔春色呼应，或争先于江河之春。寺指栖霞寺，江指长江。④荚湾：荚湾精舍，瑛公原隐之处，具体位置待考。

登海云楼怀萸湾清凉主人

达 瑛

退院僧同岭上云,凌江水阁一炉熏①。
窥人鸥鹭当窗立,出寺钟鱼隔江闻②。
仍有青山常伴我,纵无明月也思君③。
临风欲跨扬州鹤,海气微茫望不分④。

【作者简介】
见前。

【说明】
海云楼为摄山栖霞寺中一楼阁名。萸湾清凉主人指继瑛公留主萸湾精舍的古光长老,亦诗僧。这首诗写于瑛公从栖霞寺住持退位之后。诗中记叙瑛公退居养老的安闲生活,记叙瑛公对萸湾老友的殷切思念。诗写得形象生动,委婉深情,有相当感人的艺术魅力。

【注释】
①退院:从住持之位退居让位。此句谓已从住持之位退下,像山岭的云一样自由自在了。凌江句:谓在凌江的小楼阁即海云楼上,熏着香炉,眺望风景。凌江意为高于江岸,又凌亦通临。②窥人句:谓鸥鹭立在窗前似乎在窥探着我。出寺句:谓钟声传出寺外,传过江去。③纵无句:谓无月之夜也还会思念你。暗用宋苏轼《水调歌头·明月几时有》句意。④扬州鹤:典出南朝梁殷芸《殷芸小说》。小说载数人聚集,各言其志,一曰愿为扬州刺史,一曰愿多钱财,一曰愿骑鹤飞升,一人则称欲"腰缠十万贯,骑鹤上扬州",兼三者而有之。喻过分的妄想。此处乃瑛公幽默地借用此典,其实仅指骑鹤而已。海气句:谓向远处望去,水雾迷茫,依稀难辨。海气指雾气蒸气。

和赵瓯北观察见赠

清 恒

诗名海内达尊三,拟筑莲花聚一龛①。
若肯停车容问字,哪能不借与茅庵②。

【作者简介】

清恒,字巨超,号借庵,清代江南镇江定慧寺僧。俗姓陆,桐乡(今属浙江省)人。他才思清旷,年登大耋。与同时大名家袁枚、王文治、赵翼、洪亮吉、阮元诸人交游唱酬。曾云游天台、雁荡、洛伽、黄山、九华诸佛教名胜。晚年住持焦山定慧寺。长于诗文,是当时名重一时的江南诗僧。其诗格调高古,笔力雄健,辞语精炼,意味深沉。有诗集名《借庵诗钞》。洪亮吉为作序。生卒年不详,大约公元1771年前后在世。

【说明】

赵瓯北即赵翼(1727-1814),清代著名学者、诗人。字云松,号瓯北,诗与袁枚、蒋士铨齐名,时称"三大家",有《瓯北诗集》。长于史学,有《二十二史札记》、《皇朝武功纪盛》、《陔余丛考》等。观察为官名,清代道员的俗称。赵翼进士出身,官至贵西兵备道,被劾降级,辞官归里,从此讲学著书,不复从政。故观察乃赵翼最后官职。赵翼有诗赠恒公,恒公乃作和诗回赠。和诗共三首,此选其第三首。诗写得很潇洒,很有情致。

【注释】

①尊三:三位尊者,指赵翼与袁枚、蒋仕铨诗文齐名,时称"海内三大家"。拟筑句:谓准备做一座莲花为座的龛,将三大家一起供奉,此乃极为尊崇的表示。
②若肯句:谓如果您赵瓯北先生肯停车到我茅庵,容许我向您请教。问字:传载汉代扬雄多识古文奇字,刘一?曾向扬雄学奇字。后来遂称从人受学或请教为问字。哪能句:谓我哪能不空出庵舍请您居住呢?此乃邀请赵翼到寺来会面居住。

重登摄山寻练塘墓

清 恒

江左诗僧有墓田,最高峰后许庄前①。
名称殁世知何用,祭到无人亦可怜②。
六代云山遗旧迹,一生风月付寒泉③。
多情还是南徐客,岁岁春风泣杜鹃④。

【作者简介】

见前。

【说明】

摄山即栖霞山,在今江苏省南京市东南,为佛教名山,有栖霞寺。练塘为著名诗僧达瑛的字号,详见达瑛《同王梦楼太守高旻寺看菊》之作者简介。练塘殁后葬栖霞山之许庄,洪亮吉为题墓碣曰:江左诗僧练塘之墓。洪稚存、顾莃庵、陈芗泉屡吊其墓。恒公与练塘达瑛为至交好友,不仅同学佛道,兼亦共习诗文。练塘殁后,恒公年年前往栖霞扫墓。此次再到栖霞山,在练塘达瑛墓前祭扫并作此诗。诗中既描绘了练塘墓畔的荒凉景色,更抒发了恒公对岁月无情,世事变幻的感慨,对一代诗僧身后寂寞的遭遇深表惋叹。诗写得很委婉,很有感情。

【注释】

①江左诗僧:指练塘。墓田:墓地。许庄:栖霞山区地名。②殁世:终身。同没世。③六代:南京为六朝古都。六代指三国吴、东晋、南朝宋、齐、梁、陈六个朝代。一生句:谓一生的美景风光都像冰冷的泉水一般流逝而去。④南徐客:指作者自己。南徐为旧州名。晋室南渡后侨置徐州于京口(今江苏省镇江市)。南朝宋元嘉八年(公元431年)以江南晋陵地为南徐州,仍治京口,历齐、梁、陈,至隋开皇元年(公元581年)废。清恒住镇江焦山定慧寺,故自称南徐客。岁岁句:谓年年来此扫墓,于春风中听杜鹃鸟的悲泣啼鸣。

清江晓发

清 恒

古井烟飞玉带环，西风送我过淮关①。
江南此去无他事，先看青青万叠山②。

【作者简介】
见前。

【说明】
诗题清江指淮水，以江水清澈，故名。淮水为古代四渎之一，今称淮河。恒公此诗，写于其中年，尚未定居镇江焦山定慧寺之前。其时恒公一瓢一钵，四海云游，足迹遍于大江南北。此为恒公云游北方，到达淮河流域拟返回江南时所作。诗写得极是潇洒飘逸，气韵神骏，很能展现恒公的淡泊情怀和高雅情操。

【注释】
①古井句：谓淮南古城被淮河及其支流如玉带般地环绕着。古井指城市饮水用井，此处以之代指城市，犹言市井，市指淮南。西风句：谓西风伴送我过淮南关渡。淮南在镇江之西北，恒公南渡去江南须得西北风便。淮关泛称淮河各河口津渡。②万叠山：泛指无数山，连绵群山。

次洪稚存太史见赠韵

与 宏

八千里外归来客，不为探奇也打门①。
愿见已经过半世，相逢何幸在荒村②。
只身湖海飘零久，百卷文章慷慨存③。

煨芋分尝坚后约，更须米汁沃灵根④。

【作者简介】

与宏，号一香?，清代江南吴中小云栖寺僧。生卒年与俗姓均不详，大约公元1776年前后在世。山阴（今浙江省绍兴市）人。长于诗文，品评同代诗家诗作很有见地。与同代著名文士切磋唱和，极享诗名。其诗潇洒绝俗，直抒胸臆，颇有气魄和意境。晚主小云栖寺，躬自薪樵耕耘，自食其力，不以能诗享名而自矜。作品结为《懒云楼诗钞》。

【说明】

洪稚存即洪亮吉（1746-1809），清代江苏阳湖（今江苏省武进县）人。字君直，又字稚存，号北江。进士出身。授翰林编修。因上书批评朝政，谪戍伊犁，不久赦还。回归故里，读书著述以终。他博览群书，精研经史，又擅长诗文。经学与孙星衍齐名，诗与黄景仁并称。著作极为丰富，诗文结集为《洪北江诗文集》。太史是翰林的俗称。宏公与洪亮吉为方外之交。洪有诗赠宏公，宏公乃步其韵，作诗回赠。这首诗首先赞扬洪亮吉处世正直，治学精严，著作等身。同时也与洪相约共同努力，在修身与治学上更进一步。诗写得很生动，很有感情。

【注释】

①八千句：谓洪亮吉是从极远地方归来的客人。按洪亮吉被流放到新疆伊犁，其途极远，八千举其约数。不为句：谓不是因为好奇而来敲我的门。②愿见句：谓都是过了半辈子的人了，希望能常见面。③只身：独身，单独。湖海：五湖四海，泛指全国各地。百卷文章：指洪亮吉的大量经学、史学、文学著作。④煨芋：置芋火中，煨之令熟。参见明瓒《偈》注①。米汁：米汤。沃：浇灌。灵根：既指灵魂道德，亦指身体。此句谓继续加强身心道德的修养。其用米汁一词，乃与前句煨芋呼应。

书　怀

与　宏

皎皎月正白，悠悠云自行①。
以彼一点滓，掩此千里明②。

人心如镜台，洁比秋水清③。
一念不肯息，万虑遂交萦④。
老以静而治，庄因达乃成⑤。
非儒亦非释，无为了平生⑥。

【作者简介】

见前。

【说明】

这首书怀诗，是宏公长期思索的结果，内心情怀的写照。诗以云月起兴，而以老庄结尾，记叙宏公对道德修养、人生事业的全部见解。诗写得明晓流畅，深刻雄辩。艺术上很有值得借鉴之处。

【注释】

①皎皎：光明貌。悠悠：安闲静止貌。②滓：指云。掩：遮蔽。千里明：指月光。③镜台：镜奁之大者，兼储妆饰品，上可架镜，故名镜台。此处又借用唐代高僧神秀偈颂中"心如明镜台"诗意。④念：指世俗的欲念。虑：思虑、牵挂。交萦：相互回旋攀绕，相互拘牵。⑤老：指老子，老聃。春秋战国时楚人，著《老子》（又名《道德经》）五千言。被推为我国道教之始祖。其学说要点为以静制动，无为而治。庄：指庄子，庄周（约公元前369－前286年），战国时宋人，著《庄子》十余万言。尊老子而斥儒墨，为道家重要代表。其人生观点乃豁达大度，涵容万物。⑥非儒句：谓宏公自己所崇尚的并非儒释，而是道家。无为：道家主要指导思想，指顺应自然，无为而治，不求有所作为。了：了结。平生：终生，一生。

天台万年藤杖歌

与　宏

昔年曾作天台游，一瓢一笠挂杖头①。
玉霄峰耸万螺髻，石梁瀑卷双龙湫②。
翠微几折入古寺，禅堂钟磬清且幽③。
苍藤天矫挂石壁，疏花红缀空岩秋④。

老僧知我惯行脚，呼童截取千岁虬⑤。
携归早夜每拂拭，肌理细腻骨节遒⑥。
瘿圆瘤古色苍润，桃枝筇竹非其俦⑦。
平生梦寐在丘壑，要蹑五岳凌九州⑧。
随身自有瓶钵在，住山任尔猿鹤愁⑨。
杖兮杖兮肯相助，出门从此吾无忧⑩。

【作者简介】

见前。

【说明】

天台指天台山，为我国佛教名山，在今浙江省天台县。详见丰干《壁上诗》注①。万年藤泛指生长多年的老藤，以之制手杖，称万年藤杖。宏公昔年游历天台山时，得国清寺住持老僧所赠藤杖，一直携带在身边。这首诗便是记载当年得到这支藤杖的详细经过，细腻地描绘了藤杖的形状特征，同时也赞美了藤杖给自己带来的极大便利。诗写得雄浑开阖，笔力遒劲，格调苍古，很有气势和魄力。

【注释】

①瓢：舀水具，僧人携之饮水用。笠：竹笠，御雨具。瓢笠为行脚游方僧人必备用品，故常以之代指行脚。②玉霄峰：天台山主峰之一。螺髻：螺壳状的发髻。常用以比喻矗立耸起如髻的峰峦。此句谓天台山玉霄峰耸起无数的峰头。石梁：天台山一处著名胜迹，为横亘于溪流之上的巨石，以其形似桥梁，故名。龙湫：亦称龙潭，泛指深渊。双龙潭为天台山中著名的胜景。③翠微：轻淡青葱的山色，亦指青山，此处取义后者。古寺：指国清寺，为隋文帝开皇十八年（公元598年）时创建的千年古寺。④苍藤：青藤。天矫：犹言天纵，指老天纵使其自由高举者。疏花：指青葱藤蔓上稀疏的花朵。此句谓青藤上有几朵花儿点缀着空阔石岩的秋色。⑤老僧：指国清寺住持长老。惯行脚：长年在外游历。虬（qiú）：本意为传说中的无角龙。此处喻指蟠折卷曲的老藤蔓。⑥肌理：皮肤的纹理，此处代指藤杖的木纹。遒（qiú）：坚固。⑦瘿：树木外部隆起如瘤之处。苍润：青翠润滑。桃枝句：谓桃木杖、竹杖都比不上。俦本意为同辈、伴侣，非其俦即谓非其相匹比。⑧梦寐：睡梦，也比喻时刻在念。蹑：攀登。五岳：指中国五大名山之东岳泰山、南岳衡山、西岳华山、北岳恒山、中岳嵩山。凌：此处为遍历周游之意。九州：中国古代设置的九个州，古籍如《禹贡》、《尔雅》等中说法不完全一致。后世常用九州

代指全中国。⑨瓶钵：犹瓢钵，僧人云游时随食携带用以盛水盛饭之容器。后人常以瓶钵代指行脚。住山：指住入寺庙。⑩杖：即诗题所称之万年藤杖。

柳 枝 词

悟霈

频年游子唱骊歌，杨柳其如送别何①？
毕竟不知攀折苦，长条更比去年多。

【作者简介】

悟霈，清代中期浙江绍兴若耶山云门寺僧。字古岩，俗姓黎，丹徒（今属江苏省）人。生卒年不详，大约公元1777年前后在世。他工诗能文，为清中期著名诗僧。与同代名士洪亮吉、王文治皆有唱和，与达瑛、清恒齐名。其才华赡敏颖，其诗清超高雅，风味直追中晚唐人。晚主云门寺，终葬于此。诗作结为《击竹山房集》。

【说明】

柳枝词通常作杨柳枝，古曲辞名，其形式实为七言绝句，内容多抒写离情别绪或儿女之情。霈公此诗，乃仿中唐诗人刘禹锡、白居易等风格，结合自己的生活感受，抒发自己情怀。诗写得委婉深情，确有民歌风味。

【注释】

①频年：多年。骊歌：告别之歌。逸诗《骊驹》之歌的省称。古时歌《骊驹》而告别，后皆缩语为骊歌。其如：犹言其奈。

新 雁

悟霈

征鸿天外到，云路独悠悠①。
露白江南夜，霜清蓟北秋②。

平沙琴弄月，古塞笛横楼③。
谋食何须切，菇蒲正满洲④。

【作者简介】
见前。

【说明】
新雁指刚从北方飞来的大雁。雁为候鸟，随季节而迁徙。蓟北初秋，严霜满地，其时江南，露珠莹白，大雁遂结阵南飞。大雁之不畏迢迢，万里南飞，非厌古塞笳笛，非羡南方琴月。趋暖避寒，只为觅食求生。雁是如此，人又如何？霈公此诗，该写的都写到了，没有写出来的，是留给读者的一个悬念，让读者自己去思考，去琢磨。诗写得轻盈灵动，仿佛满纸烟云，一幅山水……

【注释】
①征鸿：长途远飞的大雁。唐·罗隐《夏州胡常侍》诗有"征鸿过尽边云阔，战国闲来塞草秋。"即指此。天外：天边之外，指极远的地方。云路：本意云中之路。亦作青云路，喻宦途。此取本义。悠悠：遥远而无穷尽。②露白句：谓江南之夜，露水还是那么透明洁白。霜清句：谓蓟北之秋，冰霜已是那么清冷寒冽。③平沙：沙滩与原野。亦作平坦宽广的沙滩。琴弄月：月下弹琴。此句取意于古典标题乐曲著名的琴曲《平沙落雁》。古塞：古老的边塞，边关。笛横楼：楼头吹笛。④切：急切。菰蒲句：谓沙洲上长满了菇草蒲草。

书 感

悟 霈

巢枝不过一枝安，何事尘劳放下难①。
饱露自应蝉有腹，摩云肯信鹤无翰②。
本来莲子心中苦，到底梅花骨里寒③。
负我住山真面目，许多感慨岁华残④。

【作者简介】
见前。

【说明】

霈公是一位思维敏捷、极有才华的人。他对自己的信仰前途、生活现状，每作深长之思，往往形诸文字。这首诗亦其思索的成果。他觉得自己营巢于枝，尘劳未尽，终致心中有苦、骨里生寒。这当然有违住山修道的初衷，当然是年华虚度。这是霈公自谦与自励的说法。一个人能这样解剖自己，鞭策自己，不是很好吗？诗写得很深沉，很含蓄，感情丰满，意味无穷。

【注释】

①巢枝：于树枝上营巢。此句谓要建巢的话有一棵树枝也就够了。尘劳：佛教徒谓世俗事务的烦恼。也泛指事务劳累。参见郁禅师《偈》注①。②饱露句：谓蝉饮露水，得以饱其肚腹。俗传蝉以枝叶上的露珠为食。摩云句：谓鹤没有翅翼，怎能飞腾云霄？摩本意为抚摸、接触。摩云乃直入云中。翰为鸟羽，此指鹤翼。③本来句：谓莲子之心本是苦的。到底句：谓梅花从骨子里透出寒气。④住山：指居于山林寺庙习道修禅。真面目：此处作真心、初衷解。岁华：岁月、年华。

春　草

野　蚕

绿浅香柔绝点尘，乱如丝缕叠如茵①。
阅残野火千秋劫，斗尽东风六代人②。
池上有谁还得句，江南无此不成春③。
和烟和雨年时路，知否王孙最损神④。

【作者简介】

野蚕，清代中期河南开封相国寺僧。生卒年不详，大约公元1790年前后在世。法讳不详，字梦绿，号野蚕，以号行。俗姓宋，名启祥，合肥（今属安徽省）人。本习儒业，屡试不第，中年出家学佛。工诗善文，其诗清隽超拔，不作凡俗语。又能画，所写兰竹亦潇洒有致，人所宝重。诗作结集为《梦绿诗钞》。

【说明】

这是野蚕和尚游历江南时所作七言律诗。写"春草"的诗最著名的莫过于唐代白居易"离离原上草，一岁一枯荣。"此诗发挥唐诗诗意。它用细腻的笔触描绘了江南春草阅尽风霜、久经劫火而又和雨和烟、生机盎然的精神面貌。大自然中，山水草木，循环枯荣。最经不起时空劫难的却是世人，是王孙。这首诗要告诉我们的，正是这一点。歌颂自然，歌颂生命的诗总是最自然，最有生命力的。

【注释】
①绿浅句：谓春天的草作浅绿色，散发香味，茎叶柔嫩，清净无尘。丝缕：丝线，麻线。茵：垫褥。②阅残句：谓阅历了千百年来的野火劫难。六代：指建都于南京的三国吴、东晋、南朝宋、齐、梁、陈六个朝代。③池：此指南京名胜莫愁湖。得句：指描写春草春景的诗句。④和烟句：谓年年都是这般伴随着烟雨的春草路。王孙：王者之孙或后裔，泛指贵族或富豪子弟。损神：伤神。

由下关复之广陵

野 蚕

风落寒潮塞雁横，严关重泊一篙轻①。
人间诗草无官税，江上狂徒有酒名②。
几点塔灯离建业，半钩沙月又芜城③。
不知何处潜吹笛，夜雨潇潇十载情④。

【作者简介】
见前。

【说明】
下关为地名，在今江苏省南京市西北部、长江南岸，为沪宁、宁铜两铁路之终点，与浦口隔长江而相望。为长江南北水陆交通枢纽之一。附近有南京长江大桥。此处以下关代指南京。之即去，往。广陵为古郡县名，治所在今江苏省扬州市。野蚕在游历了历史古城金陵之后，又顺江而下，前往风景名城扬州。这首诗乃是前往扬州的途中所作。所写江边潮汐伴飞雁、灯塔映月光等秋末夜景，极为精炼生动，充满了诗情画意，是一首情景交融的好诗。

【注释】

①塞雁：北方边塞飞来的大雁。横：横掠，飞过。严关：指下关，旧为兵家必争之地，设关隘。②诗草：犹言诗篇、诗章。这是直指时政弊端的话，意谓除了写诗，不管干什么都得纳税。江上狂徒：作者对自己的戏称，因作者常在江上漫游。③建业：金陵为战国时楚威王所置，秦改秣陵，三国吴改称建业，都于此。芜城：指月光下的城邑敝败荒芜。④潜：偷偷地，暗中。夜雨句：谓自己十年来都是这样在潇潇雨中奔波漂流。

晚　　坐

野　蚕

地荒增寂静，人老减聪明①。
酒断江湖兴，诗牵畎亩情②。
山泉清似野，乡月大于城③。
晚坐幽篁里，茶烟缕缕生④。

【作者简介】

见前。

【说明】

野蚕和尚是一个性喜漫游，行脚四方，足迹遍于大江南北的诗僧。据说他另有法讳，野蚕为号。他自称如一条野蚕，处处山林可栖，处处桑柘可食。人之渐老，乃居山住静，又是一种生活环境。这首诗生动地记叙了野蚕和尚住山清修的情景。在寂静的夜色中，独坐在竹林中，茶炉上放着茶壶，烟雾缕缕而生，清幽的遥远的思绪也缕缕而生。

【注释】

①地荒句：谓地方荒僻显得更寂静。人老句：谓人上了年纪就不再那么聪明。②酒断句：谓有酒喝也可断除去江湖漂荡的游兴。诗牵句：谓诗篇中都贯注着对土地的情感。畎（quǎn）亩指田地，田间。③乡月句：谓在乡村地区因天地空阔，似乎月亮也比城里大些。④幽篁：深邃阴暗的竹林。茶烟：茶壶上的烟气雾气。

夜雨不寐

禅 一

秋晚空山冷闭门，湿云时复起岩根①。
大都诗思因禅悟，一半钟声带雨昏②。
短榻横眠聊自适，孤灯枯坐向谁论③。
毕生消受清闲福，惭愧难酬出世恩④。

【作者简介】

禅一，清代浙江杭州西湖净慈寺僧。初名法喜，字心丹，号小颠。桐乡（今属浙江省）人。生卒年与俗姓不详，大约公元1794年前后在世。明代南屏万峰山房元津鏊法师六世孙，岭云法师弟子，祖孙七代诗僧。阮元抚浙，特书"七代诗僧精舍"之匾以赠。工诗能文，亦长草书。诗风清雅稳健，于韵律意境上多有讲究，诗名甚高。作品结为《唾余集》、《随便集》等。

【说明】

秋风萧瑟，夜雨连绵，孤灯独坐，枯寂难眠。一个人在这样的漫漫长夜又能做什么呢？思索，沉吟。阮元在书赠"七代诗僧精舍"题匾的同时，赠禅一的诗中有句"钟后月前明不断，万峰深处一诗灯"，是说晚钟之后，月落之前，也就是通宵彻夜地灯光不熄，苦吟作诗。阮元与禅一是很要好的方外至友，他了解禅一。秋雨之夜，禅一依然不寐，依然沉思，依然苦吟。他甚至觉得自己这样已经太清闲，太享福了。这便是诗僧兼高僧的境界，凡人不可企及的。诗写得很温雅、娴静，很有意境。

【注释】

①岩根：山岩脚下，山脚。②大都句：谓参禅得悟，便有了诗思。指禅一自己是从禅悟的境界中获得作诗的灵感。一半句：谓绵绵夜雨把寺庙的钟声减弱了一半。即钟声在雨声中显得微弱了。昏这里作弱、轻解。③短榻：似床略短，似椅较长，坐禅之具。自适：自我满足。向谁论：向谁诉说。④出世：出家。宗教徒以人间世为俗世，脱离人世的束缚，称出世。此联两句谓享受这样的清闲之福，真有愧于出家当僧人。

秋雨写怀

禅 一

云山望里半模糊,夜气迷蒙尚有湖①。
事去徒劳千日忆,老来为惜一身孤②。
竟无旧雨能分供,剩有荒田畏索租③。
看取淡妆浓抹态,米家难自泼成图④。

【作者简介】

见前。

【说明】

前有《夜雨不寐》,又有《秋雨写怀》,看来一公对雨情有独钟,再写不厌。事实上,两首诗中都没有多少雨景的描绘。夜雨令人难寐,昼雨使人感慨,其实两首都是以抒情感怀为主的情景交融之诗。一公长七言,尤擅七律,在这方面的确是下了功夫的。这首诗中,因为是大白天,还能让我们看到一些雨中的西子湖。抒写情怀固为主线,西湖雨景也很鲜明。说诗融情于景,情景交融是完全可以的。诗写得很委婉深沉,又很形象生动,意境甚美。

【注释】

①云山句:谓在秋雨之中,望云望山都是模模糊糊的。尚有湖:还能看得见西湖。②事去句:谓往事已去,长久地回顾亦属徒劳。千日泛指多日,长久。老来句:谓到了老年,对自己这个孤单的人更当爱惜。③旧雨:老朋友。新知旧雨即指新旧朋友。分供:共同来给佛像上供。索租:收取租税。此联二句乃反映一公寺中经济拮据之状。④看取句:谓眼看着面前西湖的美丽景色。淡妆浓抹出自宋苏轼诗"欲把西湖比西子,淡妆浓抹总相宜"。米家句:谓这样的美景,恐怕宋代大画家米芾、米友仁父子也难绘画出来。泼指泼墨作画。

题查叔羽罗浮梦梅图为周梅坪作二首

达 受

江店酒初熟，亭皋鹤未还①。
谁家一声笛，吹梦落空山②。

黎云淡若烟，雪月寒于水③。
中有看花人，几生修到此④？

【作者简介】

达受，清代浙江杭州白马寺僧。字六舟，又字秋楫。生卒年不详，大约公元1794年前后在世。俗姓姚，海宁（今属浙江省）人。善草书，能画，尤以墨梅著名。嗜金石，储彝鼎碑版甚富，筑"磨砖作镜室"，藏古砖千余。晚年得怀素真迹大小千文，又筑"墨王楼"藏之。阮元抚浙，慕其名，请居文选楼，称为金石僧。游京师，居城内龙爪槐，亲王贵官皆钦从，争与交游。先住天竺寺，继主净慈寺，退居白马寺。主持编撰上述三寺寺志。又辑《两浙金石志补》若干卷。偶为诗，亦高古雄健，清新可喜。

【说明】

查叔羽为清代书画家，出身于浙江海宁名门查氏，叔羽乃其字。周梅坪未详何人。周梅坪有一幅查叔羽所绘《罗浮梦梅图》。达受在观赏了周梅坪所收藏的这幅梦梅图后，题此二首五绝，以表观感。受公本人便是一位画梅高手，而在此二诗中却没有出现一个梅字。两诗乃是通过对周边环境的描写来衬托梅花，通过对赏花人的赞羡来突出梅花。构思上极具匠心，写法上颇有特色。查叔羽的《罗浮梦梅图》今已失传，无法得见。经此二诗描述，我们可以肯定那一定是一幅难得的佳作，否则不可能引发难得写诗的受公命笔赋诗，而受公亦无法写出如此神逸空灵、潇洒清隽的好诗。可以说查氏的画中有诗，更可以说受公诗中有画。好诗好画，相得益彰。

【注释】

①江店：江边的小客店。熟：指酒已酿成。亭皋：水边的平地。亭者平地，皋

为水边之地。②吹梦句：谓将梦吹落到那座空灵的山上去。山指岭南四大名山之一的罗浮山，其地以多梅著称。③黎云：黑云，乌云。雪月：白色的月光。④几生句：谓是几辈子修行的结果，才得有如此的福分。指得以在如此清幽美妙的环境中观赏梅花。修指修行学道。

感怀二首

悟 清

清净而今遍六根，焚香幸作佛前人①。
已知性海须登岸，且向恒河试问津②。
口藏谁传弥勒法，心灯自照女儿身③。
痴情一点消难尽，吟到诗篇忘苦辛④。

苍茫回首万缘空，漫说平生塞与通⑤。
眼见公侯兴败易，命怜姊妹死生同⑥。
只留此日袈裟在，不见当年锦绣丛⑦。
坐彻蒲团波浪息，心缘稳渡片帆风⑧。

【作者简介】

悟清，清代江南吴郡女僧。字石莲，俗姓翁，丹徒（今属江苏省）人。生卒年不详，大约公元1820年前后在世。父母早亡。其姊为尚书和琳（首辅和珅胞弟）宠妾，遂依其姊。和琳死于军中，其姊身殉，遂南归。主女诗人骆绮兰家。大诗人赵翼赏其才，曾赠七古诗一首。骆氏病殁，翁氏祝发为尼，讳悟清，不知所终。

【说明】

悟清身世甚为凄苦，遭遇极其坎坷，直到皈依佛门，祝发为尼，她觉得自己终于找到了最后的归宿。这两首七言律诗，正是抒写悟师虔诚向佛，斩断世缘后的诸多感慨。见惯盛衰兴废，有了今昔对比，悟清的心绪自然是澄净而超脱的。诗写得感情浓郁，情绪饱满，令人深思回味。

【注释】
①清净：佛家语。谓远离罪恶与烦恼。六根：佛教谓眼、耳、鼻、舌、身、意六者为罪孽根源。眼为视根，耳为听根，鼻为嗅根，舌为味根，身为触根，意为念虑根。佛前人：佛门弟子，此指僧尼。②性海：佛教指真如的理性深广如海。恒河：河名。发源于喜马拉雅山南麓，流经印度、孟加拉，汇入孟加拉湾。为印度第一大河，亦系世界著名大河。因佛祖释迦牟尼为古印度人，故此以印度大河喻佛法之河。问津：问路。③口藏：谓释迦牟尼的佛法最初乃口口相传。弥勒：佛名：弥勒法即指佛法。心灯：佛教语。犹言心灵。谓虽处于静默中而神思明亮如灯。④痴情：深爱之情。此处指对尘世的眷恋之情。⑤苍茫：旷远无边貌。万缘：各种各样的因缘。漫说：随意说。塞：堵塞，喻困厄挫折。通：畅通，喻稳妥顺利。⑥公侯：爵位极高的贵族。此句暗指和珅之弟和琳败亡而死。命怜句：谓悟清及其姐生死同命，皆为悲苦。⑦锦绣丛：喻富贵奢华的生活环境。⑧彻：穿透。波浪：喻心中起伏翻腾的杂念。心缘句：谓此心已经平静，可以随风帆渡往彼岸。

庵中写怀

宛 仙

禅关昼掩绝尘踪，前有修篁后有松①。
野鹤去时人少伴，晓云起处壁添峰②。
当时自识尘缘浅，今日谁知道味浓③。
千里赤绳从此断，超然何用讲三从④。

【作者简介】
　　宛仙，清代江苏吴县洞庭东山女僧。生卒年不详，大约公元1825年前后在世。俗姓石，乾隆进士石如玉幼女，长洲（今江苏省苏州市）人。许自同邑某士子，其人贫而无德，不务正业。乃不嫁，祝发为尼。承家学能诗文，诗集不传。此诗见载《七十二峰足征集》。

【说明】
　　这是宛仙初入尼庵祝发后不久所写抒怀诗。本诗前半用精炼而生动的词语描绘了尼庵清静优美的环境。后半则用欣喜庆幸的口吻记述自己逃脱不幸的婚约，走上学佛向道之路的感想。诗写得很明朗，很通俗，很有个性。

【注释】

①禅关：此处指庙门。关即门。尘踪：指与世俗人等的往来。修篁：高大的竹子。②野鹤句：谓人与鹤为伴。晓云句：谓云添壁上峰，指云雾在寺壁间弥漫浮荡，成簇簇山峰之状。③当时句：出家前自认为没有婚姻之缘。遗憾。今日句：意谓出家后方知学佛的好处。④赤绳：唐人小说记有司婚姻之神，凡遇有缘男女，即以赤绳系两人之足，最后必成夫妇。后因称缔结婚姻为赤绳系足。赤绳断自然婚姻不谐，指作者斩断尘缘，遁入空门。超然：离世脱俗貌。三从：三从四德的简称。封建社会奴役妇女的教条。三从为幼从父兄，嫁从夫，夫死从子。四德指妇德、妇言、妇容、妇功。

严滩过子陵钓台

慧 霖

自着毛裘老富春，画工辛苦绘功臣①。
先生到处堪高隐，天上宵来卧故人②。
七里江声终不断，四围水鸟亦相亲③。
利名淘尽尘中事，留得乾坤一钓纶④。

【作者简介】

慧霖，清代江西南昌永福禅林僧。生卒年不详，大约公元1840年前后在世。字梅龛，俗姓李，新建（今属江西省）人。年仅四岁便出家，立志求学，博览内外经典，终成一代诗僧，与同代诗家名流酬接唱和。诗以七律见长，格调超拔，语多悟境，当时颇享盛名。有《梅花百咏》，和者极众。又有《松云精舍诗录》。

【说明】

严滩又名严陵濑，在今浙江省桐庐县南。相传后汉严光（字子陵）隐居耕钓于此，后人遂名其垂钓处为严滩或严陵濑。子陵钓台即指严陵濑钓台。霖公此诗高度赞扬了严光淡泊名利，矢志隐遁的高尚气节。诗写得很生动，很警策，很有意境和韵味。

【注释】

①自着句：谓穿着粗毛衣服在富春山中终老。富春指富春山，在今浙江省桐庐县西，亦名严陵山，即以东汉严光（子陵）之名命名。画工句：谓东汉光武帝刘秀命画师绘制各开国功臣之像。②堪高隐：堪称高尚的隐士。天上：指京城的皇宫中。故人：指光武帝刘秀，刘秀与严光是年轻时的朋友，颇有交情，是称故人。③七里：七里滩，又名七里濑、七里泷等，在今浙江省桐庐县严陵山西，为长达七里的湍急险要的溪流。江声：指七里滩急流奔腾呼啸之声。相亲：亲近而不回避。指水鸟对人没有戒心。④淘：淘洗，冲洗。比喻溪水洗去人们的尘世名利俗念。乾坤：天地。钓纶：本意为钓鱼的丝线，此以代指垂钓者，即指严光。

平 山 堂

慧 霖

平远楼台据蜀冈，三峰起伏万松苍①。
风流太守开公宴，江上诸山到此堂②。
曾制荷舫倾碧酿，尚存柳荫似甘棠③。
醉翁之意髯翁得，同爇文忠一瓣香④。

【作者简介】

见前。

【说明】

平山堂为今江苏省扬州市著名古迹。详见元度《平山堂看荷》之说明。这首诗通过形象生动的诗的语言，再现了宋代平山堂的建筑形势以及当年在平山堂中集宴赏景的欢乐景象。对欧阳修留下这件著名古迹，留下惠民政绩进行了热情的讴歌。诗中虽用典甚多，然而文意通畅，语言活泼，写得很有情趣。

【注释】

①平远楼台：指平山堂。蜀冈：山名，在今江苏省扬州市西北瘦西湖北岸，相传其地脉连通蜀地，故名。三峰：指蜀冈的三座峰头。②风流太守：指北宋著名文学家、唐宋八大家之一的欧阳修。欧阳修于宋仁宗庆历八年（公元1048年）前后任扬州郡守并创建平山堂。江上句：谓在平山堂上可望见江南诸山，江南诸山尽收

眼中。事实上，平山堂亦正因此而得名。③荷觞：即荷叶杯。荷叶中心凹处下连茎，刺破后可作杯，称荷叶杯。觞即酒杯。碧酿：色泽青碧的美酒。以碧命名的美酒甚多，如碧香、碧芳等皆是。甘棠：本系乔木名，有赤、白两种，赤者称杜，白者称棠，白棠即甘棠。传说周武王时，召伯南巡曾憩甘棠树下，后人思其德，因作《甘棠》诗。后即用甘棠作为称赞官吏政绩之词。④醉翁：指欧阳修。欧任安徽滁州太守时，自号醉翁。滁州西南琅玡山有亭，欧曾与友聚饮于亭，书题此亭为醉翁亭。作有脍炙人口的《醉翁亭记》一文。髯翁：指苏轼。苏轼胡须甚长，故称。爇（ruò）：烧，点燃。文忠：欧阳修、苏轼逝后均谥文忠。一瓣香：犹言一炷香，即焚香敬礼的意思。

闰中秋玩月

慧霖

禅边风味客边愁，馈我清光又满楼①。
一月可曾闲几日，百年难得闰中秋②。
菊花信待重阳久，桂子香闻上界留③。
遮莫圆明似前度，不知谁续广寒游④。

【作者简介】
见前。

【说明】
农历一年与地球公转一周相比，约差十日有奇，每数年积所余之时日为闰，而置闰月。这是闰八月，即有连续两个农历八月，自然也就出现两个中秋节。霖公于闰八月中秋之夜赏月，写下这首有名的赏月诗。诗写了客边之愁，满月之光，菊花之艳，桂子之香。一个百年难遇的闰中秋，被霖公写得有声有色，多姿多彩。

【注释】
①禅边句：谓一边领略习禅的风味一边怀抱着客居的忧愁。馈：赠送。清光：指中秋的月光。②百年句：谓闰中秋是难得的。按大约每四年置一闰月，从闰正月、二月顺序推移，当四十八年方得一闰八月，得一闰中秋。百年乃举整数。③菊

花信：指菊花开放的消息。桂子：桂花。上界：天上。④遮莫：尽管，任凭。圆明：指中秋之月又圆又亮。前度：指上个月即八月的十五之夜。广寒：广寒宫，神话故事中的月中仙宫。

松 芝 图

了 亮

悬崖一株松，经霜复经雪①。
倚涧五茎芝，日月精华结②。
生成栋梁材，品格自高洁③。
异草本灵丹，服之增颜色④。
援笔入丹青，足称两奇绝⑤。

【作者简介】

了亮，清代河南洛阳白马寺僧。字智水。生卒年、俗姓籍贯均已失考，大约公元1842年前后在世。诗长五言，时享盛名。大学者书法家何绍基游中岳嵩山时，一直陪同游览，唱酬甚欢。其诗明朗遒劲，风格豪迈，甚有特色。作品惜多不传。

【说明】

《松芝图》未详何人所画，画的自然是松树和灵芝。松总长青，芝可长寿。本诗共五联十句，一、三联分别记叙山崖之上松树的生长形势及其功能品格；二、四联分别描写山崖下灵芝的形成情况及其神奇功效。五联两句总松树与灵芝本身堪称二绝，入画亦称二绝。本诗很有特色，不仅是语言清爽明洁，干净利落。行文亦且层次分明，有条不紊。题目是《松芝图》，写的是一幅画。诗文却描述现实境况中亦即高山悬崖上的松树和灵芝，放纵笔墨，尽力描绘。最后一联再返题意，把现实中的松与芝拉回画面，称松芝为奇绝，亦即称绘画为奇绝。这种写法很新颖，很有创意，因此也很成功。

【注释】

①经霜句：谓经历风霜雨雪的考验。②五茎芝：五枝丛生的灵芝。灵芝为菌类

植物。古以芝为瑞草，故名灵芝。日月句：谓蕴结了（吸取了）日月的精华。③栋梁：本义为房屋的大梁，亦比喻能为国任重的人才。此取本义。④异草：指灵芝。灵丹：灵丹妙药，神奇灵验的丹药。服之句：谓服食灵芝可使容颜红艳，能益寿延年。⑤援笔：指提笔作画。丹青：丹砂和青雘，两种可制颜料的矿石。泛指各种绘画用的颜色。代指绘画艺术和绘画作品。

写兰石有寄

了 亮

一片空山石，数茎幽谷草①。
写寄风尘人，莫忘林泉好②。

【作者简介】

见前。

【说明】

亮公除能作诗外，亦能作画。据说其所绘兰花、怪石，清劲遒拔，饶有情致。此即亮公绘制一幅兰石图后并附诗一首，寄给友人。图今无法得见，这首五绝却很不错。此诗平铺直叙地介绍画面内容：石、草，石是空山石，草是幽谷兰。亮公自然不是为兰石而写兰石。他要告诉友人，山林中自有其不可替代的绝妙好处，有空灵的奇石，有幽香的兰草。他劝诫朋友，不要在风尘之中漂泊，还是到山林中来吧。这是一首简捷明快的招隐诗，召唤志同道合的朋友来一同隐居。

【注释】

①空山：空寂无人，空旷寂静的山中。幽谷：幽深的山谷。草指兰草。②风尘：指艰辛的旅程，喻扰攘的俗世。林泉：山林与泉石，指幽静而宜于隐遁之处。

感　成

了　禅

本是无心客，缘何百感生①。
不空人我见，难断俗凡情②。
旧雨愁中散，新诗梦里成③。
莫言书懒寄，十月未休兵④。

【作者简介】

　　了禅，清代江苏镇江焦山定慧寺僧。字月辉。生卒年不详，大约公元1847年前后在世。俗姓雷，盱眙（今属江苏省）人。清文宗咸丰三年（公元1853年），太平军攻陷镇江，金山、北固相继被火。禅公时任定慧寺住持，乃率众僧死守，遣人导官军夹击扼守，故焦山定慧寺得以保全。能诗，诗风温雅清俊，情致柔婉，对现实生活作出积极的反应。作品结为《留声阁诗钞》。

【说明】

　　此题诗共三首，此选其之一。所谓感成即指有感而成诗也。这首诗格调十分深沉、情绪不免感伤。乃是禅公对清代后期兵连祸结的社会现实的忠实反映。出家本为脱离尘俗，尘俗之事却如影随形。当时太平军与清军鏖战于江苏南部，后定都天京（南京）。太平天国只信仰上帝，是坚决彻底排佛的。同在镇江一地的金山、北固山众多寺院便毁于兵燹。作为焦山定慧寺寺主的禅公，对自己的寺庙和全体僧众的命运自然十分担心。本诗如实地反映了禅公的思想状况。

【注释】

　　①无心客：解脱世俗妄念的人，指佛徒，此指禅公自己。缘何：为何。②不空：没有除去。人我见：与人们相同的见解，指世俗见解。又人我见亦可解释为强行地分别人与我之彼此的陋识浅见。俗凡情：俗世凡人的情感。③旧雨：唐·杜甫《秋述》有句云"秋，杜子卧病长安旅次。多雨生鱼，青苔及榻。常时车马之客，旧，雨来；今，雨不来。"言旧时宾客遇雨亦来，而今遇雨不至。后以旧雨比喻老

朋友、故人，今雨比喻新交。宋·范成大《丙午新正书怀》诗句"人情旧雨非今雨，老境增年是减年。"即为此意。④书：书信。休兵：本意为军队的休整、训练，引申为停战，此处取引申义。

客中寄本山诸友

了 禅

上方借得一枝栖，云自相依鹤自随①。
见月未忘禅在指，谈经想象佛低眉②。
骚坛白雪容赓和，故国黄花怨别离③。
参透乾坤同一粟，蒲团独坐夜深时④。

【作者简介】
见前。

【说明】
本山指禅公隐修之江苏镇江的焦山。禅公在客居一粟禅林时写此七言律诗，记叙了自己客居的日常生活：月下参禅、佛前谈经、诗坛唱和、蒲团独坐。在焦山本寺时如此，借栖一粟禅林时亦复如此。一个有道高僧，无论到什么地方，都能随遇而安，我行我素。这种举止行为，这种思想境界，自非常人可比。

【注释】
①上方：本意是天上神仙所居处，此代指位于高山极顶处的一粟禅林。此句谓在一粟禅林借得一个地方寄住，犹如飞鸟借得一棵树枝栖息。云自句：谓一粟禅林笼罩在云雾之中，且有鹤为伴。②见月句：谓月下参禅，不忘禅的意旨，禅的指向。低眉：慈悲顺从貌。③骚坛：诗坛。因屈原作长诗《离骚》，故称诗坛为骚坛，诗人为骚人。白雪：高妙的诗篇。转义于高雅乐曲《阳春白雪》。赓：继续。赓和即指和诗。故国：故乡。此指本寺焦山定慧寺。黄花：菊花。④参透句：谓已参悟到天地与一粒粟米并无什么区别。天地极大，粟米渺小，悟出无大小之分。

鄮山育王寺度岁作

祖　观

石门文笔费才思，五字寒山是我师①。
一瓣旃檀一杯水，长明灯下祭新诗②。

【作者简介】

祖观，清代江南吴中通济庵僧。生卒年不详，大约公元1847年前后在世。字觉阿。俗姓张，名京度，字莲民，元和（今江苏省苏州市）人。事母至孝，母殁不娶，落发为僧。诸生出身，瞻于文采，当时吴越诗坛，僧俗各家皆极推重。诗长七言，七绝尤为可观。诗风清劲健拔，格调高古，时有警世劝诫之作，亦多委婉深沉，雅致可观。作品结为《梵隐堂诗存》。

【说明】

此题诗共五首，此选其之五。鄮（mào）山为地名，又称阿育王山、育王山，在今浙江省鄞县东。古时有海人贸易于此，故以名山。后加邑成鄮，因作县名。育王寺又称阿育王寺，西晋武帝太康年间（公元280－290年），并州人刘萨诃得阿育王佛骨舍利，建塔于此，并建广利寺。至南朝梁武帝时改名阿育王寺，省称育王寺。为我国著名古寺。观公云游浙东，挂单阿育王寺，正值年终，遂在此寺度过除夕春节，并作此七绝留念。度岁即过年。作为一个著名诗僧，观公在云游挂单外寺时，在除夕过年时，仍不忘作诗。诗中正反映出这种情况。

【注释】

①石门：本指今江西省靖安县石门山，其地有马祖道一道场宝峰禅寺。此处则代指宋代著名诗僧惠洪。惠洪禅师尝长期居住于石门山宝峰寺，并著有《石门文字禅》一书。详见惠洪《题李愬画像》作者简介。才思：才气与思路。寒山：唐代著名高僧。他栖隐于浙江天台国清寺旁之寒岩，后又至江苏苏州城外寒山寺。寒山和尚写有大量诗歌，留存下来者即达三百余首。其中多为五言，皆为通俗浅易的劝世警诫之作。详见寒山《三言诗一首》作者简介。②旃（zhān）檀：即檀香，香木名。质坚硬，能作香料，亦入药。可制折扇、小匣等物。白者白檀，赤者紫

檀，皆有香，以白檀为胜。长明灯：燃灯供佛前，昼夜不灭，故谓长明。此句谓将新作的诗供奉于长明灯下，作为祭献。亦可理解为长明灯下作诗。

金山杂诗

祖 观

笛咽离亭断客魂，峭帆东望海天昏①。
老僧笑指风涛险，坐看江山不出门②。

【作者简介】
见前。

【说明】
此题诗共七首，此选其之七。金山为佛教名山，在今江苏省镇江市西北，上有金山寺。观公云游至此，挂单小住，作有一组共七首七言绝句，记录其观感。在金山上所能观赏者，以浩渺长江的水景为最佳。此诗用精炼的辞语，形象而生动地描绘了海天昏蒙、风浪险恶的长江景观。实是喻指世俗人生的尔虞我诈、明争暗斗的社会现实。观公是出家人，他自然可以尽力回避一切，正如金山寺老僧那样：坐看江山不出门。

【注释】
①笛咽句：谓江边离亭中传来呜咽的笛声，使旅客哀愁而欲断魂。离亭指建于大路口供离别送行者休憩的小亭。断魂：指神往销魂，形容情深或哀伤。此处之客既指过往旅客，亦指作者自己。峭帆：高帆。昏：迷蒙貌。②老僧：指金山寺中的老僧人。

自 笑

祖 观

自笑平生半点痴，观河羞见鬓如丝①。
乱离始识承平乐，少壮何知老大悲②。

避世桃源彭泽记，感时天宝杜陵诗③。
五湖不少闲田地，一棹烟波信所之④。

【作者简介】
见前。

【说明】
自笑是一种难能可贵的境界。笑自己的人必定明智，笑别人的人难免愚蠢。自笑之后自然是检讨与自勉，笑别人往往是一种肤浅的满足。如果等到别人来笑自己，那就更只有愧悔和遗憾。观公已过半生，鬓毛如丝，他笑自己。其实，经离乱而惜太平，时光逝而感伤悲，犹未为晚。读陶潜而知避世，阅杜甫而能伤时，实为智者。这一切，观公通过自笑、自嘲、自省，皆已了然，于是他进入了超然物外的更高境界。

【注释】
①痴：呆笨癫狂或深爱入迷。观河：古代传说禹临河而得《河图》。《河图》乃关于《周易》一书来源的传说，或传《河图》即八卦。大致应为相术测算一类典籍。此处则以之代指识知天命，洞悉机运，人生成熟。②承平：太平，治平相承。老大：谓年老。《古辞·长歌行》诗句"少壮不努力，老大徒伤悲。"可为此句诠释。③避世句：谓陶潜《桃花源记》描绘的能避乱世的世外桃源。感时句：谓杜甫的《三吏》、《三别》等诗，这些诗记载了唐玄宗天宝年间的安史之乱。④五湖：泛指全国各地。棹：船桨，代指船。信：任从，任由。之：往。

寄怀蒋宾梅先生

大　须

明月照空廊，思君夜正长①。
遥知百里外，同此九回肠②。
淮浦何时去，天涯有客望③。
好诗须寄我，旧约莫相忘④。

【作者简介】

大须，字芥航，清代江苏镇江焦山定慧寺僧。生卒年与俗姓均不详，大约公元 1868 年前后在世。盐城（今属江苏省）人。出身书香家庭，因父病，祖母命舍身，年十二祝发于焦山。甚受了禅长老赏识，嘱其本师传法。后继席主焦山定慧寺达十四年。须公工诗，五言律诗尤为著名。诗风潇洒清隽，秀丽可喜。又善画兰竹，所绘亦有名于时。作品惜多不传。

【说明】

蒋宾梅先生乃须公故乡（江苏盐城）人，具体情况待考。据本诗正文可以知道，蒋先生与须公交情甚深，也是一位有名的诗人。须公此诗，尽抒朋友间的相思怀念之情。诗写得浅易明晓，情感深挚，颇有感人的力量。

【注释】

①明月句：谓空旷清冷的长廊里照射着月光。明月指明亮的月光。②百里：概指镇江与盐城距离数百里。回肠：中心辗转，比喻离愁不解。九乃极言其多。③淮浦：淮河流域，指须公故乡盐城地区。客：指朋友蒋作宾。④旧约：指二人互通音问、互寄诗篇的约定。

暮 雪

大 须

日夕北风紧，寒林噤暮鸦①。
是谁谈佛法，真个坠天花②。
呵笔难临帖，敲床且煮茶③。
禅关堪早闭，应少客停车④。

【作者简介】

见前。

【说明】

黄昏日暮之际降雪，显得格外寒冷。此时有长老高僧讲经说法，经堂坠天花，寺外坠雪花，岂不相映成趣。须公写自己临帖，烹茶，却是自得其乐。这样的时候,自然愿意早点关上庙门,免得客来打扰。诗写得生动活泼,形象鲜明,意境甚妙,情趣甚佳。

【注释】

①日夕:黄昏。噤:闭,停住。②坠天花:天花乱坠。据佛教传说:佛祖说法,感动天神,诸天雨各色香花,于虚空中缤纷乱坠。又雪花亦有天花之名。此处实系双关。以虚之天花呼应实之雪花也。③呵:嘘气,多指天寒时以口气嘘物(此处指笔),使之融暖。临帖:临摹字帖。敲床:指吟诗时敲击床板作节拍。④禅关:此处指寺门。

西藏大雪山

虚 云

何物横天际,晴空入望中①。
这般银世界,无异玉玲珑②。
已拂尘氛远,仍疑碧落通③。
清凉无热恼,应胜水晶宫④。

【作者简介】

虚云(1840－1959),法讳古岩,又名演彻,字德清,号虚云,以号行。当代禅宗泰斗。俗姓萧,湘乡(今属湖南省)人。年十九出家福州鼓山涌泉寺,翌年具戒。一生志大气刚,悲深行苦,历主十五道场。中兴鸡足祝圣寺、昆明云栖寺、鼓山涌泉寺、韶关南华寺、云门大觉寺、云居真如寺六大名刹。重建大小寺院庵堂八十余处。先后嗣法妙莲为临济宗第四十三世祖,嗣法耀成为曹洞宗第四十七世祖,嗣法词铎为沩仰宗第八世祖,嗣法良庆为法眼宗第八世祖,嗣法深静为云门宗第十二世祖,以一身而承五宗法脉,大振禅风。弘宗演教数十年,剃度、得法、受戒、皈依弟子达数百万人。门下法嗣弟子遍布全中国,广及东南亚以及美洲诸国。所著有《楞严经玄要》、《法华经略疏》、《遗教经注释》、《圆觉经玄义》、《心经解》等,又有《虚云和尚法汇》数十万言。禅功戒德之余,涉猎诗词,存有诗偈四百余首。作品大都直抒胸臆,指心见性,禅味淳厚,达到炉火纯青的境界。

【说明】

西藏大雪山或称雪山或称葱岭,即喜马拉雅山,中国与尼泊尔、印度交界之山。清德宗光绪十四年(公元1888年),云老和尚由川入藏。在进香参拜了布达拉宫、拉萨三大寺及日喀则扎什伦布寺后,于拉萨过年。次年开春,复由拉萨南行,前往孟加拉、锡兰、泰国、缅甸参访。途经不丹国,面临崇山峻岭,直耸云空,知为著名的大雪山,乃有此诗之作。这首诗用轻盈灵动的笔调,描述大雪山晶莹玲珑的秀姿,清凉洁净的气候,由此而显示出其雄伟的气象。诗写得明快流畅,节奏疏放。

【注释】

①横:横陈,指连绵不断的群山排列在面前。天际:天边。望中:眼中,视线中。②银世界:雪白的世界,指积雪未融。玉玲珑:透明精致的玉饰。③已拂句:谓已经拂去尘俗的气氛,离尘俗已经很远很远。碧落:天空。④热恼:炎热与烦恼。水晶宫:传说中用水精构筑的宫殿,一般多指龙王的官邸。

夜泊洱海

虚 云

数年不作海天游,今夕乘风一泛舟①。
似箭灵槎穿巨浪,如霜皓月映高秋②。
钟鸣断续隋唐寺,渔唱沧浪芦荻洲③。
欲问前朝争战事,恐惊波底老龙愁④。

【作者简介】

见前。

【说明】

洱海为湖名。古名叶榆泽。在今云南省大理市东。因湖形似耳得名。湖汇西洱河及苍山麓诸水后,经漾濞江入澜沧江。清德宗光绪十五年(公元1889年)夏,云老和尚在朝拜了锡兰佛教圣地和缅甸仰光大金塔后,取道汉龙关回国。云老和尚目的为朝宾川鸡足山迦叶道场。入云南境,至大理,观洱海银涛声闻数里，叹为奇观，乃作此诗以纪。本诗重在写景，描绘洱海浩瀚苍茫的气概，波涛起伏的气势，芦荻渔舟的湖景，贴切准确，形象生动，意境极其优美雄深。

【注释】

①数年句：谓多年没有乘舟作海上之游。洱海甚为宽广，洱海之游犹如海上之游。按云老和尚曾数度渡海朝普陀名山，但那是多年以前的事，故有此句。泛舟：行船，乘船。泛为漂浮之意。②灵槎：犹言神舟、神船。皓月：明月。如霜乃言月亮与月光之白。③钟鸣句：谓从隋唐古寺中断断续续传来钟声。大理自来佛教兴盛，多隋唐古寺。渔唱：渔歌。沧浪：深青的水色。沧同苍。④争战：战争，你争我夺。恐惊句：谓谈起历代残酷战事，只怕洱海底的老龙也会发愁。暗指世道很不太平，社会上很动乱。

题仰光龙华寺

虚　云

仰缅控南海，龙华建梵宫①。
香飘金塔外，佛现一尘中②。
楼阁垂金锁，桥梁架玉虹③。
天人交集处，同礼一声钟④。

【作者简介】

见前。

【说明】

仰光古名大光，缅甸首都。原为河畔渔村，公元1756年建城，1852年成为缅甸首府。1948年缅甸独立，定为首都。多华侨，多佛寺，多佛教古迹。龙华寺即仰光一座著名的寺庙。清德宗光绪三十一年（公元1905年），云老和尚在重建鸡足山祝圣寺大体就绪后，前往南洋宏化。途经缅都仰光时，有大居士高万邦与龙华寺监院性源迎接，遂留多日。期间参拜大金塔及各佛教圣迹。在参观龙华寺后，留题此诗。诗中盛赞龙华寺梵宫雄伟，香火鼎盛。强调中缅虽属异邦，向佛学道却是没有区别的。诗写得很有气势，刚劲雄健，铿锵有力。

【注释】

①仰缅：缅甸首都仰光。南海：指孟加拉湾和安达曼海。仰光位于缅甸西南端，濒临大海。梵宫：佛教宫殿。②香：梵香。金塔：指著名古迹瑞光大金塔。一尘：一粒微尘，比喻事物的微小。此句意谓佛无处不在，即使一粒微小的尘埃，也有佛法的体现。③楼阁句：谓楼阁重重，以金锁关闭。极言龙华寺雄伟壮观。桥梁句：指仰光城西仰光河上的桥梁。玉虹：对桥梁的美称，以桥梁比作天上的彩虹。④天人：天道与人事。同礼句：意谓同是学佛求道。

暹罗龙莲寺养病

虚 云

自入龙莲养病疴，风光恰似老维摩①。
束腰尚乏三条篾，补衲还余半亩荷②。
竹簟无尘清梦少，蕉窗有兴夜吟多③。
明朝若得青莲约，缓步深山问鸟窠④。

【作者简介】

见前。

【说明】

暹（xiān）罗为泰国的旧名。原为暹与罗斛二国，后合并称暹罗。公元1939改名泰国。1945年复称暹罗，1949年又改泰国至今。龙莲寺一作龙泉寺，在泰国首都曼谷郊外，为当时泰京著名佛寺。清德宗光绪三十三年（公元1907年），云老和尚为建造鸡足山祝圣寺的藏经殿在泰国龙莲寺讲经筹款，先讲《地藏经》，再讲《普门品》。一日跌坐入定，一定九日，哄动暹京。自国王大臣乃至男女善信，皆来罗拜。出定后，国王请至王宫诵经，百般供养，赠予钜资及地三百顷。其后，云老和尚身患痿疾，言语行动皆有不便，遂延医服药，养病寺中。二十余日后病愈，乃作此诗。诗写病中情状、病中思绪甚详。诗风明快清朗，充满乐观精神。

【注释】

①疴：本指怪异之病，此处泛指疾病。维摩：即维摩诘，系与佛祖同时人，曾

向佛弟子弥勒、文殊等讲说大乘教义。②篾：篾丝，指绳索，腰带。补衲句：谓补完衲衣后还剩余半亩荷叶，谓以荷叶制衣补衣，喻禅隐生活之简朴。③竹簟（diàn）：竹席。蕉窗：芭蕉掩映着的窗户。兴：指诗兴，兴致。④青莲：此处指佛寺。唐·宋之问《宿云门寺》诗有"夤缘绿莜岸，遂得青莲宫。"即为此意。鸟窠：指鸟窠禅师，即唐代高僧道林。林公出家受戒后入秦望山，栖于长松之上，其旁有一鹊，故人称其为鸟窠禅师或鹊巢和尚。此处即以之代指高僧。

题雪兰峨绝顶涌泉

虚 云

绝顶凿池月映泉，饮者各须穷其源①。
欲觅此水源头处，天河常与海相连②。

【作者简介】
见前。

【说明】
雪兰峨为马来西亚的一个州。在马来亚地区中西部，临马六甲海峡。其地人口华侨华裔占半数以上。中部为山区，沿海多低地沼泽，常年高温。清德宗光绪三十四年（公元1909年）春，云老和尚在马来西亚居留整年，由善庆老和尚陪同参拜雪兰峨观音阁，游览怡保大小霹雳，再至新加坡极乐寺讲《起信论》、《行愿品》等，并在极乐寺闭方便关，在寺中过年。期间，于游览雪兰峨山区参观山顶涌泉时作此七绝。诗用生动的语言，形象的比喻，赞美了山顶泉水的清澄和源远流长，终年不断。

【注释】
①月映泉：谓泉池中映着月亮。穷：追寻，探索。②天河句：谓此泉与天上银河，山下大海相连在一起。

佛印桥谈心石并序

虚 云

秋九月，重浚明月湖及疏导碧溪。掘出巨石，字迹漫漶，稍可认识者。此盖佛印了元禅师住持本寺，东坡入山访印公，曾于溪边共坐此石。后建桥纪念，名为谈心石、佛印桥。今重修饬，立碑于谈心石畔，以保存古迹。留颂一首，颂曰：

坡老崇佛夙愿深，谈心石上畅幽情[①]。
碧溪桥畔留古迹，云任卷舒本无心[②]。
四海欢腾尧天日，泽被苍生庆和平[③]。
信义真诚曾留带，云辟溪桥标姓名[④]。

【作者简介】

见前。

【说明】

公元1956年秋，云老和尚于重建云居山真如寺大殿、天王殿、虚怀楼、云海楼、钟鼓楼及各殿堂房舍次第落成后，又募工疏浚明月湖，疏导碧溪、改溪。工程之中，掘出巨石一方，上镌"石床"二字，乃为宋代苏轼亲书。原来，宋神宗元丰二年（公元1079年），佛印了元禅师任真如寺住持后，大诗人苏轼被贬出朝，在黄州担任闲官副职，遂常登云居山与佛印相会。苏轼与佛印二人常坐此大石床上促膝谈心。一日，苏轼兴致一来，便挥毫于石上书"石床"二字，佛印即命人镌刻，乃有此古迹。云老和尚掘出此石后，命人嵌于佛印桥侧。于其旁刻"谈心石"字样，以作明示。佛印桥横跨碧溪，正对真如寺常住山房，为宋僧佛印了元所建，故名。1956年秋，云老和尚将之加固拓宽，使长五米，宽六米，可通行汽车。又此诗有另本，文字大有不同，兹录于此，以备查考。诗曰："坡老崇佛夙愿深，寻山问水去来今。青溪桥畔谈心石，谈到无心石有心。昔日金山留玉带，钝机偶滞故缘情。云来卷出谈心石，为筑溪桥记姓名。"

【注释】

①坡老：苏东坡，宋代著名诗人。崇佛：崇信佛教。夙愿：平素的志愿。幽情：深远、高雅的感情。②碧溪桥：指佛印桥，因桥架碧溪上，故名。古迹：指谈心石"石床"。卷舒：收卷与舒展，指云之形态变换。③四海：泛指全国各地。尧天日：上古明君唐尧的时代。比喻新中国进步发达。泽被：恩德覆盖，恩泽施于。苍生：指百姓，人民。④留带：指佛印了元主持镇江金山寺时，杭州太守苏东坡常来相访。一次二人机锋相对，东坡语塞，自动解下腰佩玉带认输。佛印从容接受，留为镇山之宝。这是一段僧俗两界盛传的风流佳话。云：云老和尚自称。溪桥：即佛印桥。

泊空舲岩上杜公亭

敬 安

杜老留题处，征帆又此停①。
水痕侵岸白，岳色向人青②。
樯燕飞何处，江猿不可听③。
何来一凭眺，落叶满空亭④。

【作者简介】

敬安（1851-1912），字寄禅，号八指头陀，湖南湘阴法华寺僧。俗姓黄，湘潭（今属湖南省）人。幼读私塾，不乐儒业。出家后发愤学诗，用力甚苦。历居京师法源寺、宁波天童寺、上海玉佛寺等名刹。1877年于四明阿育王寺燃二指供佛，故称八指头陀。曾领衔倡立中国佛教总会，亲任会长。与虚云老和尚一道为维护佛教，数度入京上书慈禧、光绪。又参见袁世凯、孙中山，奔走呼号，不遗余力。1912年圆寂于北京法源寺。擅长诗词，参加碧湖诗社。其诗清新自然，如有神助。文学齐梁，古雅有法。著有《八指头陀诗集》。

【说明】

空舲岩为湖南洞庭湖中君山之山岩名，其上有杜公亭。相传唐代大诗人杜甫晚年入湘，乘船于湘江上漂泊，曾登临此山岩。后人为纪念这位伟大的"诗圣"，遂建杜公亭。安公出生湘潭，出家湘阴，于湘中特别是洞庭湖地区名山胜水赏游殆遍。每至之处，必有诗作。安公此作登空舲岩杜公亭，亦不例外。这是一首纯粹的写景诗，句句不离洞庭的湖光山色。然而作者那怀古忧时之情，对前代高贤景仰思慕之情，正从中委婉地流露出来。诗的意境甚美，情味亦悠远绵长，令人遐思。

【注释】
①杜老：杜甫（712—770），唐代现实主义大诗人。他仕途坎坷，终生贫困，但却写出大量反映时代、关心人民的诗篇。唐代宗大历五年，贫病交加，逝于湖南耒阳湘江舟中。征帆：代指船。此指安公自己所乘之船。②水痕：水浸岸时留下的水渍痕迹。岳色：犹言山色。③樯燕：船樯上的燕子。樯为船的桅杆。因湖面广阔，飞燕时来船樯暂歇，然后又复飞去。④凭眺：临高远望。

送海峰上人行脚

敬 安

南询从此始，烟水浩漫漫①。
一钵飘然去，千山次第看②。
江云春树碧，海月夜钟寒③。
处处随缘住，无求梦亦安④。

【作者简介】
见前。

【说明】
海峰上人未详何人。上人为佛教中德行兼备者，一般也作为对僧人的敬称。行脚即僧人出外云游参学。这是一首送别诗，送同道僧友出外游方参学。安公在道友出行之始，便描述出道友此行所历风光，所遇胜景，尽力抒写，淋漓酣畅，真乃诗情勃发，想象丰富。末联叮咛道友随缘求安，语重心长，足见彼此情谊深厚。诗写得甚为潇洒，灵动飘逸，很有情致。

【注释】
①南询：指海峰上人前往南方求学问道。询者求学问道，咨询佛学。②一钵：犹言

一身。僧人出行持一钵，为化缘就食之用，以钵代身，借称也。次第：依次，顺次。③海月：犹言水月。月映湖中、江中，均称水月，未必真为大海。钟寒：指钟声透出寒意。④随缘：佛家语。外界事物皆身体感触，谓之缘。应其缘而动作，称随缘。

过徐酡仙故宅

敬　安

门巷萧条长绿芜，流莺犹似劝提壶①。
野棠含雨梨花白，不见高阳旧酒徒②。

【作者简介】
见前。

【说明】
徐酡仙，酡仙其号，又号四明醉客。清代鄞（今属浙江省）人。善饮，工书，时有大名。安公往宁波阿育王寺，过鄞。见徐酡仙旧居萧条，顿生感慨，乃作此绝句，以抒其怀。诗写旧居败落荒凉之景，颇为清幽自然，一种天然野趣，顿跃纸上。诗既精炼，语亦生动，感情丰满，很有艺术魅力。

【注释】
①长绿芜：指绿树绿草无人修整，尽显荒芜之状。流莺：莺鸟。流者谓其鸣声圆转动听。提壶：鸟名，以其鸣声似唤"提壶"，劝人饮酒，故名。此用字面之义，谓流莺似乎在劝人提壶喝酒。②野棠：野生的未经修理的海棠。高阳旧酒徒：指四明醉客徐酡仙。典出《史记·郦生传》，沛公刘邦引兵过陈留。有高阳儒生郦食其求见，使者通报。沛公曰却道"为我谢之，言我方以天下为事，未暇见儒人也。"使者出以告。郦生瞋目按剑对使者曰"嗟！复入言沛公，吾高阳酒徒也，非儒人也。"遂延入。终受重用。后世常用为好酒者之典。

偈　二　首

谛　闲

卅八年前已出家，至今仍着破袈裟①。
只缘未了多生债，翻悔当初一念差②。

蒲团香案日蒙尘，晚念弥陀补课程③。
昨日青山当夜梦，今生白社旧时盟④。

【作者简介】

谛闲（1858－1932），现代浙江宁波观宗寺僧。法讳古虚，字谛闲，号卓三，以字行。俗姓朱，黄岩（今属浙江省）人。年二十，入临海白云山出家，四年后受具。参敏曦、晓柔、大海、妙理诸尊宿。年二十八起登座讲经。历主慈西狮子庵、永嘉头陀寺、绍兴戒珠寺、上海龙华寺、宁波观宗寺等。重建与重修宁波观宗寺、天台万年寺、杭州梵天寺、永嘉白象寺塔、永嘉头陀寺、绍兴戒珠寺、黄岩常寂寺、海门西方寺、雁山灵岩寺。大师善于讲经说法，道名著于当代。著作极为丰富，有经典注疏十余部，弟子为结集近十部及大量序跋联偈，题词简牍。公元1932年农历七月初二日，无疾含笑坐化。终葬慈溪五磊山侧。

【说明】

此题诗共四首，今选其之三、之四。本组诗偈乃应一位居士之请而作，主要简述闲公出家因缘、持修情况。诗写得很谦和、朴实，有如老友面语，亲切有味。

【注释】

①卅八年：闲公于公元1877年出家，至作此诗偈的公元1915年，出家已三十八年。着：穿。②只缘句：只因为前生前世、多生多世的夙债未偿。缘意即因为，多生谓几生。翻悔句：谓后悔当年出家太迟。差为差错意。③蒙尘：被尘土蒙蔽。④白社：净土宗念佛团体。指东晋末年慧远大师的东林寺白莲社。盟：誓约。

答冒鹤庭二首

灵　照

随缘披剃礼空王，顽壳犹能自主张①。
我只爱尝蔬笋味，人偏疑恋蕨薇香②。
向生游岳从凭吊，杜老忧时念拜扬③。

隐显胥关天位置，世间何事苦评量④。

耻学乡贤梅市卒，懒随丹士葛仙翁⑤。
爱佳山水来名郡，称老苾刍作寓公⑥。
贪懒谋新符俗谚，度生乏术负宗风⑦。
斋鱼粥鼓还朝夕，惭与当年窃禄同⑧。

【作者简介】

灵照，清末民初浙江永嘉头陀山妙智寺僧。生卒年不详，大约公元1890年前后在世。俗姓郑，名淦，字森泉，嵊县（今属浙江省）人。清光绪十四年（公元1888年）举人，曾任和州州同。辛亥革命（公元1911年）后，弃家为僧，但不愿以遗民自居。长于诗文，其诗清隽雅健，饶有情致，当时享名。

【说明】

冒鹤庭即冒广生（1873—1957），鹤庭为其字号，江苏如皋冒襄后裔，近现代著名诗人、学者。冒氏有诗赞颂照公虔心向佛，兼之称道照公诗文清丽。照公乃作此二诗以答。诗中简略地陈述了自己对前途的看法，谦称自己道心和道力还远远不够，有负禅门宗风。这自然是照公的自谦之辞，但从中亦可见照公豁达情怀。诗写得颇为清雅，笔力遒劲，意味深长。

【注释】

①空王：佛家语。佛之尊称。佛说世界一切皆空，故称空王。顽壳：顽固的躯壳，指自己的身体。②蔬笋味：亦作蔬笋气。僧徒素食蔬笋，故用以比喻方外人士的本色。如用以指儒生，则含讥讽意，乃笑儒生的寒酸气。蕨薇：均野菜，暗用周初伯夷、叔齐隐居首阳山采蕨薇为食之典。此句谓人家偏误会我住进山林（为僧）是采薇，是谋取高隐的名声。③向生：姓向名平，字子平。东汉朝歌人。光武帝建武中，子女婚嫁已毕，遂不问家事，出游名山大川，不知所终。此句喻指自己亦已摆脱了家累，无须为家事操劳。凭吊：怀旧，触景伤情，思念往昔。杜老：指杜甫，唐代大诗人。忧时：为时政时事而忧虑。拜扬：拜为提拔授官，扬为赞誉表彰，合用意为受称赏重用。④隐显：隐为隐晦潜藏，显为明显显赫，合用意为人生进退与贵贱。胥关：有关。天位置：犹言上天的安排规则。评量：品评，衡量。⑤乡贤：本乡的前贤。梅市卒：指梅福。梅福为西汉末年寿春人，字子真，为郡文学，官南昌尉。后弃官归里，仍上书言事，讥讽王氏。王莽专政，乃弃妻子隐遁。人遇之于会稽，已变名姓为吴市门卒。会稽与作者本籍嵊县紧连，故作者称梅福为乡贤。丹士：道士，炼丹者。

葛仙翁：指葛玄，葛玄为三国吴琅邪人，字孝先。为晋代葛洪之从祖父。传说他从左慈得《九丹金液仙经》，修炼成仙。世称葛仙公、葛仙翁、太极仙翁。⑥佳山水：美丽的山水。名郡：指作者剃度出家的浙江永嘉。苾（bì）刍：苾刍为梵语音译，系佛教僧人的总称，意谓佛的弟子。一般音译作比丘。寓公：本意为失去封地而寄居他国的诸侯。后来泛指寄居他乡的官吏身份的人。⑦俗谚：越谚有"贪懒做和尚"之说。度生：超度而往新生。宗风：某一宗派独有的风格。特指佛教禅宗各派的风格。此处乃指佛教的宗旨。⑧斋：指用餐，僧人素食谓吃斋。鱼：鱼梆，一种大而长鱼形中空的大木鱼，寺庙中击之以报时，报导进膳用斋。粥鼓：击鼓以进餐食粥。此句谓等待着敲鱼击鼓进斋食粥以虚度朝夕。窃禄：谓居官食禄而不勤其事。此系照公自谦之辞。照公出家前为清代官员，食有俸禄，故称。

高鹤年居士像赞

印　光

人言居士性甚偏①，
我谓所偏即是圆②。
由偏故不理家计③，
由偏故深通教禅。
由偏故云游全国诸名胜，
由偏故遍参宗教诸高贤。
由偏故专修净土特别法，
由偏故普令同仁结净缘④。
由偏故不立嗣续舍家为庵⑤，
安住贞节俾全其天⑥。
今已将离此五浊恶世⑦，
直登西方极乐世界之九品宝莲⑧。
因王一亭老友所写之真⑨，
特表其偏之所以然⑩。

【作者简介】

印光（1861－1940），现代净土宗高僧。俗姓赵，陕西合阳人。1882 年于终南山莲花洞寺出家,次年受戒。1887年到京师红螺山资福寺专修净土道场。后去普陀法雨寺阅《大藏经》,钻研佛教三十年。1923年在南京与人合创放生念佛道场,开办佛教慈幼院。1930年移住苏州报国寺,完成普陀、五台、峨眉、九华四大名山山志的修辑。同年在上海创弘化社,流通佛教经典。次年迁苏州报国寺。卒葬苏州灵岩山寺。有《净土决疑论》等。

【说明】

高鹤年即高恒松,详见圆瑛《民国二年于四明接待寺赠鹤年居士四首》说明。这是印光大师为高鹤年遗像所题赞诗。诗中详尽而又热情地赞扬了高鹤年周游全国,遍参大德,广行善事,专修净业的事迹。诗写得激情洋溢,笔力矫健,情绪高昂,很有力量。

【注释】

①偏:偏颇,不守常规。②圆:圆融,圆通。③家计:指治家理业。④同仁:此谓同道,同志。净缘:净土宗之缘。⑤嗣续:指后代继承人。舍家:把家产捐献出来。指高鹤年将自己的家产房屋捐为贞节庵,以收容孤苦妇人。⑥安住句:谓让孤苦妇人安养晚年。⑦五浊:指尘世现实中种种不良欲念导致的后果。⑧九品宝莲:指西方极乐世界最高位置。⑨王一亭:指王震(1867-1938),近现代著名画家、居士。字一亭,法名觉器,号梅花馆主、白龙山人。浙江湖州人。曾入同盟会,辛亥革命时任上海都督府交通部长、农工商部长。后经营实业,从事佛教和慈善事业。著有《王一亭选集》、《王一亭画诗选集》、《王一亭先生书画集》、《白龙山人墨妙册》等。写真:指肖像画。⑩表:表述,说明。

往事影尘偈

倓 虚

法尘缘影本一心,谁将玄元作主宾①。
大地拈来无不是,沧桑转变一色新②。

【作者简介】

倓虚(1875-1963),中国现代天台宗高僧。法讳隆衔,字倓虚,以字行。俗姓王,名福庭,河北宁河(今属天津市)人。入塾三年即学商,十七岁成婚。

复从军，兼习医卜星相，后设药堂。其间常听讲读经、蓄出世志。民国三年（公元1914年），由天津清修院清池和尚荐入涞水高明寺，礼印魁和尚剃度，于浙江宁波观宗寺受戒。久依谛闲大师，受天台教法。随谛闲赴京讲经，代清池主天津清修院。其后创营口楞严寺、哈尔滨极乐寺、长春般若寺、青岛湛山寺。兴沈阳般若寺、天津大悲院。曾任哈尔滨极乐寺、北京弥勒院、北京法源寺、西安大兴善寺、青岛湛山寺住持。所至皆设佛学院，造就僧材。民国三十七年（公元1948年），回顾生平事迹，由弟子大光笔录，成《影尘回忆录》一书。该书收入《中华续藏经》。次年应邀访港，驻荃湾弘法精舍，创华南佛学院、佛教印经处、佛教图书馆、天台精舍、谛公纪念堂、青山极乐寺等。仍讲学接众，日无暇逸。历任香港佛教联合会会长。公元1963年夏示寂，灵骨葬九龙西贡山之麓。著作极为丰富，总编为《湛山大师法汇》，收入《中华续藏经》。

【说明】

此诗为虚公自己的《影尘回忆录》一书题写。诗中阐述了往事如过眼烟云，世事在时刻变化的至高哲理。本诗不仅禅味浓厚，且道理彰明，足以显示纯净高妙的佛学境界。

【注释】

①法尘缘影：谓世法为尘，俗缘如影，皆虚幻而不可靠，有如过眼烟云。本：动词，本着，恃赖。一心：专心一志。玄元：道，指佛家道理。作：分作，分为。主宾：主次。②拈：拿起来。此句谓天地下所有的事物说起来都有其存在的道理。一色：本意为一种或一类，此处指一起，全都。

福慧精舍开光典礼

俨 虚

福慧精舍法缘昌，初展规模日日张①。
挽转世风弘佛化，竟将东土现西方②。
释迦如来装金色，观音大士色金装③。
地藏菩萨金色相，三身四智放祥光④。
迦叶阿难同侍佛，韦驮菩萨护莲邦⑤。

善男信女来献供，吉日一时放佛光⑥。
七窍玲珑光普照，六根清净喜洋洋⑦。
诸山长老同居士，庆贺光临太相当⑧。

【作者简介】

见前。

【说明】

这是倓虚大师于公元1958年主持香港福慧精舍开光典礼时所作庆贺诗。佛家于佛像落成后择日致礼而供奉之，谓之开光，亦称开眼，或曰开眼供养。虚公此诗，热情地赞扬了福慧精舍佛像庄严、信徒踊跃的兴盛景象，殷切地期望福慧精舍在弘扬佛法、普度众生的事业中功德圆满。诗很通俗平易，朗朗上口，便于广大善男信女的认识和理解。

【注释】

①法缘：佛教语。本指入教仪式，即皈依三宝，与佛有缘。此处指佛法的因缘，佛门与各方面的关系。张：张大，张扬。②世风：社会风尚。东土：东方大地，指中国。西方：指西方极乐世界。③装金色：佛像用金箔包裹，谓之装金，即装成金色。色金装义同。④地藏菩萨：佛教菩萨名。佛教传说，佛示寂后，地藏自誓，必须度尽六道众生，方始成佛，因而现身于人天地狱之中，救众生苦难。金色相义同装金色。三身：佛教语。法身、受用身、变化身，并为三身。四智：或以对天地四大即地、水、火、风的认识为四智，或以对人生四相即离、合、违、顺的认识为四智。泛指种种智能。⑤迦叶：指摩诃迦叶，佛教长老，释迦没后，传正法眼藏，为禅宗西土初祖。阿难：佛祖十大弟子之一，梵语意译为欢喜、喜庆，时称多闻第一。佛寂灭后，编录佛法，继为长老。韦驮：佛教护法神名。八大将军之一，称增长天王。又属四天王，为三十二将之首。莲邦：亦称莲界，指佛国。⑥善男信女：佛家称信仰佛教的男女。供：供奉之品。⑦七窍玲珑：指宝塔，包括大雄宝殿前铁铸的塔炉。六根：指眼、耳、鼻、舌、身、意六者。⑧诸山：指各寺庙。长老：佛家称年德俱高者。居士：指在家奉佛的人。

民国二年于四明接待寺赠鹤年居士四首

圆 瑛

东坡箬笠是前身，不舍尘劳不染尘①。
拔草瞻风图见性，此心唯与道相亲②。

百城烟水一身游，度岭穿云春复秋③。
任运随缘无挂碍，也无烦恼也无忧④。

横担棘标自西东，一段飘然道者风⑤。
直入千峰万峰去，此身常在白云中⑥。

芒鞋拄杖日从容，踏破云山几万重⑦。
无位真人真面目，于无觅处处相逢⑧。

【作者简介】

圆瑛（1878－1953），现代浙江宁波天童寺僧。法讳宏悟，字圆瑛，以字行。俗姓吴，古田（今属福建省）人。弱冠出家于福州鼓山涌泉寺。先后就学于冶开、寄禅、通智、谛闲等著名高僧。历任宁波天童寺、福州涌泉寺、雪峰寺、马来西亚槟城极乐寺等名刹住持。大力讲经弘法，为佛教的弘化不遗余力。公元1929年中国佛教会成立，被推为会长，蝉联数届。1953年中国佛教协会成立，被选为首任会长。同年病逝于宁波天童寺。有《大乘起信论讲义》、《圆瑛法汇》等。

【说明】

四明接待寺为天童寺下院，为接待四方来天童寺的僧人、居士之处。鹤年即高恒松，字鹤年，现代著名大居士、慈善家。他曾长期云游全国名山大川，参拜名刹高僧。著有《名山游访记》。民国二年（公元1913年），高鹤年到四明，住接待寺。圆瑛和尚正在接待寺主持寺务，相见甚契，瑛公乃作此四绝句以赠。诗中高度赞扬了高氏以在家居士的身份，行脚游方，磨炼身心，冲风冒雨，露宿风餐以参访知识的坚强意志和毅力。诗写得热情洋溢，清新明朗。

【注释】

①东坡：宋代著名诗人苏轼，号东坡居士。苏东坡深爱山林胜景，常戴着竹笠游览山水名胜。箬笠：用箬竹叶或竹篾编结成的宽边帽，为避雨器具。前身：佛家语，即前生。不舍：此处为不怕，不避之意。尘劳：佛教徒谓世俗事务的烦恼。也泛指事务劳累。②拔草瞻风：谓拔除心草即心头杂芜俗念，并瞻仰高僧的道德风范。性：指人的本性或事物的本质。道：指佛法。③百城烟水：泛指全国各地的风光。度：翻越。④任运：随从机运。挂碍：牵挂与阻碍。⑤横担：指挑着行李担子。棘标：急行。棘通急。⑥此身句：谓长期在山林云雾中行走。⑦芒鞋：草鞋。⑧无位真人：指没有实际封授的真人，真人为存性得道之人，此处即谓仙人。无位真人犹言自由自在的神仙。于无句：谓于无法觅取处觅到自己的真面目。指高鹤年云游行脚能有极大收获，极大提高。

临终偈语二首

弘 一

君子之交，其淡如水①。
执象而求，咫尺千里②。

问余何适，廓尔忘言③。
华枝春满，天心月圆④。

【作者简介】

弘一（1880-1942），中国现代律宗高僧。法讳演音，号弘一，以号行。别名一音、圆音、弘裔、澄览等达七十余个。俗姓李，名岸，字叔同，又名文涛、成蹊、李哀、李息等，字瘦桐、哀公、惜霜、息翁等。先世江南平湖（今属浙江省），移籍天津，家世盐业巨商。父为清进士，官吏部。父年六十八，母年十八始生，行三，有异母兄二。年五岁，父亡故。年十八，娶俞氏。年十九，携眷移沪。年二十六，母故。东渡留学，入上野美校。创春柳社，演新剧。五年后，携日籍夫人回国。任教天津、上海、杭州、南京诸校。公元1918年夏，出家于杭州西湖虎跑寺，复至灵隐寺受戒。大师出家前为著名书法家、音乐家、戏剧家及艺术教育家，著作宏富，桃李满天下。出家后精持戒律，整理经典，不主寺，不收徒，唯以弘扬戒律为己任。著有大量律宗经典疏注。公元1942年秋圆寂于福建泉州温陵养老院。

【说明】

弘一大师乃文艺天才，所作歌曲不胫而走，传唱天下。出家后，不作世俗文字，口不离佛，笔不离教。有人求墨宝，唯以佛言佛号书之以付。今从其阐发教义的《护生歌》中择录数章，及其临终诗偈，一并选出。这二首临终偈语，实为四言绝句。两首各不同韵，各有所指。前首乃述君子之交，希望自己的往生不要给朋友带来痛苦，希望大家豁达些，开朗些，不要对生死之事太执着、太看重。后首乃述自己的感想，命将终时，自觉归得其所，觉得一切都圆满了。这种乐观彻悟的境界，不是随便什么人可以达到的。

【注释】

①君子联：源于古俗语"君子之交淡如水，小人之交甘如醴"。谓君子交于道义，表面甚是平淡，内在实为深沉。②执象：有二解。一解执着于事物的表面现象。一解为像瞎子那样去摸象，始终不得要领。咫尺千里：近在咫尺而相隔有如千里，多指人为的隔阂。一咫等于八寸，咫尺比喻距离很近。③何适：去往何处。廓尔：空阔貌。④华枝：花枝。春满：谓春意盎然，春意浓厚。天心：犹言天空中。

今日与明朝

弘 一

日暖春风和，策杖游郊园①。
双鸭泛春波，双鱼戏碧川②。
为念世途险，欢乐何足言③。
明朝落网罟，系颈陈市廛④。
思彼刀砧苦，不觉悲泪潸⑤。

【作者简介】

见前。

【说明】

此歌词及其后《母之羽》，均选自上海佛教居士林为纪念弘一大师圆寂五十周年所印之《护生歌画集》。歌词由弘一法师亲作。画题者为丰子恺（1898－1975），系弘一大师在俗时入室弟子，浙江省桐乡县人，为著名画家，曾任上海国画院院长、上海美协主席。受弘一大师影响，作《护生画集》共六集，寓佛家护生戒杀之旨。配歌者为钱仁康，出生于公元1914年，江苏省无锡市人，为著名作曲家，曾任上海音乐学院教授、系主任、音乐研究所所长。受佛教影响，作佛教歌曲多达数百首。弘一大师这首诗通过对鸭、鱼的遭遇，写出了世途险恶，不测难料的社会现实，寓意很深，令人长思。

【注释】

①和：温和，和煦。②泛：指浮游。碧川：碧绿的河流。③世途：人生道路。④网罟（gǔ）：鱼网，罗网。市廛（chán）：指市场。⑤潸（shān）：涕泪流貌。

母 之 羽

弘 一

雏儿依残羽，殷殷恋慈母①。
母亡儿不知，犹复相环守。
念此亲爱情，能勿凄心否？

【作者简介】

见前。

【说明】

在《护生歌画集》中，载有弘一大师亲书此诗。配有题画、曲谱。诗后大师亲书诗跋如下："《感应类钞》云，眉州鲜于氏因合药碾一蝙蝠为末。及和剂时，有数小蝙蝠围聚其上，面目未开，盖识母气而来也。一家为之洒泪。今略拟其意，作母之羽图。"诗乃通过具体事例，告诫世人不要妄杀生灵。佛子戒杀，其为首义，反复强调，乃律宗高僧弘一大师之责也。

【注释】

①雏：凡生物之初生者皆曰雏。此处指幼蝙蝠。残羽：母蝙蝠之残剩毛羽。

本 事 诗

曼 殊

春雨楼头尺八箫，何时归看浙江潮①。
芒鞋破钵无人识，踏过樱花第几桥②？

【作者简介】

曼殊（1884－1918），现代广州长寿寺僧。法讳博经，号曼殊，以号行。俗姓苏，名玄瑛，字子谷，香山（今广东省中山市）人。生于日本，父中国人，母日本人。五岁随父回国。十一岁父亡，母在日本，不容于家族。十二岁入广州长寿寺披剃，同年受戒。次年赴日省母，于日本学美术、政治、军事五年。赴泰国学梵文二年。二十岁入杭州西湖灵隐寺著书。兼上海《国民日报》翻译，并兼各大中学校教席。先后赴泰国、斯里兰卡、日本、新加坡、印度尼西亚、印度等国讲学并译著。其间多次赴日省母。1918年5月2日病逝于上海。著作甚多，结为《苏曼殊全集》。入南社与同代名士章炳麟、柳亚子、周作人、沈尹默、周瘦鹃均交往深密。精通英、法、日、梵文字，能诗善画。其诗以七绝为多，清新雅丽，凄艳柔婉，与其身世不无关系。

【说明】

此题本事诗共十首，今选其之九，此诗又题作"有赠"、"春雨"。本事诗即记事诗，谓作此诗必有其事实依据，有具体所指。本诗为曼殊赴日本省母期间所作。作为出家僧人，流浪异国他乡，感情自是压抑。诗中描述了日本春雨中凄凉景致，记叙了作者思乡情怀。诗写得很凄婉深沉，缠绵悱恻，感情沉郁而又委婉。

【注释】

①尺八：日本尺八状类中国洞箫，据说传自金人。其曲有名"春雨"者，阴深凄悯。浙江潮：即钱塘江潮。②芒鞋：草鞋。钵：餐具。僧人沿门募化，总是托钵。芒鞋破钵便成为游方和尚的独有形象。樱花：日本名花。落叶乔木，春末开花，五瓣，淡红，艳丽非常。

淀江道中口占

曼 殊

孤村隐隐起微烟,处处秧歌竞种田①。
羸马未须愁远道,桃花红欲上吟鞭②。

【作者简介】
见前。

【说明】
淀江亦名淀河,又名大清河,在今河北省境内。因容纳诸湖淀之水而得名,入海河。这是曼殊春季漫游于北方乡村时所作。诗中描述乡村的民居炊烟、农忙春耕和桃花红艳的情景。这种农家乐景象激发了作者的诗兴。这是曼殊诗歌中较为俊逸豪放、明丽欢快的一首。诗写得既有意境,又有情感,可称为情文并茂,情景交融之佳篇。

【注释】
①秧歌:为汉族具有代表性的一种民间舞蹈形式。主要流行于中国北方地区。起源于农业劳动。因流传地区不同,有陕北秧歌、东北秧歌、河北地秧歌、山东胶州秧歌和鼓子秧歌等,各有不同的风格和特点。种田:此处指春耕。②羸(léi):瘦弱,疲病。此句谓老马呵你不必担心路途遥远,慢慢走吧。意谓此情此景值得留恋观赏,不必急忙赶路。桃花句:谓红艳的桃花激起了作者的诗兴。

东来与慈亲相会,忽感刘三天梅去我万里,不知涕泗之横流也

曼 殊

九年面壁成空相,万里归来一病身①。
泪眼更谁愁似我,亲前犹自忆词人②。

【作者简介】

见前。

【说明】

东来指东渡日本。慈亲即作者的生母。刘三天梅即刘钟和（1880－1938），又名三，字季平，号天梅，近代民主革命家、诗人。上海人。南社成员。撰大量诗词，宣传革命。擅长书法。刘天梅系曼殊至交，曾共同办校从事革命教育，又于南社中相互诗词唱和。曼殊东渡省母时怀念刘天梅远隔万里，乃作此诗，抒写情怀。曼殊之父为中国人，随父来华，但父亡后不容于家族。其母为日本人，乃曼殊惟一至亲。故其诗文中常以日本为家。此题中之"东来"，诗中之"归来"均为回到日本生母身边。此诗辞语虽较浅易，感情却很深挚，表现出作者与刘天梅深厚的友情。

【注释】

①九年：指曼殊削发出家已经九年。兼用禅宗东土初祖菩提达摩面壁九年的典故。空相：佛教指一切皆空之相。相为表象。归来：指回到母亲身边。②词人：擅长文词的人，指刘天梅。

偈

显　慈

般若真心绝言诠，天然佛法系目前^①。
目前无在无不在，圣解凡情两俱蠲^②。
一切法中如是会，此心常比秋月圆^③。

【作者简介】

显慈（1888－1955），现代浙江宁波观宗寺僧。广东中山人。本习儒业。公元1920年从谛闲于宁波观宗寺出家，翌年于南京宝华寺受戒。继于扬州高旻寺参禅。自1924年起，至黄山广佛寺、南京金陵寺、扬州长生寺、摘星寺、上海佛教居士林、苏州灵源寺、无锡广福寺、广州六榕寺等各地讲经弘法。慈公儒释兼通，学识渊博，道誉甚隆。诗不多作，所作则现身说法，禅味醇浓。

【说明】

此诗偈乃公元1947年慈公在广州六榕寺开讲《金刚经》时所说。也可以说是对学人从学《金刚经》的一种提示。诗中要求大家不能拘泥文字，对佛法要用真心去体味，只有心地圆融，无执无妄，才可蠲弃凡情，佛现目前。这确实是对众多学僧指点迷津的明灯。

【注释】

①般若：梵语。犹言智能，或曰脱离妄想，归于清静。绝：杜绝，弃除。言诠：以言词阐述义理或在言词上留下痕迹。②圣解：明智而正确的理解。凡情：世俗之情。蠲（juān）：除去，减免。③会：理会，领会。此心句：谓人心可如中秋之月一般圆融明亮。

赠虚云和尚

太 虚

鸡足高峰云岭横，投师三友弟呼兄①。
雨花瓶钵经千里，田水袈裟纵百城②。
今日魔宫将震动，他时法筵定增荣③。
智人已识登三佛，愧我无能觉此情④。

【作者简介】

太虚（1889-1947），现代上海玉佛寺僧。法讳唯心，字太虚，号悲华，以字行。俗姓吕，名沛林，崇德（今浙江省桐乡县）人。年十六，出家于苏州小九华山，同年往宁波天童寺依寄禅受戒。喜阅康有为、梁启超、邹容著作，向往进步。1911年于广州白云山双溪寺任住持。此寺成为南方革命党人据点。期间有凭吊黄花冈烈士诗。民国立，任浙江杭州净慈寺住持，与杨仁山于南京创中国佛教协进会，后并入以寄禅为会长的中华佛教总会。寄禅示寂后，继任佛教总会领导，于寄禅追悼会上提出"教理革命，教制革命，教产革命"。参与创建觉社，长期主编《海潮音》月刊。创办武昌佛学院、闽南佛学院、世界佛学院、汉藏教理院。抗战胜利后，任中国佛教整理委员会主任。1947年3月17日圆寂于上海玉佛寺。主要著作被门人辑为《太虚大师全书》。

【说明】

虚云和尚为当代禅宗高僧,详见虚云《西藏大雪山》作者简介。此诗为太虚大师早年作品,写于其二十岁之前。大师认识云老和尚很早。公元1905年中,太虚依寄禅和尚于宁波天童寺时,云老和尚应寄禅电邀,于1906年春回国,同寄禅一同赴京上诉,此时太虚正在寄禅和尚身边。太虚尊重云老和尚为一代尊宿,知其正在重兴鸡足山迦叶道场,不胜钦佩,乃写此诗呈赠云老和尚,以表崇敬之意。诗中热情地赞扬了云老和尚恢复丛林,万里弘法,广开法筵,博学多才的高风亮节,丰功伟业。诗写得很谦虚,很真诚,很有热情。

【注释】

①鸡足:鸡足山。在今云南省宾川县西北,山顶有迦叶石门洞天,传为佛弟子迦叶守佛衣以俟弥勒处。投师句:指作者当年投依寄禅和尚时,云老、寄禅、太虚三人一同赴京上诉,虽然三人年龄相差甚大,却以同道兄弟相称。太虚年仅十六七岁,自然称云老和尚为道兄。此亦见云老之胸怀度量。②雨花:雨水与雪花。瓶钵:饮食用具,代指僧人出行。此句谓云老和尚行经千里去弘法,倍受雨雪风霜的自然气候之苦。另此处雨花二字尚暗用"佛祖说法,天女散花"之典,谓云老和尚一瓶一钵去弘法讲经乃是秉承佛祖的旨意行事。田水:即田衣,又名水田衣。袈裟的别称。因多用方形布块缝缀而成,似水田的界画,故名。也叫百衲衣。纵:本意腾跃,引申为奔驰,奔波。百城:极言所经历的城市众多。③魔宫:泛指天魔邪鬼的居处。法筵:僧人讲说佛法的坐席。④智人:明智者,聪明人。此处指云老和尚。已识:已经达到洞悉佛法真谛的境界。三佛:此指佛学最高境界,即佛的思想境界。

次韵和铁禅画梅诗二首

太 虚

超山十里冷香宽,雪里春光二月寒①。
今日萝冈冬未尽,繁枝已向陇头看②。

新桃源里老僧家,待得花开似绛霞③。
更愿湖边建兰若,白沙堤上会无遮④。

【作者简介】

见前。

【说明】

铁禅（1865－1946），现代广东广州六榕寺僧。法讳心镜，号铁禅，以号行。俗姓刘，名梅秀，番禺（今属广东省）人。少习书画，入刘永福幕。刘永福解甲，遂依广州六榕寺源喜出家。长期主持六榕寺，兼主清远飞来寺。民国立，任广东佛协会长。抗战时期，任日伪所封省佛协会长。抗战胜利后，以汉奸罪入狱，死狱中。公元1936年初春，太虚大师应铁禅邀请，客居广州六榕寺数十天。期间，由铁禅陪同游市郊萝冈赏梅。铁禅绘梅花图并题诗以赠。这两首诗便是次铁禅原韵所作和诗。诗中对萝冈初春的秀美景色进行了真诚的赞美，对冷艳清香的梅花进行了热情的讴歌。诗写得清健挺拔，很有韵味。

【注释】

①超山：广州市郊萝冈的小山名，多梅花。冷香：花的清香，特指梅花的香味，因梅花于冬雪时开放，故称。②繁枝：指梅树枝。陇：通垄。丘垄，田埂，陇头即指田头。③桃源：晋末大诗人陶渊明《桃花源记》中虚拟描绘的世外桃源乐土。绛霞：红色的彩霞。绛为深红色。④兰若：指寺院。梵语阿兰若的省称，意为寂静、无苦恼烦乱之处。白沙堤：萝冈临江的一条圩堤。无遮：佛教指宽大容物而无遮碍，解免诸恶。

虚老和尚开光塔法语

悟 源

人人有个灵山塔，就在灵山见真如①。
十方同住参无畏，微尘刹土见诸佛②。
虔祝德公开光诞，敬祝清公寿无量③。
庆祝幻公百念年，恭祝游公趋莲邦④。
虚空粉碎大地平，云雾彻散照大千⑤。
三千界内演妙法，历代祖师又添僧⑥。

【作者简介】

悟源（1897－1983），现代江西永修云居山真如寺僧。法名传觉，字悟源，以字行。俗姓邱，江西省赣州市人。十五岁礼惟宗禅师披剃，二十一岁于景德镇正觉寺受戒。后偕师兄悟禅参学四方，亲近金山融老、高旻来老、天童圆老等高宿，住杭州二十余年。1921年曾住江西云居山。建国初住广东乳源云门寺，从学虚云大师。再上云居山，并敦请虚云共振真如寺。1981年任云居山真如寺住持。1982年传戒僧尼及在家弟子五百余众。曾任中国佛协代表、江西省政协委员、永修县政协常委等。

【说明】

公元1982年9月16日，重建于云居山海会塔平顶上的虚云和尚舍利塔落成。是日，来自全国二十多个省、市及香港地区的四众弟子一百七十余人，在云居山为虚云和尚舍利塔举行隆重的开光仪式。法会由住持悟源大和尚主持。本诗即为悟源在开光法会上所说法语。诗中嵌入云老和尚的姓名字号：德清、幻游、虚云，高度地赞扬了云老和尚弘扬佛教的丰功伟绩，虔祝云老和尚的形象永照大千。

【注释】

①灵山：佛教称古印度王舍城东北的佛教圣地灵鹫山为灵山。此处泛指仙山，即往生后入葬之处。真如：佛教指永恒常在的实体、实性。宇宙全体，即是一心，不生不灭，故名为真。此真心，无异无相，故名为如。②十方：东、南、西、北、东南、西南、东北、西北、上、下共为十方，泛指各处。无畏：佛教指佛祖于大众中说法泰然无畏之德。微尘刹土：指尘土等细微之物，刹即田土。③虔祝联：此联嵌德清二字，颂祝云老和尚法塔开光，法寿无疆。④庆祝联：此联嵌幻游二字，颂祝云老和尚生时长寿，往生极乐。百念年指云老和尚享世寿一百二十（二十即廿，音niàn）岁。莲邦指西方极乐世界。⑤虚空联：此联嵌虚云二字，颂扬云老和尚弘法伟绩，护法丰功。指粉碎魔障，照彻大千的种种业绩。⑥三千：三千大千世界。历代句：谓云老和尚加入了历代祖师的行列。

讲《楞严经》

海 灯

农事泯诸相，第一是勤耕①。
温饱既有得，闲坐话无生②。

【作者简介】

海灯（1902-1989），当代四川江油观雾山极乐堂僧。自号无病道人、尚精进僧。俗姓范，四川省江油市重华镇人。曾就读四川绵阳师范、四川大学文学院、成都警监学校，因家贫无法完成学业。年二十三入新都镇静庵出家，年三十于成都昭觉寺受戒。期间及其后受少林武僧汝峰上人佛学与武学栽培，勤学少林内外武功及密宗教义。年三十八起，出任梓潼大庙山住持、高封寺住持，期间参加成都青羊官擂台比武，表演"一指禅"。四十四岁入少林寺，继续探索少林武功精要。两年后又出云游，先后参拜普陀、宁波育王寺、天台高明寺、国清寺、上海法藏寺、杭州灵隐寺，沿途讲经，很受欢迎。建国后，居上海法藏寺，讲经授武。1956年夏，登江西永修云居山，被虚云老和尚聘任真如寺住持，兼佛学院主讲。成为云老和尚法嗣。二年后隐居江苏吴县太湖西山，长达十余年。"文化大革命"期间，远走陕甘，授徒传艺。后回江西依徒济平。"文化大革命"后回故乡。参拍《四川奇缘录》、《少林海灯法师》、《海灯传奇》。著《气功精要》、《少林云水诗集》。曾任四川省政协常委、全国政协委员。海灯以儒入释，书剑并重，丹心侠骨，德高艺精，是当代著名佛学高僧和武学前辈。

【说明】

《楞严经》全称《大佛顶如来密因修证了义诸菩萨万行首楞严经》，十卷。经中阐述心性本体，属大乘秘密部。此经为海灯法师毕生钻研、长期讲授的经典。在云居山真如寺任住持兼佛学苑主讲时，讲授的便是此经。讲经之际，作此诗偈，实际上也是言简意赅的阐述学经、习禅与实践的关系。

【注释】

①泯：尽，消灭。相：佛教名词，对"性"而言。佛教把一切事务外观的形象状态称之为相。②无生：佛教谓万物的实体无生无灭。

恭祝一诚大和尚晋院真如，
重启千佛大戒，谨呈芜言，以庆佳辰

本　智

云居山上天外天，无量英俊续前贤[①]。
谈心石上征端的，赵州关头莫息肩[②]。

千层云绕梵王寺，四面峰环雉堞连③。
因缘巧遇千佛戒，法王宇内更添孙④。

【作者简介】

本智（1904－1995），现代广州花地小策精舍僧。法讳宽志，字本智，以字行。虚云老和尚法嗣。俗姓苏，出身辽宁汉军八旗士族之家。本习儒，后出家。参学四方，历住名刹，晚居小策精舍清修，仍兼广州光孝寺、云居真如寺、韶关南华寺、乳源云门寺、五台碧山寺、大同华严寺等名山大刹首座。长于诗文，尤工七律，诗风温雅清健。

【说明】

一诚，当代禅宗高僧。字衍心，性福禅师法嗣，虚云老和尚法孙。出生于公元1927年。俗姓周，望城（今属湖南省）人。现任中国佛教协会会长、全国政协常委兼江西佛教协会会长、江西省政协副主席，中国佛学院院长，江西佛学院院长、云居山真如寺住持、靖安宝峰寺住持、北京法源寺住持。晋院即升座出任住持。公元1985年9月15日，一诚大和尚荣任真如禅寺方丈。同年10月14日（农历九月初一日），以真如寺住持一诚大和尚为传戒和尚、香港宝莲寺住持圣一法师任羯摩和尚、真如寺首座本智法师为教授和尚，在真如寺举行授戒法会，为来自全国各地数百名四众弟子传授戒法。本智法师此诗，即为此而作。千佛大戒指传戒于千人，使之成为正式佛子。千为概数。芜言指杂言，乱语，废话。此自谦之词。

【注释】

①无量：无数。英俊：才智杰出的人物，此处指佛教的后起之秀。前贤：前辈高贤。②谈心石：江西永修云居山真如寺一古迹。详见虚云《佛印桥谈心石并序》之说明。征：查明，验证。端的：究竟，委细。赵州关：真如寺一古迹。详见真可《游云居怀古》注②。息肩：卸去负担，放弃责任。③梵王寺：指真如寺。雉堞：泛指城墙，此处以真如寺周围群山喻作城墙，拱卫佛寺。另真如寺所在的山顶盆地有莲花城之称，四周山峰自为城墙。④法王：对佛祖释迦牟尼的尊称。宇内：天下，此指佛门之内，佛国域内。孙：子孙后代。

赞虚云老和尚偈

宣 化

中流砥柱挽狂澜，仆仆风尘救倒悬①。
为法忘躯无自己，恒顺众生有人缘②。
黑暗明灯光普照，苦海慈航度大千③。
云居真如留圣迹，源远泽长法界宽④。

【作者简介】

宣化（1917－1995），现代美国旧金山万佛城僧。字度轮。俗姓白，双城（今属黑龙江省）人。虚云老和尚法嗣。公元1949年定居香港，1962年移居美国。于美国旧金山创建金山寺、万佛城、佛教大学。任万佛城总住持。大力弘扬佛教，推动中美宗教文化交流。有《宣化上人开示录》五辑等著作传世。

【说明】

宣化上人为虚云老和尚法嗣。公元1949年，虚云老和尚应邀到香港讲经，宣化上人同行。当时全国解放在即，香港各界人士均挽留云老和尚继续留港弘法，老和尚断然拒绝。讲经完毕返回云门寺，留宣化上人等在香港。从此之后，师徒无复再见。宣化这首赞偈，高度赞扬云老和尚力挽狂澜，弘法利众的功绩。诗写得很有气魄，也很有感情。

【注释】

①中流砥柱：砥柱，山名，屹立在河南省三门峡附近的黄河中流。故常用中流砥柱比喻能顶住危局的坚强力量。狂澜：汹涌的波涛。常以喻社会潮流。云老和尚在丛林凋蔽时大力重建，在道风衰颓时严厉整肃，在各界排佛并侵夺寺产时上诉斡旋，确可当此赞誉。仆仆风尘：通常作风尘仆仆，形容长途奔波，旅途劳顿。倒悬：头向下脚向上地被倒挂着，比喻处境极困苦危急。②恒：常。③苦海：佛教比喻俗世，谓人间烦恼，苦深如海。慈航：佛以慈悲度人，有如航船。大千：大千世界，此指大千世界的众生。④圣迹：圣贤的遗址遗迹。虚云老和尚的舍利塔即建在云居山真如寺，真如寺中尚存有云老和尚的遗物。泽：恩泽，德泽。法界宽：谓佛法无边，亦谓佛教后继有人。

偈　语

朗　耀

千佛围绕毗卢佛，三藏灵文被三根①。
识得其中端的事，如盘走珠处处圆②。

【作者简介】

朗耀（1918-1985），现代江西永修云居山真如寺僧。俗姓罗，名金生，湖南省安化县人。公元1936年披剃于长沙庆云峰，1939年受戒于沩山密印寺。1951年于广东乳源云门寺受虚云老和尚付法，成为云门正宗第十三代，法号妙道。并曾就学于南岳祝圣寺佛学讲习所。1983年起任云居山真如寺方丈。他重禅修，严戒学，为僧众榜样。曾任中国佛协理事、江西省政协委员。

【说明】

这首偈语，既有诗味，更有禅味。这是朗耀大和尚向佛学道的经验总结。学佛不能执着，不能因循，要能随形就势，因势利导，融会贯通，自然就达到圆融自如的境界。学佛如此，其他的事情不也如此吗？

【注释】

①毗卢佛：佛名。毗卢舍那的略称，也译作毗卢遮那，即密宗的大日如来。又作法身佛的通称。明神宗万历三十一年（公元1603年），诸缘洪断禅师住持云居山真如寺。慈圣皇太后遣使到寺，赐重达千斤的渗金千佛绕宝莲毗卢舍那佛铜像一尊，成为真如寺镇寺之宝。故此诗首句及之。三藏：佛、道经典的总集。佛教以经、律、论为三藏。经为佛所自说，论是经义的解释，律记戒规。皆为佛教徒必学必通必遵必守，故称灵文。②端的：究竟，原委。如珠句：谓如珍珠在玉盘中滚动，时时处处皆圆通。

后 记

这部《中国历代名僧诗选》共约七十五万字，部头说大不大，说小不小，从起意到完稿，却整整用去了我十八年的时光。当然，真正做稿的过程是分阶段、断断续续的。关键时间是开头的一两年和最后的一两年。我愿借此机会，大致回忆一下这部书的写作过程。

1985年秋天，我有幸亲近云居山真如寺方丈一诚大和尚。我与省志编辑室另一位同事共同担负起为云居山编撰新志书的工作。我承担志书的人物、艺文、名胜三大部分，约占全书的百分之七十。除踏勘墓址、调查景点之外，我主要工作都在案头上。翻阅大量典籍经藏，查找云居山历代祖师高僧的事迹和著作。便在此时，我比较全面地接触到僧人的诗歌。

说实话，我很震惊。以前，总认为佛教是一门哲学，是一种思想体系，因此认为那些高僧大德都是哲学家、思想家。想不到他们居然写下了如此瑰丽多彩的诗篇。僧人诗歌数量之多，质量之高，委实出我意外。

比如宋代郁禅师的一首开悟偈道："我有明珠一颗，久被尘劳关锁。今朝尘尽光生，照破山河万朵！"格调是如此刚健挺拔，形象是如此鲜明生动，仅仅几句话，短短二十余字，便把佛教禅宗顿悟法门的精义，借助感性的事象诠释出来。

其时，我查阅到的僧诗业已逾万。接触僧诗越多，我越觉得行走在山阴道上，目光自是应接不暇。缤纷五彩，令人目不胜收，气象万千，令人心旷神怡。释氏诗或以语言取胜，锤炼精辟，生动形象；或以意境取胜，幽美恬静，清新空灵；或以趣味取胜，法味禅境，沁人心脾；或以哲理取胜，鞭辟入里，警策醒目。总之，难得的美句佳篇比比皆是，指不胜屈。

我治古典诗词业已多年，此时手头上还在主编一部一百万字的《滕王阁诗文广存》，对古代诗歌研究与整理的历史和现状自然有大致的认识。于是我想：为什么历代的诗歌编选、诗歌评论或诗歌鉴赏的著作中，有关释子的诗居然寥若晨星，甚至忽略不计呢？如果这是疏忽，可以以失职责之；如果这是歧视，又当何说？我觉得这是很不公平的。

我知道，有些僧诗，谈禅说佛，深奥涩僻，几乎是宗教意象的图解。但我现在所接触到的僧诗，毕竟大多是清新流畅，情文并茂的佳作。何况内中还有众多以诗著名于世的所谓诗僧，比如贯休、齐己、道潜、惠洪、佛印等等。他们的诗歌造诣并不比王杨卢骆差到哪里，却也不见评析选注，不见研究整理，实在令人费解。

正是鉴于这样的认识和感慨，我决心在这方面做点工作。我把这种想法禀告我的师父一诚大和尚。其时我已皈依大和尚，成为其俗家弟子。大和尚深表赞同，并表示将给予大力支持。《云居山新志》完稿后，我的《中国历代名僧诗选》初步框架也大致形成。我拟选历代三百位名僧各一首诗共三百首诗，作一个精选注本。

便是书名，也令人颇费斟酌。历代高僧当然大都有高深的文化修养，但致力于讲经说法、疏注经典者不少，或授徒接众、建寺修塔者亦多，高则高矣，却少诗文流传。我想用高僧诗选为名还是不妥。想到名僧这个词很是偶然，好像是从其他门类如名臣、名将、名医、名师等方面得到启发。能够写出很好的诗，其诗又能流传至今，称其为名僧当无问题吧。

1987年春，我有幸获得去天津南开大学业务进修的机会。我便在南开图书馆展开初步工作。确定了三百位入选名僧，选出了他们的三百首代表作品，做出了三百张写满蝇头小字的卡片。

回单位后，考虑到自己本职的修志任务很是繁重，拟邀一友共同来做这部稿子。我找到徐进兄。他曾出版过《滕王阁诗选》、《江西名胜诗选》，是个很有成绩的选本作家。原来他也早有此想法，我们一拍即合。我给他一半卡片，请他担任一半工作。谁知过后未久，徐进兄因单位重要课题拖住，无法旁骛，把那些卡片退回给我。

在这种情况下，我一个人查资料，编传略，写说明，加注释。1988年底完稿，得二十四万字。我觉得这个本子还是比较精炼的，作者和诗篇都有一定的代表性。

后来我去武汉看望昌明大和尚，为汉阳归元寺编写《五百罗汉谱》，顺便把这部书稿带过去，拟在武汉出版。在联系出版社前，先给朋友们阅读。遗憾的是，二十四叠稿本被一位朋友丢失十三本，只剩下十一万字。于是那部稿子便被我束之高阁了。

近年在整理自己的写作材料时，又把那部残稿翻出来了。我心中甚是感慨。多年的夙愿其实未尝或忘，只是冗杂事务，使自己分身无术。现在略微清闲，何不把这部稿重新做出来。于是，一切都推倒重来：重建框架，重定作者，重选诗篇，重新作传作评作注。得到的便是这部入选名僧五百余家，诗歌八百余首的《中国历代名僧诗选》了。

用新的观点和方法，为历朝历代僧人之诗作传、作评、作注，这显然是一件新鲜事，是一个尝试。我不知道自己的尝试是否称得上成功，但我觉得自己还是尽了力的。希望能得到各方面，特别是佛教方面方家的批评指教。也希望这部拙著能成为引玉之砖，激发大家研究、欣赏、整理历代僧诗乃至整个佛教文化的兴趣。

有必要指出，这部名僧诗选仅选取汉传佛教中僧人的诗，尚未包括我国藏传佛教即藏蒙青甘地区的喇嘛教以及云南兄弟民族中上座部佛教僧人的诗。说白了，这只是一部汉族名僧诗选。后两部分，当然是不可或缺的，那是我下一步的工作计划，我将尽快着手进行。

最后，有必要强调，这部书稿的完成，得到众多亲朋好友的帮助和支持。下列诸位：王仁立、王令策、王春花、李本力、吴鑫良、胡钟良、段皖生、陈小林、陈秉健、陈赣中、张小平、喻新堡、万隆智、廖鸿、廖锦康、熊友年、刘斌、欧阳静、邓文定、魏小兵等，或为我提供线索，查找数据，或为我编制目录，打印书稿，或为我提供其他种种便利，都做了很多工作，付出了辛勤的劳动。我谨在此表示真挚的谢忱。

感谢中国书籍出版社的领导、责任编辑刘伟见、李晓晔、张瑞诸位老师，没有他们的关怀和帮助，这本书的出版无从谈起；即便能予出版，也难达到现在这样精美的程度。编书著文，本系个人事务，能得到众多师友的支持、关怀、襄助实我分外福祉。著事业成，良友益多，人生得此，夫复何求？

著　者